Le testament amoureux

Les images de notre mémoire ont besoin de soin et d'entretien. Comme les peuples, les individus qui gardent bien en mémoire leur vie ne sont-ils pas ceux qui s'aiment assez pour ne rien perdre de ce qui les a faits ? Les bonnes mémoires ne sont-elles pas celles qui savent se commémorer ? Voilà l'histoire de ma vie, elle recouvre un demi-siècle, elle va de la Perse des mages à notre aujourd'hui, de la Russie des tzars bouleversée par la Révolution à nos temps modernes, du Téhéran des années trente — où je suis né — au massif des Maures où je vis avec la femme de ma vie.

Pour écrire mon histoire, puis *notre* histoire, il m'a fallu passer par tous ceux qui m'ont fait — sans travestir leurs noms — et les mettre les uns après les autres dans leur exacte lumière.

Ces pages seraient en quelque sorte *l'autre versant* de ce que j'ai écrit jusqu'à présent : j'ai cherché à m'y rassembler, à découvrir ma cohérence à travers mes multiples métamorphoses.

REZVANI

Rezvani est né en 1928. D'origine russo-persane, il a toujours vécu en France et plus particulièrement dans le Midi. D'abord peintre, il est devenu écrivain à la quarantaine avec les Années-lumière *et* les Années Lula. *Son écriture se partage entre des récits d'inspiration autobiographique, des pièces de théâtre* (Capitaine Schelle, Capitaine Eçço, la Mante polaire) *et des romans d'imagination comme* la Nuit transfigurée.

Du même auteur

Les Années-lumière, *roman*
Flammarion, 1967
Seuil, « Points Roman », 1986

Les Années Lula, *roman*
Flammarion, 1968
Seuil, « Points Roman », à paraître

La Voie de l'Amérique, *roman*
Bourgois, 1970

Mille aujourd'hui, *roman*
Stock, 1972

Fokouli, *roman*
Stock, 1974

Le Portrait ovale, *essai*
Gallimard, 1976

Feu, *roman*
Stock, 1977

Le Canard du doute, *roman*
Stock, 1979

La Table d'asphalte, *nouvelles*
Ramsay, 1980

Le Testament amoureux, *mémoires*
Stock, 1981

La Loi humaine, *roman*
Seuil, 1983

Variations sur les jours et les nuits, *journal*
Seuil, 1985

La Nuit transfigurée, *roman*
Seuil, 1986

Rezvani

Le testament amoureux

Stock

A la suite d'une décision de justice, certains passages ont été censurés. Les espaces correspondants sont mis entre crochets dans le texte.

EN COUVERTURE : photo droits réservés.

ISBN 2-02-008507-0.
(ISBN original 2-234-01545-6.)

Et tout le temps, tout le temps, mon amour,
Tu es avec moi, toi aussi, sous le mot, dessus
La syllabe, pour souligner, pour intensifier
Le rythme vital.

Vladimir Nabokov
Feu pâle.

Livre premier

Trop de fois j'ai été arraché aux êtres aux lieux aux choses — et je ne m'y suis jamais fait. J'ai mis une vie à me rétablir tant bien que mal d'une enfance de nulle part traversée de présences fugitives. Combien j'aurais aimé faire partie d'une race, d'une lignée large peuplée de vieillards retombés en enfance, avoir des frères des sœurs des complices, une vraie mère, une tanière ; connaître depuis toujours des lieux, des itinéraires, me reconnaître dans d'autres que moi. Cependant je sais que ce réconfort m'aurait été insupportable et que c'est dans un relatif sentiment d'exclusion que je trouve une volupté à vivre.

En moi se choque cette contradiction : être de quelque part et en être à la fois exclu. J'aime les communautés... sans en être. C'est sans doute pour cela que, peintre à mes débuts puis écrivain, je me suis de plus en plus nourri d'une solitude voulue, entretenue, sans laquelle je n'aurais plus le sentiment d'*être*. Cette part radicale de mon caractère veut toujours *plus* de solitude dans la solitude, *plus* de silence dans le silence, *plus* d'immobilité dans l'immobilité, *plus,* toujours *plus* jusqu'à la folie. Par la suite ce goût morbide de la perfection m'a poussé à vouloir fuir toujours plus loin le mouvement incessant des hommes et, grâce à Danièle qui accepta constamment de *s'enfoncer avec moi,* ce qui aurait pu devenir une névrose s'est transmué en des formes originales du plaisir.

Je n'ai pas souhaité non plus me reproduire, refusant de devenir l'image du *père*, refusant tout à la fois ce mouvement vers l'avenir que signifie la mise en œuvre d'un enfant, et de donner un droit de regard aux autres sur la conduite de ma vie. C'est sans doute pour ne pas reproduire mon père ni me reproduire une seconde fois qu'instinctivement je me suis abstenu.

Je dis *je*, cependant nous sommes deux, Danièle et moi. Mais rien ne nous lie que nous-mêmes — nous nous aimons, nous sommes improductifs —, je le dis sans mauvaise conscience : nous prolongeons sur la distance d'une vie ce moment précaire de la rencontre. Depuis le premier jour nous nous sommes efforcés de nous situer hors du projet, dans un présent instable (et combien il l'a toujours été), n'osant, ne voulant croire à la pérennité d'un amour que nous nous sommes toujours abstenus de nommer. Disons que nous ne nous sommes jamais engagés l'un envers l'autre, vivant au jour le jour l'étonnement d'être ensemble, nous appuyant sur cette fragilité suspendue pour aiguiser notre angoisse et nos plaisirs. Voilà que je parle au *nous* et ce *nous* se substitue à nos deux *je*. Je sais pourtant qu'ici ma voix ne doit représenter que moi.

Mon père était magicien. Certains voyaient en lui plus que cela. Il fut le directeur de conscience de bien des gens étranges. Sa vie elle-même fut étrange, pleine de zones d'ombres et de chuchotements. Je l'ai aimé, je l'ai détesté, je l'ai méprisé — je le regrette. J'ai vu de près ses abîmes et ses lumières. J'ai percé la plupart de ses secrets, je me suis amusé du charlatan mais j'ai surtout admiré l'artiste, l'inventeur, le créateur de magie. S'il le voulait, il lisait dans vos pensées et vous imposait la sienne — que ce soit dans les limites d'une chambre ou à grande distance —, il prétendait prédire l'avenir (c'est de ça qu'il vivait), il déroutait les événements, rien ne lui résistait ni personne. Il paraissait jouer avec la vie. Il n'était pas sérieux.

Autant ma mère prenait la vie au tragique, autant mon père semblait s'en amuser, ne se fixant sur rien. passant d'une chose à une autre avec une inconstance d'enfant. Pour mon malaise je tiens de l'un et de l'autre. De ma mère la charge d'angoisse, de mon père l'excès de fantaisie. Je suis habité par la mort et par le rire, et je redoute que l'un ou l'autre ne prenne le dessus. Je suis secoué en permanence par cette lutte en dents de scie et, jusqu'au bout, je le sais, mon père et ma mère se mesureront en moi. En quelques instants je peux passer de l'excès de vitalité au plus profond abattement, de l'excès de la joie à la plus insoutenable dépression. Je me drogue de moi-même. J'ai le sentiment continu de tanguer, de ne pouvoir me diriger droit, d'être la proie de mes doubles en lutte. Par moments je me dis : tiens, c'est *lui*. D'autres fois : c'est *elle* qui agit en moi — et je tremble.

Je me regarde rarement dans les glaces, je doute bien trop de cette vérité-là. Cependant l'autre jour, pour la première fois depuis des années, je me suis amusé à me surprendre à l'aide de deux miroirs. J'ai été effrayé de la différence de mes profils — l'un garde quelque chose d'étonné, d'enfantin, l'autre reflète de terribles tourments ; l'un ressemble à mon père, l'autre à ma mère. De face je me reconnais. De face je me suis trop familier pour départager le mélange de mes deux personnalités. Deux ? Je devrais dire cent car de mon père j'en tiens autant que de moments. Je l'éprouve constamment en moi ce mouvement de kaléidoscope qui me maintient en déséquilibre. Il va plus vite que les mots, il m'apporte l'écho des facéties des facettes des paillettes du magicien ; et cette fantaisie que je sens bouillonner en moi, par moments m'horripile : ce sont certaines de mes chansons comiques, un trop de gaieté qui se fraie un chemin sous les sourcils froncés de l'autre moi, celui qui lui appartient à elle, ma mère morte, avec sa présence infiniment lourde que je porte comme un plomb.

Cet oscillement me pèse, je vis déchiré, ma façon d'écrire s'en ressent, ma plume serait comme l'aiguille d'un compteur qui parfois s'affole. Je pense à ce film génial de Buñuel : *L'Ange exterminateur* où les séquestrés acculés se reprennent en exécutant un à un tous leurs gestes à l'envers. Et ces gestes stéréotypés de la surface mondaine — mimés cette fois dans l'horreur du sauve-qui-peut — prennent soudain une vérité pathétique, violente comme un sanglot. Aujourd'hui me voilà dans cette même sorte d'impasse : il me faut accomplir à l'envers mon chemin, je dois repasser par moi et les miens car ici je bute sur celui que je suis devenu et, par moments, j'ai le sentiment d'être sans histoire, sans passé, sans origine — comme un corps flottant que le moindre mouvement renvoie dans le sens contraire de celui qu'il visait. Je me suis écrit, je *nous* ai écrit — j'ai joué avec *nous* — et au bout du compte où sommes-nous dans ce fatras de pages ?

Dernièrement nous avons vu le film tiré du roman *Le Docteur Jivago*. Je ne saurais dire pourquoi ce film m'a bouleversé jusqu'au plus profond de mon être. Je suis sorti de cette séance la gorge nouée, oppressé jusqu'à l'âme et aux larmes, avec en moi un regret, une nostalgie vaste et informe comme la steppe. Bien sûr dans ce film tout avait été calculé pour provoquer cette sorte d'émotion naïve qui sur le moment tourne un peu la tête à la façon d'un alcool léger. Je le pensais. Ce film m'avait saoulé, l'amour de Lara et de Jivago avait touché cette petite sensibilité que nous sommes trop heureux de sentir vibrer lorsque nous assistons aux séparations et aux retrouvailles de deux êtres qui s'aiment. Jivago et Lara c'est Toi et Moi — comme les héros de *Brève Rencontre* sont Toi et Moi... Mais en général ce genre de griserie passe vite et c'est à peine si le lendemain on se souvient de ce que l'on a vu la veille. A mon étonnement le lendemain et les jours suivants je ressentis encore plus vivement, si possible, ce déchirement. Qu'y avait-il dans ce film ? Pourquoi ces images m'avaient-elles brûlé si profondément ? Je repris le livre qui depuis vingt ans jaunissait dans ma bibliothèque et que j'avais abandonné au bout d'une cinquantaine de pages sans jamais avoir eu le désir de le continuer. Je le lus d'un bout à l'autre. Il ne suscita pas en moi la même émotion que le film — ou alors des bouffées fugitives comme un écho assourdi des images. Pour une fois il me sembla que les images avaient parlé plus intensément que les mots Depuis, les mois ont passé et je rumine encore ce quelque chose déposé par cette imagerie de lieux communs. Ces images je les ai reconnues, elles m'ont mis sens dessus dessous, j'y ai retrouvé par bribes l'histoire que ma mère avait essayé de jeter en moi lorsqu'elle s'exaspérait de devoir mourir si vite. J'y ai tout reconnu, bien que son histoire fût tout autre.

Quelques années auparavant, en écrivant ma pièce *Le Palais d'Hiver,* déjà j'avais ressenti cette même émotion. Là encore. j'eus l'impression de renouer avec quelque chose d'essentiel pour moi. Ensuite j'avais écrit *La Mante polaire* dans la même foulée émotive... et puis l'agitation était retombée et je m'étais détourné de la nostalgie de mes origines pour écrire sur ce qui se passait autour de moi avec un souci très fort de restituer notre « modernité ». Et voilà que ce film de propagande américaine aux images formées de clichés à la limite du risible me secoue tellement en profondeur que des mois passent sans qu'il me soit possible de poursuivre le travail sur lequel je m'efforce de revenir régulièrement chaque jour. Quelque chose s'est bloqué en moi. Sans cesse sous d'infimes prétextes je me retourne, je suis suivi par leurs vies, je suis leurs larmes, leurs larmes sont en moi, leurs larmes sont ma patrie, je suis l'enfant de leurs larmes. Et j'entends la voix déchirée de ma mère : elle se sait condamnée ; dans quelques mois elle ira mourir en Pologne ; dans quelques mois c'est la guerre ; dans quelques mois Russes et Allemands se partageront la Pologne. Tout cela elle le savait d'avance et c'est avec la précipitation du désespoir qu'elle s'obstinait à fixer en moi les clichés de sa vie agitée. J'ai neuf ans, elle devait avoir la quarantaine.

Inlassablement elle revenait sur sa mort imminente, elle me serrait sur sa bouche et me suppliait de ne pas l'oublier, de ne *rien* oublier, de garder précieusement en moi sa vie, de ne *rien* oublier de ne *rien* oublier... Et le train l'avait emportée vers sa tombe lointaine au cœur du ghetto de Varsovie. C'est à Genève quelques mois plus tard qu'on me fit comprendre que jamais plus je ne la reverrais. Sur le moment je ne ressentis rien, la mort n'avait pas de sens pour moi, que signifiait : ta maman est morte ? Je me souviens du regard humide, curieux et enfin navré de ceux qui tentèrent de me faire comprendre cette absurdité. Ta maman est morte, non je ne comprenais pas. Sans doute m'avait-elle trop parlé de sa mort pour que je puisse en quelque sorte la séparer de cette ombre qu'elle avait sans répit agitée au-dessus de moi, cette ombre de mots : « Je bientôt mourir je bientôt mourir. » Elle répétait cette phrase jusqu'à l'ivresse comme s'il était indispensable que je la sache par cœur, comme si de me la répéter sans fin la rassurait. On n'apprivoise pas la mort mais la mort vous apprivoise.

Lorsque la condamnée s'arracha à l'enfant hébété qu'elle abandonnait dans les jardins de la gare des cars à Nice, c'est, j'en suis certain, avec un immense apaisement qu'elle se laissa emporter vers le dénouement, le silence, la dissolution. Plus tard lorsque mon père m'eut pris chez lui, peut-être quelques semaines avant la déclaration de la guerre, ma tante (la sœur de ma mère) insista pour me voir à Paris. Mon père la détestait et elle le lui rendait bien. Je me souviens — et j'ai honte de me souvenir — nous étions dans la chambre obscure où Nahidé et mon père vivaient comme des saltimbanques. Ma tante avait dû leur extorquer la permission de venir m'embrasser une dernière fois. Les Allemands étaient aux portes de la France. Où fuyait-elle ? Elle était de passage à Paris et c'est en coup de vent qu'elle entra dans le taudis obscur où je l'attendais sous le regard de mon père et de Nahidé. Ma tante arriva les bras chargés de cadeaux qu'elle déposa devant moi. J'ai honte, je ne bougeais pas. Elle pleurait, elle me serrait contre sa blouse de soie parfumée, je restais froid. Elle me demanda si je regrettais ma mère. Et je répondis : non. Mon père battait ses cartes, les yeux baissés, un petit sourire ironique au coin des lèvres — et je suis sûr qu'intérieurement il jouissait de ce non que ma tante reçut comme si je lui avais décoché un coup de pied dans l'estomac. Elle me demanda encore si j'étais heureux avec mon père (elle dut dire : lui). Je répondis : oui. Elle se leva — sa sœur venait de mourir pour la deuxième fois —, elle me serra contre elle et disparut à jamais dans les fumées de la guerre. Par la suite je me repentis amèrement d'avoir si bien joué le rôle que mon père m'avait soufflé (pour ne pas dire imposé). De combien de pleurs ai-je payé ce que j'ai considéré longtemps comme une insupportable lâcheté ? A travers moi, à travers ma tante, mon père avait une fois pour toutes réglé son compte à ma mère. Il avait gagné. Elle pouvait pourrir dans le cimetière dévasté du ghetto de Varsovie, personne ne serait plus là pour se ressouvenir d'elle — et *personne* c'était son fils, ce fils-mémoire frappé d'amnésie afin de plaire à son père.

Quelque temps après cette entrevue avec ma tante, mon père se débarrassait de moi et me mettait en pension. Il lui avait fallu bien peu d'efforts pour transformer l'enfant rétif en complice puis en victime consentante. Sans qu'il me le demande je lui avais obéi. J'avais renié ma mère, trahi le clan des « youpins » comme il les appelait. En vérité je m'étais désarmé, j'avais offert le cou au couteau. Il m'avait séduit et maintenant j'étais à sa merci. De ce moment il cessa son entreprise de séduction. Que lui importait de me plaire dorénavant puisqu'il m'avait *eu ?* Le chaton sauvage s'était pris au piège subtil. Mon père m'avait enjôlé par ses tours, sa magie, ses bouffonneries ; il s'était fait aimer de moi en quelques semaines, détruisant d'un revers de carte le véhément travail de ma mère. Oh, comme il l'avait effacée facilement ! Elle, sa volubilité empêtrée et pathétique, les images dont elle m'avait marqué, effacées aussi ! Il ne restait rien d'elle, il avait gagné, il l'avait tuée cette fois pour de bon.

Les Allemands occupèrent la France, mon père et Nahidé partirent sur les routes et je me retrouvai ballotté sous la mitraille des Messerschmitt avec les enfants du quartier de la porte de Saint-Cloud. Par la suite pendant mes années d'*internement* j'eus le loisir de remâcher ma désillusion. Tout au fond de moi je savais qu'en avouant (à ma tante) mon amour pour mon père, j'avais à l'instant détruit le sien. J'en tirai la dure leçon et longtemps, à la lumière de cet incident, je ne vis dans le contact entre les êtres qu'un perpétuel jeu de force où, pour finir, la tendresse est assurément sacrifiée. Y ai-je vu ma tendresse sous le couteau ? Abraham conduisant son fils sur la montagne de Morhia pour l'égorger ? Toutes les tendresses sacrifiées ? Peu importe. Aurais-je été un enfant moins facile à séduire, il est certain que mon père ne se serait pas défait de moi si vite. Et par la suite, chaque fois qu'il m'est arrivé de lui marquer de la distance il s'est aussitôt refait séducteur. Je dois dire qu'il n'avait pas à se donner beaucoup de mal pour me reprendre à son charme.

Pour paraître moins vieux il exagérait son âge. Il avouait vingt ans de plus — ce qui lui valait chaque fois d'être complimenté pour son extraordinaire *jeunesse*. Il passait de la sincérité au mensonge avec une grâce, une aisance telles qu'il fallait bien le connaître, comme je le connaissais, pour détecter les deux parts de ce qu'il disait. C'était un maître de l'illusion — les illusionnistes disaient de lui *le* maître. Du monde entier on venait grappiller des bribes de son savoir. Il n'enseignait pas. Il montrait. L'illusion ne s'enseigne pas, elle se transmet. En cela elle ressemble à son frère jumeau le mensonge. Apprend-on à mentir ? On est menteur-né ou on ne l'est pas. On a le don ou on ne l'a pas. Mon père mentait non par intérêt — c'était l'homme le moins intéressé qui soit — il mentait comme d'autres disent la vérité. Il mentait comme d'autres s'entourent de musique. C'était en quelque sorte son art de vivre.

Je pense toujours à son propos à cette histoire qui, paraît-il, serait arrivée à un de ses amis artiste en mensonge (elle aurait bien pu lui arriver à lui). Cela se passait au début du siècle en Iran. Un jeune étudiant pauvre de Téhéran tombe sur une petite annonce : On demande un précepteur pour enseigner le français aux deux fils d'un riche seigneur de la montagne. Bien que ne sachant pas un mot de français, l'étudiant se propose. Après un long voyage à cheval, il parvient dans une des contrées les plus perdues du Caucase. Le vieux seigneur le reçoit : « Alors comme ça tu parles le français ? — Oui, couramment, répond l'étudiant avec aplomb. — Fais-nous voir ça. » Et devant la famille et la domesticité bouche bée, l'étudiant se met à parler avec volubilité une langue inconnue, inventant sur-le-champ des mots expressifs pleins d'âme et d'esprit — bien qu'abstraits. « C'est merveilleux, dit le vieux seigneur, je vois que tu parles le français peut-être même mieux que le persan. » Et il l'engage immédiatement. Deux ou trois ans passent pendant lesquels l'étudiant enseigne aux fils du seigneur un « français » qu'il lui faut inventer au fur et à mesure. A table, en promenade, à tout propos on conversait en « français » ; même le vieux se pique d'émailler la conversation d'expressions « françaises ». Et sans relâche l'étudiant consolide son mensonge. Chaque mot inventé, le soir lorsqu'il se retrouve seul, il le note scrupuleusement. Au long des ans il construit une grammaire aux lois rigoureuses et subtiles. Bref, à lui seul il invente une langue originale que les enfants et lui parlent couramment. Enfin vient le jour où le vieux seigneur juge qu'il est temps d'envoyer ses enfants poursuivre leurs études au lycée français de Téhéran. On imagine ce que fut leur examen de passage. De son côté l'étudiant eut, je suppose, la prudence de disparaître.

Lorsqu'il m'arrive de parler de mon père, si je veux faire comprendre jusqu'où il avait poussé l'art de mentir, je raconte cette histoire vraie — que je le soupçonne d'avoir inventée. Il disait : « Il n'y a pas de menteurs mais des gens avides d'illusion. Lequel trompe l'autre, du menteur ou de celui qui le croit et suscite, en quelque sorte par sa crédulité, le mensonge ? » Combien il avait raison ! Nous savons tous que l'humanité se nourrit d'illusion — voilà pourquoi elle vénère avec cette écœurante servilité la mémoire de ses tyrans et baise les mains sanglantes de ses ogres. La crédulité de l'homme n'a pas de limite. Je sais de quoi je parle : j'ai vu de quelle auréole on entoura mon père. Toute magie se multiplie quasiment à l'infini par la retransmission orale. Les monuments des dieux se sont bâtis avec la langue.

Un jour de l'été 1948, je me trouvais à Saint-Tropez, j'étais attablé à *La Ponche* lorsque j'aperçois Dominguez. Il se précipite sur moi. Il faut qu'il me raconte, il est ébloui, il ne trouve pas assez de mots pour dire son émerveillement. Il arrive de Juan-les-Pins où il vient d'assister à la rencontre de deux dieux : Picasso et mon père. Avant même qu'il ne m'en parle je *sais* les miracles. Comme tous ceux qui tentent de *dire* les tours de mon père, il ne peut qu'y ajouter sa part de merveilleux. En vérité, qu'importe la vérité, qu'importent les faits, ce qui compte c'est de transmettre l'indicible. Combien de fois ai-je rencontré de farouches matérialistes qui m'abordaient pour me décrire ce qu'ils avaient *vu* faire par mon père (je devrais dire cru voir faire) et ce qu'ils avaient *vu* était en effet difficilement racontable. Il suffit d'entrouvrir les portes du merveilleux pour que le merveilleux submerge tout et emporte la belle construction logique dont nous nous entourons comme d'une prothèse. Le récit de Dominguez était, à la lettre, merveilleux. Il venait d'assister à Juan-les-Pins à la rencontre de deux magiciens, de deux charlatans géniaux qui s'étaient immédiatement reconnus, Picasso n'avait-il pas dit à mon père : « Toi et moi nous sommes les derniers grands sorciers » ? Vu par Dominguez, voilà comment ça s'est passé « Picasso s'avance sur la plage de Juan-les-Pins. Ton père sortait de l'eau. Mme Ramié les présente. Ah, c'est vous le sorcier Rezvani ? dit Picasso, Eluard m'a parlé de vous. C'est vrai que vous faites apparaître et disparaître ce que vous voulez ? Oui, dit ton père en badinant, je fais ce qu'il me plaît. Alors, dit Picasso, fais un miracle tout de suite. Que veux-tu que je fasse, répond ton père en riant, je n'ai même pas un jeu de cartes. Si tu es un vrai sorcier, fais-en apparaître un. Ton père avait souri et prié Picasso de creuser le sable sous ses pieds. Et Picasso avait déterré un jeu de cartes ! Ce fut le coup de foudre. Ton père fit disparaître la plage et la fit réapparaître, il transporta tout le monde à la Californie, il fit des choses inouïes... »

Bref, le récit de Dominguez était exactement celui que j'attendais. La vérité, bien que plus modeste, me semble infiniment plus savoureuse. Avant tout, qu'on sache que mon père ne se baignait jamais et qu'il devait sans doute être en short lorsqu'il rencontra Picasso. Comme il ne se séparait jamais de son jeu de cartes, le manipulant constamment que ce soit pendant les repas, au cinéma, pour ainsi dire nuit et jour — et bien certainement sur la plage lorsqu'il lui arrivait d'y être traîné par des amis —, donc comme d'habitude ce jour-là il devait avoir ses cartes dans sa poche. Il n'eut qu'à se baisser et extraire un jeu tout neuf du sable, sous les pieds mêmes de Picasso. Ensuite l'art, le grand art pouvait commencer.

Dernièrement je rencontre le peintre Goetz à la galerie Cavalero de Cannes. Il était présent ce fameux jour à Juan-les-Pins. Devant les quelques personnes qui se trouvaient là, spontanément il raconte à sa façon cet événement. Pour lui — comme pour Dominguez — mon père sortait de l'eau et c'est Picasso qui déterra lui-même le jeu de cartes sous ses pieds. Suivent une foule de détails plus fous les uns que les autres. Je regarde autour de moi, tout le monde écoute Goetz avec des yeux d'enfants émerveillés. Ces yeux d'émerveillement je les retrouve dès qu'il est question de mon père. Même mort il ensorcelle encore.

Picasso et mon père ne se quittèrent plus ; j'imagine avec quel charme réciproque ils s'éblouirent mutuellement. A l'époque, Matisse finissait ses jours à demi paralysé à Vence. Plusieurs fois pendant cet été, Picasso, mon père, Nahidé et les Ramié montèrent dîner chez lui. Picasso et Matisse sous des dehors affables et amicaux ne cessaient de se mesurer. Mon père faisait des tours et les deux vieux peintres réagissaient chacun à sa façon. (Je suppose que Matisse devait rester assez froid et objectif cependant que Picasso s'agitait sans doute comme un enfant insupportable.) Un soir qu'ils devaient tous dîner avec Matisse, Picasso prend mon père à part et lui demande de renouveler encore une de ses expériences de transmission de pensée qui avaient sidéré Matisse la fois précédente. (Qu'on sache que pour mon père c'était un jeu d'imposer à distance une phrase, un chiffre, tout ce qu'on voudra. Il le faisait même par téléphone comme je l'expliquerai peut-être plus tard.) Donc Picasso lui demande en secret de leur imposer à tous deux le dessin d'un cheval. Mon père se défila. Il n'avait eu aucun mal à lire le désir caché de Picasso : confondre Matisse. Lui Picasso peut dessiner un cheval — Matisse non.

Vers la fin des vacances Picasso proposa à mon père et à Nahidé de choisir un tableau dans son atelier. Mon père refusa en riant : « Vous peindre aussi mal que mon fils », lui avait-il dit. Picasso s'en amusa. Après la mort de mon père, je retrouvai dans ses affaires de nombreuses cartes signées Picasso. C'était tout ce qui restait des merveilles qui avaient tant ébloui Goetz et Dominguez en ce lointain été 1948 : le superbe paraphe de Picasso en travers d'une dame de cœur ou d'un roi de pique. Pauvres souvenirs qui finirent à la poubelle avec le reste car je n'ai rien voulu garder du magicien — sauf cette boule dans la gorge lorsque je pense à lui, à Nahidé et à sa mère : celle que j'appelais grand-maman et que, comme mon père, je nommerai ici Mam.

Maintenant il faudrait que je parle un peu de ses fameux *dons.* Plusieurs livres ont été écrits sur la forme de magie qui porte son nom et qu'il avait mis une vie entière à inventer et à perfectionner. Après la guerre les services secrets de plusieurs pays l'avaient contacté, lui offrant tout l'argent qu'il voulait s'il acceptait de mettre à leur disposition ses dons extraordinaires. Même l'Académie des sciences, alertée, lui avait proposé d'enregistrer ses expériences de transmission de pensée et d'action à distance. Nahidé s'y était opposée. Si elle n'y avait mis son veto je suis sûr que mon père aurait été enchanté de rouler des scientifiques et de voir ses tours enregistrés comme des miracles de parapsychologie.

Sur la fin d'un dîner où mon père avait été particulièrement éblouissant, le physicien de Broglie lui avait demandé : « Sur quelles ondes émettez-vous, monsieur ? » Mon père répondit au hasard : « Sur ondes courtes. — C'est bien ce que je pensais, rétorqua de Broglie avec le plus grand sérieux. Mais comment se fait-il, monsieur, que je reçoive vos messages dans un français si pur ? — Ça, c'est ma secret », avait répondu mon père, et ses yeux lancèrent quelques éclats espiègles.

Malgré plus de trente ans de vie en France, il s'était toujours efforcé de ne pas perdre son accent ; il le cultivait même car il s'en servait très adroitement lors de ses expériences. Mon père et de Broglie se rencontrèrent plusieurs fois et le physicien, comme tous les scientifiques, fut docile et parfaitement dupe de la science folle du magicien. Nahidé n'aimait pas que mon père berne un savant — mon père, lui, riait. Elle fronçait ses fins sourcils et disait en russe : « Cesse de le faire marcher. » Mais comment cesser lorsqu'on a un public en or ?

A peu près à la même époque Marc Allégret tenta de filmer certaines de ses expériences. Il tourna pendant des semaines et mon père s'amusa à tromper l'œil de la caméra — car bien entendu les images passées au ralenti ne révélèrent jamais rien. Pourquoi voulez-vous qu'un appareil conçu par des hommes avides d'illusion ne leur ressemble pas ?

Pendant ce temps Nahidé s'enfonçait dans la maladie Elle manquait d'air et souffrait en silence de toutes ces présences importunes. Assise parmi des coussins elle toussait ; des gouttes de sang tachaient son petit mouchoir de dentelles qu'elle portait sans cesse à ses lèvres et mon père refusait de voir que sa Nahidé se mourait. Il se grisait de tous ces gens qui venaient l'admirer. Et au lieu de chasser immédiatement ces indiscrets assoiffés d'irréel, il dissimulait l'agonie de sa femme derrière les brouillards illusoires de son génie. « Pauvre pitre, disait-il de lui après la mort de Nahidé, tu l'as tuée, je me méprise. » Il arrivait que Mam fasse irruption dans la chambre enfumée ; voyant tous ces gens affalés jusque sur le lit elle s'indignait en russe : « Tu n'as pas honte, vieil égoïste, ne vois-tu pas qu'elle étouffe ? » Elle ouvrait la porte-fenêtre. Personne ne se préoccupait de cette vieille femme en colère. « Laisse, Mam, murmurait Nahidé, laisse, ça me distrait. » Et eux, cette véritable cour qu'il avait fini par rassembler autour de lui, eux ils continuaient à s'agiter, à fumer, à crier : « Medjid vous êtes sublime ! »

Il imposait sa pensée, il recevait la pensée des autres, il jonglait littéralement avec les puissances obscures, il était extraordinaire, plein d'un charme enjoué et irrésistible. Il était tellement avide d'admiration, de distraction, oui de distraction ! Mais quelle force de caractère proche de l'indifférence il eût fallu pour supporter sans flancher le spectacle d'une si longue agonie ! Il n'en pouvait plus. Lorsqu'ils se retrouvaient seuls tous les deux... je devrais dire tous les trois — la Mort était là, Nahidé la voyait, la désignait du doigt, là, tantôt assise dans le vieux fauteuil où mon père passait son temps à manipuler ses cartes, tantôt au pied même du lit, à tel point que la voix hachée par la fièvre elle la priait de la prendre ou de s'en aller —, lorsque, enfin, le dernier importun les laissait, quittant à regret les fêtes perpétuelles que mon père entretenait au fond de ce qui était devenu un véritable caveau, Nahidé entrouvrait ses grandes paupières poudreuses de khôl, et son regard vacillant de fièvre se posait sur mon père : « Pauvre Medjid, murmurait-elle dans un souffle, pauvre Medjid ! » Ces mots le dégrisaient, il pâlissait de honte et, au lieu de se précipiter vers elle, au lieu de lui demander pardon, il s'entendait crier d'une voix aigre : « Je t'interdis de me juger ! » Les paupières de Nahidé retombaient et elle laissait doucement aller sa tête en arrière parmi les oreillers. Elle souriait pour elle, en elle, avec une douceur tranquille. Alors mon père ressentait une violente morsure comme si une main serrait son foie et le malaxait ; des jets de bile lui venaient et un immense dégoût de lui-même le submergeait avec tout à la fois un besoin frénétique de s'en prendre à l'être le plus proche, le plus compréhensif, le plus aimant. « Pourquoi pauvre Medjid ? criait-il exaspéré, réponds, de quel droit me plains-tu ? » Renversée parmi les coussins elle tentait de reprendre sa respiration : ces simples mots murmurés l'avaient épuisée. Mon père voyait bien qu'elle perdait presque conscience mais il n'était occupé que de lui — il tremblait d'exaspération. « Réponds-moi, tu me méprises ! » criait-il dans une sorte de sanglot nerveux. Nahidé levait lentement la main et me faisait signe de calmer mon père, d'attendre qu'elle puisse parler mais mon père revenait vers le lit, et des paroles que par la suite il ne se pardonna jamais sortaient de lui presque toutes seules : « J'étouffe ! criait-il dans une sorte de hennissement, ne vois-tu pas que *tu* m'étouffes ! » Il le criait en russe, et les voisins dans la cour ne percevaient que ses cris sans en saisir le sens terrible. En vérité c'était elle, Nahidé, qui étouffait, là sous ses yeux. Ah, combien il en avait honte mais dans ces moments rien n'aurait pu le calmer, non vraiment rien !

Alors, n'en pouvant plus, il enfilait à la hâte son pardessus et sortait faire quelques pas dehors. Je restais avec Nahidé, je lui prenais les mains et à travers mes larmes je la voyais sourire doucement et faire une petite moue presque amusée. Elle s'interdisait de pleurer. Dégrisé mon père rentrait et venait se jeter à genoux contre le lit. Il appuyait son front sur l'épaule de la malade et elle lui caressait la tête lentement lentement. « Pardonne-moi, lui disait-il, j'ai honte. » Entre deux contractions de ses poumons elle réussissait à chuchoter : « C'est moi qui ai honte. » Et nous pleurions tous.

Je m'en allais déchiré, emportant avec moi leurs paroles, les images, et l'insupportable regret d'être le spectateur impuissant de leurs souffrances. Mam remontait chez elle et ils restaient seuls tous les deux dans les heures lentes de la nuit. Elle s'endormait et mon père la regardait dormir assise adossée au monceau de coussins, ses longs cheveux d'un noir presque bleu étalés autour de son visage d'un blanc mat. Même au pire de ses crises elle avait toujours eu ce geste gracieux de rejeter ses cheveux autour d'elle d'un revers des deux mains ; elle aimait qu'ils recouvrent l'oreiller de leur désordre : que lui restait-il d'autre que cette chevelure ? Seule sa chevelure lui donnait encore l'illusion de la liberté.

Parfois lorsqu'elle se sentait mieux et qu'aucun importun n'était là, elle s'amusait à rouler ses longues boucles sur le bec d'oiseau d'un fer à friser que mon père remettait à chauffer sur la petite lampe à alcool du samovar. Alors il leur semblait que tout était *comme avant*. Nahidé se tenait assise en tailleur sur le grand lit, les bras levés parmi ses cheveux répandus...

Il m'arrivait de les surprendre dans ces moments de répit ; je m'asseyais dans le vieux fauteuil et je percevais avec un désespoir secret l'odeur fauve, sensuelle, de ses cheveux que le fer brûlait un peu. Non, rien n'avait changé, la maladie n'était pas en elle, Nahidé respirait mieux et riait sans que son rire se disloque dans ces effroyables toux. Pourquoi ne serait-elle pas guérie ? me disais-je, et comme s'il avait lu ce que je venais de penser, mon père me répondait qu'en effet Nahidé allait mieux, beaucoup mieux ; et pris d'une sorte d'allégresse malsaine il se mettait à claquer des doigts, debout dans l'espace libre entre le lit et la porte-fenêtre, retrouvant pour elle les pas de leurs danses. Il chantonnait, pitoyable, bouleversant : raï raï raï, et glissait sur ses doigts de petites cymbales de cuivre dont le grelot aigre scandait tout à coup le souvenir de leurs pas ensemble. Il tournait lentement sur lui-même, penché un peu sur le côté, et les petites cymbales entre ses doigts clinquaient en cadences dérisoires. Nahidé descendait doucement du lit et, gracieuse dans sa chemise de nuit, elle ployait son corps, réinventant avec ses longues et souples mains au-dessus d'elle les figures des danses anciennes. Mais aussitôt la toux la cassait et elle se repliait parmi les coussins en désordre. Nous nous précipitions et, avec les plus grandes précautions, nous la recouchions adossée aux oreillers et peu à peu elle retrouvait le calme. Sa respiration sifflait mais à la longue les râles s'atténuaient. Alors mon père s'asseyait près d'elle et faisait sonner les petites cymbales qu'il avait gardées sans y penser accrochées à ses doigts. Il se souvenait, parlait de leurs tournées, de leurs succès — je voyais entre les cils de Nahidé scintiller une larme —, il ne pouvait s'arrêter et je me disais avec effroi : est-ce déjà la fin pour eux ? Finis leurs mouvements accordés, finie la musique du thar, jamais plus jamais plus la joie des applaudissements, la course dans les coulisses jusqu'à leur loge, la sueur, les fleurs, les amis, l'image surtout de leur couple pareil aux couples des miniatures persanes que l'on avait vue affichée juste avant la déclaration de guerre sur les kiosques de Paris :

NAHIDÉ ET MEDJID REZVANI
DANSEURS PERSANS

Ce fut sans doute là le plus beau, le plus merveilleux mensonge de mon père. Mam avait coupé cousu brodé les costumes. Il disait : « Ici des perles, là des paillettes », et Mam brodait brodait nuit et jour. C'est comme toujours du fond de la misère qu'était monté ce rêve de lumière, de paillettes, de clinquant. Ils commencèrent à répéter avec leurs six musiciens, et de répétition en répétition, je soupçonne mon père d'avoir inventé les pas, les mouvements, les déhanchements. Il faisait, j'en suis sûr, comme si la longue lignée des danseurs d'une Perse défunte chuchotait en lui, Medjid, la tradition perdue. Il exhuma, en les réinventant, les anciennes danses et Nahidé ne se laissa jamais aller à mettre en doute le savoir de cet homme qu'elle adorait pour ses facéties et ses mensonges. En quelques mois ils étaient montés en tête d'affiche, pour finir par danser sur le ponton illuminé du casino de Monte-Carlo... Le lendemain même ce fut la pleurésie dont Nahidé ne se remit jamais. Ici commença la longue noyade.

Je venais d'avoir dix ans. Mon père s'était mis en tête de me prendre chez lui, m'enlevant de Suisse où, à la suite de la mort de ma mère, ma tante avait eu la singulière idée de me cacher. J'arrivai donc à Paris au moment où ces affiches les représentant tous les deux couvraient les murs. « Tu vois, me dit mon père pointant le doigt sur la vitre du taxi, c'est papa et ta nouvelle maman. » Je trouvais Nahidé d'une beauté féerique avec ses voiles, ses mains peintes et ses yeux soulignés d'ombres bleues ; quant à mon père il me parut peu ressemblant et assez ridicule coiffé de ce turban où tremblait une aigrette.

Dès que je la vis je me sentis en confiance. Ce n'était pas « une grande personne » ; j'eus immédiatement l'impression de retrouver une sœur. Elle me sembla, à dire vrai, mieux accordée à ma taille qu'à celle de mon père. Je sus que nous serions complices comme peuvent l'être deux enfants. Je ne me trompais pas. Hélas ! très vite, avec la montée de la puberté, cette confiance, ce sentiment de complicité se transforma en amour exclusif. J'en devins positivement obsédé et commençai à considérer mon père comme un intrus.

Au-dessus de la chambre qu'ils occupaient, vivaient Mam et Lonia son dernier mari. Leur petit appartement était encombré d'appareils de précision compliqués ;

c'est à peine s'ils laissaient assez de place pour se retourner dans ces deux minuscules pièces. Dès que Mam me vit elle me prit sous sa protection et, par la suite, lors des nombreux conflits qui nous dressèrent mon père et moi l'un contre l'autre, elle prit toujours ma défense. Elle jugeait mon père, elle lui reprochait d'être le saltimbanque qu'il était. Cependant elle l'aimait malgré elle pour ce qu'il était, mais il lui fallut une vie de misère partagée, de pleurs partagés, d'angoisses et de rires partagés pour finir par l'accepter tel qu'il était, c'est-à-dire : menteur frivole changeant, tout à la fois soumis et frondeur, servile et orgueilleux ; et je crois, tout compte fait, qu'elle eut pour lui une adoration absolue ayant fini (elle aussi) par succomber à son charme — après une longue vie où ne se comptèrent pas entre eux les chamailleries et les rabibochages. Il pouvait improviser devant elle de véritables miracles — je pèse mes mots —, pour rien au monde elle ne s'en serait émue. « Je suis une vieille matérialiste scientifique, déclarait-elle, tu ne m'auras pas. » Voilà ce qu'elle trouvait à dire devant les expériences les plus stupéfiantes. « Mais justement, Mam, répondait mon père, ce sont vous autres les matérialistes qui devriez reconnaître l'universalité de mes pouvoirs. » Elle haussait les épaules et lui tournait le dos : « Charlatan ! — Après tout tu n'as sans doute pas tort », disait mon père en souriant. Mais il ajoutait toujours en russe : « Tu sais, Mam, nous sommes tous équipés d'une force mentale fabuleuse. » Elle faisait la moue et remontait chez elle où l'attendaient ses vieilles amies de l'émigration.

Pendant la guerre une sorte de patriotisme délirant s'était emparé de la population émigrée russe de Paris. J'ai vu de vieilles princesses suivre sur la carte le fabuleux retournement de l'Armée rouge et lever quasiment le poing à l'annonce du sursaut de Stalingrad. Pour Mam la question ne s'était jamais posée. Depuis 1905 et la fameuse charge des cosaques à laquelle elle avait assisté personnellement, elle savait quel était son camp Et depuis, elle ne ratait pas une occasion pour brandir la *Pravda* sous le nez de ses vieilles amies de l'émigration blanche. Tout cela se passait dans la plus parfaite bonne humeur et bien des vieux Russes (en reste-t-il encore de vivants pour en témoigner ?) vous assureront que la cuisine de Mam était un des lieux les plus distrayants de la petite Russie *underground* de Paris. Ce qui avait fait dire à je ne sais quel visiteur de la rue Erlanger que la plus grande réussite de la Révolution russe c'était sans aucun doute ses émigrés. Bien sûr il n'était pas question de formuler une chose pareille devant Mam. (Mam qui, bien qu'ayant tout perdu pendant les événements d'Octobre, mari, fortune, passé et avenir, n'a cessé d'évoquer la Révolution avec des tremblements d'émotion dans la voix !) Imaginez cette vieille femme si douce, si humaine, vous parlant de Staline comme du Sauveur en personne ! N'était-ce pas exaspérant et à la fois bouleversant de la part d'une ex-grande bourgeoise de l'ancienne Russie ? « Mais, Mam, disait mon père, il a exterminé des millions de gens. — Et alors, répondait-elle, cabrée, s'il l'a fait c'est que la Révolution l'exigeait. » Voilà ce que vous répondait l'être le plus doux, le plus humain, le plus sensible ! Elle n'en démordait pas : Staline a eu raison sur toute la ligne. Pour elle, il était la Révolution, un point c'est tout. « Oui, ça existe une stalinienne de soixante-dix ans, disait mon père à ses visiteurs, elle vit au-dessus de moi et c'est une sainte ! » « Voyons, insistait-il, il a tué ton premier mari (le père de Nahidé) ? — Oui, c'est vrai. — Et tu acceptes une pareille ignominie ? — Oui. » Et elle retournait à ses épluchages sans en paraître autrement troublée. Mais si vous aviez observé ses vieilles mains déformées par l'arthrite, vous auriez remarqué qu'elles tremblaient un peu et que ses doigts tâtonnaient plus que d'habitude.

Toutes les émigrées russes n'étaient pas comme elle, me direz-vous. Certainement pas, et loin de là ! Ma mère aurait donné joyeusement sa vie pour que la Révolution s'écroule et avorte. Elle prononçait le mot bolchevique avec une grimace de tout son visage. Ma mère avait mis des années pour traverser la Russie de bout en bout, avec l'idée fixe de sortir des frontières de cette révolution qu'elle refusait de tout son être et du fond de l'âme. Six fois refoulée aux frontières, six fois internée dans des camps, six fois évadée à la faveur du gigantesque désordre qui faisait ressembler la Russie à un asile de fous ! Et chaque fois, avec une obstination d'insecte, elle était retournée se heurter aux milices des frontières. On l'avait reprise et renvoyée le plus loin possible vers l'intérieur. Et chaque fois, franchissant tous les obstacles, elle était revenue tenter sa chance sur les sentiers frontaliers, se mêlant aux groupes de fuyards qui affluaient aux portes de la Perse. Elle savait qu'elle passerait, rien ne l'en aurait empêchée. Une force incompréhensible la poussait et c'est avec un profond sentiment de bonheur qu'un matin, bien que dépouillée de tout, elle se retrouva dans un camp de transit sur le sol de Perse, hors de Russie, enfin !

Peu de temps avant la mort de mon père, Danièle se risqua un jour à lui demander comment il avait connu ma mère. (Entre 1938, date à laquelle il m'avait arraché à ma tante, et 1960 je ne crois pas que le nom de ma mère ait été prononcé plus de deux ou trois fois entre mon père et moi. On faisait comme si elle n'avait jamais existé.) La question le surprit. Aussitôt j'ai vu s'allumer dans son œil la petite flamme du mensonge. Oh, Adèle, il l'avait vue pour la première fois dans un camp de transit sur la frontière russo-persane où il servait d'interprète. Il parla d'elle avec une sorte de hauteur apitoyée et, sur l'insistance de Danièle, il finit par nous avouer avoir épousé la « pauvre femme » sur-le-champ, sans la connaître, car on allait la refouler et la rendre aux Russes. Il en avait tout simplement eu pitié. Et il conclut en battant ses cartes d'un mouvement légèrement plus rapide : « C'était une emmerdeuse. » Pas un mot de plus. Était-ce possible qu'ils aient vécu la même histoire ?

Cependant j'étais là pour témoigner de leur rencontre, j'étais né, moi, Cyrus Boris Serge Rezvani, du ventre de ma mère, en Iran Perse Téhéran, le 23 mars 1928, là-dessus pas de doute et mon père était bien mon père, là-dessus pas de doute non plus — je lui ressemblais trop... et à elle aussi. Je perds le compte du nombre de fois où, pendant mon enfance, on m'a déplacé, arraché, volé, déchiré. Mais une chose est certaine : je me suis toujours reconnu dans le souvenir que je garde de ma mère et, pour ce qui est de mon père, je peux dire que j'ai assez souvent maudit cette part excessive d'un certain plaisir de plaire (j'y vois sans conteste son véritable héritage) pour douter de ma filiation. Je suis vertigineusement *eux.* Je les refuse et les admets. Ils m'emplissent. D'un côté je suis en possession d'un monceau d'images violentes, d'un torrent de mots, j'entends encore à plus de quarante ans de distance la voix de ma mère, la pauvre Adèle Rouchtein, encombrée de son accent russe, de son accent, de son accent qui mettait entre elle et moi une sorte de tampon d'incompréhension. Je me souviens avec quelle pathétique insistance elle revenait sur chaque détail, me répétant le nom de Lydia, sa sœur, pour que je ne l'oublie jamais jamais... le nom d'un de ses cousins (était-ce un cousin ?) qui l'aidait à survivre : Jo Davidson, un sculpteur américain célèbre à l'époque... le nom des fils de ma tante : Boris et... (oublié) Pomper... le nom de son frère, un violoniste génial, disait-elle (dont le nom ne me revient pas non plus), lui aussi célèbre en Amérique... et encore et encore des noms des noms des noms pour qu'après sa mort je sache auprès de qui me réfugier, pour que je ne reste pas à l'abandon, pour que surtout mon père ne s'empare pas de moi — lui le magicien. Et de l'autre côté quelques phrases lâchées à contrecœur — et encore parce que Danièle insistait : « Je l'avoir épousée par pitié, je l'avoir épousée pour sauver elle des Rouges. » Voulait-il couper court, tirer un trait sur cette époque assez trouble de sa vie? Lui habituellement si plein de charme et d'humour, lui si passionnant lorsqu'il commençait à raconter, liquidait ma mère en quelques mots.

Et cependant les images sont là en moi! Image par image, je l'imagine leur histoire. Grande, farouche, ses longs cheveux noirs défaits retombant jusqu'aux reins (comme sur la photo jaunie cassée, aux bords effrités qu'elle traînait partout avec elle), elle lui était apparue au milieu de tous ces hommes en armes, d'une beauté impérieuse et tragique. Elle ne ressemblait à aucune des Russes qui encombraient le camp. Il se dégageait d'elle de la fierté du dédain de l'orgueil, ses yeux étincelaient, elle écrasait tous ces hommes de son mépris. Sa robe déchirée, ses bottes de peau retournée aux coutures usées, la crasse qui la faisait paraître encore plus sauvage si possible, montraient combien son *passage* ne s'était pas fait facilement. Sans fin elle m'avait détaillé, image par image — revenant mot après mot sur cet épisode exotique et coloré — ce moment exact où, un pied encore en Russie, elle avait posé l'autre en Perse. L'homme lui avait arraché des mains l'étui noir et l'avait ouvert. Le violon était tombé en produisant une sorte de miaulement aigre qui résonna longuement dans les solitudes des montagnes. « C'est pour moi, avait dit le cavalier qu'elle avait payé pour la guider, laisse ce sac aussi, laisse-moi tout, pourquoi t'encombrer? Si ce n'est pas moi c'est ceux d'en bas qui le prendront. » Sans descendre de son cheval, d'un coup sec il rompit la mince chaîne d'or qu'elle portait dissimulée sous le col déchiré de sa robe. Il s'inclina, baisa la chaîne encore tiède du contact de la peau et la glissa dans un petit sac de cuir qui pendait à sa selle. Trébuchant sur le sentier abrupt, elle s'était éloignée sans se retourner. Il lui avait crié : « Bonne chance et ne m'en veux pas! Quand tu arriveras au poste demande à voir l'officier qui parle russe, tu entends! Moi je suis honnête, eux te fouilleront. »

Un peu plus bas, un homme pieds nus, les chevilles

entravées d'un tissu couleur de rouille retenu à la taille par une ceinture-cartouchière piquée de grains de mica, lui barrait le chemin. Il tenait un très long fusil ouvragé qu'il appuya sur la poitrine de la jeune femme. Il prononça quelques mots en tendant la main. Elle recula et, par signes, lui fit comprendre qu'elle n'avait pas de bijoux. Il insista montrant qu'il se contenterait de peu de chose. Touchant la veste de mouton en lambeaux qu'elle portait sur ses épaules il la lui enleva en faisant une courbette et en riant comme un enfant.

Elle le suivit jusqu'à un baraquement. Un officier accroupi dans la poussière fumait, les yeux mi-clos. Il portait une vareuse militaire à l'européenne et un képi. Il s'avança vivement vers elle en criant avec colère : « Vous Russe ? — Oui, dit-elle. — Pourquoi vous passez par les montagnes ? C'est absolument illégal. Tous les réfugiés sont des espions. Ici nous les fusillons ! » Il tendit une main aux ongles longs et sales ; ses doigts étaient chargés de bagues de femme. « Vous avez un papier avec des tampons ? Les Russes sans papiers nous les fusillons. Donnez vos papiers tamponnés ! » Ma mère sortit d'une poche cousue sous sa robe un portefeuille. « Donnez, je veux tout voir ! » Il s'empara du portefeuille, en ôta les papiers et le fit disparaître dans sa poche. « Je regrette beaucoup mais je suis obligé. Si ce n'est pas moi, c'est les autres, vous comprenez ? Moi je suis un voleur, lui est un voleur (il désigna le guerrier), tous voleurs ! » Il lui rendit les papiers et lui serrant brusquement le bras il murmura : « S'il vous plaît, je veux tout de suite les petites choses en or que vous cachez dessous. » Écartant le col de sa robe il chercha sur son cou, remonta parmi les cheveux, toucha le lobe de ses oreilles. « Mais je n'ai plus rien, le passeur m'a tout pris. » Il tâta sa robe partout, elle se raidit sentant, avec répulsion, sur elle ces mains avides. « S'il vous plaît, je sens quelque chose là, je veux pour moi ! » Il fit signe au soldat qui lui maintint les bras cependant qu'il déchirait l'emmanchure de sa robe. A mesure qu'il les sortait de la cachette où sa sœur Lydia les avait cousus, il empochait les roubles en billets, une bague en or et quelques autres bijoux. Il hésita et lui rendit une paire de boucles d'oreilles : « Ça, vous le remettez à sa place pour les autres après moi. Ils seront très contents avec ça quand ils le trouveront. » Il eut un geste désolé : « Tous voleurs ! Pas bien, pas bien du tout mais que voulez-vous ! Pays de voleurs ! »

Il la fit passer par des chicanes de barbelés et ils pénétrèrent dans une tente encombrée de valises et de ballots éventrés. Un gros général vêtu d'un uniforme européen écrivait installé en tailleur sur un tapis. Il fixa ma mère avec sévérité et appela : « Medjid ! » Apparut un jeune homme au regard malicieux et à la bouche rieuse. Le général parlait en persan, le jeune homme traduisait : « Alors, mademoiselle (lui fit-il dire), nous franchissons la frontière par les montagnes ? Savez-vous que nous fusillons les espions ici ? Non... nous plaisantons. Vous avez la chance d'être tombée sur le seul être humain de ce pays arriéré. Je puis vous affirmer, pour bien les connaître, que mes compatriotes sont des gens méprisables. Je parie qu'ils vous ont fouillée et volée les uns après les autres. Que voulez-vous, ici c'est le Moyen Age, nous n'y pouvons rien. » Le jeune traducteur souriait à ma mère et elle eut l'impression qu'il lui avait fait un signe cependant qu'en elle elle entendait une voix : *Je suis avec toi et je te sauverai.* Le général s'adressa à l'officier et ils parlementèrent. Au début celui-ci riait mais peu à peu son ton devint geignard et, un à un, il sortit à regret les quelques bijoux qu'il venait de confisquer à ma mère. « C'est tout ? fit-il traduire. — Non, dit-elle d'une voix qui tremblait de colère, il y avait aussi deux cents roubles. — Combien a-t-elle dit ? — Deux cents ! » Le gros général tendit alors la main vers l'officier et resta ainsi immobile en le fixant. Celui-ci fouilla les poches de sa vareuse et rendit enfin quelques roubles fripés. Le général insistait. L'officier se mit à pleurnicher puis, à contrecœur, déplia dix billets de dix roubles que l'autre empocha avec les bijoux. « Désolé, mademoiselle (fit-il traduire)... Les valeurs sont strictement interdites dans le camp. Demain sans doute nous vous refoulerons... » Le jeune traducteur qui ne quittait plus ma mère des yeux s'approcha d'elle et lui chuchota : « Vous ne récupérerez rien, ne vous faites pas d'illusions. » Et la voix en elle ajouta : *Fais-moi confiance, Adèle, je te sortirai de là,* et il fronça imperceptiblement les sourcils.

On emmena ma mère et on l'enferma dans un baraquement avec d'autres femmes russes. Quelques heures plus tard le jeune traducteur venait la chercher et l'épousait aussitôt. « Je savais que c'était toi », lui dira-t-elle par la suite.

Que s'était-il passé ? Que lui avait-il trouvé de plus qu'aux autres femmes du camp ? Chaque jour il en arrivait, elles franchissaient les limites frontalières tout aussi en loques et dépouillées par les passeurs. Elles vivaient parquées dans des baraquements en planches, voisinant avec ce qui restait des armées d'élite du tzar (dont l'assurance et la morgue s'en allaient avec les derniers lambeaux d'uniforme). On les voyait, derrière les barbelés, rire, pleurer, s'agiter dans de continuelles transes. De temps en temps des commissions déléguées par divers pays visitaient ces camps : on y pêchait au hasard quelques princesses ainsi qu'une poignée d'officiers aux noms prestigieux qu'on lâchait dans les capitales du monde afin d'alimenter la propagande antibolchevique.

Par une succession de hasards mon père s'était retrouvé interprète dans un de ces camps de transit. Interprète ? A l'époque il parlait à peine le russe mais d'après ce que m'en a dit ma mère ses *dons* remplaçaient abondamment son ignorance. Le commandant du camp le faisait venir : « Medjid, débrouille-toi pour me mettre en communication avec cet étranger (Anglais Allemand Français ou Russe). » Et mon père se tirait des situations les plus délicates. En vérité il faisait tout son possible pour que personne ne soit renvoyé du côté rouge. Il était violemment antisoviétique et le resta toute sa vie. (Bien plus tard il m'arriva de rencontrer dans la colonie russe de Paris des gens qui se souvenaient encore d'un jeune traducteur-magicien et de certains miracles qu'il avait accomplis dans le but de les sauver.)

Que se passa-t-il entre lui et ma mère ? Elle, qui fut une des premières adeptes de Gurdjeff, crut voir dans les *dons* inouïs de mon père des preuves de sainteté. Elle, la jeune fille farouche qui ne se serait pas gênée pour cravacher un homme en pleine figure, cette étrange fille d'un marchand de vodka en gros, ne vivant que pour les chasses au loup, les chevauchées garçonnières et la musique, la voilà du jour au lendemain en adoration devant un jeune magicien originaire d'Ispahan qui se fait appeler Medjid Khan Rezvani et qui accomplit de véritables miracles. « Je *devais* te rejoindre », lui disait-elle avec exaltation. Dans ce *devais* pesait toute la fatalité de leur rencontre. Ses yeux pareils à des « diamants noirs » lançaient des lueurs tragiques. « Adèle, lui disait mon père, il ne faut pas exagérer. — Je n'exagère pas : *je sais.* » Elle avait décidé pour lui. « Tu te trompes, Adèle, je t'assure, je n'ai pas de tels pouvoirs. » Elle s'emparait de sa main et la portait à ses lèvres. « Dès que je t'ai vu, *j'ai su.* » Elle se laissait choir à ses pieds. « Mais, Adèle, lui disait mon père, crois-moi, n'importe qui peut soulever les objets à distance et transmettre mentalement ce qu'il veut ; il suffit d'exercer ces dons que nous possédons tous — comme toi pour le violon. Ne crois-tu pas que c'est un pur miracle que de t'entendre jouer ? — Je t'interdis de faire de telles comparaisons. » (Voilà en quelques mots le style des conversations que ma mère m'a rapportées.)

Ils avaient quitté le camp et après avoir erré d'une ville à l'autre ils s'étaient installés à Téhéran où très vite mon père se trouva entouré de disciples. Malgré son jeune âge il y avait autrefois fondé un théâtre qu'il avait dirigé quelque temps avant de s'enfuir, laissant deux femmes et deux enfants derrière lui. (L'un de ces enfants, un garçon, suivit sa mère en Russie. Il mourut par la suite à Stalingrad dans l'Armée rouge ; mon père l'apprit sans la moindre émotion au lendemain de la guerre. L'autre, une fille, Shorate, vit je crois à Téhéran. A l'occasion d'un voyage à Paris qu'elle fit juste avant la mort de mon père, nous la rencontrâmes, Danièle et moi. Comme elle ne parlait pas le français nous n'échangeâmes que des sourires.)

Où ma mère avait-elle réussi à trouver tant de gens avides de se donner un maître ? Parmi eux il y avait de nombreux émigrés russes, des Anglais, une Américaine et quelques Persans. On baisait les mains du magicien et la moindre de ses paroles était recueillie notée interprétée. Elle avait loué une petite maison non loin de l'ambassade de France et c'est sur le toit en terrasse de cette maison que chaque jour mon père (devenu mage malgré lui) s'accroupissait sur un tapis au milieu de ses disciples. Ma mère se tenait à ses pieds. Elle s'enroulait dans un grand tissu sombre, ne laissant de visible que son visage d'oiseau de haut vol. Elle ne quittait pas mon père du regard et lorsqu'il parlait je suis sûr que ses pupilles se dilataient comme si ce qu'il disait agissait sur elle avec la force d'une drogue. Rien n'est plus contagieux que cette sorte d'adoration, il suffit qu'une femme se jette aux pieds d'un « maître » pour qu'aussitôt toutes les autres fassent de même. Les hommes sont plus réticents par nature mais, pour finir, une fois le premier genou à terre, ils s'abandonnent à cette sorte de folie en y mettant, eux, une impressionnante énergie. Souvent j'ai entendu mon père dire en riant : « Il est agréable d'être admiré mais en même temps il faut déployer beaucoup de vigilance pour ne pas se laisser écraser sous cette admiration. » Nahidé se moquait de lui, Mam aussi. « Voilà qu'il se prend au sérieux », disaient-elles. Mon père haussait comiquement les épaules et continuait à manipuler ses cartes. J'imagine qu'il se revoyait à Téhéran entouré de ceux que ma mère nommait ses disciples. « Que voulez-vous de moi ? leur disait-il. — Que tu nous donnes une parcelle de tes pouvoirs, maître. — Mais je n'ai pas plus de pouvoirs que vous n'en avez vous-mêmes. Je n'ai rien à faire ici, parmi vous. — Oui, mais nous nous avons à faire auprès de toi. » Il était las de l'image que ma mère leur avait imposée de lui mais au lieu de tout envoyer promener, il remplissait son rôle et même au-delà, ne pouvant s'empêcher de faire la roue. Il commençait par lire dans les pensées puis il transmettait quelques petites réflexions drôles pour détendre l'atmosphère. Rien n'était plus surprenant (me racontait ma mère) que de voir une assemblée de gens silencieux rire tout à coup de la même chose — sans que cette chose soit prononcée. Les traits d'esprit télépathiques de mon père déclenchaient des bruissements de rire puis le silence revenait et de nouveau il transmettait une réflexion cocasse et les rires repartaient spontanément pour aussitôt se calmer comme ces petites vagues qui se brisent et renaissent par temps calme autour des récifs. Après ces quelques exercices faits pour assouplir en quelque sorte les esprits, il passait aux « choses sérieuses » (comme les nommait ma mère). Lui, je suis sûr, se jurait de ne plus mettre en avant ses pouvoirs. Mais il se trouvait sans pouvoir devant les exigences de sa vanité. Il ne *pouvait* résister à la satisfaction d'éblouir.

Alors il faisait disparaître quelques menus objets puis il soulevait à distance l'un ou l'autre de ses disciples. « Rien être plus facile que cette genre de petite expérience, prétendait malicieusement mon père, il suffit d'agir sur perception que nous avoir du gravitation. Ce perception nous posséder tous plus ou moins astrophiée mais nous ne plus savoir stimuler elle. Un peu comme sens perdu. »

Il vécut ainsi, avec ma mère, sans doute plusieurs années, entouré de disciples, loué, adulé par une quantité croissante de gens. Il s'était laissé pousser la barbe et, malgré son jeune âge, il se comportait comme un homme plein de sagesse. On ne parlait que de lui dans le quartier de l'ambassade de France si bien que l'ambassadeur lui-même eut la curiosité de se mêler quelquefois aux admirateurs du magicien. C'était à qui viendrait voir s'accomplir les miracles de Medjid Khan Rezvani. La meilleure société de Téhéran se pressait à sa porte. La rumeur, qui comme je l'ai dit enfle toute magie, prêtait à mon père des pouvoirs illimités ; et, au lieu de rester un peu au-dessous — comme il sut si bien le faire par la suite, se donnant toujours en quelque sorte une marge de reprise —, victime de sa vanité et de l'exaltation de ma mère, il s'efforçait au contraire de surprendre chaque jour davantage et de dépasser cette rumeur qui le dépassait. Cette constante surenchère le mena très vite non pas aux limites de son *savoir* — il ne s'en connut jamais puisqu'il ne *savait* rien — mais au bord de la dépression. « Rien être plus épuisant, disait-il, que jongler avec forces obscures. »

Un jour il arriva et dit à ses disciples : « Savez-vous ce que je vais vous montrer aujourd'hui et de quoi je vais vous parler ? — Non, maître, répondirent-ils tous ensemble. — Alors si vous ne le savez pas comment voulez-vous que je le sache ? » Et il s'en alla. Le lendemain avant qu'il n'arrive ses disciples se concertèrent et décidèrent de répondre qu'ils savaient. « Alors, leur dit mon père en arrivant, savez-vous de quoi je vais vous parler aujourd'hui ? — Oui, maître, répondirent-ils ensemble. — Donc si vous le savez vous n'avez pas besoin de moi. » Et il s'en alla. Le lendemain avant qu'il n'arrive, ses disciples décidèrent que cette fois la moitié d'entre eux répondrait qu'elle savait et l'autre qu'elle ne savait pas. Comme les autres jours il posa la question. La moitié dit qu'elle savait et l'autre qu'elle ne savait pas. « Très bien, leur dit mon père, alors que ceux qui savent le disent à ceux qui ne le savent pas. » Et il s'en alla définitivement, plantant là ses disciples, ma mère (et moi). Ainsi racontait-il la fin de ses aventures persanes. Il s'embarqua sur le premier paquebot et s'enfuit en France — où ma mère eut la folie de le poursuivre.

Mon père pouvait tenir des discours d'un sérieux surprenant et tout à coup vous vous aperceviez qu'il riait en lui-même. Sans cesse il bifurquait victime de sa fantaisie. Jusqu'à son accent plein de charme et d'inattendu dont il s'amusait à perfectionner l'incohérence apparente — ce qui lui permettait d'en dire beaucoup plus qu'il n'y paraissait. Non seulement il parlait par néologismes mais encore la structure même de ses phrases, leur déconstruction construite à partir d'autres règles vous mettait hors du sens courant. Vous deviez en quelque sorte faire une *lecture*, tracer un sentier dans la jungle de ses mots, de sa musique personnelle. Son accent n'était ni un accent russe ni un accent persan, c'était une langue à lui (un peu comme le français du précepteur persan) et cette langue tenait à elle seule de la magie. Elle vous ensorcelait, agissait sur votre esprit avec la subtile puissance d'une hypnose. Sans cette langue personnelle je ne sais si mon père aurait pu s'emparer aussi adroitement des esprits et des corps. Il me semble que l'impact de cette sorte de musique des mots, la cadence à laquelle elle était émise agissait comme un brouillard qui peu à peu paralysait l'acuité de ceux que mon père se proposait de manipuler. Tous les magiciens émettent pendant leurs expériences des phrases stéréotypées sur un rythme plus ou moins saccadé. En général ce langage est assez pauvre et sans grande originalité. Les expériences se révèlent la plupart du temps éculées (à l'image des mots) et à la portée du premier venu assez patient pour appliquer à la lettre les notices du matériel acheté chez Mayette place Maubert. Non, le langage dont je parle était déjà à lui seul de la magie. Il ne se rapprochait de rien de connu. Et je m'amuse à croire que si mon père n'avait eu d'autre science que celle-là il aurait pu tout aussi bien soulever les esprits et les corps rien qu'avec la musique inouïe de ses mots.

Pour mieux me faire comprendre, voici un petit exemple à propos du langage utilisé comme appui stratégique par les magiciens. Mon père allait souvent le dimanche matin aux Puces de la porte de Clignancourt. Lorsque j'étais enfant (nous en étions encore dans la phase de séduction), il m'emmenait avec lui et nous nous enfonçions dans la foule rêche moyenâgeuse ruisselante comme un égout riche de déchets inattendus. Là, avec toutes sortes de mystères, mon père rencontrait d'autres magiciens, des êtres souvent étranges venus des quatre coins de la planète. La plupart faisaient leurs tours sur un chiffon étalé par terre ; mon père les observait et parfois même jouait au compère bénévole. Un signe et l'autre savait à quel complice hors série il avait affaire. Lorsque mon père décelait un vrai magicien dans l'homme accroupi sur l'asphalte il s'approchait de lui et se faisait reconnaître. Par la suite vous retrouviez tel Gitan, tel Chinois, tel Indien des Puces de Clignancourt chez mes parents. Mon père échangeait avec l'un ou l'autre des bribes de science. Je pense en particulier à ce très vieux Chinois qui travaillait avec un rat blanc. Il fréquenta pendant des années la chambre de mes parents. Le rat furetait sur le lit où gisait Nahidé, et le vieil homme faisait avec lui des tours éblouissants. Mais ce qui me fascinait le plus c'était le langage du Chinois. Il se ramassait en trois mots liquides d'une phrase unique : « Moipatalaoui » (Moi pas travailler). Ce murmure revenait sans cesse pendant ses manipulations, il huilait ses gestes : « Moipatalaoui moipatalaoui »... la litanie envoûtante modulait les exquises beautés de véritables petits miracles. Mon père se tenait accroupi près de lui, le menton sur les genoux, dans un état de réel ravissement. Par moments le Chinois changeait le rythme du phrasé et ses longs doigts ridés faisaient apparaître et disparaître des billes d'ivoire de la grosseur d'un pois dans un ralenti si sûr si subtil qu'il était impossible de déceler sa technique de manipulation. Alors mon père riait de bonheur et le vieux Chinois me clignait de l'œil sans cesser de chantonner : « Moipatalaoui moipatalaoui. » Puis à son tour mon père lui dévoilait certaines astuces de son invention et c'était alors le Chinois qui riait ébloui. Il criait de sa voix liquide : « Toinonplus Medlid toipatalaoui ! » Et il sifflait son rat blanc qui accourait saluer mon père que le Chinois lui désignait comme « leplusglandmaîtledesglandsmaîtles ». De même que mon père il s'était construit cette sorte de langage à l'abri duquel ses doigts devenaient infaillibles, et je suis sûr que si on l'avait obligé à se taire il n'aurait pu réussir un seul de ses tours.

Au contraire du Chinois qui se servait de la répétition comme d'une mélopée hypnotique, mon père tenait un véritable discours souvent drôle, la plupart du temps très poétique et même philosophique. L'envoûtement se faisait sur plusieurs niveaux ; le charme des mots agissait ainsi que leur contenu à l'égal des gestes. Et puis pour certaines expériences de télépathie dont je parlerai plus loin, l'ambiguïté de ce langage, son imprécision donnaient à mon père une marge de sécurité qui lui permettait de se sortir des situations les plus difficiles.

Mon père refusa toujours de se produire en public. On l'engageait parfois à titre d' « invité » dans des *soirées* où il se manifestait comme par hasard, finissant par envoûter jusqu'au délire les gens les plus sérieux. Discrètement l'hôtesse lui faisait parvenir une enveloppe. Entre ces quelques soirées payantes et les clientes auxquelles mon père prédisait l'avenir contre un salaire assez modeste, mes parents réussissaient à survivre dans une sorte de misère dont l'originalité, le style, fascinaient tous ceux qui les approchaient.

Pendant la guerre, la petite chambre au fond de la cour servit de lieu de rencontre à toutes sortes de gens. Non seulement on venait consulter mon père sur la tournure que pouvaient prendre les événements (combien d'hommes politiques de résistants d'Allemands de trafiquants, combien d'émissaires de tous bords se sont glissés par la porte-fenêtre du 81, rue Erlanger !) mais aussi une fois qu'on avait goûté au charme que dégageait ce lieu hors du commun on y revenait pour le simple plaisir. Parfois la chambre était tellement pleine que je devais renoncer à y entrer. J'arrivais de pension (ce jour de permission je l'avais attendu avec une telle impatience !) et voilà que j'étais refusé. « Serioja, monte chez Mam », criait mon père à travers la porte-fenêtre. Et c'est avec des larmes de colère que je grimpais à l'étage — où là non plus je n'avais pas ma place.

La cuisine était occupée par tous les vieux Russes du quartier ; Mam leur servait le thé ainsi que des gâteaux qu'elle avait pétris avec ce qu'elle avait pu et, tout en aspirant leur thé à travers un éclat de sucre coincé entre les dents, ces vieux déchets trouvaient le moyen de s'empoigner à propos de Kerenski ou de Lénine, puisant dans ces discussions nostalgiques des sursauts de jeunesse. Mon grand-père ainsi que Mam étaient staliniens. Tous leurs amis de l'émigration parisienne, fascinés par la solidité sans faille des convictions idéologiques de ce vieux couple rouge, se pressaient chez eux avec une avidité morbide. Et c'était des discussions sans fin ! On passait au peigne l'Histoire, on chicanait sur une date, un détail, mais au bout du compte les blancs devaient bien reconnaître que la révolution d'Octobre avait eu lieu et que ce fait était non seulement irréfutable mais irréversible.

A son grand regret, Mam n'avait pas vécu sur place cette révolution. Peu de temps avant elle était arrivée à Paris pour suivre ses études à la Sorbonne, quittant à jamais la Russie, son premier mari riche et puissant, sa vie préservée de grande bourgeoise. Comment aurait-elle risqué par la suite cette migration à rebours avec ses deux petites filles alors que le pays était plongé dans le chaos ? Je sais qu'elle souffrit toute sa vie de s'être trouvée exclue de « l'édification de la Patrie du Socialisme » comme elle disait en russe. Il fallait l'entendre parler des réalisations soviétiques ! Elle en rosissait de fierté. Lonia (que je nommerai ici par commodité mon grand-père — en fait je l'appelais oncle), lui aussi se rengorgeait lorsqu'on prononçait le nom de Staline. Mais pourquoi s'était-il expatrié ? Pourquoi avait-il choisi la France en passant par Berlin ? (Un carton à chapeau plein de marks périmés témoignait de cette première étape de son exil.) Je sais en tout cas que toute sa vie il resta en correspondance avec de mystérieux amis de Moscou, leur envoyant des mémoires et des plans pour lesquels il m'arrivait de faire des croquis dans le plus grand secret. A la Libération, le gouvernement soviétique offrit une ultime occasion aux émigrés d'opter pour l'U.R.S.S. et rentrer en Russie s'ils le désiraient. Mam et son mari se résolurent à rester en France mais prirent cependant la nationalité soviétique. Ils ne retournèrent jamais dans leur patrie, ne voulant pas charger le peuple russe, disaient-ils naïvement, de deux bouches inutiles à nourrir.

C'est auprès de Mam et de mon grand-père que je trouvai un peu de cette solidité de sentiments dont j'avais un si vif besoin lorsque j'étais enfant. Ce qu'on ne me donnait pas au rez-de-chaussée je tentais tant bien que mal de l'extorquer au premier et il m'arriva plusieurs fois de tomber en sanglots dans les bras de Mam, l'obligeant à m'assurer que je n'étais pas seul et qu'au moins pour elle je comptais. Mais Mam n'aimait pas s'attendrir, sa pudeur la poussait à des brusqueries, à des franchises de comportement qui blessaient. Et quand elle se laissait aller à me consoler je pouvais être sûr que les jours suivants elle me bouderait comme pour bien me signifier que ce genre d'épanchement ne devait pas trop se renouveler, qu'il était indigne d'elle et de moi. Par la suite en vieillissant et lorsqu'elle eut atteint le fond du malheur et de la solitude, elle perdit un peu de son caractère et, à ma grande surprise, devint sentimentale — surtout avec Danièle. Cependant même alors, elle lâchait comme à contrecœur et d'un ton bourru ses déclarations d'amour. Oui, elle aimait d'amour Danièle, elle avait en elle la plus absolue confiance et c'est en rosissant, et presque avec honte, qu'elle le lui faisait comprendre par toutes sortes de biais d'une naïveté qui secrètement me bouleversait.

Mon grand-père aussi se refusait à toute extériorisation de sentiments. Ce n'était pas révolutionnaire ! Il se méfiait bien trop de sa faiblesse et prenait la précaution de dresser entre lui et ceux qu'il aimait une sorte de barrière ironique où la plaisanterie tenait lieu de langage à double fond. Il n'avait jamais pris la peine d'apprendre le français et c'est seulement à partir du moment où j'entrai dans la famille et qu'il éprouva le désir de communiquer avec moi qu'il s'efforça d'introduire quelques mots de français dans cette sorte de langage particulier (fait plutôt d'onomatopées) qu'il avait fini par inventer pour nous deux. Très vite j'aimai mon grand-père et lui-même s'attacha à moi mais pour rien au monde il ne se serait laissé aller à me le montrer. Bien plus tard, au moment de mourir, il parla de moi, paraît-il, avec attendrissement et amitié. Lorsque je l'appris j'en fus d'autant plus ému. Ainsi donc, au moment de mourir il aurait abandonné ce ton d'ironie détachée avec lequel il s'arrangeait pour dire exactement l'inverse de ce qu'il pensait !

Mam et mon grand-père se considéraient avant tout comme des communistes — je dirais des communistes fervents — et je pense que cette conscience politique quasi religieuse agissait comme un frein dans toutes les occasions de la vie. Ce trait de caractère je l'ai retrouvé chez bien des vieux militants : une immense sensibilité voilée par une constante (mauvaise) conscience de l'injustice globale. Réalisons l'Utopie, après nous verrons ; après nous nous laisserons aller à l'attendrissement aux épanchements à l'amour ! Mais pour l'instant nous sommes en guerre donc nous devons nous aguerrir. Voilà le discours sous-jacent qu'ont tenu ces soixante dernières années bien des militants aux cœurs sensibles. Je pense à cette anecdote rapportée par la fille de Staline dans ses Mémoires. Un jour son père lui avait donné une gifle. Mécontent de s'être laissé aller à gifler une si jeune enfant, Staline lui aurait demandé pardon de ce geste trop vif : « Tu vois, ma chérie, ce que tu m'as fait faire. » Mon grand-père et Mam avaient un peu de cette couleur sentimentale. Il y avait une *bonne* violence et une *mauvaise* violence. La bonne violence répondait à regret à la mauvaise violence. Cela se traduisait par : le monde capitaliste est dur, si nous voulons le vaincre un jour, il nous faut aussi nous durcir. La gifle de Staline est toujours là, enfouie dans le cœur de chaque communiste. Moi-même, je dois le reconnaître, du temps de mon adolescence, influencé par mon grand-père et par Mam j'ai souvent excusé et parfois même approuvé le flegme glacé de la politique du bloc socialiste. La phrase de Mao : « Pour qu'il n'y ait plus de fusils il faut prendre le fusil », résume le fabuleux malentendu dans lequel nous sommes plongés depuis la dernière guerre.

Je crois qu'on ne pouvait rencontrer prototype plus parfait du matérialiste-scientifique-enthousiaste que mon grand-père. Lorsqu'il discutait des « grands sujets » avec ses vieux amis émigrés, sa voix se transformait et son russe prenait les accents optimistes et déclamatoires de Lévitan, le fameux speaker de Radio-Moscou. Tout cela était si pathétique si désespéré ! Il m'assurait que je verrais les Russes marcher sur la lune et y planter le drapeau rouge. Malheureusement il mourut quelques années avant le lancement du premier spoutnik... et heureusement bien des années avant l'aventure spatiale américaine.

Le jour où les Américains larguèrent leurs bombes sur Hiroshima et Nagasaki, il avait cependant accueilli la nouvelle avec des frémissements de fierté. Oui, il était fier, ce jour-là, du singe qui, à la suite d'un si long cheminement, venait de voler le feu du ciel pour s'en servir avec tant d'éclat. Bien sûr sa joie était entachée : ce n'était pas les Russes qui les premiers avaient réussi cette *performance*. « Mais qu'à cela ne tienne, disait-il, nous aurons vite fait de dépasser les Américains. » Il ne se trompait pas. Mais ce que mon enthousiaste grand-père ignorait c'est qu'à l'époque un certain physicien du nom de Kapitza (l'équivalent russe d'Oppenheimer) venait de refuser à Staline de doter la Russie de la bombe atomique. Il fut déchu de ses responsabilités et écarté du jour au lendemain. Un jeune physicien du nom de Sakharov, lui ne refusa pas (ce même Sakharov qui aujourd'hui 23 janvier 1980 vient d'être exilé à Gorki par Brejnev pour s'être mêlé de droits de l'homme).

Bien que leur obsession fût exactement inverse de celle de ma mère, j'ai toujours eu l'impression avec Mam et mon grand-père d'être en terrain connu. Ma mère était de même étoffe qu'eux : ils voyaient grand ; que ce soit eux ou elle, ils parlaient au nom de la *Russie.* Qu'elle fût blanche pour l'une ou rouge pour les autres n'avait en définitive aucune importance. La Russie les habitait, la Russie vivait en eux, la Russie c'était eux. Pendant la guerre, aux jours les plus sombres de Stalingrad, je me souviens de mon grand-père en méditation devant la carte de sa chère Russie ; il déplaçait des quantités de petites épingles aux têtes rouges et noires comme s'il jouait une partie d'échecs avec Hitler (il disait Guitler). Parfois de vieux Russes lui tenaient compagnie près du poste de T.S.F. qu'il avait bricolé — et avec lequel il réussissait à capter Radio-Moscou presque sans parasites. C'était un tour de force : une antenne de son invention occupait sa chambre en entier et il fallait se déplacer parmi des fils tendus en tous sens.

Quand Mam se trouvait seule dans la cuisine, j'aimais m'asseoir près d'elle pendant qu'elle épluchait des légumes ou raccommodait. Inlassablement je lui posais des questions. Elle me parlait alors de la Russie avec du « vague à l'âme ». Elle s'enorgueillissait d'avoir été une jeune femme riche jolie adorée par son premier mari (le père de Nahidé qui avait été l'un des constructeurs du Transsibérien), elle se laissait aller à se souvenir de cette époque facile de sa vie, entrant dans des détails frivoles, revivant tout à coup, au fond de cette cuisine au jour gris et embué, les moments clairs d'une existence insouciante où le nombre de bijoux de fourrures d'attelages vous situait sur l'échelle du bonheur. Oui, elle, Mam, rosissait d'une excitation inattendue en évoquant ces « valeurs méprisables » que son engagement s'était efforcé de nier tout au long de sa vie. Venant d'elle, ici, dans cette cuisine triste et sentant le chou, ses récits soudain si pleins de « rires à travers les larmes » (Tchekhov) me faisaient penser à ma mère comme à une sorte de négatif sensible d'une même image que l'on aurait retournée. L'une comme l'autre avaient été précipitées au fond de la déchéance. Ma mère contre son gré. Mam s'y était jetée d'elle-même. Ma mère s'était débattue jusqu'à en devenir folle. Mam au contraire avait choisi la voie du sacrifice expiatoire par ce profond besoin de justice qui pousse certains êtres à subir l'injustice comme un juste retour, et durant toute sa vie elle reçut les coups du sort avec un inébranlable stoïcisme. Sur la fin, dépouillée de tout, indigente, réduite à la plus affreuse solitude elle trouvait encore le moyen de s'ouvrir à la détresse des autres, de compatir et de partager. Et lorsqu'elle se laissait aller à faire le détail de son existence d' « avant » c'était avec une sorte de jubilation froide, oui, elle semblait se réjouir d'avoir parcouru ce chemin. Elle n'en éprouvait pas le moindre regret ; il lui suffisait de considérer ce qu'était devenue la Russie (*sa* Russie), son peuple délivré et de quelle sorte s'annonçait l'avenir de l'humanité précédée par un tel guide. Elle lisait la *Pravda* et recevait par l'ambassade soviétique des quantités de revues pleines de stakhanovistes des deux sexes portant des gerbes de blé sur fond de centrales hydroélectriques. « Lis *Les Ames mortes,* me disait-elle, et tu comprendras, Serioja. Aujourd'hui les Tchitchikov ont disparu de Russie et l'avenir appartient à la jeunesse. » Ses yeux se faisaient lumineux — que lui importait la misère de l'émigration ! Elle ne perdait jamais de vue sa foi dans un bonheur universel — dont ses misères et leur prix auraient été en quelque sorte la garantie.

Mam me parlait aussi de ma mère et j'aimais qu'elle m'en parle. Elle la plaignait, regrettant que la Révolution l'ait précipitée dans une telle *traguédie* (mot qui revenait fréquemment dans les conversations des Russes émigrés). Mais ce dont elle la plaignait surtout c'était d'être « tombée sur un *charlatane* comme ton père ». En traitant mon père de *charlatane* elle disait à la fois son mépris et sa secrète admiration. Elle le trouvait éblouissant, ses expériences la stupéfiaient intimement mais par ailleurs sa raison considérait tout cela comme du temps perdu. Il y avait mieux à faire qu'à s'amuser avec les forces irrationnelles. Je sais combien, au fond, elle l'adorait mais je sais aussi que pour rien au monde elle n'aurait avoué qu'il l'avait *eue* avec son charme de baladin et la poésie de ses mensonges. En tout cas elle plaignait ma mère de s'être entichée d'un être aussi instable et peu sérieux. Elle en parlait comme si sa propre fille, Nahidé, n'était pas la femme de ce même baladin. Elle prenait le parti de ma mère, la plaignant d'autant plus sincèrement qu'elle plaignait sa propre fille. Au fond d'elle, elle ressentait l'amour de Nahidé pour mon père comme une déchéance. C'était étrange de la voir faire deux parts... ou alors, en le jugeant avec sévérité dans ses agissements avec ma mère, exprimait-elle une sorte d'objectivité à l'égard de mon père qu'elle ne se serait jamais autorisée à formuler envers le mari de sa fille. Toute sa vie elle lutta contre le charme de mon père. Sa rigueur politique refusait cet homme plein d'une fantaisie qui ne pouvait que dévaloriser le sérieux ; elle le considérait comme un parasite et rougissait des moyens « humiliants » qu'il employait pour gagner de quoi les nourrir tous. Selon qu'elle était en période de fâcherie ou non avec lui, elle qualifiait plus ou moins sévèrement ses occupations. « Ton père dit la *bonne aventure* », prononçait-elle à contrecœur cependant que ses joues et son cou s'empourpraient de honte. De le formuler aussi crûment la soulageait et, à la fois, la faisait souffrir. Ou bien elle disait : « C'est un saltimbanque. » Dans ce mot passait alors une sorte d'admiration protectrice où il entrait de la bonne humeur et du dégoût. Ses clientes étaient toutes des « bonnes femmes » et les clients des « imbéciles » — prononcé sur un ton de supériorité amusée. Cependant un fond de snobisme — comment nommer ça autrement ? — lui faisait nuancer ses appréciations selon qu'elle citait une princesse Orloff, un prince Youssoupoff, un ministre, un écrivain célèbre ou une simple « bonne femme » de la haute bourgeoisie française. Un jour elle m'avoua qu'elle regrettait pour moi que mon père ait gagné le procès qui l'avait opposé à ma tante au lendemain de la mort de ma mère. « Tu serais aux États-Unis en ce moment dans une vraie famille et non en pension. »

A son tour elle me posait des questions et, par bribes, me revenaient des images de l'horrible lutte à laquelle j'avais assisté et dont je remontais le fil plus ou moins confusément. Je parlais des hôpitaux, des séances de rayons X auxquelles ma mère me traînait en m'expliquant dans son jargon qu'il fallait que je sois bien sage pendant qu'elle serait enfermée dans la cabine de verre ; je racontais l'horreur de son corps dépecé, couvert de cicatrices presque aussi grandes que moi, je revoyais certains détails, j'entendais ses mots, son ton de voix si désespéré si solitaire. Que pouvait comprendre un enfant de six ou huit ans à toutes ces plaintes ? Man détournait la tête — elle détestait que l'on surprenne ses émotions.

Dans *Les Années-lumière,* j'ai essayé de montrer ma mère, j'avais tenté de me placer dans la *vision,* la *perspective* d'alors : lorsque tenant à peine debout je voyais cette femme sombre, terriblement aimante, descendre sur moi, s'abattre sur moi et me dévorer de baisers. J'avais tenté de faire le compte des pensions où elle m'avait déposé (abandonné), chaque fois que le professeur Marchak (un célèbre chirurgien russe de l'époque) devait l'opérer. Non, comme je le constate, je n'ai rien oublié, même pas le nom du chirurgien de l'hôpital de Villejuif ! Je me souviens de tout, du moindre détail ! Elle avait si bien pris le soin de graver tout cela dans ma petite tête ! Jusqu'à la fin terrible du professeur Marchak qui, n'ayant confiance qu'en lui-même, se serait coupé les deux jambes que la gangrène pourrissait ! Oui jusqu'à d'atroces détails qui longtemps m'obsédèrent ! Avait-elle inventé une chose pareille ? Peu importe qu'elle l'ait inventée ou pas, le fait qu'une mère raconte de telles horreurs à son enfant de six ans montre dans quel marécage de folie les successives mutilations de son corps vivant l'avaient jetée.

Ah combien j'aimerais parler ici de ma mère avec douceur tendresse ; je sais ses souffrances, je n'en guérirai jamais. Mais comment dire tendrement un être que la vie a équarri et qui hurle encore en moi avec les disgrâces d'une louve efflanquée prise aux mâchoires d'un piège ? Quelle cervelle d'enfant aurait résisté aux chocs de tels mots, de telles visions, de tels pleurs ? Venir à la conscience avec pour abécédaire les mots cassés d'une vivisectionnée — n'est-ce pas trop fort pour s'en guérir ? Je ne guérirai jamais de ce sombre dressage. Ses plaies grossièrement cicatrisées sont là, à jamais, dans ma poitrine. J'ai encore dans mes yeux la panique de ses yeux et je sais pour toujours — car j'y ai posé mes doigts d'enfant — que notre corps, comme le corps de ma mère, n'est que corps de viande recouvert d'une mince peau de douceur. Est-ce pour cela que j'aime j'aime les apparences, la Beauté, l'âme du regard, la tendresse du sourire, est-ce pour cela que je touche et baise de mes lèvres entrouvertes ton doux corps soyeux, ma chérie, avec de telles émotions et que je balbutie devant ta beauté comme devant le point du plus parfait équilibre sur la pointe des gouffres ? Faut-il voir dans ce terrifiant et inoubliable apprentissage du corps de la femme, dans ce viol que m'infligea ma mère, la source de ce penchant qui me fait aimer depuis si longtemps la même femme ? Comment, au contraire, n'ai-je pas été à jamais révulsé par la vision d'un sein, d'un ventre — moi que le simple fait de tracer sur cette feuille le mot sein ou le mot ventre bouleverse d'une certitude de beauté ?

Ma mère me prenait contre elle, elle me serrait sur elle parmi les draps ouverts et me disait que nous jouions à ce que nous étions : une mère et son enfant — et moi je n'osais la repousser, elle que je connaissais si peu, et je baisais de ma bouche d'enfant le sein qui lui restait (ce sein qui m'avait nourri, me disait-elle avec des larmes), et je restais ainsi sur elle de longs moments, immobile, dans la véranda à l'ombre des remparts du village de Saint-Paul-de-Vence. Qu'ai-je raconté au juste de tout cela à Mam ? Me souvenais-je de ma mère comme je m'en souviens aujourd'hui ? Je ne le crois pas.

Je peux dire que jusqu'à mon adolescence j'avais tiré un trait sur cette sorte de cauchemar d'enfant qu'avaient été les années passées sous le sceau de ma mère. Plus tard, bien plus tard, tout m'est revenu avec une précision, une intensité dans l'exactitude du détail qui me donne le vertige. Mais dès l'instant que ma mère m'eut abandonné à Nice dans les jardins de la gare des cars, pour aller mourir en Pologne, je suis tombé en état d'amnésie. Elle sortit de ma vie avec une simplicité, une facilité qui me font douter de mon *cœur* d'enfant. Je ne retirai pas ma main de la main de la femme inconnue qui devait se charger de me conduire en Suisse (elle s'appelait tante Marguerite, elle était américaine) et pas une seule fois me semble-t-il je ne me retournai vers ma mère. Un peu plus tard je tentai de m'enfuir dans les jardins exotiques de Monte-Carlo, essayant de me dissimuler sous des feuilles géantes ; la femme me reprit et m'assomma à moitié d'une seule gifle. C'est tout.

J'avais exactement neuf ans. Quels sont les sentiments d'un enfant de neuf ans ? Comment lit-il un tel abandon lorsque cet abandon vient s'ajouter à toute une série d'autres abandons ? Ce n'était après tout qu'une parenthèse de plus qui se fermait. Ma mère m'avait si souvent déposé dans des pensions, elle m'avait si souvent repris pour quelques semaines, quelques mois… et chaque fois il m'avait fallu *reconnaître* dans cette femme amaigrie et vacillante celle d'avant, la convalescente de l'opération précédente. Et chaque fois elle s'était efforcée de recommencer le délicat apprivoisement. Le temps lui manquait, elle s'exaspérait de ma méfiance et c'est alors qu'elle me montrait ses plaies espérant en me les faisant toucher aller plus vite dans sa reconquête. Et de nouveau je m'attachais à elle : « Ne m'abandonne pas », lui disais-je, et elle me répondait à travers son accent et ses larmes : « Ne m'oublie jamais jamais. »

Cette succession de ruptures et de retrouvailles a laissé en moi une quantité de fragments que je ne peux remettre en ordre. Mes souvenirs sont dépareillés. Tout est clair dans ma tête mais en miettes. La chronologie a disparu, seules les images sont restées et elles sont, bien qu'ébréchées, d'une particulière netteté — comme si le temps au lieu de les effacer aurait posé une loupe sur chaque scène, l'écrasant un peu en la grossissant. J'ai essayé d'en transcrire quelques-unes dans *Les Années-lumière* avec le souci de leur garder cette précision dans la déformation et de restituer cette impression qui me reste de l'enfance : avoir été cet objet que l'on soulève, que l'on pose et dont pour finir on se débarrasse. Je me souviens aussi très nettement de la disproportion fantastique entre l'enfant-nain et l'adulte-géant. Cette vision de bas en haut des visages en raccourci, des mains qui descendent sur vous et vous soulèvent, ces balancements glissés qui vous font passer des uns aux autres, les baisers trop sonores aussi, et toujours ces mains qui vous emportent cependant que vos doigts trop petits saisissent au passage tout ce qu'ils peuvent saisir pour freiner.

Plus le temps rétrécissait pour ma mère — car vers la fin il me semble qu'elle savait la date exacte de sa mort proche — plus le débit de ses phrases s'accélérait, ainsi que ses gestes, et plus exigeant était son amour. De tous les sentiments l'amour est le plus prompt à se rétracter. Il ne supporte pas la demande, il doit donner librement. Mais ma mère n'avait plus le temps de me laisser venir.

L'excès de sa détresse, ses excès de tendresse, ses pathétiques et successifs appels, ce besoin aussi qu'elle avait d'exister dans son enfant avant de disparaître déterminèrent en moi la réaction exactement contraire de celle qu'elle recherchait : je devins indifférent et c'est sans une larme que je la quittai. Ma mère pleurait, l'Américaine pleurait de voir ma mère pleurer — et moi je restai sec.

Quelques mois après, lorsqu'on m'apprit sa mort, je

me souviens m'être efforcé de pleurer car dans tous les regards je lisais l'attente de ces larmes. Plus tard, bien plus tard, surtout pendant les années de ma puberté, j'avoue l'avoir pleurée alors avec une véritable amertume. Bien des soirs j'ai trempé mon oreiller de mes larmes mais ce n'était pas Adèle, ma mère, que je pleurais : c'était une idée. Je pleurais la Mère et non pas *ma* mère. Je pleurais la femme.

Tout à l'heure j'ai parlé d'amnésie ; en effet, je me gardais bien d'évoquer ma mère physique dont témoignaient les images restées en moi. Je pensais : Mère comme on évoque : Dieu. Elle n'avait d'autre signification que celle d'un manque. Mais très vite ce besoin abstrait s'estompa pour une tout autre prise de conscience. Ne pouvant me tourner vers personne, c'est vers mon propre corps que je me retournai, mon jeune corps travaillé du désir de la femme, du désir de fille, de sœur incestueuse, de mon double femelle en quelque sorte. A la limite, dans mon exaspérante solitude, j'aurais aimé me transformer en fille et m'assouvir en moi, puisqu'il m'était rigoureusement impossible d'approcher quelque femme que ce soit. (Je me morfondais alors depuis des années dans une pension tenue par des militaires russes blancs — c'est tout dire.)

Puis il y eut le choc. Une fois par semaine, le dimanche, je prenais le train et je venais passer la journée chez ceux que je nommais mes parents. J'arrivais les bras chargés de fleurs, depuis Verrières-le-Buisson. J'aimais ce trajet par la ligne de Sceaux jusqu'à Denfert-Rochereau, puis le long parcours en métro aérien jusqu'au Trocadéro, et enfin le court tronçon du Trocadéro à Michel-Ange-Molitor. Je me sentais bien dans la foule ; je connaissais par cœur le nom de chaque station car chaque station me rapprochait d'elle. Elle c'était Nahidé, ma fausse mère, ma sœur, la femme prisonnière de mon père (je voyais ça comme ça). Ces fleurs étaient pour elle. Toute la semaine c'est son nom que j'avais murmuré comme on touche les grains d'un chapelet. J'entrais. Leur chambre sentait le tabac refroidi et la maladie. Je jetais sur leur lit la brassée de lilas, je couvrais Nahidé de lilas ; elle souriait touchée à l'idée que j'aie pu faire un si long trajet avec cette gerbe de fleurs ridicule dans laquelle je disparaissais à moitié. Je me penchais sur elle et je l'embrassais trois fois aussi près que possible de la commissure des lèvres. C'est pour ce baiser que j'avais vécu cette semaine interminable ! Ce court instant d'intimité me donnait un véritable vertige. Mon père s'enfouissait encore plus dans les draps ; il poussait un grognement et se tournait vers le mur. Et moi je faisais durer le moment tant attendu.

Elle reposait à demi renversée parmi les coussins, elle me souriait et ses yeux noirs sous les grandes paupières bombées scintillaient du feu rougeâtre de la fièvre. Je lui prenais les mains — « Comme tes mains sont fraîches, mon petit Serioja », me disait-elle — et j'enlaçais mes doigts aux siens. Elle ne me repoussait pas — me repousser c'était me faire homme donc incroyablement déplacé ici —, non elle ne me repoussait pas, permettant à l'enfant de baiser ses doigts un à un comme l'aurait fait le plus fou des amants. Nous jouions à être fils et mère, frère et sœur, je lui caressais les bras jusqu'à l'épaule sous sa chemise transparente, tremblant d'un désir douloureux. Et elle contenait comme elle pouvait mes gestes d'adolescent. Je lui racontais ma semaine et elle s'amusait à relever une mèche qui retombait sans cesse sur mon front. C'est à peine si je pouvais parler, le souffle me manquait de la voir là, si offerte à mes regards, si proche, si mienne dans ce renversement lascif que lui imposaient ses étouffements. Comment n'aurais-je pas été fou d'elle puisqu'elle était la seule femme qu'il m'était permis d'approcher jusque dans son intimité ? Je restais ainsi agenouillé contre *leur* lit parfois une heure, parfois plus, jusqu'à ce que mon père se lève en bâillant et en poussant des soupirs qui soulevaient ma haine. Je le trouvais grossier, choquant, si-comme-tout-le-monde, lorsqu'il aurait dû, je ne sais pas, ne plus toucher terre... J'étais ivre d'elle, ivre jusqu'à la limite du spasme, et je m'étonne aujourd'hui que mon père ne se soit pas alarmé de ma conduite. Mais voilà, j'étais un enfant, rien qu'un enfant, et Nahidé *sa* femme — donc la « mère » de cet enfant.

Il est étrange que je sois passé d'une mère mourante à une belle-mère (je déteste ce terme) gravement malade elle aussi. Autant ma mère luttait à bras-le-corps avec son cancer (*rak* en russe), autant Nahidé se laissait détruire presque avec volupté par la tuberculose. La fièvre, la toux, l'asthme par surcroît, le lent, le sournois ravage qui la laissait sans force, presque en permanence, sur le lit encombré de coussins parmi les fumées de l'encens qu'elle aimait faire brûler autour d'elle, tout cela exerçait un profond attrait sur mon imagination. Cette nymphe alanguie au fond de l'antre du magicien m'obsédait et, dans ma démence, j'en étais arrivé à me jurer de la délivrer, confondant la maladie et les sortilèges de mon père. Cet amour pour Nahidé couvrit avec plus ou moins de violence mon adolescence entière.

Il était naturel qu'avec l'éveil de mes sens, mon besoin d'aimer m'ait porté vers celle que des gens non avertis auraient pu prendre pour ma sœur. Très tôt une complicité de jeux, de rires, de plaisanteries nous rapprocha. En vérité c'était moi, l'enfant, qui tirais Nahidé vers la part d'enfance qu'elle avait en elle. Quelle femme peut résister à l'attention constante d'un enfant ? De l'âge de dix ans à l'âge de douze ans je peux dire que je m'amusais avec elle comme s'amuse un frère avec une sœur. Puis soudain, à douze ans, au retour de l'exode, en une nuit de train — où le manque de place nous avait tenus pressés l'un contre l'autre pendant de longues heures — je découvris et ma sexualité et le sexe de celle qui me tenait endormi — croyait-elle — le visage dans le creux de son ventre. J'en reçus la foudre, et à l'instant mes sentiments s'en trouvèrent transformés. Je commençais à la désirer. Elle s'en alerta. Mais que faire ? Elle s'efforça alors de me traiter plus que jamais en enfant — ce que j'acceptais à contrecœur. Chacun de mes regards, chacun de mes gestes parlait le langage incamouflable de mes sens. Combien de fois il m'est arrivé de ne pouvoir me relever avec naturel du lit où je me tenais assis près d'elle ; mon émoi n'échappait à personne. De son côté, je sais qu'elle trouvait un certain réconfort à plaire à cet adolescent qu'était devenu l'enfant. Mon amour si peu voilé, je suppose qu'elle avait fini par en faire son bien ; quelque chose de moi, de ma santé lui appartenait. J'étais devenu son miroir et ce miroir lui disait, lui criait qu'elle était toujours femme, et désirable et troublante... Qui résisterait au plaisir de plaire, au réconfort de plaire ? Et qui, surtout, accepterait après avoir plu de ne plus plaire ? Peu importe, à la limite, au regard de qui.

Les années passèrent, je m'en allai vivre à Montparnasse, revenant de moins en moins souvent voir ceux que je nommais avec une certaine ironie « mes parents ». De temps en temps j'arrivais chez eux apportant avec moi les échos d'une liberté que Nahidé m'enviait secrètement — elle qui se trouvait depuis si longtemps condamnée à l'immobilité au fond de cette chambre obscure. Elle se laissa même aller une fois à me le dire. J'en fus bouleversé.

J'étais un jeune peintre doué, gai, d'un enthousiasme contagieux cependant que mon père, rongé par les nuits blanches et la constante douleur de voir sa femme se mourir, devenait irritable, ne cessait de soupirer en continuant inlassablement à battre ses vieilles cartes. Nous finissions, Nahidé et moi, par nous moquer de lui et Mam se joignait à nous. Mon père se prêtait avec une lassitude joyeuse à nos taquineries. Parfois j'apportais un carton à dessin plein d'esquisses que j'étalais sur le lit autour d'elle. Avec de la tendresse dans la voix elle s'étonnait de mon talent et tout à la fois je sentais une subite tristesse l'assombrir lorsqu'elle devinait à travers certains portraits mes petits coups de cœur du moment. Et de la sentir attristée me remuait, réveillant ce sentiment secret que je gardais en moi comme la nostalgie fanée d'un chagrin.

Maintenant j'avais seize ans, je m'éloignais rapidement et sans retour de mon enfance, et tout ce qui pouvait me rappeler cette enfance m'était odieux. Mais il suffisait que je m'asseye au bord du lit où reposait Nahidé pour qu'aussitôt je sente se réveiller encore en moi une sorte de tension assourdie, un écho, si l'on veut, de ma folie. Nahidé me prenait la main ou retrouvait ce geste si affolant naguère de ses longs doigts parmi les boucles de mes cheveux en désordre et mon cœur bondissait avec force. Nous bavardions, envahis tous les deux d'une tristesse qui nous oppressait.

Un soir que je me trouvais ainsi près d'elle, elle me dit cette même phrase que ma mère m'avait répétée si souvent, elle me dit de sa voix un peu rauque au léger accent russe : « Serioja, je vais bientôt mourir, ne laisse pas tomber Mam. » Mon père était là, assis dans son fauteuil, à droite de la porte-fenêtre. Il poussa une sorte de gémissement et bredouilla qu'il ne survivrait pas à Nahidé et que si elle devait mourir ils mourraient tous les deux. Elle avait eu un mouvement d'exaspération. montrant par là que ce n'était pas la première fois qu'ils abordaient ce sujet. En tout cas, ce soir-là je sentis passer entre eux les reproches, les regrets, la honte de mon père et celle de Nahidé (elle de sa maladie, lui de son usure face à cette maladie), et je fus malheureux d'être pris à témoin par l'un et par l'autre. « Tais-toi, Medjid », lui avait-elle dit en me saisissant les mains, et elle avait ajouté dans un souffle : « Je parle à Serioja. » Mon père recommença à battre ses cartes et nous l'entendîmes renifler derrière nous. Puis dans une sorte de râle ridicule il lâcha en russe : « Pipa, je mourrai avec toi, tu le sais bien, Pipa ! » Au lieu d'être bouleversé par ce qu'il venait de crier, je lui en voulus de l'avoir formulé. Je lui en voulus de ramener à lui, de voler par ses accents outrés ce que Nahidé voulait dire avec simplicité, sans drame, sans déchirement. Je sentais aussi que les pleurs de mon père écorchaient Nahidé, l'humiliaient comme si cette manifestation, par son excès même, criait le mensonge. Il me semble me souvenir qu'elle avait ajouté à son intention : « Oh, je ne m'inquiète pas pour toi. »

Je m'enfuis de chez eux dans un brouillard de larmes. Je venais pour la première fois de comprendre au fond de quel gouffre horrible ils se débattaient ensemble depuis des années. La surface venait de craquer devant moi. Jusque-là la maladie de Nahidé faisait partie de ce qu'ils *étaient*, je dirais qu'elle me paraissait *normale* et j'ajouterais même : artistique. Elle avait toujours refusé d'être éloignée de cette chambre où s'était passé le plus clair de leur vie ensemble. C'est à peine si elle acceptait qu'on la soigne. Ce mal qui la rongeait de l'intérieur, elle le revendiquait comme un choix de vie ; cette langueur, cette immobilité de reine entourée d'une cour permanente faisaient d'elle une sorte de déesse mystérieuse telle qu'on en voit dans certaines peintures préraphaéliques — et elle se vivait (ou se laissait mourir) ainsi. Leur chambre ressemblait à une grotte tapissée de concrétions précieuses ; sans cesse de l'encens brûlait au coin de ce lit qui prenait des allures d'autel drapé de cachemires. J'avais toujours ressenti ces images comme belles enivrantes irréelles. Ce lieu secret dans Paris était en rupture avec tout le reste ; la guerre, les foules, l'Histoire n'avaient aucun sens à côté du silence d'or sourd de cette alcôve ; c'est à peine si les ébranlements des bombes mettaient en danger la surface concave de cette image refermée sur elle-même. La fièvre, la souffrance, Nahidé s'en était arrangée avec une telle grâce qu'il ne m'était jamais venu à l'idée que cette fièvre et ces souffrances étaient vécues du dedans tout autrement par son être de peur et d'angoisse. Comment m'expliquer mieux ? Ma passion ne s'était nourrie que des apparences. Je n'avais jamais pénétré cette surface ; j'étais venu toucher ce qui m'enivrait, et m'enivrer encore pareil à un bourdon sur une fleur rare... Et soudain, voilà que brusquement tout s'effrite, l'image se désagrège et je réalise que l'idole est putréfiée depuis des années déjà. Nahidé est une momie, et la grotte au fond de laquelle elle gît un bric-à-brac fané.

Deux ou trois ans avant la mort de Nahidé, mon père eut pour cliente la terrible Mme F... Elle en avait fait son conseiller, son mage personnel, son complice et pour finir son amant. Mme F... était extrêmement riche — on ne pouvait rencontrer un être plus avide et retors. Elle avait une foi aveugle dans les pouvoirs surnaturels de mon père et elle s'était persuadée que ces pouvoirs lui apporteraient autant de richesses en surplus qu'elle pouvait en souhaiter. Elle ne fut pas déçue. Par ses conseils et l'utilisation pleine d'humour et de grâce de sa magie, mon père la combla au-delà de ses espérances. Du fond de son taudis il commença à guider dans ses transactions cette femme d'une voracité inouïe. On le vit évoluer avec aisance dans ce bourbier. Mme F... commandait pour lui des costumes chez les meilleurs faiseurs, sa Cadillac stationnait en permanence devant la porte cochère du 81, rue Erlanger avec son chauffeur noir coiffé d'une chéchia. Mon père se mit à sortir ; il dînait chez *Maxim's*, accompagnait Mme F... sur les champs de courses où ses chevaux gagnaient maintenant la plupart des prix — que ce soit à Epsom ou à Longchamp. Mon père fut mêlé à toutes ses affaires, il se multiplia avec une frénésie déchirante. En vérité il fuyait, il fuyait la maladie, la mort proche qu'il lisait dans les yeux de Nahidé.

(Depuis le temps qu'elle s'enfonçait dans cette agonie et que nuit et jour il lui transfusait sa vie avec patience, amour, douceur, depuis le temps qu'il couchait par terre pendant ses crises d'asthme, enveloppé dans son vieux manteau, qu'il ne dormait plus, l'esprit tendu vers elle tandis qu'elle, renversée parmi les coussins, tentait vainement de respirer, sans cesse reprise par une toux venue du plus profond de son corps amaigri, et qu'elle se pliait et qu'il se précipitait pour l'aider, la soutenir, lui dire en russe : « Je suis là mon amour, je suis là mon amour », dans d'affreux sanglots.)

C'est au milieu de ce désarroi, de ce total désespoir qu'un jour Mme F... tomba chez eux. Elle trouva un homme épuisé, en bout de course, effondré au pied du lit d'une agonisante. Elle comprit tout de suite qu'il ne demandait qu'à échapper à cette atmosphère de mort et de regrets. Elle en fit son serviteur, et c'est avec une reconnaissance servile qu'il accepta. De plus en plus souvent on le vit s'absenter. Il piétinait comme un enfant impatient, attendant un signe de Mme F... pour se précipiter au-dehors — et Nahidé l'encourageait, faisait tout son possible pour atténuer ses remords. Mam descendait, prenait sa place au chevet de la malade. Lorsqu'ils se croisaient dans la petite cour devant la chambre, mon père ravalait quelques mauvais sanglots et se sauvait bouleversé, honteux et à la fois soulagé de s'échapper. Mam ne disait rien mais il savait ce qu'elle pensait de toute cette abjection. Enfin Nahidé mourut et Mme F... s'empara complètement et définitivement de mon père. Mais cependant il refusa avec obstination de quitter sa pauvre chambre au fond de la cour.

Dans un coin il avait dressé une sorte d'autel dérisoire où, nuit et jour, brûlaient des veilleuses d'huile parfumée. Il avait disposé entre des brins de buis une photo agrandie du beau visage étroit et pâle de Nahidé avec, de chaque côté, une coupe d'huile où flottaient des étoiles de lumière. Ainsi, lui semblait-il, son regard souligné de khôl ne le quittait pas. Parfois dans son égarement il touchait de ses lèvres la surface froide du verre comme pour s'assurer de la froide réalité de son malheur. Il vivait hanté par les reproches que Nahidé ne lui avait pas faits. Il lui parlait en russe, il la suppliait de lui pardonner sa lâcheté, il pleurait prostré devant ce rectangle de carton isolé par le verre — et dans les reflets vacillants il voyait un vieil homme aux cheveux en désordre qui s'adressait en un russe tendre et mouillé à son amour morte.

Parfois, sans qu'il l'entende, Mam entrait, s'approchait de lui ; elle chuchotait en russe : « Calme-toi, mon petit, tu sais bien qu'elle t'a pardonné », et ils s'étreignaient en sanglotant, joue contre joue. Alors c'est à elle, sa pauvre Mam, qu'il demandait pardon. Mam lui caressait la tête et le consolait, oubliant sa propre détresse, puisant dans sa propre détresse les forces de la tendresse et de la compréhension. Comment son cœur ne s'était-il pas racorni, brûlé par un tel amoncellement de malheurs ? Mam était douce, ses mains aux doigts déformés par l'arthrite étaient douces, tout était douceur chez elle — et mon père avait honte d'être le dernier refuge de sa tendresse, lui qui ne méritait que son mépris. Bien qu'elle fût presque aveugle elle posait sur lui son doux regard qui comprend et pardonne. Elle savait, elle, pour l'éprouver, le vertige de son chagrin. Mon père l'admirait, il l'aimait, et cependant souhaitait secrètement qu'elle ne soit plus là pour lui rappeler par ses silences ce qu'il était devenu.

Savait-elle l'horrible, l'indicible chose ? Nahidé lui avait-elle parlé de ce médecin, le médecin personnel de Mme F..., envoyé par elle, par cette femme reptile ? Comment un médecin avait-il pu accepter de dire sur commande à une malade épuisée par des années de souffrances qu'elle va mourir dans les prochains jours ? Sans les mots qui l'ont en quelque sorte fusillée peut-être aurait-elle continué à survivre. Qu'y a-t-il de plus solide qu'un être fragile ? N'était-elle pas condamnée depuis plus de dix ans ? N'était-il pas miraculeux de la voir survivre depuis tant d'années ? « Pourquoi son cœur se serait-il arrêté de battre ? » geignait mon père devant le cadavre de sa femme aimée. « Elle était si légère, si légère, son cœur savait-il qu'il battait encore ? » Il existe des êtres que la mort oublie — pourquoi pas elle ? Tant de fois il avait cru pendant ces effroyables années recueillir son dernier soupir ! Chaque souffle, chaque gémissement de l'asthme n'était-il pas son dernier soupir ? A force de vivre dans les cercles de la mort ils avaient fini l'un comme l'autre par ne plus croire à la mort. Et voilà qu'un soir (quelque temps après que le médecin-messager fut venu), voilà qu'un soir, pour distraire Nahidé, mon père invente une de ses habituelles pitreries. Elle riait et il était si heureux de la voir rire lorsque soudain, pliée, cassée en deux par une toux effroyable, elle s'étouffa, les poumons noyés dans un flux de sang. Mam était immédiatement descendue — elle avait tout entendu depuis sa chambre, leurs rires, la toux, les râles et le silence surtout qui avait précédé les hurlements d'effroi de mon père. Ils firent dire une messe pour elle rue Daru. Danièle et moi nous avons vu Mam agenouillée dans un coin derrière un pilier, nous l'avons vue prier et se signer à la manière des dévots russes, elle, Mam, la vieille communiste ! Ah, combien j'en fus bouleversé ! Je ne pouvais retenir mes larmes de voir Mam recroquevillée à terre sous les ors et les icônes aux yeux si semblables à ceux de Nahidé sa fille, non, c'était plus que je ne pouvais en supporter ! J'eus une crise de sanglots muets et Danièle me prit contre elle et m'entraîna dans un coin de la cathédrale. Avec la mort de Nahidé tout s'écroulait pour Mam, même sa foi dans le matérialisme scientifique — et ça, ces signes de croix, ce retour de foi, en disait plus sur sa souffrance que ses gémissements et ses larmes. Dans le vide de mon propre chagrin, les signes de croix de Mam et ses génuflexions me donnèrent le vertige. Que Mam se tourne vers un Dieu auquel elle prétendait n'avoir jamais cru, qu'elle baise la main du pope et se prosterne devant les icônes, non, je ne pouvais le supporter ! Son désarroi me donnait la mesure de celui de mon père et du mien.

Mme F... nous attendait dans sa Cadillac devant l'église russe de la rue Daru. Elle nous accompagna au cimetière puis enleva toute la famille : mon père, Mam, moi et Danièle jusqu'à son château en Normandie. Nous passâmes là quelques jours au milieu des plus beaux chevaux du monde, à marcher par les prairies humides, suivis d'une escorte de clairs fantômes aux crinières pleureuses. C'était insupportable ! Nous n'osions échanger un regard, à tout moment nous nous détournions et nos yeux se brouillaient de larmes. Pendant ce temps, Mme F... ne cessait de fixer mon père avec une expression où se mêlaient la joie, la férocité, l'avidité. Enfin, tu es à moi ! disaient ses yeux luisants. Mon père se laissait faire, en vérité tout lui était indifférent maintenant. Mais cependant il refusa de vivre chez elle et revint dans sa pauvre tanière en désordre. Comment aurait-il pu abandonner cet espace pas plus grand qu'une roulotte où les deux pauvres saltimbanques avaient passé tant d'années ?

A force d'avoir répété les mêmes mouvements, emprunté entre les meubles bas les mêmes itinéraires, Nahidé avait fini par dessiner à travers la chambre des sentes imperceptibles : du lit au miroir, du lit à la porte-fenêtre, du lit au cagibi ; des chemins de poussière, précis, ponctuels, qui entrelaçaient leurs dessins d'usure aux dessins du tapis. Chaque fois que je revenais voir mon père je lisais avec émotion cette trace infime laissée par les pas de notre Nahidé morte. Tous ses mouvements étaient encore là, inscrits dans les plis des cachemires où pendant tellement d'années elle avait appuyé son coude ou sa hanche. Et il me semblait que mon père, depuis sa mort, vivait en alerte et qu'à tout moment il voyait le lit fléchir — oh si peu ! — sous la grâce si légère du corps de sa femme aimée. Je l'imaginais, seul, la nuit : agenouillé il presse ses yeux mouillés dans les tissus encore imprégnés de l'ultime trace de son parfum. Mais tout est si froid maintenant, si délaissé ! Le monceau d'oreillers sur lequel elle s'affalait semble encore garder l'empreinte de son corps. Partout où ses yeux de souvenir se posent il retrouve sa présence fantôme. (Ah, j'aimerais prendre aujourd'hui mon père contre moi, lui dire combien je souffre de l'avoir vu souffrir !) Il la savait là, elle continue à se mouvoir autour de lui, la nuit il entend sa toux, elle se plie sur le petit mouchoir de dentelles rougies qu'elle roule sans cesse entre ses paumes... il se redresse, tâte le lit vide près de lui et il voit, à la lueur hésitante des veilleuses, la photographie du beau visage de sa femme morte sortir de l'ombre et y entrer au rythme de son vieux cœur. Certaines nuits il percevait très loin, au-dessus de lui, des pleurs ; il ne bougeait pas et il pleurait lui aussi en silence. Le lendemain Mam descendait. Derrière ses lunettes d'aveugle elle cachait ses paupières gonflées Elle lui servait le café elle tâtonnait autour des tasses, ratait de ses doigts maladroits les biscottes, et mon père s'empêchait de prendre les vieilles mains de sa chère Mam entre les siennes. Il devait s'interdire le moindre geste, il tremblait de réveiller l'émotion qui les jetterait en sanglots dans les bras l'un de l'autre.

Alors il s'énervait : « Laisse-moi, Mam, monte chez toi ! » Elle faisait comme si elle n'entendait pas. Mon père se traînait jusqu'au grand miroir, se tirait la langue et faisait une grimace à ce vieillard au teint grisâtre avec ce toupet de cheveux blancs qui retombait comme de la filasse sur son nez. Il frottait sa sale barbe du matin qui étendait des plaques de moisissure sur ses joues. « Mam, arrête de ranger », criait-il en russe. Au toucher, elle lavait les tasses, la cafetière, rangeait le plateau. « Mam, laisse ça ! » Il avait la voix aigre, celle de ses crises de foie. « Laisse, je te dis, criait-il encore en russe, elle va venir (c'était Mme F...), Mam, tu entends, j'ai horreur que tu fasses de l'ordre »... et il ajoutait d'une voix déchirée « *chez moi* ». Elle se tournait vers lui, il voyait son visage si finement ridé, ah, il ne supportait plus de voir les lèvres de Mam trembler comme ça ! Elle disait doucement : « Et moi je ne supporte pas qu'*elle* range *chez vous.* » Ils échangeaient en russe des paroles blessantes. Mam remontait chez elle. Personne n'était plus têtu qu'elle ; il savait qu'elle allait rester plusieurs jours sans redescendre. « Bon débarras ! » glapissait-il. (Depuis toujours mon père et Mam s'étaient affrontés. Ils n'auraient pu cohabiter dignement sans se fâcher de temps en temps.)

Mme F... déguisée en énorme houpette de lynx entrait, elle forçait le vieil homme à s'habiller et la Cadillac rose bonbon les emportait vers la rue Royale. Au milieu de la nuit, dans la voiture-salon qui le raccompagnait vers son taudis, elle lui disait mi-rieuse mi-boudeuse : « Medjid, quel est votre secret ? » Et il répondait télépathiquement : *Fous-moi la paix vieille emmerdeuse.* Rentré chez lui il vomissait. Mam descendait, elle lui tenait le front « Mon pauvre petit, murmurait-elle en russe, *elle* t'a encore fait boire. Je déteste cette femme », ajoutait-elle d'un ton tranquille. Il ne répondait rien. Lui aussi la détestait (Mme F...), mais il n'avait plus de volonté, le mot *non* était sorti de son vocabulaire. Et puis il aimait être admiré. Il se comportait en vieil enfant. Il le savait.

Nahidé est morte, comme je l'ai dit, étouffée en riant. Cette pensée me réconforte : donc entre elle et mon père passa jusqu'au bout ce fluide qui balaie tout. Les grandes peurs et les grands chagrins portent avec eux le rire. Sans le rire la race humaine n'aurait pas survécu à l'excès des douleurs, sans le garde-fou du rire sur le gouffre, le trop de souffrance morale aurait écrasé notre intelligence sous l'insupportable.

Je vivais depuis trois ans avec Danièle, c'était en 1953. « Nahidé est morte ! » Je répétais machinalement cette phrase dans le taxi qui nous emmenait en pleine nuit vers mon père et Mam. Elle avait mis exactement dix ans à mourir, dix ans d'une agonie acceptée comme un mode de vie. En ne se révoltant pas contre la tuberculose qui la creusait vivante, en se faisant en quelque sorte complice de son mal — et non la victime — elle en resta maîtresse ; en s'offrant à lui, en se laissant habiter par le travail sournois, sans à aucun moment se rebeller, elle sut ralentir la trajectoire de sa propre destruction jusqu'à son ultime limite.

Pendant ces dix ans de maladie, dix fois nous la crûmes morte et dix fois ses paupières ont frémi et se sont rouvertes. Et chaque fois les médecins se sont étonnés du miracle. Certains allèrent jusqu'à dire en riant à mon père que c'étaient ses *pouvoirs* qui la maintenaient en quelque sorte au-dessus d'elle-même. Il y avait là sûrement du vrai. Oui, tant que le charme passa entre eux, tant que la petite chambre resta ce havre refermé sur lui-même, la mort dut patienter et Nahidé s'arrangea pour la faire attendre. Mais du jour où mon père accepta de devenir le serviteur de Mme F..., Nahidé ne fit plus aucune difficulté pour abandonner la place et je vais jusqu'à penser que c'est avec un ouf de soulagement qu'elle se rendit. Combien de fois suis-je arrivé de pension pour trouver mon père le front appuyé à la vitre de leur porte-fenêtre ! Ses lèvres étaient pâles et ses yeux gonflés. Il se glissait dehors, me chuchotait de monter chez Mam et retournait, accablé, vers celle qu'il appelait « ma vie ». Parfois deux, trois dimanches passaient avant que l'on puisse de nouveau espérer... Mais pour finir elle revenait toujours à la surface, la fièvre tombait et c'était avec des larmes de bonheur que mon père m'accueillait cette fois, et me poussait vers le lit d'où Nahidé, encore plus amaigrie et transparente, nous chuchotait des paroles de réconfort.

J'écris tout cela à trente-cinq ans de distance et je laisse le désordre sentimental prendre le pas sur l'ordre de la tête. C'est mon cœur qui remue ici avec son ordre à lui. Je me laisse porter par la chronologie de ces émotions qui m'ont fait ce que je suis aujourd'hui, moi, qui aborde (sans y croire) la cinquante-troisième année de ma vie. Il me semble ne pas avoir changé. Je porte en moi autant d'émotivité. J'ai connu Danièle autour de ma vingt-deuxième année — elle en avait dix-neuf. Ce compte semble irréel. Nous avons vécu dans une confusion de plaisir, dans le renouvellement du plaisir de notre préférence, me dis-je, ce matin en laissant errer mon regard autour de moi puis par la porte-fenêtre. La pluie et le brouillard rendent le vallon délicieusement flou ajoutant à la conscience d'être ici, dans la maison des bois, avec elle, ma femme. Oui nous nous sommes laissé prendre à l'intense et exclusif plaisir d'être ensemble, aux délices de cette intoxication, découvrant dans l'opium d'être nous l'éventail entier des plaisirs.

Mais avant d'aborder l'histoire de *notre* vie, j'aimerais revenir sur les années qui m'ont en quelque sorte préparé à cette rencontre. Je venais d'avoir quinze ans lorsque je sautai le mur de ma pension pour m'enfuir vers Montparnasse afin d'y commencer ma véritable vie. Mam et Nahidé m'avaient sans le vouloir incité à reproduire la vie de ces « artistes » qu'elles admiraient pour le style de leur existence. J'étais persuadé qu'il fallait en passer par là comme si c'était du fond extrême de la misère et de la solitude que l'on ramène l'étincelle qui fait de vous un grand créateur. Je ne mettais pas en doute mon pouvoir créateur ; j'avais la sensation de porter en moi quelque chose d'indescriptible, je me savais marqué pour accomplir une œuvre particulière. J'emploie ces termes avec le sourire et la distance que l'on imagine. Mais je ne peux pas ne pas les employer. Gommer cette part de moi et les naïvetés de mes motivations serait ramener mes souvenirs à une nomenclature. Je n'ai pas vécu des faits mais des *événements* qui tous, sans exception, ont été soumis à l'éclairage particulier de mon imaginaire. J'ai vécu à travers mon imagination donc je me suis toujours *interprété*, considérant que la vie elle-même est l'œuvre d'art première.

J'avais trouvé une petite chambre dans un hôtel qui faisait le coin de la rue Vercingétorix et de la rue Perceval. La rue Perceval était une rue étroite et moyenâgeuse qui reliait la rue Vercingétorix à la rue de l'Ouest. Ce quartier a disparu aujourd'hui. J'occupais donc une petite chambre très étroite (j'en touchais aisément les murs sans avoir à tendre les bras) meublée d'un lit de fer, d'une table de toilette — avec sa cuvette et son broc de fer émaillé. Je louais cette chambre au mois, cependant elle n'était pas vraiment mienne. Il arrivait, l'après-midi, que des filles montent y faire des *passes* s'il se trouvait que les chambres autour ne soient pas libres. Certains matins d'hiver il me fallait casser la glace dans le broc. C'était la guerre et l'hôtel était occupé par toutes sortes de clients silencieux et furtifs. Les quelques putains qui allaient et venaient dans la ruelle faisaient aussi, semblait-il, le guet et lorsqu'une patrouille allemande passait on percevait des mouvements d'ondes d'un bout à l'autre des couloirs de ce petit hôtel borgne.

Comme je m'étais sauvé de pension et que mes parents risquaient de me faire rechercher, j'avais pris la précaution de m'inscrire sous le nom de Jacques Porteret en falsifiant la carte d'identité que m'avait prêtée un de mes camarades d'école de Verrières-le-Buisson. Ainsi ai-je commencé ma vie d'« homme libre » sous un nom bien français.

En vérité je passais peu de temps dans « ma » chambre. Je *vivais* (au sens fort) à la Grande Chaumière. Il m'arrivait même souvent d'y dormir, par terre, dans un atelier près du poêle encore chaud. Le monde en guerre était secoué par l'horreur mais qu'importait pour moi toutes ces souffrances ? J'étais venu ici pour m'initier à quelque chose de plus fort, de plus important que tout. La Grande Chaumière était un lieu hors du temps et de l'espace. Il semblait qu'une sorte d'ivresse particulière s'emparait de ceux qui en franchissaient le seuil. Je peux dire aujourd'hui avec certitude que c'est à la Grande Chaumière que j'ai été pleinement heureux pour la première fois de ma vie. Heureux ! Là j'ai connu cette jubilation que doivent ressentir les fugitifs dont l'évasion a réussi. Coupé brusquement de ce que j'avais connu auparavant, je me retrouvai plongé dans cette société hétéroclite que sont toutes les académies de peinture. J'aimais ces vieux ateliers aux verrières crasseuses, l'odeur de térébenthine, ce silence tendu qui enclôt dans un cercle magique ceux qui viennent accomplir le rituel sacré d'une sorte de transfusion quotidienne. Le modèle se déshabille derrière un petit paravent ; la salle se remplit peu à peu, chacun s'affaire sans bruit devant son chevalet, le poêle tire et ronfle, son tuyau vire au rouge, il fait une chaleur agréable et on n'entend plus que le frottement de vingt ou trente brosses ensemble. Le modèle somnole gardant tant bien que mal la pose ; parfois une voix chuchote fort : « Le bras un peu plus haut, Josepha. » Le modèle sursaute et l'on peut surprendre dans ses yeux une fugitive panique de se retrouver nu sous tant de regards convergents. Par la suite il m'arriva de poser de temps en temps pour gagner le prix d'un repas chez *Wadja* ou à *La Soupe Merveilleuse*, près du *Dôme*. Cette immobilité forcée était une véritable souffrance pour ma fougue et mon impatience d'alors.

Je m'étais fait deux amis, je devrais dire deux frères. L'un se nommait Pierre Dmitrienko, l'autre Jacques Lanzmann. Très vite nous devînmes inséparables. Par la suite je vécus avec la sœur de Lanzmann dont le destin devait être tragique — j'y reviendrai plus loin.

Dans ma mémoire, ces deux ou trois ans à la Grande Chaumière font un bloc compact dans le détail duquel je n'aurai pas la patience et la complaisance de pénétrer. Comme je l'ai dit, je traversai ces quelques années avec la ferveur d'une initiation. Je passai de l'enfance à l'adolescence par toutes les péripéties peu originales qu'en fin de compte la plupart des artistes ont connues dans les quartiers de bohème. Ce temps se situe pour moi à cheval sur la fin de la guerre, la Libération et l'apparition des premiers Américains à Montparnasse. Dans les ateliers de l'académie se sont succédé, pour ainsi dire sans que le modèle change de pose, des Allemands, des insurgés, puis les premiers soldats de l'armée Leclerc, des résistants de retour du maquis, des prisonniers rentrant d'Allemagne, des déportés, et enfin des Américains. Il me semble même qu'à un certain moment des soldats allemands distraits dessinaient paisiblement côte à côte avec des F.F.I... Sans doute je fabule mais je maintiens néanmoins cette image qui rend compte de ce que pouvait être la Grande Chaumière pendant les heures brûlantes du réveil de Paris. Moi-même, entre le moment où je faillis être fusillé à Billancourt et le moment où je me retrouvai au 5, rue Séguier affecté comme inutile planton au Gouvernement provisoire, il m'arriva entre les coups de feu de faire un saut à la Grande Chaumière pour y dessiner. L'atmosphère était assez extraordinaire. Le choc des armes cognées par mégarde contre les hauts tabourets se mêlait au doux frottement des crayons et des pinceaux, l'odeur de la poudre et du métal graisseux rivalisait avec les relents d'huile de lin et de térébenthine. Non loin, du côté des jardins du Luxembourg, se faisaient entendre les tirs des derniers chars allemands ; un coup de feu partait de temps en temps dans la rue même, mais l'atelier avec ses verrières embuées ne paraissait pas concerné par ces secousses. Autour de la nudité ensommeillée du modèle s'était réunie la vraie tribu des hommes, ici se perpétuait un rituel aussi vieux peut-être que celui du meurtre : des hommes rassemblés dans la grotte s'inclinaient devant la Beauté du corps vertical, nu.

Je serais tenté de sauter par-dessus ces années de bohème, il me semble que sur ce sujet tout a été dit et que d'une génération à l'autre les mêmes acteurs sont remontés sur les mêmes planches pour chanter les mêmes airs usés. Cependant, à la réflexion, je me dois d'y revenir ne serait-ce que pour me souvenir de deux ou trois événements qui m'ont marqué. En écrivant événement je viens de prendre conscience que l'adolescence pourrait se ramener à une série très précise d'anecdotes — au contraire de l'enfance qui, elle, serait plutôt faite d'images déchirées et incomplètes. C'est peut-être pour cela que je renâcle à revenir sur cette période pourtant essentielle qui va de quinze ans à... mettons, dix-huit ans. Ensuite de dix-huit à... la vie ne fait que creuser l'individu comme si la progression du temps vécu ne se faisait plus horizontalement et que, de jour en jour, à partir d'un certain moment, on commençait à s'enfoncer verticalement en soi-même.

Il serait intéressant de retrouver aussi, selon les divers âges de notre vie, quels furent nos rapports avec la mort. Je ne parle pas de cette prise de conscience de notre propre mort comme du couperet inéluctable, non, je songe aux variations de notre imaginaire à propos de la Mort. Comment selon les âges de la vie la concevons-nous ? Quelle place prend-elle et sous quelle forme la percevons-nous ? A partir de quel âge le fait recouvre le mot ? Peut-on à l'âge de neuf ans *comprendre* ce qu'à cinquante on n'a pas encore réussi à se signifier à soi-même ?

Me voilà, aujourd'hui, à cinquante-deux ans, entouré de cadavres et cependant je n'arrive pas à remplir ma conscience du cimetière de ceux que j'ai aimés et qui ne respirent plus en même temps que je respire. Leur mort est en moi et pourtant je suis ahuri de pouvoir les évoquer tous sans tomber immédiatement foudroyé par le chagrin. Je n'ai même pas de larmes pour eux, je suis sec et triste. Je ressens un creux physique quelque part au moment où j'écris cela mais en vérité ils ne m'empêchent pas de jouir de vivre. Hier soir je lisais à propos de Zarathushtra et de la tradition mazdéenne que les Parsis et les Guèbres — ces derniers témoins de Zarathushtra — considèrent la vie comme le bien suprême. Leur religion les convie à en profiter avec le maximum de bonheur, sans mauvaise conscience, et d'user autant qu'ils peuvent des richesses et des plaisirs — tout en restant cependant justes, bons, etc. Pour eux l'abomination suprême c'est la mort. Ils en parlent avec une horreur absolue et dans des termes repoussants. La mort physique, ce passage du corps vivant à la viande morte, ils s'arrangent pour le rendre cauchemardesque. Au lieu d'avoir des égards envers le cadavre, ils le refusent. Dès qu'un des leurs entre en agonie ils le descendent au rez-de-chaussée de la maison afin que le mort souille le moins possible d'espace dans le trajet qui le conduira à la tour du silence. En vérité on se débarrasse du mort. On le transporte dans une de ces tours aveugles dont l'intérieur à ciel ouvert se compose d'une succession de marches en cercle sur lesquelles les cadavres sont déposés nus, le visage tourné vers le soleil. Aussitôt les nombreux vautours qui attendent perchés sur les murs de l'enceinte se précipitent sur le corps qu'ils dépècent en moins d'une heure. Les quelques os abandonnés seront alors balayés de marche en marche vers une sorte de puits étroit qui se trouve au centre de la tour où ils finiront de pourrir avec les restes de ceux qui les ont précédés. J'avoue que je trouve assez séduisant (si je peux dire) de passer directement dans un organisme vivant, de réintégrer immédiatement le cycle animal sans passer par le stade de la décomposition. Pour la même raison je serais tenté de trouver que les tribus qui avaient pour coutume de dévorer leurs morts réservaient à ceux-ci le plus amical, le plus aimable des tombeaux. Je le dis avec une pointe de sérieux, bien qu'en vérité je ne me soucie pas de ce que deviendra mon corps — que j'aime cependant sans réserve tant que j'y suis. Pourquoi, après tout, n'aurions-nous pas l'extrême sollicitude de rendre cette sorte de dernier devoir à ceux que nous aimons ? Je regrette que notre éducation, nos coutumes, notre civilisation ne nous aient pas offert cet ultime réconfort devant le vide.

Bien que ma mère me parlât incessamment de *sa* mort, je sais que cela ne signifiait rien pour moi. Elle évoquait quelque chose de terrifiant pour elle mais cette chose terrifiante n'avait aucun sens pour un enfant. Elle vivait alors à Saint-Paul-de-Vence, sur l'emplacement exact de la Fondation Maeght, en haut d'un sentier qui prenait en face du couvent des sœurs de... Sur le sol sec et pierreux grouillaient des quantités d'insectes. Je me souviens du constant carnage, de la constante torture que signifiait le moindre de mes gestes : je tuais, je passais mes journées à tuer ; mes doigts collaient d'une bouillie d'insectes verdâtre à la douceâtre odeur. Ma mère me grondait soulevée de dégoût. Elle ne supportait pas que j'inflige ainsi la mort. Mort ? Je ne comprenais pas. Ça bougeait et puis ça ne bougeait plus. Mort fut sans doute pour moi le mot le plus souvent entendu pendant mes premières années et le plus incompréhensible. Mère = Mort.

Dernièrement j'ai écrit une courte nouvelle. Un vieil homme du nom de Jonas commence tout à coup à diminuer et retourne au ventre de sa mère. Il revient à la mort par un processus d'accouchement inversé. Sa mère le *re*-avale. Il me semble avoir trouvé dans ce petit récit l'expression exacte de ce que je ressens devant l'amour maternel. Mère. Voilà de quel nom je nommais Mort dans les dix premières années de ma vie. Ensuite, jusqu'à la guerre, la mort ne signifia rien pour moi. J'eus pourtant l'occasion de voir de près plusieurs cadavres ; ils me parurent des choses. Ils étaient en état de mort. Je ne les avais pas vus passer de l'état de vie à l'état de mort. Je ne les avais pas connus vivants.

Avant que mon père ne me prenne chez lui, j'avais vécu en Suisse dans un village du canton de Vaud (Lovatan au-dessus de Lucen) chez des fermiers pauvres. Là il m'arriva, entre ma neuvième et ma dixième année, de couper à la hache pas mal de cous de canard sur un billot et de rire, avec les autres enfants, des courses de ces canards sans tête. Cela ne signifiait pas Mort, c'était au contraire vie, rires. Nous poursuivions les canards sans tête et les plumions.

Un jour le paysan s'empara d'un cabri. Pour le tuer, il voulut lui enfoncer un long clou de charpentier dans le front. Habituellement il égorgeait les chevrettes, proprement, sans histoire. Ce jour-là il nous demanda, à ses deux fils et à moi, de tenir le cabri et, lui posant le clou entre les deux renflements des cornes naissantes, il l'enfonça d'un vigoureux coup de maillet. Le cabri nous échappa et commença à gambader en secouant la tête et en bêlant horriblement. Le clou fiché dans son front n'avait sans doute pas atteint la cervelle. Il nous fallut beaucoup de temps pour reprendre le misérable cabri et lorsque enfin nous réussîmes à le serrer contre nous, haletant et parcouru de violents frissons, nous pleurions tous, les trois enfants, la paysanne et même le paysan. Malgré les bêlements déchirants du petit animal le clou fut enfoncé. Nous le mangeâmes en pleurant. Sans doute sa mort singulière avait dramatisé un acte qui habituellement passait inaperçu. L'ultime cri du lapin ne m'avait, non plus, jamais ému ni l'ignoble et infini sanglot du cochon sur la table de mort. J'aurais, j'en suis sûr, assisté sans émotion à une exécution capitale. Non, la mort n'avait aucun sens pour l'enfant que j'étais. Si je n'ai pas abattu d'Allemand pendant l'Occupation c'est que je n'en ai pas eu les moyens. Tuer un homme désigné par tous comme l'*ennemi* ne m'aurait pas dérangé. C'est à peine si de voir des forteresses volantes américaines en flammes au-dessus de la pension de Verrières-le-Buisson éveillait en moi de la pitié pour ces hommes qui tentaient de se jeter en parachute et que l'on voyait tomber comme des pierres dans les champs, non loin. C'était les jeux de la guerre, la mort n'y était pas présente en tant que telle. J'ai aussi le souvenir très vif de ces aviateurs alliés suspendus sous la fleur claire de leurs parachutes cependant que les Allemands à bord d'autos-mitrailleuses les fusillaient en l'air ignorant les gestes désespérés des petits pantins suspendus. Un pareil spectacle aujourd'hui me bouleverserait « à mort ». Je pense comme ce vieillard de ma nouvelle *Bleuette :* la compassion vient avec le vieillissement des cellules. L'enfant ne connaît pas la pitié. Il est *lui-même* avec trop de violence et de fougue pour se mettre à la place de l'autre. Pour s'imaginer l'autre il faut déjà avoir perdu une grande part de sa vitalité.

Puis arrive le moment où la Mort sous toutes ses formes vous atteint... ou disons plutôt l'arrêt de la vie sous quelque forme que ce soit vous accable de tristesse. J'en suis là. De me découvrir d'année en année plus vulnérable me fait toucher la profondeur du lent retournement qui se fait en moi. Je songe à mon grand-père dont l'ironie s'est peu à peu transformée en une sorte de songerie triste. C'est avec un serrement de cœur que je revois ce vieil homme assis au crépuscule sur un banc de l'avenue Exelmans avec à ses côtés son vieux petit chien. Ils semblaient méditer, l'un comme l'autre, sur leur mort. Je passais sans les déranger. L'image du vieil homme et de son chien me semble la plus forte illustration de cet état de sensiblerie qui peu à peu recouvre l'homme coupé de son pouvoir sur la vie. En ce qui me concerne, la répulsion devant l'arrêt de la vie (de toute vie même celle d'un moustique) m'est venue entre trente et quarante ans. Depuis elle n'a fait que se préciser.

Au moment de la Libération j'ai cru à un certain

moment que j'allais être fusillé. Dans la cellule où nous étions une dizaine, selon nos âges nos réactions étaient sensiblement différentes. Il y avait là des vieillards, des hommes mûrs — j'étais le plus jeune. Mourir ne me faisait pas peur, je ne pouvais concevoir ma mort. Une seule chose me bouleversait : c'était d'être anéanti sans avoir encore « fait l'amour » avec une femme. (A cet âge le terme « faire l'amour » me semblait répugnant — je préférais tant qu'à faire *baiser* ou *coucher.*) Quelques mois avant la Libération, une putain, au coin de la rue Sauvageot, m'avait proposé de « faire l'amour ». C'était la première fois que j'entendais ces mots. Ils me parurent contournés, hypocrites. En pension nous disions : *baiser.* C'était net. Je pensais : *aimer.* C'était naïf. *Faire l'amour,* ce terme si répandu n'avait pas franchi les grilles des institutions russes où je croupissais. Depuis j'ai fini moi aussi par l'employer couramment mais encore aujourd'hui je ressens un imperceptible retrait devant cet hybride qui gardera toujours pour moi quelque chose de veule. Ces mots accolés : *faire* et *amour* se repoussent, me semble-t-il, comme les pôles contraires des aimants. J'allais donc mourir sans avoir connu le *faire* de l'amour, cette idée me tourmentait. J'étais désespéré. Mon sexe, mon corps de seize ans, n'avait jamais *baisé.* Ça, ça me rendait fou ! Mais mourir, non. Les cellules vitales de mon cerveau censuraient cette sorte d'angoisse.

Un mois ou deux avant que ne se déclenche le soulèvement de Paris, je me trouvais à la Grande Chaumière lorsqu'un ami de mes parents vint me dire que mon grand-père était mourant. C'était un mensonge. Mon père avait trouvé cette ruse pour reprendre contact avec moi. Aussitôt je filai rue Erlanger. Ils m'accueillirent tous avec des yeux humides et il fut décidé que je viendrais vivre dans un hôtel proche de chez eux. Je déménageai donc de la rue Perceval et m'installai dans une petite chambre proprette donnant sur le cimetière du quartier Michel-Ange. Chaque jour j'allais à pied à Montparnasse et en revenais. Le métro, je crois, ne fonctionnait plus. Je peignais. J'étais heureux.

Ici se situe pour moi le moment tant attendu où il me fut enfin permis de poser mes mains, mes lèvres sur une femme. Elle s'appelait Annick, elle riait fort dans l'atelier, elle était blonde, ses cheveux très longs partagés par une raie sur le côté cachaient à demi un visage rond plein de fossettes. Elle était coquette, insaisissable... en vérité mignonne et détestable. Comme elle vivait boulevard Murat nous prîmes l'habitude de faire le chemin ensemble jusqu'à la Grande Chaumière. Au retour elle montait parfois dans ma chambre ; je l'embrassais sur la bouche et remontais son pull-over. Elle avait des seins ronds que je caressais avec des ivresses de jeune bourdon empêtré. Elle riait comme si mes caresses la chatouillaient. Elle n'était ni sentimentale ni même sensuelle. Elle me laissait l'embrasser sur la bouche et lui caresser les seins par jeu, parce que ça la faisait rire. Son trop de santé m'exaspérait. Un jour elle m'avoua qu'elle aimait un jeune soldat allemand encaserné au lycée Claude-Bernard, en face de chez elle. Nous en restâmes là. J'en gardai une certaine répulsion pour ce genre de jeune fille « comme il faut ».

Puis les événements se précipitèrent ; Paris entra en insurrection. Je cessai d'aller à la Grande Chaumière, trop occupé par ce qui se passait entre la porte de Saint-Cloud et la porte de la Muette. Un peu partout des barricades commençaient à apparaître. Bien sûr, j'y passais mon temps en compagnie de tous les jeunes du quartier. Quelques hommes avec des brassards avaient pris plus ou moins le commandement de ces dérisoires petites places fortes. Des tractions avant noires arrivaient dans de grands hurlements de pneus. Sur chaque aile, allongés en position de tir se tenaient des jeunes gens coiffés de bérets. Je les enviais. Mais je n'avais ni fusil ni brassard. J'en étais réduit au rôle de spectateur. Enfin je ramassai une grenade allemande dont je passai le manche dans ma ceinture. Par bonheur je n'eus pas l'occasion de m'en servir : je ne serais sûrement pas là à écrire aujourd'hui.

C'était l'été, le quartier pavoisait. Le bruit courait que les Allemands étaient en train d'évacuer Paris. Je rentrai chez mes parents avec ma grenade passée à la ceinture. Ce ne fut qu'un cri d'horreur. Mon père me prit par le bras et, à pas pressés, me reconduisit jusqu'à la barricade au bout de la rue. Il tremblait. Je dus rendre la grenade.

Comme on le sait, mon père disait l'avenir. Parmi ses clients s'était trouvé, entre autres, un général de la Wehrmacht. Bien souvent il était venu consulter le mage dans la chambre au fond de la cour. Au moment de la débâcle il obtint de mes parents qu'ils le cachent avec sa femme le temps que les armées alliées occupent Paris. Ils ne voulaient ni repartir en Allemagne ni se rendre aux résistants sachant bien que ces derniers ne se priveraient pas du plaisir de les descendre. Mon père leur promit de les remettre aux Américains. Donc, pendant les événements qui vont suivre, ce général allemand et sa femme restèrent planqués au milieu de leur trésor de guerre dans une chambre de bonne du côté de l'avenue de Versailles. J'étais chargé de leur porter deux fois par jour de la soupe dans un bidon. Comment se fait-il qu'à l'étage personne ne se soit douté que des Allemands se cachaient dans cette mansarde ? Le parfum de leurs cigarettes à lui seul aurait dû les dénoncer. Je frappais discrètement, je leur donnais le bidon de soupe et m'en allais. Ils essayaient de me retenir mais je refusais de leur parler. Ils se tenaient allongés en permanence sur des tapisseries des Gobelins et des tapis de Perse — que par la suite je vis resurgir dans des circonstances remarquables, comme on le verra. La femme avait des yeux gris d'une sensualité lourde et tranquille, elle fumait, les paupières mi-closes. Le général était nettement plus âgé qu'elle. Il tremblait de peur et sans cesse me demandait d'un ton suppliant où en étaient les Américains dans leur avance. Je chuchotais que je n'en savais rien et me sauvais, retrouvant la rue avec ses barricades et ses insurgés.

Un après-midi le bruit se propagea dans le quartier : les Allemands évacuent le lycée Claude-Bernard. J'y courus. Les portes monumentales du lycée étaient en effet ouvertes et au milieu de la cour, une quantité d'armes et de caisses de munitions avaient été jetées en vrac sur des paillasses auxquelles les Allemands avaient mis le feu. Tous les hommes du quartier étaient là ; je reconnus même notre concierge. Cette rencontre me sauva peut-être la vie par la suite. Chacun tirait ce qu'il pouvait du feu. De temps en temps des balles explosaient. Je me souviens d'un obus que des hommes roulèrent hors des braises. Je ramassai un fusil dont la crosse avait brûlé à moitié et je remplis mes poches de munitions.

Le lendemain, vers le milieu de la matinée, je rencontrai porte de Saint-Cloud un groupe d'hommes en armes qui poussaient devant eux deux êtres nus, barbouillés de croix gammées dessinées en bleu. J'eus du mal à reconnaître des femmes dans ces sortes de bêtes tondues sur lesquelles tout le monde crachait. Elles ne pleuraient pas et leur dignité avait quelque chose de surhumain.

Lorsque j'étais enfant, à Saint-Paul-de-Vence, ma mère m'emmena un jour sur la place du village où se déroulaient de lugubres réjouissances. Un grand-duc se tenait debout dans une cage. Il était aussi haut que moi. Les villageois défilaient les uns après les autres devant lui et crachaient. L'oiseau ébouriffé se rengorgeait sous un véritable plastron de crachats. Son maintien m'avait frappé. Plus tard on avait crucifié le grand-duc sur une porte. Ma mère ne voulut pas que j'assiste jusqu'au bout à ce spectacle mais ne se priva pas de le commenter. À ce propos elle me raconta bien sûr un souvenir de la Révolution russe. Elle se trouvait dans un train. En face d'elle, un homme vêtu de loques sortit une cigarette qu'il frappa à petits coups rapides sur l'ongle de son pouce. Ce geste d'aristocrate n'échappa pas à ceux qui se trouvaient dans le compartiment. Quelqu'un se leva, alla chercher des soldats que l'on entendait chanter dans le couloir et leur désigna le fumeur. Le train s'arrêta, l'homme fut liquidé au bord du ballast et le train repartit. A mesure que les wagons défilaient devant le cadavre, les voyageurs se penchaient par les fenêtres et crachaient, le couvrant d'un épais linceul de bave.

En croisant ces femmes que la foule malmenait, je ne me doutais pas que je serais moi-même bientôt plongé dans un cauchemar analogue. Je suivis un moment la troupe armée, ne pouvant détacher mon regard de ces deux femmes. Elles semblaient fixer un point par-dessus les têtes comme si tout cela ne les concernait pas. Les crachats coulaient sur leurs visages et sur leurs corps bleuis de méthylène, délayant les croix gammées. Je demandai à l'un de ceux qui les escortaient pourquoi on leur faisait subir un traitement si répugnant. Il me répondit avec une sorte de jubilation malsaine qu'elles avaient *baisé* avec des Allemands — la mère comme la fille — et qu'il espérait bien faire partie du peloton d'exécution.

Écœuré je pris une autre direction. Un jeune garçon de mon âge armé comme moi d'un fusil me suivit. Nous échangeâmes quelques commentaires dégoûtés, d'accord l'un comme l'autre sur la lâcheté de ces prétendus combattants. Un peu plus loin, avenue de Versailles, des insurgés firent tomber d'un toit un tireur qu'ils venaient de tuer. Nous reculâmes lorsque la foule avide se referma sur le cadavre qui fut accroché à un balcon.

Des colonnes de fumée s'élevaient sur Paris ; les tirs d'artillerie roulaient sans arrêt, l'air bleu semblait compact. Un peu plus haut, en amont de la Seine, des coups de feu partaient par rafales et les hachures rapides des mitrailleuses leur répondaient. Un obscur instinct nous poussait, une sorte de jubilation primitive s'était emparée de nous ; le doigt sur la détente nous avancions le long du quai, des balles miaulaient au-dessus de nous, nous étions seuls ; les tirs venaient de l'île Seguin. « Cette fois on va tuer du Boche », dit mon compagnon.

Il sortit une grenade de sa musette, la dégoupilla et la lança dans la Seine pour m'en montrer le fonctionnement. La gerbe déclencha immédiatement un redoublement des tirs. Des éclats de pierre sautaient autour de nous.

Nous montâmes nous mettre à l'abri derrière le parapet du quai qui semblait désert à perte de vue. Cependant à mesure que nous avancions nous découvrions en face, le long des maisons, des hommes embusqués en position de tir. Ils nous faisaient des signes agacés, certains nous injuriaient. Nous marchions inconscients du danger, droit vers la source du feu. Des balles frappaient les façades mais nous nous sentions si forts si invulnérables avec nos fusils et nos grenades ! L'un et l'autre nous avions seize ans. Comme je viens de le dire, la mort à cet âge n'existe pas. Et quelle satisfaction de narguer tous ces adultes !

Notre conscience fanfaronne nous avait conduits jusqu'au seuil du pont qui reliait l'île à la rive. Les tirs prenaient en enfilade la plupart des rues alentour. Et soudain la porte blindée de l'île s'ouvrit laissant le passage à une auto-mitrailleuse qui s'engagea sur le pont. Je m'enfuis au hasard et me retrouvai dans un couloir au milieu d'une bande de jeunes insurgés armés de mitraillettes. Nous nous entassâmes tous dans une Citroën noire qui attendait dans une rue parallèle. Deux des jeunes gens s'allongèrent sur les ailes de la voiture qui partit à toute allure à travers les avenues de Boulogne-Billancourt. Sans ralentir elle pénétra dans les ateliers de l'usine Renault. Et c'est là, dans un coin, que je vis les premiers prisonniers allemands gardés par des ouvriers en salopette. Une sorte de marelle à la craie avait été dessinée autour d'eux sur le sol. Quelques officiers se tenaient un peu à l'écart dans un autre carré de craie. C'est là aussi que je vis arriver avec émotion mon premier Américain. Une énorme Harley-Davidson pilotée par un éclaireur de l'armée américaine fit irruption dans le hangar. Aussitôt il fut entouré, embrassé : la Liberté venait de se matérialiser devant nous : elle avait une gueule de gangster. Comme tous les soldats jetés en première ligne, l'homme arrivait sans doute droit de Sing-Sing. Jamais je n'avais vu une pareille moto, avec son pare-brise au tablier clouté orné de franges de cuir et ses sacoches débordantes d'un barda hétéroclite. L'homme semblait s'amuser prodigieusement à distribuer des cigarettes et des rations de l'armée.

Un peu plus tard je me retrouve de nouveau devant l'île Seguin. C'est l'après-midi ; la garnison allemande vient de se rendre et je suis parmi les premiers à pénétrer dans le camp fortifié. Un tas prodigieux de paquetages et d'armes encombre une allée, sous des arbres, entre les baraquements. Chacun fouille et s'empare de ce qui lui plaît dans les affaires des vaincus. Ici j'eus la bêtise d'échanger mon vieux fusil à la crosse brûlée contre un petit fusil à répétition d'un bois blond et astiqué — ce fusil fit un envieux et faillit, quelques heures plus tard, me mener au poteau d'exécution. Je remplis aussi mes poches de tubes de couleur trouvés dans les paquetages et je versai deux ou trois boîtes de cigares directement dans ma chemise, à même la peau. Nous étions ainsi quelques dizaines à remuer les bagages de la garnison ; des soldats américains s'étaient mêlés à nous ; à tout moment ils dégainaient leurs revolvers pour qu'on leur abandonne les objets qu'ils convoitaient. Enfin je quittai l'île et je rentrai vers la porte de Saint-Cloud. Tout en marchant, j'allumais un cigare après l'autre que je distribuais aussitôt allumé aux passants que je croisais.

Les rues de Boulogne débordaient d'une foule heureuse, les gens se parlaient, la ville se réveillait d'un sommeil de quatre ans. Je marchais en pleine euphorie ; je venais d'avoir seize ans, la vie s'ouvrait devant moi, tout le monde me souriait, j'étais parmi les vainqueurs... lorsque à l'instant tout se renverse. Un homme en bleu de travail jaillit derrière moi. Il m'ordonne de poser mon fusil et de lever les mains. Il me tient en joue et ne plaisante pas. Puis il s'empare de mon fusil et me fait marcher à quelques pas devant lui :

« Avance ! »

Il me tapait entre les omoplates avec le canon de son arme... et c'est avec effroi que je vis des femmes s'approcher de moi pour me lâcher des crachats au visage. L'homme me fit faire plusieurs fois le tour de son quartier. Les gens le connaissaient et il éclatait de fierté de tenir un enfant en joue. Aux questions qu'on lui posait il répondait en fabulant. Si j'ouvrais la bouche pour tenter de me justifier, il me frappait rudement les omoplates avec son fusil et m'entraînait. A la fin j'échouai au commissariat de police où il fit une déposition qui me laissa ahuri, en larmes, écrasé. On m'interrogea. Je racontai ma journée. Le commissaire se doutait bien que j'étais la victime d'un *héros* de la dernière heure. En d'autres circonstances il m'aurait immédiatement relâché. Mais il faut se replacer dans la confusion de la Libération ; il faut surtout se souvenir du rôle que la police française avait joué pendant la guerre. C'était prendre un bien grand risque que de mettre en doute la parole d'un ouvrier de Billancourt. En plus j'étais étranger.

On vida mes poches. Étonnement de trouver des tubes de couleur mêlés à des munitions. Le commissaire me demande si je fais partie d'un réseau de résistance. Je réponds non. « Alors pourquoi ce fusil ? — Le concierge de mes parents lui aussi a pris un fusil au lycée Claude-Bernard — et pas plus que moi il n'est résistant. » Cette réponse me sauva. (Un peu plus tard dans la soirée des policiers allèrent vérifier mes paroles et récupérer le fusil chez le concierge. Ils parlèrent d'un gosse (moi) que l'on était sur le point de fusiller au commissariat de Boulogne-Billancourt. Affolement de mes parents qui aussitôt contactèrent une « amie » (encore une cliente !) dans l'entourage de De Gaulle.)

Pendant ce temps on me traînait d'un commissariat à l'autre. Deux hommes armés de mitraillettes me firent monter dans un side-car et je fus ainsi promené comme un criminel d'interrogatoire en interrogatoire. A trente-cinq ans de distance je revois avec répulsion ce commissaire aphone aux mains écorchées à force d'avoir frappé des hommes, dans son bureau de la rue de la Pompe. Lui aussi avait tout de suite compris que j'étais la victime d'un mythomane. Les gamins qui s'amusaient dans Paris avec une arme ne manquaient pas. Ne pas avoir de brassard F.F.I. ou F.T.P. ne faisait pas de moi un coupable. Le commissaire du quartier du Ranelagh me le dit lui-même mais n'osa pas me relâcher et me renvoya à d'autres. Il faisait chaud, le soleil était encore haut — nous étions en août. A un moment, l'homme qui pilotait le side-car nous arrêta devant un bistrot. Il m'offrit de la bière et nous bûmes debout au comptoir. Tout le monde me regardait, on s'étonnait de ma jeunesse. Des consommateurs posèrent des questions. Ceux qui me menaient ne savaient que dire. La simplicité de mes réponses semblait convaincre car je sentis de la pitié parmi les gens qui m'entouraient. Même mes gardiens paraissaient se rendre compte de l'absurdité de la situation. Ils hésitaient. Un peu plus ils me laissaient filer. Nous nous trouvions sur le trottoir devant le bistrot... et voilà que tout à coup une femme m'attrape par les cheveux, me secoue furieusement et me crache à la figure. Sans dire un mot, sans pousser un cri, elle me secoue par les cheveux, crache et s'en va : des hommes armés m'escortaient, cela avait suffi. Cet incident effaça toute hésitation. De nouveau j'étais prisonnier. On me fit remonter dans le side-car et je réintégrai le commissariat de Boulogne-Billancourt. Combien furent abattus sur place pour avoir été simplement escortés pour une vérification d'identité ! (Je me souviens du cas d'un homme que l'on emmenait vers un commissariat, boulevard Saint-Michel. Soudain un enfant arrive en courant, brandit un revolver et sans ralentir, tout en courant, il décharge son arme à bout portant dans la tête de l'homme puis disparaît au premier coin de rue sans que personnage songe à l'arrêter.)

En ces quelques heures, pour ma part, j'avais compris

bien des choses. Je n'en ai pas tiré une philosophie de la vie mais disons un réflexe de gibier devant toute ébullition populaire. Je suis sorti de cette épreuve à tout jamais solitaire. Fini pour moi ce lyrisme de la rue ! J'ai longtemps vécu dans les quartiers les plus populaires de Paris, je m'y plaisais et cependant j'ai toujours eu le sentiment d'être entouré d'une obscure violence qu'un cri, qu'un ordre, pouvait déchaîner contre n'importe qui.

On me ramena donc au commissariat de Billancourt. Là on me retira ma ceinture et mes lacets de souliers et on m'enferma dans une cellule remplie de misérables suspects. De temps en temps on venait en chercher un, ceux qui restaient chantaient alors *La Marseillaise*. Une chasse d'eau automatique se déclenchait tous les quarts d'heure dans une cuvette au fond de la cellule. Nous étions pressés sur des bancs de bois qui se faisaient vis-à-vis. On se serait cru dans un wagon de ciment immobile. La chasse d'eau rythmait le temps et une lumière fixe nous éclairait d'en haut, nous donnant l'aspect de cadavres. A part un milicien (qui fut, nous dit-on, fusillé dans la nuit) les autres n'étaient que de malheureuses victimes de ces temps de désordre. Tous prétendaient se trouver là pour avoir pillé (chapardé) du pain allemand, des vêtements ou quelques boîtes de conserve dans des casernes désertées.

Je passai la nuit dans cette cellule. De temps en temps un prisonnier était emmené ; des détonations claquaient dans la cour du commissariat : « Un de moins », criaient les policiers — ce qui faisait gémir mes compagnons qui du coup y allaient de leur *Marseillaise*. J'étais le plus jeune ; on me plaignait exagérément. Les déchets humains rassemblés dans ce cachot trouvaient une amère satisfaction à le souligner à grands cris. Au fond ils souhaitaient sincèrement qu'on me fusille. « Vous n'oserez quand même pas fusiller un gosse de cet âge ! criaient-ils aux flics. — Vous allez voir comment on n'osera pas ! » Nous nous débattions dans une farce où tout devenait possible. La délicate frontière entre les mots et l'action s'était disloquée. Une balle avait valeur de juron.

Aux premières heures de l'aube on vint me chercher. Mes compagnons me firent des adieux excessivement pathétiques. C'était certain, on allait me liquider... J'écris ces lignes avec un sourire. Vu de *La Béate* en 1980 il ne reste que l'absurde de la situation. On me sort donc de la cellule et on me traîne jusqu'au bureau du commissaire... où je trouve mon père. Il me serre contre lui avec une sorte d'hystérie muette ; il pleure de me retrouver vivant — moi je suis sec. On me rend mes lacets de souliers, ma ceinture et les tubes de couleur que j'avais volés dans les paquetages allemands.

Il me reste le vague souvenir de notre retour à pied dans le petit matin. Mon père me parle avec des sanglots dans la voix ; plus que jamais son accent m'exaspère.

Nahidé ne dormait pas ; elle me prit dans ses bras et me pressa longuement contre elle. Je fondis en larmes, elle aussi. Secrètement j'étais transporté de bonheur de découvrir combien elle avait été secouée. Sa joie de me retrouver me bouleversait. Un court instant j'eus l'illusion d'être dans les bras d'une maîtresse. Puis je m'enfuis chez Mam où je restai à sangloter dans la cuisine. Mam pleurait, mon grand-père pleurait (tout en se moquant de moi). Donc ils m'aiment, me disais-je, et cette idée me faisait redoubler de sanglots.

Le lendemain matin, nouvel effroi. Cinq ou six types hérissés de mitraillettes font irruption chez mes parents. Ils viennent s'assurer que nous ne cachons pas d'autres armes. J'étais chez mes grands-parents. Vision pathétique de mon pauvre grand-père rudoyé par ces hommes armés. Lui que je n'avais jamais vu « sérieux » et qui s'arrangeait pour tout envelopper d'une ironie charmante se déballa tout à coup. Ses mains commencèrent à trembler et c'est à peine s'il réussit à réunir les quelques mots de français qu'il connaissait pour se faire comprendre. Ils fouillèrent le misérable appartement, déplaçant sans précaution les innombrables instruments de précision qui l'encombraient. Je tremblais qu'une mitraillette ne parte toute seule. Sa peur désespérée devant les armes automatiques — dont les trous noirs des canons ne le quittaient pas — semblait devoir immanquablement déclencher le tir. De plus, sa qualité de Russe émigré, son ignorance de la langue française, l'air extrêmement louche de son laboratoire, tout cela, en effet, avait de quoi dérouter ces hommes montés de la rue et qui ne savaient comment faire face à une situation si peu normale. Enfin ils s'en allèrent.

Maintenant il devenait urgent que mes parents se débarrassent du général allemand et de sa femme. Il suffisait qu'un malheureux hasard les fasse découvrir pour que cette fois la famille entière y passe. Dans les jours qui suivirent il fut convenu à la hâte avec cette amie résistante bien placée auprès de De Gaulle que les deux Allemands seraient remis (par moi) au coin de la rue Michel-Ange et de l'avenue Exelmans à des représentants du Gouvernement provisoire. Ils étaient pâles et crevaient de peur. Ils me firent jurer que c'était bien aux Américains que j'allais les livrer et je leur mentis comme on ment à des malades. Nous longeâmes le viaduc d'Auteuil. Le général s'arrêtait sans arrêt pour pisser contre les arches. Il était au bord des larmes. Une traction avant noire les attendait. Des hommes armés en jaillirent. Le couple fut frappé, menotté et enfourné dans la Citroën qui démarra dans un effroyable ululement. Plus jamais nous n'entendîmes reparler d'eux.

Dans *Les Années-lumière* il me semble avoir fait une série de petits tableaux de ces événements. L'expérience est curieuse. Me voilà pour la seconde fois en train de *restituer* — sous une forme différente — les mêmes lambeaux de mémoire. Je suis troublé par la vivacité des souvenirs. A quel moment tout cela a-t-il été engrangé ? La mémoire est-elle un film où les choses viennent une fois pour toutes s'imprimer ; ou bien ressemblerait-elle plutôt à une cire qu'un travail secret continue à modeler hors de votre conscience ? En d'autres termes : les images continuent-elles à *vivre* en nous — un peu comme sur un cadavre les ongles et les poils poussent paraît-il encore un certain temps — ou bien sont-elles des photos mortes que seule l'usure de nos cellules finit par jaunir à la longue ? Pour ma part il me semble que les images de notre mémoire ont besoin de soins et d'entretien. Ce serait un peu comme une série de petites tombes qui demandent de temps en temps à être restaurées et dont il est nécessaire d'arracher les mauvaises herbes. Les contours ont tendance à s'affaisser par le travail de l'érosion, tout se nivelle. Comme les peuples, les individus qui gardent bien en mémoire leur vie ne sont-ils pas ceux qui s'aiment assez pour ne rien perdre de ce qui les a faits ? Les bonnes mémoires ne sont-elles pas celles qui savent, en quelque sorte, se commémorer ?

Lorsque j'étais encore un très petit enfant et que sans cesse on m'arrachait aux êtres et aux lieux, j'avais pris l'habitude, chaque soir, avant de m'endormir, de m'efforcer de réciter dans l'ordre, à rebours, le nom des gens auprès desquels j'avais vécu et des lieux par lesquels j'étais passé. C'était un peu les petits cailloux blancs de ma mémoire... ou plutôt le trajet en miettes de pain qu'il me fallait sans cesse re-semer sous peine d'être perdu sans retour. Ce chapelet, cette sorte de prière je l'ai murmurée jusqu'à ma douzième année. Et puis un jour j'ai compris qu'on ne revient jamais plus en arrière et que la vie, comme la mort, efface nos chemins et je me suis contenté de pleurer (de commémorer). Ainsi dès que nous nous sommes connus, Danièle et moi, nous avons commencé à nous re-souvenir de nous. Je veux dire que nous nous amusions à nous raconter *notre* histoire. Bien sûr, nous nous sommes racontés chacun un nombre infini de fois l'un à l'autre... Mais je parle ici de *notre histoire à deux*. Disons que le deuxième jour nous avons commémoré ensemble le premier, le troisième les deux premiers et ainsi de suite. Nous ne nous sommes jamais lassés de nous revivre. Qui ne connaît ces délicieux moments où enlacés, lèvres à lèvres, revient la douce et nonchalante ponctuation du : *tu te souviens ?* L'amour se nourrit de sa propre substance ; l'amour s'aime. Et s'il abandonne sa mémoire, c'est qu'il n'est plus. Je pense qu'il en va de même pour l'individu. Celui qui ne se commémore pas meurt. On prétend qu'au moment de mourir on se revit en une fraction de seconde. Ne serait-ce pas la preuve de notre furieux appétit de vie que cet ultime cri... ou crispation de la mémoire ? Et si aujourd'hui je suis là, penché sur ces bribes de souvenir, c'est que je suis plein d'une furieuse envie de vivre, vivre... et que ma mémoire en déchirant ses voiles me convie à poursuivre.

J'ai raconté aussi dans *Les Années-lumière* comment le soir même, après avoir livré les Allemands, nous nous étions rendus, mon père et moi, dans la chambre où le couple avait séjourné. Nous y avions laissé les tapisseries des Gobelins et les tapis de Perse mais nous n'avions pu nous empêcher de ramener une lourde cassette que nous transportâmes en rasant les murs. Je n'oublierai jamais mon père aidé de mon grand-père en train de s'acharner sur la serrure du coffre. Soudain ils reculèrent stupéfaits et d'un vif mouvement mon père renversa le trésor sur le drap tendu entre les jambes de Nahidé. Il y avait là des montres en or ouvragées, serties de diamants, des quantités de louis d'or, des livres-or, des dollars-or, plusieurs colliers de perles, de nombreuses perles aussi non enfilées, et surtout des pierres précieuses de couleur et des diamants enveloppés dans des petits morceaux de papier de soie, comme des bonbons. Le lourd trésor pesait sur le drap entre les jambes de Nahidé. Nous y plongions les mains, nous amusant à dépapilloter les pierres dont certaines roulèrent même à terre. Nahidé et Mam étaient furieuses ; ce trésor de guerre leur répugnait. Elles exigèrent que les pierres, les perles et les pièces d'or soient immédiatement replacées dans la cassette et que nous rapportions le tout là où nous l'avions pris. Mon père et mon grand-père obéirent à regret.

Le trésor fut soi-disant remis à ceux qui avaient pris livraison des Allemands. Mais moi je sais que mon père ne le restitua pas. (Nahidé, elle, n'en sut jamais rien, ni Mam.) Au fil des ans on vit réapparaître différents éléments de ce trésor. Une fois, en tirant une valise rangée sur une haute étagère de la salle de bains, mon père laissa tomber une pièce d'or ; elle fit le tour de la baignoire et disparut par le trou d'écoulement. Le plombier appelé d'urgence prétendit ne pas l'avoir retrouvée. Plusieurs fois aussi, touché sans doute par mon extrême détresse, mon père me glissa en cachette de Nahidé une livre-or ; un clin d'œil ponctuait ce cadeau. Il savait que je savais.

Puis il y eut l'histoire du collier de perles. Cette fois, lorsque je le vis, je ne doutai plus. Mon père s'était bien emparé du trésor et voilà qu'il essayait d'en faire accepter des bribes par Nahidé sans qu'elle le sache. Personne d'autre que moi ne se rendit compte de la supercherie.

Un jour la princesse Orloff — une cliente de mon père — offrit à Nahidé un splendide collier de perles. Comme la princesse Orloff faisait du courtage de bijoux, il n'y avait rien d'étonnant à ce qu'elle eût en sa possession un collier d'une telle valeur. Qu'elle en fasse don à Nahidé était sûrement plus étonnant mais dans les milieux d'émigrés de telles largesses étaient courantes. Après s'être défendue, Nahidé finit par accepter.

Connaissant mon père et le style de ses mensonges, je compris qu'il s'était entendu avec la princesse Orloff pour qu'elle joue cette amicale comédie. Elle le fit avec plaisir — elle avait une adoration pour Nahidé. Quelle explication donna-t-il à la princesse ? Je suppose qu'il tira adroitement le collier du néant sous les yeux stupéfaits de sa crédule cliente. Il n'était pas à un tour de magie près. Ainsi une des merveilles du trésor revit le jour et entra « légalement » dans la famille.

Par la suite ce collier eut une histoire désolante et burlesque. Nahidé le garda jusqu'à sa mort. Plusieurs fois elle me le montra : « Quand je serai morte, veille à ce qu'il revienne à Mam. » Quand je serai morte, ces mots terribles sur ses lèvres ! J'en avais la gorge serrée.

Nahidé savait sa mort. Elle savait surtout ce qui allait se passer après sa mort et elle souffrait à l'idée que Mam puisse rester démunie et entièrement à la merci de mon père et de Mme F... Ce collier devait garantir l'indépendance de Mam. Sans cesse Nahidé revenait sur ce sujet — comme si j'avais assez de pouvoir sur mon père pour l'obliger à respecter ce qui était en vérité sa dernière volonté. Lui, pendant ce temps, battait ses cartes et reniflait.

Quelque temps avant de mourir Nahidé glissa le collier à sa mère. Mam le cacha dans un tiroir, parmi ses combinaisons. Et à son tour elle commença à nous en parler : « C'est pour toi », disait-elle en le posant sur les genoux de Danièle. Danièle le lui rendait en riant. Mam en était attristée. « Mais c'est pour vous que je le garde, prenez-le. — Vends-le, Mam, lui disais-je. — Non, c'est pour Danièle. » Elle survivait des aumônes de mon père et elle s'obstinait à le garder pour nous. Évidemment nous n'en voulions pas. Entre mon père et elle, ce collier était un continuel sujet de plaisanterie. Il arrivait et disait en riant : « Il est là. » Elle avait beau le cacher et le changer constamment de place, mon père le *voyait* à travers les meubles et les objets. Mam souriait de son sourire délicieusement doux : « Très bien, tout à l'heure je le cacherai de telle manière que plus jamais tu ne le trouveras. » Et dès qu'il avait le dos tourné, elle le glissait dans le sac de Danièle en nous suppliant de l'emporter. Mais en partant nous le laissions sur le coin de la table. Au fond, Mam craignait que ces perles n'échouent sur le cou de Mme F... — ce qui arriva effectivement comme on le verra.

Un jour, Mam tomba malade et on l'opéra d'urgence. Lorsqu'elle revint de la clinique, les perles n'étaient plus là où elle les avait cachées. Mon père les avait reprises et refusait en riant de les lui rendre. « Elles sont en sûreté chez moi, plaisantait-il. — Mais elles sont à Danièle, disait Mam d'une voix désolée. — Eh bien je les garde pour elle », répondait, toujours en plaisantant, mon père. Puis il mourut, et Mam resta seule.

(Encore aujourd'hui, presque vingt ans après la mort de Mam, je rêve régulièrement qu'elle nous attend (Danièle et moi) dans sa pauvre cuisine. J'ai honte et je me dépêche mais toutes sortes d'incidents affreux nous retardent et, lorsque nous arrivons, Mam n'est plus là et nous apprenons qu'elle vient de mourir, seule dans son coin. Alors je pleure et en général mes pleurs me réveillent. Danièle m'entoure de ses bras et nous restons l'un contre l'autre dans la nuit.)

Je ne sais plus combien d'années Mam vécut en silence, seule et toute dernière de cette petite tribu pathétique qui me tint lieu de famille. Elle ne faisait rien, elle nous attendait. Nous étions insouciants et passions la voir de temps en temps. Mam adorait Danièle, elle avait reporté sur elle son immense capacité d'amour et de tendresse. Elle nous attendait sans se plaindre, seule dans sa nuit de vieille femme aveugle. Je revois avec chagrin son beau visage aux fines rides pâles, son expression un peu effarée, le joli petit nez de jeune fille, les mèches grises et frisées qui entouraient son front large, étonnamment lisse pour une personne de son âge... et j'aimerais lui dire ce que je n'ai jamais su lui dire et la serrer contre moi comme je n'ai jamais su le faire...

Donc après la mort de mon père, Mam resta seule dans la petite chambre, seule avec les images figées de ses souvenirs. Chaque fois que nous venions la voir elle nous parlait du collier. Elle n'admettait pas qu'il reste introuvable. Patiemment, jour après jour, elle fouilla la chambre ; de ses doigts déformés par l'arthrite elle tâtonna dans les moindres recoins. Le collier restait introuvable. « Ce n'est pas possible, nous disait-elle avec son joli accent russe, il n'a pas pu nous faire ça, ce n'est pas possible qu'il l'ait donné à cette *putaine* (ainsi nommait-elle Mme F...). » Plus le temps passait, plus ce rang de perles occupait en entier son esprit. Il avait envahi sa solitude, non, elle n'acceptait pas que mon père ait pu lui faire un coup pareil. « Je suis sûre que ces perles sont ici quelque part. » Mam avait raison, le collier était là en effet, astucieusement caché tout en haut de la bibliothèque. On jugera jusqu'à quelle extrême rouerie pouvait aller le caractère diabolique de mon père. Il savait qu'après sa mort Mam n'aurait de cesse de retrouver le collier. Il le dissimula donc dans une cache impossible afin qu'elle y mette le temps et de la peine. En le disposant ainsi hors d'atteinte il soulignait son prix. Et puis entre lui et Mam c'était en quelque sorte un ultime dialogue — comme s'il n'avait pu s'empêcher de céder au plaisir de lui faire une dernière espièglerie. D'avoir retrouvé les perles apaisa Mam, elle rayonnait de joie. Medjid ne lui avait donc pas menti, ces perles représentaient le gage de son amour filial, de sa fidélité envers la mémoire de Nahidé, c'était aussi la preuve qu'il m'aimait, qu'il aimait Danièle, bref, de par-delà la mort il riait avec Mam de cette plaisanterie. « Hein, Mam, je t'ai bien eue, semblait-il lui dire, tu as eu peur, avoue ! »

Le collier réintégra la cachette parmi les combinaisons. Quelques mois passèrent. Mam survivait misérablement — et nous-mêmes étions trop misérables pour pouvoir l'aider. « Vends le collier, lui disais-je. — Il est à Danièle. — Mais on s'en fout, tu sais bien que nous n'en voulons pas. » Elle souriait avec l'air de dire : nous verrons plus tard. Puis un jour nous la trouvons pâle et affaiblie. On voyait qu'elle avait abondamment pleuré. « Medjid est un salaud. » Elle lâcha cette phrase puis resta muette et immobile. Ses lèvres tremblaient et devant nous elle ne put retenir ses pleurs. A force d'être seule à remâcher le passé jusqu'en ses moindres détails, un soupçon lui était venu. Pourquoi Medjid avait-il si astucieusement caché le collier ? S'il l'a si bien dissimulé, se dit-elle, c'est qu'il l'a remplacé par un faux. A peine l'idée l'eut-elle effleurée qu'elle en eut la certitude. Aussitôt elle avait convoqué un vieux joaillier russe, ami de mon grand-père. Il lui confirma ce qu'elle pensait : « Perles Prisunic *daragaia* Lydia, grossière imitation. » Ce coup posthume porté par mon père l'acheva ; elle ne s'en remit jamais et mourut d'ailleurs peu de temps après

Depuis que j'ai commencé la rédaction de ces pages je me pose sans cesse la question : quels ont été mes sentiments réels pour mon père ? Est-ce pour le savoir que j'écris tout cela ? Enfant, mon père m'a charmé, oui j'ai été sous le charme, le magicien a eu raison en quelques jours de mon effarouchement, et puis très vite, voyant avec quelle facilité j'avais succombé à ses sortilèges, il se désintéressa de moi. De mon côté je lui en ai profondément voulu de cet abandon et je peux dire que par la suite, chaque fois qu'il tenta de se rapprocher de moi, je me reculai et restai hors d'atteinte. Cependant je l'aimais tout en détestant la part de son caractère que l'hérédité avait trop manifestement déposée en moi. Si je repense aujourd'hui à ses multiples facettes j'en reconnais la séduction irrésistible, le charme — et ce charme je sais qu'il m'en a doté. Je sens à quel moment ma fantaisie *est sienne* et c'est alors que tout à coup je ne m'aime pas et me (le) refuse. Par malheur je n'aime pas davantage la part de sérieux — pour ne pas dire de tragique — héritée de ma mère. Et j'ai l'impression angoissante que, bien que morts l'un comme l'autre, c'est en mon âme qu'ils perpétuent leur dialogue fou. Leurs deux parts en moi me secouent sans répit. Je passe par des transes qui me laissent épuisé. Non, je n'ai jamais accepté d'être composé de ces deux parties dont le mélange n'a jamais pu bien se faire. De mon père je tiens une certaine forme d'humour, une facilité quasiment illimitée d'entreprendre et de réussir comme par magie les choses les plus inattendues ; il me semble que rien ne peut me résister, et lorsqu'il m'arrive de me heurter à un obstacle je le saute avec une facilité qui ressemblerait par bien des côtés aux « tours » que mon père savait si admirablement réussir. Alors, *je me sais lui*, j'en ressens un immédiat refus — aussitôt je me jette dans ma part inverse et je commets alors des actes suicidaires. Voilà pourquoi j'avance dans la vie par sauts apparemment incohérents. Seule Danièle en a saisi le sens et a même su m'encourager dans ces écarts.

Entre mon père et moi il y eut toujours de ces rapides regards par lesquels je lui signifiais que je savais et par lesquels il me signifiait qu'il savait que je savais. Je voyais alors sur sa bouche aux coins toujours un peu relevés passer ce sourire à la fois triste et espiègle qui, par son charme, *effaçait*. Combien de fois ai-je été *eu* par cette mobilité inouïe qui faisait de lui l'un des grands magiciens de son temps ? Pourtant je connaissais à fond son caractère, je sentais sensuellement fonctionner son intelligence diabolique, je lisais dans ses yeux vifs, sur le coin de sa bouche, ce qu'il combinait — et pour finir il me glissait entre les mains comme un poisson mouillé. Si je me suis étendu sur l'histoire du collier c'est pour donner un exemple de son comportement. Ce que j'en dis ne dévoile qu'une faible part de sa complexité où l'humour se mélangeait si adroitement à la méchanceté. Il haïssait et adorait Mam, il m'aimait et me détestait, même Nahidé il l'aima comme peu d'amoureux aiment, et à la fois il se vengea de l'avoir trop aimée en devenant le serviteur, l'amant, l'homme de main de Mme F... — qui non seulement tua Nahidé mais finit par le tuer lui-même.

D'avoir vu de trop près agir mon père m'a à jamais dégoûté du mensonge et de la servilité. Ici, par bonheur, ma mère a pris définitivement le dessus en moi. Je peux dire sans exagérer que j'irais jusqu'à me faire tuer plutôt que de dissimuler. J'aurais fait un bien mauvais Iranien.

Maintenant je vais aborder les cinq années (de 1945 à 1950) les plus incohérentes de ma vie. Elles vont de la fin de la guerre à ma rencontre avec Danièle.

Donc après la Libération je retournai dans mon misérable hôtel de la rue Perceval. Cette fois j'avais décidé de rompre complètement avec ceux que je nommais ma famille. Je voulais vivre la peinture — car peindre c'était avant tout pour moi *une façon de vivre* — et non pas produire des tableaux. Je ne gardais rien de ce qui sortait de mes mains ; les dessins tombaient à terre sans que je me donne la peine de les ramasser ; pendant des mois je peignais sur la même toile que je grattais lorsque la couche en devenait trop épaisse. J'aimais l'acte de peindre, j'aimais la vie qu'imposait l'acte de peindre, j'aimais l'extraordinaire tension qui me mettait en quelque sorte hors de moi lorsque debout devant la toile je n'étais plus moi mais ce qui se faisait sur la toile.

L'acte de peindre est, avant tout, une prise de possession sensuelle de l'univers ; une sorte d'identification se produit entre vous et ce que vous cherchez à capturer par l'action de peindre. Le peintre se travestit sensuellement en ce qu'il peint. Il devient femme pomme fleur lumière, je ne connais pas de communion plus complète — à part la fusion de l'amour. Peindre c'est aimer. J'aimais, oui j'étais rempli d'amour pour tout ce que je voyais, pour tout ce que je touchais, je vivais dans une buée d'amour... et en même temps je me tenais à l'écart, parlant peu, ne mangeant presque rien, vivant d'aumônes et de petits vols, posant de temps en temps nu à l'atelier de croquis au rez-de-chaussée de la Grande Chaumière. Je survivais grâce aux uns et aux autres : les élèves des différents ateliers m'apportaient des bouts de pain ou de fromage. Nous sortions tout juste de la guerre et non seulement il fallait de l'argent pour acheter de quoi se nourrir mais aussi des tickets de rationnement. Comme je vendais mes cartes d'alimentation au marché noir pour payer ma chambre d'hôtel, mes toiles et mes couleurs, j'en étais réduit à vivre des quelques restes que l'on m'apportait enveloppés dans de vieux journaux. Je ne quittais presque pas les ateliers où en hiver il m'arrivait même de passer la nuit enfoui dans les chiffons qui servaient à composer les drapés pour les séances de pose.

J'aimais la Grande Chaumière, c'était un lieu tout à la fois hors du monde et au centre du monde. Je peux dire que dans ces vieux ateliers puant la sueur des modèles, la térébenthine et l'huile de lin j'ai ressenti pour la première fois de ma vie l'émotion de faire partie d'une communauté. Je n'étais plus seul. J'avais autour de moi des complices, des amis, des frères, une tribu. Notre langage était simple, sans doute — il se réduisait pratiquement aux traces visqueuses et multicolores qui recouvraient nos toiles — mais il avait l'avantage de ne pas être mensonger. Par nos tableaux, par nos dessins, nous nous *disions* comme se *disent* les Indiens par leurs corps peints. Parmi les touffeurs et les labyrinthes des ateliers nous nous étions retrouvés et choisis à l'âge de l'initiation avec cette sûreté claire de l'adolescence. Très vite nous nous étions distingués et mis à part : Pierre Dmitrienko, Jacques Lanzmann et moi. Ce fut un coup de foudre d'amitié comme il n'en arrive qu'à seize ans. C'est l'âge du partage, du don. Nous nous reconnûmes et nous ne nous quittâmes plus pendant les quelques années qui vont suivre. Dmitrienko (que nous appelions Dmitri) était d'origine russe, Lanzmann était juif et ne ratait pas une occasion de le dire. Nous formions un trio assez remarquable. L'extraordinaire chevelure rouge de Lanzmann attirait immédiatement tous les regards. La beauté inégalée de Dmitrienko fascinait. Quant à moi... ma noirceur, mon aspect byzantin et tourmenté ajoutaient à la singularité de notre groupe. Dmitrienko vivait chez sa mère. Lanzmann, au moment où je le rencontrai, arrivait d'un maquis d'Auvergne. Autant Dmitrienko parlait peu se contentant de fasciner par sa beauté magnétique, autant Lanzmann, malgré son bégaiement, ne cessait de se raconter. Les mots sortaient de lui par rafales, ils semblaient insuffisants pour l'immense histoire de cet adolescent roux chargé déjà du meurtre de plusieurs Allemands, de je ne sais combien d'arrestations, d'évasions, et surtout d'une enfance lamentable et drôle. Mais en vérité l'histoire de Lanzmann avait commencé cinq mille ans avant sa naissance et c'est de cette histoire-là, plus que de la sienne propre, qu'il se trouvait rempli à en crever. Dès qu'il se racontait il déclenchait les rires ; il avait à l'égard de lui-même une distance mêlée d'amour de soi, d'attendrissement amusé et de dérision cruelle. C'était pathétique de le voir se tourner en ridicule pour faire rire et capter l'attention, cependant que le discours sous-jacent disait le courage qu'il lui fallait à lui, Jacquot (c'est ainsi qu'il se désignait par une dérision attendrie), le Juif rouquin et bègue, pour s'accrocher et tenir le coup. Je dois dire que ma rencontre avec Lanzmann eut une influence inattendue sur ma vie. Que l'on sache tout de suite que sa famille devint ma deuxième famille (je simplifie mais que l'on accepte ce raccourci pour l'instant), que son beau-père le poète Monny de Boully comptera pour moi autant, si ce n'est plus, que mon propre père et que je vivrai avec sa sœur Evelyne pendant deux ans dans les orbites hystériques de sa mère et de son frère Claude.

Dès que je rencontrai Lanzmann, une immédiate sympathie nous lia et il me semble que le soir même il m'emmenait square Alexandre-Cabanel chez la Mère (ainsi l'appelaient non seulement ses enfants mais tous ceux qui approchaient d'un peu près la Famille). La Mère et Monny occupaient un petit appartement de deux pièces bourré des éditions les plus rares, de dessins et de gravures de la plupart des peintres surréalistes. Monny faisait du courtage et je crois qu'à l'époque lorsqu'un livre exceptionnel était mis en vente il ne pouvait passer que par ses mains. Il avait fait partie du « Grand Jeu » avec Daumal, Gilbert Le Comte, Ribemond Dessaigne, Arthur Adamov. Puis il avait rejoint le mouvement surréaliste où il s'était lié surtout avec Paul Eluard. Eluard venait souvent chez les Boully et c'est chez eux que je le connus par la suite. Monny était un homme bon, généreux, passionné des autres. Il avait ce charme oriental (que bien des Occidentaux détestent) tout en douceur, sourires, attentions.

Dès que j'entrai dans leur petit appartement je fus enseveli sous les compliments, les questions, les marques d'une gentillesse excessive au point d'en être inquiétante. Monny me donna une cartouche de cigarettes américaines ; Paulette m'installa à la cuisine devant une assiette pleine et, pendant que je fumais, mangeais, buvais, ils ne cessaient de me poser des questions sur mes parents, sur ma vie, sur la façon dont je survivais. Rien ne devait rester dans l'ombre. J'étais chez eux, je leur appartenais. Par la suite je compris que cette curiosité presque monstrueuse leur était naturelle, et chaque fois que Jacques ou Claude amenaient un de leurs amis, Monny et la Mère se jetaient sur lui et s'en emparaient. Leur avidité envers les autres avait en effet de quoi inquiéter comme étaient inquiétants la bonté fondante de Monny et le bégaiement inouï de la Mère (c'est tout juste si elle réussissait à jeter hors de sa bouche la première syllabe des mots). Ses yeux soulignés d'un gros trait noir se saisissaient de votre regard et ne le lâchaient plus. Une immense convulsion la secouait et sa bouche peinte en cœur proférait cette éternelle première syllabe qu'elle arrivait rarement à dépasser. Monny tentait de terminer pour elle mais elle s'acharnait à vouloir parler et, pour capter votre attention, elle vous posait la main sur la joue afin que vous ne détourniez pas la tête. Cette intensité dans le désir de contact épuisait. Combien de fois suis-je sorti d'une conversation avec la Mère les jambes aussi molles que si je venais d'accomplir des kilomètres à la course ! Et sans cesse, pendant qu'elle s'acharnait avec un entêtement émouvant à vouloir communiquer avec vous, Monny hochait la tête et souriait de son sourire si bon qui semblait dire : n'est-elle pas merveilleuse ma Paulette ? Et en effet elle était monstrueusement merveilleuse sa Paulette ! Personne ne pouvait résister à ses assauts de sympathie, à la façon qu'elle avait de vous considérer comme un être d'exception. Qui de nous ne se croit exceptionnel ? Il suffit qu'on vous le dise.

Par un véritable miracle, les Boully avaient réussi à passer à travers la guerre sans fuir aux États-Unis, comme l'avaient fait la plupart des surréalistes. Ils s'étaient pliés dans un réduit que des amis leur avaient prêté, sans sortir, sans bouger pendant les interminables années de l'Occupation. Une seule fois ils eurent la folie de se rendre à une petite fête que des poètes donnaient à quelques stations de métro de leur cache. Dans l'euphorie des contacts humains retrouvés ils s'étaient laissés aller à boire et c'est en chavirant qu'ils avaient pris le métro pour regagner leur cachette. Agrippés à la barre centrale d'un wagon de première classe, les Boully mettaient toute leur tension à passer inaperçus (les Juifs n'avaient pas droit aux premières classes)... Autour d'eux se pressaient des officiers allemands aux bottes étincelantes. Tout à coup Monny sent qu'il pisse dans son pantalon ; lentement une mare se forme à ses pieds et il voit dans un véritable cauchemar les bottes des officiers reculer à mesure que la mare s'élargit, laissant seuls les deux Juifs au milieu d'un vide terrifiant. Tant bien que mal ils avaient réussi à se traîner jusqu'à leur trou dont ils ne bougèrent plus avant d'être bien certains que la guerre cette fois était vraiment finie. Monny racontait souvent cette histoire ; des années après il en riait encore.

D'écrire à propos de Monny et Paulette m'émeut ce soir. Monny est mort en 1968 en pleine rue d'une crise cardiaque. Je l'aimais. Après avoir lu *Les Années-lumière* il souhaita me revoir pour me dire combien il avait été touché de la façon dont je parlais de lui (sous le nom d'Elie Belina). Que j'aie donné, dans mon livre, son prénom à mon père (Monny au lieu de Medjid) lui avait aussi beaucoup plu. « Ce n'est pas par hasard, n'est-ce pas ? » me dit-il avec son doux sourire. Bien sûr, en écriture il n'y a pas de hasard ! En choisissant Monny je disais sans doute quel père idéal je m'étais élu (Elie) en vérité. Contre mon anti-famille d'émigrés je troquais une sur-famille. La Famille !

A partir du jour où Jacques Lanzmann me mena chez sa mère et son beau-père je pris donc l'habitude d'y retourner souvent, tantôt seul, tantôt avec Jacques et Dmitri. Là, dans le petit appartement-bibliothèque du square Alexandre-Cabanel, je rencontrai la plupart des amis de Claude, tous des khâgneux de Louis-le-Grand : Jacques Houbart que nous surnommions Isaïe, Jean Cau que nous surnommions Cal, Gilles Deleuze, Pierre Cortesse, René Guillonnet que nous surnommions Gu-y-gu-y... (Je ne cite ici que ceux que j'ai plus ou moins revus depuis.) Tous venaient chez Monny et la Mère où ils étaient accueillis avec cette même avidité, cette même amicale indiscrétion qui m'avaient tant surpris la première fois, cette générosité aussi, car la Mère s'arrangeait toujours pour nourrir ses visiteurs — bien qu'à l'époque l'alimentation ne fût pas libre.

Ce trait assez étonnant concernant Monny : tout en étant d'une fidélité inébranlable à l'égard de Paulette, Monny ne pouvait s'empêcher d'aborder dans la rue les femmes dont la beauté ou le caractère attiraient. Il avait une façon à lui de le faire et il était rare qu'il ne crée pas des liens immédiats avec ces jeunes inconnues. Comment établissait-il cette confiance ? Trois ou quatre mots lui suffisaient. Sentaient-elles dans sa douceur mélancolique, son humour détaché, qu'elles n'avaient rien à craindre de cet homme qui leur adressait la parole comme s'il continuait avec elles une conversation amicale commencée la veille ? Amusait-il leur curiosité en leur sortant une vérité tellement particulière qu'elles voulaient en savoir davantage ? Etait-ce son charme, tout simplement ? En tout cas Monny rentrait bien souvent de ses journées de courtage accompagné d'une jeune femme qu'il venait de cueillir dans le métro et sur laquelle Paulette se jetait aussitôt avec une avidité de toucher de voir de savoir d'admirer irrésistible, [

]

Paulette avait en elle malgré ou à cause de ce bégaiement atroce une force, un ascendant, un pouvoir de fascination contre lesquels il était inutile de lutter. Elle vous manipulait, elle vous accaparait avec des gestes si parlants si collants pendant que de ses lèvres peintes sortait cet éternel mot inachevé, ce couac dont le son répété sur une constante fréquence finissait par inhiber en vous tout réflexe de fuite. Cette sorte de houle, cette ondulation plus proche de la musique que du parler était accompagnée de telles mimiques extasiées, d'un tel déploiement de roulements d'yeux, de mains jointes disant l'émerveillement, qu'il aurait été vain de se refuser à cette sorte de culte dont vous vous trouviez soudain être le précieux objet.

Mais si Monny abordait les femmes, c'était en vérité pour éblouir ses deux beaux-fils et leurs amis auxquels il les destinait. Ainsi les Boully assouvissaient-ils une réelle passion : entremettre. C'est une des belles qualités juives. Un garçon et une fille sont-ils seuls chacun de leur côté ? On les assemble. Une incessante tension pousse à agrandir sans relâche la famille, on provoque des coups de foudre, on pleure aux retrouvailles, la vie devient une sorte de roman où les uns et les autres s'entrecroisent et se reconnaissent. Moi-même je fus —

comme on le verra — pris dans ce jeu d'affectivité attendrie et je me retrouvai marié, presque malgré moi, avec la fille de la Mère qui de son côté n'y tenait pas plus que moi. Ce mariage fut l'œuvre absurde de la Famille juive attendrie : ils sont si mignons ces deux-là et pourquoi ne les ma-ma-ma-marierait-on pas ? Ainsi Monny et Paulette agissaient-ils avec les uns et les autres : ils formaient des couples, ils appariaient. Que de fois Claude ou Jacques furent-ils pourvus par l'infatigable Monny ? Et Cau ? Et Isaïe ? Les petits romans d'amour provoqués par la sollicitude des Boully ne se comptent pas. [

]

Sans cesse les fils se nouaient et se dénouaient square Alexandre-Cabanel.

Je venais de pénétrer dans le petit appartement des Boully, je venais d'avoir dix-sept ans, et je ne me doutais pas qu'en passant par cette porte étroite j'entrais de plain-pied dans la poésie vivante, la peinture vivante, la folie vivante, l'art vivant. Ici, au milieu de ces livres rares, Max Jacob avait trouvé auprès de Monny et Paulette la chaleureuse attention, l'amour de l'amitié dont il avait un tel besoin. Ses aquarelles et ses dessins soigneusement encadrés en témoignaient, de nombreux poèmes manuscrits rehaussés de dédicaces et d'étranges graffiti coloriés disaient le plaisir, le réconfort que Max le poète avait éprouvés à venir se réfugier auprès de ses amis — cependant que déjà les bulldozers nazis commençaient à creuser les fosses où six millions de Max Jacob allaient être entassés. Monny ne pouvait prononcer le nom de Max sans que des larmes l'obligent à se détourner ; le massacre du peuple juif et la mort de Max à Drancy lui étaient une unique et infinie douleur. Dans son cruel bégaiement, Paulette réussissait miraculeusement à prononcer ce prénom d'une syllabe — ainsi pouvait-elle, elle aussi, par une sorte de trêve, lâcher d'un jet : *Max*... en désignant les dessins ou les poèmes cependant que le Ja... Ja... Ja... (comme un jamais plus) suivait à jamais inachevé pareil à la longue traîne d'une comète verbale, une houle, un sanglot. Depuis, dans mon esprit, Max Jacob et Monny de Boully superposent leurs visages de bonté ; pour moi leur souvenir est indivisible ; je vois Monny, je l'entends prononcer Max ; et je sais qu'il est la part vivante et immortelle du peuple juif ; cette part indestructible qui dit la tendresse, la bonté, l'intelligence spécifique d'une communauté spirituelle qu'aucun pogrome n'a pu et ne pourra jamais détruire. Monny de Boully était un *saint* comme sainte est la sagesse libre et rieuse du Vieil Homme de Nulle Part. De parler de Monny de Boully et de Max Jacob me fait penser à leur contraire [

] L'obsession de Claude, de Jacques et même d'Evelyne fut toujours de se laver de toute ressemblance avec Monny et la Mère. La douceur penchée, la bonté sans limites de leur beau-père, la tension vociférante, dévorante, bègue, de Paulette leur mère, ils n'en voulaient plus. Du fond de leurs fibres ils se sont acharnés — chacun à sa façon — à s'écarter du vieux couple juif, chassant sur eux et en eux jusqu'au plus petit détail qui aurait pu les rendre semblables à ces fossiles de ghetto. Que de fois, lorsque je vivais avec elle, ai-je surpris Evelyne en larmes devant son miroir, acharnée à effacer de son visage ce qui le faisait ressembler à celui de sa mère ? Avec quel désespoir elle retrouvait sur ses lèvres, son nez, son front le modelé, le dessin, l'expression de la *beauté juive !* Seuls ses yeux bleus d'un cristal profond et large lui plaisaient — et aussi son corps qu'elle savait désirable par les convoitises qu'il allumait. Par la suite, Evelyne réussit (sur le conseil de René Simon) à se « banaliser », à entrer de force (ou à la force du bistouri) dans le lot des « jolies blondes » au nez refait. Toute sa tension elle la mobilisa en permanence pour se maintenir dans ce rôle piquant et frivole. On sentait qu'elle se tenait sans cesse aux aguets, se surveillant dans les reflets, toujours prête à se repoudrer ou à retoucher le dessin de ses lèvres. Il émanait d'elle quelque chose d'inquiet, d'un peu raide et de hâtif, surtout lorsqu'elle parlait : là aussi elle avait dû lutter contre le legs génétique d'une tendance au bégaiement. Par une discipline de l'élocution et une volonté constamment en éveil elle arriva, non pas à s'en débarrasser — s'en débarrasse-t-on jamais ? — mais à le déplacer en quelque sorte sur un tic moins évident et auquel on pouvait trouver un petit charme : elle remuait un peu la tête en parlant comme si en secouant ses cheveux elle voulait donner de l'élan à ses phrases afin qu'elles ne trébuchent pas. Comme Claude, à l'égard du couple Monny-Paulette, elle réussit elle aussi, à sa façon, à se démarquer de l'image *typique* en s'aidant de la chirurgie, du maquillage et des décolorants.

Quant à Jacques ce fut par des chemins plus contournés et plus cruels qu'il s'arrangea pour « liquider » sa mère. Je ne l'ai pas revu depuis bientôt vingt ans ; un ou deux de ses livres récents me sont tombés dans les mains et chaque fois j'ai cherché à retrouver l'adolescent mal dans sa peau que j'avais rencontré à la Grande Chaumière. Bien qu'il soit devenu assez méconnaissable, j'ai reconnu cependant ce quelque chose de pathétique, de mal assuré sous l'assurance, de plaintif et à la fois de hâbleur qui faisait son drôle de charme.

Lorsque je le rencontrai pour la première fois il me parla longuement de ses exploits dans les différents maquis d'Auvergne et de Corrèze. Il savait, en racontant, se vanter tout en gardant la distance et ne jamais oublier de rappeler au cours du récit qu'il était premièrement rouquin deuxièmement bègue troisièmement juif et que par-dessus le marché il transpirait abondamment des mains. Il parlait de lui à la troisième personne avec une sorte de dérision émue, s'apostrophant : « Jacquot », aux moments palpitants, et riant de lui-même d'un rire un peu honteux qui sonnait comme un gloussement de volaille. Il avait un sens très particulier du récit comique, suscitant à la fois de l'apitoiement, de la moquerie et de la sympathie pour ce pauvre personnage (lui) qu'il plongeait sans cesse dans des situations à la frontière des larmes et des rires. Il savait merveilleusement extorquer cette sorte de rire dérisoire et embué que les grands comique juifs eurent le génie d'introduire dans le film américain : il avait l'art de se faire plaindre. Par la suite, lorsque je le connus mieux, je découvris chez lui une large gamme de traits contradictoires qui allaient de l'humilité à la brutale provocation en passant par des vanités d'enfant. Mais en vérité, bien qu'il ne cessât de se faire plaindre et de plaindre le « pauvre Jacquot », il avait la plus haute opinion de lui-même. Aujourd'hui c'est une sorte de vieux gentleman satisfait dont la bonne moustache taillée à l'anglaise apparaît souvent au coin d'un journal accompagnée d'un texte publicitaire dans le genre : Avez-vous ri au dernier Lanzmann ?

Donc je venais de pénétrer dans le monde délirant de la famille Lanzmann. L'accueil de Monny et de Paulette mettait en relief l'égoïsme de mon père, la présence d'une Nahidé interdite, la gentillesse distante de Mam et de mon grand-père toujours si réservés avec moi sous leur surface d'ironie. Soudain je me trouvai au cœur d'une explosion permanente. Pour la première fois j'étais de plain-pied avec des adultes, on discutait de peinture moderne et de poésie avec des mots neufs, obscurs ou crus mais toujours lyriques. Lorsque Monny de Boully parlait, il atteignait au sublime — comme mon père atteignait au sublime par ses miracles. Mais que m'importait la magie de mon père ? J'en étais saturé jusqu'à la nausée. Rien ne m'étonnait plus chez lui : je connaissais jusqu'à ses plus infimes secrets. Combien plus grisante me semblait cette ivresse magique du verbe qui s'emparait de Monny ! (Cette même sorte d'ivresse humoristique et tragique que je découvrais au même moment chez Lautréamont, Rimbaud, Apollinaire, Max Jacob, Artaud, que Monny m'avait donnés à lire.)

Les vivants et les morts se côtoyaient dans le petit deux-pièces du square Alexandre-Cabanel. *Le Chef-d'œuvre inconnu* illustré par Picasso voisinait avec cette édition (d'époque) des *Mille et Une Nuits* de Gallant, ornée de gravures, que Monny m'offrit par la suite et que je vois en ce moment du coin de l'œil dans ma bibliothèque pendant que j'écris ces lignes. Des manuscrits de Paul Eluard, d'Aragon, de Breton, d'Adamov, de Genet, un amoncellement de livres et de tableaux donnaient à cet appartement bourgeois une allure hétéroclite — je retrouvai cette même impression plus tard chez Paul Eluard, chez Louis Parrot, ou chez Raymond Queneau. Combien soudain le souvenir de l'antre de mes parents me parut pauvre avec ses clinquants d'Orient, ses cachemires usés, ses volutes d'encens et ses mystères, pour moi sans mystère, de la magie et des miracles. Ici, chez les Boully, il me semblait toucher à des mystères autrement plus bouleversants : le verbe si fluide de Monny le « génial » jongleur de mots, ses envolées lyriques rehaussées par le sauvage contrepoint bégayé de Paulette ; j'aimais cette musique imagée où les mots crus du sexe et du quotidien s'entrelaçaient aux volubilis de la langue.

Oui, combien pâle et triste m'apparaissait la vague vie familiale que j'avais subie jusque-là ! En pénétrant dans cette famille juive me doutais-je que le balancier de la vie venait tout simplement de me ramener, pour un temps, du côté de ma mère juive ? Le sort pouvait-il plus durement me venger de l'égoïsme de mon père ? Dans la véhémence de Paulette, dans cette furieuse nécessité de vouloir à toute force communiquer — bien que ce lui fût quasiment interdit — je retrouvai, sans m'en rendre compte sur le moment, un double de ma propre mère — elle aussi, sombre vorace pathétique et, comme Paulette par son bégaiement, affligée d'un impossible accent qui la muselait à l'intérieur même de sa vitalité. Par la suite, lorsque je fus pour un temps complètement absorbé et même, comme on le verra, en partie brisé par cette famille de rencontre, je peux dire que bien souvent il m'est arrivé de remercier la Mort de m'avoir épargné l'amour paralysant de ma pauvre mère si juive. Et, pour l'avoir vécu du dedans, je sais quels furent les déchirements des trois enfants Lanzmann. Cela n'enlève rien au sublime de la Mère mais sa présence, je dirais cosmique, les mettait en demeure ou de disparaître (ce qui signifiait se laisser absorber à rebours par elle comme se défe-raient les mailles d'un tricot) ou de la renier. C'est ce qu'ils firent tous les trois chacun à sa façon. Dans ce lieu clos, parmi les livres de poésie et les vitrines où s'entassaient d'exquis objets, je fus le témoin étonné de scènes d'une violence inouïe. Chez mes parents, lors-qu'on se fâchait, c'était sans éclat — on ne se parlait plus et cela pouvait durer des semaines si ce n'est même des mois. Seul mon père, de rares fois, aux moments les plus cruels de la maladie de Nahidé, s'était permis de pousser des sortes de gémissements désespérés assez proches de la crise de nerfs ou du hurlement assourdi d'une bête qui souffre. Mais dans l'ensemble les drames successifs furent l'un après l'autre absorbés en silence avec une sorte de dignité fataliste tout à fait remarquable.

Chez les Boully-Lanzmann, au contraire, il était hors de question qu'on ne se parlât pas. Tout se transmuait en verbe — même si chez la Mère le verbe ne dépassait guère l'éternelle barrière de la première syllabe — tout était dit et cent fois redit si ce n'est vociféré, et peu importait si ces bagarres se passaient en pleine nuit, mettant en émoi l'immeuble entier. J'ai vu Claude gifler le doux Monny sur les marches de l'escalier, et la Mère, mythique, échevelée, en robe de chambre et claquettes de cygne, dévaler les étages à la poursuite de son fils préféré qu'elle rattrapait au milieu du square. Je ne sais plus si ces scènes se terminaient par des embrassades ou d'autres coups mais certainement par de nouveaux discours. Je n'ai jamais pu démêler la part de théâtre dans les manifestations lyriques de cette famille. Cependant je dois dire que je fus ébloui.

Un tel climat familial donnait une incontestable épaisseur à la personnalité tragi-comique de Jacques. J'appris ensuite très vite et en détail ce qu'avait été son enfance de petit rouquin sacrifié. Pour la première fois j'entendis parler du terrible « père Lanzmann » (c'est ainsi que ses enfants le nommaient). Jacques s'était toujours juré de prendre sa revanche sur ce père qui l'avait si mal traité. Bien des années plus tard, il s'est « vengé » à sa façon, en le privilégiant dans son affection cependant qu'il reniait sa mère. Le père Lanzmann vivait à Brioude en Auvergne. Il fabriquait des imitations de meubles anciens et se prétendait décorateur. Evelyne était la seule des trois à être restée chez lui. A l'époque elle devait avoir une quinzaine d'années.

Chaque matin, Jacques arrivait à la Grande Chaumière avec, dans les poches de sa vareuse américaine, des provisions que la Mère lui avait glissées pour moi — sans oublier les petites sommes d'argent et les cigarettes que Monny le chargeait de me remettre de sa part à lui. Il me semble aussi que j'avais presque aussitôt commencé à « travailler » pour Monny. Comme j'étais assez doué et que je pouvais dessiner des corps humains dans toutes les positions d'un seul trait sans me reprendre, Monny avait eu l'idée de me faire illustrer, directement à l'encre de Chine, à même les marges et les *belles pages,* différents livres pornographiques à tirage limité sur papier rare. Ces éditions ainsi rehaussées il s'arrangeait pour les vendre le double ou le triple de leur prix en laissant planer le doute sur l'auteur de ces illustrations. Comme il connaissait tous les peintres proches du groupe surréaliste, il sous-entendait avec des airs mystérieux que ce pouvait être la main de l'un ou de l'autre de ses amis célèbres qui s'était laissée aller à ces jeux. Monny admirait mes dons. J'avais dix-sept ans. En effet j'étais trop doué sans doute. Cela me donnait une assurance, une liberté dans mon dessin qu'un peu de maladresse aurait rendu moins séduisant.

A nous trois, Dmitrienko, Lanzmann et moi, nous avions formé une petite bande très à part. Quelques jeunes modèles, Ginou, sa sœur Odile, Papou, une certaine Yvonne et quelques autres dont je n'ai pas retenu les noms nous entouraient de leurs rires et de leur gentillesse — elles posaient gratuitement pour nous. Nous étions chez nous à la Grande Chaumière et passions d'un atelier à l'autre librement. Parfois, pour nous faire un peu d'argent, il nous arrivait de poser à l'atelier de Zwoboda que dirigeait un vieux peintre du nom de Chesney. Chesney se réjouissait toujours de nous avoir chez lui et adorait nous mêler nus, en groupe, avec Ginou, Papou et d'autres filles de notre âge. Ces séances de pose à plusieurs nous les tenions sans émoi, dans une détente parfaite, sans la moindre pensée trouble, sans le moindre désir pour ces filles jolies saines et rieuses que Chesney mélangeait dans nos bras. Nous sentions leur sueur, nos peaux touchaient leurs peaux — car le vieux Chesney s'arrangeait toujours pour composer l'ensemble de telle manière que nos sens ne puissent ignorer nos positions mutuelles — mais nous restions tous absolument immobiles, tenant de demi-heure en demi-heure nos places dans le groupe avec une indifférence de marbre. Pourtant nous étions tous les trois violemment désireux de prendre des femmes dans nos bras et nous les convoitions toutes. Mais en nous une césure s'opérait dès l'instant où nous étions plongés dans cette atmosphère de culte qui entourait la peinture. D'un côté il y avait le sexe et de l'autre l'art. Bien qu'étroitement mélangés dans nos esprits, l'art et le sexe ne pouvaient se confondre dans le « travail ». Une forte inhibition nous tenait à distance de notre propre corps. De même pendant les séances de peinture d'après modèle, quand le pinceau fouille et reproduit dans le détail les lumières et les ombres jusque dans leurs plis secrets, jamais, aussi sexué et désirable que pouvait être par ailleurs le modèle, il ne serait venu à *l'idée de nos sens* de se mettre en alerte. Et pourtant combien sexuel est l'acte de peindre ! La peinture est sexe. Mais sexe en soi, sans convoitise, ni projet, ni autre désir que de transmuer l'univers en peinture. Le corps offert sur l'estrade (l'autel) est tabou, on ne le consomme pas ; dès l'instant qu'il s'expose il perd son intimité désirable pour devenir corps intouchable. C'est de et dans cette cassure mystérieuse que s'est faite, que s'est modelée ma jeune sexualité. Je désirais ardemment la femme, je brûlais de me confondre avec le corps d'une femme ; d'effleurer une femme, de croiser un regard un peu hardi me faisait venir des ondes de la nuque aux reins mais dès l'instant que cette même femme montait sur l'estrade et s'exposait nue dans le but d'être peinte ou dessinée, aussitôt, à vue d'œil, elle passait sur un autre plan et cessait d'être désirable. Un détail amusant : jamais vous ne verrez un modèle se déshabiller en public. Près du poêle se trouve toujours un petit paravent derrière lequel la femme en vêtements de ville disparaît un peu honteusement pour réapparaître lisse et comme lavée de sa sexualité, débarrassée magiquement de la gêne et de la honte. Ce passage du corps quotidien mystérieux et enveloppé à cette situation autre où le corps n'est plus mystère des humeurs mais déjà image m'a toujours intrigué. La représentation tue. L'icône annule l'être par la représentation. Je suppose que ces idées me sont dictées par mon ascendance judéo-musulmane.

Et c'était ainsi, dès que je peignais une femme, dès l'instant que toute ma tension passait dans le vol de son apparence et sa matérialisation sur l'écran de la toile, cette femme n'était rien d'autre qu'un modèle et il m'aurait fallu faire un immense effort d'imagination pour la voir avec mes yeux d'homme.

Nous étions entourés de jeunes et jolis modèles et nous nous exaspérions cependant de ne pas trouver une femme avec laquelle « faire l'amour », c'était mourir de soif plongé dans une source fraîche. Combien de fois avons-nous dormi avec Ginou et Papou, ou avec d'autres sous les mêmes couvertures sans que le désir se dresse entre nous ? Pourtant nous étions tous les trois, Dmitrienko, Lanzmann et moi, en constante alerte sexuelle. Bien sûr, à l'époque la vie sexuelle était hantée par les histoires tragiques d'aiguilles à tricoter : la pilule n'existait pas et les femmes redoutaient les hommes. Elles étaient sur leurs gardes et s'arrangeaient pour établir avec nous des relations « fraternelles » qu'il devenait très difficile et même impensable de transgresser.

Nous en étions tous les trois au même point et il me semble qu'à nos âges les seules expériences réelles que nous ayons eues chacun furent la classique passe à cinq francs avec l'une ou l'autre des prostituées de l'arrière-quartier de Montparnasse. Ce genre d'expérience ne m'arriva qu'une seule fois — ce fut la première et la dernière de cette sorte. J'en sortis persuadé d'avoir la syphilis. Mon père m'avait sérieusement effrayé un jour qu'il nettoyait un petit revolver : « Tu déjà couché avec femme ? » m'avait-il demandé avec son accent qui rendit un son laid sur le mot « couché ». J'étais resté sans voix gêné par la crudité inhabituelle de ces mots dans sa bouche. Autant Monny de Boully jouait délicieusement avec les mots crus, autant mon père — comme la plupart des Russes émigrés — était puritain quant aux expressions qu'il employait. Se doutait-il alors que je « couchais » dix fois par jour en imagination avec sa femme, et qu'elle était la maîtresse de mes nuits ? Je répondis : « Non. » Cet incident se situe vers ma quinzième année. Mon père fit sauter le petit revolver dans sa paume et ajouta avec une gravité tout à fait surprenante chez lui : « Si tu attrapes maladie, voilà balle pour toi et voilà balle pour moi. » Il cracha deux balles d'acier qu'il avait dissimulées dans sa bouche. Je fus assez dégoûté et je lui en voulus de cette comédie. Plus jamais, par la suite nous n'abordâmes le sujet. Il arriva aussi à Nahidé de me faire une scène violente un soir où mon grand-père m'avait aperçu avec Yanick (la petite blonde amoureuse d'un soldat allemand) en train de nous embrasser dans un coin de porte. L'exaspération et les reproches de Nahidé m'avaient, je m'en souviens, bouleversé : elle m'aime, m'étais-je dit avec délices en m'enfuyant de chez eux. Combien la jalousie de Nahidé était sans objet ! A l'époque, nous en étions réduits avec les filles de notre âge à une sorte de camaraderie agaçante qui s'enrichissait d'explorations à l'aveuglette sans autre conclusion que de petites jouissances personnelles et muettes. L'amour ! Nous ne pensions qu'à l'amour ! Et plus nous avancions dans la vie, plus le mot *faire* placé devant amour s'imposait comme primordial. On voulait *faire*, nos reins, nos testicules, nos sexes s'impatientaient de *faire* — amour passait au second plan.

Enfin, un jour je *fis* effectivement l'amour. Pas avec une fille de mon âge. Je *fis* l'amour avec une femme d'une trentaine d'années. Elle avait des yeux grands et ronds, une grande bouche large et ronde, des seins larges avec de rondes aréoles brunes, son ventre était rond aussi et son nombril rond et profond. Je l'avais connue à la Grande Chaumière. Nous nous trouvions dans le métro aérien par un après-midi de printemps et elle avait sur le corps une robe de soie ou de rayonne glissante à travers laquelle je sentais chaque détail de ses sous-vêtements. Soudain elle avait murmuré : « Tu veux *faire* l'amour ? » Et cette fois le mot *faire* ne m'avait pas choqué — au contraire ! De l'amour je ne voulais que cela : *faire, faire, faire*. Je l'emmenai dans ma chambre de la rue Perceval et nous *fîmes* l'amour.

Elle se déshabilla, posant les uns après les autres ses petits chiffons intimes sur la barre du lit, et, en la voyant se déshabiller avec cette simplicité, je compris que *faire* l'amour était l'acte le plus amical du monde. Elle s'étendit sur le dos et me dit : « Viens », en me souriant de sa large bouche peinte, et je vins sur elle tout simplement. A ce contact de peaux nues je compris qu'il était juste et simple et bon et très doux d'être peau à peau avec une femme. Sa large bouche souriait et ses dents étaient très blanches. Elle dit encore : « Là. »

Toujours en souriant elle me guida vers son sexe, et tout en m'enfonçant dans cette chair délicieusement visqueuse qui m'enserrait, je poussai un soupir immense, un ouf de seize ans d'attente et d'impatience. Elle me pressait sur elle et gémissait. Ses gémissements si près de ma joue me remplissaient d'étonnement. Puis elle commença à scander d'une voix mourante : « Plus vite, plus vite, plus vite... » et cette injonction me déplut — comme auparavant m'avait déplu le *faire* de l'amour. Cependant j'obéis à ce *plus vite* besogneux et trivial et je perdis tout recul avec moi-même, me confondant aux soubresauts de mon plaisir. J'eus cinq jouissances successives sans pour cela éprouver le besoin de m'arrêter ; ma virginité si longtemps retenue ne pouvait se contenter d'un seul spasme et me maintenait raide et tendu après chaque convulsion cependant qu'elle, sous moi, voyant que ça durait au-delà du temps « normal » me demandait pourquoi je ne *jouissais* pas. Le mot me déplut — comme m'avait déplu *faire* et comme m'avait déplu *plus vite* — et, sur un dernier spasme, je cessai de remuer. « Ça t'a plu ? me dit-elle en bêtifiant un peu. — Oui, dis-je. — C'est bon de faire l'amour, murmura-t-elle en fermant ses grands yeux ronds. — Oui », dis-je. Et nous restâmes un moment étendus l'un sur l'autre à retrouver notre souffle. Par la suite elle revint assez souvent dans ma chambre. Elle me disait simplement : « Tu veux ? » et je disais : « Oui ». En vérité malgré les jouissances que j'en tirais, j'étais plutôt déçu de découvrir une telle simplicité, je dirais même une telle santé dans cet acte dont j'attendais (après une pareille somme d'impatience) tant de complications. Cette franchise sexuelle me donnait le regret fou de Nahidé et de mon amour désespéré pour elle. Ah, combien le seul contact de sa main, la perception de son parfum, le toucher d'un regard échangé avec elle m'avaient jeté dans des voluptés sans fin ! Combien subtile avait été la gamme des interdits franchis dans une continuelle agonie des nerfs ! Et voilà que le *faire* (de l'amour) se révélait si simple ! « Tu veux faire ? — Oui », et c'était déjà fait. Non, j'avais trop longtemps attendu autre chose. J'aimais bien le *faire* de l'amour, mais sans amour et les complications du désir cela ne me suffisait pas. Yvonne était un objet avec lequel *faire* et rien de plus et elle se plaisait à être cet objet à *faire*. Un jour je laissai ma chambre à Dmitrienko, et Yvonne avec. Lorsque j'avais fait la connaissance de Lanzmann je la lui avais désignée dans l'atelier Othon Friez en disant naïvement : « C'est ma maîtresse. » Il avait ri de ce mot désuet. En vérité c'était mon vœu sincère : avoir une maîtresse avec toutes les complications que cela promettait.

A la Grande Chaumière j'avais connu un grand garçon maigre à la bouche assez comiquement fendue. Thomson était un type très débrouillard et généreux. Il avait trouvé un truc pour gagner pas mal d'argent : il vendait au porte-à-porte des chromos de fleurs qu'il peignait en série au couteau. Thomson s'était pris de sympathie pour moi. Comme je dessinais parfaitement les mains et les pieds et qu'il en était incapable, il me demanda de lui donner des leçons de dessin contre un salaire. Il possédait près du métro Pernety une chambre assez vaste, sous les toits — il me la proposa. Le débrouillard et actif Thomson avait réuni une collection de disques classiques, unique pour l'époque, qu'il écoutait non pas sur un phonographe à manivelle mais sur un électrophone à aiguille. C'était le premier que je voyais. Il m'abandonna pour un temps cette chambre avec son électrophone, ses disques et même des couleurs et des toiles neuves. De plus, pour que je puisse peindre en paix, il m'acheta un tableau — c'était le premier que je vendais de ma vie. Ce tableau représentait un jeune garçon maigre assis sur une chaise. Derrière lui, par une fenêtre ouverte, on voyait des arbres sans feuilles peints dans des couleurs tristes et glacées.

A partir du moment où je m'installai dans la chambre de Thomson, ma vie changea : je me mis à peindre la nuit (en plus de la journée à la Grande Chaumière), j'avais illusion d'être chez moi, je n'étais plus soumis aux caprices de mes hôteliers auvergnats. Je peignais dans un état d'exaltation inouï au son des *Brandebourgeois,* du *Concerto pour clarinette* de Mozart ou de la « Marche turque » des *Ruines d'Athènes.*

Après mon expérience avec Yvonne j'eus d'autres expériences du *faire* sans amour. J'en gardais chaque fois une impression de solitude et de vide. Malgré le besoin d'assouvissement, le côté utilitaire du *faire* l'amour me laissait désemparé et profondément angoissé. Au lieu de me guérir de mon amour impossible pour Nahidé, les quelques étreintes glanées auprès des rares filles disponibles (dans le genre d'Yvonne) ne faisaient que raviver cet amour. Je téléphonais de temps en temps à Nahidé pour prendre de ses nouvelles et allais la voir quelquefois. J'en retirais une tristesse qui ne me quittait plus pendant des jours. Peu à peu j'évitai autant que possible de retourner dans ma famille, préférant ma nouvelle famille d'adoption auprès de laquelle je trouvais réconfort et encouragement.

Monny aimait ma peinture et continuait à me commander des illustrations pour les livres dont il faisait le courtage. Avec quelle verve j'entrelaçais les corps sur les marges et les belles pages des exemplaires que Monny me confiait ! Combien, dans la réalité, l'amour du *faire* et les brefs apaisements des nerfs que j'en obtenais me paraissaient en comparaison utilitaires et sans émotion ! En vérité, non seulement je souhaitais aimer mais avec quelle impatience aussi attendais-je le : je t'aime qui me déverrouillerait de ma solitude. Il me semblait que j'aurais aimé d'un amour immédiat celle qui m'aurait dit ce je t'aime tant attendu. Cependant il n'en fut rien lorsqu'une fille dont le nom ne me revient pas prononça les mots magiques. Nous étions allongés sur le lit de la chambre de Thomson, nous nous embrassions en écoutant *Les Ruines d'Athènes...* et soudain ces mots furent murmurés contre mes lèvres. A peine les eut-elle prononcés que j'éprouvai le besoin de fuir, de me séparer de cette bouche de ces mains de ce corps soudain devenus encore plus étrangers. Je ne la revis plus et en fus soulagé. Ce jour-là je compris qu'il ne suffisait pas d'être aimé — il fallait aussi aimer.

Ma mère m'avait aimé et elle m'avait abandonné. De son amour ne me restait que l'impression d'un enfermement, de rejets successifs, d'abandons. Le « je t'aime » de cette fille me ramena immédiatement à elle et me donna le même sentiment d'étouffement. Ce mot d'amour me mettait devant l'obligation d'y répondre, il me donnait aussi un pouvoir et de ce pouvoir je n'en pouvais prendre la responsabilité. J'avais reçu ce « je t'aime » comme un aveu de soumission : elle l'avait prononcé dans un chuchotement, avec une interrogation inquiète. Ce « je t'aime » semblait dire : je me soumets mais dis-moi, toi aussi te soumettras-tu ? Je me détournai avec un frisson de dégoût et me replongeai dans mon rêve d'amour impossible. Mais qu'était-elle devenue en vérité la Nahidé rêvée ? Il ne restait d'elle que le souvenir de la beauté frêle et enfantine contre laquelle il m'était arrivé de me blottir enfant. C'était à peine si maintenant elle quittait la chambre — où la maladie et son fatalisme devant cette maladie la retenaient. Sa maigreur effrayait. Cette poitrine creusée... cette toux... le sifflement continu d'une respiration que l'asthme et la tuberculose obstruaient... comment ne voyais-je pas que mon grand amour d'enfance s'était dégradé en l'image même de la Mort ? J'aimais une morte ! Et il me sembla alors que je ne pourrais jamais jamais posséder une femme vivante de beauté, de sensualité, de santé... moi qui n'étais cependant attiré que par la beauté la sensualité et la vie ! La beauté sensuelle me fascinait et tout à la fois éveillait en moi une timidité, une paralysie qui me mettaient au désespoir. Plus une femme me plaisait, plus je me la rendais inatteignable. Et plus elle me semblait inatteignable plus elle me plaisait. Ainsi entrais-je dans une sorte de cycle d'où je ne réussis à émerger que cinq ou six ans après en rencontrant Danièle l'inatteignable, chaque jour cependant atteinte. Qu'est-ce que l'*amour fou* si ce n'est l'amour inatteignable à chaque instant atteint ? L'idée même d'amour me paraît indissociable de miracle. Comment en serait-il autrement pour moi qui ai passé une part de ma petite enfance dans les bras d'une mère en état de mort puis le reste de mon enfance en adulation devant une demi-mère en état de demi-mort ? Amour restera toujours pour moi indissociable de Vie — comme Vie est anti-Mort.

Entre 1945 et 1950, j'ai vu s'éteindre en moi tout espoir. J'en étais même arrivé à nier l'amour et à souhaiter la mort. A quelques jours près je ne rencontrais pas Danièle. Pourtant j'avais commencé ma vie de peintre avec entrain et optimisme ; j'étais sûr de porter en moi un quelque chose de particulier ; la petite graine du génie. Je me souviens de cette période passée dans la chambre de Thomson comme d'un moment intense, je lisais Rilke, Novalis, Rimbaud, le *Zarathoustra* de Nietzsche. Je me vivais dans l'acte de peindre, enfin je faisais de la peinture.

La chambre de Thomson était devenue notre lieu de réunion : Lanzmann et Dmitrienko venaient y peindre. La nuit elle servait d'asile à ceux qui ne savaient où dormir. Et malgré ce tourbillon de vie, de camarades, d'amis, je souffrais de solitude, je manquais d'amour. Chaque fille qui me plaisait (ou aurait pu me plaire) soulevait en moi une sorte de certitude de l'échec et mon orgueil alors me poussait à m'en détourner. Ainsi accumulais-je les occasions ratées, ne réussissant à *faire* l'amour que pour le *faire,* et toujours sans amour, et même la plupart du temps avec des filles pour lesquelles je n'avais qu'indifférence.

Une nuit, Ginou, Papou, un peintre que nous nommions Fifi et son amie France arrivent à l'improviste. France me plaisait, sa beauté pâle sous la frange très noire m'attirait. Fifi l'avait senti. Comme je le faisais d'habitude lorsqu'on se retrouvait à plusieurs dans la chambre de Thomson, je dédoublai le lit et posai le matelas sur une grande table au milieu de la pièce A l'étonnement de tous Fifi décida qu'il dormirait sur la table entre Ginou et Papou, et à ma grande émotion il donna l'ordre à France d'aller se coucher près de moi sur le sommier. Fifi tenait plus du maquereau que du peintre. « Je te la prête, m'avait-il dit, mais gaffe mon vieux, demain matin je la reprends. » France n'avait rien dit, docilement elle se déshabilla et vint se coucher contre moi. France était d'une grande beauté sensuelle. Mon cœur battait, je sentais son odeur de fille nue, j'étais tendu, je la désirais. Sur la table Ginou et Papou riaient et poussaient des petits gémissements. Les heures passaient : je ne bougeais pas. Je n'avais même pas un geste à faire pour « profiter de l'occasion », j'étais arqué contre elle, et cependant je mettais mon orgueil à ne pas user de la permission humiliante de Fifi. France eut un mouvement vers moi ; je me retournai. Mon sang pulsait, je battais d'un désir fou mais je me refusai ce plaisir que mon corps entier, lui, souhaitait. Mon rêve de tendresse ne pouvait accepter la vulgaire complicité de cette situation. France me plaisait et c'était justement parce qu'elle me plaisait que je (me) la refusais dans de telles circonstances. Je détestais cette idée d' « occasion » offerte. Chaque fois que je l'avais croisée à Montparnasse elle m'avait attiré et c'était justement à cause de cette attirance que je me tenais immobile au bord du rêve. France finit par s'assoupir et je restai tendu dans le noir. Souvent, par la suite, lorsqu'il m'arrivait de la rencontrer dans le quartier, elle posait sur moi un regard à la fois interrogateur et espiègle. Jamais nous ne nous parlâmes. Je crois l'avoir aimée un moment.

Puis un soir, je fis la rencontre de Sylvie, rue de la Gaîté. Je marchais avec Thomson. La rue de la Gaîté était vide, nous la remontions en direction de Bobino lorsque sur le trottoir d'en face une sorte de fée surgit de l'ombre. Elle avait de très longs cheveux d'un blond chaud, libres dans le dos et sur les épaules. Aussitôt Thomson traversa la rue et l'aborda avec avidité. Je le suivis. Au bout de quelques pas, Thomson abandonna... et moi je fis une chose que je détestais : j'insistai, continuant à marcher près d'elle en lui parlant. Que lui avais-je dit qui la fit sourire ? Pourtant je n'avais pas de cette sorte de bagou. Ma timidité et ma malassurance avaient dû, sans doute, la toucher car avant de descendre dans la station de métro Edgar-Quinet elle m'avait dit qu'elle jouait dans *Lorenzaccio* de Musset au théâtre Gaston-Baty. « Je peux venir vous voir ? lui avais-je demandé naïvement. — Bien sûr », me répondit-elle en riant. Et elle m'avait tourné le dos. Immédiatement j'en tombai amoureux.

Le lendemain j'étais dans sa loge. Et chaque soir par la suite je revins sous le prétexte de faire son portrait (que je ne fis jamais). Je me plaisais dans l'intimité de cette femme de quatre ou cinq ans plus âgée que moi. Peu à peu s'établissaient entre nous des rapports délicats, mais plus les délices de me sentir en confiance m'en rapprochaient plus je me trouvais paralysé, n'osant d'un geste mal venu rompre cette sorte de charme suspendu. Je venais assez tôt dans sa loge dont les fenêtres donnaient sur le cimetière du Montparnasse. Nous nous accoudions sur l'appui de bois et je sentais sa hanche contre la mienne. Il y avait quelque chose d'un peu décalé, de joué dans les rires de gorge de Sylvie, dans ses façons de cligner des cils lorsqu'elle souriait en découvrant de jolies dents — dont les deux incisives du haut ne se touchaient pas tout à fait laissant un petit vide comme on en voit aux dents de lait des petites filles bien saines. Elle avait ce qu'on appelle la voix *posée*. Je lui trouvais un timbre voluptueux et *faux* juste ce qu'il fallait. Chaque soir, à la même heure, commençait le rite : l'habilleuse venait et, de temps en temps, Sylvie me disait : « Ne regardez pas », et je me détournais cueillant dans le reflet d'une gravure sous-verre les mouvements gracieux du déshabillage et de l'habillage Elle m'avait accepté dans cette intimité factice, elle aimait ma présence et me traitait en enfant. Et moi, au lieu de saisir les « occasions » qu'elle m'offrait de la traiter en femme, je me complaisais dans le rôle d'enfant où peu à peu elle avait réussi à me limiter. Une chose l'amusait : je ne faisais pas les liaisons entre les mots. Je suppose que mes incertitudes en orthographe m'avaient poussé à me réfugier dans cette sorte de ruse. Plutôt que de prendre le risque de faire de mauvaises liaisons, je m'étais trouvé ce style de parler, et n'en faisais aucune. Ainsi alignais-je mes phrases en les hachant un peu. Cela donnait je suppose ce quelque chose d'enfantin et d'incertain qui attendrissait Sylvie. Ce qui au début avait été une petite ruse devint chez moi un tic et aujourd'hui encore j'en garde les traces ; j'évite les trop « belles » liaisons ; elles me paraissent veules, maniérées ; je pense en particulier au langage ralenti et satisfait des hommes politiques qui marquent jusqu'à l'infime liaison du *t* de l'e-n-t. Il lui arrivait de me donner une petite tape sur la joue et de me faire répéter une phrase après elle. J'entends encore sa voix *placée* de comédienne — telle qu'elles l'avaient toutes à cette époque. Bien entendu je ne me corrigeais pas — au contraire. Dans ces moments une voix intérieure ne cessait de me le crier : j'aurais dû brasser sa crinoline — malgré le vertugadin d'osier — et m'emparer de son corps que je connaissais si bien dans le sous-verre. Mais encore une fois la peur de briser les fils dorés et factices que nous avions jetés entre nous me retenait. En somme je m'installais — tout en souffrant — dans cette situation de courtisan et ses exquises et fatales impasses. Ainsi, à la longue, j'avais fini par m'interdire cette jeune femme en vertugadin aussi sûrement qu'avec des principes. Je retombais dans l'amour courtois et ses ivresses particulières. Cependant chaque soir, en me rendant dans sa loge je prenais la résolution de risquer le geste qu'elle et moi attendions. Mais plus le temps passait, plus nos rapports en demi-teinte s'étaient en quelque sorte solidifiés et il était de moins en moins question d'y changer quoi que ce soit. Les représentations de *Lorenzaccio* prirent fin et Sylvie partit en tournée. Je ne la revis que l'année suivante.

Entre-temps j'avais quitté la chambre de Thomson pour m'installer avec Lanzmann dans une ancienne blanchisserie dans le haut de la rue de Vaugirard. Un peintre de la Grande Chaumière qui en avait hérité nous l'avait louée ou prêtée. Je ne me souviens plus si on y accédait en montant deux ou trois marches ou si on y descendait. Cette boutique était assez vaste, on la chauffait avec un gros poêle. Nous badigeonnâmes la vitrine à mi-hauteur avec du lait de chaux et ainsi fut installé notre atelier. Nos amies modèles venaient poser pour nous ; la boutique, bien sûr, ne désemplissait pas de curieux. C'est ici surtout que je connus mieux la plupart des amis de Claude Lanzmann, ceux qu'on appelait les khâgneux. Ils venaient nous voir travailler, attirés par les filles qu'ils pouvaient approcher sans façon. Il y avait Jacques Houbart (Isaïe), il y avait Jean Cau et son ombre inséparable René Guillonnet, il y avait Pierre Cortesse, Jean Launay, Gilles Deleuze — que Claude admirait avec une sorte d'intensité fiévreuse — et quelques autres dont je n'ai pas retenu les noms. Ils passaient entre midi et deux heures. Silencieux et intimidés ils nous regardaient peindre. La plupart portaient alors des petits costumes et des cravates — nous ne les prenions pas au sérieux ; nous autres, nous avions rompu les amarres et nous nous considérions comme des loups en liberté. Il nous paraissait inconcevable que des adolescents de notre âge acceptent la discipline de Louis-le-Grand pour devenir... quoi ? Je souris aujourd'hui en pensant aux destins si divergents de cette poignée de khâgneux ; nous les avons vus, au fil des décennies, se transformer, grandir et, pour certains, se renier cruellement. En tout cas, à l'époque, si Claude Lanzmann n'avait fait le lien entre eux et nous rien n'aurait dû nous rapprocher les uns des autres. Le langage à lui seul établissait une coupure quasi infranchissable. Claude et ses amis s'en servaient comme d'un crible, d'une grille ou d'un filtre, se délectant de se faire mal comprendre par les inventeurs d'images que nous étions. En même temps, nous les fascinions comme ont toujours fasciné les peintres. A âge égal, nous avions sur eux l'avantage de produire un langage relativement neuf. Ou disons que nos citations picturales étaient moins flagrantes que leurs citations d'étudiants en philo. Seul je crois Gilles Deleuze tenait déjà à l'époque un discours original. Les autres ne faisaient que reproduire — Claude surtout — la rhétorique pédante dont la monnaie avait cours en ce temps-là au quartier Latin. Claude en épatait son père, les filles et surtout lui-même.

De tous, Jean Cau ressortait comme un être brut, intelligent, barbelé, d'une rusticité de ronce. Une immédiate et mutuelle antipathie nous fit nous tenir à l'écart l'un de l'autre. Il en savait plus long que tous — et il ne cessait de le dire de sa voix où roulaient les grenailles de l'accent du Sud-Ouest. Il méprisait ses camarades, fils de bourgeois, lui le fils du peuple « monté » de Carcassonne à force de volonté et de violence dans ses rapports avec ceux dont il se servait. Tout en lui était dur, aride, cynique. Et s'il lui arrivait d'avoir un bon mouvement c'est qu'il avait à y gagner. Il revendait des cigarettes américaines à la sauvette pour payer ses études, et ses camarades de bonne famille lui enviaient secrètement ce *handicap.* Peu de temps après, lorsqu'il entra au service de Sartre, je suppose qu'il sut utiliser sa carte de visite prolétarienne : après la guerre, un fils d'ouvrier dans les milieux intellectuels c'était une rareté — et ce fils d'ouvrier ne se gênait pas pour s'en vanter. Longtemps Cau eut pour son camarade de khâgne, René Guillonnet, une sorte d'amitié supérieure et protectrice. Il l'appelait Gu-y-gu-y et ce surnom lui est resté parmi nous. Jean Cau ne voulait établir de rapports égalitaires avec qui que ce soit. Ou il dominait ou il s'aplatissait. Il avait fait de Guillonnet son serviteur. Guillonnet courait lui acheter le journal, lui faisait cuire des œufs sur un petit réchaud par terre dans la chambre d'hôtel que Cau occupait rue des Écoles ; il était à tout moment à ses ordres et Cau prenait un évident plaisir à commander Gu-y-gu-y. Lorsque Jean Cau s'installa dans sa fonction si enviée de secrétaire de Jean-Paul Sartre, Guillonnet resta en quelque sorte le secrétaire du secrétaire, continuant à vivre modestement des miettes que Cau laissait tomber d'aussi haut que possible de la table où il s'était hissé près du Maître. Il lui obtint des traductions de romans américains — Simone de Beauvoir le considéra longtemps comme un des meilleurs traducteurs anglais/français. Guillonnet en tirait à peine de quoi vivre et quelques petites fiertés. Par la suite, Cau le fit entrer derrière lui à *L'Express* où Gu-y-gu-y réussit, à force de travail et de sérieux, à se faire une solide place, abandonnant à jamais son rêve de devenir comédien — lui qui avait quelque chose d'un jeune Jouvet avec sa figure longue et son œil un peu froid sous des lunettes rondes.

Enfin il y avait Houbart, Jacques Houbart que nous surnommions Isaïe. Il venait de Bordeaux — son père était représentant en parfumerie. Par la suite nous devînmes très amis mais cependant à travers les incroyables avatars de sa vie en désordre il garda toujours pour Jean Cau une fidélité surprenante. Cau le fascinait. Quelques années plus tard, au moment où je rencontrai Danièle, Isaïe devint pour nous cet ami intime, malheureux en amour, complice et confident de l'amour. Son destin le mena du Parti communiste (auquel il milita longtemps à Levallois) à *L'Écho de Touraine* (de Michel Debré) en passant par la Colombie. Je l'ai vu exercer toutes sortes de métiers : instituteur, assistant metteur en scène, chauffeur de taxi, directeur de galerie, précepteur, vendeur de bonbons sur les marchés, fondateur d'une université laïque à Bogota, rédacteur en chef d'une revue satirique (*Haute-Société*), romancier, scénariste, vulgarisateur scientifique pour différents journaux, etc. C'était un type délicieusement fou et spirituel, une sorte de stalinien érotique et joyeux. Beaucoup trop fantaisiste pour l'appareil sans souplesse du vieux P.C.F., il devait sûrement être considéré comme un bizarre écrou par ses camarades de cellule.

Lorsqu'il venait avec Claude et les autres khâgneux dans notre boutique, il restait à distance des filles se contentant de leur envoyer de biais des coups d'œil inquiétants. Il avait des façons très originales de faire du gringue aux femmes, j'ai donné quelques échantillons de ses talents « télépathiques » dans *Les Années-lumière* et *Les Années Lula* où il apparaît sous le nom d'Abel. J'ai beaucoup ri en écrivant ses aventures et il en fut le premier lecteur enthousiaste.

Mais de tous les amis de Claude Lanzmann, Gilles Deleuze était son préféré. Il ne cessait d'en parler, les superlatifs n'étaient jamais assez forts pour le hisser au-dessus des autres. Cette fidélité envers Deleuze m'a toujours touché chez lui. Gilles était très doux, très mal dans sa peau ; il portait des cache-nez en été ; il avait l'aspect d'un enfant qu'une mère inquiète aurait trop couvé. Son intelligence mettait Claude en transe. Il buvait Deleuze. Par tous les moyens il cherchait à se l'approprier. [

]

[

]

J'ai vécu assez longtemps dans la famille Lanzmann pour savoir que Jacques comme Claude ne m'ont jamais pardonné mon mariage avec leur sœur — qu'ils avaient pourtant eux-mêmes favorisé. A peine avais-je fait la connaissance de Jacques que le nom d'Evelyne fut avancé par lui. A l'époque elle devait avoir quinze ans. Il m'a toujours semblé que, l'un comme l'autre, les deux frères désiraient secrètement leur cadette — donc ils la « donnaient » à ceux qu'ils préféraient — consommant l'inceste à travers l'ami, selon la règle. Il y avait là quelque chose de primitif. Cependant je sais qu'en ce qui me concerne ils m'en voulurent toujours d'avoir *couché* avec leur sœur. J'insiste sur *couché :* de l'avoir vue *couchée* dans le même lit que moi leur fut un choc. Jacques m'avait dit, en bégayant et en rougissant, cette phrase naïve : « Si tu trompes ma sœur, je te tue. » Il l'avait dit avec un tel sérieux que j'en avais ri.

Jacques tirait une certaine fierté d'avoir passé une partie de son enfance chez un meunier à soulever des sacs de farine. Parce qu'il était roux, parce qu'il bégayait, parce qu'il n'était pas l'aîné, il fut placé par son père comme valet de ferme — pendant que Claude poursuivait ses études. Jacques en garda un obsédant besoin de se valoriser, trouvant dans l'argent — lui le rouge comme l'or ! — la preuve palpable de sa supériorité sur son aîné. Mais pour son père ou même sa mère, c'était Claude qui devait réussir. Dans cette famille où le verbe tenait une place sacrée — ne serait-ce que négativement par le handicap de la Mère — Claude prit très tôt le pouvoir de la parole, pouvoir terroriste par lequel il domina incontestablement le clan Lanzmann. Lorsqu'il ouvrait la bouche, la famille n'avait qu'à se taire. En d'autres temps et en d'autres lieux il aurait fait un rabbin d'une orthodoxie redoutable. Il ne parlait qu'à travers Kant, Kierkegaard ou Hegel comme il aurait parlé à travers les Ecritures — et la famille se pâmait de ne rien comprendre au verbiage de l'aîné si brillant de son vernis neuf. Ce que personne n'avait saisi c'est que Jacques, le bègue, le « mal dans sa peau » (comme il le disait de lui-même) était investi du vrai don de parole. Claude parlait peut-être comme un livre mais Jacques était un livre ouvert, souvent très drôle, toujours émouvant.

Je repense avec attendrissement à cet hiver que nous avions passé, Lanzmann et moi, dans cette blanchisserie de la rue de Vaugirard. Nous crevions de froid. Les nuits étaient glaciales. Nous couchions à même le sol enveloppés de vieilles couvertures et de nos manteaux en loques Nous n'avions qu'une obsession : nous réchauffer.

Ici se situe mon premier départ vers le Sud. Un besoin irrésistible me poussa soudain à retourner sur les lieux où j'avais passé les seuls moments heureux de mon enfance. Dans ce Paris enneigé, sillonné par les camions de l'armée américaine, j'eus la brusque vision des lucioles sur les remparts de Saint-Paul-de-Vence que j'avais quitté huit ou neuf ans plus tôt. Le parfum des orangers était en moi et je sus que ma *matrie* se situait là-bas, au bord de la mer Méditerranée. Paris n'était après tout que ma *patrie* d'adoption. Si mes « racines » devaient être quelque part, c'était bien dans le Midi, là où ma mère m'avait aimé, dévoré, abandonné. Je n'avais plus rien à faire à Paris ; il me semblait, à dix-sept ans, en avoir déjà tout épuisé. Mon instinct ne se trompait pas : je suis d'ici ! Ma sensibilité est née de cette lumière et de ce parler, je sais aujourd'hui que vivre ailleurs serait une grave condamnation pour moi. Plus près, toujours plus près de l'Italie ! Comment pourrais-je vivre autrement que dans une de ces maisons peintes jaune d'or écaillé — comme est peinte notre *Béate* si italienne ? Comment se passer de ces façades aux volets à lamelles où des iris en trompe-l'œil déploient leurs pétales sous la génoise ? Peut-on se réveiller sans un palmier devant sa fenêtre ? Je m'interroge aujourd'hui dans mon Eden comme je m'interrogeais en grelottant dans les cercles étroits de Montparnasse cependant que m'envahissaient des images de douceur : le marché aux fleurs de Nice enseveli sous les affreux œillets que j'adore — mais que j'adore là, seulement là, à Nice sous les canisses ; et je revoyais ma mère m'entraînant parmi les serres débordantes d'œillets... me transportant dans une brouette pleine de kakis (fruits que j'ai toujours aimés à la folie)... m'encourageant à grimper sur un cerisier dont elle avait acheté la récolte pour que je puisse en manger les fruits sur l'arbre (elle voulait avant de mourir être sûre que je connaîtrais ce bonheur)... et encore de douces images oubliées, si injustement recouvertes par d'autres images : celles de la maladie, des pleurs, de la mutilation et pour finir par les images de son absence plus terrible que la mort.

Je voulais tout de suite, sans plus attendre, respirer le parfum clair du jasmin dans les soirs orangés de l'arrière-pays niçois ; revoir tout de suite l'ombre impalpable des chauves-souris dans les zones ambrées du couchant, et courir dans les jardins de géraniums le long des balustrades de marbre tourné ; redevenir cet enfant sous les tamaris sautant les marches blanches vers la mer Méditerranée aux lèvres de porphyre... Une bouffée d'enfance me revenait et d'un coup, ma mémoire retournée ne m'offrait plus que des images perdues...

Nous avions pris le train, Dmitrienko, Lanzmann et moi, pour le Midi en passant par Brioude où le père Lanzmann nous accueillit. C'est de lui que Jacques, Claude et Evelyne tenaient leurs gros yeux bleus et leurs mâchoires un peu larges Dans l'ombre du père se dessine le souvenir d'une petite fille (elle devait avoir à peine quinze ans) timide, retranchée sous une épaisse frange. Elle nous observait étonnée, ne reconnaissant pas son frère dans cette sorte de Christ rouge à la barbe et aux cheveux longs, subjuguée aussi par la beauté magnétique de Dmitrienko et par mes airs sombres. Plus tard elle m'avoua avoir été troublée par notre passage qu'elle reçut comme un avant-goût de ce qui l'attendait à Paris — elle ne se trompait pas, tout au moins en ce qui me concerne.

Un ami du père Lanzmann nous recommanda à sa tante, une Niçoise qui possédait une maison sur le quai de Villefranche-sur-Mer. Ainsi grâce à ce hasard heureux nous nous retrouvons logés à même la mer, au deuxième niveau d'une vieille maison qu'un obus avait éventrée pendant le débarquement. Devant notre lit, le mur effondré, troué comme par un énorme coup de poing, laissait entrer librement le bleu si bleu de la Méditerranée. La rade de Villefranche s'arrêtait à nos pieds et les jours de tempête les embruns salaient nos cheveux et nos draps. Nous n'avions qu'un lit pour trois. Lanzmann couchait entre Dmitrienko et moi. Nous nous tenions chaud avec une pudeur qui aujourd'hui paraîtra risible. Je n'ai jamais d'ailleurs ressenti d'attrait pour le corps masculin : le corps de la femme a durant toute ma vie exercé une telle fascination sur moi, et ma sexualité passe si impérativement par mes yeux, que la petite clef qui aurait pu ouvrir mes sens à l'homosexualité m'a toujours fait défaut. Je n'ai pas connu cette *révélation*, elle ne m'a pas manqué, je n'en ressens ni curiosité frustrée ni les regrets d'une expérience inaccomplie. Je ne pourrais pas supporter les caresses d'un homme pas plus que je ne peux m'imaginer en train de palper le corps d'un autre homme que moi. Le tabou est d'une puissance absolue. Et pour dire la vérité jusqu'au bout, j'ajouterais qu'à ma honte le corps masculin avec ses poils, son manque de seins, son sexe que je vois comme la caricature du mien me dégoûte. Seule ma virilité ne me répugne pas. Et si je poussais encore plus loin, je devrais avouer ce rêve secret d'une Terre peuplée de femmes parmi lesquelles irait, libre, mon corps d'homme unique. On me répondra que ce rêve stupide rejoint celui du phoque mâle, des chevaux sauvages ou, bien sûr, de l'orang-outang à la poitrine aussi creuse qu'un tam-tam. J'aurais l'ironie de dire ici qu'à ma façon j'ai vécu ce délire : notre vallon est la Terre, et Danièle — Lula-Lucia-Alex — toutes les femmes à la fois. Nous vivons au bord de notre source en jumeaux dissemblables (comparables en cela à deux homosexuels amoureux), en couple improductif, unis par le plaisir et pour le plaisir d'être chaque jour ensemble en réponse à l'horreur de ne pas l'être. Rien n'empêche deux hommes ou deux femmes de vivre comme nous. En rencontrant Danièle, j'ai touché et serré ce que mon esprit avait toujours désiré toucher et serrer. Aussi loin que je remonte le rêve fut celui-là.

De quoi parlions-nous justement tous les trois (Dmitrienko, Lanzmann et moi) ? De *la* femme qui serait toutes en une. Couchés côte à côte dans le lit de la chambre démolie de Villefranche-sur-Mer, chaque matin en nous réveillant nous ne formulions pas d'autre désir. Le vœu de Dmitrienko fut exaucé à Villefranche même, à quelques semaines de là. Celui de Lanzmann plusieurs fois. Le mien cinq ans après.

Nous sommes restés quelques mois à Villefranche. Nous passions notre temps à peindre et à marcher le long des corniches à l'abandon jusqu'au village d'Eze. Le soir nous montions parmi les orangers dans la colline au-dessus du vieux port. Je vivais dans une griserie continuelle ; les orangers portaient leurs fleurs et leurs fruits, exactement comme dans mes souvenirs d'avant la guerre. Ma mémoire ne m'avait donc pas menti : les palmiers, les eucalyptus, les poivriers, les tamaris, les mimosas, tous ces arbres d'ornement que j'avais connus enfant existaient vraiment. Je retrouvais avec une émotion, que Dmitrienko et Lanzmann comprenaient mal, les vieux oliviers sur les chemins du Cap-Ferrat et surtout sous les oliviers, dans les petits champs d'herbe verte, la floraison des anémones aux corolles écarquillées sur l'œil velu et noir de leur cœur. Je restais étendu pendant de longs moments, dans ces prairies fleuries, le visage enfoncé dans les pétales bleu-nuit violet noir rouge à respirer le parfum terreux de ces fleurs aux couleurs si délicieusement vulgaires. Mon exaltation me tenait comme une ivresse — pour la première fois de ma vie je me savais chez moi. Pourquoi retourner à Paris ? me disais-je, je veux vivre ici.

Chaque matin, la propriétaire descendait de l'étage où elle vivait, pour nous apporter du café au lait et du pain beurré. Notre présence l'amusait, il lui plaisait d'héberger des artistes. Elle jetait un coup d'œil gentiment complice sur ces trois adolescents couchés sous un drap unique — et ce coup d'œil semblait dire : vous avez bien raison, vous êtes si charmants (l'accent de Nice dit : *charmain*). Peut-être même avait-elle prononcé réellement uné phrase de ce genre. Je suis sûr que nous l'aurions bien déçue en lui avouant notre parfaite innocence. Cette vieille dame, d'une finesse délicieuse (elle ressemblait à Amé, la grand-mère de Danièle originaire d'une ancienne famille de Martigues et descendante de l'écrivain Jean Aicard), était une des dernières représentantes de ce peuple tolérant et généreux pour lequel le plaisir a toujours été l'unique valeur. A peine nous étions-nous installés dans sa maison au fond de la rade qu'elle voulut nous conduire elle-même jusqu'à Nice par les vieux sentiers. Elle portait de grands chapeaux de paille ornés d'un foulard ou d'un ruban d'une couleur exquisément effacée par d'innombrables soleils. Ses robes aussi avaient le charme des fleurs fanées.

Longtemps le Midi a été peuplé de ces vieillards rieurs et éveillés. Lentement ils cèdent la place au déferlement des retraités de la moitié Nord qui apportent avec eux les blêmes angoisses de la mort avec laquelle ils ont pris rendez-vous ici. Ces misérables transplantés entassés face à la mer dans leurs alvéoles de béton et que l'on voit se répandre et se retirer selon les courbes du soleil ont radicalement changé le style, la mentalité de cette région au laisser-aller, à la désinvolture italienne... je devrais dire niçoise mais niçois ne signifie plus rien aujourd'hui : le Paillon a été englouti sous les « parkings », les façades peintes en trompe-l'œil sont amputées par les bagnoles, etc. Nice est une ville assassinée par ses Médecins. Cependant, quoi qu'on fasse, et malgré l'acharnement de ceux qui veulent faire d'elle une Californie américaine, l'*italianité* de Nice et de ses environs a la vie dure. Il reste encore des recoins d'où l'âme italo-niçoise n'a pu être tout à fait extirpée. Des lambeaux de civilisation traînent par certaines rues ombreuses. Il arrive qu'un regard, un mot entendu au vol, une façon d'être vous *parlent* de ce grand peuple sans descendance que notre siècle est en train de liquider. Il en va de même pour la plupart des villes de la Riviera bleue. Toutes ont été violées, pillées par l'envahisseur. Et comme dans toute affaire de viol, on prétend que c'est la Beauté qui s'est « donnée » ! L'idéologie « nordiste » a eu raison du *farniente.* Que les nouvelles générations se soient intégrées au mouvement n'excuse rien et ne justifie pas le « ils l'ont bien voulu » qu'à tout propos on vous retourne. Jusqu'à une époque récente, l'histoire vous montrait qu'invariablement les peuples de haute civilisation finissaient toujours par absorber les barbares. Le temps jouait en faveur des civilisés — toute civilisation étant du temps transformé en culture. Il fallait du temps pour détruire mais encore plus de temps pour reconstruire. Remplacer une esthétique — donc une éthique — par une autre demandait deux ou trois générations. L'immobile finissait donc toujours par absorber le mobile.

Tout a changé à partir de la dernière guerre avec l'invention des machines de terrassement. Elles ont rétréci le temps de destruction et de reconstruction. Ce qui s'est édifié par la superposition des générations peut aujourd'hui être biffé d'un trait de bulldozer. Quant aux nouveaux monuments ils ne s'édifient plus — ils se montent. On n'a que le mal de transporter les pièces du

Meccano et en une nuit s'impose un nouveau paysage — donc une idéologie. Le *Ruhl* de Nice, cette splendeur baroque, a disparu quasiment en une nuit. Le nouveau *Ruhl* a été « monté » avant même que le flâneur de la Promenade des Anglais ait pu faire ouf.

Mais en 1945-46 le Midi somnolait encore, la ville de Nice offrait ses perspectives intactes, les avenues ombragées ne bruissaient que du parler de la foule et de son piétinement. Les gens s'interpellaient d'un trottoir à l'autre, on traversait sans regarder, seuls les tramways tanguaient à travers la ville aérée. Quant à Villefranche, nous nous trouvions parmi une petite population de pêcheurs, de marins, et de quelques maquereaux dont les bars fermés la plupart du temps attendaient l'escadre américaine. Au moment où nous nous installions dans la maison éventrée du quai, l'escadre venait d'être annoncée. Le village se préparait à recevoir son contingent de marins saouls. On repeignait les bistrots et, à peine arrivés, nous eûmes la chance de tomber sur une sorte de maquereau marseillais qui, trop heureux de trouver sur place des artistes, nous paya une bonne somme pour décorer son bar de filles à cheval sur des tonneaux.

Nous passions nos journées à peindre *sur le motif* et très vite la population nous accepta comme de bizarres oisifs dont les tableaux convulsés et pâteux n'avaient rien à voir avec ce qu'ils prétendaient représenter. Nous disions nous préparer au Prix de Rome. Ce mot avait un effet magique et rassurant. (Il devait nous servir aussi un peu plus tard pour nous sortir des nombreux commissariats de police de Corse.) Ainsi nous survivions agréablement dans ce petit port du bout du monde.

Chaque fois qu'un bateau jetait l'ancre dans la rade, nous nous rendions sur le môle pour observer le comportement d'un petit chien au poil mité que tout le monde appelait le Japonais. Dans son jeune temps (avant la guerre) il aurait été, paraît-il, la mascotte d'un bâtiment de la flotte japonaise. A la faveur d'une escale, le petit chien avait eu l'imprudence de se rendre à terre avec l'équipage pour tirer une bordée. A l'heure du rembarquement on l'avait oublié et le chien était arrivé sur le quai au moment où son bateau sortait de la rade. Depuis, chaque fois qu'un navire mouillait à Villefranche, le Japonais descendait à fond de train et passait la journée à attendre, assis sur son derrière râpé. La population aimait bien cette vieille mascotte dont la fidélité était devenue célèbre. Bien des fois des marins avaient tenté de l'embarquer *pour voir* mais comme ils n'étaient pas japonais le petit chien s'était toujours défilé. Lorsque l'escadre américaine réveilla Villefranche par son extraordinaire animation, le petit chien fut au comble du bonheur. A chaque vedette qui accostait il faisait la fête. Puis l'escadre leva l'ancre et il reprit son attente incertaine...

Avec le printemps nous commençâmes à nous baigner, plongeant à peine réveillés dans l'eau claire sous le mur éventré de notre chambre. Nous traversions la rade à la nage. Vu du large, un humour très réconfortant se dégageait de ces petites maisons, couleur de mandarine, de pêche et de melon, posées avec la délicatesse d'une sucrerie un peu fondue sur le bleu de la mer. Accrochés à la bouée blanchie par les déjections des mouettes nous nous lancions dans de longues discussions sur la peinture. Parfois deux ou trois filles du pays nous rejoignaient suivies par des marins américains bruyants et chahuteurs.

L'Amérique de l'après-guerre remplissait tout à coup le vide laissé en Europe par les longs couvre-feux. Avec l'arrivée de l'escadre nous venions d'avoir un avant-goût de ce qui nous attendait. La musique, le trafic, une hystérie entretenue par un style de mouvement qui tenait plus du cinéma que du quotidien familier travestissait le port vieillot en babiole de comédie : un décor de toile peinte pour marins saouls. Même les jeunes filles du pays, au contact des *boys*, « mutèrent » en petites Américaines mâcheuses de chewing-gum. Elles se hissèrent sur des chaussures de couleur, leurs cheveux prirent des plis jusqu'alors inconnus, leur accent du Midi se compliqua de mots nouveaux : *Okey, Yey, Money...* Des jeeps aux capots étoilés les charriaient par les corniches en compagnie de grands marins caoutchoutés.

Un jour je décidai d'escalader la haute falaise de rochers ocre qui enferme Villefranche comme dans une immense coquille. L'ascension assez dangereuse de la paroi me prit une partie de l'après-midi. Je goûte toujours avec une intense joie l'illusion de m'évader des chemins usés, et je revois aujourd'hui cette escalade comme le symbole de toutes mes tentatives : je prends des sentiers inédits pour finir, après bien des peines, par me retrouver en un lieu infiniment plus facile d'accès par des voies habituelles. Après avoir pour ainsi dire touché terre à la lisière de la falaise, au bout d'une marche assez courte je débouchai dans un des lieux les plus « idylliques » qu'il me soit arrivé de voir : un vallon planté d'oliviers sous lesquels se déployait une prairie d'anémones. Un fin ruisseau coulait dans ce creux dont l'herbe mêlée de menthe sauvage était de ce vert si particulier aux prairies du Midi. Une vieille femme suivie d'un troupeau de chèvres passa en me souriant et se dirigea vers une maison peinte à l'italienne située un peu plus haut. Je restai un long moment assis parmi les anémones saisi d'une émotion délicieuse. La beauté d'un lieu peut me toucher aux larmes. Je pleurai du bonheur de me sentir isolé, *hors d'atteinte,* dans ce repli d'air bleuté. Le soir tombait, je m'en allai à regret par un chemin de terre, et il faisait déjà nuit lorsque je regagnai Villefranche, avec à la main un petit bouquet d'anémones. Par la suite, je voulus mener Dmitrienko et Lanzmann jusqu'à ce vallon mais jamais je n'en retrouvai l'accès...

Quatre autres fois dans ma vie j'ai ressenti la beauté d'un lieu avec une telle violence. Je pense à mon arrivée aux *Brouis,* dans la presqu'île de Saint-Tropez, en 1947 ; je pense à ma découverte émerveillée de *La Béate,* avec Danièle, au printemps 1961 ; je pense aux jardins du Generalife en 1978 ; et je pense à Chorefto dans le Pélion en Thessalie où, en 1975, nous avions voulu poursuivre (en vérité précéder) les héros américains de mon livre *Feu* que je terminai là-bas.

Il existe des lieux bénéfiques : *La Béate* en est un. J'ai déjà beaucoup écrit sur elle mais j'espère réussir à en parler mieux dans les pages qui viendront. Quant à Chorefto, c'était un paradis empoisonné ; un lieu de mort d'une sauvagerie insoutenable sous la pellicule de fleurs et de cascades romantiques. Je sens encore dans ma main se tortiller le scolopendre articulé, de la taille d'un serpent, que j'avais saisi par mégarde en même temps qu'un bois flotté sans doute apporté de Turquie par une tempête. Sous les primevères aux corolles serrées je savais des vipères... Pâques approchait, on allait sacrifier des agneaux par milliers... Nous nous enfuîmes. Dans le recul du souvenir, même les arbres que j'avais tant admirés en Thessalie me remplissent aujourd'hui de malaise. Ils avaient dépassé la beauté pour entrer dans la folie. Au-dessus de l'anse de Chorefto, à Zagora, un platane géant avait avalé une fontaine de marbre. On pensait en le voyant : quel arbre fantastique ! Il remplissait une petite place presque en entier. Un détail m'avait tout de suite mis mal à l'aise : de son énorme tronc comme un muscle en tension sortait un délicat bec de marbre blanc qui semblait fiché dans le bois. Une eau fraîche coulait de ce bec. Sur le moment j'hésitai à croire ce qu'avaient vu mes yeux. Et pourtant je ne me trompais pas : le platane avait absorbé une fontaine de marbre, dont seul le bec restait encore visible. Combien avait-il fallu de siècles à cet arbre devenu fou pour envelopper la fontaine dans ses plis, pour se refermer sur elle et se souder hermétiquement sans qu'une seule cicatrice paraisse ? Autour de cette monstruosité, les villageois grecs allaient et venaient indifférents à ce qu'ils avaient quotidiennement sous les yeux. Une femme vint remplir un pichet ; une autre tout aussi naturellement rinça quelques linges. Je montrai le bec insolite et dis un des seuls mots grecs que je connaissais :

« *Oréa* »

Les femmes me sourirent. Ni l'une ni l'autre ne pouvait supposer que je pensais à la fontaine dans la chair de l'arbre : Je l'imaginais en miettes et cependant intacte, broyée et tout à la fois maintenue dans sa forme par la fantastique pression de ce muscle vivant, si parfaitement immobile.

En Grèce, en Espagne, je n'ai vu partout que des symboles. Aucun répit pour l'imagination. En France, au contraire, les apparences sont l'esprit. Pas de discours caché. La raison s'est répandue sur toute chose. Jamais les Français qui ont l'œil à tout n'auraient laissé un platane « divaguer ». On coupe l'arbre ou alors on déplace la fontaine. Les Français sont des jardiniers avisés — il suffit de parcourir la France par les chemins de traverse pour se rendre compte de la symétrie, du maintien, du poli du paysage, de son vernis. Jusqu'à la dernière guerre, les Alpes-Maritimes — cette petite Italie passée au peigne par la France — offraient l'exemple le plus achevé de l'équilibre sur les frontières mêmes de la folie. La ville de Nice avec ses pâtisseries blanches d'un perpétuel mariage et ses maisons rouges respirait l'ordre et la paix. Le sang italien s'y trouvait vite coupé par l'eau claire de la tempérance française. Nice était une ville baroque, rangée. Dans les jardins, sur la Promenade des Anglais, on tuteurait, on taillait, on élaguait. Seul le soleil avait droit à son désordre mais ce désordre était lui aussi sans cesse combattu par les toiles claires et strictes des parasols et des stores. Le linge ne séchait pas aux fenêtres comme en Italie... à peine dans la vieille ville... et encore, presque en cachette.

A Villefranche aussi c'était de l'italianité bien tempérée. On sentait déjà à trente ans d'avance quel petit embourgeoisement guettait ce recoin d'Italie assagie. Aujourd'hui il nous arrive d'y aller une fois par an, le quai est toujours là, le petit port aussi, et cependant je ne reconnais rien. Ce qu'il y avait de *caractère* a disparu. Le subtil croisement de France et d'Italie s'est dilué ; le *nulle part* a pris le pas sur tout le reste, ce même *nulle part* qui lentement gagne le Var et les autres régions originales de France.

Je regrette de ne pas avoir gardé un seul des nombreux dessins que j'avais rapportés, à l'époque, de Villefranche-sur-Mer. J'ai le souvenir d'un mélange d'âpreté et de douceur. Nous dessinions tous les trois à l'encre de Chine à l'aide d'un bambou épointé. Mais bien que très proches, nos dessins différaient suffisamment pour qu'aujourd'hui, si je les revoyais, je reconnaisse au premier coup d'œil ceux de Dmitrienko, ceux de Lanzmann ou les miens. Nous avions pris l'habitude de dessiner ensemble le même « motif ». On nous voyait un peu partout, assis par terre, avec nos cartons, et les rares promeneurs s'étonnaient à haute voix non seulement de notre interprétation du paysage mais de la dissemblance et tout à la fois de la parenté de ces interprétations.

Un jour que nous nous trouvions ainsi en train de dessiner sur le quai, une jeune fille très jolie en robe de soie fleurie s'était avancée vers nous, accompagnée d'un jeune homme et d'une femme un peu plus âgée. Ils s'arrêtent tous les trois et la femme s'exclame — comme si nous ne pouvions comprendre ce qu'elle disait : « Regarde, Liliane, ne sont-ils pas beaux ? » Et ils s'en vont. Le lendemain, un pêcheur remet une lettre à Dmitrienko, de la part de la jeune fille à la robe fleurie. Elle l'aime et veut tout quitter immédiatement pour lui : son fiancé, sa mère, sa famille, tout ! Ils se voient. Ils s'aiment, et quelques mois plus tard ils se marient à Paris. Liliane était pianiste, par la suite elle fit un peu de théâtre sans grand succès, je crois. Elle avait une beauté frêle et sensible, une certaine tristesse se dégageait de ses beaux yeux toujours un peu cernés d'ombre violette. Sur le moment nous fûmes stupéfaits et chacun à sa façon ému de ce coup de foudre. Pour moi, il répondait à l'idée que je me faisais de l'amour. Je ne doutais pas qu'un jour le même fluide passerait entre moi et une femme. En quelque sorte je fus réconforté par la beauté de ce qui venait d'avoir lieu.

Quelques jours plus tard nous embarquions à Nice, sur le *Sidi-Brahim*, décidés à faire le tour de la Corse, à pied. Le vieux bateau roulait effroyablement et s'enfonçait à chaque vague. On marchait sur le vomi. J'étais resté une grande partie de la nuit debout, accroché au bastingage, subissant avec un enthousiasme enfantin l'immense mouvement de balance. A peine sortis du port, la tempête nous avait soulevés et elle ne nous lâcha qu'à Bastia. J'exultais en voyant palpiter et diminuer les phares de la côte, puis le noir se refermer sur le cercle sans cesse disloqué des vagues droites et lisses comme des murs de marbre liquide. Je suis de ceux dont les premières lectures furent imprégnées par la mer : Stevenson, De Foe, Poe, London, Conrad, Melville, Verne... D'être brusquement plongé dans une tempête assez violente pour avoir fait hésiter le capitaine — qui par trois fois recula le départ — me comblait de bonheur. La réalité était digne de mon imagination : tout cela je l'avais vécu des centaines de fois dans les livres pendant les mornes années de pensionnat quand il m'arrivait de me réfugier sous les combles avec une vieille édition Hetzel dans laquelle je m'engloutissais comme on plongerait à la verticale. Ces heures de lecture solitaire provoquaient en moi un curieux dédoublement (comme maintenant lorsque j'écris). Les bruits me paraissaient venir d'une distance effrayante, j'entendais au-dehors mes camarades jouer, et c'était comme si nous n'étions plus dans le même monde. Ces lectures de voyages eurent sur moi une influence très profonde ; je peux dire que non seulement elles me confirmèrent dans mon penchant à l'exclusion mais elles développèrent en moi le besoin de fuir et de me réfugier en un lieu inaccessible aux autres. Car, en somme, de quoi sont faits ces récits ? Tous décrivent la quête et la découverte d'un *lieu* entouré d'une plus ou moins vaste étendue de mer. Ce *lieu* est refermé sur lui-même, enfoui sous une végétation molle, lourde, tout en retombées feuillues de palmes et de voiles caoutchouteux comme des membranes. Ces îles d'encre, ces Eden de papier, regorgent de fruits ; des sources, des cascades produisent de délicieux bruits d'eau ; l'air y est imprégné de lourds parfums ; on y entend le ressac battre au rythme du cœur universel ; l'air en est tiède, l'eau pour s'y baigner aussi, les sources sont fraîches, limpides, cristallines... D'un livre à l'autre l'Eden de lieux communs ne différait pas ; il était toujours à la mesure de celui qui y abordait : une journée de marche pour en faire le tour, en partant de la grotte refuge. L'île se présente invariablement comme un sein isolé sur la mer. De la pointe du mamelon vous découvrez le cercle parfaitement inentamé de l'horizon ; des oiseaux de mer *blancs* vous frôlent en poussant des *tékélilis* cependant que vous brisez leurs œufs et les gobez. Parfois une longue pirogue pénètre dans le cercle enchanté et dépose sur la lèvre d'une grève inviolée des êtres qui de loin vous paraissent minuscules et que vous descendez un à un à coups de fusil à pierre. Il arrive aussi que vous vous fassiez un compagnon — alors il vous sert et se prosterne et, si vous l'aimez, ce sera toujours avec le sentiment de lui faire la grâce de votre bonté. Cette sorte d'île n'abrite pas de femmes puisqu'elle est femme, ventre, matrice.

Ensuite, avec l'adolescence, la quête de l'Eden évolue ; on y aborde cette fois avec des aventuriers que l'on finit d'une manière ou d'une autre par exterminer... et là, dans les bruissements d'une source, vous surprenez la Beauté, et la Beauté vous reconnaît et c'est l'indescriptible. Enfin l'Eden de papier se transforme en *carte du Tendre*, la Beauté n'y est plus nue mais dénudée... elle se couvre pour être découverte, son corps se divise maintenant en parcelles que des vêtements complexes voilent et dévoilent, des liens de perles entravent les hanches, rendent mystérieuse et compliquée l'approche. La grotte devient le *lieu* autour duquel l'île rose se déploie en lentes spirales. Quelques îles émergent au loin, elles aussi sont roses, des bras de mer vous en séparent. Qu'on vous observe des îles voisines c'est bien, ne sont-elles pas là pour ça ? Mais qu'elles restent à bonne distance car sur votre île en spirale il n'y a de place que pour deux. Et ainsi de suite, d'une lecture à l'autre se précise l'Eden... jusqu'à ce jour où vous découvrez que l'Eden vous y êtes en vérité, que l'île en spirale se déploie autour de vous, bien que vous soyez dans une chambre de bonne, sous les toits, avec le poste d'eau sur le palier et pour toute plage un bon vieux lit défoncé où vous passez le plus clair de votre temps avec celle qui vous fait nommer île des délices n'importe quel trou considéré par tous comme « invivable ». Ici débute alors le voyage... ou plutôt, la lente exploration d'un espace sensuel qui peut prendre une vie entière...

Les lectures de l'enfance sont déterminantes, parfois plus peut-être que les événements de la vie elle-même. Je sais aujourd'hui de quel poids furent pour moi les premiers livres que l'on mit entre mes mains. *La Petite Sirène* d'Andersen eut une influence sourde dont je n'ai mesuré l'importance qu'au moment d'écrire *Les Années-lumière.* Je me délectais et pleurais aux aventures de la petite sirène sans *savoir* que tout dans son histoire parlait directement à ma sexualité. Au début du conte, la petite sirène n'a pas de jambes mais une queue de poisson. Cette femme dont le bas du corps *ne s'ouvre pas* me fascina surtout entre ma neuvième et ma dixième année, et mon goût du dessin m'est venu avec le désir de représenter — donc de m'approprier — cette chimère. J'éprouvais un réel ravissement à la faire surgir de la feuille blanche. L'idée de ce corps entravé à partir des hanches éveillait en mon propre corps comme un écho douloureux. J'étais la petite sirène, arrachée à son milieu, que les vagues roulent prisonnière et entravée sur la grève. La petite sirène est d'une extrême sensibilité — pour un rien les larmes lui viennent — et, lorsqu'elle s'échoue dans le monde des hommes — elle si à l'aise sous l'eau — la voilà affreusement handicapée. Ce handicap me bouleversait, j'aurais aimé la consoler, la sauver, la cacher en la confondant à mon propre corps. Ce qui me déchirait surtout, dans son destin, c'était cet arrachement au milieu marin. J'aime la petite sirène, *je suis* la petite sirène — j'ai neuf ans.

Qu'y a-t-il dans ce conte de si fascinant pour un enfant ? Etait-ce l'entravement qui parlait si fort à ma sexualité en ébauche ? Voyais-je dans la sirène la représentation de la Femme telle qu'elle était à l'époque ? En osant désirer la sirène et en m'éveillant à ce désir ne m'éveillais-je pas en vérité au désir de la femme entravée par les jupes étroites de la mode d'alors ? La jupe soudait le bas du corps, collait les cuisses l'une à l'autre. Et, comme pour les garder mieux refermées, les femmes portaient... s'obligeaient à porter des gaines en caoutchouc. Cette impossibilité, pour une femme, d'ouvrir librement les jambes me troublait. Même avant mon éveil sexuel cette jointure obligatoire des jambes enserrées par la jupe mettait mon imagination en alerte. Cette façon qu'avaient les femmes de s'asseoir de biais, les jambes serrées de telle sorte que chaque mouvement de la partie inférieure de leurs corps donnait l'impression qu'il y avait danger pour elles à se disjoindre, me rendait vigilant. Avec la découverte de la limite des bas — à l'époque ils étaient de vraie soie et assez peu longs — sur le blanc laiteux des cuisses, je compris le sens du danger que les femmes couraient à ne pas assez se surveiller : les bas symbolisaient la limite à partir de laquelle elles avaient été *vues* non plus comme des sirènes mais comme des êtres fendus qui se cacheraient de l'être. J'avais dix ans à peine, mon regard d'alors ne cherchait pas à remonter jusqu'au sexe (ou à la source) mais à provoquer *ce mouvement* de gêne qui saisit une femme lorsqu'elle sent un regard (même celui d'un enfant) s'enfoncer entre ses jambes, au fond d'elle en quelque sorte. Qu'on me comprenne, je ne désirais pas provoquer la gêne, mais cette esquive, ce repliement de pudeur éveillaient ma curiosité et, bien que sachant ce qu'il y avait à voir, je voulais voir quand même. (Inversement, chez les Arabes où la pudeur des femmes s'est ramassée sur le visage — à tel point, paraît-il, qu'une femme surprise le visage découvert relève ses jupes par-dessus sa tête au risque de laisser le sexe nu — la représentation de la femme-poisson s'inverse aussi : la sirène a une tête de poisson dont les ouïes descendent à la taille et ce sont ses hanches, ses jambes, son sexe, qui sont humains sans aucune pudeur.) Mais ces mystères d'ombre, dérobés avec tant de soin par la femme-sirène, ne prirent une signification forte pour moi qu'avec la brusque révélation du sens du sexe. Comment se fit cette révélation ? Comment l'énervement diffus des premiers remous de la puberté se ramassa-t-il en un désir cohérent, orienté, précis ? J'en connais le moment exact et je peux dire que les circonstances s'en sont imprégnées en moi à jamais. C'était au retour de l'exode — nous nous trouvions dans un train bondé, mon père, Nahidé et moi. Je passais la nuit contre Nahidé, la tête posée sur ses genoux, le visage innocemment enfoncé dans sa robe, à la jointure exacte de ses jambes. Ma respiration rendait la soie brûlante au contact de mes lèvres et quand, à un moment, je voulus relever la tête et changer de position, la main de Nahidé me maintint doucement à ma place. Je fus soudain littéralement traversé par un éclat de foudre ; mes sens s'éveillèrent et je compris que sous la soie de la robe, tout contre mes lèvres, se cachait le *sens* de mon sexe.

Avec cette révélation, la seconde partie du conte d'Andersen s'ouvrit pour moi, et je connus de nouvelles angoisses. Que l'on se souvienne, la petite sirène aime d'amour violent un homme terrestre ; elle obtient d'un magicien (ou du roi des eaux ?) qu'il *lui ouvre les jambes* en la fendant depuis les pieds jusqu'au bassin. A partir de cette transformation commence pour elle un épouvantable supplice. Marcher, ou pire encore, danser avec l'homme qu'elle aime lui est une souffrance intolérable... C'est vers cette époque, je crois, que Nahidé se mit presque définitivement au lit. Elle glissa de rechute en rechute, s'installant pour des années dans le climat, je dirais, *artistique* de sa maladie. N'était-elle pas la petite sirène aux jambes fendues, frappée de maladie pour avoir été fendue ? Bien sûr, le conte d'Andersen s'estompa et il ne resta en moi que cet amour sans espoir pour une femme aux jambes cachées gisant dans l'antre du magicien en un perpétuel effort de respiration (palpitante comme un poisson hors de l'eau). Ces souffrances je les ressentais dans mon propre corps. Ah, combien j'aurais aimé soulager sa douleur d'être fendue ! De l'écrire me fait sourire mais après tout dans le désir sexuel n'y a-t-il pas un peu de ça ?

La petite sirène fut vite oubliée (il me faut écrire tout cela pour m'en ressouvenir) mais pourtant il me reste de cette mythologie enfantine certaines séries d'émotions qui toutes sont liées au lisse au soyeux au gluidant. Aussi vivement et même plus qu'au temps de mon adolescence, je chavire au contact de ton corps enveloppé des fluides de la soie pendant que mes mains glissent sur toi, ma femme, devenue insaisissable par la soie et cependant fendue pour moi depuis les hanches jusqu'aux pieds... Il me déplaît de savoir que je partage avec beaucoup d'hommes ce goût pour les jambes longues et lisses et soyeuses et immatériellement chaussées. Seraient-ils tous comme moi d'anciens petits lecteurs d'Andersen ? Bien sûr, non ! La petite sirène est en nous, Andersen l'a prise au filet de l'écriture et nous l'avons immédiatement reconnue — puisque toute écriture est une *lecture de l'homme.*

Combien de fois en ouvrant certains livres ai-je ressenti ce déclic de la re-connaissance ? Les grands livres sont ceux dans lesquels nous sommes tous écrits. *La Vie de Henri Brulard* ou *Les Confessions* sont *notre* vie et *nos* confessions. Toute quête sur la source des sentiments, lorsqu'elle est poussée à l'extrême, nous enfonce en nous-mêmes, comme un coin en notre âme, et nous ouvre. Les livres m'ont formé dans la mesure où ils étaient formés de ce qui me fait moi. Je n'ai jamais cherché mon reflet dans la lecture mais des retrouvailles. *La Petite Sirène* a joué ce rôle, je l'ai reconnue.

Plus tard, à l'âge de la puberté, les livres plus directement sexuels sont reçus à leur tour avec une autre sorte d'avidité. Cette fois, plus de détours, la simplicité de leurs images convient à la simplification du désir. Je pense à un petit livre que Robert Hossein me passa, en pension. J'avais quinze ans. Il était joliment illustré de lithographies aux ombres et aux demi-teintes qui ajoutaient au trouble. L'histoire simplette, cependant, me *parla* immédiatement. Mes sens furent en folie. *Il était question du midi de la France.* Un adolescent passe ses vacances dans la propriété d'une amie de sa mère. Bien sûr cette amie est belle, sensuelle, prodigieusement désirable. Les sens travaillés par la proximité de cette femme, un matin le jeune homme sort faire une promenade parmi les oliviers. Il cueille sans trop savoir pourquoi quelques anémones dont il respire l'ombre velue. Soudain une silhouette s'avance dans la prairie fleurie. Bien sûr c'est elle, en déshabillé soyeux. Elle vient au-devant de l'adolescent et... nous la retrouvons alanguie parmi les herbes, son déshabillé entrouvert : elle est nue — juste avec de longs bas noirs. La légende de l'image : « Respire-moi comme tu respires cette fleur et dis-moi laquelle exhale le plus doux parfum » (textuel !) me faisait me pâmer. Ce petit livre fit secrètement le tour de la pension, enflammant et alimentant successivement toutes les imaginations. La lithographie surtout restera, j'en suis sûr, pour tous inoubliable : la femme renversée dans un désordre d'herbe et de rayons de soleil, son corps éblouissant, lumineux « comme le ventre d'un poisson » (Sartre : *Les Chemins de la liberté*), ses jambes noires et luisantes, les bas tirés haut sur les cuisses par des jarretières, son sourire narquois devant l'expression niaise du jeune homme qui vient de s'effondrer sur les genoux et qui se penche sur le mystérieux triangle noyé d'ombre... N'y avait-il pas de quoi devenir fou !

C'est à peu près à la même époque que *La Garçonne* de Victor Margueritte fit aussi le tour de la pension. Sa lecture nous secoua. Une scène surtout me donna envie de sauter le mur. L'héroïne se trouve dans le *midi de la France,* elle se baisse pour cueillir des fleurs (était-ce encore des anémones ?), son amant la surprend et la

« prend » sur place. Il soulève sa robe et ils roulent à terre dans des « voluptés inouïes ». Encore une fois le hasard liait la volupté au Midi. Plus que jamais je suis en exil dans ma pension de Verrières-le-Buisson. Au Sud est le Bonheur, l'Amour, le Sexe !

Accroché au bastingage du *Sidi-Brahim* je regardais avec une véritable allégresse les vagues noires marbrées de bave soulever le vieux bateau et le laisser retomber durement. Je restai ainsi toute la nuit à me faire tremper par la mer.

A l'aube nous étions en vue des côtes de Corse que nous longeâmes jusqu'à Bastia. La première chose qui nous frappa c'était l'air d'abandon de la petite ville ; la plupart des maisons semblaient fermées et on ne voyait presque personne dans les rues. Par la suite, en traversant l'île par son milieu, partout nous retrouvions la même désertion. Parfois dans un village une tête de vieillard apparaissait vaguement derrière une fenêtre mais la plupart du temps les portes et les volets restaient clos.

Au lendemain de la guerre, la Corse manquait de tout et ses habitants ne songeaient qu'à passer sur le continent pour fuir leur île laissée à la dérive par l'administration française. On y mourait de faim et, jusque dans les villages les plus reculés, c'est à peine si les paysans réussissaient à survivre. Mais malgré la terrible pénurie, partout nous avons trouvé des gens généreux et hospitaliers.

Dès notre première nuit sur l'île j'eus une crise de malaria. Nous avions dormi dans une ferme abandonnée humide et infestée de moustiques. Le matin je me levai malade. Je claquais des dents et me traînais secoué de frissons. Arrivés près d'un village accroché à la colline, mes deux amis me laissent assoupi au bord de la route, près de nos sacs, et montent jusqu'aux maisons dans l'espoir d'acheter un peu de pain et de fromage. Dans mon délire quelqu'un me secoue et me demande si mes camarades et moi nous cherchons du travail. Je réponds non. On insiste : « Voulez-vous de l'argent ? — Non. » Et je me rendors.

Un peu plus tard, lorsque Dmitri et Jacques reviendront du village (sans avoir rien pu y acheter), ils découvriront près de moi, en offrande, une bouteille de vin, une miche de pain et un fromage de brebis. Cette générosité me frappa par sa discrétion. Par la suite, à Corte, à Ajaccio, partout ce même genre d'attentions nous furent sans cesse renouvelées.

Quinze jours plus tard nous nous rembarquions sur le même *Sidi-Brahim* rapportant avec nous une masse de dessins qui nous furent subtilisés, comme on le verra, par le premier marchand de tableaux auquel nous eûmes affaire.

Si j'évoque ici la Corse, c'est que sur mes souvenirs se superpose maintenant pour moi la réalité des Maures. Disons qu'*en Corse j'eus le pressentiment des Maures.* Bien des années plus tard, en arrivant à La Garde-Freinet, je fus frappé par l'étonnante parenté entre les impressions que j'avais gardées de cette Corse à l'abandon et ce pays de douces montagnes. On prétend ici que les Maures et la Corse seraient les fragments d'un même massif qu'un effondrement aurait séparés. On y trouve la même végétation, les mêmes espèces animales, les mêmes insectes, la même texture du sol et surtout ce même dessin indolent des collines. Quant aux habitants des Maures, après plus de vingt ans de vie parmi eux, je peux dire qu'il existe peu de peuples aussi fiers, tolérants, indulgents — qualités qu'ils partagent, je crois, avec le peuple corse.

Livre deuxième

Je désirais avant tout me surprendre en abordant sous un angle nouveau des faits que je croyais connaître, j'espérais découvrir des paysages restés jusqu'ici dans l'ombre, une nouvelle façon de dire aussi, de revivre. En commençant ces pages je m'étais promis de ne pas revenir en arrière, d'écrire d'un jet, sans trop me relire (tout au moins à ce premier stade), d'avancer sans me préoccuper de l'état du manuscrit que je déposais derrière moi. Je souhaitais restituer le plus fidèlement possible le dessin du mouvement général de mon existence. Je ne tenais pas à m'attarder sur les anecdotes ni sur le côté picaresque de ma jeunesse. Je me suis efforcé d'aller aux sensations plus qu'aux faits. Ne pas raconter mais dire. Dégager en quelque sorte le livre secret que je sais en moi et que seule l'écriture me permettra de tirer au jour et de lire. J'espérais ainsi couvrir d'une haleine cette cinquantaine d'années (cinquante-deux exactement) dont je suis fait. Revivre — sans me réveiller par une relecture —, ce demi-siècle en l'espace, disons, de deux ans d'un travail régulier (trois heures le matin, autant le soir). Me voilà arrivé à la deux centième page de ce manuscrit et je ne peux me tenir à ma résolution. Ce tas de feuillets contient déjà environ dix-sept ans d'existence. J'essaie de me souvenir... Qu'y ai-je écrit ? Quel mouvement, quel dessin font sur le papier dix-sept années de vie ? Il me semble n'avoir conscience que d'un chaos. Je feuillette ces pages raturées auxquelles je trouve une beauté d'objet et je suis content et à la fois sceptique. Content d'avoir réussi à sortir *ça* de moi et sceptique cependant quant à la transmission du contenu d'émotion de cette trace.

Jamais depuis que j'écris je n'avais pris le risque de laisser incultes tant de feuilles manuscrites. Ce serait ma seule méthode de travail : rédiger deux ou trois feuillets à la main le matin — de neuf heures à douze heures — que je retape au clair le soir — de sept heures à neuf dix heures. Ce rythme me convenait. Je peux dire que presque tous mes livres sont venus dans cette sorte de bégaiement journalier. La phrase sortie de moi le matin pouvant ou ne pouvant pas être redite le soir, trouvant ou ne trouvant pas une autre forme au second jet, prenant vie ou tombant selon l'importance de ce qu'elle s'efforce de dire. Bien sûr il m'arrive de récrire plusieurs fois certaines pages mais ce dont je parle c'est du jet premier, cette sortie du néant si précaire si balbutiante. Lorsque je peignais, j'enviais l'écrivain, je croyais qu'il pouvait écrire à tout moment, sur un coin de table ou dans l'herbe, aussi bien que dans son cabinet secret. C'est en partie pour me délivrer de la discipline qu'impose la matérialité de la peinture que je me suis réfugié dans la fluidité des mots. Et pour finir, je me suis aperçu que la « mise en condition » de l'écrivain est encore plus tyrannique, je dirais plus maniaque dans son rituel que celle du peintre. Je pensais me sortir de l'embourbement des couleurs sans me rendre compte que je tombais dans des habitudes autrement plus rigides. Aujourd'hui me voilà partagé entre la nécessité de la répétition et l'angoisse de cette répétition : il me faut me mettre à écrire aux mêmes heures, dans les mêmes circonstances, avec l'illusion d'être hors du temps, dans un temps hors du temps des hommes, au centre d'un lieu fixe, immuable, hors d'atteinte (pour cela j'écris sous la lampe allumée dans cette sorte de caverne, ce caveau, ce cocon qu'est devenue la pièce du bas de notre maison ; j'y suis recroquevillé dans un coin, l'épaule touchant la bibliothèque). Pour m'isoler davantage je mets de la musique (je n'oserais pas dire que j'en écoute). Pas n'importe quelle musique. A la longue, après avoir écarté plus ou moins toute musique structurée, j'ai fini par me plonger dans un bain musical où Sibelius tient une des premières places. La deuxième symphonie de Sibelius ou la sixième et la septième. J'aime l'espace particulier de cette deuxième symphonie surtout. Là encore il faut croire que ma moitié russe — j'allais écrire slave — se réveille aux sons liquides de cette musique informe comme la steppe. Ses accents me donnent cette impulsion de *foi* dont j'ai besoin. Oui, *je crois* à ce que je fais pendant que résonnent ces mugissements barbares. Le lyrisme instructuré de Sibelius frappe en moi des cordes secrètes, je sens mon âme remuer, ma plume hésite moins, je suis possédé par un vide immense qui me creuse. Les quatuors de Beethoven — sommet absolu de la musique, pour moi le treizième surtout — je les écoute, ils me transportent mais je ne pourrais en aucun cas écrire une ligne sous leur hypnose. Ils me *parlent* trop. Sibelius lui ne me parle pas, il me noie.

Pendant la vingtaine d'années où j'ai peint, la musique a tenu aussi cette sorte de contrepoint. Depuis, chez Thomson où j'en avais pris l'habitude, j'ai toujours autant que possible cherché à m'isoler par la musique. Les bruits extérieurs me mettent les nerfs en alerte, ils me concernent tous, je ne peux les ignorer. D'un instant à l'autre, il me semble, je vais être brutalement secoué de mon rêve... Cela me vient sans doute de la mauvaise conscience que tout artiste éprouve malgré lui de savoir que la *vérité* reste au seuil de son cabinet secret. S'il s'obstine à créer n'est-ce pas pour substituer à la crudité pleine d'inattendu de la vie une ordonnance, un art, un poli rassurant ? Même les plus violentes créations, si inspirées ou désordonnées qu'elles puissent paraître, proposent un ordre, un style, une maîtrise du chaos. Un Soutine, un Van Gogh ordonnent, Lautréamont ordonne ; en le fixant dans l'image ou le verbe ils contiennent (dans les deux sens) l'effroi ; ils ramènent l'univers à un effroi concevable : celui de l'art. Ils portent sur le désordre universel un jet de lumière, ils cernent, ils mettent en forme. En peignant *Guernica*, Picasso substitue un ordre à la débâcle d'une boucherie ; moi-même en exécutant, au moment de la guerre du Vietnam, une série de toiles exaspérées je substituais à la vérité inimaginable un ordre d'images. Je filtrais le réel, je le rendais acceptable — pour ne pas dire comestible pour l'esprit. Comment l'artiste pourrait-il croire à l'importance de ce qu'il *fait* si cette alchimie — transmutation du sang de la souffrance en art — n'avait sa réelle nécessité pour tous ? Il se retire à l'écart et, en puisant dans ce qui le blesse, il restitue la vie dans un ordre... disons humanisé.

Aujourd'hui j'écris cela sans mauvaise conscience : je connais ma nécessité, je me sais indispensable aux autres — justement dans et par ma solitude, dans et par mon écart. Mais j'avoue avoir longtemps peint et même écrit avec un pénible sentiment de honte. Il me semblait à chaque instant que ma porte allait voler en éclats et que des gens venus du monde réel me soulèveraient par le col et me jetteraient de l'*autre côté* en me demandant des comptes. Que fais-tu là ? Pourquoi peins-tu ? Pourquoi écris-tu ? Allons, suis-nous ! Alors je m'enfermais, je me cachais — que ce soit pour peindre ou plus tard pour écrire — j'avais le sentiment d'accomplir un acte honteux, égoïste, j'étais persuadé que dans une communauté « juste » j'aurais été passible des plus humiliantes sanctions. C'est là où le recours à l'isolation par la musique m'a toujours apporté ce réconfort par cette impression d'éternité dans la répétition à l'infini du même morceau : s'il n'a pas encore été interrompu c'est qu'il ne le sera jamais, etc. Par la suite, autour des cercles de la musique se sont ajoutés les cercles mordorés de notre solitude, puis les cercles de notre vallon, plus loin le cercle des collines, puis les cercles tumultueux du massif entier. Le temps aboli. L'espace aussi dans une certaine mesure...

Lorsque j'étais en pension, je peux dire que j'ai

vraiment souffert de l'impossibilité dans laquelle on nous mettait de nous isoler. Nous vivions nuit et jour *sous le regard* de la communauté. Aucun de mes camarades ne s'en est jamais plaint. (Moi j'en crevais !) Eux semblaient au contraire trouver une jouissance à s'agglutiner. La classe, les jeux, les bagarres, le troc, les corvées, tout se passait en groupe serré. Les surveillants entretenaient ce penchant grégaire en rameutant sans cesse le troupeau. Ainsi lorsqu'ils voulaient sévir il leur suffisait d'isoler le coupable, rien n'était plus craint que l'esseulement. Etre privé de jeu ou même de corvée en commun désespérait les punis. Pour moi c'était l'inverse. Je ressentais une véritable ivresse à être consigné dans une classe vide. Combien de journées délicieuses ai-je passées seul avec un livre ou du papier et des couleurs cependant que les autres allaient en promenade ou jouaient dehors ? Chaque fois que je le pouvais je me cachais dans un recoin de la vaste pension et mon cœur se serrait de joie à l'idée qu'on m'avait peut-être oublié. Il m'arrivait aussi de me sauver dans le bois de Verrières, j'y passais des moments merveilleux à marcher seul parmi les fourrés déserts. Quand plus tard je m'enfuis une première fois de ma pension, tout naturellement j'allai me réfugier dans le bois de Verrières. Bien sûr je fus repris au bout de deux nuits et de deux jours passés sous les éclats de la D.C.A. (nous étions au pire des bombardements alliés). Je garde de cette tentative un grisant souvenir de perdition et en même temps de prise d'identité. Pour la première fois de ma vie j'avais échappé *au regard des autres.* Pour la première fois de ma vie je m'étais senti pleinement moi. On me reprit. Je fus puni. Je n'eus plus qu'une idée : recommencer Quelques mois plus tard je m'enfuyais en direction de Montparnasse. Cette fois on ne me retrouva pas. J'eus enfin une chambre où je pouvais m'enfermer. Enfin seul sans qu'on me sanctionne ! Mais j'ai gardé longtemps de ma désagréable enfance un fond de mauvaise conscience dans la jouissance de ma solitude — fermer une porte (geste que je n'ai accompli qu'à l'âge de quinze ans sans avoir à en demander l'autorisation) me donne encore aujourd'hui le sentiment de braver un vieil interdit.

Aussi que l'on comprenne mes délices ! Combien je goûte pleinement ce bonheur d'être ici, dans cette pièce aux portes closes, mes papiers étalés autour de moi ! Constamment ce plaisir me ramène au présent, j'ai hâte d'en venir à mes années avec Danièle, de dire autrement ce que j'ai tenté d'écrire voilà maintenant plus de douze ans. Mais cette fois, avant de continuer, avant d'aborder notre présent de trente années de vie ensemble, il me faut retrouver de quoi ont été faits les cinq ans — de 1945 à 1950 — qui ont précédé ma rencontre avec elle...

Malgré ma résolution je viens donc de relire et de taper au propre ces deux cents pages. Ce deuxième jet, maintenant nous le relisons ensemble chaque après-midi, Danièle et moi. Nous aimons ces moments de parfaite intimité que nous apportent ces lectures. En hiver nous montons dans la chambre ensoleillée ou bien (le printemps, l'été, l'automne) nous nous étendons dans la véranda ou sur une couverture dans l'herbe et nous faisons une lecture approfondie du manuscrit en travail. En vérité, j'assiste à la lecture de Danièle, elle avance lentement, phrase après phrase, me demandant tantôt un éclaircissement, tantôt me proposant une correction dont la justesse me révèle à quel point elle pénètre dans le secret de mes jeux d'écriture. Ici, j'en profite pour souligner combien depuis que j'écris nous nous sommes — davantage si c'était possible — rapprochés mélangés entre-pénétrés enchevêtrés. Lorsque je peignais, Danièle venait dans l'atelier plutôt en *spectatrice*. Il était rare qu'elle me suggère une modification. Disons que la toile s'ajoutait à notre enveloppe, elle l'acceptait comme une émanation ou si l'on préfère une respiration organique, une fonction vitale dont il n'était pas question de mettre en doute le sens ou la qualité. Les tableaux se signifiaient en *étant,* à la limite leur contenu nous était secondaire. Ils sortaient de moi donc ils valaient pour ça.

Bien sûr, certains répondaient mieux que d'autres à notre idéologie artistique du moment, ils entraient dans l'ordre de nos préférences, ils prenaient place dans notre vie, marquant telle époque, tel moment, se doublant de tel ou tel souvenir.

Par exemple, le jour où Danièle pénétra pour la première fois dans ma petite chambre de la rue du Cirque, je venais de terminer un tableau : *L'Oiseau du Mexique*. J'étais dans le plus triste creux de ma vie, et je venais de peindre la toile la plus claire, la plus sereine. Cette toile Danièle l'aima immédiatement, elle sut y lire ma meilleure part. Depuis, même dans nos moments de misère, elle refusa toujours que je la vende — bien que certains marchands de tableaux nous en aient souvent offert un bon prix. *L'Oiseau du Mexique* est là, sur le mur de gauche dans la pièce où j'écris. Il signifie tant pour nous que l'objet, pareil à un aimant couvert de limaille, ne ressemble plus à ce qu'il est vraiment. Sa charge de *tu te souviens* est plus forte que tout.

L'écriture, au contraire de l'objet, ne s'ajoute pas à notre vie, elle est vie à double titre.

Si j'ai entrepris la rédaction de ces pages c'était pour me donner une nouvelle fois le prétexte de revenir sur notre histoire que je sais unique. En vérité si je n'avais voulu me borner qu'au plaisir j'aurais dû faire commencer ces pages la nuit du 31 décembre 1950... ou quelque temps avant — comme on le verra — lorsque j'entendis parler de Danièle pour la première fois chez Germaine Taillefer et que sur ce qu'on en disait devant moi j'éprouvai un immédiat désir de la connaître...

Quand j'ai écrit *Les Années Lula*, j'y ai pris plaisir et à la fois j'ai été saisi de découragement de n'avoir réussi à transcrire *que ça* de notre vie. Je me suis heurté à l'indicible — mot qui jusque-là m'avait toujours fait sourire. J'aurais dû reprendre sans fin ces pages, ne jamais les publier. Mais ce n'est pas dans ma nature. Le livre trouva ses lecteurs. J'en fus d'autant plus reconnaissant à tous ceux qui y mirent de leur propre imagination ou si l'on préfère transfusèrent dans ces pages leur appétit d'amour et de bonheur. Par la suite, j'y suis revenu par bribes tournant en quelque sorte autour de nous, apportant des « repentirs » d'un livre à l'autre (un peu comme Bonnard qui attendait que le gardien d'un musée où figurait une de ses toiles s'éloigne pour y poser vite une ultime touche dont il avait préparé à l'avance la couleur dans une petite boîte), insistant malgré moi sur tel ou tel événement ou non-événement de notre vie, tiré sans cesse vers ce que je considère comme l'unique réalité dont je suis sûr : *nous.*

L'écriture est une histoire d'amour, comme l'amour elle développe le narcissisme. Existe-t-il un être au monde plus préoccupé de lui-même que l'écrivain ? Quoi qu'il écrive, même s'il s'attache à raconter les autres, c'est encore de lui et uniquement de lui qu'il parle. Au hasard : *Les Souvenirs entomologiques* de Fabre, *Les Confessions* de Rousseau, *Bouvard et Pécuchet, Le Coran, Le Rouge et le Noir,* les deux *Ulysse, Au-dessous du volcan, L'Anti-Dühring* ou *Le Capital,* etc., pas une page, en fin de compte, qui ne dise : Aimez-moi ! Celui qui se retire pour écrire, en ne s'adressant à personne s'adresse à tous.

J'étais également doué pour le dessin et l'écriture. Si la peinture m'a occupé si vite entièrement c'est qu'il est plus facile pour un enfant de *montrer* que de donner à lire. Pour l'enfant doué en dessin la récompense est immédiate, il dessine ou peint au vu de tous, son talent est reconnu et applaudi sur-le-champ. Peut-être que si le hasard m'avait offert une vie familiale plus près de la *normale,* si je m'étais trouvé davantage entouré, protégé, compris, aurais-je directement commencé par écrire. Mais j'ai été plongé trop tôt dans ces petites sociétés impitoyables qu'étaient les pensions au rabais de l'émigration russe. Quel autre moyen pour un enfant incapable d'échanger des coups que de se préserver par l'étalage du plus spectaculaire de ses talents ? J'étais à ma façon un petit magicien. Dès que j'arrivais dans une nouvelle pension, il suffisait que je prenne un morceau de papier et un crayon pour qu'à l'instant s'agglutine autour de moi une cour d'admirateurs : non seulement mes petits camarades mais aussi les surveillants. Mon extraordinaire habileté me donnait immédiatement un statut à part. Je devenais l' « artiste » de la pension. Comment ne me serais-je pas persuadé — à force de l'entendre dire — que j'étais destiné à devenir un grand peintre ? Souvent aussi j'essayais de m'isoler pour écrire mais aussitôt j'avais sur le dos un ou deux indiscrets dont les pattes s'emparaient de mes feuillets... A plusieurs reprises il m'était arrivé de tenir mon journal. Plus tard je tentai aussi de raconter mon enfance mais ma formation de peintre me faisait écrire avec mon œil, je découpais en tableaux, j'entrais dans des observations qui rétrécissaient mon propos et pour finir je me laissais engloutir par la surface des choses comme si tout ce que je voyais je l'aplatissais sous une énorme loupe. Par exemple, si je voulais parler de quelqu'un, au lieu de prendre du recul pour le ramasser dans un seul regard, au contraire, je plongeais sur lui, ma vision semblait tout à coup passer à travers l'œil d'une mouche. J'en arrivais à détailler les pores de son visage au lieu d'en rendre l'expression, je jouais avec les paillettes de son iris au lieu de transmettre le rayonnement du regard. Bref, je m'embourbais dans une sorte d'écriture abstraite (comme ma peinture) qui annulait tout mouvement et toute profondeur. Il me semblait être une sorte d'objectif déréglé. Je ne savais à quel niveau faire ma mise au point. Pourtant je ne doutais pas qu'un jour je trouverais l'angle de vue par lequel observer et transcrire avec des mots ce que j'avais à dire. Vers l'âge de vingt ans j'écrivis aussi une pièce de théâtre (heureusement perdue).

Autour de ma treizième année, je reçus le premier prix d'un concours lancé dans les différents lycées de la vallée de Chevreuse. Le sujet en était : *Maman.* C'était à l'occasion de la fête des mères si chère à Pétain. On imagine ce que je pus écrire. Ma composition fut solennellement lue par le maire de Verrières-le-Buisson dans la salle des mariages de la mairie. Les gens se mouchaient, il y eut des larmes. Des dames me serrèrent contre elles en murmurant : « Pauvre petit », sur le perron de la mairie. J'eus en quelque sorte un échantillon de ce que peut être un succès littéraire. Par la simple vertu des mots je m'étais fait plaindre et aimer. J'avais su toucher, émouvoir à distance — je ne l'oubliai jamais.

A peu près à la même époque on proposa un autre concours aux enfants des écoles de la région de Sceaux. Dullin jouait *L'Avare* au théâtre Sarah-Bernhardt. On devait peindre l'avare tel qu'on se l'imaginait. Le gagnant aurait l'honneur de remettre son œuvre à Charles Dullin, et sa classe entière pourrait se rendre avec lui à une matinée gratuite. Je gagnai là aussi le premier prix. On me fit porter ma peinture au vieil homme, allongé sur un récamier dans sa loge. Il me tapota la joue, déroula ma gouache et me dit en fendant son visage de casse-noisettes : « C'est très bien, ça ! » Comment aurais-je pu me douter que trente-cinq ans plus tard, dans ce même théâtre devenu l'affreux théâtre de la Ville, Maria Casarès interpréterait ma *Mante polaire* dans la superbe et si intelligente mise en scène de Lavelli et que dans l'ancienne loge nue et austère où gisait naguère le grand Dullin se tiendrait douillettement un Mercure ?

Comme on le voit, de mes deux premiers succès je tirai deux récompenses différentes et en somme exemplaires. Mon texte avait ému. Il me rapporta de la compassion et rien de plus. Mon dessin, lui, nous donna droit à cinquante places gratuites au théâtre. Le peintre avait donc obtenu du concret contre son œuvre, l'écrivain des poignées de main et quelques reniflements. Aujourd'hui, entre ces deux récompenses, je choisirais l'émotion mais à treize ou quatorze ans les résultats concrets impressionnent davantage. Je ne songeais alors qu'à une chose : m'enfuir de ma pension et avoir une chambre à moi. Je n'eus en quelque sorte pas le choix : si je voulais obtenir ma liberté et survivre par mes propres moyens, seule la peinture pouvait me le permettre. Ce n'était pas un calcul. Mais mon instinct de survie m'y poussait. Cependant par la suite, je fus un très mauvais marchand. Je pris même en horreur, comme on le verra, d'avoir à vendre mes tableaux — non parce que je les aimais ou y tenais mais simplement par refus de leur donner un prix. Le rapport direct, cru, violent du tableau avec l'argent m'a toujours été odieux. J'essaierai de m'en expliquer plus loin. Tandis que l'écrivain que je suis devenu ne s'est jamais embarrassé d'obtenir une avance sur un manuscrit — et même au contraire.

Il me plaît de savoir qu'un livre se vend au prix d'une place de cinéma. Qu'est-ce qu'un livre ? Une simple enveloppe. En cela il ressemble à notre tête : l'univers s'y loge à l'aise et il n'y paraît pas. A l'inverse du tableau dont le poids, l'encombrement, la fragilité demandent une attention constante. Je peux dire que j'ai cruellement souffert de la matérialité de la peinture. Elle m'alourdissait, elle me donnait le sentiment d'être attaché aux lieux où je peignais, j'enrageais de ne jamais voir mes tableaux assez vite secs, ils rétrécissaient l'espace autour de moi. Par contre rien ne me réjouit plus qu'un manuscrit : il tient peu de place, je peux l'emporter partout. Un livre n'est rien et il contient tout. J'ai quelques « beaux livres » dans ma bibliothèque — j'avoue ne pas leur accorder plus d'importance qu'à des livres de poche. Il y a dans les pages d'un livre, dans le geste de les tourner en les rejetant derrière soi quelque chose de fort, un rapport avec le temps, une illustration du temps irréversible qui m'a toujours séduit.

Claude Daillencourt me racontait dernièrement qu'elle avait vu sur le pont d'un paquebot une jeune Américaine en train de lire un livre de poche. Négligemment accoudée au bastingage, elle jetait dans le sillage du navire l'une après l'autre les pages qu'elle venait de lire et qu'elle arrachait du livre qui ainsi au cours de la traversée avait minci entre ses doigts jusqu'à ne plus être. Claude, qui aime les livres, avait été choquée par ce comportement si dédaigneux envers *l'objet*. C'était pour elle le comble de la barbarie. Personnellement je trouvais au contraire ces façons assez réjouissantes. On s'imprègne d'un texte comme d'un paysage qui passe. En jetant une à une derrière soi les pages d'un livre c'est à mon avis tenir le livre pour ce qu'il est : un moment de fusion dont on sort forcément changé. Vous avez absorbé la pensée d'un autre, elle est en vous à jamais — le reste n'est que pelure. Ne pas conserver un livre, ce serait un peu comme ne pas rapporter de photos d'un voyage. Le voyage vous a transformé par le temps vécu à voyager — comme les êtres vous transforment sans qu'il soit forcément nécessaire de les garder tous auprès de soi. J'aime la mémoire — c'est du présent — par contre les objets de souvenir me laissent froid. Lire un livre en semant les pages derrière soi est un signe de jeunesse éternelle, de liberté, de foi dans la vie, d'humour aussi et de provocation — surtout depuis la poupe d'un paquebot. Emporte-t-on un tableau d'un musée ? Le temps passé à le regarder n'est-il pas, en soi, une charge d'émotion suffisante ? En acheter la reproduction et la suspendre encadrée chez soi n'est-ce pas déjà enlever de la vie à sa mémoire ?

Lyonel Cavalero posait la question à Ionesco à propos du désordre inouï de sa bibliothèque : « Comment faites-vous lorsque vous voulez y retrouver un livre ? — Je descends chez le libraire », avait répondu Ionesco. J'aime ça. Il en est de même avec les tableaux. Ceux qui les collectionnent attachent souvent plus de prix à leur possession qu'à leur contemplation.

C'est ici, après mon premier séjour dans le Midi, que commence ma véritable expérience de peintre (producteur d'objet). Nous avions rapporté un volumineux carton à dessin de ce voyage en Corse et, comme tous les jeunes peintres, nous avions entrepris, Lanzmann et moi, de faire le tour des galeries de la rive gauche pour les proposer à différents marchands. Au bout de quelques jours, il fallut accepter l'échec. Personne ne voulait de nous. C'est à peine si on nous avait laissés aller au-delà du deuxième dessin. Découragés et je crois plus par bravade que sérieusement nous entrons dans une superbe boutique d'antiquaire : *A la Reine Margot,* au coin de la rue Guénégaud et du quai des Grands-Augustins où, à notre stupéfaction, nous sommes accueillis avec enthousiasme par un jeune homme et sa vieille mère (Mme Séverin-Mars, veuve d'un acteur célèbre en d'autres temps). Sur-le-champ ils décident d'exposer nos œuvres. La boutique sera rebaptisée galerie Séverin-Mars. On convient d'une date. On croyait rêver. Nous voilà du jour au lendemain consacrés peintres.

Ici il me faut raconter une démarche bizarre qui nous conduisit, presque malgré nous, rue Vaneau, chez André Gide. Qui en eut l'idée ? Il me semble que le jeune Séverin-Mars nous suggéra naïvement de trouver pour préfacer notre première exposition une personnalité célèbre. Rien que d'y penser j'en rougis ! Le nom d'André Gide fut avancé par sa vieille mère. Au lieu d'en rire nous voilà pris, Lanzmann et moi, dans un engrenage idiot. Nous n'avions pas lu une seule ligne de Gide, c'est à peine si son nom nous disait quelque chose. Je ne sais comment nous en parlons à Jean Cau. L'idée l'amuse. « Allez, on y va ! » nous dit-il et nous voilà partis pour la rue Vaneau. Ce jour-là je traînais au bout d'une ficelle un petit chien trouvé, nous l'emmenons avec nous. C'était l'été, nous étions, Jean Cau, Lanzmann et moi en espadrilles et en manches de chemise : nous avions davantage l'allure de Bohémiens que de jeunes lecteurs amoureux des lettres. Nous montons l'escalier bourgeois et Jean Cau sonne. Un vieil homme nous ouvre immédiatement — c'est André Gide. « Entrez », nous dit-il tout naturellement, comme s'il nous attendait. Au fond du couloir de l'appartement nous entrevoyons une vieille femme aux cheveux blancs ; Gide nous quitte un instant la bouscule et la boucle dans une chambre. Il revient auprès de nous et nous fait pénétrer dans un petit bureau sombre, encombré de livres et de tableaux. « Vous êtes les premiers jeunes à venir me voir depuis la guerre, nous dit-il avec émotion. Je suis un écrivain oublié. » Jean Cau parle pour nous, il a du bagou, il dit que nous sommes, tous les trois, de grands admirateurs de son œuvre. Sans que Gide le voie, il nous cligne de l'œil. Gide boit ses paroles. Cau lui explique enfin pourquoi nous sommes venus le voir. Au même moment le petit chien pisse sous lui. Gide court chercher une serpillière et, toujours souriant, affable, amusé s'agenouille et éponge le sol. Bref, nous sortons de cette visite les bras chargés de livres dédicacés et avec la promesse que dès le lendemain Gide irait voir nos tableaux à la galerie. Il vint en effet. La vieille Séverin-Mars et son fils le reçurent. Nous n'eûmes pas le courage de paraître. Je suppose qu'il ne fut pas particulièrement emballé par nos tableaux car pour tout texte de présentation les Séverin-Mars ne trouvèrent rien de mieux que de reproduire en fac-similé sur la carte d'invitation quelque chose comme : « A Jacques Lanzmann, à Serge Rezvani, avec l'attentive sympathie d'André Gide. » J'y repense avec un petit pincement de honte... et envie de rire. Comment avons-nous pu accepter une chose pareille ? Notre seule excuse serait notre naïveté. De son côté la vieille Séverin-Mars pensait que deux jeunes peintres devaient attirer l'attention coûte que coûte. Il y avait là un relent de XIXe siècle. Gide trouva la carte tout à fait « épatante ».

A partir de notre retour de Corse, Dmitrienko s'en alla de son côté ; il se maria avec Liliane (la jeune femme de Villefranche) et ils eurent une fille — Ludmila (Mikaël). Sous l'influence de Conrad Kikeert sa peinture changea complètement, il se mit à peindre des toiles à l'exemple du vieux maître qu'il s'était choisi. Lanzmann et moi, de notre côté, nous cherchions des voies très différentes. Lui, peignait des marines dans des bleus lumineux et légers. Quant à moi, je m'étais mis à graver dans du bois des scènes assez byzantines rehaussées de couleur.

Nous logions maintenant à Meudon dans un étrange

pavillon surélevé par une tour médiévale et entouré d'un jardin à l'abandon. On pensait à ces maisons hantées dans lesquelles Mickey Mouse s'égarait avec Dingo dans les tout premiers albums de Walt Disney. La nuit, le lugubre pavillon retentissait des cris d'Emilie, la fille de la propriétaire, qui vivait cloîtrée par la folie dans une des chambres du haut depuis quelques années. Elle devait avoir dix-huit ans. Nous la surprenions dans l'escalier errant à demi nue, mal lavée, le visage barbouillé de morve et de saletés. A part son air égaré elle avait un beau visage et un beau corps qu'elle aimait montrer. Elle tentait de nous attirer dans sa chambre où elle s'affalait devant un piano qu'elle malmenait à coups de poing. Sa mère (veuve d'un général) la laissait absolument libre de faire ce qui lui plaisait. Elle nous signifia même adroitement qu'elle ne trouverait pas déplacé de nous voir l'un ou l'autre — ou les deux — « calmer » sa fille. Mais, bien que soumis aux difficultés de l'époque et toujours l'un comme l'autre en continuelle quête sexuelle, nous n'eûmes jamais le cœur de nous glisser dans le lit-bauge de la malheureuse folle. De tous ceux qui venaient nous voir dans le pavillon de Meudon, un seul eut le cran de coucher avec Emilie. C'était Gabriel Pommeran. Lanzmann l'avait ramassé au *Dupont Latin,* il se disait poète et survivait aux crochets de ceux auxquels il ne répugnait pas trop. Comment aurait-il vu la saleté d'Emilie, lui qui était au moins aussi repoussant qu'elle ? Emilie passa son museau barbouillé par la porte de sa chambre et voyant Pommeran lui fit signe d'entrer. Il ne se dégonfla pas et à notre stupéfaction ils firent aussitôt l'amour à grand bruit. Pommeran s'incrusta au-dessus de nous pendant quelque temps puis disparut comme il était venu. Par la suite nous l'avons retrouvé associé à Isidore Izou : ils venaient de fonder tous les deux le mouvement lettriste. La dernière fois que je le rencontrai ce fut chez Isaïe. Il s'était ventousé chez lui aux environs de Paris. Il ne ressemblait plus au jeune poète crasseux que j'avais connu plus de trente ans auparavant. Il avait l'air d'une vieille petite souris triste. Il se droguait abondamment et faisait la navette entre Paris et la Thaïlande. Il se drapait dans une robe de chambre en soie d'Orient et ses mains que j'avais connues si mal soignées étaient maintenant chargées de bagues voyantes.

Nous n'évoquâmes pas le pavillon de Meudon et encore moins Emilie la folle. Il me fit pitié. Je ne fus pas surpris de lire quelque temps après dans *Le Monde* qu'il s'était suicidé dans sa chambre au-dessus du *Flore*.

Ce pavillon hanté de Meudon était orné sur le côté d'une tour à créneaux à laquelle on accédait par un escalier en vrille. Nous y passions notre temps, en été, à prendre des bains de soleil avec des filles dont la plupart étaient modèles à la Grande Chaumière. Maintenant nos liens avec elles étaient moins fraternels et il arrivait que certaines s'attardent chez nous quelques jours. Nous lisions à haute voix *Le Bateau ivre* ou *Les Chants de Maldoror* cependant que dans sa chambre Emilie tapait en beuglant sur son piano ou se roulait sur son lit-bauge.

Enfin vint le jour du vernissage de notre exposition. Une petite foule mondaine s'était déplacée pour nous, nous en étions stupéfaits. Bien sûr il y avait là les Boully et certains de leurs amis surréalistes. Il y avait aussi mes parents et je fus ému lorsque Mam m'embrassa devant mes toiles avec une effusion dont je ne l'aurais pas crue capable. « Tu sais, ce n'est pas si mal que ça », m'avait-elle dit avec son joli accent mouillé. Même Nahidé, amaigrie, fiévreuse, avait fait l'immense effort de traverser Paris. Elle aussi semblait fière de moi. Elle me pressa contre elle : « Tu sais, Serioja, que c'est pas mal du tout ? » Mon grand-père s'était contenté de lancer avec son accent que j'étais le seul à décrypter : « C'est pas dégueulasse. » Mon père allait des uns aux autres ; à plusieurs reprises je l'entendis baragouiner devant mes toiles : « C'est fils à moi », cependant qu'entre ses doigts volaient inlassablement des cartes. Mais je dois dire que ce soir-là je n'étais occupé que de Sylvie. Elle était entrée — nous ne nous étions pas revus depuis des mois — ou disons plutôt : elle avait fait son entrée.

Parfumée, élégante, avec sa voix *placée* et son rire de gorge — qui avait fait dire à la vieille Séverin-Mars qu'elle avait un « splendide organe » (expression qui m'enchanta) — elle vint vers moi avec l'aisance de ces belles comédiennes que l'on trouve dans les biographies des grands hommes. Ses cheveux blonds étaient ramenés sous un petit chapeau brouillé d'une voilette qui lui revenait à mi-visage. La situation était romanesque... et je fêtais tout juste mes dix-huit ans ! Que souhaiter de plus ? N'avais-je pas *réussi ?*

Un à un les gens s'en allèrent. Les lumières s'éteignirent. La grille de la galerie fut baissée. J'embrassai mes parents. Les Boully disparurent et Sylvie s'échappa en taxi sans que j'ose l'accompagner. Je restai, avec Lanzmann, sur le trottoir, dégrisé. Nous avions faim et pas un sou. Il nous semblait nous réveiller d'un rêve. Le vernissage n'avait pas existé, ce n'était pas pour nous que tous ces gens s'étaient déplacés. Pourtant c'était bien nos toiles que nous devinions derrière la vitrine. Il était tard, nous avions raté le train pour Meudon. Nous ramassâmes quelques mégots sur le trottoir devant la galerie et, le ventre vide, nous allâmes dormir en face sur un banc de l'île du Vert-Galant. Voilà quelle fut notre entrée dans le monde. Par la suite, chaque fois qu'il m'est arrivé d'exposer, j'ai retrouvé cette même impression d'abandon, d'horrible solitude après les vernissages. L'île du Vert-Galant grouillait de rats et c'est à peine si nous pûmes dormir quelques demi-heures durant cette première nuit qui suivit notre « consécration ». A l'aube nous avions traversé le quai et collé nos fronts contre la vitrine de *La Reine Margot.* Nos toiles et nos dessins étaient toujours bien là, encadrés de baguettes dorées. Nos noms imprimés s'étalaient sur une affiche accrochée à la porte, nous étions incontestablement devenus des peintres. L'exposition dura un mois. Pas une toile, pas un dessin ne fut vendu. Pour se dédommager, les Séverin-Mars nous firent signer un contrat (le seul et dernier que je signai de ma vie) par lequel ils devenaient propriétaires de l'ensemble des œuvres qu'ils exposaient.

Je dis que nous n'avions pas vendu une seule toile lors de cette première exposition. J'en ai honte, j'oubliais une des seules « ventes » que je n'ai pas le droit d'oublier. Rares sont les gestes de cette sorte — rare fut aussi mon ingratitude. Ceux qui ont connu le Montparnasse de cette époque doivent se souvenir de ce petit restaurant auvergnat blotti comme un insignifiant parasite sur le flanc du *Dôme*. Son nom à lui seul en disait long sur le caractère de ses propriétaires. *A la Soupe Merveilleuse*, cette promesse résonnait sur le boulevard Montparnasse avec la naïve bonté d'une féerie rurale. Chaque fois que j'entrais dans cette sorte de couloir encombré par deux rangées de petites tables, je pensais à ces cuisines souterraines des légendes où s'affairait une joyeuse famille de lutins forestiers. A gauche de la porte, derrière un bar étroit, se tenait le père Alleaux, majestueux avec sa splendide barbe blanche qui lui tombait jusqu'à la ceinture. Il vous accueillait d'un salut cérémonieux et de sa main large et bonne vous invitait à prendre place. C'était Dieu en personne ou Merlin l'enchanteur qui présidait à la cérémonie de la nutrition, juché sur un haut tabouret entre le percolateur et l'étagère aux apéros. A l'autre bout de ce couloir toujours plein d'habitués, s'ouvrait l'antre de Mme Alleaux : la cuisine où à la lueur du fourneau à charbon s'agitait le reste de la famille. Je me souviens de plusieurs jeunes garçons de différents âges et d'une petite fille joufflue aux longs cheveux blonds qui sans cesse couraient de la cuisine aux tables. Très vite je devins un des habitués de *La Soupe Merveilleuse* et chaque fois que j'avais quelques sous, j'y venais manger une, deux, trois et même parfois quatre soupes l'une après l'autre. Le vieux père Alleaux m'avait pris en sympathie, je suppose qu'il était lui-même passé par la même pauvreté lorsque jeune Auvergnat il avait débarqué à Paris après la guerre de 14.

Le nom de son petit restaurant témoignait éloquemment de cette époque ancienne où la soupe ne pouvait qu'être merveilleuse — puisqu'elle tenait lieu de repas complet. Ma pauvreté — pour ne pas dire mon extrême misère — m'obligeait à ne jamais dépasser la soupe et de n'avancer dans les repas — lorsque j'en prenais — que soupe par soupe. Le vieil Alleaux hochait gravement la tête chaque fois que je commandais une nouvelle soupe, et ses enfants accouraient aussitôt portant à bout de bras une assiette fumante accompagnée d'un morceau de pain gratuit. La famille entière m'avait pris en affection et il n'était pas rare que Mme Alleaux glisse sous les légumes de ma ration un morceau de viande bouillie presque aussi grand que la main. Il arrivait aussi qu'en plus de la soupe, une assiette de daube vienne comme d'elle-même se poser devant moi. Etonné, je levais la tête, sur le point de dire que je n'avais pas commandé ce plat trop cher mais le père Alleaux, du haut de son ciel, me faisait signe de me taire et de manger.

De nombreux peintres venaient là, des écrivains, des poètes fauchés, *La Soupe Merveilleuse* avait plus d'attrait pour eux que *La Coupole* (vide à l'époque) ou les autres restaurants du quartier. La pénurie provoque les lieux chaleureux, chaque quartier de Paris a eu les siens et il est *juste* qu'aujourd'hui il en reste assez peu.

Et voilà que le lendemain du vernissage arrive chez Séverin-Mars le patriarche, sa femme et ses enfants joufflus. Ils font le tour de l'exposition, chuchotent entre eux devant chaque tableau, hésitent longuement et finalement me proposent contre deux toiles, de m'ouvrir un compte chez eux.

A partir de ce jour je tins pour ainsi dire table ouverte dans la grotte merveilleuse du patriarche Alleaux. Les petits lutins me servaient ainsi que ceux que j'invitais à partager mes repas. Le compte s'étira environ sur un an. Je soupçonne le père Alleaux de l'avoir fait durer bien au-delà de sa limite. Puis, par la suite, lorsqu'il fut arrêté, je continuai cependant à manger sans payer avec Lanzmann et Mason. Je ne sais à combien monta ma dette. Jamais le père Alleaux ne me présenta la note Ne pouvant le payer et n'ayant pas le courage de le lui dire, je commençai à espacer mes visites, puis je n'osai même plus passer sur le trottoir devant le petit restaurant. J'accomplissais des détours compliqués pour aller du carrefour Vavin à *La Coupole* par exemple, rasant les murs ou me courbant dans l'ombre si je ne pouvais éviter les trois pas qu'éclairait la minuscule vitrine. Je devinais à travers la buée la belle tête blanche du vieil homme et je rougissais de ma lâcheté. Plusieurs fois par la suite, je me trouvais attablé au *Dôme* ou à la terrasse de *La Coupole* et je voyais en rougissant un des enfants Alleaux s'avancer timidement jusqu'à moi pour me dire que leur vieux père était toujours là et que ma visite lui ferait sûrement plaisir. Je promettais de venir tout à l'heure et je m'enfuyais honteusement. Je ne *pouvais plus* faire le pas. Une dernière fois, j'étais avec Danièle, un des fils Alleaux me rencontrant au carrefour Vavin m'invita avec insistance à revenir. Comme d'habitude je promis — et bien sûr je ne le fis pas. Aujourd'hui *La Soupe Merveilleuse* a disparu. *Le Dôme* l'a absorbé et le père Alleaux ainsi que sa femme sont morts depuis bien des années.

C'est à *La Soupe Merveilleuse* que je fis la connaissance de Raymond Mason. Il devint un de mes meilleurs amis et tint dans mon évolution une place importante. Il est aujourd'hui un des rares — si ce n'est le seul — de ceux que j'ai connus au lendemain de la guerre avec lequel j'ai gardé des liens profonds. C'est un des très grands sculpteurs de notre génération. Malheureusement son œuvre infiniment trop originale, trop hors de la compréhension commune est reléguée dans les coffres-forts des meilleures galeries — et se trouve ainsi coupée du monde et répartie entre quelques grands collectionneurs. A l'époque, Mason venait tout juste de débarquer d'Angleterre. Chaque jour il nous voyait entrer, Lanzmann et moi, à *La Soupe Merveilleuse*. Je ne sais comment, et surtout en quelle langue il nous adressa la parole — il ne parlait pas un mot de français — mais il nous fut immédiatement sympathique. Nous l'invitâmes à notre table. Mason avait de l'humour — nous-mêmes n'en manquions pas — et très vite le rire alimenta notre amitié qui ne fit que s'approfondir à mesure que notre nouvel ami élargissait avec nous son bagage de mots français. Aujourd'hui encore, bien que vivant maintenant en France depuis trente-cinq ans, il n'a pas perdu son merveilleux accent qu'il orne toujours d'expressions argotiques comme on ajouterait des petits piments rouges à une sauce insuffisamment relevée.

A peine avions-nous fait sa connaissance que nous traînions Mason à notre exposition. Il aima nos tableaux, cependant il fit quelques réserves sur le sens général de notre travail, regrettant notre manque de connaissance des grands courants de la peinture moderne. Il nous parla avec enthousiasme de Paul Klee, alors totalement inconnu en France, de Picasso, de Kandinsky, de Brancusi, de Juan Gris, de Mondrian, du jeune Miró, du jeune Giacometti...

Il nous montra dans sa petite chambre de l'île Saint-Louis quelques tableaux peints au Ripolin dans une manière assez post-cubiste. Malgré la froideur apparente de sa technique, l'ensemble donnait une impression de truculence, je dirais populaire, qui annonçait déjà les grouillantes compositions du Mason d'aujourd'hui. De quelles onomatopées pouvait bien être accompagné ce premier étalage de tableaux dans la petite chambre de la rue Budé ! Connaissant Mason je pense qu'il dut beaucoup souffrir de ne pouvoir librement commenter sa peinture. De tous les artistes que j'ai connus il est sans doute le plus doué pour appuyer par le verbe le dévoilement de son œuvre ; il doit montrer, désigner telle ligne, telle ombre, il faut que l'on comprenne qu'une intense logique en articule jusqu'au plus petit détail. Cet accompagnement de la parole fait partie chez lui de la texture même de l'œuvre. Sans sa présence physique, sans sa voix où siffle toujours un peu d'asthme, sans son index aux plis blanchis par le plâtre, sans son corps entier qui souligne, indique, force l'attention, vous perdez la belle part théâtrale de ses constructions polychromes.

Immédiatement Mason nous provoqua. Du jour au lendemain notre peinture se ramassa sur des idées neuves, nous eûmes de nouveaux maîtres tels Picasso, Klee, William Blake, d'autres buts aussi, et surtout le besoin d'inventer une nouvelle esthétique. Malheureusement (je peux le dire aujourd'hui avec le recul) peu à peu, sous son influence, nos toiles glisseront vers l' « abstraction », et nous nous retrouverons tous très vite enfermés dans les règles étroites du tableau à deux dimensions, bref, nous nous enfoncerons dans ce cul-de-sac que l'on nommera l'école de Paris. Comme on le verra, Lanzmann s'en évada très tôt par l'écriture. Pour ma part la mutation fut plus dure et plus longue. Mais pour finir seuls les mots m'ont permis à mon tour de briser le silence des formes dans lequel je m'étais enlisé pendant plus de quinze ans. Quant à Mason il réussira à *se trouver* (grâce à une étroite amitié avec Giacometti et Balthus) par un retour à ses sources populaires. Il deviendra lui aussi en quelque sorte un « littéraire » : toutes ses sculptures *racontent* des histoires ; on y rencontre des sourires, des larmes, de la douleur, des cris muets. Ses foules se rassemblent ou s'éparpillent dans le présent de l'Histoire. Du sang bat dans les veines de ses figures peintes et parfois leur regard est insoutenable.

Mais avant de quitter *La Soupe Merveilleuse* j'aimerais revenir sur un petit souvenir que je trouve amusant et révélateur. Comme je l'ai dit, après m'être sauvé de pension, je me lançai dans la vie de peintre avec un enthousiasme naïf. Bien sûr, je voulais peindre des tableaux mais avant tout je souhaitais vivre en peintre et vivre en peintre n'était-ce pas la liberté de me délecter d'une misère choisie, voulue, désirée ? Aussi lorsque j'avais le ventre creux en tirais-je gloire et orgueil comme si avoir faim ou froid, ou être seul et malheureux était en quelque sorte la garantie de mon authenticité Je vivais cela avec un mélange d'enthousiasme, d'abattement et d'ostentation. Par exemple, lorsque je commandais plusieurs soupes d'affilée chez les Alleaux, alors que les autres clients mangeaient *normalement*, j'y étais poussé bien sûr par le manque d'argent et par la faim mais aussi je l'avoue par le plaisir orgueilleux d'être le plus fauché, le plus pauvre de tous, le plus déshérité des déshérités. Voyez, avais-je l'air de dire, on ne peut être plus heureux que moi d'être malheureux. Il devait y avoir là quelque chose d'irritant car un jour deux peintres de mon âge — Rebeyrolle et Gallard — me dirent à brûle-pourpoint qu'ils n'aimaient pas ma façon de ne commander que des soupes. Sur le moment je fus étonné mais à la réflexion aujourd'hui je les comprends. C'est sûrement un trait de caractère agaçant : quoi qu'il m'arrive j'en tire orgueil et m'en drape. Suis-je malheureux ? Mon malheur je le vivrai comme unique puisqu'il est le *mien*. Suis-je heureux ? Je ne le dirai jamais assez et ne cesserai de m'en étonner. Quoi que je touche, quoi qu'il m'arrive je m'en félicite comme d'un événement. De toutes mes forces je me suis toujours acharné à me prouver que j'existe. Plus on me niait durant mon enfance, plus on me réduisait à n'être qu'un objet que l'on déplace à sa fantaisie, plus je me suis efforcé de me donner de la valeur au-devant de moi-même. Ce pli de caractère m'est resté. Et encore aujourd'hui je vois par où j'irrite.

Pendant la guerre, et juste après, lorsque Montparnasse était à l'abandon et que seuls quelques artistes rescapés hantaient les grands cafés déserts, nous nous étonnions de ce que nous racontaient les garçons du *Dôme* ou de *La Coupole* à propos d'*avant*. Nous ne pouvions croire que ces salles lugubres avaient retenti des conversations croisées d'une foule d'étrangers venus ici pour vivre l'art et se régénérer. Maintenant il ne restait plus que les Adamov, Dominguez, Giacometti, Zadkine, ils passaient d'un café à l'autre ; ils étaient les derniers témoins de cette histoire récente que l'invasion allemande avait en quelque sorte décapitée.

Lorsque Mason nous interpella, nous l'accueillîmes avec d'autant plus de joie qu'il nous apparut comme l'éclaireur d'une époque nouvelle. Son accent anglais effaçait en quelque sorte les années mortes de la guerre, il était le premier à revenir pour nous relier par sa présence avec ce passé dont les traces n'avaient pas été complètement écrasées par le talon de fer. De son côté, Mason débarquait avec la foi et l'allant du pèlerin. Pour lui, Paris signifiait ; il s'y retrouvait chez lui sur le territoire de son imagination et de ses lectures. D'Oscar Wilde à Hemingway en passant par Henry Miller, il *savait* le Paris d'avant, à travers eux. S'il était là, lui Raymond Mason, c'était pour perpétuer l'histoire de ces grands étrangers qui ont fait Paris. A peine débarqué en France, il s'était donc mis à l'ouvrage avec une ambition et un acharnement que l'on ne voit en général que dans les livres. Mais il ne savait pas qu'il apportait avec lui ce qu'il venait chercher et que c'est lui qui nous régénérait par sa fougue, sa foi dans l'art, son amour pour la littérature et la peinture françaises qu'il connaissait mieux que nous. Sans en comprendre un seul mot, en les déchiffrant laborieusement à l'aide d'un dictionnaire, il scandait à haute voix *Les Chants de Maldoror*. Malgré son accent incompréhensible, à tout propos il citait cette phrase de Lautréamont : « Le canard du doute aux lèvres de vermouth. » La musique et les images de cette association de mots l'enchantaient.

Il arrivait des brumes écossaises en compagnie d'un couple assez remarquable : Mimi et Sphen Blomberg. Blomberg était le meilleur ami de Mason. Je crois qu'ils s'étaient connus très jeunes et que leurs goûts identiques pour l'art moderne les avaient maintenus en amitié. Blomberg rencontra Mimi Foght et l'épousa. De ce jour commença entre Mimi et Raymond une lutte verbale que seuls les trois intéressés ne percevaient pas comme l'éclatante manifestation d'obscurs remous passionnels Mimi semblait sortir d'un roman de Fitzgerald, elle ne passait pas inaperçue non seulement par sa beauté mais par l'incessant remuement qu'elle soulevait autour d'elle. Chaque fois que je la voyais je pensais au Bonaparte du pont d'Arcole, sauf qu'elle était grande, blonde, et que ses yeux passaient du vert au bleu jusqu'à parfois paraître noirs. Il émanait d'elle quelque chose de masculin, d'extrêmement décidé. On se disait que ce n'était pas pour rien qu'elle aimait à s'habiller en amazone : veste de chasse, robe de drap sec et craquant... j'allais ajouter bottes à éperons et cravache.. C'est elle qui menait le trio à grands coups de décisions et de caprices. La constante hostilité qui couvait entre Mimi et Raymond, les dressant à tout moment furieusement l'un contre l'autre, était arbitrée du haut de sa transparente maigreur par Sphen Blomberg. On se demandait ce qu'il faisait encore là entre sa femme et son meilleur ami.

Depuis la soirée de notre vernissage, j'avais revu Sylvie assez souvent. Elle me plaisait et m'attirait par sa santé blonde et ce quelque chose de bourgeois qui émanait d'elle. A côté des filles de la Grande Chaumière que nous emmenions coucher à Meudon, elle me semblait d'une autre essence ; je la trouvais très femme et il ne me déplaisait pas de la sentir installée socialement. Elle gagnait de l'argent en jouant la comédie, elle avait un appartement, un vrai appartement, elle s'habillait « à la mode » et allait chez le coiffeur, bref, elle faisait partie de ce monde intouchable, dont il me semblait être à jamais exclu. De plus j'étais encore imprégné de cette sorte d'intimité que j'avais ressentie auprès d'elle dans sa loge. Le corset, le vertugadin étaient là, toujours entre nous, même lorsqu'elle était vêtue d'un tailleur. De son côté je l'attendrissais et elle me le disait. Mes longs cheveux bouclés sur le cou, mes vêtements dépareillés, mes yeux fiévreux, ma maigreur de jeune Gitan, ma façon de parler de la peinture avec passion, l'assuraient de mon génie. Ça aussi elle me le disait. Lorsqu'il nous arrivait de sortir ensemble dans la rue, mon laisser-aller vestimentaire choquait à côté de sa coquetterie. A l'époque il était inadmissible de s'habiller comme je l'étais — mes habits de surplus de l'armée américaine tombaient en loques et j'affichais avec orgueil ma pauvreté. Plus les gens étaient misérables, plus ils mettaient alors de « dignité » dans leur tenue. Et la « dignité » c'était la cravate et le costume croisé. Cet uniforme unifiait les hommes au rang de pions sociaux. Ne pas porter le « costume », aussi miteux soit-il, était en ces temps d'après-guerre une insulte. C'est par le mépris du vêtement convenu, il ne faut pas l'oublier, que Saint-Germain-des-Prés s'est fait connaître mondialement à l'époque. Après la pénurie, la société française avait soif de respectabilité. Seuls quelques jeunes refusèrent d'entrer dans ce nouvel ordre bourgeois et ses attributs. Ils ne portaient ni costume ni cravate et se chaussaient d'espadrilles ou de ces sortes de brodequins de l'armée américaine compliqués de demi-guêtres de cuir dont les boucles sonnaient à chaque pas. J'étais loin, bien sûr, de ressembler aux jeunes comédiens dont Sylvie était entourée. Je représentais un monde autre et cela lui plaisait aussi je suppose. Malheureusement cette distance « sociale » en créait dans mon esprit une réelle quasiment infranchissable. Et, bien que Sylvie ne cessât d'avoir avec moi de troublantes familiarités, je n'osais, je ne pouvais agir avec elle comme avec les « autres ». Il me semblait qu'une surface glacée s'interposait entre son image et mon désir. Elle me paraissait inaccessible et c'est de cette distance que je nourrissais mon plaisir de la voir. « Alors, tu l'as enfin baisée ? » me demandait Lanzmann lorsque je revenais d'un rendez-vous. Je ne répondais pas. Comment aurait-il pu comprendre ?

Un jour il fut convenu que Sylvie viendrait passer la journée dans le pavillon de Meudon. Cette fois, m'étais-je dit, j'oserai... Elle insista pour apporter le pique-nique et il avait été entendu qu'après le déjeuner Lanzmann nous laisserait seuls dans le vaste grenier-atelier. Je devais faire le portrait de Sylvie — c'était le prétexte qu'elle et moi avions trouvé pour qu'elle se déplace jusqu'à Meudon. Je vais la chercher à la gare Je suis dans la joie, cette fois nous allons nous retrouver tous les deux dans mon atelier. Le fait qu'elle ait souhaité venir jusqu'ici sous-entend qu'elle-même attend autre chose de nos relations. Elle avait apporté un lourd panier plein de provisions. Une nappe brodée. des serviettes, des verres, des assiettes et des couverts en argent accompagnaient ce repas qu'elle avait traîné à bout de bras dans le métro puis par le train. J'étais touché qu'elle se soit donné tant de mal pour cette visite. A vrai dire j'étais partagé entre un léger agacement de la découvrir encore plus bourgeoise que je ne la croyais et l'attendrissement de voir avec quelle naïve gentillesse elle avait souhaité faire de ce repas un moment parfait. Rien ne manquait à ce déjeuner surgi comme par magie au milieu du désordre et de la saleté de notre atelier. Lanzmann me faisait des clins d'œil, elle est à toi semblait-il dire et, sur un dernier verre de vin, il nous laissa.

Nous nous retrouvons un peu embarrassés d'être seuls. Mais au lieu de nous rapprocher comme il était évident que nous le souhaitions l'un et l'autre, je fis exactement le contraire. Je posai une toile sur mon chevalet et, furieux contre moi-même, je commençai à presser des tubes sur ma palette. Sylvie s'était allongée à demi sur mon lit et ses cheveux s'étaient déroulés sur son épaule. Je n'avais qu'un geste à faire et j'étais dans ses bras mais une incroyable paralysie me rivait à ma toile. Je ne pouvais pas aller vers elle, je m'étais condamné à la peindre. Ce que je fis. Il faisait chaud, nous étions en été. A plusieurs reprises elle sembla s'assoupir mais moi je peignais, exaspéré, prisonnier de la peinture. Chaque coup de brosse épaisissait entre nous l'absurdité de cette situation.

L'après-midi passa ainsi. Je me détestais de mon inertie. Lanzmann revint vers le soir. Trouvant Sylvie étendue sur mon lit, les cheveux défaits, il ne douta pas cette fois de mon succès et à mots à peine couverts nous en félicita. Enfin, nous rangeâmes nappe couverts vaisselle dans le panier et, agacé, je reconduisis Sylvie jusqu'à la gare. En chemin je redevins moi-même, je la fis rire, et de nouveau nous fûmes en confiance. Elle me proposa de l'accompagner chez elle où nous pourrions pour achever agréablement la journée pique-niquer une seconde fois.

Nous pénétrons dans son appartement, elle m'installe sur un canapé et m'apporte un livre sur la peinture italienne. « Je vais prendre un bain », me dit-elle, et elle disparaît. Voilà qu'encore une fois la peinture se met en travers de mes projets. Je feuillette les pages remplies de reproductions cependant que derrière la porte j'entends des bruits d'eau et de tissus. Je n'avais que deux pas à faire pour entrer mais je reste là, rivé sur le canapé à tourner bêtement des pages peuplées de fantômes peints. Enfin elle me rejoint, le corps libre sous une légère robe de chambre. Elle dispose sur une table basse un repas froid et s'assied près de moi sur le canapé. Sa hanche est contre la mienne, je vois ses jambes nues dans l'écart de la robe de chambre... je n'aurais qu'un mouvement à faire... mais une angoisse plus forte que mes certitudes m'empoigne à la gorge : et si elle te repousse ?

Pourtant tout en elle m'encourage, sa voix, sa douceur, ses attentions... Mais plus elle se fait encourageante plus je me raidis et prends de la distance. C'est à peine si je peux parler, j'ai le sentiment qu'un souffle, qu'un geste mal venu va tout dissoudre. Nous mangeons peu, l'un comme l'autre mal à l'aise — ou plutôt mon malaise s'est abattu sur nous... et, aussi fou et absurde que cela puisse paraître, nous n'allons pas au-delà. Il sera plus de minuit lorsque nous nous quitterons. Je rentrai à pied à Meudon, marchant une grande partie de la nuit, en proie à une de mes pires colères froides. Je me détestais, je détestais cette peur que je porte en moi depuis l'aube de ma vie et que les circonstances n'avaient fait que développer en m'arrachant immanquablement aux êtres au moment exact où je commençais à me sentir en confiance. Cette sanction de l'arrachement dont le couperet était tombé et retombé si régulièrement m'avait en quelque sorte mutilé sentimentalement. Il me paraissait fatal de perdre l'être auquel j'étais sur le point de m'attacher. Le moindre geste risquait de rompre le charme. Lorsque je fis la connaissance de Danièle ce fut mon unique et terrifiante certitude : tu vas la perdre, elle va s'en aller... Je pense qu'il a fallu le miracle d'une coïncidence très intense, pour que la fusion se fasse instantanément entre nous, hors de toute réflexion, hors de la portée des malédictions qui jusque-là avaient si fort pesé sur moi. J'espère que je réussirai à mieux dire tout cela le moment venu. Pour l'instant j'essaie de faire comprendre jusqu'où j'étais blessé. J'espérais dans l'amour, l'amour me semblait même une des seules certitudes et cependant je me croyais marqué du signe qui exclut. J'avais jusqu'à présent toutes les raisons de le penser. Aimer, même m'attacher me faisait trembler.

Plutôt que de tomber dans l'anecdote je voudrais capter les grands mouvements de ma vie ; découvrir, en me faisant précéder par l'écriture, qui je suis vraiment et de quoi je suis fait. Il n'est bien sûr pas question pour moi de dresser ma *lista* — d'ailleurs elle serait remarquablement courte car là n'a pas été mon but et je n'ai jamais éprouvé le besoin d'être un séducteur. Je peux dire que jusqu'à ma rencontre avec Danièle en 1950 je cherchais auprès des femmes ce qu'en la rencontrant je m'émerveille encore d'avoir trouvé. J'attendais, j'étais en attente, je *croyais*, oui, j'avais la *foi*. J'ai vécu avec elle ce choc électrique qui vous fait penser « c'est elle », et l'instant d'après « mais elle ne sera jamais à toi ». J'ai vécu avec elle ce choc et cet immédiat abattement. cette hantise de perdre aussitôt celle qui m'était apparue comme irremplaçable. Et puis il y a eu le toucher de sa main qui à l'instant avait trouvé sa place exacte en se mêlant à la mienne. Ce n'est pas une métaphore car nous avons vraiment connu ce premier contact, ces retrouvailles de la peau, cet abandon des nerfs, cette certitude d'avoir enfin rencontré l'être avec lequel tout est désormais possible. Que ceux qui ont connu cela soient ici mes complices ! Si j'éprouve l'envie de retrouver ma trace dans ma mémoire c'est autant par désir de complicité avec vous mes lecteurs que par réel besoin. Tout prétexte à écrire m'est bon. Celui-là plus que tout autre. Et puis je ressens aussi un tel plaisir à faire vivre sur le papier les êtres au contact desquels je me suis fait.

(Hier, au moment de nous mettre à table je reçois un coup de téléphone de Raymond Mason. Il est à Ménerbes et souhaiterait nous voir. Voilà bien un an que je n'avais plus eu de ses nouvelles. « C'est à croire à la transmission de pensée, lui dis-je, sais-tu mon vieux que depuis quelques jours j'écris sur toi ? Mes feuilles sont pleines de Mason Mason Mason... — Comment ça ? » Il est un peu inquiet et à la fois amusé. « J'écris mes mémoires. » Il part de son vaste rire asthmatique. « Mais je croyais que tu n'avais fait que ça jusqu'à présent. — Oui, mais là c'est tout autre chose, tu verras... Tu te souviens de *La Soupe Merveilleuse* et de la famille Alleaux ? — Tu parles si je m'en souviens ! (Nouvel éclat de rire asthmatique.) C'est sur les livres d'histoire de la petite Alleaux que j'ai appris que la bataille de Waterloo avait été gagnée par Napoléon. » Nous rions ensemble. « C'est étrange, ajoute-t-il, comme lorsqu'on débarque de l'autre côté de la Manche tout devient absolument à l'envers. » Nous convenons de nous voir la semaine prochaine et nous nous quittons sur un au revoir ému. J'aime Raymond, je suis heureux de savoir qu'il existe... de même je suis sans cesse déchiré à la pensée que Dmitrienko est mort il y a quelques années d'un cancer du poumon. (Je *suis* mes vivants et mes morts : en moi je les réunis tous. Ah, mes amis, vous êtes miens sur ce papier comme aux plus beaux jours !)

Avant de me mettre à écrire ces pages, lorsque je me retournais sur ma vie, j'y voyais une succession de moments entrecoupés de temps neutres dont ma mémoire ne s'était pas encombrée. Ainsi contemple-t-on en perspective une chaîne de collines aux cimes éclairées, sans se préoccuper des vallées que de lents mouvements de brume noient sous des eaux illusoires. Et pourtant c'est vers ces vallées d'ombre que je souhaiterais descendre et me perdre aujourd'hui. Comment mieux dire ? La pratique de l'écriture vous fait mettre à nu, une à une, les strates obscures dont s'est formée votre mémoire. Vous écrivez en quelque sorte *malgré vous, ça* s'écrit, et vous vous lisez la plupart du temps avec étonnement. Kleist soulignait dans une lettre à sa sœur le rôle de la parole dans le processus de la pensée. Il prétendait que sans les mots que nous expulsons par le langage, la pensée ne pourrait être inventive et libre. Les mots, selon lui, joueraient le rôle d'éclaireurs, si l'on veut, tirant la pensée qui en s'y accrochant prendrait ainsi forme. Je peux dire comme Kleist que sans la parole ma pensée resterait dans une sorte d'enfoncement obscur. Sans nos délicieux bavardages à l'infini, Danièle et moi, je ne crois pas que j'aurais un aperçu de la forme de mes propres idées ni elle des siennes. Je ne dis pas que je ne réagirais pas aussi nettement en face de la vie, mais le fait de *dire* d'échanger de répondre de préciser de mettre en mots le clair-obscur dont nous sommes faits, permet par cet élan de la mise hors de soi d'architecturer le vague des sensations. Personnellement l'échange de la parole m'est aussi nécessaire que de respirer. Sans la parole mes idées me semble-t-il s'étoufferaient avant même d'exister. Il en était ainsi avec la peinture : je ne pouvais concevoir un tableau qu'en le faisant. Qu'avant de le peindre j'en aie eu un vague pressentiment, une impatience, un désir, c'est certain mais en aucun cas je ne pouvais *le voir* dans ma tête avant qu'il ne se soit matérialisé. Lorsque Picasso disait : « Je ne cherche pas, je trouve », ce n'était pas une boutade mais une des paroles les plus profondes exprimées par un créateur. Ainsi, comme les formes dans la peinture, le verbe *trouve*-t-il la pensée sans la chercher. Aragon prétendait quelque part que lorsqu'il écrivait il ne savait pas ce qui allait sortir de lui. Il posait un mot sur la feuille et les suivants découlaient en quelque sorte d'eux-mêmes. Ainsi était-il son premier lecteur. Je le crois d'autant mieux que moi aussi je subis l'expérience de cet automatisme du subconscient. Mes mots me tirent, je lis ce que ma plume écrit et souvent je m'étonne. Cependant, en ce qui me concerne, la parole joue un rôle nettement distinct de l'écriture. Lorsque je parle, disons que se déroulent par ma bouche de longues vagues onduleuses faites d'idées dont les chaînons se raccrochent les uns aux autres par des séries de liens inconscients. Ne vous êtes-vous jamais étonné de ce que votre bouche vient de formuler ? Des paroles sorties de vous comme malgré vous ne vous ont-elles pas bien souvent éclairé sur ce que vous ne pensiez pas penser ? Par contre, l'écriture s'attacherait davantage à tirer les uns par les autres les mots qui s'ordonneraient en une sorte de perfection géométrique. En cela l'écriture serait plus artistique — donc peut-être plus mensongère. Mais ce qui me frappe en écrivant ces pages — où justement j'essaie d'échapper autant que possible à l'art pour tout transmettre dans la sincérité — c'est d'assister au *choix*, au tri inconscient qui se fait en moi à travers cette écriture. Mon esprit lui, avait depuis toujours formé sa propre vision de cette perspective qu'est ma vie : des lignes de fuite dessinent des jardins d'une architecture particulière où se dressent des statues parmi des buis exactement taillés. Si je me laisse aller à me revivre en silence, mon esprit se promène sans hésitation par les allées de ce labyrinthe. Mais dès que je prends la plume, un autre jardin se dessine, s'imposent d'autres allées, d'autres perspectives s'ordonnent cependant que des recoins se perdent tout à coup dans les herbes hautes et les chardons. Ce deuxième jardin déroule son tapis impensé par-dessus l'autre, une deuxième mémoire émerge sous mes yeux avec son temps propre, ses images, ses points forts. Il arrive que tel bosquet, telle statue demeurent intacts d'un jardin à l'autre, pour ainsi dire superposés en transparence. Mais il faut l'admettre, la forme par laquelle on s'exprime *recrée* forcément un jardin particulier, et il me semble que si je faisais l'expérience d'écrire dix fois ma vie, je verrais apparaître dix jardins tous différents et cependant semblables.

Tout à l'heure je donnerai à lire ces feuillets à Danièle — elle à laquelle je me suis tant de fois raconté — reconnaîtra-t-elle dans ce jardin écrit mon jardin raconté que son imagination avait aussi interprété ?

Je me souviens, à Meudon, d'avoir sculpté un polyptyque articulé en bois peint. Il avait quelque chose de byzantin — comme les chants orthodoxes de mon enfance. Un peu plus tard, lorsque je passai l'hiver à Nice, avec Lanzmann, je m'amusai en utilisant la même technique à graver sur des morceaux de planche des figures de femmes hiératiques. J'encrais ces bois et en tirais des gravures. Ce fut le départ d'une des périodes les plus agréables de ma vie de peintre.

Bien qu'ayant été élevé loin de l'influence de l'Islam, un secret penchant m'a très vite poussé à rejeter la figuration humaine. Ce qui me trouble surtout c'est que ce rejet en fin de compte a puisé ses prétextes dans une éthique de l'art que j'avais fini par m'imposer. Jusqu'à une date récente je me suis même entendu mettre en avant *Le Portrait ovale* de Poe pour illustrer mon refus de représenter la réalité physique comme si la figure humaine risquait de perdre sa vitalité sacrée en se transformant en image. Je frémis à la pensée d'être peut-être dépositaire, malgré moi, de certains tabous culturels qu'un instinct sournois m'oblige à respecter. Ce que j'ai constaté depuis mon enfance pour la nourriture : horreur maladive de la viande de porc, répulsion physiologique pour l'alcool, etc., je le constate dans différentes de mes réactions de goûts, de penchants, de préférences. A peine commençai-je à me « trouver » en peinture, à peine mes toiles prétendirent-elles refléter ma personnalité qu'elles prirent malgré moi un quelque chose de chaud, de chargé, de somptueux que j'étais bien loin de souhaiter ayant horreur par exemple de l'enluminure, du trop de couleurs, etc. Ainsi en fut-il de cette série de gravures sur bois « venues » en quelque sorte sans que j'en décide. Elles précédèrent de quelques mois mes premières toiles *sans sujet* (je ne peux me résoudre à écrire abstraites). Ces gravures représentaient des femmes à l'allure archaïque. Certaines tenaient des fleurs qu'elles respiraient. Toutes plus ou moins se présentaient de profil car le moyen que j'employais, tout aussi archaïque que mes figures, me contraignait à un certain primitivisme. Je prenais des planchettes (arrachées aux boîtes à savon qui à l'époque servaient de poubelles aux habitants de Nice) dont j'entamais la surface rugueuse au ciseau à bois, évidant des corps et des profils parmi les stries et les nœuds fleuris de la planche brute. Ensuite j'encrais le relief et, y posant une feuille de papier dont je frottais le dos avec ma paume, je réussissais à obtenir des sortes d'estampes au grain très riche — de la richesse même de ce bois brut. Le procédé en était d'une belle simplicité, sa franchise me plaisait et tout à la fois les stries et les moirures du bois reportées sur le papier donnaient à ces gravures une somptuosité négligée et apparemment non voulue qui faisait leur raffinement et leur qualité.

Lorsque je rentrai de Nice, je rapportai un plein carton de ces gravures (et une pleine valise de leurs matrices). Dès que Monny de Boully les vit il courut les montrer à Paul Eluard dont l'enthousiasme me foudroya de joie. Il prétendit que ces effigies de femmes étaient en quelque sorte les *calques* d'un rêve qu'il avait fait et dont il avait tiré un de ses plus beaux poèmes. Il voulut me rencontrer immédiatement et il fut décidé que nous en ferions ensemble un livre. Ces gravures ne pouvant être tirées que par moi (par frottis avec la paume de la main) on limita le projet à vingt exemplaires — voilà pourquoi

Elle se fit élever un palais... se trouve être le livre le plus rare d'Eluard.

Mais il ne suffisait pas d'avoir un poème de Paul Eluard et des gravures, encore fallait-il trouver un beau papier, ensuite l'imprimeur et enfin l'éditeur. Là aussi l'inlassable Monny courut des uns aux autres, réussissant, pour le pur plaisir de susciter la naissance d'un livre rare, à convaincre Mourlot de donner les rames de papier nécessaires et à mettre à ma disposition un atelier où je pourrais tirer tranquillement les planches. Les Imprimeries Union firent le tirage du poème ; et le jeune marchand Aimé Maeght en signa l'édition. Je ne me souviens plus de combien d'exemplaires chacun se paya. Eluard en eut plusieurs, Monny un ou deux, Maeght en garda quelques-uns aussi et pour finir j'eus droit à la dizaine d'exemplaires restants — charge à Maeght de les vendre et de me les payer à mesure. J'en tirai une somme dérisoire, Maeght ayant profité de mon extrême dénuement pour me racheter ma part pour rien.

Je passai de longs et délicieux mois à exécuter le tirage de ce livre. Je crois n'avoir jamais été aussi en paix avec moi-même que pendant ce *travail.* La frappe définitive d'un livre aurait quelque ressemblance avec cette tranquillité que vous apporte une tâche, disons artisanale, où seules les mains et une part assoupie de votre esprit fonctionnent. Tout a été dit lors de la création de la matrice, il ne vous reste qu'à reproduire — avec assez de souplesse cependant, pour vous réserver le plaisir de modifier de légers détails. Vous n'avez plus à vous préoccuper de l'*à-quoi-bon,* du *pourquoi* qui empoisonnent toute création ; vous voilà astreint à une tâche, on vous a mandaté pour cela, il ne vous faut faire appel qu'à votre patience ; les risques se réduisent à une planche mal venue qu'au pire il vous faudra tirer à nouveau en vous appliquant davantage. Vous ne vous appartenez plus — c'est agréable.

Je garde de ce moment un souvenir paisible, comme endormi, exempt de remords et d'ambition. J'étais devenu momentanément un rouage de chez Mourlot. Je vivais au rythme des ouvriers de l'imprimerie — à la différence qu'eux avaient un salaire, moi pas. Lorsque je parlais d'argent — soit à Eluard, soit à Maeght ou même à Monny — le vide se faisait comme si demander de quoi me nourrir *en plus* avait quelque chose d'indécent. Par chance, je venais de rencontrer dans l'arrière-salle du *Dôme* une jeune Suissesse au nom assez remarquable pour que je m'en souvienne encore aujourd'hui : Thérèse Froideveau. Elle avait de la douceur et de la tranquillité ; c'était une sorte de fraîche fermière égarée à Paris, une trayeuse, une nourrice, un être de pâturage et de montagne. Qu'était-elle venue faire à la Grande Chaumière ? Me secourir sûrement. Sans elle je serais mort de faim. Elle recevait presque journellement de sa famille vaudoise des colis de nourriture suisse qu'elle m'apportait intacts et que je dévorais sous son regard placide et ses sourires apaisants de nourrice aux lourds seins veinés de bleu.

Je logeais maintenant rue Maître-Albert dans un petit hôtel informe et très crasseux qui semblait ne pas avoir été touché depuis le Moyen Age. Ma chambre n'avait pas de fenêtre et s'aérait par une sorte de soupirail au ras du plafond donnant sur les marches d'un escalier qu'éclairait une minuterie. De mon lit, je voyais passer les jambes de ceux qui montaient ou descendaient les étages. S'ils avaient eu l'idée de se baisser un peu, ils m'auraient vu. Seule Thérèse, me semblait-il, apportait quelques bouffées d'air champêtre dans ce puits lorsqu'elle venait m'offrir le réconfort de ses colis et de sa peau crémeuse. Ne pouvant ni peindre ni même lire dans ce réduit, j'en sortais à l'aube et me rendais à pied à travers Paris jusqu'aux Imprimeries Mourlot où m'attendait le paisible train-train de l'artisan. Sans doute est-ce à cause de Thérèse, je ne peux m'empêcher de penser à Jean-Jacques Rousseau et à ses béatitudes : à quelque chose près je vécus là, en plein Paris, au rythme de l'horloger des Grisons : du pâturage à l'établi — il y avait un peu de ça.

Peut-être ai-je passé dans ce petit atelier, chez

Mourlot, les plus anesthésiants moments de mon existence d'artiste. Les sens en paix, repu de nourriture suisse, je me laissais doucement ensevelir par la quiétude d'une tâche répétitive. Avec quelle jubilation je m'attardais dans les détails de chaque planche, menant chaque gravure jusqu'au stade final avec une patiente tranquillité. Mon procédé primitif étonnait et amusait les ouvriers. Des siècles de technique nous séparaient. J'entendais à travers les murs vibrer les machines modernes sur lesquelles on tirait ces prétendues lithographies originales (en vérité d'honnêtes reproductions) que venaient signer, numéroter et dater à la main des Braque, des Chagall ou des Miró. Ensuite Maeght n'avait plus qu'à écouler le produit dans sa librairie de la rue de Téhéran. Les lithographes méprisaient ce travail de reproduction industrielle ; c'était des hommes de métier, de véritables artistes capables de reporter un tableau à main levée et à l'envers, sur autant de pierres que de couleurs, avec la plus extraordinaire perfection. Pendant les quelques mois que je passai à tirer les planches de mon livre, par une curieuse coïncidence, dans l'atelier qui touchait au mien, un vieux lithographe reproduisait le portrait de Nush (la jeune femme d'Eluard) peint par Picasso. Cet ouvrier, le dernier, sans doute, d'un si haut niveau, relevait à vue d'œil — pareil à un peintre sur le motif — ce tableau aux couleurs si délicates. Il travaillait sur plusieurs pierres à la fois, reportant par fragments d'une exactitude inconcevable les tons mêlés et les lignes que l'on aurait dit buvardées. J'aimais regarder faire ce vieil artisan, je restais près de lui de longs moments silencieux sans réussir à comprendre comment il arrivait à inverser, rien qu'au coup d'œil, le tableau posé devant lui sur un chevalet, et à en sélectionner les couleurs. Parfois je croisais Picasso dont on tirait dans l'atelier voisin les épreuves de la fameuse série des Tauromachies. J'étais très impressionné de côtoyer celui que je considérais comme le plus grand peintre de notre temps — mais trop timide et orgueilleux pour oser lui adresser la parole.

A mesure que le tirage de mes bois avançait, je portais les planches à Paul Eluard. Jamais depuis je n'ai retrouvé cet état de grâce qui me rendait si fier et heureux de ce que mes mains avaient produit. Il me semblait faire là une œuvre importante, et autour de moi la plupart le pensaient. Monny de Boully surtout suivait mon travail de très près — ce livre, après tout, était aussi son œuvre. Son enthousiasme contrastait avec l'absolue incompréhension de mes parents. Lorsqu'il m'arriva de leur montrer mes gravures, Nahidé fit une petite moue : « Franchement, Serioja, pourrais-tu aimer des beautés aussi laides ? » Elle prononça beauté avec une ironie qui me blessa. J'essayai de lui expliquer que la beauté d'une femme et la *beauté* de sa représentation n'avaient aucune commune mesure. Je lui donnai l'exemple du portrait de Nush auprès duquel je travaillais depuis des mois. Elle eut un sourire apitoyé lorsque je prononçai le nom de Picasso et referma le carton en disant sur un ton de déception qui m'énerva : « C'est dommage. — Qu'est-ce qui est dommage ? — Dommage que tu te laisses influencer par toutes ces bêtises. » Elle resta un moment songeuse et ajouta : « Tu aurais pu faire un grand peintre... dommage... » Je lui dis que Paul Eluard estimait mon travail et m'encourageait à peindre. Elle se tut, me montrant par là qu'elle savait quoi penser de tout ça. Pour tenter de la convaincre je lui donnai à lire le poème que Paul Eluard avait choisi pour *notre* livre. Elle le trouva confus.

A partir de ce moment je n'allai qu'en de très rares occasions rendre visite à ceux qui m'avaient si mal servi de famille. Ainsi le jour où Eluard souhaita rencontrer mon père, je fis tout mon possible pour que cette rencontre n'ait pas lieu. Il voulait associer Charlie Chaplin (de passage en Europe) et mon père pour qu'ils donnent ensemble à la Mutualité un spectacle d'illusionnisme en faveur du Parti. Chaplin paraît-il était un bon prestidigitateur amateur, il avait entendu parler de mon père et l'idée de se produire avec lui l'amusait. Ce projet n'aboutit pas, un peu par mon inertie mais aussi par la faute de mon père — toute sa vie il éprouva de la jalousie à l'égard de Chaplin en qui, sans vouloir se l'avouer, il avait toujours senti le maître suprême en illusion (de plus mon père était un acteur raté).

Chaque fois que j'allais chez Eluard lui montrer les gravures à mesure que je les tirais, il ne manquait pas de me parler de mon père. Que je sois le fils d'un grand magicien l'enchantait. Bien qu'il se prétendît matérialiste, comme tous les surréalistes il désirait ardemment croire à l'irrationnel. Quant à moi, j'essayais de le détromper sur la part de surnaturel dans les manipulations de mon père. J'allais jusqu'à lui dévoiler le mécanisme de certaines expériences les plus spectaculaires. « En effet, me répondait Eluard, ce tour est très astucieux mais vous ne m'enlèverez pas de l'idée qu'on ne peut pas tout expliquer. » Cependant, de son côté, lui, l'illusionniste des mots, m'*expliquait* le pourquoi de *la terre est bleue comme une orange,* ne se rendant pas compte à quel point (pour moi) sa magie poétique était transcendée par la source prosaïque de l'image. Il m'avait donné une orange (fruit encore rare à l'époque) tout en me rappelant avec une pointe de malice qu'un jour, en revenant de vacances, il avait trouvé une orange bleue dans un compotier oublié. La moisissure lui avait offert cette riche et apparemment absurde métaphore et il s'était gentiment moqué de ceux qui voulaient y voir l'exemple même de l'offrande divine au poète.

Au lendemain de la guerre, les esprits tentaient de reprendre souffle sur des idées rationnelles — l'irrationnel on venait de le vivre avec le lyrisme nazi — et même Eluard qui s'enchantait du surréel tenait à ce que l'image de la terre est bleue comme une orange ne reste pas qu'une « gratuité » poétique. De mon côté en manquant à la loi du silence qui frappe les familiers des illusionnistes, je disais aussi à ma façon quelle foi j'attachais à la *réalité* et en quel mépris je tenais le mensonge — serait-ce celui de l'art. Mais curieusement, autant la révélation des sources de l'image bleue d'Eluard me remplissait d'émerveillement pour son art, autant mes propres révélations quant à la magie de mon père déçurent Eluard — comme elles déçurent toujours ceux auxquels j'ai eu la faiblesse de les faire.

A la même époque et toujours par souci de *vérité*, ma peinture commença à glisser vers cette « réalité » qu'aujourd'hui j'ai prise en horreur : je parle de ce que l'on a nommé la peinture « abstraite ». Que signifiait peinture « abstraite » ? Replacée dans le temps, c'est-à-dire autour des années 50, elle portait en premier lieu une affirmation : le tableau est un objet à deux dimensions, y introduire la troisième dimension c'est y ajouter la dimension du « mensonge ». Je l'admets, c'était fruste. Mais au lendemain de la guerre il n'était alors question que de rebâtir le monde sur des données concrètes. Et qu'y avait-il de plus concret que cette peinture si injustement dénommée abstraite ? Je dois reconnaître ici que je fus parmi les premiers de notre génération, avec Mason et Lanzmann, à peindre dans ce souci d'une morale de l'art. Je l'ai payé assez cher et je considère même avoir raté la presque totalité de mes toiles pour m'être obstiné à ne pas « mentir » — alors que tout art d'envergure se place, par le fait même de son ambition surhumaine, hors des critères communs. Mais ça, il m'a fallu peindre avec acharnement pendant près de vingt ans pour le comprendre. Et lorsque je le compris, ma main, mon œil, mon cerveau s'étaient à jamais amputés de cette troisième dimension poétique de la peinture qui est celle du « mensonge ».

Le jour où le livre d'Eluard fut terminé et que j'eus en main le premier exemplaire, je téléphonai à mes parents pour leur dire ma joie. Nahidé décrocha et je sentis dans sa voix un détachement affecté — ce qui signifiait qu'elle avait une mauvaise nouvelle à m'annoncer « Sais-tu, Serioja, j'ai eu une crise d'hémoptysie... — Ah, répondis-je, qu'est-ce que c'est ? » J'étais dans la cabine du *Petit Bonaparte*, mon livre sous le bras, et je n'avais qu'une idée : raccrocher. Cette voix si loin dans l'appareil me concernait si peu maintenant, elle sortait de mon passé, je n'en avais que faire. Elle eut un rire qui se termina par une quinte déchirée et réussit à ajouter avec une intonation que je perçus comme voilée par la honte — car elle baissa la voix : « J'ai eu un vomissement de sang. » Pour que Nahidé prononce si crûment de tels mots il fallait qu'elle soit dans le plus profond désespoir. J'aurais dû lâcher l'appareil et accourir, partager son angoisse, joindre mon affolement au sien, lui dire encore une fois ma tendresse mais j'étais sec, d'une parfaite indifférence ; elle, mon père, mes grands-parents appartenaient à d'autres temps et ces temps étaient maintenant révolus. Comment se termina cette conversation ? Je n'en ai pas le souvenir mais je sais que je n'allai pas rue Erlanger. Plusieurs mois passèrent avant que je ne leur fasse signe et alors je trouvai Nahidé sous perfusion. Des amis avaient fait venir des États-Unis de nouveaux médicaments qu'on disait miraculeux : le P.A.S. et le Rimifon. Comme Nahidé refusait farouchement d'être transportée dans un hôpital ou dans une clinique, on s'était résigné à tenter sur place ce traitement de la dernière chance. Il faut croire qu'il fit de l'effet car la maladie lui laissa encore une rémission et elle traîna ainsi pendant près de cinq ans, secouée de toux et étouffée par l'asthme.

Bien qu'ils fussent au fond du malheur, mes parents se préoccupaient cependant de moi — et j'ai honte rétrospectivement de mon injustice à leur égard. Un jour mon père me joint d'urgence et m'annonce qu'il vient de me trouver non pas un atelier mais *des* ateliers dans un hôtel particulier entouré d'un petit parc au bord de la Seine. Une de ses clientes, la princesse Yourevitch, femme d'un vieux prince russe ancien ami et disciple de Rodin, lui a proposé spontanément de mettre à ma disposition cette maison laissée à l'abandon depuis la guerre Le vieux prince vivait aux États-Unis, quant à la princesse Yourevitch elle n'y mettait jamais les pieds. Nous y allâmes, Lanzmann et moi : nous délirions d'enthousiasme. Peut-on imaginer aujourd'hui une maison délabrée, sous d'immenses marronniers, face au village de Saint-Cloud avec, devant la grille d'entrée, une petite route herbue — et immédiatement la Seine ? Me croira-t-on si je rappelle que la Seine à l'époque grouillait d'écrevisses et que chaque matin, nous en pêchions des sacs entiers ? Boulogne n'était alors ni une banlieue ni la campagne ; disons que l'on se serait cru à la périphérie d'un gros bourg de l'Ile-de-France.

Du jour au lendemain nous nous étions donc retrouvés en province — bien qu'à une heure et demie à pied de Montparnasse. Le rez-de-chaussée n'était qu'un vaste atelier ; dans le jardin d'autres ateliers encore dressaient leurs verrières à demi brisées par lesquelles entraient à foison les ronces et les branches des sureaux. Le tout était encombré de centaines de sculptures en plâtre dont certaines avaient deux ou trois fois notre taille. L'œuvre entière du prince Yourevitch était là, plus ou moins intacte, dans toute son horreur. Le vieil élève de Rodin avait dû gâcher des tonnes de plâtre pour faire surgir cette imitation caricaturale de l'œuvre du maître. A peine avions-nous pris possession des lieux que, sans le moindre respect, nous commençions à traîner les personnages les moins lourds pour les regrouper dans une remise au fond du jardin.

Raymond Mason vint nous donner un coup de main et, séduit par ce lieu extraordinaire, resta avec nous dans la vieille maison de Boulogne. Nous vécûmes là, tous les trois, des moments inoubliables. Nous nous étions partagé les ateliers et, malgré l'inconfort absolu (pas d'eau courante, pas d'électricité, pas de gaz, bien sûr), nous eûmes enfin un espace digne de nos ambitions.

Bien que la princesse Yourevitch ait mis à notre disposition la maison entière, nous découvrîmes que nous n'en étions pas les seuls occupants. Dans un coin de la maison se terrait une épave émouvante : la princesse

Obolinska, une des dernières représentantes de la prestigieuse famille Obolinsky. Elle vivait dans une chambre infecte avec des quantités de chats qu'elle ne laissait jamais sortir. Elle boitait — une voiture lui ayant brisé la jambe alors qu'elle traînait d'une poubelle à l'autre dans les rues de Boulogne. Souvent elle me priait d'entrer lui tenir compagnie un moment. Nous parlions en russe — ce qui la bouleversait aux larmes. « Admirez, s'il vous plaît, Sergueï, me disait-elle en désignant d'un geste pathétique une photo agrandie d'une belle jeune fille en toilette de cour, m'auriez-vous reconnue ? » Elle sortait une bouteille, avalait coup sur coup quelques petits verres et d'une voix grave et éraillée elle évoquait le bon tzar Nicolas (dont elle conservait dans un coffret de misérables reliques — telles que rognures d'ongles, mèches de cheveux et mégots de *papirosses* à bouts dorés). Sous le regard de la belle jeune fille corsetée, elle pleurait sa Russie de sa voix de pocharde, maudissant les Soviets avec des accents qui me rappelaient désagréablement ma mère. Je ressortais de son taudis les jambes noires de puces. De temps en temps, en été, une vieille comtesse d'une grande famille austro-russe venait rendre visite à la princesse. Bien que vieille et impotente, elle faisait devant elle la révérence et lui baisait la main. Elle aussi collectionnait des chats qu'elle transportait tenus en laisse par des ficelles à gâteau dans un landau décapotable. Tout cela était affreusement pittoresque et provoquait chez moi une violente répulsion. Je ne voulais plus entendre parler de la Russie, seule l'U.R.S.S. avait un sens me semblait-il et je n'en admirais que plus Mam et mon grand-père d'avoir eu le caractère d'opter pour la Révolution.

Du jour au lendemain la vieille maison fut pleine de notre fougue : Mason commença à gâcher du plâtre en chantant à tue-tête de sa voix forte et bien timbrée ; Lanzmann se mit à peindre de grandes toiles un peu à la manière d'un Van Gogh privé de sujet ; quant à moi, influencé par les péniches qui passaient sous mes fenêtres, je tentai d'imiter la peinture des lignes de flottaison roses sur fond outremer coupées de signes repeints Je n'avais qu'une ambition : égaler en beauté les coques grattées et recalfatées qu'une épaisse couche de peinture rendait luisantes comme de grands dos de poisson Les hublots me semblaient de précieuses lunes filant au ras de l'eau précédées par les fioritures de proue — violet jaune, rose — jetées comme des paraphes maladroits. Je vivais en arrêt devant ces lentes et longues merveilles qui passaient en haletant doucement. Je voulais en saisir les couleurs brutes et les transporter sur mes toiles. Si je l'avais pu ce sont des péniches entières que je me serais appropriées sans en changer une fausse note.

A la même époque apparurent aussi les premiers panneaux de signalisation routière. Le signe interdiction de stationner m'emballa. Ce cercle rouge barré sur fond bleu me parut aussi pur et *juste* qu'un signe venu des hautes dynasties. J'en fis des toiles mais elles me semblaient toujours rester en deçà du signe réel dont le caractère brut, *vrai*, indiscutable, parlait à mon besoin d'une peinture sans arrière-plan métaphysique. Je voulais mes toiles comme ces coques de péniche ou ces signaux (encore inutiles à l'époque) que je trouvais « magiques », de même que me paraissait alors « magique » la modernité de la ville de lumière et de bruit qui commençait à recouvrir le romantisme de l'ancien Paris.

Peu à peu j'écartai la toile fine et les couleurs broyées à l'huile et je mis au point une technique (que bien des peintres ont reprise par la suite) en mélangeant des poudres crues à de la colle de peau que j'appliquais à chaud sur des toiles de sac brutes. Cela donnait un résultat qui à l'époque paraissait neuf, très riche et à la fois primitif : les couleurs ne jouant que sur la gamme chromatique élémentaire — donc ne s'enfonçant pas les unes par rapport aux autres. Chaque soir nous commentions nos travaux réciproques, passant tous les trois de longs moments dans nos ateliers à échafauder des théories qui de jour en jour se refermaient davantage sur nous et nous emprisonnaient. Nous ne nous en rendions bien sûr pas compte, persuadés au contraire que le fait d'œuvrer en groupe nous garantissait de tout rétrécissement idéologique. Nous comparions nos toiles, Mason jouant plus ou moins le rôle d'arbitre. Pendant les quelque dix-huit mois où nous peignîmes ensemble, nous fîmes des tableaux de plus en plus « beaux » mais de moins en moins risqués. Cependant, jamais par la suite je n'ai eu ce sentiment fort de me trouver aux avant-postes de l'art comme pendant cette période passée à Boulogne où nos tableaux soulevaient l'intérêt général dans le *milieu.* Traînés par l'inlassable et enthousiaste Monny de Boully, les visiteurs affluaient : peintres, marchands, poètes venaient voir naître une nouvelle école. (J'en souris aujourd'hui, non sans un certain attendrissement.) Mais il faut se replacer au lendemain de la guerre et songer au spectacle que nous devions offrir dans cette vieille maison au bord de l'eau lorsque nous étalions nos toiles, claironnantes comme des drapeaux, sous les marronniers du parc, parmi les sculptures boursouflées du prince. Il nous semblait alors être au cœur d'une nouvelle renaissance et nous n'étions pas les seuls à le penser.

Pendant ce temps à Paris s'ouvraient de nouvelles galeries de peinture; les vernissages soulevaient de véritables tempêtes dans le petit bocal des arts; des critiques tels que Charles Estienne ou Léon Degand polémiquaient debout sur des tables, distribuant l'insulte avec une violence inconnue aujourd'hui. Au quartier Latin les étudiants défilaient en monômes au cri inouï de : Picasso avec nous! C'est dire combien alors la société qui tentait de se ressaisir sur ses bonnes vieilles valeurs était encore vulnérable par ses sens. L'œil bourgeois se blessait d'une ligne déplacée, d'une couleur trop directe. Au musée d'Art moderne un cordon d'agents de police avait dû protéger à la hâte une exposition des dernières œuvres de Picasso contre la colère des visiteurs; et nous-mêmes lorsqu'il nous arrivait de transporter nos toiles dans la rue nous ne pouvions éviter les injures souvent brutales des passants

La peinture, alors, ne se voulait plus délectation.

Sortir de l'ornière du goût avait quelque chose de vif, d'exaltant ; la peinture *parlait,* sa langue était une langue de combat — comme la poésie était langue de combat. De culture pas question ! Ce mot, nul d'entre nous n'aurait eu la veulerie de l'employer — il était question de créer dans l'orgueil et la provocation une rupture définitive avec le passé. Si, au contraire de la bombe à neutrons d'aujourd'hui (qui conserve intacts les monuments et élimine les hommes), la bombe atomique avait eu la faculté de raser la planète en épargnant seuls les individus, je crois que nous en aurions été les chauds partisans. Nous nous sentions encombrés, étouffés par les vieilles choses, les vieilles idéologies, les vieilleries sous lesquelles, nous semblait-il, toute pensée neuve ne pouvait que suffoquer. Non seulement nous étions prêts à entrer dans la « modernité » mais surtout nous nous étions désignés pour la faire surgir. Et lorsque Le Corbusier proposait au nom de la civilisation de masse de détruire Paris (en épargnant toutefois l'île Saint-Louis, le Louvre, la tour Eiffel et l'Arc de Triomphe en souvenir ironique d'un monde révolu) nous lui donnions raison — sauf que nous autres nous aurions gaiement brûlé le Louvre avec son contenu par-dessus le marché. Et, bien que de tous côtés les voix fussent apparemment différentes, de partout suintait le même discours. Pendant que dans les grandes écoles s'armaient les techniciens de cette croisade pour les temps modernes, dans chaque trou où nichait un artiste, un poète, un philosophe, un fou, se proférait avec plus ou moins de clarté cette même volonté de faire table rase. Chez Pierre Loeb, dans sa galerie de la rue des Beaux-Arts, j'ai vu Artaud, ivre de drogue, gesticuler en prophétisant cette destruction cependant qu'à la Pensée française Aragon, en petit costume américain croisé, grimpé sur une échelle, tenait — aux grincements près — le même discours... En vérité qui ne tenait ce discours ? Un Ferdinand Lope, un Isidore Izou, un Jean-Paul Sartre, tous sans s'en rendre compte — car chacun n'écoutait que lui-même — tous se retrouvaient unanimes sur le fond : dynamiter sans regret *ce qui avait été* en vue d'un meilleur être. Et jusqu'en mai 1968, je pense que la France entière — avec en tête ses intellectuels — ne songea pas un instant à remettre en question cette « nostalgie de l'avenir ». Moi-même, j'ai cru un moment à la planification du désastre et, jusqu'à ce que je rencontre Danièle, j'étais persuadé que seul le « bonheur » du nombre pouvait avoir quelque valeur.

A Boulogne nous avions sous les yeux les épaves d'un univers révolu. Les sculptures du prince Yourevitch qui encombraient non seulement la plus grande partie de la maison mais aussi le parc représentaient ce passé dont il fallait à tout prix débarrasser le monde. Et c'est sans le moindre remords que nous démantelions ces symboles pour nous faire un peu plus de place. Pourtant je crois me souvenir que nous goûtions quand même la poésie de ce lieu resté pour un moment entre guillemets dans la foudroyante évolution de la ville. Je garde en moi l'image de trois jeunes Huns attendris par la douceur d'une belle soirée d'été cependant que graillonnait sur un vieux phono à manivelle Benvenuto Gigli dans la sérénade de *Don Giovanni* ou une symphonie de Sibelius (oui, déjà !). Nous restions allongés dans l'herbe à contempler la lune au fond de la Seine parmi les petits reflets de lumières douces et intimes du village triangulaire de Saint-Cloud — et nous étions profondément heureux.

De temps en temps je passais embrasser mes parents mais c'était maintenant presque avec répulsion que j'entrais dans leur chambre qui naguère m'avait tant ébloui. Tout s'y était horriblement rétréci et, en me penchant sur Nahidé, je ne pouvais comprendre comment j'avais pu vouer un tel culte à cette fragile momie. Même Mam et mon grand-père me semblaient être restés loin sur place avec leur vieux communisme figé d'avant-guerre.

Une fois, par un dimanche ensoleillé, ils s'étaient tous déplacés à Boulogne pour voir mes tableaux. Nahidé avait profité d'une accalmie de son mal et un de leurs amis les avait doucement conduits en voiture à travers le bois jusqu'à la grille de la vieille maison du bord de Seine. Ils passèrent un moment dans mon atelier et en ressortirent accablés. A ma grande surprise, seul mon grand-père prit ma défense. Il avait senti avec son flair de vieux léniniste ce que ma démarche pouvait avoir de dérangeant. Il en fut réjoui et à notre stupéfaction à tous il évoqua les constructivistes russes, citant même quelques noms. En vérité, dans son cœur sensible, il raffolait (comme la plupart des communistes) de la peinture impressionniste mais il ne l'avouait pas trop. A l'exemple du « grand guide », je suis sûr qu'il aurait donné secrètement toutes les reproductions de centrales hydroélectriques pour un morceau de quiétude « petite-bourgeoise » peinte de la main du vieux Renoir. En ne niant pas expressément ma peinture, je pense que mon grand-père y mettait une sorte de stratégie — comme le faisaient à la même époque les plus fins de nos amis communistes pour ne pas trop blâmer nos œuvres qui cependant les dérangeaient. Cette stratégie du : *Bravo mon vieux...* (mais plus tard nous aviserons...) fut dure à imposer au sein du Parti. Il ne faut pas oublier que Picasso fut difficilement toléré par la base et qu'à la première occasion trop voyante — je pense à la mort de Staline — le fusain du « guide » qu'il exécuta pour la couverture de deuil des *Lettres françaises* souleva si l'on s'en souvient une furieuse tempête dans les cellules des périphéries. Le portrait fut renié avec mille excuses envers les « masses » par ceux-là mêmes qui avaient eu la bonne idée de le commander à Picasso. Mais à part quelques fausses notes de ce genre, le peuple fut amené en douceur à admettre l'art moderne comme un appoint dans la lutte des classes. Ce qui est comique c'est que cette stratégie primaire du Parti communiste français à l'égard de l'art d' « avant-garde » l'a conduit à la longue à prendre le pouvoir là où le Pouvoir le lui laissait bien volontiers : dans le « culturel » (et à en devenir le gestionnaire).

Depuis la Libération, le théâtre de gauche n'en finit

plus de faire la révolution sur les planches... et de tendre la main aux portes des ministères. J'ai participé de ce théâtre, je sais pour l'avoir vu de près de quoi je parle. C'est dans la décentralisation théâtrale que les communistes ont pris le *pouvoir.* Ceux qui détiennent le pouvoir réel ont eu la finesse (la condescendance) de leur abandonner le monopole de la *Fête*... Le théâtre n'est-il pas de tous les arts celui qui se rapproche le plus, dans son organisation même, des structures rigides du stalinisme ? Dans le pouvoir absolu qu'exerce aujourd'hui le metteur en scène et dans le culte de la personnalité qui s'est développé autour de lui (avec pour résultat l'assassinat de la pensée solitaire de l'auteur) nous retrouvons la caricature exacte de la répartition pyramidale du pouvoir central qui, sous prétexte d'appliquer une pensée détournée à son profit, rayonne de la pointe à la base sans le moindre fléchissement. Le théâtre de gauche est un continent où il fait de moins en moins bon être poète.

Pour la prise en main idéologique de la peinture d' « avant-garde française » (école de Paris) les communistes durent faire craquer en eux d'énormes résistances culturelles. Passer d'un Fougeron à un Vasarely leur a demandé un long temps de polissage. Il faut le reconnaître, le résultat est le même quant à la médiocrité — mais que de petits pas en arrière pour ce qui est de l'idéologie culturelle du Parti ! Il a fallu trente ans aux communistes français pour comprendre qu'il est moins risqué en Art de ne rien *dire* que d'en *dire* trop. Un peintre abstrait s'achète avec le *un pour cent* des communes, son discours muet sur le mur d'une mairie ne dérange personne. Oui, il a fallu trente ans pour que le contenant avale le contenu ! Trente ans pour que le mot *culture* réussisse à s'avaler par la queue et suffise à lui seul à alimenter le cercle creux de son propre culte ! Les « masses » communient dans le culte de la culture et applaudissent en cadence, effaçant par ce martèlement toute velléité de nuancer les manifestations de leur contentement. Car nuancer, n'est-ce pas prendre déjà le risque de revenir à la personne sensible et au danger de son jugement ? De là l'institution des débats enchaînés sur le dernier claquement de mains — pas question de laisser souffler une pensée qui pourrait se recueillir sur elle-même. Le silence de l'émotion doit être à tout prix rompu par l'explication. Surtout pas de malaise, tout doit être bien clair.

Aujourd'hui la peinture ne suscite plus de questions — elle a été intégrée par l'œil des « masses » comme un élément dynamique de l' « environnement ». Les peintres *abstraits* — dont je fus un certain temps — se sont attachés (en l'égayant) à confirmer le mur dans sa fonction ; ils ont colorié le béton, là s'est bornée leur aventure, ils ont mis le béton en « fête ». Comme il suffit d'un clown ou d'un mime enfariné coiffé d'un chapeau claque pour introduire dans la ville invivable le cliché de la gaieté, le peintre (collaborateur de l'architecte) a maquillé les murs de la prison en faux rire des couleurs, en fausse joie, en faux soleil *culturel.* Quels révoltés oseront aujourd'hui abattre ces murs signés qui les embastillent ?

Nous-mêmes à l'époque, lorsque nous inventions nos premières œuvres sans sujet, nous rêvions d'abandonner le support de toile sur châssis pour des murs dont nous ferions de la Beauté nouvelle. Nous participions — tout au moins dans l'intention — de ce monde carcéral de « masse » qui s'annonçait. Et c'est de cela que nous discutions avec nos amis communistes dont l'idéologie culturelle commençait déjà à osciller entre — à l'exemple de l'école réaliste-socialiste russe — une peinture *engagée* dans son discours, ou bien une peinture *dégagée* au contraire de tout discours — donc mise une fois pour toutes hors censure. Très vite les communistes se rendirent compte du bénéfice qu'ils pouvaient retirer en affichant une libéralité absolue envers les arts plastiques

C'est à Boulogne que Jacques Houbart (Isaïe) commença à discuter avec nous devant nos toiles. Isaïe était originaire de Bordeaux. Dans sa jeunesse il fut fortement marqué par de solides principes catholiques Le hasard lui donna pour aumônier l'abbé Mauriac — frère de l'écrivain — excellent homme qui eut paraît-il beaucoup à souffrir des tracasseries de sa famille bigote. Il vivait les pieds dans sa vigne, donc proche des paysans, et exécrait la bourgeoisie dont il était issu — accomplissant le chemin inverse de ces curés fils de paysans qui n'ont de cesse de s'extraire de la boue. L'abbé Mauriac répandait la bonne parole de révolte autour de lui, comme un prêtre peut le faire lorsqu'il lui arrive de franchir sincèrement le pas en direction de Dieu. Isaïe s'éprend de la sainteté du vieil homme ; il sert la messe et, une fois l'office terminé, enfermé avec le bon curé dans la sacristie, il déguste le vin de messe des vignes personnelles de l'abbé Mauriac tout en discutant avec lui de politique. Et c'est tout naturellement, sous cette douce et ferme influence, qu'Isaïe s'en alla militer aux Jeunesses communistes, passant des J.C. (Jeunesses chrétiennes) aux J.C. (Jeunesses communistes) avec le même enthousiasme juvénile. L'abbé Mauriac mourut mais auparavant il prit la peine d'engager Isaïe à aller s'inscrire pour de bon dans la plus proche cellule du P.C. Le sentimental disciple de l'abbé Mauriac se fit donc communiste et devint le type même du militant pur... mais pas dur. Jamais je ne l'entendis tenir cyniquement un discours cynique et même s'il fut stalinien (quel communiste ne le fut en France dans les années 45-50 ?) c'était avec le fol espoir de voir s'accélérer la marche de l'Histoire en direction de l'Utopie.

Il *monta* à Paris et logea à Levallois dans une pauvre chambre sur cour dans laquelle venait de mourir sa grand-mère (veuve d'Isaïe Houbart, un des inventeurs de *l'espéranto*). Il se mit dans les meubles de la vieille femme renversant juste une armoire pour y accumuler plus aisément des ouvrages philosophiques. Peu à peu la crasse raidit les draps, et les araignées encoconnèrent l'étroit espace où il n'était pas possible de bouger un coude sans faire dégringoler une pile de livres. Au fond de ce trou Isaïe écrivait des poèmes d'amour en vers libres où rimaient sexe et révolution. Le dimanche il vendait *l'Humanité* à la criée sur le marché de Levallois et ne ratait pas une réunion de sa cellule. Cependant, malgré sa parfaite souplesse de militant de base, jamais il ne se borna tout à fait — en ce qui concernait sa vie intellectuelle — aux consignes du Parti. Il fut un des premiers militants à se rendre compte qu'il fallait absolument garder le contact avec les artistes d' « avant-garde ». Et c'est à Boulogne, devant nos toiles, qu'il le comprit. Ici commença pour moi une des amitiés les plus émouvantes.

Maintenant qu'Isaïe est entré dans ces pages, on l'y retrouvera souvent et en toutes sortes de circonstances. Aujourd'hui je l'ai perdu de vue mais quoi qu'il arrive je l'aimerai toujours pour l'avoir aimé. Que l'on sache cependant en deux mots que les périples tortueux de sa destinée l'ont conduit en l'espace d'une vingtaine d'années du Parti communiste au R.P.R. (La dernière fois que nous l'avons vu — c'était vers 1968-69 —, à notre grande surprise il sortit d'un tiroir de son bureau une matraque et un revolver en nous avouant d'un air sombre qu'il faisait maintenant la campagne de Michel Debré et signait des articles dans *L'Écho de Touraine*.)

Lorsque à Boulogne il apprit que mes grands-parents étaient citoyens soviétiques il voulut à tout prix les connaître. Il approcha Mam et mon grand-père avec un respect ébloui, ne pouvant croire que ses yeux voyaient de vrais Rouges. Mam nous avait servi du bortsch dans sa petite cuisine et, pendant qu'Isaïe engloutissait coup sur coup avec un enthousiasme naïf plusieurs assiettées de la délicieuse soupe éclaircie de crème aigre, Mam avait répondu avec une tranquillité souriante à toutes ses questions sur les fameuses journées de 1905. Sans cesse il posait sa cuillère et s'exclamait en fixant Mam de ses petits yeux bizarres embrouillés de cils : « Pas possible ! Vous y étiez et vous avez vu les cosaques charger ! Mais c'est absolument inouï ! » Il se tournait vers moi : « Putain de Dieu ! quel veinard ! Sa grand-mère a vu de ses yeux vu les cosaques charger sabre au clair à travers la foule ! Et ce salaud il ne me l'avait pas dit ! Tu te rends pas compte, vieux, non tu te rends pas compte ! » Il se frottait les mains à toute vitesse et reprenant sa cuillère ajoutait la bouche pleine · « Putain de Dieu ce bortsch est un bortsch génialement historique ! » Mam souriait, plutôt mal à l'aise devant l'enthousiasme de mon étrange ami. Tout débordement lui semblait inconvenant, son sens aristocratique s'offusquait de la trivialité et elle ne comprenait pas qu'un jeune militant communiste français puisse afficher un tel manque de retenue et de si « mauvaises manières ». « En devenant communiste disait-elle, un homme du peuple doit avoir la conscience d'accéder à un niveau supérieur. » « Ton ami, me dira-t-elle plus tard, c'est un voyou et il a des yeux de fou. Où vas-tu chercher des communistes pareils ? — Tu ne te rends pas compte, Mam, c'est le type le plus généreux de lui-même et le plus entier que je connaisse. Je l'adore ! » Et je lui avais donné quelques détails sur sa vie à Levallois. Mam avait haussé les épaules avec dédain : « Il ne suffit pas de militer et de vivre pauvrement. C'est à la portée du premier imbécile venu. Ce qu'il faut au contraire c'est se hausser. La déchéance, c'est peut-être romantique (elle prononçait *ramantic'*) mais pour sauver l'humanité de la violence du capitalisme il faut des hommes *de premier ordre*, et ces fous à la Dostoïevski (auteur qu'elle n'aimait pas pour son mauvais goût, disait-elle) font plus de mal que de bien à la cause du socialisme. » Tout cela dit avec un petit tremblement d'émotion dans la voix et avec son délicieux accent mouillé. Mam attachait un prix immense à la beauté, à l'élégance, au raffinement aristocratique. Il lui arriva par exemple à plusieurs reprises de me parler avec des yeux extasiés de la « beauté irréelle », de l' « élégance », du « magnétisme » du prince Félix Youssoupoff tel qu'elle l'avait aperçu une fois à Paris au début de son exil. « Rien à voir avec ce vieux type qui est en ce moment en bas chez ton charlatan de père. (Youssoupoff venait en effet assez souvent consulter le *mage*.) Il avait traversé l'atelier... (Mam avait survécu un certain temps en modelant de ces merveilleuses poupées en tissu que l'on trouvait dans les années 20 étalées sur les divans dans les alcôves des coquettes).. les dames en furent toutes immédiatement toquées… d'immenses yeux clairs… une allure ! avec son lévrier barzoï… il était petit, pas plus grand que ton père mais une allure !… » Elle m'agaçait lorsqu'elle commençait à prendre des *airs* et à juger les gens sur leurs manières ou leur façon de parler. Par exemple lorsque je lui avais amené Dmitrienko elle laissa tomber d'un air dédaigneux : « C'est ça ton ami si beau ? Mais ce n'est qu'un vulgaire cosaque. » Ce fut tout. De Jacques Lanzmann : « C'est un pauvre petit Juif. » D'Isaïe : « Un fou. » Bien peu de gens avaient « de la classe » (mot que je déteste). « Ce n'est qu'une petite boutiquière. » Dit avec son charmant accent *une petite boutiquière* sonnait comme la plus infâme des condamnations.

Ensuite j'avais fait entrer Isaïe dans la chambre encombrée d'appareils et d'instruments étranges où travaillait mon grand-père. Avec de grandes difficultés ils réussirent à échanger quelques mots à propos du niveau scientifique atteint par « la vaillante Union soviétique ». Isaïe connaissait admirablement la question, ce qui enchanta mon grand-père. « Ami à toi excellente communiste scientifique, me dit-il par la suite, je aime beaucoup jeune militante très scientifique comme lui. » Isaïe sortit de chez mes grands-parents plein d'un enthousiasme délirant. « C'est fou, vieux, la veine que tu peux avoir ! Avec une telle famille je serais le type le plus heureux du monde. » Nous descendîmes chez mon père et Nahidé. Il trouva Nahidé « foutrement étonnante » allongée sur son lit. « Prenez carte, dit mon père, maintenant mettez carte où vous voulez. » Et comme toujours ce fut une cascade de miracles. Isaïe s'en alla de chez mon père retourné jusqu'à l'âme. « Mais mon vieux, tu vas pas me dire que c'est des trucs scientifiques explicables ! — Je t'assure, Isaïe, c'est tout bête, il suffit d'être un manipulateur génial. » Je lui dévoilai le secret de quelques-uns des tours qu'il venait de voir. « Non. vieux, je ne te crois pas, finit-il par dire, *il y a autre chose.* » Comme Paul Eluard, comme de Broglie, comme plus tard Picasso ou Dominguez ainsi que la foule de gens auxquels mon père avait imposé son extraordinaire pouvoir, Isaïe s'était laissé prendre au piège. J'essayai de lui dire *toute la vérité* sur le sujet. Le matérialiste Isaïe ne voulut rien savoir. « *Il y a autre chose*, vieux. Quoi ? Je ne sais pas... mais *il y a autre chose.* » A l'époque je riais de ce genre de conclusion. Aujourd'hui je commence à penser qu'il y a en effet *autre chose* et que le territoire de cet *autre chose* commence à partir des ondes de la magie, à partir des ondes de la religion, à partir d'une onde de choc qui vous ouvre les voies inconnues de votre propre cerveau.

Sans doute, à cause du spectacle délirant que mon père m'a offert pendant mon enfance, suis-je à ce sujet handicapé par mon incrédulité. Mon scepticisme est absolu, je ne crois en rien d'autre qu'aux possibilités matérielles de nos corps. Et si je parle d'ondes c'est dans la mesure où j'imagine nos machines physiques comme de possibles émetteurs-récepteurs. Cependant il semble qu'au lieu de nous rapprocher de cette prise de contrôle sur nous-mêmes, tout nous en éloigne. Chaque machine, chaque drogue inventée par l'homme se substitue à cette prise de pouvoir *réel* dont je parle. Au lieu d'aiguiser nos nerfs et d'en saisir le contrôle, nous déléguons nos pouvoirs à d'innombrables prothèses. Que serions-nous en vérité aujourd'hui sans ces prothèses ? Je nous vois comme ces femmes-girafes dont les cercles d'or superposés sont signe de richesse et à la fois de dépendance et de fragilité. Veut-on les mettre à mort ? Il suffit de les délivrer de leurs colliers pour que leur cou immense s'affaisse aussitôt faute du soutien des vertèbres devenues à la longue inutiles. La multiplication de nos machines fait la preuve de notre affaiblissement. En substituant à sa force mentale des moyens mécaniques l'homme conclut non seulement son arrêt de mort en tant qu'espèce mais détruit à jamais ses chances d'une réelle prise de pouvoir sur lui-même et sur l'univers. Je parle d'un pouvoir matériel, bien concret, du corps pensant sur le corps agissant. Que savons-nous de notre puissance mentale à laquelle depuis ces derniers siècles le rationalisme occidental répugne à accorder ses chances ? N'est-il pas naïf de parler d'une prise de pouvoir sur soi-même à ce « civilisé » dont le constant souci est de se débarrasser de ses responsabilités individuelles sur les machines qu'il délègue pour le remplacer? Subir un pouvoir est en effet tranquillisant, l'exercer l'est tout autant lorsqu'il se borne à faire appliquer les schémas de la Loi. Perpétuer ce rapport de domination c'est en quelque sorte continuer à glisser sur la longue pente naturelle. Plus que jamais nous sommes des hommes-nature. Notre critère reste l'exploit. Nous nous définissons toujours et encore par rapport aux forces de gravitation comme si nous n'avions qu'une mission : soulever des poids et parcourir des distances horaires. Cette idéologie de fourmi nous oblige sans cesse à nous doter de nouvelles machines, nous fermant ainsi peu à peu à tout autre style de rapport avec l'univers.

Lorsque mon père subjuguait une assemblée par ses tours de magie, il progressait toujours du concret vers l'abstrait. Disons que ses premières passes s'appuyaient sur des situations simples : un objet est là... puis il n'est plus là ; ou bien tel objet manque... et le voilà. Ainsi par ces premières passes élémentaires ramassait-il dans un même filet toutes les attentions. C'est dans la poche d'un tel... c'est un jeu de le faire passer dans la poche d'un tel autre. Ces manipulations pleines d'humour et de malice servaient à détendre ceux qui se trouvaient là, à les rassembler, à les confondre autour d'un même jeu, à les faire s'oublier dans une même enfance. Rien n'est plus difficile que d'arracher les hommes à leur petite dignité. Mais une fois qu'il avait réussi ce véritable tour de force, que l'assemblée entière se trouvait réunie sur le pied d'égalité que peut donner la complicité d'un langage neuf et subtil, mon père commençait alors à soulever doucement son auditoire pris à ses enchantements et à le transporter à des niveaux de la sensibilité proches de la poésie. La difficulté était de ramasser les gens présents dans une tension unique, de les hisser en quelque sorte au même seuil de réceptivité. Car il suffit d'un seul regard sceptique pour que l'enchantement n'opère pas et que le subtil édifice de paroles, de gestes, d'hésitations et de malice s'écroule. Selon la composition de son auditoire, mon père mettait plus ou moins de temps à *décoller*. Une âme grossière mêlée à la compagnie suffisait parfois à rabaisser l'ensemble des expériences à une simple démonstration de magie élémentaire. Mais lorsque l'assemblée se composait d'esprits souples, doués à la fois d'humour et de créativité, il arrivait alors que mon père les mette en quelque sorte « hors d'eux ». C'est à partir de là, de cette limite de l'art, si je peux dire, que ceux qui l'auraient souhaité avaient quelque chance d'accéder à cette sur-conscience de leurs possibilités mentales (aussi bien positives que négatives). Je le répète, *tous* les tours de mon père ont une explication rationnelle. Et si je les admire c'est justement pour le génie de leurs astuces. Mais ce dont je parle c'est de ce que chacun pourrait faire *à partir de cette mise en condition*. Comme dans le cas négatif de cette femme qui eut la naïveté de supplier mon père de lui révéler la date de sa mort. Bien sûr, ne sachant que trop ses pouvoirs il se déroba. Cela se passait autour d'une table abondante, tout le monde avait bu, et c'est dans cette ambiance de confiance plaisante que la femme renouvela sa question. Ceux qui se trouvaient là insistèrent en riant et malgré les froncements de sourcils de Nahidé, mon père ne put résister à l'espièglerie de donner une date au hasard. La femme sortit son agenda et nota le rendez-vous, mentionnant par qui il lui avait été signifié. Cela se fit au milieu des rires, avec une frivolité bien parisienne. A la date dite, la femme passa accidentellement sous une voiture et en mourut. La police trouva le nom de mon père, sur le carnet, associé au rappel de sa prédiction. Il y eut enquête. Mon père eut quelques ennuis. Pour finir, la police convaincue de sa bonne foi lui proposa de collaborer avec elle... ce qu'il refusa, bien sûr ! Le cas de cette femme montre, je le reconnais d'une manière plutôt caricaturale, les effets de ce que les uns appelleraient la foi et d'autres la crédulité. Mais qu'aurait-on dit si la même femme, atteinte d'un cancer par exemple, s'était mis en tête d'extorquer de mon père une date de guérison — et que mon père lui ayant donné cette date ait innocemment déclenché le processus d'autoguérison dont nous sommes assurément tous dotés ? Il est fréquent, paraît-il, qu'au cours d'autopsies approfondies, on découvre enkystées, desséchées, comme brûlées par un feu intérieur, d'anciennes tumeurs que le corps aurait réussi sans aucun secours extérieur à isoler et à vaincre par ses propres forces. On parle de cela comme d'une curiosité extramédicale. Mais si l'on faisait une enquête précise sur le déroulement de la vie du sujet on s'apercevrait peut-être par de minutieux recoupements que le moment de la mise hors circuit du mal correspond jour pour jour — si ce n'est heure pour heure — à tel ou tel choc bénéfique reçu par ce malade qui s'ignorait. Je suis certain que la foudre de l'amour avec cette constante exaltation due à l'euphorie physique et mentale qu'elle provoque peut apporter de ces guérisons inconscientes. Mais à part cette sorte d'électrochoc, je me plais à croire que d'une manière plus exacte et décidée nous devrions pouvoir agir sur nos pôles positifs. Constatons notre merveilleuse maniabilité par autosuggestion et admettons-nous comme des corps crédules. Devenons en quelque sorte nos propres sorciers. Ce qu'un maître nous impose, nous le pouvons par nous-mêmes puisque ce sont nos propres forces qu'il met en branle. Que ce soit par le détonateur d'un maître, d'une hypnose, de Dieu ou par la violence d'une émotion, c'est toujours en notre propre potentiel de forces que nous puisons. Le cas savoureux d'un Brejnev secouru avec succès par une guérisseuse soviétique montre qu'au pays du socialisme scientifique on n'écarte pas, loin de là, toute possibilité de réconciliation avec les pratiques obscures, les superstitions dont la révolution marxiste-léniniste-scientifique se flattait d'avoir délivré l'homme moderne. Ou bien la guérisseuse soulage le malade *en transférant sa force par imposition des mains* (agence Tass) ou bien elle réussit *par des pratiques moyenâgeuses et arriérées* (comme aurait pu le dire la même agence Tass) à mettre en mouvement un processus irrationnel et mystérieux dans le psychisme d'un des hommes apparemment les plus concrets de la planète. Quel autre rôle joue la religion dans ses applications ? En quoi le « crédule » Brejnev se confiant aux mains d'une guérisseuse serait-il différent du malade qui émerge guéri de la fameuse piscine de la basilique de Lourdes ?

Mam disait de mon père avec mépris et cependant une pointe d'admiration : « Il suffit qu'un charlatane prenne de l'ascendante sur les hommes et il en fait ce qu'il veut. » Curieusement ce que la Soviétique acceptait de la politique, la vieille femme le refusait sur le plan individuel. Elle méprisait les « charlataneries » de mon père dont pourtant elle devait reconnaître les nombreux bienfaits. Moi-même, à l'époque, sous l'influence de Mam, j'éprouvais un certain dédain pour le génie de mon père. Je ne pouvais admettre que l'on trompe les gens pour leur bien — serait-ce en plaisantant comme il le faisait d'une manière si charmante. Quoique me tenant à l'écart de tout engagement politique et m'en désintéressant plutôt, je ne désapprouvais pas cependant ce qui se passait en Russie. Que le grand illusionniste escamote des millions de gens en les poussant à se nier en tant qu'individus me paraissait juste puisqu'il était admis que de toutes les formes d'illusion, l'illusion totalitariste avec ses erreurs ses mésalliances son cynisme était après tout la seule à se préoccuper du bien de l'humanité. Tromper l'homme au bénéfice de la communauté humaine me paraissait noble. Tromper l'individu pour le soulager de ses maux personnels me semblait le comble de la bassesse. Lorsque mon père recevait — à la cadence d'un médecin — tous ces gens rongés d'inquiétude, et que pour de modestes honoraires il les remettait le mieux possible en accord avec eux-mêmes, je ne pouvais m'empêcher de manifester mon dégoût. Oui, j'avais honte d'être affligé d'un tel père.

Il est mort en 1960. Je suis troublé de constater qu'en l'espace de vingt ans, l'image que j'ai gardée de lui s'est lentement déformée et, lorsque je rencontre aujourd'hui des gens qui l'ont connu, je m'étonne de la diversité des impressions qu'il a laissées. Pour les uns c'était l'homme le plus charmant, le plus gai, le plus frivole ; pour d'autres il représentait toute la sagesse orientale ; certains prétendent qu'il leur a rendu le goût de la vie ; certains autres — ceux-là sont plus rares — diront de lui : c'était un amusant charlatan ; et puis il y a les quelques amis qui ont aimé également mon père et Nahidé, les confondant dans l'image unique qu'ils avaient fini par former à force de s'aimer et de vivre ensemble ; ces quelques témoins montrent une peine sincère — allant même jusqu'à formuler devant moi leur désillusion : « Comment a-t-il pu s'acoquiner avec une Mme F... ? » Je me tais, une effroyable tristesse m'envahit et je ne peux m'empêcher de penser à la dégradation de mon père sous l'influence de Mme F... comme l'illustration pathétique d'une parabole qu'il nous avait racontée, à Danièle et à moi, vers la fin de sa vie voulant montrer par là qu'il n'était pas dupe. « Et voilà, je devenu l'âne du serviteur de molla. » Et il avait ajouté en battant ses cartes d'un mouvement légèrement accéléré : « Je suis fa-ti-gué de vivre... je suis très fa-ti-gué... » Nous étions restés tous les trois un moment silencieux et soudain, avec son accent si personnel, si plein d'un charme triste, il avait commencé : « Un jour... » et ses yeux s'étaient allumés de malice cependant que les coins de sa bouche fine et spirituelle se relevaient sur un sourire secret. Il n'est pas question bien sûr de mettre ici des guillemets et de reproduire l'accent de mon père dont la musique comptait au moins autant que les mots. Je me bornerai à recopier : *Le Melon de molla* paru dans le quotidien *La Liberté* le 18 avril 1940. A l'époque, un ami, pour soulager un peu mes parents dans leur misère, proposa à mon père de tenir une petite rubrique sous ce titre étonnamment ambitieux en ces temps de guerre : *10 000 histoires orientales*. Nahidé avait traduit ces contes du russe en français. A la mort de mon père j'ai retrouvé avec émotion, soigneusement collées dans un carnet relié de peau, trente-deux de ces histoires découpées dans les numéros de *La Liberté* datés d'avril à mai 1940. L'avance éclair des Allemands interrompit les dix mille histoires à la trente-deuxième. .

Un jour, le molla Nasredin, ayant à faire au village voisin et le temps étant très chaud, acheta pour se rafraîchir en route un beau melon. Tout en parcourant le chemin ensoleillé, il coupait des tranches de son melon et dégustait avec délices la partie la plus tendre et la plus sucrée. Rejetant le reste avec dédain, il se disait : « Ceux qui passeront après moi par ici penseront en voyant ces tranches de melon à peine entamées, que c'est sûrement un grand seigneur qui les a devancés sur cette route. »

Absorbé par cette pensée flatteuse, il termina son melon bien plus vite qu'il ne l'avait prévu. Chemin faisant, il eut encore plus soif qu'auparavant et, comme il n'avait plus rien pour se désaltérer, il décida de retourner sur ses pas pour voir s'il ne restait pas, par hasard, un peu de chair sur les écorces. Ce qu'il fit sans tarder. Tout en rongeant les peaux avec entrain, il pensait : « Les passants penseront sans doute qu'un grand seigneur s'est promené par ici ; il a mangé du melon en rejetant les tranches à peine entamées, mais il était suivi par un serviteur qui a dû ramasser les restes de son maître et les manger jusqu'à la peau. »

S'étant un peu réconforté, molla Nasredin se remit en route, mais la soif l'ayant repris de plus belle, il revint une fois de plus sur ses pas et, ayant mangé tout ce qui restait, il se dit : « Les gens penseront qu'un grand seigneur passait par ici en mangeant du melon ; il était suivi par un valet qui mangeait la chair laissée par son maître sur les écorces qui, à leur tour, étaient mangées par l'âne du serviteur. »

Mon père avait à l'égard de lui-même cette part de distance et de rire — ce qui me le faisait aimer — mais malheureusement aussi par de subites ruptures de sa personnalité, il pouvait tout à coup se transformer en une sorte de petit homme agité jusqu'à l'hystérie — ce qui me faisait le détester.

Je n'y ai pas assisté mais il paraît que lorsqu'il vit exposées à la galerie Maeght les toiles que j'avais peintes à Boulogne, il voulut les frapper à coups de parapluie. Mon grand-père l'en empêcha. Cela fit un petit esclandre dans cette sorte de banque feutrée de la rue de Téhéran. On me rapporta que deux hommes s'exprimant dans une langue inconnue s'étaient beaucoup excités devant mes tableaux. Deux femmes les accompagnaient. Elles les entraînèrent au-dehors où la discussion continua sous la pluie. Par la suite j'appris par Mam qu'en effet ils s'étaient rendus tous les quatre chez Maeght le lendemain du vernissage (auquel je ne les avais pas invités). Mon père, voyant tout à coup mes toiles exposées dans ce lieu qui en quelque sorte les consacrait, fut soulevé de fureur (lui le charlatan, lui l'homme du rire et de la mystification !) au point de vouloir les lacérer à coups de parapluie. Je l'avais donc déçu. Qu'attendait-il de moi ? Je pressens avec tristesse qu'il avait rêvé un moment qu'à l'inverse de lui j'emprunterais des voies *honorables.* Bien qu'il se soit toujours jugé le plus grand quant à son génie d'illusionniste, il avait secrètement souffert de ne pas avoir eu une *réussite* plus conforme. Mes talents précoces avaient dû confusément lui faire espérer à travers moi une sorte de réhabilitation sociale. N'avait-il pas lu dans ses cartes que je connaîtrais la gloire ? Combien de fois me l'avait-il dit en riant. Et voilà que je me dévoie. Non, de ce succès-là il n'en voulait pas ! Ce n'était pas *sérieux !* Tant que je peignais dans la vieille maison délabrée de la princesse Yourevitch, entouré d'amis tous plus fous les uns que les autres, ça allait encore. Mais cette subite mise en lumière, cette publicité, les articles dans les journaux accolant le nom de Rezvani à des « barbouillages », c'était plus qu'il ne pouvait en supporter. Par la suite, à plusieurs reprises il tentera de me faire rentrer dans le rang — lui qui n'y fut jamais, dans le rang ! — en prétextant ma misère et mon « ratage ». Il était alors déjà *conseiller* de Mme F… et c'est dans le grand salon de marbre de l'hôtel 1930 qu'elle possédait au Bois qu'il avait dit, s'adressant à Danièle : « Voyons, Danouchka, toi pas continuer vivre comme ça misérable avec lui. Il être temps que Serioja il commence quelque chose sérieuse. » Est-ce ce jour-là qu'il parla de m'embaucher comme homme de paille-directeur du théâtre des Ambassadeurs que Mme F… projetait de racheter à (ou par l'intermédiaire d') Alice Cocéa ? Nous avions ri. Lui qui n'hésitait pas à berner les gens ne tolérait pas que son fils traite la peinture avec cette désinvolture (croyait-il).

Le jour où mon père voulut crever mes toiles à la galerie Maeght, je pense que sa fureur était exacerbée par l'idée que j'étais tombé (ou retombé) entre les mains des Juifs. « Maeght, c'est juif », me lança-t-il un jour d'un air entendu. Bien sûr ce genre de remarque venait sous la forme de plaisanteries. Il avait toujours plaisanté sur ce sujet. Pendant la guerre, indifféremment il donnait du *rabbin* à ceux qui lui téléphonaient. « Bonjour, rabbin ! » c'était devenu une sorte de mot de passe. Ou bien : « Comment ça va, Juif ? » Il lui arrivait même de prendre par-dessus son accent l'accent juif. Et ses amis juifs en riaient. Une fois il m'avait dit : « Tu fais peinture juive. » Me laissant entendre qu'une part vicieuse en moi reprenait le dessus.

Quand j'amenai Evelyne chez mes parents, dès qu'il la vit, mon père dit en russe : « Pourquoi as-tu été chercher une petite Juive ? Il ne te manquait plus que ça. » Et il lui avait fait choisir une carte. Ni Nahidé ni Mam n'éprouvèrent de sympathie envers Evelyne. Pour rien au monde mes parents ne l'auraient avoué, mais l'antisémitisme russe, le vrai, le plus tenace qui soit, les empêchait d'avoir un comportement tout à fait dégagé avec les Juifs. D'ailleurs on ne disait pas *un Juif* dans les milieux russes, on disait *un petit Juif.* Au mieux : *un pauvre petit Juif.* Car il allait de soi qu'une âme sensible plaignait un Juif d'être juif. C'était une façon inconsciente d'atténuer le refus viscéral que tout Russe (de quelque opinion politique, de quelque classe sociale qu'il soit) éprouve à l'égard des Juifs. Le *pauvre petit Juif* sonne pour moi comme l'*israélite* de la bourgeoisie française. Plus un bourgeois français d'aujourd'hui sera antisémite plus il s'arrangera pour y mettre des formes. Il dira d'un tel qu'il est *israélite* et s'émerveillera de la politique implacable de l'État d'Israël — cependant qu'il se hérissera en secret de tel *gros Juif* ou *petit Juif* ou *sale Juif* rencontré au détour d'une affaire. Lorsque mes parents firent la connaissance des Boully, je vis à leur sourire combien la douceur trop sucrée de Monny leur répugnait — quant à la Mère, mon père imita son bégaiement et tout fut dit.

Un jour que je passais avec Mason devant l'hôtel particulier de Jo Davidson — près de l'église d'Auteuil — Raymond sonna à la grille. Personne ne vint nous ouvrir. J'en fus soulagé. Qui était Jo Davidson ? Je ne saurai jamais exactement quelle place il a tenu dans la vie de ma mère. Tout ce que je sais c'est qu'il lui faisait parvenir de l'argent lorsqu'elle se mourait à Saint-Paul-de-Vence ; je sais aussi qu'il était immensément riche et célèbre aux États-Unis pour ses sculptures officielles... bref, c'était en quelque sorte l'oncle d'Amérique (en fait je crois un cousin de ma mère) auquel je n'aurais pas dû hésiter à faire signe. Une fois, c'était juste après la Libération, à l'occasion d'une de ses fâcheries avec mon père, Mam m'avait parlé de Jo Davidson. Voulait-elle par ressentiment contre mon père me pousser dans le clan des Juifs ? « Tu sais, il est immensément riche, et il s'est toujours préoccupé de ta pauvre mère. » Ainsi me faisait-elle comprendre qu'un signe venu du fils d'Adèle ferait de Jo Davidson mon bienfaiteur. Mon orgueil de jeune peintre ivre de liberté m'empêcha de me manifester. Elle avait ajouté : « Il a un hôtel particulier près de l'église d'Auteuil. » Par la suite chaque fois que nous passions devant l'hôtel de Jo Davidson, je disais en plaisantant à Mason et Lanzmann : « Il suffirait que je sonne à cette grille pour que notre fauche soit terminée. » Mason sonna pour moi. Par bonheur aucun domestique ne vint. Souvent je fus sur le point de dire à mon père que j'avais sonné à la grille de Jo Davidson : c'était la plus sûre et définitive façon de le renier et de me faire renier par lui.

Enfin, un jour de printemps, le prince Yourevitch rentra des États-Unis et il nous pria de vider les lieux. Mason partit vivre avec Mimi (qui sur-le-champ quitta Blomberg pour lui), Lanzmann s'embarqua pour la Tunisie, quant à moi, je me retrouvai seul, sans argent, sans une chambre où me loger. D'instinct j'allai frapper à la porte de *ma vraie famille,* celle que mon cœur s'était choisie : chez les Boully. Comme d'habitude ils me reçurent avec des effusions extraordinaires. Monny me donna des cigarettes, la Mère une chemise propre ; ils me firent asseoir à leur table et la Mère me servit les restes de leur repas.

Soudain entre une jeune fille maigre, le haut du visage enfoui sous une frange de cheveux sombres. C'est Evelyne, la petite sœur de Jacques. [

] Nous nous embrassons sur les joues. L'insistance de la Mère nous met mal à l'aise. C'est à peine si je retrouve sur le visage de cette maigre fille les traits de l'enfant que j'avais entrevue à Brioude. Sous la masse de ses cheveux elle dissimule un étrange visage d'oiseau nocturne. Le nez petit et busqué (que plus tard elle aura la folie de faire retailler), des lèvres très minces, sensibles, une mâchoire un peu large et surtout, illuminant l'ombre dans laquelle elle tente de les enfouir, des yeux, de grands yeux d'un bleu de verroterie, clairs comme des flaques de plein air. Elle n'est pas à l'aise dans son corps dont le sexe n'est pas encore bien affirmé. Elle ne sait que faire de ses coudes pointus, de ses poignets trop longs et osseux, de ses omoplates qui soulèvent sa robe comme de petits moignons d'ailes. Elle a ce côté un peu insecte des très jeunes filles sur le point de devenir femmes. Elle fait le dos rond et ses jambes trop minces chaussées d'escarpins trop grands sont mal assurées dans leur démarche. Elle est dans cette période difficile, ce moment où la jeune fille ressemble à un petit échassier maladroit encombré d'articulations disproportionnées et d'ailes inutiles. Rien ne m'attirait en Evelyne, au contraire même ; j'ai toujours trop aimé la femme dans la femme pour en désirer la nymphe. Les êtres inachevés me mettent mal à l'aise.

Elle logeait dans une petite chambre confortable que les Boully avaient aménagée sous les combles de l'immeuble du square Alexandre-Cabanel. Si fou que cela paraisse, Evelyne avait manqué *mourir d'amour,* et c'était une convalescente que les Boully poussèrent vers moi. Elle s'était laissée dépérir à Brioude en écrivant des lettres désespérées à Gilles Deleuze. [

] Effrayé sans doute par la sincérité convulsive de cette petite fille tombée de sa province, Deleuze, de son côté, ne voulut pas jouer plus loin avec elle et, malgré Claude, et peut-être aussi à cause de l'amitié qu'il avait pour lui, brusquement s'écarta. Evelyne cessa de s'alimenter et resta ainsi prostrée jusqu'à ce que son père consente à s'en débarrasser sur la Mère et Monny. Au début, elle se laissa aller des journées entières à pleurer dans sa chambre puis, peu à peu, elle accepta de descendre et commença même à sortir avec ceux que les Boully réussissaient à convaincre de se charger, ne serait-ce que pour un soir, de la maigre et désespérante jeune fille. Ainsi Isaïe l'emmena-t-il fraternellement voir un film russe sur les Champs-Elysées ; Mason eut aussi la charité de la « sortir » ; Guillonnet à son tour par amitié pour Claude fit cet effort ; même Eluard eut la gentillesse de se préoccuper de la petite belle-fille de Monny et lui dédicaça tous les volumes de son œuvre (que par la suite nous vendîmes à des bouquinistes). Le cas d'Evelyne avait en effet quelque chose de *touchant.* Meurt-on encore d'amour ? Il y avait là du piquant, après tout, et je pense qu'Evelyne puisa dans la curiosité qu'elle éveillait dans l'entourage du bon Monny la force de se ressaisir.

De mon côté je passais par une phase de profond découragement. Je souffrais de solitude ; et, c'est un de mes traits de caractère, plus je me formulais cette solitude, plus je m'y enfonçais. Il me semblait être arrivé au bout de mon enthousiasme : je ne pouvais plus peindre, je ne pouvais plus vivre. Je n'avais surtout plus la force de croire en quoi que ce soit. D'amour pas question ! Et c'est d'amour que je manquais. Je *faisais* l'amour chaque fois que l'occasion s'en présentait mais à chaque nouvelle étreinte de passage le gouffre s'ouvrait plus sombre, plus béant, plus inhumain — et plus angoissante devenait ma solitude. Il m'arrivait même de resonger avec des larmes de tristesse à Nahidé dont quelques regards, quelques pressions de main avaient apporté plus de bonheur et de réconfort à mon imagination que la brève jonction des sexes des successives « occasions » rencontrées pendant ces deux ou trois ans de dérive.

L'arrivée du prince Yourevitch, en nous jetant tous les trois à la rue, m'avait en quelque sorte réveillé de ce faux-semblant qu'est l'amitié entre hommes à l'âge de l'adolescence. Brusquement je n'étais plus personne. Je ne me reflétais plus en rien ni en personne. En quittant Boulogne je perdais l'illusion d'avoir de l'importance pour d'autres que pour moi. Mes deux amis s'étaient dispersés en quelques secondes et je ne voyais plus de sens à rien. Au moment où je rencontrai Evelyne, je venais de me décider à quitter Paris et, sur le conseil de Frank McEven (un des inventeurs de la plongée sous-marine) je me préparais à aller passer quelques mois à la pointe d'un cap sauvage de la presqu'île de Saint-Tropez. Je comptais y vivre de la pêche sous-marine. Au lieu de me réfugier auprès des quelques amis que je pouvais avoir encore, je n'avais qu'une hâte, rompre les derniers liens qui me rattachaient au cercle des humains. Ce trait de caractère je le tiens de ma mère ; je reconnais en moi la louve, ses fuites, ses volte-face, ses crocs qui brusquement luisent. Comme elle, lorsqu'il me semble être acculé, je pourrais mordre la main qui se tend et, sans l'amour de Danièle, je sais que depuis longtemps ma *sauvagerie* aurait pris le dessus et m'aurait détruit. Chaque fois qu'il m'est arrivé d'être dans l'impasse je me suis détourné du secours des hommes, choisissant la solitude pour me retremper. Et même par la suite, lorsque Danièle vint illuminer ma vie c'est ce même instinct de fuite qui me poussa à déserter *avec elle* un Paris où nous n'avions pas notre place.

Donc lorsque les Boully me mirent Evelyne sur les bras j'étais à quelques jours d'une de mes fuites, la plus naïve sans doute mais aussi celle qui m'a sûrement le mieux réussi. J'étais en très mauvaise santé, je venais d'avoir une sorte de scorbut qui pendant tout l'hiver m'avait rongé la bouche ; ma maigreur valait bien celle d'Evelyne. Sauf que si elle se mourait d'amour, moi je me mourais d'en manquer. « Allez vous amuser ensemble, mes enfants », nous avait dit Monny et il me glissa de l'argent en m'embrassant sur le front à sa façon tendre et un peu solennelle. La Mère entraîna Evelyne dans la salle de bains, la força à se peindre les lèvres et à sertir d'un trait noir ses yeux comme pour mieux contenir l'eau bleue dont ils semblaient sur le point de déborder. Remarquant des taches de peinture sur mon pantalon, elle m'en donna un de Claude ; elle me força aussi à démêler mes cheveux et à me laver, me prenant sans cesse la joue à sa façon maternelle et autoritaire pour me tourner vers sa fille en bégayant dans des spasmes éperdus : « NNNN'est-il pas... bbbbbeau... SSSSer... ? » Et avec des difficultés inouïes, dans un effort de tout son corps, elle avait réussi le tour de force d'ajouter presque en entier [

] : « Moi à ta place il me plairait. » Je réduis bien sûr à l'essentiel ce qui demanda bien des ânonnements et des convulsions. Mais cette fois l'espoir qu'elle mettait en moi était si vif, que ces phrases finirent par être expulsées en leur entier syllabe par syllabe.

Il faisait doux, nous étions à la fin mai, et ce soir-là nous avions marché jusqu'à Montparnasse presque sans nous parler. L'un comme l'autre nous nous sentions pris au piège de la Famille, et l'un comme l'autre nous en étions agacés. Evelyne allait près de moi, maigre, voûtée, sa tignasse faisant une boule sombre et informe au-dessus de ses épaules pointues... je voyais ses chevilles trop minces... et soudain j'eus honte de la détailler avec cette froideur, de ne voir près de moi qu'un corps en disgrâce. Lui mettant la main sur l'épaule, je l'entraînai jusqu'à un banc où nous nous assîmes un moment pour parler. Elle releva un peu la tête et ses yeux pleins d'eau bleue s'ouvrirent un instant sur moi puis elle baissa de nouveau la tête. Elle pourrait être belle, m'étais-je dit, il suffirait qu'elle le sache.

Nous allâmes au cinéma. Je revis pour la quatrième fois *Citizen Kane*. Près de moi le maigre petit oiseau pleurait en silence. Ses larmes reflétaient les sautes de lumière du film. [

] Je lui pris la main. Elle se raidit. Je lâchai sa main et d'un geste amical, fraternel, je lui caressai les cheveux. Elle me laissa faire cependant que les images de *Kane* nous tiraient du noir et nous y renvoyaient. « Pourquoi pleures-tu ? » chuchotai-je avec douceur. Ces mots déclenchèrent une violente crise de sanglots muets. Elle se plia plusieurs fois sur elle-même (geste qui ne me devint que trop familier par la suite !) comme si je lui avais donné un coup dans l'estomac. Je l'entraînai dehors et nous marchâmes jusqu'au square de l'église du Montparnasse. J'étais bouleversé de pitié. Je lui pris le bras et je me rendis compte qu'elle tremblait par salves irrégulières (tremblements que je ne connus aussi que trop bien par la suite !). Nous nous assîmes sur un banc aussi loin que possible d'un bec de gaz et nous étions restés ainsi un long moment sans rien dire. Je me souviens de lui avoir pris les mains doucement d'un geste amical, tranquille. Soudain elle avait relevé la tête et de nouveau à travers l'ombre ses yeux transparents s'ouvrirent sur moi, semblant tout à coup me découvrir. Elle pencha la tête et m'observa à la façon des oiseaux de nuit : « Tu es bon, Serge », me dit-elle en butant légèrement sur le tu. (Elle ne bégayait pas vraiment mais craignant de ressembler à sa mère jusque dans son parler elle attaquait ses phrases en hésitant.) C'était un trait caractéristique des Lanzmann que cette soudaineté dans la façon de dire un compliment. « Tu es beau. » « Tu es bon. » « Tu es un génie. » Etc. Comme Claude, comme Jacques, comme la Mère, Evelyne vous épinglait en quelque sorte sous une de ces naïves appréciations. C'était dit avec une telle candeur, une telle conviction ingénue que vous ne doutiez pas de leur sincérité. Combien de fois ai-je entendu cette sorte de caresse verbale et vu la gêne immédiate qu'elle provoquait ? Ces mots d'Evelyne ne me surprirent pas. J'étais de ceux qui pratiquaient depuis assez longtemps la Famille. Ce « Tu es bon, Serge », maintes fois Jacques, Claude ou la Mère me l'avaient dit tout aussi directement. Et en effet, en cette circonstance je me sentais bon, plein d'une douceur, d'une *compassion* (je lisais Dostoïevski et vibrais à ce mot), d'une patience sans limites.

Deux ans plus tard, au *Royal,* place Saint-Germain-des-Prés, Gilles Deleuze me dira ce même : « Tu es bon, Serge », en posant la main sur mon bras. Nous en étions enfin arrivés à nous séparer, Evelyne et moi, et, par un de ces bégaiements de la destinée, c'était auprès de Deleuze qu'elle avait trouvé momentanément le soutien dont elle avait besoin. Poussé sans doute par Claude, Gilles avait tenu à me parler et je l'avais rejoint dans le grand café anonyme qui se situait à l'époque à l'emplacement du drugstore d'aujourd'hui. J'aimais Danièle que je venais de rencontrer et c'était avec le malaise de mon détachement envers Evelyne que j'étais venu à ce rendez-vous. Gilles Deleuze m'attendait. Près de lui Evelyne rayonnait de bonheur, même ses cheveux d'un blond de paille semblaient électrisés autour de son visage de poupée. Gilles, le cou dans les épaules, un long cache-nez enroulé à deux tours sous le menton, me souriait avec cette tendresse un peu compassée que l'*amant* se croit obligé d'avoir envers le *mari*. En les voyant réunis (enfin !) je ne pus m'empêcher de me ressouvenir de la fillette désespérée dont Gilles n'avait pas voulu. Le maigre petit oiseau s'était en effet transformé en « jolie femme ». En l'espace de deux ans Evelyne était devenue une comédienne, une comédienne sans rôle mais cependant une *comédienne* — et par ma faute ! Elle réunissait maintenant sur elle tous les attributs de la femme-image : blondeur d'une chevelure brûlée à l'eau oxygénée à cent volumes, seins ronds, hanches serrées dans une robe fluide, jambes étirées par de hauts talons, ongles peints, bouche peinte, yeux ombrés au crayon sous l'arcade sourcilière épilée... bref, tout y était pour faire d'elle un objet, une désirable machine sexuelle, et je lisais dans sa façon apitoyée d'être avec moi, sur son visage qu'elle penchait toujours un peu, dans ses yeux élargis d'un bleu de quartz mouillé, qu'elle me plaignait de perdre cette machine (elle) cet objet (elle) dont j'avais été plus ou moins malgré moi l'*inventeur*. En me disant : « Tu es bon, Serge », sur ce ton si doux, si compatissant, si lanzmannien, Gilles Deleuze de son côté voulait sans doute me remercier de ne pas faire d'histoires, [

] Il me reste aujourd'hui, au souvenir de ses façons, une impression d'ironie envers lui-même de se trouver soudain encombré d'une femme si profondément absorbée par le vide de sa propre image. En effet, que restait-il de sa petite amoureuse aux lettres spasmodiques ? La jeune provinciale aux coudes pointus, à la démarche maladroite et à la tignasse juive avait fait la preuve de l'immense plasticité de la femme. Gilles semblait me cligner de l'œil, comme si cette passation avait quelque chose d'une farce. Pour finir, je les avais embrassés et j'étais parti en m'étonnant au fond de moi que la vie invente de ces sortes de symétries. De Gilles Deleuze à Gilles Deleuze, je n'avais fait que convoyer Evelyne. Par bonheur, par miracle, cette lourde expérience débouchait pour moi sur la rencontre d'un être de lumière.

Comme Evelyne dont le suicide mûrissait déjà en elle avec la fatalité d'une tumeur, moi-même n'aurais-je pas fini par succomber ? La mort d'Evelyne en 1966 résonna en moi comme si à travers sa mort à elle j'apprenais la mort de celui que j'aurais pu être sans Danièle.

Aujourd'hui je ne peux songer sans un sentiment de tristesse et de honte à ces deux années passées avec Evelyne. Pourquoi ne me suis-je pas écarté dès ce premier soir comme le firent tous les amis de Claude ? Pourquoi ai-je tenu à traverser ce mur de larmes avec le désir de toucher l'âme de cette adolescente qui pleurait près de moi ? Etait-ce vraiment de la pitié ? N'était-ce pas, plutôt, que je me sentais moi-même au plus profond du délaissement ? D'avoir rencontré un être plus seul, plus désespéré que moi m'apportait un subtil réconfort ; de me découvrir un pouvoir, si mince soit-il, sur un être encore plus déprimé que je ne l'étais me rassura, m'apaisa — je me sentis être. Mes gestes d'amitié, mes paroles *agissaient* sur Evelyne ; à mesure que je lui parlais je la voyais se détendre et même à plusieurs reprises, pendant que nous marchions le long du métro aérien entre Pasteur et Cambronne, j'eus la satisfaction de surprendre un sourire sur le petit visage ravagé par les larmes.

Au moment où nous tournions dans le square Alexandre-Cabanel, nous nous étions heurtés à Claude qui parut prodigieusement excité de nous surprendre ensemble. Il nous attrapa à deux bras nous confondant sur son cœur avec cette sorte de brutalité nerveuse qu'il a toujours eue dans ses expansions. [

]

Ainsi vis-je Evelyne tous les jours pendant la semaine

qui précéda mon départ pour le Midi. Nous allâmes à *Brève Rencontre,* Evelyne pleura, nous allâmes à *Enamorada* avec Pedro Amandariz. Evelyne pleura. Je lui prenais les mains avec gentillesse et douceur. Cela semblait l'apaiser. Chaque soir nous rentrions à pied en parlant. De tout mon cœur je tentais d'insuffler de la vie, de redonner une étincelle d'espoir à cette maigre fille aux grands yeux hagards. Un soir, en désespoir de cause, j'eus la folie de lui suggérer d'entrer dans un cours de comédie. Elle releva la tête et me regarda en penchant le visage à sa façon habituelle. « Moi ? Comédienne ? » Et pour la première fois elle eut une sorte de rire amer. « Oui, dis-je, pourquoi pas ? » Elle haussa les épaules et me répondit : « Tu te fous de moi » en bégayant soudain presque autant que sa mère. Nous nous assîmes sur un banc en lisière du square Alexandre-Cabanel et, sentant que mes paroles avaient soudain, pour la première fois, prise sur elle, je lui parlai de théâtre avec une telle conviction qu'elle sembla tout à coup se réveiller. Lorsque je la quittai devant le monte-charge, elle m'embrassa ce soir-là, fort, sur les deux joues avec reconnaissance.

Le lendemain nous passions au cours Simon où, avec la bénédiction de la Mère et de Monny, elle s'inscrivit aussitôt. Quelques jours après je quittais Paris, un peu triste d'abandonner Evelyne qui, à mon grand étonnement, me demandait de rester. Mais j'en avais assez. Elle m'accompagna à la gare de Lyon. Au moment où j'allais monter dans un compartiment, je ne sais comment, nous nous rendîmes compte tout à coup que nous nous embrassions sur la bouche. Il me semble que ni elle ni moi n'en avions pris l'initiative. Je m'arrachai aux bras d'Evelyne et sautai sur le marchepied tandis que le convoi commençait à glisser le long du quai. Evelyne avait fait quelques pas pour rester à ma hauteur en me souriant d'un air misérable. Comment pouvais-je imaginer que sur cette image se superposerait si vite une tout autre ?

Les deux mois de solitude que je passai à la pointe du cap Lardier provoquèrent en moi un choc très fort ; je repris goût à l'existence en m'abandonnant aux exigences les plus primitives, les plus brutes de notre destin animal. Je peux dire que je m'immergeai dans la mer jusqu'à perdre le sens de mon identité ; jusqu'à me sentir moi-même une parcelle active obstinée avide égoïste de cette mer hantée de proies rapides. J'avoue que c'est en tuant que je retrouvai l'ivresse de vivre ; la capture d'une de ces bêtes gluantes que je ne savais même pas nommer me remplissait d'une sorte de bonheur primitif que je n'ai retrouvé en aucune autre circonstance. Percevoir en nageant, contre votre hanche, les sursauts des proies enfilées vives par les ouïes sur l'anneau de votre ceinture, aborder dans une crique perdue sous les éboulis (avec là-haut dans les pins immobiles le martèlement rapide des cigales) et vous sentir tout à coup unique sous le soleil, debout dans la jubilation d'être bête... et homme en face de cette mer dont vous savez l'envers et dont vous venez de trouer la scintillante membrane bleue, non, je n'avais jamais rien connu de plus grisant ! Je jetais sur les rochers les poissons secoués de spasmes, et sans le moindre réflexe d'imagination, sans un seul tressaillement de la conscience, comme si la *cruauté* ne pouvait se concevoir qu'ailleurs, loin de la vie brute, j'incisais doucement les ventres métalliques et soyeux d'où soudain jaillissaient les viscères que je tranchais sans qu'à aucun moment la souffrance de ces chairs, qui cependant se tordaient sous mes doigts, passe en moi et s'impose comme un possible reflet de ma propre chair mise à nu par un même couteau. Oui, je peux dire que je me *retrempai* et que c'est ici, sur ces rives de cristal, que je me suis réaccouché en quelque sorte par le couteau, la chair tranchée et vidée, la mastication de la proie, la constante obsession d'engloutir de la vie, et encore de tuer et d'engloutir et de mastiquer, replié sous une avancée de roc — avec en face au loin les îles : le Levant, Port-Cros, Bagaud,

Porquerolles, dans la brume — et l'obscure satisfaction d'être oublié de la terre entière comme une bête parmi les bêtes.

Je m'étais glissé par le sentier douanier à la lisière des champs de mines dont l'armée allemande avait parsemé la côte varoise. Nul n'osait s'aventurer alors le long de ces panneaux à têtes de mort entrecroisées de tibias peints au pochoir, soulignés d'un MINEN en majuscules. Parfois, la nuit, il arrivait qu'un sanglier saute sur une de ces mines. Sur la plage de Gigaro, plusieurs péniches de débarquement démantelées et enlisées dans le sable témoignaient aussi de ce passé récent où la mitraille avait fait taire les cigales. Aux Brouis, sur cette plage claire dont la courbe parfaite vous ferait croire à la *bonté* de l'univers, une péniche ensablée parmi les lis de mer rappelait qu'en ce *lieu* des hommes s'étaient entretués. Le fond de l'eau en gardait les traces, et c'est dans l'épave d'un bateau coulé que j'allais souvent harponner des sars et des congres blancs. Il m'arriva aussi à plusieurs reprises de retirer du sable des mines antichars, plates, larges comme des fait-tout que je suspendais par une de leurs poignées aux basses branches des pins.

C'est aux Brouis qu'il m'arriva de vivre une étrange expérience. Un matin, je tirai une raie pastenague qui pesait facilement une trentaine de kilos. Cela se passait au début de mon séjour et c'est sans me rendre compte du danger que je plongeai parmi les algues et décochai ma flèche dans une masse sombre, presque à bout portant. Horrifié, je vis alors s'élever lentement hors des algues, qui jusque-là l'avaient à moitié dissimulée, une énorme raie d'un noir verdâtre, plate, ailée, armée d'un fouet long et vif qui se tordait en tous sens. Je faillis me noyer de peur et d'émotion. Cette raie monstrueuse m'entraîna deux ou trois fois au fond mais ma flèche avait dû la frapper dans ses centres vitaux car à aucun moment elle n'y mit de brutalité et je réussis sans trop de mal à la ramener vers les récifs de l'extrémité de l'anse. Après l'avoir hissée à l'air libre, je tranchai le fouet (à la base duquel se trouve un ou parfois plusieurs dards barbelés — que l'on dit venimeux) et la retournai en prenant appui sur le harpon qui avait traversé le cartilage, entre les deux évents, dans toute son épaisseur. Le dos de la bête était noir et visqueux mais à peine eus-je réussi à la basculer que je ne pus m'empêcher de pousser une exclamation de stupeur devant la blancheur nacrée, lisse, presque féminine du grand ventre étalé sous mes yeux. Je remarquai tout de suite la bouche, dessinée comme au pinceau, couleur de corail ; elle s'ouvrait et se fermait avec l'expression d'une vraie bouche de femme maquillée. Au milieu de ce ventre blanc, couleur de lune, cette bouche si expressive me coupa le souffle... et encore maintenant lorsque je repense à cette chose monstrueuse étalée parmi les récifs des Brouis je ne peux croire à ce que j'ai pourtant si bien vu. Je touchai ces lèvres d'agonie et m'y blessai — car les lèvres des raies pastenagues sont armées d'une quantité d'aspérités tranchantes comme de minuscules rasoirs.

Au moment où j'allais enfoncer mon couteau dans ce grand ventre, j'avisai, entre les deux nageoires caudales, la fente du sexe situé à la base du fouet. Un fil sombre pendait de ce sexe en se tortillant, et je compris soudain avec horreur que c'était la queue d'un bébé raie qui doucement commençait à glisser hors de la vulve La petite raie se déroula — comme se déroulerait une feuille de lotus — tomba à l'eau et se mit immédiatement à nager, passant avec une aisance miraculeuse de la mère à la mer, sans la moindre hésitation. Si mes souvenirs sont bons, j'en accouchai sept (que je dois avouer, ici, avec honte et dégoût, avoir toutes tuées et mangées). Pour finir, sans un recul, avec une indifférence qui aujourd'hui m'étonne encore et me glace, je plantai le couteau dans le beau ventre d'argent clair dont j'arrachai les viscères vivants remplis de petits crabes à demi digérés.

J'étais couvert de bave et de sang et c'est avec une joie tranquille que j'écorchai ma proie, mettant à nu sa viande sur laquelle les guêpes commencèrent aussitôt à grouiller J'avais commis un crime, en tout cas la taille presque humaine de ma victime donnait à cette pêche l'aspect d'une boucherie — surtout que les raies comme les requins auxquels elles s'apparentent ont un sang chaud. Tout en moi aurait dû se rebeller et je suis sûr que si j'avais rêvé cette mise à mort ainsi que cet abominable accouchement, je me serais réveillé en sueur et hurlant de toute mon âme. Et voilà qu'au contraire j'éprouvais dans la réalité un délicieux apaisement. En tuant, je venais d'accomplir un prodigieux acte de vie. J'allais me repaître de cette viande et m'endormir avec la sensation d'être en parfait accord avec moi-même et avec l'univers. Pas un instant je ne vis le *véritable* spectacle que j'offrais, pateaugeant parmi les lambeaux de peau, les viscères et les quartiers de viande adhérant encore à la masse rosâtre du cartilage. L'animal ronronnait en moi. Plus d'angoisse, plus d'indécision : la mort était vie.

Dernier détail horrible : Peut-être deux heures après ce dépeçage, au moment où j'allais pousser à la mer ce qui restait du corps cartilagineux de la raie, je remarquai dans une cavité de l'os un caillot de chair qui pantelait régulièrement. Je le détachai à l'aide de mon couteau et le pris dans la main. Le cœur battait, seul, pour rien. Je le laissai ainsi un long moment sur ma paume et le regardai se contracter à vide avec un étonnement hébété. Peu à peu il s'apaisa et finit par s'arrêter tout à fait. Je jetai l'horrible caillot à la mer. Je ne sais ce qu'éprouvent les meurtriers ; ce que représente le dépècement d'un corps humain dans une baignoire. Je suppose que le franchissement de tous les tabous sociaux doit mobiliser tant d'énergie qu'il ne peut surnager la moindre parcelle de cette satisfaction immonde (et *naturelle*) que procure l'appropriation de la vie. Mais il me faut avouer que chaque fois qu'il m'est arrivé de tuer de grands poissons j'ai ressenti ce même apaisement de l'acte accompli. Une sorte de légèreté vous habite tout à coup, plus d'angoisse, plus d'imagination ; vous *êtes*... Enfin il y a aussi cette immense victoire d'être passé du glauque au solaire, ces retrouvailles terrestres, ce basculement de la position un peu recroquevillée de la nage sous-marine à la verticalité. Chaque fois, ce dépliement, cette reprise pied sur terre je l'ai vécue comme une véritable *venue au monde*.

Il y a de cela deux ou trois ans, nous nous sommes trouvés par hasard à déjeuner chez Jean-Claude Vignes, à Cannes, avec le pianiste Noël Lee et le chanteur Bernard Kruisen. Nous connaissons Noël depuis plus de vingt ans, nous l'admirons et c'est toujours avec joie que nous le revoyons. Il était à Cannes à l'occasion d'une tournée de concerts. Kruisen chante des lieder de Schubert — Noël l'accompagne. Kruisen est un géant fruste, et on ne peut s'empêcher en le voyant de sourire à l'idée que par un si grossier filtre puisse passer l'inexprimable délicatesse de Schubert. Est-ce possible, qu'un corps de gladiateur, qu'un être apparemment aussi primitif donne âme et langue à Franz Schubert ? Bernard Kruisen est « champion du monde » de pêche sous-marine. Il s'en vante et, pendant tout le repas, il nous en parle et y revient comme un grand singe qui tambourine des poings sa vaste poitrine. Sa vie se partage entre Schubert en hiver et la plongée en été. Il connaît chaque trou à mérou autour de l'île d'Ibiza. Il descend *sans bouteille*... à trente mètres de profondeur ! ! ! Il écarte ses grands bras et donne en livres le poids de ses prises. La prétendue vanité des chanteurs, là c'est le pêcheur de fond qui l'accapare en entier. Sa vraie passion c'est cette lutte obscure et muette dans l'envers de la mer. Lorsqu'il se met à l'eau toute l'île retient son souffle. Et chaque fois le chanteur colossal émerge du silence tenant contre son torse un mérou de taille humaine.

Voilà qu'un jour arrive sur la plage (*sa* plage) un pêcheur sous-marin américain tout aussi « champion », adroit et endurant que lui. L'été se passera alors dans une lutte sans répit entre ces brutes. Tout le monde accourt dès que l'un des deux hommes émerge des gouffres. Cette lutte primitive se terminera par la mort du pêcheur américain. Kruisen le retrouvera engagé par près de trente mètres de fond dans une grotte où agonise encore un mérou transpercé par son harpon. C'est avec une véritable volupté que le chanteur nous avait raconté cette histoire. Là-dessus nous nous étions levés de table et le géant, soudain anxieux, s'en était allé répéter Schubert avec Noël Lee. Autant l'artiste se sentait vulnérable, inquiet (pendant le repas il avait même souhaité que l'on ferme la fenêtre par peur des courants d'air), autant la brute semblait satisfaite. Tuer des mérous, se mesurer à un rival jusqu'à ce qu'il succombe, quelle prodigieuse et rassurante simplicité ! La frontière entre la vie et la mort est si saine, si palpable ; qu'il est reposant de se savoir fort, invincible ; qu'il est bon de prendre la vie et de s'en nourrir... et combien il est angoissant de chanter Schubert ! Moi-même j'avais vécu cela. Qu'est-ce que l'art à côté de la certitude de vie qu'éprouve si puissamment celui qui vient de *donner* la mort ?

Je ne peux croire que ce même *je* qui écrit aujourd'hui... ou même le *je* d'avant (celui qui avait peint les grandes toiles nonchalantes de Boulogne) ait pu trouver une *réalisation* momentanée dans le saccage de la vie. De quelle profondeur de mon moi a donc jailli ce couteau ? Quelle froide folie m'a poussé à tuer non seulement la raie mais aussi le produit de son ventre ? Je ne peux que répondre : ce n'est pas *je* mais l'homme universel qui agissait à travers moi ; et je sais qu'il suffirait du choc des circonstances pour que cette même main d'*artiste* que je vois là, paisiblement occupée à tracer les délicates boucles de ces lignes, se referme sur le couteau ou sur la détente et fasse *parler* la mort. Et c'est bien parce que nous savons quelle est notre véritable et immémoriale pente que nous nous entourons des exquises politesses de l'art. Je me sais bourreau et je me sais victime. Je suis une bête et je trouve mon salut dans mon imagination. Je m'imagine que j'ai une profonde répulsion pour la chasse. Je m'imagine que pour rien au monde je ne me laisserais aller à vibrer à une corrida. Mon imagination a même la sensiblerie de me persuader que la mort d'une mouche réveille quelque part en moi de la souffrance et, comme le vieux Gombrowicz, je ne peux m'empêcher de ne voir dans les piscines que des pièges à insectes. Toute souffrance me trouble jusqu'à la nausée et il m'est arrivé de me sentir à la limite de l'évanouissement pour avoir recueilli dans mes mains une bécasse dont une décharge de plomb avait brisé l'aile. Quel horrible instinct s'était donc réveillé en moi en cet été 1947 ? Pourquoi cette joie tranquille dans le meurtre ? Le spectre de la *nécessité* m'autorisait-il à exercer ma véritable vocation d'homme ? Je n'avais besoin pour survivre ni d'une si grande raie et encore moins d'en exterminer les petits. La gratuité de ce meurtre maquillé en nécessité me pousse à ne voir que des symboles dans cette image d'un adolescent poignardant un ventre (car la raie retournée n'est *qu'un ventre*) dont la bouche peinte semblait vouloir lui parler cependant que du sexe coulait généreusement le chapelet infini de la vie. Il me plaît de *lire* mon premier séjour au cap Lardier à travers cet acte qui ramasse en lui tous les autres gestes que j'ai accomplis pendant cette plongée de plus de deux mois dans le silence et la solitude. J'en sortis non seulement avec une santé neuve mais mentalement régénéré.

Pour toute lecture j'avais emporté une bible donnée par un dominicain dont j'avais fait la connaissance au vernissage des *Mains éblouies,* chez Maeght. Il m'avait acheté un tableau et m'en avait fait vendre. Le père Laval est un personnage hors du commun. A l'époque il venait de faire parler de lui à propos d'Artaud dont il avait pris la défense. Artaud avait insulté Dieu lors d'une émission de radio. Cela fit scandale. Provoqué par des journalistes le père Laval avait eu le courage de défendre Artaud qu'il admirait. Son nom était donc assez répandu à Paris au moment où il m'aborda devant mes tableaux pour me dire qu'il les aimait. Il vint à Boulogne et, depuis cette époque, s'est nouée entre nous une amitié qui aujourd'hui encore est une de celles à laquelle nous tenons le plus, Danièle et moi. Donc au moment où je quittais Paris pour aller faire cette sorte de retraite parmi les poissons, Jacques Laval m'avait donné une bible.

Je n'ai jamais ressenti de la religion que la part artistique : j'ai chanté avec de véritables délices pendant la plus grande partie de mon enfance dans les chœurs orthodoxes russes. J'aimais ça à la folie — tout en trouvant par ailleurs répugnante l'autorité qui me contraignait à un culte dont je ne goûtais que cette brillante surface. Il me semble n'avoir jamais cru. Mon ciel me paraît avoir été déserté aussi bien par les anges que par Dieu. J'ai toujours eu la certitude de venir d'une mort infinie que ma naissance aurait interrompue momentanément et à laquelle je sais devoir à jamais retourner. Je m'en désole et ce qui me tient lieu d'âme se cabre contre la fatalité de mon anéantissement. Je regrette d'être en friche à ce point, de ne pas avoir été pourvu de la dimension du mystère. Je n'ai jamais eu qu'une mystique : celle de l'amour ; je n'ai jamais connu qu'un culte : celui de l'amour par la rencontre des corps. Ce sont mes yeux, mes mains, c'est ma bouche, ce sont les nerfs de ma peau qui me permettent par moments de *croire* à cette autre dimension où s'éveilleraient les fluides de mon *âme* sous le choc des sensations. C'est dire à quel point je me sens fait de la terre et destiné à en faire un jour.

Cependant lorsque j'étais enfant je vivais dans un réseau très contraignant de petites superstitions personnelles. Je me sentais en proie aux menaces de *forces obscures* avec lesquelles je devais constamment trouver des compromis. En vérité je n'ai jamais cru en la « bienveillance céleste ». Il me semblait que seules des forces maléfiques régissaient le monde. Je devais sans doute ce sentiment à ma malheureuse mère con*damnée* dont la lutte haletante ressemblait plus à un marchandage avec Belzébuth qu'à des actions de grâces.

Dieu n'assista pas mon jeune âge. Le diable oui. Mes tout premiers dessins le représentaient avec de grandes ailes membraneuses (de raie ?). Je me souviens d'avoir éprouvé, autour de mes huit ans, des prémices d'émoi sexuel dans un moment où je m'appliquais, à plat ventre sur un tapis, à représenter Satan sous l'aspect d'une grande chauve-souris enchaînée. Si ma mère avait *subi* son cancer au lieu de s'en indigner, Dieu l'aurait sans doute soutenue et je m'en serais trouvé par ma mère éclairé. Mais elle fut rebelle jusqu'au bout et je doute qu'elle se contentât jamais des douceurs sucrées de la religion. La seule fois où elle me parla du Christ c'était à Saint-Paul-de-Vence, en sortant d'un cinéma ambulant où l'on venait de donner *Ben-Hur*. Nous marchions par les remparts sous une pluie de lucioles ; ma mère m'avait pris contre elle dans son châle et tout en marchant, ma joue contre sa hanche, serrés l'un près de l'autre dans l'air saturé de jasmin, elle m'avait raconté qu'en Palestine avait vécu un homme plein de douceur et de bonté et que c'était pour sa douceur et sa bonté qu'il avait été cloué vivant — comme on l'avait fait du grand-duc — sur deux poutres de bois croisées. A aucun moment il ne fut question de Dieu ni de miséricorde. Des hommes avaient cloué un homme par les mains et par les pieds et cet acte ne trouvait d'explication pour elle que dans la profonde et diabolique méchanceté de la race humaine en son entier. Satan (*Tchort* en russe) régnait sur l'univers, et les hommes s'efforçaient de le servir de leur mieux. Voilà ce que j'ai retenu de la vie spirituelle de ma mère. J'étais trop jeune pour me rendre compte si elle se considérait en bons ou en mauvais termes avec Satan. Depuis, j'ai lu certains écrits de Gurdjieff — dont ma mère fut une ardente disciple — et j'y ai retrouvé des échos familiers. Plus tard, un peu après la mort de ma mère, je me souviens qu'en Suisse j'avais pris l'étrange habitude de m'attacher la nuit par le poignet, avec ma ceinture, aux barreaux de mon lit. Je suppose qu'en me liant ainsi, je m'identifiais à mes représentations de Satan enchaîné — et m'en préservais à la fois. Comment aurait-il pu m'enlever puisque j'étais solidement arrimé à mon lit ? Il faut croire que je tenais à rester là où j'étais. On m'avait bien assez souvent arraché à ceux que je commençais à aimer !

Ballotté d'un côté à l'autre comme je le fus pendant mon enfance, ayant donc été formé par bribes, tantôt dans une religion, tantôt dans une autre, il n'est pas étonnant que je ne me sois appuyé sur aucune. Né de l'islam, circoncis à la synagogue de Nice par la volonté d'une mère juive disciple de Gurdjieff, confié à des sœurs catholiques, puis à différentes sectes, ensuite caché en Suisse où je dus subir l'enseignement de l'école du dimanche protestante, puis enfin remis entre les mains d'un père magicien qui me jeta dans un internat orthodoxe russe, où ma jolie voix me permit en chantant dans le chœur de goûter les seules joies que la religion m'ait jamais apportées, je peux dire qu'en moi rien ne remue à l'évocation du nom de Dieu. Je n'ai jamais eu de « crise de conscience », et le *salut* des autres m'est profondément indifférent. Ce qui m'a toujours révulsé dans le catholicisme principalement et dans le marxisme qui en découle c'est l'intolérance qui conduit au viol de la pensée intime : entrer dans la tête de l'autre par effraction, forcer le seuil de sa pensée dans le but de prendre du pouvoir sur lui plutôt que sur soi-même.

Influencé sans doute par la lecture de la Bible, je me mis à écrire de longues lettres lyriques que j'envoyais à mes parents, à Raymond Mason, à Evelyne, aux Boully ainsi qu'à la plupart de ceux que j'avais laissés derrière moi à Paris. Les mots coulaient tout seuls, j'en subissais l'ivresse et (pour la première fois de ma vie) la tyrannie. Je passais environ cinq ou six heures par jour à pêcher ou à me réchauffer au soleil sur les rochers, et le reste du temps je griffonnais des phrases quasiment abstraites dont la musique me plaisait. Je recopiais en me délectant des passages des Ecritures :

Voici Milkah, elle aussi, a enfanté des fils à Nakhor, ton frère : Ous, son premier-né, Bouz, son frère et Quemouël, père d'Aram, Késèd, Hazo, Pildash, Yidlaph et Bethuël. Et Bethuël engendra Rebecca. Ces huit sont ceux qu'enfanta Milkah à Nakhor, frère d'Abraham. Sa concubine, du nom de Reouma, enfanta, elle aussi, Tébakh, Gakham. Takhash et Maacah... Je commençai aussi une pièce de théâtre (que j'achevai par la suite à Paris) dont les personnages s'exprimaient presque exclusivement avec des mots inventés dont la consonance biblique forçait en quelque sorte le chant. J'allais et venais sur les rochers du cap désert en déclamant des phrases folles hantées par ce qui me semblait alors la beauté pure du verbe.

Un jour, à la poste restante de La Croix-Valmer une épaisse lettre m'attendait. En quelques mots, Evelyne me disait qu'elle continuait à prendre des cours de théâtre et que cela la passionnait. Elle me remerciait de mon idée « géniale » (terme comme je l'ai dit lanzmanno-deboullyen) et ajoutait qu'elle était impatiente de me revoir pour me raconter tout ça plus en détail. Son mot d'un style assez enfantin tenait sur une page... Le reste, signé Paulette, était de la main de la Mère... le reste était positivement fantastique, riche, compliqué, d'une volubilité stupéfiante. C'était à croire, lorsqu'on la lisait, que Paulette de Boully était devenue bègue de trop de mots, du trop à dire, comme si par la bouche étroite de ses lèvres peintes en aucun cas il n'aurait été possible d'écouler tant de merveilles verbales. Avant tout, elle voulait que je sache qu'elle et Monny... ainsi qu'Evelyne (avait-elle ajouté dans la marge) trouvaient mes lettres d'une grande beauté et que c'était avec émotion qu'elle et Monny — qui déjà appréciaient tellement ma peinture — avaient découvert ma verve littéraire. Elle m'encourageait ainsi pendant une bonne dizaine de pages. avec une chaleur, une générosité qui, je m'en souviens, m'émurent aux larmes sur mon rocher. Encore une fois, dans ma solitude, il ne s'était trouvé que Paulette et Monny pour me répondre et me dire que j'existais. Pour terminer, Paulette ajoutait que grâce à moi Evelyne allait tout à fait bien maintenant et qu'elle (la Mère) avait hâte que je la revoie

Cette lettre me réveilla en quelque sorte. Je venais de

passer deux mois et demi hors du temps... et soudain il me parut impossible de rester un jour de plus dans cette solitude. Je rassemblai immédiatement mes quelques affaires et décidai de rentrer à Paris en faisant un crochet par Cannes où je savais que Dmitrienko vivait depuis quelque temps avec sa femme Liliane et leur petite fille. Un stupide incident nous avait brouillés au moment où nous exposions, Lanzmann et moi, chez Séverin-Mars : quelque temps avant que nous ne partions pour Villefranche-sur-Mer et la Corse, un vieux peintre flamand — Conrad Kikeert — nous avait proposé de poser — Dmitrienko, Lanzmann et moi — pour un grand tableau allégorique dans lequel chacun de nous devait symboliser une discipline. Je ne sais plus qui des trois fut le peintre, le poète ou le musicien. Il serait amusant aujourd'hui de retrouver ce tableau et de voir si le choix du hasard a reçu sa confirmation dans la vie. Nous avions posé un certain temps pour Conrad Kikeert — il payait bien. Il se prenait pour Rubens — il était riche. Ses tableaux peints dans les « règles de l'art » ne craquaient pas, ne jaunissaient pas, ne vieillissaient pas — bien qu'ils semblaient passés au brou de noix. Kikeert se flattait d'être le dernier des maîtres. Il souhaitait secrètement faire de nous ses disciples. Cela paraît risible aujourd'hui mais que l'on songe à ce qu'était Paris au lendemain de la guerre. Nous nous trouvions incontestablement plus près du XIXe siècle que des années 50 — pourtant à cinq ans de nous. Pour Lanzmann et moi, le vieux Kikeert était franchement grotesque — nous admirions Van Gogh et déjà Picasso ; pour nous la peinture c'était, avant tout, *autre chose.* Dmitrienko n'était pas de notre avis et à notre grand étonnement il se mit à peindre comme Conrad Kikeert, cependant que nous autres déménagions à Meudon où notre peinture continua à s'écarter de celle de notre ami. Au moment de notre exposition chez Séverin-Mars, Dmitrienko eut l'occasion d'exposer de son côté avec un peintre d'origine russe dans les salons d'un hôtel particulier appartenant je crois à une Mme de Breteuil. Un jour, nous décidons, Lanzmann et moi, d'aller visiter l'exposition de Dmitrienko. Il devait entrer plus de provocation de notre part qu'un réel besoin de voir des tableaux dont le style, le genre, la démarche étaient si loin de nous. Je pense que cette Mme de Breteuil avait mis ses salons à la disposition de Dmitrienko et de son camarade non comme un lieu d'exposition permanent mais plutôt à l'occasion d'un de ces verres pour lequel l'artiste bat le rappel de ses relations. Nous trouvant sans doute trop *sauvages*, Dmitrienko ne nous avait pas invités au vernissage. Nous avions en effet une allure inhabituelle pour l'époque et ne passions pas inaperçus. Nos cheveux pendaient assez longs dans le cou, je ne me rasais qu'un jour sur deux et Jacques de son côté portait une barbe d'un rouge doré provocante comme une insulte. Nous étions vêtus de vieux surplus de l'armée américaine et à chaque pas les boucles de nos godasses produisaient un bruit de clochettes. Comme nous couchions la plupart du temps sur les bancs de l'île du Vert-Galant je suppose que nous ne devions pas être particulièrement propres. Qu'on imagine la tête de la vieille domestique lorsqu'elle nous ouvre et que nous pénétrons dans les salons tout en glaces, en boiseries, en lustres et tapis d'un exquis raffinement. Des palmiers et de grands caoutchoucs disposés entre les meubles cachaient les tableaux. Au lieu de passer discrètement et de nous en aller, voilà que pris de fous rires, nous commençons à tirer une plante verte, puis une autre, les éloignant des murs sous prétexte qu'elles nous empêchent de voir les toiles. La vieille domestique tentait gentiment de nous retenir de semer le désordre mais une sorte de folie joyeuse nous entraînait et lorsque enfin nous quittons les lieux, nous laissons rassemblées au centre des salons toutes les plantes comme autant de petites oasis. Je reconnais que nous avions un peu exagéré. Mais enfin, pourquoi expose-t-on des tableaux si ce n'est pour qu'on les voie ? C'est ce que nous nous disions, Jacques et moi, tout en marchant. En vérité notre comportement visait directement la peinture de Dmitrienko que nous trouvions rétrograde, encaustiquée... en un mot kikeertienne. Nous autres nous nous considérions comme des « artistes libérés », pas si loin des surréalistes que nous admirions à travers Monny de Boully.

Nous arrivons chez Séverin-Mars et nous nous installons dans une sorte de petit bureau en loggia auquel on parvenait par un escalier de bois. En général nous étions seuls l'après-midi pour garder la galerie. Nous y somnolions une ou deux heures enfoncés dans des fauteuils en fumant tranquillement nos pipes. Je me souviens vaguement d'avoir entendu la porte s'ouvrir en bas et, avant même d'être vraiment réveillé, je reçois une gifle qui me tire brutalement de mon demi-sommeil. Au même moment Lanzmann est giflé lui aussi. Lorsque nous comprenons ce qui nous est arrivé, Dmitrienko et son ami russe sont déjà dans la rue.

Sur le moment cet incident nous avait fait plutôt rire mais vu dans la perspective du temps il apparaît comme le premier d'une série d'autres qui m'éloignèrent malheureusement de celui que j'ai considéré longtemps comme mon frère. Durant notre adolescence nous ne nous étions presque pas quittés et il compta pour moi plus que tout autre. Nous aimions parler russe ensemble — nous en étions d'autant plus complices. Sa mort prématurée m'a frappé d'un chagrin qui ne me quittera plus. Bien sûr nous nous étions raccommodés depuis cette gifle et Dmitrienko avait évidemment changé et de manière de peindre et de manière d'être. Il venait souvent à Boulogne et ses tableaux n'étaient plus tellement loin des nôtres

Une centaine de kilomètres nous séparait donc. Je quittai le cap Lardier pour Cannes et en quelques heures je me précipitai, après des semaines de silence, au centre même du plus démoralisant des tourbillons. Je me réjouissais de retrouver Dmitrienko... mais encore une fois au lieu de l'ami que j'attendais je tombe sur quelqu'un qui ne se ressemble plus. Il est devenu plagiste sur la Croisette chez Pontiche-Plage des Sports. Bronzé, avec ses longs cheveux noirs et un pagne autour des reins, il est beau comme un Maori. Parallèlement il vit un terrible drame avec Liliane qui vient de le quitter. Je décide de ne passer qu'une nuit à Cannes et de remonter dès le lendemain en auto-stop vers Paris. J'aurais dû repartir le jour même. Je ne le fis pas. Ce fut mon tort. Je couchai sur la plage, enveloppé d'une couverture... et je ne sais pourquoi, je restai. Pris par une inertie inexplicable je ne quittai plus la Plage des Sports où je commençai à traîner sans rien faire en vivant aux crochets des uns et des autres. Mon exaltation était retombée, le nombre m'avait absorbé et annulé. Je venais de vivre presque trois mois avec le sentiment d'être unique, irremplaçable... et tout à coup me voilà dans la puanteur d'Ambre solaire et de graillon en train de jouer au ping-pong ou d'aider à la manœuvre des dériveurs de location. Fini les lectures émerveillées de la Bible, fini les projets de pièce de théâtre, je ne suis plus qu'un de ces misérables parasites qui survivent des restes du festin ensoleillé des richards. Dmitrienko est à tu et à toi avec tous les nouveaux riches issus du marché noir de l'après-guerre ; il boit du champagne avec eux entre deux parties de volley-ball. Le voilà devenu ce copain-serviteur comme on en trouve dans tous les lieux de distraction. Je m'étonne de son aisance. Son extraordinaire beauté, et la conscience qu'il en a, l'aident sans doute à se sentir de plain-pied avec la clientèle bedonnante de la Plage des Sports. Il séduit tous ceux qui l'approchent et s'imagine rester le maître de ses choix lorsqu'en vérité ce sont les clients de chez Pontiche qui le choisissent dans la foire aux maîtres-nageurs bronzés. Une ou deux fois il m'entraînera avec lui : « Allons, Sergueï, ne fais pas l'idiot ce sont des gens très sympas », me dit-il en russe — mais je ne peux pas me détendre et encore moins boire avec ces types qui traînent au *Blue-bar.*

Tantôt je dors sur la plage, tantôt dans un vieil appartement que Dmitri avait loué pour sa femme et sa fille avant qu'elles ne partent. Cet appartement est situé derrière la voie de chemin de fer, dans une cour très populaire. On y accède par des escaliers extérieurs comme des sortes de coursives qui mènent d'un balcon à l'autre. Tout le monde se regarde et s'entend vivre : on se croirait en Italie. Par moments je m'échappe de la plage et je m'enferme dans une des pièces sombres aux volets tirés. J'essaie de reprendre la pièce de théâtre commencée au cap Lardier mais tout me paraît si absurde dans cette ville agitée et frivole. A plusieurs reprises je décide de rentrer à Paris en profitant d'une voiture et chaque fois pour une raison ou une autre ça ne se fait pas — et je reste à Cannes, presque malgré moi, prisonnier en quelque sorte de mon manque d'avenir. En effet, où aller ? Je n'ai même pas une chambre à Paris.

Un jour que je traînais rue d'Antibes, je tombe sur Bernard Quentin. Il arrivait de Stockholm où il venait d'exposer. Je lui dis que Dmitrienko est plagiste chez

Pontiche. Nous nous retrouvons tous les trois sur le sable avec un sentiment de complicité amusée. Nous qui, il y a quelques mois encore, ne parlions que de l'*aventure de peindre* nous voilà devenus de petits aventuriers. Nous nous posons la question : comment attraper un peu de cet argent facile qui ruisselle sous nos yeux ? Pourquoi n'ouvririons-nous pas une cave dans le genre du *Tabou ?* L'idée venait de Quentin. (Il était de ceux qui avaient *fait* Saint-Germain-des-Prés avec Greco, Day, Nico et les autres.) En quelques jours il déniche un bar désert : *Les Trois Cloches* que nous rebaptisons *La Boîte à Ordure*. (Encore une idée de Quentin.) Du jour au lendemain il n'est plus question que de *La Boîte à Ordure*. Les journaux en sont pleins. *Match, France-Dimanche* envoient des reporters et consacrent des pages entières à l' « événement ». Il faut dire que nous n'avions pas lésiné sur la dérision, les exhibitions de mauvais goût, les provocations tapageuses. Pour commencer nous brisâmes la carrière d'une starlette en organisant autour de sa beauté l'élection de Miss Poubelle. Ensuite pour rameuter la foule, un jeune fils de riche qui traînait avec nous « emprunta » la Cadillac de ses parents. A l'heure de l'apéritif il fit trois ou quatre fois le tour de la Croisette en faisant rebondir une énorme poubelle attachée au bout d'une chaîne. Dans la superbe voiture s'étaient entassés tous les jeunes fauchés que nous avions pu racoler sur la frange des plages. Pieds nus, barbus, hurlants, ceux qui à l'époque n'avaient pas encore le nom de « beatniks » insultaient les consommateurs attablés aux terrasses des grands hôtels, cependant que, courant de table en table, quelques jeunes gens mal léchés versaient d'autorité dans les verres d'apéritifs du « gros rouge » gracieusement offert par *La Boîte à Ordure*. Bref, nous inaugurions sans le savoir l'ère de la publicité-insulte. Nous le faisions au nom du surréalisme, du dadaïsme, de l'anticonformisme et des Pieds-Nickelés. Nous comptions sur le plaisir trouble que les riches éprouvent à se faire insulter et nous ne nous trompions pas : le premier soir

La Boîte à Ordure refusa du monde et à partir de ce moment elle ne désemplit plus. Les gens s'entassaient dans l'attente de l'événement incongru. En vérité il ne se passait rien dans cette fausse cave que nous avions décorée de graffiti de pissotière. Quelques filles et quelques types qui paraissaient avoir émergé des égouts de Cannes jouaient avec une provocation répugnante le rôle d'entraîneurs. Ce qui ravissait cette clientèle blasée c'était l'impression (si neuve alors) d'être entourée d'une jeunesse pervertie et décadente, *existentialiste* en un mot. Saint-Germain-des-Prés s'était transporté à Cannes. Sauf qu'au *Tabou* ou à *La Rose rouge* une série de numéros réglés — même s'ils se voulaient une dérision des vrais numéros des boîtes — animaient les nuits d'encanaillement de la bourgeoisie. Une Greco chantait en dérision, les Frères Jacques dans leurs débuts parodiaient les années folles, etc., mais avec, disons, une « conscience professionnelle » cependant, et un constant désir — le succès venant — d'effacer toute trace de cet amateurisme chien-fou auquel ils devaient la complicité rigolarde de leur public. A *La Boîte à Ordure* pas une seule étincelle de cette « conscience professionnelle » — au contraire même : nous avions inauguré la dérision de la dérision. Je n'entrerai pas dans le détail de ces *happenings* avant la lettre. Nous arrosâmes les gens de sang de porc frais, de confiture, de pisse ; nous leur crachâmes à la figure ; nous les forçâmes à se battre entre eux à coups de fruits pourris... C'était proprement immonde ! Nous nous étions réparti les tâches. Quentin percevait les cotisations à l'entrée (car pour des raisons juridiques *La Boîte à Ordure* avait le statut de club), Dmitrienko servait avec Popey et Coco, s'arrangeant toujours pour renverser la moitié des consommations sur la tête des gens. Quant à moi, je me débrouillais chaque soir pour improviser cette dérision d' « animation » (horrible mot passé depuis dans la culture) ; je ramassais à droite et à gauche de jeunes fauchés que je lâchais dans le tas. Ça donnait n'importe quoi — c'était lamentable ! Mais les gens aimaient ça, et chaque soir la salle ne pouvait contenir la foule qui se pressait dans la rue pour entrer.

Avec ce succès inattendu, il nous vint l'envie de faire quand même un peu mieux. Il fut décidé que j'irais à Paris engager un pianiste et même si possible un petit orchestre. Je pris donc le train et allai voir un jeune musicien, Claude Bolling, que Quentin connaissait. Claude Bolling refusa bien sûr de se commettre dans une entreprise qui s'était faite en si peu de temps une si bizarre réputation. Au bout de deux ou trois jours je rentrai à Cannes sans musicien et *La Boîte à Ordure* continua à fonctionner de mieux en mieux sans le secours d'aucun professionnel. La bêtise veule des gens riches tournait sur elle-même et suffisait à s'alimenter de sa propre vulgarité. *Existentialisme,* ce mot magique servait en quelque sorte d'éclairage embellissant aux plus basses et nauséeuses de ces soirées. Et j'avoue avec une certaine honte amusée que cette part de fantaisie que je tiens de mon père se déchaîna alors jusqu'à la folie. Je devins « drôle » et même assez pervers, trouvant chaque soir une « idée » plus répugnante, plus ignoble pour enfoncer si possible toujours plus bas ce public venu du *Carlton* ou du *Martinez* « voir les existentialistes ».

Je rentrai donc de Paris... mais pas seul cette fois. Evelyne m'accompagnait — une Evelyne que j'avais à peine reconnue lorsque je sonnai à la porte des Boully. Elle m'ouvrit et je restai stupéfait devant le résultat de l'incroyable révolution qui en quelques semaines avait remodelé le corps, le visage, l'expression, la voix même de la jeune fille maigre que j'avais laissée sur le quai de la gare de Lyon. Nous étions restés un moment à hésiter, l'un en face de l'autre dans l'embrasure de la porte, ne sachant que nous dire. Toutes les jeunes filles traversent, pour ainsi dire à vue d'œil, ce moment magique de l'épanouissement. Elles en sont les premières enivrées et rien n'est plus charmant que cette assurance qui leur vient tout à coup. Mais chez Evelyne il s'était passé quelque chose d'un peu différent. J'eus aussitôt le sentiment qu'elle *jouait* une *idée* de la femme. Toutes les jeunes filles me direz-vous *jouent l'idée* de la femme idéale qu'elles pourraient être ; toutes se retouchent et se modifient plus ou moins dans le sens de cet idéal. Chez Evelyne ce n'était pas cela. Une fois pour toutes elle s'était tourné le dos. Et je pense aujourd'hui, avec le recul, que jusqu'à son suicide, près de vingt ans plus tard, elle a dû lutter contre l'être écrasé d'avance qu'elle portait en elle avec la conscience de le porter. Elle avait alors décidé qu'à tout prix elle deviendrait ce qu'elle avait décidé d'être : une jolie fille banale : le contraire de ce qu'elle était absolument. Cette pathétique lutte dans le sens de la *banalité* venait de commencer. Si on lui avait demandé : « Qui veux-tu être ? », je pense qu'elle aurait répondu à l'époque : « Martine Carol. » Disons en tout cas que de tout son corps, de toute son âme elle tendait vers cette femme autre : une Parisienne dont on aurait dit : elle est si jolie, elle est si gaie, si gracieuse et frivole, etc. Toutes qualités qu'elle n'avait bien sûr pas. Evelyne n'était pas jolie (si elle s'était acceptée, elle aurait pu avoir de la beauté) ; gaie elle ne savait pas l'être, trop d'angoisse paralysait la petite Juive en elle ; cependant elle avait décidé de devenir ce qu'on appelle à l'étranger une *p'tite femme de Paris.* Elle en était aussi pathétique qu'une négresse qui en crève de n'avoir aucun espoir de se transformer en femme blanche. Elle eut beau, par la suite, se décolorer les cheveux, se permanenter, se faire opérer le nez pour transformer son visage en minois, il se dégagea toujours d'elle un quelque chose de décalé, de travesti — ce qui lui donnait un charme douloureux sans doute et cet air d'égarement que l'on pouvait surprendre dans son regard bleu de poupée.

Lorsqu'elle m'ouvrit la porte ce jour-là, elle n'en était qu'aux prémices de ce retournement. Elle n'avait franchi qu'une toute petite étape en direction de l'image qu'elle portait en elle d'une Evelyne-Carol idéale. Je sentis ce bizarre décalage dont l'impression s'évanouit aussitôt... car déjà la Mère fondait sur nous, nous poussait dans les bras l'un de l'autre, nous forçait à des retrouvailles qu'elle ne nous laissa même pas le loisir d'improviser Elle est devenue belle n'est-ce pas ma fille, disaient ses mimiques de muette et ses volées de bégaiements. Elle joignait les mains en me regardant puis en regardant Evelyne cependant que son sombre visage d'oiseau de proie se convulsait sous la poussée des mots qu'elle n'arrivait pas à expulser. Enfin elle nous attira vers le miroir de l'entrée et nous maintint côte à côte devant notre reflet. En somme elle venait de nous donner l'un à l'autre.

Monny nous glissa un peu d'argent et le lendemain nous prenions le train en direction de Cannes. Ainsi commença, en quelque sorte malgré nous, notre vie commune. Nous nous étions installés dans l'appartement de Dmitrienko où nous ne restâmes pas longtemps seuls. Presque aussitôt, s'était mise à vivre avec nous Isabelle, une grande fille fantasque aux longs cheveux d'un blond cendré. Elle avait fui sa famille de vieille noblesse française et traînait depuis quelque temps sur la Côte. Comme beaucoup d'autres enfants de riches, elle avait échoué à *La Boîte à Ordure* où sa beauté avait fait beaucoup d'effet. Elle aimait qu'on l'admire et passait son temps à chercher de nouveaux déguisements pour le soir. Au milieu de la cohue de *La Boîte* elle improvisait des danses solitaires, gracieuses et un peu ridicules en secouant ses cheveux d'Ophélie et en pliant son long corps dans des ralentis artistiques qui me tapaient sur les nerfs. Cependant je l'aimais bien comme j'aimais bien Evelyne. Je ne sais comment, nous devînmes tous les trois inséparables et partout j'étais suivi d'Evelyne et d'Isabelle. Vers les quatre heures du matin nous rentrions épuisés, bras dessus bras dessous, pour nous jeter plus ou moins ivres sur notre lit. Isabelle buvait sec et il nous est même arrivé de la porter jusqu'à notre chambre. Elle se laissait déshabiller comme une morte et tombait dans de terrifiants sommeils glacés. Nous la réchauffions comme nous pouvions, impressionnés d'avoir entre nous cette sorte de noyée qui ronflait et gémissait. Evelyne et Isabelle s'aimaient bien. Elles travaillaient ensemble des rôles de théâtre. De mon côté j'avais repris l'écriture de ma pièce et leur en lisais au fur et à mesure des morceaux. Pour la première fois je me sentais en sécurité. Il me plaisait de vivre ainsi entre ces deux jeunes femmes dans les parfums de poudre de riz et de crème de beauté. Nous survivions très difficilement et il me fallait supplier chaque jour Quentin et Dmitrienko pour qu'ils me donnent un peu de l'argent qui me revenait sur les recettes de *La Boîte*. Comme c'était eux qui les percevaient j'étais donc soumis à leur bonne volonté.

Jusqu'à présent jamais les questions d'argent ne s'étaient posées entre ceux de notre génération. Que ce soit avec Lanzmann, Mason, Dmitrienko ou d'autres, si l'un en avait il partageait sans la moindre restriction avec ceux qui n'en avaient pas. Et voilà que tout à coup, ces frères, ces camarades de jeunesse me refusent ce qui m'est dû. J'en fus cruellement frappé. Je ne me rendais pas compte que nous étions tout simplement passés de l'adolescence à l'âge adulte. Une nouvelle étape de l'après-guerre était franchie et ce repliement égoïste je le retrouvai par la suite à Paris dans le milieu de la peinture, à mesure que le commerce de la peinture entrait dans sa phase ascendante et que les marchands de tableaux s'installaient sur les marches de notre temple.

Ecœuré par le comportement de mes amis, je partis avec Evelyne et Isabelle en auto-stop pour Paris. En route, Evelyne nous lâcha et bifurqua en direction de Brioude où elle comptait rester quelques jours chez son père. Quant à moi, je continuai avec Isabelle une difficile remontée. Arrivés à Paris, n'ayant ni chambre ni argent, nous nous séparâmes. Isabelle retourna chez ses parents et moi dans ma famille d'adoption, chez les Boully. Leur accueil fut encore une fois d'une extraordinaire générosité. Puisque Evelyne était à Brioude pour quelques jours encore je n'avais qu'à m'installer dans sa chambre au-dessus d'eux, proposa Monny. Cette idée enchanta la Mère. Je ne me doutais pas que je n'en repartirais que deux ans après dans un complet délabrement physique et mental. Mais pour le moment j'étais soulagé et rien ne pouvait me faire penser que je venais de mettre le premier doigt dans un piège qui finirait par m'absorber tout entier. La chambre était agréable, petite mais ensoleillée avec une vue assez vaste sur les toits et l'architecture métallique du métro aérien de la ligne Trocadéro-Denfert-Rochereau. Sous les arcades du métro une fête foraine quasi permanente, avec ses tirs, sa musique et les cris des filles secouées dans les autos-tamponneuses, m'empêchait de dormir — mais j'aimais ça et j'en profitais pour travailler à ma pièce de théâtre. (Il ne me reste qu'un souvenir confus de cette histoire d'amour qui se terminait dans des bruits de mitrailleuses parmi les vapeurs d'une apocalypse nucléaire. Dans des haut-parleurs des voix lançaient des phrases nostalgiques et désespérées cependant que les tirs et les hurlement des avions à réaction couvraient d'un déversement de fer ces derniers signes d'humanité.) J'écrivais sous la lampe, scandant à haute voix de longues périodes de mots abstraits qui me paraissaient infiniment plus expressifs, par la magie de leur musique, que les mots usés de la langue courante. Par bonheur ce texte est aujourd'hui perdu et je n'en garde qu'un souvenir plutôt amusé. Il devait s'y passer des choses d'une naïveté bien émouvante car lorsque je commençai à en faire des lectures dans des petites réunions d'amis il était rare qu'il ne fasse pas verser quelques larmes d'attendrissement.

Environ deux ans plus tard, lorsque je rencontrai Danièle, elle se souvenait avoir entendu parler de ma pièce par François Arnal avec lequel elle devait assister à une de ces lectures. Malheureusement elle en fut empêchée, ce qui remit de deux ans notre rencontre...

J'avais fait la connaissance d'Arnal à *La Boîte à Ordure ;* il vivait une partie de l'année à Cannes avec sa sœur Fanette, le reste du temps à Paris. Arnal était peintre, Fanette écrivait. Il se passionnait à l'époque pour la peinture de Dubuffet ; elle lisait Joyce et rêvait de devenir une nouvelle Carson McCullers. Le frère et la sœur venaient de *monter* à Paris où ils faisaient sensation dans les milieux d'artistes. On ne pouvait imaginer un couple plus éclatant de splendeur que ce frère et cette sœur. Ils rayonnaient tous les deux de confiance dans la vie, rien semblait-il ne pouvait résister à leur charme et à leur beauté. A ce couple s'était ajoutée une jeune fille de dix-sept ans : Danièle Adenot. Danièle et Fanette étaient amies d'enfance et à partir du moment où elles s'étaient retrouvées à Paris elles ne se quittèrent plus. L'amitié de ces deux jeunes filles d'une égale et particulière beauté soulevait une continuelle houle d'admiration...

En effet la gracieuse aisance avec laquelle les Arnal abordaient la vie faisait penser à ces premiers chapitres de romans anglais où les héros surgis du papier sont d'une étoffe si délicieuse qu'on ne peut s'empêcher de sauter aux dernières pages pour constater avec agacement que le romancier, se croyant obligé de *faire du roman*, n'a bien sûr pas manqué d'écraser dans le sang et la boue ces merveilles venues sous sa plume dans l'élan juvénile des premières pages. Hélas le destin est aussi détestable romancier ! La petite *Vanity Fair* (dont les héros prenaient tout juste place sur la scène) n'a pas manqué d'accumuler les horribles clichés ; non, la vie ne s'est pas privée de nous livrer de cette sale copie ! Quant à ceux qui sont encore là, ils vivent, ils pleurent, ils se souviennent...

Donc François Arnal s'intéressa à ma pièce et, me sachant sans un sou et affamé, me donna à différentes reprises de l'argent afin que je tienne le coup jusqu'à ce que quelqu'un s'en occupe et la monte. Bien sûr, la pièce ne fut jamais montée et je me remis à peindre, ne reprenant la plume qu'une vingtaine d'années plus tard pour écrire cette fois *Le Rémora* (pièce qui évoque le début de ma vie avec Danièle dans les années 50).

Lorsque Evelyne revint de Brioude, elle me trouva installé chez elle et c'est sans nous poser de questions que nous commençâmes à vivre ensemble. Chaque jour elle se rendait au cours Simon où elle subissait un véritable lavage de cerveau. Je n'ai jamais eu affaire au fameux René Simon, mais je peux dire que j'eus à le subir jusque dans mon intimité pendant tout le temps que je vécus avec Evelyne. Je ne me souviens pas d'un soir où elle ne revînt en larmes de ce cours de destruction de la personnalité. Dès que j'entendais le monte-charge je pouvais ranger mes toiles et mes couleurs et me préparer à accueillir la personnification du désespoir. A son pas dans le couloir je jugeais de son état et, lorsque la porte s'ouvrait, je savais d'avance quelle expression elle aurait et quels mots elle allait immanquablement prononcer. Elle s'écroulait sur le lit dans une sorte de stupeur immobile, le front sur les genoux, et sanglotait avec des râles bouleversants. Il lui fallait parfois plus d'une heure pour se calmer Alors elle relevait son visage tuméfié et d'une voix coupée par des relents de sanglots elle me disait les humiliations, les insultes, me répétant avec de nouvelles montées de larmes le bas langage de cet acteur raté dont l'enseignement aboyé était si célèbre à l'époque dans le Paris petit-bourgeois de l'après-guerre. Que l'on songe qu'au même moment Antonin Artaud lançait ses anathèmes et que des êtres de tremblement tels que Blin ou Adamov cherchaient à faire passer leur fièvre par la force des mots! Mais qui se souciait d'eux? Quel jeune élève de René Simon aurait osé entrouvrir la trappe et se pencher sur le gouffre de leur folie? Non, ce que la génération de *Rendez-vous de juillet* demandait c'était les recettes éculées du cabotinage langagier et surtout un certain savoir-faire dont la veulerie colle aux gestes, à la grimace, à la voix pour toujours.

Commençait alors pour moi le pénible contre-travail : tenter de lui faire prendre conscience d'une autre vérité que celle que lui enfonçait le trépané René Simon à coups de gueule dans le crâne. Enfin peu à peu elle revenait à la vie et se mettait à répéter *On ne badine pas avec l'amour* (qu'elle avait la détestable habitude d'appeler *Badine*). De la voir marmonner m'énervait et tout a coup sans savoir pourquoi ni comment nous nous affrontions, griffes et crocs, dans l'espace clos de la petite chambre. A bout de nerfs, je sortais en lançant : « Cette fois je m'en vais ! » Evelyne s'accrochait à moi dans le couloir et m'empêchait d'ouvrir la grille du monte-charge en me suppliant de ne pas l'abandonner.

Et nous nous retrouvions de nouveau enfermés dans l'espace réduit entre mes toiles et les rôles qu'Evelyne minaudait en maudissant son visage devant la glace. De temps en temps Monny ou la Mère montaient pour voir *comment ça se passait.* Monny nous apportait des cigarettes ou des livres, la Mère des restes de nourriture. Claude aussi venait souvent. Qu'Evelyne soit devenue une femme excitait sa curiosité inquisitrice. Monny de Boully avait inculqué non seulement aux enfants de Paulette mais à toute la bande de leurs jeunes amis une façon de parler du sexe assez agaçante. Claude pouvait par exemple demander tout à coup devant moi à Evelyne : « Alors sœurette, j'espère que tu baises bien avec ce salaud ! » en la fixant mi-énervé mi-tendre de ses gros yeux bleus, froids et sérieux. Il chuintait en parlant, ce qui donnait à sa question quelque chose de maladif, de tordu, de pas tout à fait net, qui n'arrivait pas à la faire passer, comme il l'aurait souhaité, sur le mode plaisant si naturel à Monny. Soudain il m'attrapait d'une clef au cou et toujours ricanant il ajoutait : « Parce que, coco, je veux qu'elle soit heureuse, hein, ma sœurette ! » et il m'embrassait en serrant les dents tout en poussant des grognements d'amitié exaspérés. Il vivait aux crochets de Monny et de la Mère et se trouvait donc presque constamment fauché. Fréquemment il faisait irruption chez nous et nous partagions sur le coin du lit quelques œufs frits qu'Evelyne cuisait par terre sur un réchaud à alcool. Tout en mangeant, Claude tirait des plans pour trouver du fric. Cela allait du sac à main qu'il se proposait d'arracher à la première femme dans la rue, au projet de mariage avec une « rombière » fortunée. Il se risqua même à louer chez un fripier une bure de missionnaire avec laquelle il avait tenté de faire du porte-à-porte puis il eut la naïveté de prendre le train jusqu'à Deauville pour se poster à la sortie du casino dans l'espoir de soutirer de l'argent à quelque heureux joueur. Il dormit sur la plage, enveloppé d'une bâche, et revint à Paris, mal rasé, les vêtements fripés, décidé dorénavant à employer d'autres moyens pour se hisser dans le monde. Je pense que la *réussite* de Jean Cau attisait son impatience. L'idée que lui, Claude Lanzmann, tardât à ce point à mettre le pied sur la première marche du succès le tourmentait cruellement. Il avait une haute opinion de lui-même et ne pouvait accepter de piétiner. Bien que n'ayant pas un sou il prenait un soin extrême de son apparence ; ses cols de chemise, ses manchettes, sa cravate, son costume croisé lui tenaient lieu de capital. La Mère entretenait les différentes pièces de cette sorte d'armure sociale, recousant les boutons sautés et repassant journellement pantalon, col, cravate et manchettes. Ainsi paré, Claude attendait l'occasion qui passerait à sa portée, persuadé qu'il saurait ne pas la rater. A plusieurs reprises il mit Cau en demeure de l'introduire auprès de Sartre qu'il admirait. Cau faisait la sourde oreille et se contentait de rigoler avec cet air supérieur du fils du peuple tiré d'affaire. Sartre était son bien, pas question d'entrebâiller la porte ! Sa fonction, justement, consistait à tenir à distance les importuns. Cau parlait de Sartre en l'appelant *Le Maître* avec un certain humour gouailleur, racontant à Claude comment lui (Jean Cau) et le Maître avaient fait ceci ou cela ou s'étaient dit ceci ou cela à propos de ceci ou de cela, etc. Cau jouissait littéralement de sa position. Il trônait, au-dessus de ses anciens camarades, et ne manquait pas une seule occasion de leur faire sentir qu'il les avait battus au poteau avant même qu'ils aient pris le départ. Il aimait humilier et ne s'en privait pas, suscitant même les occasions d'écraser ceux qu'il pouvait.

Un jour Claude Lanzmann passe me prendre : « J'ai

rendez-vous avec Cal (ainsi l'appelait-il), viens avec moi, il paraît qu'il a quelque chose d'important à me montrer. » Nous allons à pied jusqu'à la rue des Ecoles et montons dans la chambre d'hôtel de Cau. Nous bavardions avec lui, lorsque soudain nous parvient de la rue un bref coup de klaxon. Cau se lève vivement et dit de sa voix où roulent toujours quelques galets de son Sud-Ouest natal : « Bon, les enfants, maintenant il faut que j'y aille. Venez un peu voir en bas. » Nous descendons à sa suite. Une voiture américaine noire l'attend rangée devant la porte de son hôtel. Le chauffeur s'avance, ouvre la portière, et Cau après avoir fait un petit signe espiègle et supérieur disparaît dans la voiture qui démarre mollement. Nous restons sur le trottoir cependant que Cau, retourné à demi, nous envoie par la lunette arrière un dernier signe insolent comme un pied de nez. Je n'oublierai jamais l'état de colère blanche, de haine, d'humiliation de Claude. C'était à peine s'il pouvait articuler une phrase cohérente. « Je l'aurai ! rageait-il, je jure que je l'aurai !... Ah le salaud ! le salaud ! un jour je l'aurai ! » Comment pouvais-je imaginer que le vœu de Claude se réaliserait et que quelques années plus tard il prendrait auprès de Sartre, non pas la place subalterne de Cau, mais beaucoup plus que cela ?...

Il faut dire que cette voiture américaine prenait pour lui une signification d'autant plus cruelle qu'elle confirmait le bruit que Cau avait une maîtresse, extrêmement fortunée, dont le vieux mari s'était fait le complice comme dans les feuilletons du XIXe siècle. (Cette femme était d'une beauté romantique ; nous fîmes sa connaissance, Danièle et moi, bien des années après ces événements, à La Garde-Freinet sur les lieux mêmes où j'écris en ce moment ces lignes. Elle avait loué un été *La Béate* — à une époque où nous ne pouvions même pas rêver d'en devenir un jour ni les locataires ni les propriétaires. Nous y dînâmes par une soirée de pleine lune sous le feuillage d'un paulownia aux larges feuilles en spatules. Une servante noire nous servait. Influencés sans doute par cette atmosphère exotique et l'extrême isolement de la maison, pendant tout le dîner nous parlâmes île déserte et solitude. Je lançai en riant que s'il m'était donné de trouver l'île déserte j'y passerais volontiers ma vie avec Danièle. La servante noire allait et venait sous la lune ronde et les feuilles du paulownia nous recouvraient. Quelle étrange intuition me fit parler ainsi sur les lieux mêmes de ce qui deviendra notre île ?)

Voilà comment, sous mes yeux, prit fin l'amitié de Claude Lanzmann et de Jean Cau. Nous étions rentrés à pied chez les Boully où l'événement fut largement commenté. Il en était ainsi pour les plus insignifiantes circonstances de la vie — surtout en ce qui concernait Claude. Il fallait qu'à tout moment chacun soit avisé du moindre de ses gestes. Bref, Cau fut irrévocablement excommunié. Combien de fois il m'arriva d'être convoqué dans l'appartement du dessous, ou bien Monny, la Mère et Claude se déplaçaient au cinquième étage et le conseil de famille se tenait dans la chambre d'Evelyne. Ainsi, sans l'avoir voulu, j'étais devenu le satellite-témoin d'une constellation burlesque. Evelyne souffrait de cette promiscuité avec sa famille, moi je m'en amusais plutôt — bien que souvent l'indiscrétion de la Mère dépassât toute mesure. Il lui arrivait même de se glisser sur la pointe des pieds pour nous épier par les fentes de la porte (démolie un jour par Jacques d'un coup d'épaule alors que nous refusions de lui ouvrir), et je l'imaginais montant en robe de chambre pour coller son gros œil avide afin de se repaître du spectacle de sa fille et de celui qui allait devenir son « gendre » « Bbbbbeaux cccccoooooomme EEEEEve eeet AAAAAdam... » qu'elle avait décidé d'unir et de maintenir unis là-haut dans la petite cage sous les toits du 11, square Alexandre-Cabanel. Nous vivions en quelque sorte au carrefour de la Famille et des amis de la Famille. La chambre paraissait toujours pleine (il suffisait d'être trois ou quatre pour ne plus pouvoir faire un geste), si bien que j'avais fini par m'enfermer à clef quand je peignais, répondant à travers la porte qu'il n'y avait personne.

Mes toiles ressemblaient maintenant aux fonds sous-marins du cap Lardier. A défaut d'air elles apportaient du vague dans l'étroitesse de cette petite boîte où nous nous arrangions pour survivre, Evelyne et moi. De temps en temps j'allais montrer quelques-unes de ces toiles à Maeght qui m'en achetait une ou deux au prix du matériel qu'elles m'avaient coûté. Cela me permettait tout juste de poursuivre mon travail... et encore bien heureux lorsque Maeght me payait intégralement ce qu'il m'avait promis. Il m'arrivait de retourner rue de Téhéran plusieurs fois dans la semaine avant d'avoir réussi à lui extorquer l'argent qui m'était dû. J'allais à la galerie et j'attendais. Maeght passait devant moi comme si je n'existais pas. Lorsque enfin je réussissais à le coincer, il sortait une liasse de billets de sa poche, la feuilletait avec des airs rusés et la rempochait en prétendant qu'il n'avait pas de monnaie. Combien de fois suis-je sorti de la galerie Maeght aveuglé par des larmes d'indignation ! Bien qu'il s'appelât Aimé, l'homme était haïssable — sans tendresse ni humanité. Seule la ruse semblait le conduire. Je ne m'étendrai pas davantage sur ce parasite de la peinture — ce serait me rabaisser, comme il me semblerait bas de me taire tout à fait.

Pendant ce temps Evelyne continuait à suivre ses cours de théâtre. La lutte qu'elle menait avec elle-même et le spectre de René Simon prenaient des proportions tragiques. Elle se coiffait comme je l'ai dit avec une frange sous laquelle elle s'arrangeait pour enfouir ce visage qu'elle refusait. Ses cheveux qu'elle décolorait rudement avaient peu à peu pris la couleur et la consistance d'une brassée de paille et c'est à peine si elle pouvait les démêler sans casser brosses et peignes qu'elle finissait toujours par jeter à toute volée contre le miroir. « Je me hais ! je me hais ! » Sous cette informe toison d'un mauvais jaune se cachait le visage même de la déception et du désespoir. Heureusement, son corps lui plaisait, elle le remplissait avec une évidente satisfaction et s'en rassurait un peu. Avec quelle ivresse elle constatait que ses omoplates ses coudes pointus ses genoux de petite fille avaient fait place à des formes neuves qu'elle ne se lassait pas d'admirer dans le miroir vertical qu'elle avait fixé sur le mur face au lit. Elle se tournait et se retournait comme si elle n'était pas tout à fait certaine d'être fidèle à ce reflet qui l'enchantait.

Un jour où je lui passais affectueusement la main dans les cheveux, je sentis sous mes doigts quelque chose de rugueux qui me révulsa : je soulevai sa frange et découvris qu'elle s'était rasé le devant de la tête ainsi que les tempes. Elle s'effondra en sanglots et m'avoua que René Simon l'avait obligée à agrandir ainsi son front. Dès qu'elle arrivait au cours, elle relevait ses cheveux et ne les laissait retomber sur son visage qu'au moment où elle en sortait pour me rejoindre. Elle souffrait horriblement de se montrer comme ça, pour ainsi dire à nu, au milieu des autres comédiens, mais c'était à ce prix que René Simon acceptait de la maintenir parmi ses élèves. J'essayai de la convaincre de changer de cours mais l'emprise de ce maître hystérique était telle qu'elle ne voulut jamais m'écouter. « Ta chance, lui disais-je, c'est justement de ne pas être comme toutes ces petites bourgeoises de chez Simon. » Il me semblait que toute création — même celle d'un physique — ne pouvait passer que par le désir non seulement d'accepter sa différence mais de l'exalter. (Je pense aujourd'hui à Barbra Streisand, aux États-Unis, qui a eu le caractère d'imposer sa différence, pour ne pas dire sa laideur, comme un critère de beauté.) Quoi qu'elle en pensât, Evelyne avait un genre de beauté *différente ;* il lui aurait suffi d'un peu plus de caractère pour assumer cette différence et la transcender. Au lieu de cela, sous l'influence de René Simon, de Michel Vitold, de Sartre, etc., elle n'eut de cesse d'effacer sur elle tout ce qui pouvait la rendre remarquable et, ainsi, d'année en année on a pu voir l'inadéquate Evelyne du début devenir la petite Rey dont la fin tragique bouleversa tous ses amis de Paris. Mais aucun ne voulut voir de quel mal réel Evelyne était morte.

Quelques mois après son suicide, au moment où sortait mon premier livre, alors que nous étions, Danièle et moi, passés voir les Boully, la Mère m'avait pris la figure entre ses mains (une façon bien à elle de vous maintenir à l'écoute du dur accouchement de sa parole) : « Dis-moi, moon Seeeerg..., avait-elle réussi à jeter hors d'elle, dis-moi SSSSS... est-ce que quelque chose aurait pu te faire penser, du temps où tu vivais avec elle, qu'un jour elle en arriverait à se... se... sui... sui... » Ces pauvres mots prirent un bon quart d'heure à sortir d'elle. Nous retenions tous difficilement nos larmes et je ne sus que répondre. « Non », dis-je enfin d'une voix hésitante. Et la Mère sut que c'était oui. Elle n'eut pas la force de m'en demander davantage et je ne crois pas qu'à l'époque j'aurais pu exprimer ce que je sentais confusément. Aujourd'hui, je peux dire qu'Evelyne a été la victime consentante d'une certaine frivolité misogyne qui, jusqu'en 1968, a caractérisé l'intelligentsia de la rive gauche...

Ainsi vécûmes-nous une première année ensemble. Nous savions l'un comme l'autre que nous nous étions unis par hasard, par commodité, par paresse sûrement, et aussi parce que rien ni personne d'autre ne se présentait — pour l'un comme pour l'autre — qui aurait pu séparer ce qui n'était que superficiellement uni. Cependant lorsqu'un soir Isabelle frappa à notre porte et voulut — comme à Cannes — retrouver sa place entre nous, j'eus le réflexe agacé de me lever et de laisser Evelyne et Isabelle ensemble, sans moi. Mais il faut croire que l'on ne *s'installe* pas impunément et qu'en quelques mois de vie commune, d'habitude, de partage avec en plus le poids de la Famille (surtout lorsque cette famille est omniprésente comme l'était le clan Lanzmann), une infinité de fils invisibles mais cependant gros comme des câbles vous ligotent l'un à l'autre. Et puis, Evelyne prétendait avoir besoin de moi ; ses pleurs, ses peurs, ses continuelles défaites m'enlevaient en quelque sorte à moi-même. Je ne m'appartenais plus tout à fait. Le mal à vivre d'Evelyne me faisait oublier le mien. Je passais mon temps à la rassurer. Et d'avoir pris ce pouvoir sur elle me donnait le sentiment de valoir pour quelqu'un d'autre que pour moi seul.

Plusieurs fois, je l'emmenai chez mes parents mais c'est à peine si Nahidé lui jeta un regard. Mon père fit quelques tours qui la laissèrent stupéfaite. « C'est inouï », dit-elle en joignant les mains sur sa poitrine et en penchant la tête. (Elle disait d'un peu tout : c'est inouï, et mes parents s'en moquaient.) Quant à Mam elle se contenta d'accueillir Evelyne assez froidement et lui servit du thé sans rien dire. Lorsque je me retrouvai marié quelques mois plus tard, le seul commentaire de Mam fut : « Tu as fait une bêtise. » Mon père battit ses cartes et lança en riant : « C't'inouï combien tu imbécile. » Nahidé avait esquissé une petite grimace.

Maintenant il me faut raconter comment se fit ce mariage et pourquoi... A cette époque je voyais assez souvent Jacques Laval, le dominicain dont j'ai déjà un peu parlé. Il m'achetait parfois un tableau pour le couvent de la Glacière et surtout m'en faisait vendre à de riches *pénitentes* dont il était le confesseur. Je peux dire que si nous survécûmes tant bien que mal pendant cette première année c'est grâce à lui. De temps en temps arrivait dans notre chambre une femme du « grand monde » accompagnée par l'élégant dominicain en robe blanche. Il choisissait une toile et la femme remplissait un chèque qu'elle laissait parmi les assiettes sales et les tasses du petit déjeuner. Peut-être je fabule mais j'ai toujours été persuadé qu'en échange de quelque péché, Jacques condamnait « sa cliente » à aller acheter un tableau chez tel ou tel des nombreux peintres qu'il défendait. Ainsi, en guise d'absolution, se constituèrent quelques collections aujourd'hui célèbres. Staël, principalement, ne tint le coup pendant des années que grâce au père Laval qui avait fini par remplir le réfectoire des pères dominicains d'une série de très grands tableaux de ce peintre alors inconnu. Je n'aimais pas la peinture de Staël, je dois l'avouer, mais l'homme était fascinant surpris dans l'espace démesuré de son aire de travail. Le sol était jonché de dessins et de tubes de couleur pressés ; on ne pouvait faire un seul pas dans son atelier et il fallait se contenter de rester plus ou moins sur le seuil d'une sorte de champ d'épaves au milieu duquel Nicolas de Staël se déplaçait avec une solennité tranquille parmi d'immenses toiles qu'il travaillait toutes ensemble. Sa voix grave résonnait sous la haute verrière ajoutant à l'envergure de ce personnage qui me donnait la désagréable impression d'être trop conscient de son personnage — un peu comme certains de ces acteurs anglais ou russes dont la voix prend des inflexions caverneuses pour dire du Shakespeare ou du Lermontov. Disons qu'il se vivait très au-dessus de ses deux mètres. Il semblait s'être installé dans une sorte de légende d'homme de vingt mètres de haut et tout ce qu'il touchait il le dilatait à la mesure de cette taille imaginaire ; il faisait partie de la famille d'un de Gaulle qui lui aussi donnait cette impression de s'être mentalement multiplié par dix lorsqu'il écartait les bras ou se dépliait avec le souci de ne pas heurter du front le ciel. L'emphase mesurée de ses paroles quand il commentait ses tableaux avait également la pompe d'une déclaration pesant son poids de sérieux irréfutable. Comme sa peinture, disons que Staël c'était de la matière mise debout mais une matière qui savait qu'elle pensait. Pendant qu'il parlait avec Jacques Laval, je restais dans un coin sans dire un mot. Mon silence l'intriguait sans doute car il me posait des questions d'en haut, de sa voix qui portait, de sa voix de diacre de la rue Daru. Un jour il vit une de mes toiles au couvent de la Glacière accrochée parmi les siennes et la trouva intéressante.

« Voulez-vous m'en laisser deux ou trois à l'atelier, me dit-il, j'ai un marchand américain qui, sur mon conseil, vous en achètera sans aucun doute. » Bien sûr je ne lui apportai jamais une seule toile ; il m'eût semblé indigne de me mettre sous la protection d'un peintre dont je n'admirais pas l'œuvre.

Sachant que je peignais à l'étroit et que je cherchais désespérément un atelier, un matin Staël frappe à la porte de notre petite chambre. Comment avait-il réussi à se plier dans le monte-charge et à parcourir sans le démolir l'étroit couloir qui menait à ma soupente ? « J'ai un atelier pour vous, me dit-il, venez tout de suite voir ça. » Un grand vélo l'attendait en bas contre la grille du square. Il le prit à la main et, sans pour cela enlever les pinces à linge qui ramassaient ses jambes de pantalon, nous marchâmes jusqu'au parc Montsouris. Il me fit visiter dans un petit jardin envahi par les lilas et les sureaux une sorte de pavillon à l'abandon. « Là, me dit-il en me désignant un autre atelier, à côté dans le jardin, c'est l'atelier de Braque. » Il se pencha sur moi . « Alors, mon cher Rezvani, qu'en pensez-vous ? » J'étais abasourdi. Ce n'était pas beau comme dans un rêve mais beau comme un rêve dans un rêve. Je ne pouvais y croire. Il m'emmena chez lui et, dans une cuisine en sous-sol, nous engloutîmes un copieux plat de spaghettis. Tout en mangeant, Staël m'expliqua que cet atelier qu'il me destinait appartenait à une parente à lui (je crois que c'était sa belle-mère). La vieille dame n'avait qu'un défaut paraît-il c'était d'être extrêmement stricte sur les convenances. « Vous ne vivez pas seul, n'est-ce pas ? — Je vis avec la sœur du peintre Lanzmann. — Vous n'êtes pas mariés ? — Non. — Tsit ! C'est ennuyeux. » Bref, il n'était pas possible que je m'installe dans cet atelier librement avec Evelyne. Seul... ou alors marié, je n'avais pas d'autre choix.

Je revins de chez Staël dans un état de surexcitation tel que je ne pus m'empêcher de passer par l'appartement des Boully où je trouvai Claude, Monny et la Mère. Je leur décrivis cette merveille enfouie dans les lilas du parc

Montsouris, leur communiquant mon enthousiasme et aussi mon angoisse... Bien sûr il n'était pas question que je lâche Evelyne sous le prétexte que j'avais trouvé l'atelier de mes rêves. « Et alors, qu'est-ce que ça peut faire ? avait dit Claude après avoir retourné le problème en tous sens. Nous allons les marier. » C'était aussi simple que ça.

Ici je dois souligner qu'en diverses circonstances de ma vie, aussi cruciales que celle-là, lorsqu'il m'est arrivé de désirer ardemment quelque chose un obscur réflexe m'a toujours irrésistiblement poussé dans des voies de traverse où je dilapidais en vain mon énergie et me heurtais à une telle quantité d'obstacles secondaires que j'en oubliais mon but premier. Est-ce par peur panique de l'échec ? Toute question en suspens me pousse à agir dans le sens radicalement contraire à la solution souhaitée. Je n'ai pas de pire ennemi que moi-même dans ces circonstances. Aussi dure soit-elle, la sanction me paraît plus facile à accepter que l'attente. Mes parents avaient pour voisin un Indien. Il venait souvent les voir et restait des heures chez eux sans pouvoir se résoudre à les laisser. Il vivait dans l'obsession de la mort. Il ne parlait que de la mort. « Ami, Medjid, disait-il d'une voix plaintive, j'ai la trouille de mourir, je vous assure, je ne peux penser à rien d'autre. Donnez-moi un peu de votre fluide bénéfique, délivrez-moi, chassez loin de moi cette affreuse certitude... sans blague, ne vous moquez pas de moi, ami Medjid... De savoir qu'un jour, fa-ta-le-ment, il me faudra mourir me rend fou... Croyez-moi ce n'est pas drôle... » Mon père ne le prenait pas au sérieux et Nahidé aussi se moquait gentiment de lui : « Allons, la mort ça doit être très agréable, vous verrez. — Ah, Nahidé, je vous interdis d'en parler avec une telle légèreté ! » Il sortait son mouchoir et se tapotait le front, le cou, les joues. « J'ai tellement peur, comprenez-moi... je ne peux rester à attendre comme ça. » Et il s'en allait de sa démarche accablée. Un jour on le retrouva pendu au fond de son magasin parmi les coupons de tissu. En effet, il n'avait pas pu attendre et avait préféré mettre un terme à son intolérable angoisse. Ce refus de la mort par la mort m'avait profondément frappé à l'époque et je ne peux m'empêcher d'avoir une pensée pour cet ami de mes parents chaque fois que je détruis mes chances en me précipitant vers l'échec par une sorte de fascination terrorisée de l'échec.

Toute proportion gardée, à propos de l'atelier de Nicolas de Staël je fis un peu comme l'Indien : la peur de ne pas l'obtenir me le fit rater. Voilà comment : le lendemain j'avais rendez-vous avec la propriétaire et Staël — je n'y allai pas, trop occupé par cette folle histoire de mariage. Claude avait pris en main notre destin, sa passion d'entremetteur s'était réveillée, et nous filions déjà par le premier train en direction de Brioude pour arracher au père son consentement. C'est entendu : le mariage aura lieu en Auvergne à la fin du mois d'août. Raymond Mason sera mon témoin. Le père Lanzmann nous promet une fête à tout casser. Je passe quelques jours à Brioude, avec Claude, retenus au chevet du grand-père Lanzmann qui se meurt de vieillesse, paralysé sur un grabat. Me voilà cette fois avec une famille pour tout de bon. Il me faut embrasser le front moite du moribond en l'appelant pépé et écouter ses radotages ; être aimable et patient avec le père ainsi qu'avec les notables de Brioude auxquels je suis présenté comme « un jeune artiste plein d'avenir ». Enfin, lorsque je rentre à Paris « fiancé » et que je me préoccupe de nouveau de l'atelier tant souhaité, Staël m'apprend que la vieille dame vient de le louer à quelqu'un de plus prompt que moi.

Vers la même époque, un jour Quentin me prévient que le marchand Yolas de passage à Paris veut m'acheter un tableau. Je n'avais pas un sou évidemment et la vente d'une toile en 1948 tenait du miracle. Rendez-vous est immédiatement pris pour le lendemain, c'est entendu, Quentin doit l'amener square Alexandre-Cabanel. La nuit passe ainsi que la matinée et plus le moment de la visite du marchand approche plus une intolérable angoisse m'étouffe et me tord l'estomac. Non, je ne pourrai pas être là... non, je ne pourrai pas supporter ça ! Je suis pris de panique et je me sauve, préférant laisser Yolas à la porte de ma chambre que de le voir hésiter devant mes tableaux et peut-être ne pas en acheter.. ou pire encore : m'en demander le prix. Combien de fois ai-je saboté ainsi mes chances dans des moments où justement quelques billets de mille m'auraient sauvé de l'enfoncement ? Combien de fois ai-je découragé ceux qui auraient souhaité m'aider ? Je ne sais pas si j'ai été un bon peintre mais je peux dire que j'ai été un mauvais vendeur. Une force irrépressible me poussait toujours à agir à l'envers de mes intérêts. Je n'ai jamais pu passer *normalement* de l'acte de peindre à l'acte de vente. Ce détail a empoisonné mes rapports sociaux pendant les quelque vingt ans où je me suis considéré comme peintre. Produire un tableau signifiait pour moi matérialiser ma révolte, je peignais pour dire autre chose que ce que la société me forçait à subir et à croire. Plus la vie m'était dure, plus mes toiles devenaient de charme, de sensualité, de tendresse. Elles prétendaient montrer quelque chose qui aurait ressemblé à l'envers du monde par une protestation muette de la *beauté* immobile. Vendre ce fruit du malaise c'était en quelque sorte transformer l'indicible en monnayable — c'était trahir. J'avais à peine vingt ans, je lisais Schiller, Rousseau, Nietzsche, Miller, il n'était question que de me maintenir coûte que coûte au-dessus de moi-même, de rester *naïf* (à la manière dont l'entendent Montaigne ou Rousseau)... J'aurais pu faire mienne cette phrase de Baudelaire : « Il est une chose mille fois plus dangereuse (pour l'art) que le bourgeois c'est l'artiste-bourgeois qui a été créé pour s'interposer entre le public et le génie : il les cache l'un à l'autre. » Oui, j'avais une haute idée de celui qui se sacre lui-même du nom ridicule d'*artiste* ou de *poète*. Il me semblait que la « réussite » ne pouvait que flétrir le génie — car je croyais au génie comme on croit à la lame de lumière que rien ne doit ternir.

Cependant il fallait trouver de quoi survivre acheter de la toile, des couleurs, il fallait qu'Evelyne paie ses cours et s'offre de temps en temps quelques chiffons pour se rassurer. Seule la vente inespérée d'un tableau pouvait nous tirer d'affaire et c'est avec un déchirement intérieur que j'acceptais ce qui chaque fois me paraissait une difficile compromission. J'ai toujours été très mal à l'aise avec les marchands de tableaux — à part quelques très rares exceptions — je n'ai à aucun moment réussi à établir avec eux des rapports d'égalité. Au fond de moi je n'ai jamais cru que ces sortes d'intermédiaires dont le métier est de trouver la commune mesure entre l'art et l'argent puissent mettre leur foi en d'autres vertus que celles de l'argent. L'argent a raison en fin de compte, *la petite boutiquière* (terme de mépris si cher à Mam) l'emporte toujours sur l'amateur. Quoi qu'on en dise, l'*âme* du plus sublime Rembrandt sera de toute éternité alourdie par son répondant en or enfoui au fond de quelque coffre. Disons pour simplifier que pour un marchand, le tableau n'a pas d'âme : ce n'est qu'une pelure à vendre.

Par la suite je compris mieux la complexité des sentiments (ou des ressentiments) qui lient le marchand au peintre. Et dans la mesure du possible je me suis passé de la tutelle des marchands, préférant les hasards des rencontres et des amitiés... ou même les tourments de la solitude et de la pauvreté au paternalisme de ces gens de commerce qui s'arrangent pour se glisser dans l'intimité créatrice et sentimentale des artistes afin d'exister eux-mêmes par ce parasitage. De tous les arts la peinture est le plus proche de l'enfance, et de tous les artistes le peintre est resté le plus près de l'enfant. Le marchand de tableaux n'a qu'à paraître pour qu'aussitôt le peintre se remette entièrement entre ses mains. Ainsi s'épargne-t-il la pénible tâche de vendre lui-même ses œuvres. préférant recevoir du marchand les sommes dont il a besoin sous forme de pension ou d'avance, détruisant de la sorte toute relation trop directe entre le tableau et l'argent. Rien n'est plus aliénant et à la fois reposant que le système des contrats qui fut si en vogue dans les années 60. Je peux dire que de ma génération je suis l'un des rares à ne m'y être pas plié. J'ai toujours préféré la sorte de liberté que je m'étais choisie, bien qu'elle se soit trouvée par certains côtés tout aussi stérilisante si ce n'est plus. Disons que j'ai eu la satisfaction d'orgueil d'avoir improvisé mon chemin sans passer par les coulisses d'une galerie. Mes tableaux ont été en quelque sorte les marches sur lesquelles s'est appuyé mon esprit plutôt que des choses à vendre. Peu m'importe où ils sont aujourd'hui et ce qu'ils sont devenus. J'aurais pu sans regret les détruire à mesure. Si j'en suis venu à délaisser la peinture ce n'est pas par un caprice des circonstances mais par le désir de passer de la boue au bleu du ciel, de l'image matérielle à l'image impalpable. J'avoue aussi qu'il m'est très agréable de ne pas connaître la main qui me nourrit. Le lecteur laisse son obole chez le libraire, l'argent n'établit aucun lien entre lui et moi. Je ne lui dois pas de reconnaissance, lui non plus ne me doit rien, il peut déchirer mon livre ou l'oublier sur une étagère. Nous restons libres l'un comme l'autre. La parole écrite est aussi fluide que l'air — nul ne la possède. Il n'en va pas de même du tableau. Lui on le possède. Il est. Il est unique. Il exige d'être regardé, entretenu, pendu, épousseté. C'est une présence que des fils invisibles relient au peintre. Posséder un tableau c'est posséder un peu le peintre. Lorsqu'on me parle de l'indécence de certains passages de mes livres je ne peux m'empêcher de sourire : si vous saviez combien plus indécent pour moi est un tableau sur un mur ! Peu de peintres vous avoueront cela mais je sais que la plupart le ressentent.

A propos des peintres et de l'argent, Tedy Schemp m'a rapporté un joli souvenir. Un jour qu'il demandait à Chagall le prix d'un de ses tableaux, le vieux peintre lui répondit d'une petite voix d'enfant : « Ce n'est pas moi qui m'occupe de ces questions, demandez à ma femme. » Schemp se tourne alors vers elle et à son grand amusement il surprend dans le reflet d'un sous-verre

Chagall qui, dans son dos, lève les mains et plie les doigts pour transmettre à sa femme le prix qu'il désire obtenir de son œuvre. C'est plus qu'une simple anecdote. Cette pantomime contient le malaise entier du peintre mis dans l'obligation de monnayer sa peinture. Il ne peut pas *dire* une somme. En faisant prononcer un chiffre par un tiers (sa femme, son marchand, son secrétaire) il reste en quelque sorte du côté de la peinture. Je pense à ces marchands de perles de la mer Rouge qui, paraît-il, ne peuvent se résoudre à *prononcer* des chiffres. Le vendeur et l'acheteur placent leurs mains sous une étoffe et, selon qu'ils replient et ouvrent les doigts, se transmettent par ce contact muet les propositions, les refus, les marchandages et pour finir la conclusion du marché. On me dira que c'est la seule manière discrète de faire du commerce au milieu d'une foule. Bien sûr, mais pourquoi ne pas y voir aussi chez ces bédouins le désir de ne pas troubler l'*eau* des perles par le remous des chiffres ? Du temps où il me fallait vendre mes toiles pour survivre j'aurais bien volontiers placé une étoffe magique entre ma peinture et le « client ». C'est d'ailleurs un peu ce qui se passa par la suite. Nous eûmes, Danièle et moi, la chance de nous faire des amis tels qu'ils nous permirent de tenir pendant des années grâce à des secours que le don de mes toiles en retour était censé compenser. Jacques Laval fut de ceux-là et son frère Michel surtout dont la maison de Reims s'est remplie d'année en année de mes tableaux. Rien n'aurait pu laisser prévoir, lorsque Jacques m'entraîna pour la première fois chez son frère, qu'une si attentive amitié nous rapprocherait un jour. Je n'étais resté que quelques heures dans cette grande maison à la Tolstoï pleine d'enfants, de tableaux, de livres et de fleurs. Ce *bonheur bourgeois* m'avait fait fuir par le premier train, abandonnant Jacques et Jean-Marie Drot avec lesquels j'étais venu. Cependant Jacques avait réussi à me faire vendre quelques toiles, comme il le fit d'ailleurs si souvent pendant des années.

Jacques est dominicain et homosexuel. J'aimerais dire

ici mon admiration pour celui qui a toujours eu le courage non seulement de ne pas masquer son homosexualité mais qui se risque même à l'avouer dans de nombreux livres. Sa trajectoire est exemplaire. Sa vie n'est qu'un tumulte de passions. Venant d'un prêtre cela choque. Aujourd'hui encore ses livres sont violemment attaqués par des critiques (Nourissier en tête) qui par ailleurs je crois ne s'offusquent pas si facilement pour ce qui est de la morale. Je dois ajouter que mon penchant exclusif pour les femmes écarta toute ambiguïté dans nos relations. Il me parla toujours très librement de ses passions si bouleversantes et c'est avec attendrissement que de tout temps je reçus ses confidences. Il ne prêta jamais beaucoup d'attention à Evelyne. Lorsqu'il venait voir mes toiles, c'est à peine s'il lui adressait la parole, au point que j'en étais arrivé à croire, à l'époque, qu'il éprouvait une totale indifférence pour les femmes. Je me trompais car dès que Danièle entra dans ma vie, il s'établit entre elle et lui un très fort contact d'amitié et de confiance. Aujourd'hui encore (quoique nous ne le voyions guère qu'une fois ou deux par an à Paris) c'est auprès de Danièle (et de moi) que Jacques aime à s'épancher, à confier ses espoirs, ses chagrins et ses révoltes de vieil adolescent — car bien qu'il soit arrivé au seuil de sa soixante-dixième année, il ne renonce ni à aimer ni à être aimé. Je dois dire que Danièle a le don d'entendre et de comprendre et nombreux sont nos amis qui tout au long de notre vie sont venus chercher auprès d'elle le réconfort de sa présence... Ici je vais toucher au cœur sensible de ce livre et c'est en suspendant mon souffle que j'approche de celle qui d'un coup m'a ouvert à la lumière du monde. Il me reste un an et demi à vivre avec Evelyne. Un an et demi de lent enlisement, d'étouffement, de misère...

La petite chambre sous les toits devint le ring de notre petit enfer. Nous y perdîmes la tête et bien des fois nous fûmes à la limite d'y perdre la vie. Certaines nuits après avoir parlé pendant des heures, il nous arrivait de ne voir d'issue que dans le trou béant de la fenêtre ouverte sur le vide de cinq étages. Il nous semblait que cette prison de nerfs et de larmes dans laquelle la fatalité nous avait enfermés ne pouvait avoir d'autre sortie. Au lieu de nous séparer tout simplement, de nous quitter, de convenir que nous nous étions mis ensemble par accident, par paresse, par laisser-aller, nous avions fini par nous vivre comme les victimes d'un bizarre mauvais sort qui nous aurait ficelés, malgré nous, ensemble. Une sorte de fascination morbide nous retenait l'un à l'autre et les larmes incessantes d'Evelyne coulaient sur nous comme l'humeur d'un philtre paralysant. La date de notre mariage approchait, Claude, la Mère, le père Lanzmann nous tenaient en réserve là-haut, nous étions les otages d'un rite familial qui allait s'accomplissant en quelque sorte sans nous. Le mouvement était lancé, les démarches semblaient se faire d'elles-mêmes, les bans furent publiés, l'été approchait et de tous les intéressés nous étions les seuls à souhaiter sauter par-dessus cette cérémonie absurde pour nous retrouver enfin au lendemain, libres... libres de nous séparer. Nous en parlions comme d'un mauvais moment à passer, et s'il y eut jamais entre nous une source de rire ce fut bien celle-là.

Mais avant de nous « unir » nous étions partis ensemble pour le cap Lardier où nous passâmes deux mois à nous débattre dans une sorte de promiscuité bestiale dont je ne peux me souvenir qu'avec un frisson d'horreur et de tristesse. Nous avions transporté avec nous l'étroit huis clos de notre chambre et c'est sous le vaste ciel criblé par la mitraille des étoiles que nous continuâmes à nous prendre à la gorge et à vaciller comme des enfants ivres. Evelyne répétait du Musset, du Kleist, du Giraudoux (nue, sale de la bave des poissons dont elle ne pouvait laver les traces sur son corps pas plus qu'elle ne pouvait laver ses cheveux poisseux de sel) cependant que je m'enfonçais sous l'eau pour harponner des proies qui la faisaient hurler de terreur. Je jetais à ses pieds les longues chevelures convulsives des poulpes et elle courait sur les rochers tandis que je riais de sa peur de femelle, oui je riais comme un singe sale et mouillé.

Nous devions passer directement de cette « lune de miel » anticipée à nos noces bourgeoises au cœur de l'Auvergne. Evelyne avait emporté pour la circonstance une valise dans laquelle elle avait entassé les quelques robes que sa mère lui avait offertes. Certains soirs n'en pouvant plus de vivre ainsi dans cette nudité poisseuse, dégoûtée de son corps boucané par le sel et le soleil, elle passait une de ces robes et chaussait des sandales à talons pour s'essayer en quelque sorte en attendant cette fête qui se préparait à Brioude...

Et la fête eut lieu. Et Evelyne coiffa une large capeline à la Rita Hayworth, en dentelle grise ; le père Lanzmann nous « donna » l'un à l'autre sous les yeux mouillés de Claude [

]

Et voilà, nous étions liés sous le sceau de la famille juive ! Nous réintégrâmes la petite cellule au-dessus des Boully et une nouvelle année commença tout aussi étouffante que l'avait été la première. Mais maintenant nous nous trouvions mariés et chacun s'efforçait de voir en nous l'image même de la félicité. Plus que jamais la Mère veillait sur Evelyne, nous étions ses « petits mariés », elle montait la garde et comblait sa fille de fripes qu'elle ramenait de la salle Drouot où elle passait une partie de ses journées avec Monny. Ainsi transforma-t-elle Evelyne en une sorte de mannequin de misère, portant chapeaux, manchon de fourrure ou manteau de singe aux longs poils noirs qui lui retombaient sur les mains comme des scalps. La mode était alors au *new-look,* ce qui autorisait à tous les excès piteux. La plupart des filles enfilaient de miteux jupons en vieilles dentelles de grand-mères qu'elles mettaient une coquetterie à laisser dépasser de leurs jupes au niveau de la cheville. Les grands couturiers de l'après-guerre tels Dior ou Fath s'étaient amusés à jeter en direction de la rue une série d'images que l'on retrouvait tout à coup déchues, reproduites en chiffonnages grossièrement interprétées par des filles pauvres que le reflet des falbalas des champs de courses où s'exposait une Rita Hayworth ou une Bettina obsédait. Ainsi à toute heure du jour, vous pouviez rencontrer de ces jeunes Folles de Chaillot boulevard Saint-Germain ou même sur les Champs-Elysées. Evelyne était de celles-là et maintes fois il m'est arrivé en pleine rue de lui arracher une horrible capeline qu'elle aimait épingler sur ses cheveux de paille en revenant du cours Simon. Elle prenait des airs de vamp et elle fumait à travers un long fume-cigarette et elle portait de longs gants noirs jusqu'aux coudes et cela m'exaspérait. Ce qui était pitoyable c'est qu'à travers ces caricatures de la mode Evelyne cherchait à entrer dans la *norme.* Elle mettait un ruban de velours noir autour du cou et se hissait sur des chaussures à talons lacées à dix tours aussitôt que l'ordre en était lancé d' « en haut » ; ainsi donnait-elle une impression un peu clocharde d'une figurine déchue. Elle ne cherchait pas l'extravagance mais l' « élégance », imitant ces images sur papier glacé du *Jardin des Modes,* un peu comme si aujourd'hui en plein midi une fille allait par les rues en singeant la photo la plus cruellement provocatrice du dernier *Vogue.* Si je m'attarde sur ce sujet c'est qu'il eut sa part dans nos conflits au même titre que le front rasé sous la frange ou les cheveux que l'eau oxygénée avait rendus pareils à de l'étoupe.

Pendant des heures Evelyne se remodelait devant la glace jusqu'à en devenir folle. J'en étais arrivé à ne presque plus peindre, hanté par ces soupirs, ces pleurs, ces crises de nerfs chaque jour renouvelés. Je restais assis à la regarder faire, finissant par la haïr de tant se haïr Que m'importait la peinture au point où nous en étions ! Une seule chose comptait : il fallait coûte que coûte qu'elle *réussisse,* qu'elle joue, qu'elle se « réalise ». Après je m'occuperais de moi, après je vivrais ma vie, me disais-je, après je ne ferais plus que peindre..

Oui, je pensais à *après* comme si cet *après* devait nous sauver de la misère, de la haine, du désespoir.

Au cours Simon, les uns après les autres, ses camarades se faisaient engager soit au théâtre soit au cinéma — et elle en souffrait. Nous passions des nuits à parler, à nous morfondre. Après avoir essayé de la consoler et de lui remonter le moral je finissais chaque fois par l'humilier à mon tour et l'enfoncer si possible encore plus bas, trouvant une jouissance malsaine dans les excès de sa complaisance que j'attisais avec maintenant une sûreté diabolique. Il suffisait de quelques mots pour la jeter en larmes. Je savais exactement où la toucher pour à l'instant la fusiller, la plier en deux. Et ainsi, peu à peu, moi qui m'étais attaché à elle pour le bien que je pouvais lui apporter, voilà que je découvrais le trouble et répugnant plaisir que donne le pouvoir de faire le mal. Ah, combien nous nous exaspérions ! Et plus nous nous exaspérions plus nous étions acharnés à poursuivre cette vie en détresse comme si passé un certain seuil la fascination qu'exerce l'insupportable faisait table rase de tout le reste. Nous ne parlions plus de nous séparer. Nous avions dépassé la clarté d'une telle solution. Comme nous nous étions laissé mener au mariage, par une sorte d'inertie, nous nous enfoncions maintenant dans la tempête perpétuelle. Et lorsque j'entendais grincer le monte-charge, je posais mes pinceaux avec une joie mauvaise et, à mesure que le martèlement de ses talons approchait par le couloir, je sentais en moi se lever toutes les discordes laissées en suspens. Elle entrait et aussitôt je lisais comment *ça s'était passé* chez Simon. Et selon ce qu'elle avait subi, il fallait, seuls entre les quatre murs de notre cage, payer. Oui, il fallait payer !

Un jour elle arriva et me dit d'une voix anxieuse : « Simon m'a donné l'adresse d'un chirurgien. Il m'interdit de remettre les pieds au cours si je n'ai pas changé de nez. — Change de cours ! » lui répondis-je. Isaïe était présent et nous décidâmes d'aller attendre tous les deux René Simon le lendemain pour lui casser la gueule. Bien sûr nous n'en fîmes rien et Evelyne continua à fréquenter cette école de la destruction de la personnalité Enfin, pour qu'elle mette de l'argent de côté et puisse transformer son visage, Simon lui décrocha un petit rôle dans une pièce sur Jeanne d'Arc de Thierry Maulnier au Vieux-Colombier. Michel Vitold en assurait la mise en scène. Evelyne faisait un ange. Perchée dans le décor elle disait un bout de texte en remuant vaguement de grandes ailes en plume. Jamais je ne l'avais vue si heureuse ; enfin elle y était sur les planches ! J'assistais en silence aux répétitions. Vitold voulut savoir qui j'étais — Evelyne me présenta. Une immédiate sympathie passa entre nous, laissant présager plus que ce bref contact. En effet, Vitold jouera par la suite un rôle dans cette petite tragédie qu'était devenue notre vie.

Vitold criait beaucoup et s'agitait pendant les répétitions. La pièce était mauvaise, les comédiens aussi ; mais j'éprouvais un certain plaisir à me trouver là, pendant le travail, immobile, attentif cependant que les comédiens sous la direction hagarde de Vitold cherchaient à dire tant bien que mal le texte de Thierry Maulnier. Ce fut là ma première expérience de l'intimité du théâtre et je ne me doutais pas alors qu'un jour j'assisterais avec de furieux battements de cœur et même des larmes d'émotion aux répétitions de pièces sorties de mon imagination.

J'admire le risque nocturne du métier de comédien, la solitude de ceux qui chaque soir reprennent l'édifice chancelant des mots et le tiennent debout de toute la force de leurs nerfs. J'aime cette sueur vraie de la véritable angoisse parmi le toc et le carton. La mort est là, partout, apparente : elle résonne par l'épée de bois et la cuirasse de papier, par le fard et le roulement creux des pas, par la poussière et l'odeur de moisi. Tout cela m'attire et cependant me repousse. Je ressens comme un frisson de peur devant l'âme dévastée des comédiens, leur veulerie, leur faiblesse, leur inconstance, leur côté chien perdu toujours prêt à lécher la main qui s'avance — car en somme ils demandent plus de marques d'amour que d'amour véritable. Jamais je ne me suis senti de plain-pied avec les gens de théâtre et pourtant, au long de ma vie, je me suis trouvé souvent lié à eux soit par l'amitié soit comme peintre soit comme auteur. Et j'ai beau me jurer encore aujourd'hui de ne plus écrire de nouvelles pièces et de me tenir à l'écart de cette sorte de sous-sol de la conscience collective, il faut croire qu'un sort espiègle m'y ramènera toujours malgré moi.

La pièce ne tint pas longtemps l'affiche et la troupe se dispersa. Evelyne détacha ses ailes d'ange et retomba aussitôt dans ses insupportables dépressions. Notre dernier été ensemble approchait, nous le passerons comme le précédent en grande partie sur la plage des Brouis... puis à Saint-Tropez. Mais auparavant nous eûmes la visite d'un des êtres les plus abjects que j'aie jamais rencontrés. Comme je l'ai dit, trop occupé par sa « carrière » et l'obsessionnel besoin d'exister qui accaparait entièrement Evelyne, j'en étais arrivé à ne presque plus peindre. Il était donc rare qu'un client monte jusqu'à notre chambre et encore plus rare qu'il en reparte en me laissant de l'argent. Nous vivions de rien, d'aumônes, de larcins, de petits emprunts. Evelyne s'arrangeait pour voler de temps en temps quelques billets à sa mère. Il m'arrivait aussi assez souvent de trouver de l'argent dans la rue, et deux ou trois fois mon père me glissa en cachette de Nahidé des livres-or tirées du trésor des Allemands. Monny nous donnait parfois de petites sommes mais maintenant il ne me demandait plus d'illustrer des livres licencieux car il s'était lancé dans le courtage d'objets antiques. Peu à peu leur appartement s'encombrait d'Osiris, de boucs sassanides, de vases grecs, Ming, précolombiens. Même notre chambre avait fini par leur servir de réserve et nous vivions parmi les décombres des grandes civilisations englouties.

Cette nouvelle orientation de leurs activités les rendait très attentifs aux rares collectionneurs qui montaient voir mes toiles. En général ils s'arrangeaient même pour les intercepter dans l'espoir de leur caser au passage un objet de haute époque. Ce qui parfois me privait d'une vente.

Un jour j'avais donc reçu une bizarre lettre de Belgique.

Anvers le ... 1949.

Rezvani,

Je possède quatre superbes cadres plaqués à l'or fin aux formats suivants : 20 F — 25 F — 15 P — 10 P. A qualité égale, je serais acquéreur de quatre de vos tableaux correspondant à ces formats. Je pense me rendre à Paris d'ici une quinzaine de jours et me réjouis de visiter votre atelier.

Cette lettre était signée Léopold Pieters ex-consul de Belgique au Congo. Nous en avions ri et bien entendu je n'y pensai plus. Mais voilà qu'un soir Monny monte me voir et m'avoue avoir détourné un amateur de peinture qui me cherchait dans toute la maison. Monny et la Mère l'avaient retenu presque de force une partie de l'après-midi en prétendant que je n'étais pas encore rentré. (En vérité je n'avais pas bougé de la journée.) « C'est le diable en personne, avait ajouté Monny, il est terrifiant. » Le lendemain arrive Léopold Pieters que la Mère a de nouveau raccroché dans le monte-charge. L'idée qu'un homme prêt à dépenser de l'argent pour posséder de la peinture passe à sa portée la rendait malade, et dès le matin elle s'était embusquée pour essayer de le traîner une seconde fois devant ses vitrines. Mais le diable ne voulut rien savoir et c'est en désespoir de cause que la Mère s'était résolue à me le livrer. Elle était même montée avec lui et lorsqu'elle dut se retirer, je suis sûr qu'elle ne put s'empêcher de rester, l'œil et l'oreille fermement collés à notre porte. [

]

[

]

Le dialogue entre la Mère et le diable fut passablement agité — le diable étant sourd. Et c'est à bout de nerfs et de souffle qu'elle finit donc par me l'abandonner. L'homme me terrifia. Il avait l'allure d'un vieux S.S. avec son loden verdâtre et des lunettes cerclées d'acier. Il parlait sans cesse en faisant des bulles cependant que son appareil acoustique grésillait. Comme c'est le cas pour la plupart des sourds, son infirmité avait épanoui son égoïsme, l'enfonçant en lui-même à tel point que non seulement il ne cherchait pas à vous entendre mais semblait aussi ne pas vous voir. Il était seul, seul en lui-même avec sa ruse, son accent belge et son idée fixe : obtenir le maximum de concessions du peintre par le maximum d'humiliation. Le diable voulut voir tous mes tableaux — j'en avais peut-être une quinzaine — et resta une partie de la matinée à les examiner, les trouvant très beaux. Il m'emmena déjeuner dans un petit restaurant du quartier et insista pour me faire boire. Ensuite il remonta voir encore une à une mes toiles, sortit un calepin de sa poche, fit quelques comptes et me dit (après avoir enlevé son appareil d'écoute) qu'il était prêt à m'acheter le tout pour cinquante mille francs. Il s'attendait sans doute à ce que je discute sa proposition car il sembla un peu dérouté de me voir accepter le marché sans hésiter. Cinquante mille francs ! De ma vie je n'avais vu une telle somme ! Il fut convenu qu'il reviendrait le lendemain matin entre dix et onze heures avec l'argent en espèces. Et il s'en alla.

A peine les Boully apprirent-ils le résultat de la visite du diable qu'ils me demandèrent de leur prêter une partie de la somme. Je leur promis ce qu'ils voulurent. Ils n'avaient évidemment pas besoin de cet argent mais c'était en quelque sorte une façon de ne pas le laisser passer si près d'eux sans y avoir mis un peu la main, de s'associer, si je peux dire, à mon « fourgage ». Je ne dormis pas de la nuit, trop impatient d'être au lendemain. Evelyne parlait déjà d'utiliser tout de suite cet argent pour se faire changer le nez. La discussion tourna comme d'habitude au drame et le matin nous trouva dressés sur notre lit comme deux coqs de combat. Les heures commencèrent à passer, lentes, lourdes... et plus les heures passaient plus j'étais sûr au fond de moi que le diable ne viendrait pas. De temps en temps Monny montait, lassé d'avoir guetté le monte-charge : « Alors ? Il n'est pas encore venu ? » Et l'attente se poursuivait... Lorsque la nuit tomba, au lieu d'admettre que le diable ne viendrait plus, nous nous raccrochâmes soudain à l'idée que dix/onze heures ce n'était pas dix/onze heures du matin mais dix/onze heures du soir. Et de nouveau nous comptâmes les heures, croyant à tout moment entendre le grincement du monte-charge. Dix heures passent puis onze puis minuit et la folie s'installait en nous. Vers les deux heures du matin nous en étions arrivés à un tel état que nous avions fini par nous précipiter dans la rue sans pouvoir nous décider à rentrer. Evelyne sanglotait et moi je me retenais de lui taper dessus.

Plusieurs jours après, je reçois une lettre du diable. Il me disait qu'avant de venir me remettre les cinquante mille francs, il avait eu la curiosité de faire un petit détour par la galerie Maeght pour voir quelques-uns de mes tableaux. Là, Maeght l'avait dissuadé d'acheter les toiles qu'il avait choisies chez moi sous prétexte qu'étant peintes à la colle elles risquaient un jour de s'effriter. Il m'engageait à travailler dorénavant à l'huile et terminait sa lettre en me promettant de revenir cette fois pour de bon à condition que j'accepte de changer de technique. Bien sûr Maeght n'avait pu se retenir de rafler les espèces au passage !

Si j'ai rapporté cet incident par le détail c'est qu'il me révolta et me blessa profondément. Plus que jamais je prenais conscience de mon absolue solitude. Pour la somme de cinquante mille francs fantômes je venais d'en payer le prix. C'est avec dégoût que je quittai pour toujours la chambre du square Alexandre-Cabanel pour me réfugier encore une fois au bord de la mer. J'envoyai une lettre à Monny et à Paulette où je leur disais que je ne voulais plus être « le pou du pou », les remerciant par ailleurs de tous les encouragements qu'ils m'avaient apportés. Je m'enfuis, abandonnant derrière moi mes tableaux et le peu de livres et de disques que je possédais. Je me savais condamné maintenant à vivre à la périphérie de ce monde pour lequel je n'étais pas armé et je me jurai de ne plus jamais rien faire pour vendre un tableau.

Evelyne avait tenu à me suivre et encore une fois nous nous étions retrouvés comme deux bêtes sur les plages et les rochers déserts du cap Lardier. Selon le vent et l'état de la mer je passais des Brouis aux anses de Taillat en me replongeant avec un immense soulagement dans la simplicité silencieuse de la chasse sous-marine. Je ne pensais plus à rien, je n'étais plus rien : encore une fois j'étais retourné à la brutalité de la nature. Même avec Evelyne ce fut l'armistice. Après la désagréable année que nous venions de passer à Paris, la beauté unique de cette presqu'île sauvage agissait lentement sur nous. Nous restions étendus des journées entières sur la petite plage des Brouis à reprendre souffle. L'un comme l'autre nous savions que nous avions atteint la limite du supportable et le peu d'instinct de vie qui nous restait nous apaisait dans un même besoin de convalescence. Je pêchais de quoi nous nourrir et ensuite je dormais au soleil aplati sur le sable chaud. Plus de passé, plus de projets, seul le présent de sang battant m'assurait qu'il était bon de vivre. J'étais un peu comme ce cœur de raie qui deux ans plus tôt avait battu sur ma main, pour rien. Oui, j'étais comme lui animé par une furieuse envie de vivre, enfoncé dans l'aveugle fonction d'être, avec cependant la certitude qu'être ne suffisait pas... qu'ailleurs autre chose existait... Que faisais-je avec cette femme qui m'était de plus en plus étrangère, occupée à huiler son corps et à se chercher dans ce miroir qu'elle traînait partout avec elle ? Je la sentais en attente, elle n'était pas tout à fait là.

Et voilà qu'un jour, à la poste restante de La Croix-Valmer, nous trouvons un mot de Michel Vitold. Il projette de venir passer ses vacances sur l'île du Levant et espère nous revoir à cette occasion. Ce signe inattendu (en tout cas je le croyais) nous donna une subite envie de retourner vers le monde. Et de même que la lettre de la Mère, reçue il y a deux ans à ce même guichet, m'avait sorti de mon isolement pour m'entraîner à Cannes, ce mot nous fit immédiatement quitter le cap Lardier pour Saint-Tropez où je connaissais quelques peintres. Evelyne était dans la joie. De se retrouver à Saint-Tropez la transfigura. A l'époque le petit port à l'écart dans sa baie n'attirait pas encore les touristes. On allait à Saint-Tropez, on n'y passait pas. En plus de la population de pêcheurs (qui heureusement était encore majoritaire) de nombreux artistes s'entassaient dans les quelques maisons que l'on trouvait à louer. Il y avait pas mal de peintres, des comédiens, des musiciens de jazz et aussi, bien sûr, comme à Saint-Germain-des-Prés, les éternels fils de riches à la traîne. Boris Vian avait ouvert une sorte de cave où Sidney Bechet improvisait toutes les nuits sur sa fameuse clarinette. Encouragé par Vian, Mouloudji se mit un soir à chanter (des chansons d'un certain Ferré) de sa voix aux modulations presque arabes. Nous ne quittions plus cette cave où chaque nuit se retrouvaient les mêmes bandes. Je n'avais bien sûr pas un sou et nous vivions, Evelyne et moi, aux crochets des uns et des autres, logeant dans un grand appartement que louait Gelin, ou dormant sur les couchettes du bateau de Lassie Barta — un vieux peintre roumain que j'aimais beaucoup. Barta s'était même débrouillé pour que je puisse peindre dans le musée de l'Annonciade où il m'installa un atelier dans une sorte de petite pièce voûtée au-dessus de la porte d'entrée. A l'époque, l'arche par laquelle donnait le jour n'était pas murée comme aujourd'hui et je voyais, tout en peignant, le port tranquille avec ses belles maisons crépies couleur de pêche. Vers la fin du mois d'août Barta organisa une exposition des œuvres de la plupart des peintres qui passaient l'été à Saint-Tropez. Je n'eus qu'à transporter mes toiles d'une pièce à l'autre et Barta se débrouilla pour m'en faire vendre une. C'est à l'Annonciade que je revis Paul Eluard pour la dernière fois. Il venait d'acheter un appartement sur le port. Je fis aussi la connaissance de Germaine Taillefer qui devint quelques mois plus tard la délicieuse complice du coup d'amour qui nous précipita l'un vers l'autre, Danièle et moi. Sans le savoir je me trouvais à la charnière de ma vie et il ne me reste de ce dernier été que le souvenir d'un chaos d'où émergent quelques visages, quelques gestes d'amitié, quelques sourires et beaucoup de moments gris sous le soleil.

Je me retourne et dans la perspective inversée du temps, brusquement tout s'éclaire, il me semble qu'une sorte de logique me menait pas à pas vers ce renversement que fut ma rencontre avec celle qui deviendra la femme unique de ma vie... Cependant qu'en vérité, dans la pesante progression du vécu, dans la lente chevauchée des moments, je ne voyais plus aucune issue. Rentrer à Paris ? Pourquoi ? Où ? Rien ne valait plus la peine de rien. Je ne pouvais pas me douter qu'ici était en train de se refermer le livre noir de ma vie ; un autre allait s'ouvrir, clair, aéré, intense, gonflé d'amour et de sensualité...

Livre troisième

Je rentrai seul à Paris, par le train ; Evelyne s'était arrangée de son côté pour faire le voyage avec Michel Vitold qui nous avait rejoints à Saint-Tropez. Avant que ne prennent fin ces vacances, nous avions passé quelques jours tous les trois à errer sur les plages de la presqu'île, couchant dans le sable là où la nuit nous surprenait. Evelyne ne cessait de me lancer des regards de petite chienne coupable, semblant s'excuser et me plaindre de cette situation dont en vérité je ne ressentais pas comme elle le trouble. J'avais de la sympathie pour Vitold et, plutôt que de me retrouver seul avec Evelyne et ses continuelles complications, j'éprouvais du soulagement à mettre entre nous la simplicité d'une camaraderie d'homme. Que Vitold soit d'origine russe et que moi je le sois à moitié créait entre nous cette sorte de complicité nostalgique un peu factice à laquelle peu de descendants d'émigrés échappent. Nous n'échangeâmes pas un mot en langue russe mais de savoir que si nous le voulions nous pouvions nous découvrir des souvenirs plus ou moins identiques, une même sorte d'attendrissement nous rapprochait.

Profitant d'un moment où Evelyne nous avait laissés seuls (nous venions de déjeuner dans un bistrot au fond d'une ruelle de Saint-Tropez), Vitold m'avait dit en me fixant brusquement de ses yeux enfoncés dont on distinguait difficilement l'iris : « Tu sais, vieux, je suis un salaud... même la femme... la femme de... d'un... d'un ami je... » Evelyne revenait et il s'était immédiatement tu. Sur le moment cette sorte de demi-avertissement chuchoté sur un ton de mauvaise comédie m'avait gêné et j'avais eu un haussement d'épaules accompagné d'un rire de malaise. Evelyne s'était accoudée sur la table et elle nous avait longuement dévisagés en penchant la tête tantôt d'un côté, tantôt de l'autre à la façon d'un petit oiseau de nuit. Elle semblait ennuyée de cette situation et cependant je sentais sa jubilation intérieure, son impatience intime sous ses airs désolés. Une assurance toute neuve donnait à ses gestes quelque chose de décalé : elle allumait une cigarette après l'autre en secouant trop fort l'allumette et tapait avec une énergie inutile la cendre sur le bord du cendrier. Je remarquai aussi qu'un peu de son bégaiement lui revenait — comme si de se sentir tout à coup plus forte relâchait sa surveillance en la faisant mieux s'accepter (ou moins se refuser).

Ce demi-avertissement de Vitold que je venais d'éluder d'un rire de malaise et d'un haussement d'épaules n'avait fait qu'ajouter à leur confusion. Je suis sûr qu'ils auraient préféré « en discuter » (à la façon lanzmannienne). Ma fuite les privait, ils se heurtaient à un vide qui les décontenançait. Je refusais de *passionner* la situation, je me dérobais en quelque sorte au rôle qu'ils m'avaient attribué et les abandonnais à eux-mêmes trop facilement. Que ce soit en amitié ou dans les rapports sociaux élémentaires, dès que je sens qu'il faut *s'expliquer* j'ai tendance à déserter le terrain.

La fin du mois d'août approchait, tout le monde se préparait à rentrer et c'est donc sans même nous l'être dit que tout naturellement nous envisagions, Evelyne et moi, de nous en aller chacun de son côté. Quelques jours avant de quitter Saint-Tropez, dans la grande salle vide du musée de l'Annonciade, j'avais surpris Evelyne en pleurs, le front appuyé sur l'épaule de Vitold, cependant qu'il lui tapotait les omoplates de ce geste embarrassé et anxieux de l'homme dépassé par un chagrin auquel il ne comprend rien. (Ce même geste, je l'avais si souvent eu malgré moi avec elle !) Le visage de Vitold devint encore plus asymétrique et penaud lorsqu'il me vit : « Ah, tu tombes bien, mon vieux, il faut lui remonter le moral... elle a peur de ne pas réussir à être une bonne comédienne. Allons, ajouta-t-il d'un air peu convaincu en l'écartant des deux mains par les épaules, allons, ma petite Evelyne, il suffit de travailler... et de ne plus pleurer comme ça à tout propos... » Il toussota, mal à l'aise, et bredouilla que René Simon n'avait pas tout à fait tort au sujet de l'opération. Je ne répondis rien. Qu'avais-je à voir avec cela maintenant ? Embarrassé, il se pencha, chercha le regard d'Evelyne dans l'ombre de la frange et, lui passant un doigt sous le menton, il la fit pivoter vers la lumière du couchant que reflétaient les maisons du port.

Je me retrouvai à Paris, sans savoir où aller. Je n'avais plus de chambre, pas d'argent, pas un seul ami et c'est presque d'instinct que je passai chez mes parents que je n'avais pas revus depuis des mois. Ils me reçurent avec des effusions qu'ils n'avaient jamais eues pour moi. Mon père insista pour que j'accepte de l'argent, Mam fut douce et affectueuse, Nahidé me serra contre elle, même mon grand-père plaisanta dans son mauvais français. Ils ne me cachèrent pas leur soulagement de me voir enfin séparé d'Evelyne et de la famille Lanzmann. Leur sollicitude eut sur moi un effet inattendu : je tombai en sanglots sur le lit de Nahidé, secoué par une brusque réaction nerveuse. Ils me laissèrent pleurer sans rien dire et je me sauvai, honteux de leur avoir montré mon émotion

Avec l'argent de mon père je louai une chambre dans un petit hôtel de la rue de Lille où quelques jours plus tard, comme si de rien n'était, Evelyne venait me rejoindre. Pourquoi aurions-nous pris une quelconque décision ? Par une sorte de symétrie de la vie, nous mettions à nous séparer la même indifférence paresseuse que nous avions mise deux ans auparavant à commencer à vivre ensemble.

J'avais cessé de peindre, je n'avais de goût à rien et je restais des journées entières sans sortir de ma chambre. Il me semblait être arrivé au bout de ma vitalité. C'est dans cet état d'esprit que me trouva un jour François Arnal. Il venait de se marier avec Poupie et s'était installé dans un vieil appartement au coin de la rue du Bac et de la rue de Babylone. Arnal s'effraya de me voir dans un tel abattement et, avec sa générosité, son enthousiasme habituels, il m'obligea à manger et me donna de l'argent. Il était si heureux de vivre, si plein d'espoir et de talent qu'il ne comprenait pas que je me laisse aller. Il aimait ma peinture et n'eut de cesse que je me sois remis à peindre. A force de gentillesse et d'optimisme il réussit à réveiller en moi un peu de courage et lorsqu'il me trouva une chambre rue du Cirque, sous les combles d'un vieil immeuble bourgeois, c'est presque avec énergie que je la transformai en un minuscule atelier. Pour réserver à la peinture la totalité des deux mètres sur quatre de cette sorte de couloir, je construisis une petite soupente au ras du plafond où je jetai un matelas. C'était en vérité une étagère et au moindre mouvement je me cognais au plafond — c'est dire le peu de sensualité que je mettais à survivre ! Evelyne était partie habiter avec Vitold, François Chaumette et Christiane Lénier. De temps en temps elle revenait passer quelques jours chez moi.

Dans cette vie dont je ne garde qu'un souvenir de grisaille triste, je commençai un tableau aux couleurs claires dans lequel je tentai de faire passer toutes mes nostalgies de tendresse, d'immobilité, de calme... Ce tableau est aujourd'hui dans cette pièce où j'écris. Danièle n'a jamais voulu s'en séparer ; il a quelque chose d'à fleur d'eau, de frémissant, de suspendu, il émane de lui une tendresse que je n'ai jamais réussi à mettre dans aucune de mes autres peintures. Je peux dire en souriant qu'il avait la force tranquille d'un présage car ici vont commencer ces signes du *destin* qui me conduiront vers elle.

Un soir que nous dînions, Evelyne et moi, avec François et Poupie chez Germaine Taillefer, je ne sais comment la conversation était venue sur la meilleure amie de Fanette. Ce qu'Arnal et Germaine en avaient dit m'avait frappé et aujourd'hui encore je pourrais restituer mot à mot le portrait qu'ils en avaient fait. Ce soir-là, non seulement ils avaient parlé avec admiration de sa beauté exceptionnelle mais surtout ils évoquèrent à son sujet certains détails sur sa vie et sur son caractère qui me donnèrent aussitôt le désir de la connaître. Je m'étais dit avec ironie et tristesse : *Voilà bien le portrait de la femme de ta vie,* et lorsque je la rencontrai quelques jours plus tard, immédiatement je la *reconnus.*

François Arnal donnait une petite fête et la pièce où il peignait habituellement débordait d'invités. Arrivé sur le palier je voulus repartir : je ne m'attendais pas à trouver tant de monde. A travers la fumée des cigarettes on me faisait signe d'approcher mais je ne me sentais pas capable d'affronter tous ces gens à la fois. Je fis demi-tour et je descendais déjà l'escalier quand Arnal me rattrapa. Ainsi, malgré moi, me retrouvai-je plongé dans la foule, parmi la plupart des peintres que j'avais côtoyés ces dernières années. J'allai m'asseoir par terre, dans un coin, à côté de Dmitrienko et Jacques Lanzmann, découvrant là avec plaisir mes deux anciens amis. Nous bavardions en mangeant... lorsque je sus, tout à coup, par leurs yeux, que quelque chose se passait derrière moi. Ils continuaient à me répondre mais leurs regards levés suivaient une présence qui se rapprochait. Je sentis tout de suite que l'un comme l'autre se tenaient en alerte : ils souriaient de ce sourire un peu figé et attendri qu'inspire la beauté d'une femme. A l'instant je sus par cette sorte de lumière réfléchie que j'en reçus, qu'une femme se tenait maintenant debout derrière moi et que je n'avais qu'à me retourner et lever la tête pour la voir — ce que je fis. C'est avec la même émotion, à trente ans d'écart, que je pose mes yeux de souvenir sur le souvenir de celle qui m'apparut alors comme l'exacte incarnation de ce que mes sens et mon imagination attendaient.

Je ne vis sur le moment que la clarté qui émanait d'elle, cette même clarté que je ressens toujours et à tout instant lorsque mon regard la surprend sans s'y attendre. Je ne sais si c'est la consistance de sa peau, sa luminosité, ou si c'est cette ouverture veloutée d'un regard d'ombre que je perçois comme un rayonnement. Comment mieux dire ?... Très rarement j'ai ressenti ce rayonnement de clarté, cette présence de fleur charnelle, cette lumière de l'âme. Je pense à ces étoiles qu'évoque Edgar Poe, dont on ne saisit vraiment l'éclat qu'au moment où on ne les regarde pas encore — comme si seule la périphérie de l'œil était en mesure de percevoir cette part de feu venue du fond des ténèbres. Ainsi en est-il de cette lumière des êtres : elle vous éclaire avant que vous ne le sachiez. Ce magnétisme je n'en avais jamais ressenti l'émoi avant ce moment exact où je levai les yeux vers celle que je ne connaissais pas encore.

Elle tenait un petit plateau plein de mandarines qu'elle me tendait dans la buée d'un sourire. Pris de trouble je m'entendis prononcer : « Que vous êtes belle avec ces mandarines. » Je transcris aujourd'hui avec un sourire amusé ces premiers mots entre nous et je me dis cependant que la pauvreté inouïe de cette phrase réfléchissait la plus somptueuse image qu'un peintre pouvait recevoir.

Une longue jeune femme en tailleur vert sombre se penchait vers moi ; une petite veste courte appuyée aux hanches serrait son buste et un col de fourrure pas plus large qu'une queue d'écureuil s'enroulait autour de son cou et se perdait dans sa chevelure qu'elle rejetait sur ses épaules en crans cuivrés comme des algues. Je pris une mandarine, Jacques et Dmitri aussi, et elle s'éloigna avec son plateau, passant des uns aux autres en continuant à proposer ses fruits. De nouveau je tournai le dos à la foule et de même que je l'avais *vue* par réflexion dans le regard de mes deux amis de même je la *vis* s'éloigner et disparaître sur eux.

Il ne me reste qu'un vague souvenir de la fin de cette soirée : l'image de Danièle me tendant les petits fruits grenus a recouvert tout le reste. Je sais qu'à un moment je me mis à raconter quelques histoires. Je fis rire... et encore ce souvenir ne m'appartient pas, il fait partie de ceux qu'elle évoque lorsqu'il nous arrive de nous remémorer ce premier soir...

Les jours suivants je me précipitai chez les Arnal, espérant la revoir. Je bavardais avec Fanette sans oser lui parler de son amie et je m'en retournais, chaque fois déçu, vers la lumière froide et la tristesse de ma chambre. Parfois Evelyne était là à m'attendre, il arrivait aussi qu'elle reste plusieurs jours sans reparaître. Je ne supportais plus l'atmosphère de drame qu'elle traînait avec elle, [

] J'aurais aimé disparaître sans laisser de trace, les semer tous, ne plus jamais entendre parler de la « Famille ». Combien en comparaison la gaieté insouciante des Arnal me soulageait ! J'aimais leur aisance de geste et leurs rires d'enfants de riches — dont cependant je ne pouvais m'empêcher de m'agacer secrètement —, j'aimais leur apparente frivolité, leur émerveillement d'une candeur un peu jouée qui leur faisait dire de tout : « C'est si amusant ! » J'étais tellement désespéré que leur joie de vivre, tout en m'excluant, m'apportait quand même un peu d'air parfumé. Dans ma grisaille leur gaieté méditerranéenne (si radicalement différente du tragique lanzmannien) m'était de plus en plus nécessaire, et je peux dire que sans les Arnal, sans ces bribes d'insouciance ensoleillée que j'allais glaner chez eux, je n'aurais pas réussi à survivre. A vingt-deux ans je traînais ma vie comme une maladie, m'enfonçant avec une volupté malsaine dans la certitude que c'était fini, qu'il n'y avait plus de sortie nulle part, qu'il n'y avait plus de lumière, plus de guérison.

Donc je retournai ponctuellement chez eux mais je ne

la revis plus. Je détestais ma chambre (qu'en plus j'avais eu la folie de rendre invivable en me refusant à y mettre un lit), et de jour en jour je me persuadais que continuer à y peindre c'était me masquer encore plus la tristesse de ma réalité. Pourquoi m'acharner à peindre le contraire de ce que j'éprouvais devant la vie ? Pourquoi espérer répondre par la Beauté ? Le spectacle des Arnal, tout en me distrayant, ne faisait en vérité que me faire davantage prendre conscience de mon incapacité à surnager. Eux, ils vivaient à la surface, moi j'étouffais quelque part dessous. La gentillesse avec laquelle ils m'accueillaient, tout en me réconfortant sur le moment, m'obligeait dès que j'étais de nouveau seul à me retourner sur moi-même et à voir l'étendue entière du vide de ma vie. Je ne pouvais m'empêcher, lorsque je me considérais à travers eux, de trouver en fin de compte « amusante » ma misère. J'exagère un peu mais je ne me suis jamais défait de cette impression... Disons plus simplement que je me sentais l'ami pittoresque, celui que l'on ne sera jamais et dont la maladie du « mal à vivre » restera quoi qu'il arrive extérieure à vous. Une vitre incassable nous séparait et c'est à travers cette vitre que me parvenaient les éclats de leur perpétuelle gaieté d'enfants gâtés. Danièle que j'avais entrevue à travers cette même vitre faisait partie pour moi de ce monde intouchable à la lisière duquel je me tenais — et cependant *quelque chose* me disait qu'elle était d'ailleurs, d'une zone proche de la mienne, d'une inquiétude particulière aussi... J'anticipe sans doute... pourtant il me semble avoir déjà ressenti chez elle *ce quelque chose* au moment où, penchée sur moi, elle me tendait les mandarines.

Peu à peu, à force d'aller chez les Arnal, je finis par laisser à leur porte ma tristesse — comme on se déferait de galoches boueuses avant de s'avancer dans un intérieur douillet — et, influencé par leur frivolité, je m'obligeais à me mettre moi-même en gaieté, payant en quelque sorte leur charmante hospitalité en usant de cette part de fantaisie héritée de mon père qui me permet en certaines circonstances d'être très drôle — et maintes fois, je me souviens d'avoir fait rire aux larmes François, Poupie, Fanette et leurs amis au point qu'ils me supplient de les laisser souffler un peu. En général cette drôlerie nerveuse me vient lorsque je suis au plus bas : mon désespoir se transforme en un comique fébrile que je n'aime pas. Que de fois suis-je reparti de chez les Arnal honteux, humilié d'avoir succombé à cette part de moi ! Mais comment résister à de si séduisants amis ? Dans ma situation il ne pouvait y avoir de demi-mesure : je ne pouvais que les faire rire ou pleurer. Donc je les fis rire à pleurer... jusqu'au jour où ne supportant plus d'être devenu une sorte d'aimable pitre je pris le parti de retourner le moins possible chez eux.

Je m'allongeai sur mon étagère et n'en bougeai plus. Evelyne avait rapporté un jour de chez sa mère des comprimés de somnifères, je me mis à en absorber des doses de plus en plus fortes — ce qui me plongeait dans une sorte d'état second assez agréable dont je finis par ne presque plus sortir. Je ne voulais voir personne, pas plus que je ne désirais me nourrir ou me déplacer. De temps en temps Isaïe passait. Il déballait d'un numéro de *L'Humanité* un bout de fromage et du pain. Je descendais de ma soupente et sur le réchaud à alcool je faisais chauffer de l'eau pour le thé. Nous bavardions — lui de la Révolution, moi de ma dissolution. « Tu n'as pas honte, vieux, avec des grands-parents comme les tiens ! » Il me mettait au courant des dernières nouvelles mais voyant que je restais indifférent, comme Mam il me reprochait de ne pas lire les journaux. « Lis *France-soir*... tu vois que je suis large d'idées. Lis n'importe quoi... Bien sûr c'est un journal dégueulasse et je ne comprends pas comment Claude a pu accepter d'y entrer... mais je préfère te voir lire ça plutôt que rien... Lis n'importe quoi mais lis un journal ne serait-ce que pour réagir. As-tu signé l'appel de Stockholm ? Allons, vieux, descends dans la rue au moins pour ça ! » Je haussais les épaules en riant. Isaïe me lançait à travers ses cils embrouillés des regards pleins d'affection et de reproches puis il s'en allait oubliant *L'Humanité* bien en vue près de mon chevalet.

Un soir qu'il sortait de ma chambre il engagea la conversation avec ma voisine de palier (que je n'avais jamais vue). Elle était je crois ouvreuse dans un cinéma des Champs-Elysées. Toute la nuit je les entendis remuer derrière la cloison et à l'aube Isaïe se sauva après m'avoir chuchoté qu'au lieu de me laisser aller je ferais bien de regarder un peu autour de moi. Pendant quelques jours il passa son temps à monter et à descendre les étages. Il frappait trois petits coups à ma porte et avant de rejoindre ma voisine il déposait un peu de nourriture près de moi. Le matin il entrait sur la pointe des pieds et commençait à me raconter comment *ça* s'était passé avec cet humour qui lui était particulier. « Tu sais, vieux, tu devrais te l'envoyer, parole, elle ne demanderait pas mieux. » Je faisais la grimace et me retournais sur mon étagère. Une nuit j'entendis des éclats de voix, la porte d'à côté claqua et Isaïe entra l'air sombre, tenant la plupart de ses vêtements à la main. « Mon vieux, tu ne peux pas imaginer... » Et il me raconta par le détail comment se comportait ma voisine, si bien qu'à un moment elle frappa la cloison. Isaïe bondit chez elle et de nouveau je les entendis gémir et haleter. Le matin il vint ramasser les quelques vêtements qu'il avait oubliés chez moi et disparut pour ne plus revenir de longtemps. J'aimais Isaïe mais je fus soulagé cependant de ne plus avoir à subir ses va-et-vient.

Parfois il m'arrivait de descendre jusqu'à la station d'autobus du Rond-Point. Je prenais le 83 et j'allais au *Bouquet.* Là, j'étais sûr d'y trouver soit Quentin, soit quelqu'un d'autre pour me payer un verre de lait et un sandwich. Je restais assis près des joueurs d'échecs, dans l'arrière-salle, puis je rentrais chez moi, écœuré de me retrouver dans mon réduit. Je survivais ainsi, sans raison, par le jeu de ces petits automatismes qui vous poussent à vous ressaisir au moment où vous croyez avoir atteint la limite de l'indifférence et du découragement.

C'est dans cet état de profond délabrement que par une fin de journée de novembre j'étais monté dans le 83. L'esprit engourdi, je me dirigeai vers une place libre, attiré à travers ma brume par la clarté de son sourire. Je m'étais laissé tomber en face d'elle et je la regardais sans réussir à saisir ses traits... Un délicieux halo émanait d'elle... Elle me parle... Sa voix frappe ma conscience et lentement, comme une image qui se préciserait dans un bain de révélateur, le flou s'ordonne en beauté par ses yeux d'ombre, la pulpe de sa bouche, ses pommettes hautes, l'ovale de son visage... Je la reconnais, je vois ses mains longues, intelligentes, posées devant moi sur le tissu vert sombre de sa jupe et je remarque le brillant du nylon sur ses deux genoux joints où viennent se ramasser en deux étoiles floues toutes les lumières qui tourbillonnent autour de nous. « Vous me reconnaissez ? Je suis Danièle, l'amie de Fanette. » Sa voix me parvient maintenant, très proche tout à coup, avec un léger retard sur le mouvement de ses lèvres que mes yeux isolent dans leur sensualité et je réponds que non seulement je la reconnais mais que *je sais tout* d'elle. « Ah ? » me dit-elle, tout ? » Et ses yeux d'ombre se mettent à briller de rire retenu. Elle semble amusée de cette rencontre. « Oui, j'ai beaucoup entendu parler de vous. — Ah ? dit-elle allumée de curiosité, et par qui ? » J'aime en elle ce mélange de gravité et d'espièglerie et j'ai une violente envie de prendre entre mes mains ce visage si charnel dans sa clarté de pétale retroussé. « Mais par tout le monde. — Ah ? »... Bien sûr je reconstitue comme je peux ces bribes de conversation mais en vérité nos paroles, nos sourires n'avaient pas plus d'importance que le désordre d'un jeu de papillons ; *autre chose* parlait entre nous, un lent et profond contact forçait nos regards à se pénétrer, à s'ouvrir, à s'offrir et à se dérober pour s'offrir plus profond, plus délicieusement profond encore...

Elle allait chez les Arnal. Je marchai près d'elle

jusqu'au coin du square en face du Bon Marché et brusquement je la quittai devant le tabac où j'entrai acheter des gauloises. Au moment de ramasser la monnaie je m'étais surpris dans un miroir derrière le comptoir : j'étais sombre dans mon grand manteau noir, très pâle et pas rasé de plusieurs jours ; j'eus honte de moi-même et à la fois je me souviens avoir eu le sentiment qu'elle, elle ne m'avait pas vu comme je venais de me voir... disons que le reflet qu'elle m'avait renvoyé de moi m'avait fugitivement réconcilié avec moi-même. (Par la suite il en fut toujours ainsi et je dois dire que c'est par elle, par son amour que je m'accepte encore aujourd'hui.)

* J'étais assise de trois quarts, seule sur la banquette, dans l'autobus à moitié vide, quand je le vis franchir la plate-forme et s'engager par le couloir : hâve, fiévreux, d'une beauté obscure et délabrée, ne ressemblant à aucun autre, tanguant comme dans un état d'ivresse. Il n'avait même pas l'air de m'avoir reconnue lorsqu'il s'assit en face de moi puis, tout à coup, répondant à mon sourire il me dévida tout un fil embrouillé de détails sur ce que je faisais, qui j'étais, quand, où, il m'avait déjà vue... et que je dessinais... et qu'il trouvait ça merveilleux... me laissant tout à fait étonnée et rieuse.

Je descendais à Sèvres-Babylone pour aller chez les Arnal. Il m'accompagna jusqu'au tabac, presque en face de chez eux et, de là, ainsi qu'il me l'avoua quelques jours plus tard, en me regardant m'éloigner le long du square du Bon Marché, il eut la curieuse pensée de se demander s'il tiendrait un jour dans ses bras cette silhouette qui s'éloignait avec « des cheveux qui bougeaient ».

En arrivant ce jour-là je disais déjà en riant à

* Fragment des carnets de Danièle

Fanette : « Je crois que je commence à avoir le béguin pour ce peintre qui a un visage si étrange. »

Je ressortis dans la rue, abattu, avec le désir de la rattraper, de ne pas la perdre déjà. Debout sur le trottoir je la regardai s'éloigner, souple dans son tailleur vert galbé — avec la flamme lourde, sensuelle, de sa chevelure que chaque pas ravivait en la balançant. J'eus un mouvement de découragement tandis qu'elle disparaissait dans la petite entrée, à trois pas de la rue du Bac. Une part de ma conscience savait — comme une part de sa conscience savait aussi — que dans une zone inconnue et secrète il y avait eu fusion. Je me souviens m'être murmuré ces paroles : *Se pourrait-il... elle dans ta vie ?* Je haussai les épaules et m'en allai vers *Le Bouquet* où je rencontrai Quentin. Je lui parlai de Danièle. Il me dévisagea avec un sourire qui semblait dire : Mon pauvre vieux, tu ne vois pas dans quel état tu es ? Il eut cette phrase : « Tu sais, une fille comme celle-là ce n'est pas pour nous. » Son cynisme naïf me déplut. Il parlait d'elle comme d'une denrée au-dessus de nos moyens.

Je retournai à mon étagère et n'en bougeai plus de quelques jours. Mais maintenant lorsque je fermais les yeux je voyais un regard sans réticence s'ouvrir sur moi et je pénétrais dans ce regard de toute ma soif de tendresse. N'y tenant plus je retournai chez les Arnal dans l'espoir de la revoir... et de nouveau je fus là tous les jours.

Un soir, Fanette me dit sur un ton espiègle : « Tu sais que Danièle sera ici tout à l'heure. On va chez Dmitri, veux-tu venir avec nous ? »

Comme la première fois elle portait cette petite veste très ajustée à la taille et le même col de fourrure rousse s'enroulait autour de son cou d'une blancheur si nue. Tout en elle m'attirait, il me semblait avoir été créé pour me taire et la contempler. Sa jupe serrée aux hanches se balançait dès qu'elle marchait et je remarquais ses jambes élancées dont les chevilles à chaque pas ployaient légèrement d'un côté et de l'autre sur ses sandales à hauts talons. Sa démarche m'avait troublé comme me troublait la perfection de ses pieds d'une pureté de dessin très italienne que je voyais avec émotion à travers la pellicule moirée du nylon. Je m'étais étonné qu'elle sorte aussi légèrement couverte par cette soirée de gel, prenant pour de la coquetterie ce qui était de la coquetterie bien sûr mais aussi de la pauvreté

(Il faut croire que de revivre par l'écriture ces moments me bouleverse. Cette nuit, 16 septembre 1980, j'ai rêvé quasiment sans arrêt une obsession unique : j'attendais Danièle. C'est tout. J'étais au *Royal* (aujourd'hui disparu et remplacé par le *Drugstore Saint-Germain*) et je l'attendais. Cette attente me faisait souffrir et pour la faire venir, déclencher en quelque sorte plus vite son apparition, je la projetais par l'imagination. Mais elle ne vint pas et alors je commençai à errer d'un café à l'autre — comme il y a de cela trente ans.)

* Des bouffées d'émotion me submergent quand je le surprends ainsi, comme je le vois, lui, là, à travers la vitre, juste en ce moment, remontant de la source par le petit sentier le long des cyprès, chargé de l'arrosoir vert, silhouette fragile et svelte à la tête noire inclinée en avant... et je murmure pour moi toute seule : « Je l'aime je l'aime je l'aime. »

La première fois que je le vis, peut-être était-ce ce qu'on remarquait en premier : cet air penché, une sorte d'accablement accentué par le long manteau noir qu'il portait à cette époque ; ensuite la masse des cheveux, noirs, bouclés, et sous les mèches qui lui cachaient le front, le regard horizontal et intense paraissant noir sous la barre épaisse des sourcils. De lui tout entier se dégageait au premier abord une

* Fragment des carnets de Danièle

atmosphère de noirceur, de romantisme, et de son visage cette sombre concentration voilée de tristesse qui m'avait aussitôt frappée. Si je suis sincère je ne devrais rien ajouter à cette première vision si fugitive. C'est plus tard que je fus atteinte par cette expression de douceur profonde et ces regards d'enfance qui me touchent tant. Je découvris aussi que ses yeux n'étaient pas noirs... plutôt gris-vert. Mais ce jour-là il n'avait fait que traverser la galerie Mai avec Evelyne qui paraissait tout aussi obscure sous sa frange blonde décolorée abritant son grand regard bleu. Puis ils ressortirent. J'étais là avec François, il me montra un tableau aquatique, lumineux, ne représentant pour moi que des lignes et des formes souples qui m'étonnaient et dont seules les couleurs me retenaient : c'était la première toile de Serge que je voyais, peinte à la colle sur toile de sac.

Cette année-là François venait souvent me chercher à mes cours de dessin. Nous faisions ensemble le tour des galeries. Il me montrait ses toiles et celles d'autres peintres, ses amis. Nous nous retrouvions aussi boulevard de Clichy dans l'immense atelier qu'il partageait avec Dimitry.

Combien de fois ne m'avait-il pas proposé d'aller chez Serge ou de le rencontrer mais une série de contretemps avait toujours « réussi » à repousser ce moment jusqu'en 1950. Autant je vis souvent Dimitry à cette époque et fus — comme tout le monde — troublée par sa beauté sauvage, une beauté de jeune fauve sensuel et charmeur, autant se dérobait Serge, obscur, farouche. Une fois, je m'en souviens, François voulait m'emmener à une lecture, que devait faire Serge pour quelques amis, d'une pièce qu'il venait d'écrire. (Oui, une première pièce déjà, en 48 ou 49, disparue à tout jamais, perdue, et que je n'ai jamais lue...) Nous nous sommes quelquefois demandé ce qui serait arrivé si j'étais venue à cette lecture... Nous serions-nous manqués ? ou aurions-nous gagné deux ans de plus de vie ensemble ?

Quant à François, il était mon ami, mon ami de cœur, nous ne nous quittions pas et cependant je n'étais pas amoureuse de lui. Avant d'aimer Poupy (qui devait devenir sa femme et son grand amour) il avait naïvement souhaité que la vie nous réunisse : Fanette-Dimitry, et lui et moi. Il m'appelait alors « sa petite fiancée de seize ans » et nous nous aimions à vrai dire comme un frère et une sœur. Je me plaisais avec lui, j'aimais son côté protecteur, sa gaieté chaleureuse et son rire si contagieux par lequel il se dérobait au « sérieux » quand il nous arrivait d'y tomber. Il était très beau, très grand, très à l'aise dans son corps et dans sa démarche. On pouvait le prendre pour un Latino-Américain — alors qu'il était d'ascendance arabe — avec ses yeux bruns, chauds, rieurs, et son beau nez d'aigle busqué.

Nous nous donnions souvent rendez-vous au *Flore,* dans cette salle alors presque vide où la belle tête impressionnante de Giacometti se répercutait dans les reflets des glaces. Je me souviens encore de son regard qui me fixait, lointain et tenace, voilé sous sa broussaille grise comme un maquis de brindilles de fer. Puis nous allions danser à *La Huchette,* à *La Rose rouge,* au *Vieux-Colombier* où nous nous retrouvions avec Boris Vian, Nico, Weingarten, Greco, Annabel (toutes deux avec leurs profils originels et originaux... bien loin de ce qu'elles sont devenues). Mais jamais je n'ai rencontré Serge dans ces lieux qui commençaient à aguicher la bourgeoisie. Lui était encore à Montparnasse avec ceux du passé, dans la véritable misère où l'on marine entre complices, et nous ne devions nous croiser pour la deuxième fois qu'un ou deux ans plus tard.

Danièle et Fanette s'étaient connues enfants à Toulon, la guerre les avait séparées et lorsqu'elles se retrouvèrent adolescentes elles tombèrent en quelque sorte amoureuses l'une de l'autre. Danièle commença à faire de longs séjours à Cannes chez Fanette et lorsque

Fanette venait chez son frère à Paris il ne se passait pas un jour qu'elles ne se voient. François lui aussi ne ratait pas une occasion de sortir avec elle et de l'entraîner chez ses amis peintres ainsi qu'à des expositions, trop heureux de partager avec elle son enthousiasme pour les œuvres secrètes et difficiles.

A peine Fanette croisa-t-elle Dmitrienko chez son frère qu'elle en devint *folle d'amour.* Sur un regard, sur un sourire, elle l'aima immédiatement, chavirant dans une passion qui, de ce moment, bouleversa tragiquement le cours de sa vie. De son côté, ébloui par la beauté de Fanette, Dmitrienko ne résista pas à l'ivresse d'enivrer. Mais effrayé sans doute de découvrir chez cette jeune fille une telle force de passion, il se recula très vite prétextant sa femme, sa fille... bref, mettant en avant la raison là où Fanette attendait de la déraison, se dérobant sans autre raison, en vérité, qu'une certaine faiblesse de caractère qui le poussait vers les femmes d'autorité et de caractère. Il aimait Fanette comme un frère, disait-il à François, et à partir de ce moment, en effet, il se comporta avec elle comme un frère — ce qui jetait Fanette dans des crises de désespoir mortel (le mot n'est hélas pas trop fort).

Tout cela je l'appris plus tard par Danièle mais cependant ce soir-là, lorsque nous étions arrivés tous les trois chez Dmitrienko je sus qu'*il se passait quelque chose* et je crus au contraire comme si c'était une évidence — tant leurs physiques s'accordaient — qu'ils s'aimaient... ou plutôt qu'ils ne pouvaient pas ne pas s'aimer. Je ne vis pas la détresse dans les yeux de Fanette ni le malaise dans ceux de Dmitrienko. J'avais assez à faire avec moi-même dans l'état d'ivresse où me mettait la présence de Danièle. C'est ce soir-là, chez Dmitrienko, qu'avait commencé entre elle et moi quelque chose qui pourrait ressembler à de l'intimité. (Qu'est-ce que l'intimité si ce n'est ce sentiment de solitude à deux dans un transparent palais de cristal ?) Nous n'étions plus concernés par ce qui se passait autour de nous. Pressés par Fanette nous nous disions déjà *tu* et ce tutoiement nous le ressentions comme une brusque nudité. Cette petite syllabe déshabilla les mots entre nous et un sang intime commença à circuler de l'un à l'autre au moment où nous nous étions retrouvés seuls ensemble dans la rue. Je la tenais par le bras, la serrant fort. Tremblant de froid et d'émotion je la tenais le long des longues avenues vides d'une nuit hivernale brouillée de vapeurs de givre. Nous avions marché de Saint-Philippe-du-Roule à la place des Ternes et pendant tout ce temps je me tourmentais de sentir qu'elle aussi grelottait. Elle riait, m'assurant qu'elle avait l'habitude de sortir ainsi peu couverte — mais son bras, entre mes doigts, tremblait.

J'aurais aimé aller toujours le long des rues sans jamais parvenir au but. En nous quittant elle savait que j'étais dans une période de rupture avec Evelyne et moi je savais qu'elle vivait sans plaisir chez ses parents dans la partie reculée d'un vieil appartement en sous-location ; qu'elle redoutait son père, qu'elle adorait sa mère, qu'elle avait un jeune frère, un chat ; qu'elle cherchait une chambre et un travail pour s'écarter de sa famille et vivre de son côté. Arrivés place des Ternes elle me montra le dernier balcon d'un immeuble en forme de proue : « C'est là », me dit-elle, et je crus la sentir un peu triste de me laisser. Je gardai un moment sa main dans la mienne puis je m'en allai.

Nous avions vaguement convenu avec Fanette de nous retrouver, Danièle, elle et moi, la nuit de Noël, chez Carteret où les explorateurs (ainsi appelait-on à l'époque les ethnologues) Fischer et Gaisseau organisaient une sorte de petit réveillon auquel pouvait venir qui voulait. Danièle avait dit qu'elle essaierait de se libérer et moi, jaloux de ce *j'essaierai,* je promis aussi d'*essayer* d'y faire un saut. En la quittant je ne lui rappelai pas ce demi-rendez-vous, ne voulant surtout pas terminer ce moment ensemble sur la phrase rituelle : « Quand nous revoyons-nous ? »

Je rentrai dans ma chambre glaciale où j'eus la surprise de trouver Evelyne installée sur mon étagère. Je lui fis comprendre que dorénavant je souhaitais rester seul mais le soir de Noël arriva sans qu'elle se soit décidée à repartir Nous étions l'un comme l'autre accablés et c'est plus pour nous fuir que pour y participer que nous étions passés d'un réveillon à l'autre sans rester nulle part. Quentin s'était joint à nous, nous l'avions ramassé à Montmartre. Nous arrivâmes ensemble un peu plus tard chez le mage Carteret. Le petit appartement mansardé était plein de monde et c'est avec beaucoup de difficulté que je traversai l'entrée et pénétrai dans la première pièce enfumée par les cigarettes. Carteret me frappa gentiment aux épaules me souhaitant la bienvenue à sa façon un peu raide. Chez lui se retrouvait la jeune génération des aventuriers issus de Saint-Germain-des-Prés : Fischer, Gaisseau, Gherbrandt, Mazière et d'autres dont les noms m'échappent aujourd'hui. Au retour de leurs fameuses expéditions en Amazonie, en Nouvelle-Calédonie ou en Afrique ils s'empressaient de courir chez Carteret raconter leurs expériences afin que le mage les *traduise,* en quelque sorte, pour en saisir les sens cachés. Le petit appartement ressemblait à l'antre d'un chaman, on pouvait à peine y remuer parmi les racines, les gorgones, les masques emplumés que ses amis rapportaient de tous les coins du monde. Sous les ramures entrelacées de cette jungle de cheveux d'ongles de crocs d'os de coquillages, Carteret tirait des horoscopes en traçant des signes sur de grandes feuilles de papier qu'il roulait et entassait comme des parchemins. Il avait entendu parler de mon père et sans l'avoir jamais rencontré il l'admirait sur ce qu'il en savait et c'était toujours avec curiosité qu'il accueillait le fils du mage Rezvani. Je l'avais connu à Saint-Tropez où il possédait un appartement dans une maison du port. Ceux qui ne savaient où dormir étaient toujours sûrs d'y trouver un matelas pour la nuit.

A peine arrivé, je les vis, l'une près de l'autre sur un divan bas parmi les gorgones et les parures de plume. Dès qu'elles m'aperçurent elles me firent signe de les rejoindre et elles s'écartèrent un peu en me laissant une place entre elles. Il y eut des plaisanteries autour du petit divan mais j'étais bien trop occupé d'*elle* pour y répondre. Elle portait un chemisier en satin clair et une jupe plissée étalée en corolle. Comme des étamines, ses longues jambes de soie reposaient en travers du divan si bien que je voyais devant moi ses deux pieds parfaits, quasiment nus, réunis l'un contre l'autre. J'aime *sa* beauté, oui j'aime en elle l'*objet* beauté, je l'avoue, son corps objet de beauté m'a violemment attiré et m'attire aujourd'hui aussi fort qu'au premier jour, et c'est par lui, son corps de peau, de chair, de parfum, d'ombres et de clartés, que mon corps de désir se tend hors de toute autre raison que la déraison de possession. Je la *veux,* je l'ai toujours *voulue,* je la *veux* pour moi, à moi, pour moi seul : en elle sont toutes les femmes en une. Je l'écris après une vie d'une totale exclusivité. Nos peaux se sont reconnues et depuis nous ne nous sommes plus quittés. Nos corps-objets se sont mutuellement emparés l'un de l'autre dans une pénétration sans fin, et à travers eux, grâce à eux, *nous-nous* sommes aimés. Dans la confiante détente de nos corps nous avons pu nous parler, nous avons pu nous comprendre, faire communiquer nos âmes rebelles et les apprivoiser.

Cette nuit-là il me semble qu'il neigea sur Paris — ce qui est peut-être faux — mais c'est ainsi que je nous vois marchant maintenant sur un sol clair et moelleux, sa main fortement mêlée à la mienne cependant qu'Evelyne et Quentin nous suivent en riant trop fort... Ici je dois m'arrêter et reconnaître que sur l'élan je suis en train de reprendre de bonne foi les images artistiques des *Années-lumière.* Les images imaginées lors de l'écriture de ce premier livre ont pris, je le constate avec un attendrissement étonné, la place des vrais souvenirs peut-être moins « poétiques » mais tout aussi *parlants.* Ce sont ceux-là que je me propose de restituer ici. Mes deux premiers livres sont vrais, ils rendent compte de sentiments réels, ils ont été écrits dans l'innocence et les délices des jeux que permet l'écriture sauvageonne ; ils ne prétendaient pas à l'exactitude mais à la *vérité* par la transposition disons théâtralisée du mouvement de la vie. Depuis j'ai écrit d'autres livres, j'en ai vécu l'écriture, et c'est sous un angle neuf qu'après une spirale d'une quinzaine d'années je me retrouve au-dessus de nous par cette même nuit glaciale de l'hiver 1950.

La ville était donc sombre, couleur de bitume, et le froid blanc comme de l'acier nous faisait trembler. Non, je ne tenais malheureusement pas encore sa main dans la mienne et nous ne prîmes pas la rue de Rivoli pas plus que nous ne traversâmes la place de la Concorde. Cependant nous marchions l'un contre l'autre suivis d'un cortège d'amis et je la tenais par le bras : à moi déjà, consentante je le savais, sous mon regard ouvert large sur elle que je cherchais d'un lampadaire à l'autre. Nous ne pouvions nous décider à nous quitter et l'aube nous surprit tous ensemble rue du Four dans l'étroite terrasse vitrée d'un bistrot devant des cafés brûlants. Je ne cessais de la fixer et elle souriait confuse de ce que disait mon regard. Evelyne nous observait en penchant la tête ; à un moment elle avait lancé sur ce ton dithyrambique si lanzmannien : « C'est inouï ce qu'elle peut être belle ! » On avait approuvé autour en riant, et j'avais pensé à la Mère de Boully qu'Evelyne venait d'imiter sans le vouloir jusque dans ce soupçon de bégaiement qui lui était revenu sous la poussée de la sincérité.

Danièle souriait, de plus en plus mal à l'aise, et finalement elle proposa de nous déposer en taxi, rue du Cirque, puisque nous étions sur son chemin.

A peine me retrouvai-je avec Evelyne, au coin des jardins du Marigny, qu'elle me dit d'une voix convaincue : « Voilà la femme qu'il t'aurait fallu. — Oui », lui répondis-je et je me sentis tout à coup d'une solitude intolérable. Dans ce conditionnel était contenue la certitude de mon échec. Oui, Evelyne avait raison, c'était bien la femme qu'il *m'aurait fallu,* mais comme Quentin l'avait déjà dit, elle n'était pas pour moi. Et je me résignai à ne plus jamais la revoir. Selon mon habitude je trouvai dans la certitude de l'échec le refuge contre l'angoisse de l'incertitude. Quelle folie m'avait poussé à la vouloir mienne ? Je venais de vivre cette longue nuit sous l'empire de mon imagination détraquée. Cette femme dont j'avais serré le bras à lui faire mal, que j'avais couverte de mon regard, que j'avais convoitée si ouvertement n'était évidemment pas pour moi. Elle venait de se débarrasser de moi en me déposant avec Evelyne dans les jardins du Marigny et le taxi l'avait emportée à jamais hors de ma vie...

Nous montâmes l'escalier de service et encore une fois nous nous retrouvâmes enfermés dans notre cage de nerfs. Ce fut tragique et définitif. Evelyne ramassa ses affaires et s'en alla pour toujours. Je me recroquevillai sur mon étagère et c'est dans une sorte de long délire immobile que pendant plusieurs jours je ne cessai de raviver en moi l'image de Danièle qui doucement m'échappait. Jamais je n'avais eu aussi froid. Une lumière grise entrait par le carreau obstrué de givre. Très loin des pelles raclaient la neige et dans le puits silencieux de la cour de l'immeuble les piaillements des moineaux résonnaient comme des courts-circuits.

J'avais fini par me traîner hors de ma soupente et j'étais descendu dans la rue, obsédé par l'idée que chez Carteret, lorsque nous nous trouvions sur le petit divan, Danièle m'avait dit qu'elle partait pour quelques jours en Allemagne avec des amis. Nous avions vaguement convenu de nous revoir au musée de l'Homme, tous les trois avec Fanette, dès son retour. Mais pourquoi se serait-elle souvenue d'un rendez-vous pris si à la légère dans les fumées de ce réveillon ? A tout hasard je décidai d'y aller, persuadé, au fond de moi, qu'elle n'aurait pas oublié. En quittant ma chambre j'avais fourré dans la poche de mon vieux manteau trois cadeaux. Bien que je n'aie jamais eu d'attrait pour les *objets* j'avais cependant gardé (entre tous les trésors que les Boully remisaient dans la petite chambre du square Alexandre-Cabanel) trois reliques que j'emportai ce matin-là par une sorte de réflexe absurde et touchant. C'étaient un tissu délabré datant de la Perse antique, un fragment d'épingle Ming en bronze et un anneau fait d'une feuille d'or enroulée sur elle-même en double spirale, trouvé dans un sarcophage égyptien. (On peut voir le même au Louvre dans une vitrine.) Cet anneau traînait au fond d'une coupe, inaltéré.

Après avoir erré toute la matinée dans une neige grise j'étais entré galerie Desgaret — où la vieille Mme Desgaret, voyant l'état dans lequel je me trouvais, me glissa cinq cents francs sans que je lui demande quoi que ce soit. « Vous me donnerez un petit dessin un de ces jours », me dit-elle. Je m'en allai retenant difficilement des larmes. J'étais dans un état bizarre, il me semble que je parlais tout seul. Je remontai jusqu'au Trocadéro et entrai au musée de l'Homme tenant mon petit paquet chiffonné à la main.

Je restai un moment dans le vaste hall désert, certain maintenant que j'étais venu pour rien, trouvant dans cette certitude une sorte d'apaisement, un soulagement angoissé, presque une mauvaise joie qui me disait : elle ne viendra pas. Et de me savoir cette fois irrévocablement au bout du rouleau relâcha les crans trop tendus de mes nerfs si bien que lorsque je la vis contourner le grand totem de l'entrée et s'avancer vers moi, je chavirai, bredouillant comme si nous nous trouvions tout à coup au fond des mers dans le hall submergé d'un paquebot coulé. Nos mouvements ralentis nous précipitaient silencieusement l'un vers l'autre et c'est à travers d'effrayantes épaisseurs d'eau que je vis son visage délayé en lumière de chair me sourire et s'iriser. Avant même de pouvoir prononcer un mot je m'étais emparé de ses mains que je serrais sur mes lèvres cependant qu'elle s'effrayait de me voir si fébrile, si balbutiant... et lorsque je lui donnai le tissu en lambeaux qu'elle déplia en souriant et qu'elle y trouva la bague et le fragment d'épingle elle eut comme moi cette sorte de rire parmi les larmes et me dit sur un ton inquiet et à la fois attendri : « Mais pourquoi, mais pourquoi ? » tout en essayant la bague qu'elle passa comme un anneau magique en la forçant un peu au petit doigt de sa main gauche. Et je sus qu'elle était à moi. Aurait-elle forcé aussi peu soit-il la bague si elle n'en avait accepté inconsciemment le symbole ? Cette spirale d'or se fit à son doigt et par la suite elle put la quitter et la remettre aussi facilement que si l'orfèvre des anciennes dynasties l'avait forgée à sa mesure. « Mais pourquoi, mais pourquoi ? » ne cessait-elle de répéter gagnée par l'émotion — comme aujourd'hui encore il lui arrive si souvent lorsqu'elle déborde de *bonheur d'être* de poser cette question à la vie, au ciel bleu, à l'univers...

Nous étions restés ainsi debout au centre du hall nous tenant très fort les mains cependant que je proférais des phrases hachées de tremblements. D'un trait je lui racontai ma vie. J'ai honte de le dire, j'éprouvai un grand soulagement à me faire plaindre d'elle. Jusque-là mon orgueil m'avait toujours poussé à me taire ; j'étais peu bavard et pour rien au monde je me serais laissé aller à me confier. Et voilà que soudain dans ma folie et par la douceur qui se dégageait d'elle je commençais à jeter hors de moi les poisons qui m'étouffaient. Je me débarrassais de moi sur elle, remontant par grands pans noirs à la source, je submergeais cette jeune femme inconnue de tout ce pittoresque que je détestais et qui m'encombrait depuis maintenant vingt-deux ans que j'étais au monde. Je ne pouvais plus me supporter et cependant je voulais qu'elle m'accepte, moi, tel que je suis, insupportable. De parler de moi me lava. J'en fus apaisé. J'en fus régénéré.

Fanette nous trouva debout, un peu tanguant dans le hall vide. Nous n'étions pas entrés dans le musée et c'est au fond d'une arrière-salle de café que ce jour-là je continuai ma confession, aidé par leurs questions.

Il fut convenu avec Danièle que nous nous retrouverions tous les deux, le soir même, au *Studio 28* pour voir *La Chute de la maison Usher*. Au moment de s'en aller, en me serrant les mains elle me fit promettre de manger quelque chose avant de la rejoindre au cinéma. Je fus touché de l'insistance de ce : « Tu me promets de manger. » L'idée que j'en sois arrivé à me désintéresser de la nourriture (au point de rester parfois plusieurs jours sans rien prendre) la bouleversait, et elle ne me laissa qu'après avoir été rassurée. « C'est promis? insista-t-elle. — Promis », répondis-je le cœur bondissant, et je la regardai s'éloigner avec Fanette.

Jusqu'à ce que je rencontre Danièle la nourriture n'avait jamais compté autrement pour moi que par la sensation d'en manquer. Il ne me serait pas venu à l'idée qu'il soit nécessaire de manger régulièrement ni surtout qu'il puisse être sensuellement agréable de manger.

Que Danièle, cette jeune femme inconnue, se préoccupe de savoir si j'allais manger ou non avant de la rejoindre tout à l'heure, au *Studio 28,* me fut aussi délicieux que si elle avait glissé sa langue entre mes lèvres en me quittant. Ce « tu me promets de manger », prononcé d'une voix si intime, tout à coup, je le ressentis comme un premier baiser, une sorte de becquée prononcée, une promesse de toutes les sensualités où la parole, la nourriture, le sexe ne font qu'un.

Malgré ma répulsion à y retourner, je montai jusqu'à ma chambre. Je me fis du thé sur le réchaud à alcool et mangeai un œuf au plat, assis par terre. Je ne pouvais croire aux bouffées de bonheur qui à tout instant me gonflaient la poitrine. Il me semblait encore sentir sur mes mains la pression forte et convaincue de ses longs doigs *à elle,* elle dont le visage surgissait comme en surimpression sur tout ce que mes yeux voyaient. Comment avais-je pu si longtemps me mettre à l'écart de moi-même, comment avais-je pu accepter de devenir pendant ces deux longues années le complice de ma propre destruction ? Se peut-il que tout à l'heure je sois de nouveau auprès d'elle et qu'en ce moment elle-même se prépare à me rejoindre ? Malgré le froid intense je me rasai, je changeai de chemise et, faisant un tri parmi les quelques vêtements que je possédais, je choisis les moins délabrés.

Il faisait nuit. Une sorte de neige fondue embrumait d'un cocon humide les lampadaires. Malgré la relative tiédeur de l'autobus, je ne cessais de trembler. Je me sentais faible et découragé. Pourquoi tiendrait-elle parole ? C'est par pitié qu'elle m'a donné rendez-vous. Et j'eus honte, tout à coup, de m'être laissé aller à me raconter avec une si ridicule ingénuité. Que pouvais-je attendre d'elle maintenant si ce n'est de la pitié ? Je l'avais *engagée* dans ma détresse, et je me détestai d'avoir eu la faiblesse de me montrer si faible, si exigeant d'elle. Lorsque j'arrivai au *Studio 28*, j'étais plus sombre que jamais... et la voyant surgir devant moi avec la souplesse d'une flamme je me saisis une nouvelle fois de ses mains, agité d'une insupportable fébrilité.

Elle était venue !

C'est dans une ambiance d'orage, de ciels craquelés, de châteaux en feu que pendant tout le film nous nous embrassâmes comme des fous.

Je la raccompagnai place des Ternes. Nous marchions étroitement unis. Ses escarpins prenaient l'eau et la petite veste de loutre qu'elle avait empruntée à sa grand-mère n'arrivait pas à la préserver de l'affreuse sensation d'humidité glacée. Quand nous nous quittâmes je sus que comme moi elle était déchirée de se retrouver seule.

Dès le lendemain nous nous étions rejoints à la cinémathèque pour voir *Intolérance* de Griffith. Nous n'en avons gardé que le souvenir confus d'un berceau furieusement remué entre les séquences de nos baisers. Il me semble l'avoir caressée sur tout le corps, m'être étendu sur elle, l'avoir déshabillée dans la minuscule salle bondée de l'avenue de Messine, tellement par les lèvres, la langue, les entrelacs de nos doigts nous fondions l'un dans l'autre. Nous sommes sortis de cette inoubliable séance aussi sûrement *nôtres* que si nous avions fait l'amour et, quand sous le porche de sa maison nous nous étions détachés de la longue étreinte d'amoureux des rues qui nous faisait perdre haleine, nous savions que nous n'avions même plus besoin des mots pour nous assurer

*... Quelques instants plus tard, nous avancions dans la nuit, étroitement serrés l'un contre l'autre, gonflés de la découverte presque asphyxiante — comme une vapeur trop forte — de l'ampleur du sentiment qui nous envahissait. Emotion mêlée d'un léger trouble d'angoisse et du pressentiment de ce qu'il nous faudrait combattre pour nous rejoindre

Comment m'expliquer à moi-même aujourd'hui ce qui m'avait attiré en lui, sinon qu'il était dans une certaine mesure le contraire des hommes... de l'homme que je m'attendais à aimer. Devant ceux-là on est déjà en quelque sorte « programmée », on souhaite, on attend cet enchaînement de situations, de dialogues qui font le rituel de la séduction, tandis que devant lui ce fut justement ce dépourvu, cet inattendu, ce non-rêvé, qui me détournèrent vers un vide, un risque où je basculai d'un coup (corps et âme) plutôt fascinée que séduite, comme infiltrée par un sort auquel je ne pouvais résister : un mélange de tension retenue et de douceur, de sensualité, de fragilité, de force intérieure — mais sans autorité ni domination, quelque chose de sauvage et d'âpre, d'*à part,* par quoi je fus entraînée aveuglément.

(Plus tard je découvris peu à peu la multiplicité de ses personnalités, le foisonnement surprenant des excès de sa sensibilité. Je compris les oppositions de son caractère, ses écarts, ses tensions, que les extrêmes de tendresse, de douceur, de générosité, de folle gaieté, de calme apparent avaient leur symétrie d'ombre dans une certaine morbidité, des refus brusques, des retournements imprévisibles, une panique de se sentir tout à coup empiété ou enfermé par les autres

* Fragment des carnets de Danièle

qui le précipitent dans des angoisses mortelles, des dépressions brutales. Ces excès en un instant le transfigurent, au point que je m'affole parfois de ne plus le reconnaître. Il m'est même arrivé, tant il est double, de rêver des *deux :* je suis avec *lui* et ensemble nous cherchons son autre lui.)

La rencontre de Danièle m'électrisa, tout ce que je croyais mort en moi se réveilla soudainement avec une force, un enthousiasme dont je ne m'imaginais plus capable. Je passai pour ainsi dire à l'instant des ténèbres à la lumière. La secousse fut terrible. Il me semblait que tout craquait sur moi comme si la surface extérieure de mon être, précocement durcie, se brisait sous la poussée de la grande débâcle des sentiments chauds et intimes.

Puis elle vint chez moi. Dès qu'elle fut dans ma chambre sans lit (malgré le gel qui solidifiait l'eau dans le broc et fronçait les vitres en fougères de sucre) et qu'elle se montra d'une telle liberté impatiente dans ce désir fou qui nous jetait l'un vers l'autre parmi nos vêtements épars sur le sol, je compris non seulement qu'il n'y avait pas la moindre restriction en elle mais que sa sensualité, son appétit de l'amour, nous mettait à égalité dans nos initiatives et que ses lèvres, ses mains, son corps entier n'était pas moins impatient que le mien de prendre et de donner. Ce n'est qu'alors que je commençai seulement à m'apaiser et à reprendre confiance.

De ce moment jusqu'à ce qu'enfin elle s'enfuie de chez ses parents pour venir vivre avec moi, il ne se passa plus un jour sans que nous nous soyons vus, touchés, étreints. Qu'on me comprenne, nous ne nous sommes jamais liés par aucun serment, nous nous sommes laissé exclusivement guider par le désir, le plaisir, l'aiguillon des décisions impromptues. Le malaise d'être l'un sans l'autre nous a toujours poussés à lutter pour diminuer ces temps morts jusqu'à les annuler et je dois dire ici avec une immense reconnaissance envers... la vie que voilà maintenant une vie que nous ne nous sommes jamais séparés, ni d'un seul jour, ni d'une seule nuit

*... Je nous vois à cette époque comme un couple assez chapelinesque lorsque par ces nuits et ces courtes journées d'hiver nous marchions sans cesse à travers Paris en parlant, parlant, riant, ignorant le monde, la foule des Champs-Elysées, de la rue de Rivoli ou du boulevard Saint-Germain, serrés l'un contre l'autre portant en bouclier les violettes ou les anémones qu'il m'offrait au coin des rues; lui, sombre, fébrile, passant dans le même instant des rires à l'émotion, accablé par son trop long manteau d'émigré et moi toujours perchée sur mes hauts talons, maquillée, pâle, yeux charbonneux comme dans ces films en noir et blanc dont l'image bouge.

Serge habitait une chambre de bonne rue du Cirque, si petite qu'il avait dû construire une sorte d'étagère à quarante centimètre du plafond pour en faire un lit. Je ne suis jamais montée jusqu'à cette soupente. Nous nous laissions glisser à terre sur un vieux tapis dans l'infime espace entre le chevalet et la fenêtre, renversant autour de nous livres et disques dans des étreintes aveugles, des battements d'haleine, et les sourires et les larmes d'une coïncidence éblouie. Nous inventions des voluptés d'une tendresse exquise d'où nous revenions avec des rires de reconnaissance et nous parlions parlions encore, nous construisions par la parole les fragiles échafaudages sur lesquels se posaient les oiseaux fous de nos élans, de nos soifs, de toutes les pulsions passionnées qui nous précipitaient l'un vers l'autre, contre toute raison, avec la seule force de notre sensualité, notre hâte de compréhension et l'orgueil de l'amour.

Nous passions ainsi des heures, rideaux tirés, ne

* Fragment des carnets de Danièle

sachant plus si nous étions le jour ou la nuit, comme des miniatures persanes sur notre bout de tapis devant la petite cheminée où rougeoyaient quelques charbons de bois. Puis, peu à peu l'obsédante tristesse de la séparation commençait à s'insinuer entre nous. Le froid nous gagnait. J'enfilais son vieux pull-over beige dont il me fallait rouler plusieurs fois les manches. Sous la soupente nous préparions du thé sur un réchaud à alcool et petit à petit je rassemblais bas escarpins dessous intimes et me rhabillais pour le retour au domicile paternel.

Je ne me lassais pas d'admirer son visage lumineux qui se délayait doucement dans le crépuscule. A mesure que le jour s'en allait et que je me rapprochais de la solitude de la nuit, chaque fois la tristesse s'installait. Je la regardais s'habiller et je la raccompagnais avec un sentiment d'insupportable délaissement, d'abandon définitif. Nous nous arrachions l'un à l'autre et dès cet instant l'attente du jour commençait. Je retournais m'enfermer dans ma chambre (devenue maintenant un peu notre chambre) où je retrouvais dans le petit désordre des choses à terre le souvenir de sa présence, de ses mouvements, de son parfum. Et, comme les sursauts d'une maladie mal guérie, me reprenait la crainte de la perdre. Les heures de la nuit passaient. Couché dans ma soupente, je me glaçais de cette incertitude : *pourquoi moi ?* pendant que se précisait le sentiment qu'elle ne pouvait pas ne pas en aimer un autre. Et peu à peu, avec l'allongement de la nuit, une souffrance bien connue de moi commençait à me frapper du dedans comme lorsque j'étais enfant, après que l'on m'eut abandonné, mon cœur s'affolait pareillement chaque nuit de se savoir seul. Jusqu'à Danièle je n'avais jamais pensé que cette solitude puisse un jour cesser.

Enfin, très loin en bas la porte cochère claquait et immédiatement je reconnaissais le battement bien à elle de ses talons dans la petite cour tout au fond du puits. Laissant mes pinceaux, le front contre la vitre je la suivais des yeux, d'étage en étage, la voyant passer vivement devant la fenêtre en biais de chaque palier de l'escalier de service, volant littéralement vers moi. Le cœur battant, je m'élançais dans le long couloir vide où je la recevais dans mes bras. Je ne lui montrais que ma joie, cependant j'avais du mal à me remettre de la longue nuit d'abattement et de doute. Un voile de tristesse recouvrait toujours un peu ces moments.

Dans l'élan de ce bonheur neuf je m'étais remis à peindre et la première chose qu'elle regardait en arrivant c'était si la toile sur le chevalet avait avancé depuis la veille, mettant une délicieuse curiosité à vouloir pénétrer mes tableaux comme si à travers eux elle empruntait des raccourcis pour mieux s'imprégner de ma véritable sensibilité. D'être ainsi réunis, silencieux, face à cette projection de mon être en métamorphose faisait peu à peu monter en nous des bouffées d'émotion, et elle me donnait sa langue comme une parole de chair.

Autour de nous on s'étonnait de nous voir maintenant toujours ensemble. Les Arnal se réjouissaient de notre brusque passion comme d'une histoire inattendue et touchante. Pour notre chance les parents de Danièle vivaient une période de désunion, son père n'était pas souvent là et sa mère travaillait dans une petite boutique de mode qui ne lui laissait que le temps de préparer les repas d'une famille bancale où chacun disparaissait à tout moment de son côté. Ce déséquilibre familial facilitait nos « rendez-vous » et donnait à nos retrouvailles et à nos arrachements un petit air d'adultère.

A peine nous connaissions-nous que nous parlions déjà de vivre ensemble. Danièle qui ne voulait rien cacher à sa mère décida d'aller la chercher un soir à son travail pour *tout lui dire.* Ce même soir j'avais promis à mes parents de passer à un vernissage des sculptures de Nahidé. A cette occasion elle s'était traînée hors de chez elle, entourée de toutes sortes de vieilles toquées aux crochets desquelles mes parents survivaient. Le cauchemar de ces Carabosses buvant du champagne et parmi lesquelles mes pauvres, mes pathétiques parents semblaient tout à fait à l'aise me fit honte. C'était comme si je venais de faire passer Danièle à travers un miroir de sorcière. Je la présentai à Nahidé (dont je ne voyais même plus l'extrême maigreur et l'aspect momifié) puis à mon père (qui allait des uns aux autres en riant trop fort dans son minable petit costume) ainsi qu'à quelques vieilles dames russes fripées. Elle fit sensation. Nous restâmes un moment dans les salons tapissés de peluche lie-de-vin puis nous nous en allâmes après avoir promis à Nahidé et à mon père de passer bientôt les voir rue Erlanger. De là, j'accompagnai Danièle jusqu'à la boutique de sa mère et la laissai sans trop vouloir savoir ce qu'elle avait pensé de mes bizarres parents entrevus dans des circonstances qui leur étaient si peu familières. Je la quittai à la hâte et me sauvai le long des rues humides, tourmenté par l'idée qu'elle n'avait pas pu ne pas s'effrayer de la vision grotesque de ma pauvre Nahidé et de mon pauvre père travestis, évoluant dans ce cauchemar mondain. En la laissant, ce soir-là, j'avais remarqué chez elle cette sorte de distraction qui vient de la détermination. Plus tard elle m'avoua en effet que cette première *vision* de mes parents lui avait fait pressentir, justement ce soir-là — au moment d'affronter sa mère — l'écart « irréductible » qui séparerait à jamais ces deux mondes si contraires de nos familles, de nos origines, de nos cultures, et qu'elle s'en était sentie — bien que gonflée de l'orgueil de l'amour — « terriblement nue » (ce sont là ses mots si beaux !).

J'aurais préféré qu'elle ne fasse pas cette démarche, qu'elle mette ses parents, le jour venu, devant le fait accompli — bien qu'en même temps ce trait de franchise, cette loyauté envers sa mère me remplissait d'admiration et de reconnaissance. Sa répugnance à cacher, à mentir, à dissimuler me rassurait par ailleurs, faisant taire en quelque sorte d'avance toute velléité de jalousie de ma part. Bien souvent par la suite il m'est arrivé de me rappeler ce trait pour décourager en moi cette part malade de mon caractère qui tend toujours à me faire croire que je suis sur le point d'être laissé.

Le lendemain elle me parut soulagée. Bien qu'abasourdie par la nouvelle, sa mère lui avait promis de ne rien dire à son père à condition qu'elle n'agisse pas trop hâtivement. Danièle ne lui avait caché ni ma misère ni le fait que je sois déjà marié — et surtout qu'elle était fermement décidée à aller vivre avec moi. Quelques jours passèrent sans qu'elles en reparlent mais entre-temps la mère de Danièle avait réussi à obtenir des Arnal des renseignements complémentaires à mon sujet. Ce qu'elle apprit — bien que les Arnal eussent dit de moi tout le bien possible — lui donna la panique. Un soir que nous venions comme d'habitude de nous arracher l'un à l'autre à grand mal sur la place des Ternes, Danièle trouva son père dans sa chambre. Il savait tout. Il menaça. Danièle lui tint tête. Elle lui dit que rien ne la détournerait de moi et qu'elle était déterminée à partager désormais ma vie. Il lui fit remarquer qu'elle n'était pas majeure et qu'il emploierait s'il le fallait les « grands moyens ».

De ce jour, elle puisa dans le durcissement de son père — dont le caractère autoritaire l'avait toujours cabrée — de nouvelles raisons pour hâter sa rupture avec lui et se précipiter joyeusement dans ma misère. Entre-temps elle se débrouilla pour gagner un peu d'argent en faisant quelques photos de mode ou en vendant des dessins à différents couturiers. Mais malgré d'incessantes propositions, elle ne voulut jamais entrer dans le *milieu* de la couture, trop orgueilleuse pour faire métier de sa beauté.

* ... Comment avions-nous décidé du jour, du moment ? Je me souviens seulement que nous en

* Fragment des carnets de Danièle.

avions parlé longuement tous les deux dans les jardins du Marigny, Serge m'aidant sans doute à vaincre mes derniers scrupules envers ma mère. Toujours est-il qu'un soir d'automne, après mon travail, je me retrouvai en train d'écrire une longue lettre destinée à mes parents. Puis, avant leur retour, je mis dans un sac les rares vêtements que j'aimais et je partis sous la pluie à la recherche d'un taxi.

Il faisait nuit. Mon cœur battait. J'étais dans un état de surexcitation hors-conscience, fait de hâte, de peur, d'ivresse, de désolation. Il me semblait préparer cette fuite comme un automate, guidée, dédoublée et sans pensée.

Je ne me rendis compte de ce que je faisais qu'une fois réfugiée à l'arrière du taxi, dans ce moment de solitude qui n'appartenait plus qu'à moi, entre mon passé de petite fille et mon passé d'adolescente, que je laissais comme une enveloppe d'insecte, retenue encore par les fibres gluantes d'amour et de remords qui me liaient à ma mère, et lui, mon amour, que je rejoignais oppressée par l'angoisse de ne pouvoir jamais l'atteindre au-delà de cette pluie qui éclaboussait les vitres, au-delà des feux rouges qui pulsaient autour de moi, envahie par la nuit obscure et liquide, isolée dans la nacelle de ce G7 avec lequel il me semblait que je franchissais une frontière infinie.

Je débarquai au 11, rue de Babylone dans l'appartement des Arnal où nous nous étions connus et si souvent retrouvés. Ils nous l'avaient laissé, en leur absence, le temps qu'on « arrange » deux minuscules mansardes.

C'est à ce moment-là que nous avons réalisé que nous n'étions plus qu'à nous. Rejoints enfin ! Libres, grisés de ce vide devant nous.

Comment ne pas sourire rétrospectivement au souvenir de la panique que déclenchait en moi chaque coup de sonnette pendant les jours et les semaines qui suivirent ma fuite ? Même la petite sonnerie à l'intérieur des autobus qui passaient sous les fenêtres de la rue de Babylone nous faisait sursauter. A chaque visite, chaque pas dans l'escalier je croyais que les flics arrivaient pour me ramener au bercail. Nous vivions dans la peur que mon père me remette la main dessus. Je crois qu'il aurait pu le faire, il en était capable mais le désordre de sa vie l'occupait suffisamment.

Pendant deux ans je ne le revis plus. Un jour en le croisant dans la rue ses yeux s'embuèrent, les miens aussi.

Maman, elle, n'avait jamais voulu même imaginer la possibilité de ma fuite, elle attendait, elle espérait un échec. Aussi le choc fut-il rude lorsqu'elle se trouva pour la première fois devant mon lit vide, avec ma lettre à la main.

Je n'oublierai jamais lorsque j'allai, le lendemain, la voir à la boutique où elle travaillait, sa figure tuméfiée par les larmes et sa colère mêlée de sanglots. En la voyant je compris combien il m'avait fallu être dure et injuste envers elle.

Dans les premiers jours où nous nous sommes connus, Serge m'avait entraînée par hasard à un vernissage de Nahidé. Elle exposait de très jolies statuettes en terre cuite représentant des danseuses persanes dans les mêmes attitudes que lorsqu'elle dansait autrefois avec le père de Serge. C'était ce même soir que j'avais décidé d'aller chercher ma mère à sa boutique et de tout lui avouer.

A peine entrés dans cette galerie enfumée et bruyante j'avais tout de suite senti… reçu le choc de l'écart irréductible entre mes parents « si comme il faut » et cette famille de « saltimbanques ». Au premier coup d'œil je *sus* que jamais ils ne pourraient se rejoindre, se connaître, se comprendre. Medjid m'apparut de loin, au fond de la galerie, comme un vieux monsieur un peu servile et agité, tout en courbettes et révérences, tandis que Nahidé, frêle, menue, pathétique de maigreur et de fièvre, les yeux envahis de khôl — et qu'une robe noire démodée et trop habillée rendait encore plus tragique — m…

cueillait avec une voix basse, un peu caverneuse, ponctuée de toux. Autour d'eux se congratulait tout un monde d'émigrés russes en falbalas de misère. Et tout à coup, je me sentis complètement démunie. seule, nue, sans autres armes que mon amour de trois jours pour affronter ma mère quelques instants plus tard.

C'est dans cet état que j'avais été la rejoindre, décidée à lui prouver ma confiance par ma franchise bien que convaincue à l'avance de l'inutilité d'une telle confidence.

Tandis que nous marchions dans la nuit, le long du boulevard des Batignolles, et que je m'efforçais de la persuader de « comprendre ma folie », un mur s'était dressé entre nous, une digue assaillie par des vagues, maman ne reprenait plus souffle et essayait de croire à une tempête après laquelle le calme ramènerait la douceur entre nous.

Par la suite, tous les renseignements qu'elle réussit à obtenir sur Serge ne firent que la buter dans son refus et ses angoisses devant ma détermination... jusqu'à ce qu'elle accepte cependant de le rencontrer. Ce fut le premier pas vers une tension d'efforts de compréhension qui la conduisirent à devenir plus tard notre alliée infaillible. Chez elle, les sentiments et la tendresse prenaient toujours le dessus, le cœur passait avant la tête. (Je sais la vraie lumière que fut, qu'est encore l'amour de ma mère : cet amour inconditionnel, sûr, dénué d'égoïsme, ni possessif ni étouffant mais rassurant, un sentiment clair qui a pailleté de sa lumière toute mon enfance.)

Quant aux parents de Serge, après cette rencontre absurde dans cette atmosphère de vernissage qui leur ressemblait si peu, je ne les découvris vraiment que lorsque je les vis chez eux, dans leur réalité quotidienne si attachante et chaleureuse.

C'était chez eux, dans cette intimité de déclassés qu'il fallait les voir pour les comprendre, au fond de ce rez-de-chaussée tapissé de tissus, de photos, de souvenirs, dans l'atmosphère baroque et sombre qu'avait cette unique chambre au parfum d'encens. Une grosse bouilloire frémissait sur un réchaud posé par terre, pour le thé offert à toute heure. Medjid, assis sur ce petit tabouret (où la chatte maintenant se roule le soir) manipulait tranquillement ses cartes. Pour ce génie de la prestidigitation je fus au début le public rêvé, innocente comme un enfant (à l'inverse de Serge qui déjouait presque toutes ses manipulations). Il m'éblouissait par sa dextérité infaillible, j'aimais son calme, son ironie rieuse et son merveilleux accent aux intonations persanes mêlées de russe — langage phonétique qu'il entretenait adroitement et qui lui permettait de gagner du temps pendant ses tours de magie. Il avait un visage à la fois bon, doux et terriblement rusé dont le charme venait surtout de sa bouche qui se relevait aux commissures dans un quasi-sourire permanent plein de malice. En le voyant, on pensait que Serge lui ressemblait mais on aurait plutôt pu dire l'inverse, comme si son père était une démarcation, un calque plus flou, plus pâle, plus léger à qui il manquait toutes les ombres, le caractère. l'intériorité et la noirceur que Serge a hérités de sa mère obscure.

Dans cette chambre pauvre et cependant d'une rutilance fanée, Nahidé reposait, presque toujours étendue sur le lit au milieu de vieux cachemires, douce, présente, attentive, ironisant sur sa maladie de sa voix basse coupée de rires de défi qui finissaient en quintes de toux. J'aimais son visage fin, fiévreux, intelligent, aux merveilleux yeux noirs sous de grandes paupières — ce regard qui avait tant ému Serge dans son adolescence.

C'est avec une grande tristesse que je les évoque aujourd'hui et que défilent dans ma mémoire tant de souvenirs tragiques, de pleurs sur leurs visages, de rires aussi — les rires de ceux qui ne prennent plus au sérieux les surplus de malheur, le rire assez caractéristique des exilés. Et s'imposent à moi des images de plus en plus pathétiques... Nahidé à bout de souffle. Nahidé marbrée d'ombres mortelles... Medjid, après sa mort, accroupi par terre secoué de sanglots et de gémissements indécents... et plus tard Mam, petite figure solitaire et si digne, unique survivante de la tribu, elle qui s'était mise en marche quarante ans plus tôt depuis sa Géorgie natale pour finir par mourir seule dans un hôpital parisien... Nous n'étions même pas là pour veiller celle qui les avait tous vus mourir.

Aujourd'hui il pleut. De la véranda je vois les roseaux, les eucalyptus, le palmier, embués à travers le double brouillard de mes yeux et des vitres mouillées.

Devant moi sur la table de marbre une rose chair dans un verre, un peu fanée, « indécente » comme de la lingerie de femme, et au-dehors la ronde des oiseaux qui viennent picorer le beurre que nous leur mettons dans une petite coupe accrochée à une brindille de rosier.

Derrière les arabesques de fer de la véranda, c'est nous qui avons l'air en cage... Cette nacelle fleurie symbolise assez bien notre position par rapport au monde qui nous entoure : à la fois transparente et distante, exposée et préservée. Nous regardons, nous entendons assourdis les bruits du dehors et nous notons... nous griffonnons...

Hier soir 2 janvier 79.

Difficultés pour Serge à reprendre l'écriture. Interrompu par les épreuves du *Canard* et les fêtes, il parle de ce surplus énorme d'énergie inemployée qu'il sent en lui bouillonner comme s'il était une énorme machine, une cuve en effervescence, dont il ne sortirait qu'une distillation infime, un mince filet d'un alcool qui lui semble insipide.

Sa créativité n'est-elle pas le produit de cette dualité ou de la fusion de ces deux pulsions : cette part de sa nature qui le pousserait à une activité intense jusqu'à l'excès, l'oubli de soi, et l'autre contemplative, introspective, nihiliste. Notre vie favorisant la seconde, lui-même recherchant davantage le calme et l'immobilité pour ce mince filet d'alcool qui parfois le grise.

C'est ainsi qu'il m'apparaît comme un être de lumière, de santé, de vie, dans sa nudité juvénile, mais chargé, accablé d'un vêtement trop lourd, rapiécé, trop grand : celui de son passé, de tout ce qu'il traîne comme des oripeaux qui lui colleraient à la peau, cherchant sans cesse à s'en dégager, à changer, à faire peau neuve et n'y parvenant jamais.

En ce moment, pendant que j'écris, résonnent les à-coups de la 2e symphonie de Sibelius. Quand il écrit, quelle que soit la musique qu'il écoute, il remettra toute la matinée le même disque, la même plage comme une boucle sans fin, une incantation qui le maintient dans son cercle clos.

Tout à l'heure nous avons pris le petit déjeuner : café au lait bouillant tel que nous l'aimons avec du pain que j'avais fait cuire hier soir. La chatte est en chasse. Elle se roulait et ronronnait en roucoulant sur le tapis pendant que le chat du Nid-du-Duc faisait le siège devant la porte, assis sur ses baskets blanches, indifférent à toutes les mésanges qui picoraient les miettes autour de lui.

Bientôt j'entendrai remuer le feu et la porte d'en bas s'ouvrira. Si j'en ai assez d'écrire je m'arrêterai aussi et on se dira, l'un à l'autre : « Comment ça va ? Ça a marché ? » A ton intonation, je saurai tout de suite. Peut-être me raconteras-tu ce que tu auras écrit ou bien tu seras sombre ou tu te tairas... Puis arrivera le courrier que nous lirons ensemble... et la pluie, parfois la neige, le mistral, souvent le soleil... et le charme, l'imprévu, les rires... et là, ce coup de feu dans le lointain à l'instant, suivi d'un aboiement de chien... et les bûches en bas que je viens d'entendre bouger...

Comment pouvais-je imaginer que je passerais une vie avec le même amour, moi qui m'enflammais à chaque regard posé sur mes yeux, et ne pouvais vivre sans tomber amoureuse me laissant prendre au moindre appel et me déprenant à la première désillusion ? Je pensais que l'on ne pouvait que dans la succession et l'accumulation réunir tout ce que l'on éprouvait seulement en parcelles. A dix-huit ans, l'idée que l'on puisse se retrouver à quarante avec le même homme me faisait horreur, m'aurait angoissée, je ne comprenais pas... je n'imaginais surtout pas qu'il soit possible de rester neuve dans la durée, ni retomber amoureuse du même être par une suite de pulsions répétées comme une guirlande lumineuse faite de l'éclairage d'une succession de feux dont le parcours donnerait une lumière vibrante et continue.

Trente ans bientôt que nous ne nous sommes pas quittés une journée, une nuit... non pas par « serment » bien sûr, mais pour le seul plaisir, préférant toujours être ensemble, ayant le sentiment qu'ensemble au lieu de partager le temps nous le doublons, nous lui donnons un surplus de vie.

Ainsi, voilà si longtemps que nous vivons ensemble et je ne dirais pas : c'est comme si c'était hier, mais plutôt : il me semble qu'il n'y a jamais eu de commencement. Notre vie me paraît un tel glissement que je ne peux la situer par le temps. De même osons-nous nous l'avouer : nous ne nous voyons pas vieillir... ou disons que nous ne nous sentons pas changer. Peut-être est-ce le fait de vivre dans les mêmes lieux depuis tant d'années... sans doute aussi de ne pas avoir d'enfants : nous n'avons pas de points de repère et c'est sur les enfants des autres que nous constatons avec un choc que du temps pourtant a passé. A cause de cela (n'être pas des parents) nous ne nous sommes jamais sentis des adultes. Impression d'être restés des adolescents, des adolescents décadents. Aucun comportement adulte, possessif ou dominateur entre nous. Nous serions plutôt des amants jumeaux, ludiques, vivant un amour d'égalité, ne cherchant surtout pas à remplacer, à compenser, ni père ni mère. Malgré nos enfances si dissemblables nous nous ressemblons à travers ce même refus : chez moi, l'horreur de toute autorité et chez lui la crainte panique de la mère possessive qu'il n'a pourtant eue que jusqu'à neuf ans, mais qui l'a si fortement marqué.

Beaucoup de gens trouvent que nous nous ressemblons. On me croit persane. Il est même arrivé qu'on nous prenne pour frère et sœur. C'est le cas de beaucoup d'amants, surtout si leurs amours durent dans une sorte d'osmose profonde. L'amour étant narcissique, ne tend-on pas insensiblement à s'identifier à l'autre, à se réjouir inconsciemment, à travers ce miroir, de l'écho de nos propres expressions, de nos attitudes (puisque l'amour nous rend aimables à nous-mêmes) jusqu'à prendre, jusqu'à voler chez ce double ce qui nous le rend si précieux — son odeur même, créant une sorte de chimie olfactive commune ?

Hier, le matin, cet élan de désir obsédant et la certitude d'être bientôt comblée, de faire durer l'attente jusqu'à la sieste dans le refuge de la chambre, dans la nuit artificielle pendant que le soleil d'automne forcera les volets à lamelles, s'infiltrera à travers la dentelle des rideaux.

Etonnée toujours de cette imprégnation amoureuse de la chair, éblouie toujours, gonflée de la conscience sensuelle de ma féminité jusque dans l'odeur de gâteau poivré que diffuse la peau, dans la texture même des cheveux aux bouclures inspirées et brillantes.

Appel offert qui pousse à la provocation du désir et le suscite ; jeu de la provocation entre nous dans la complicité rieuse des plaisirs de nos habitudes et des dissonances qui réveillent, dans notre connaissance intime mutuelle extrême et dans l'attente inquiète des pulsions hasardeuses qui compliqueront le rituel.

Certitude confiante presque infaillible de notre

gloire : moi de me sentir irrésistiblement désirée, fière de ma magie renouvelée, impatiente et tranquille à la fois de me prévoir comblée débordée assouvie dans tous les réseaux de mes nerfs — enveloppe de satin retournée sur la chair crue — lui voyeur extasié yeux grands ouverts dans la pénombre sur ma blancheur contrastée de nylon noir, jambes noires glissantes sur la fourrure rousse.

Combien de fois ces ballets aux milles cambrures mille et mille fois renouvelées? Siestes glorieuses rieuses.... nocturnes fragiles inquiètes... matinales pataudes dans les draps défaits de la nudité enfantine... fusions salées de sueur et de mer — moites contre le sable — sous le vol de l'oiseau blanc... et parfois ces envies blanches de désir neutre dans l'été immobile qui laissent vides et nous ramènent aux nostalgies d'alcôve ambrée des flammes de la salamandre tandis que dehors la pluie nous protège comme un rideau de perles.

Nous n'étions pas plus l'un que l'autre faits pour l'*engagement* et encore moins pour la *fidélité* — mot d'une prétention comique lorsqu'il sert d'*à priori* et qui au contraire peut devenir la trace d'une vertigineuse folie amoureuse. Nous nous élançâmes donc sans attendre dans le bonheur de l'instant. En vérité nous fîmes aussitôt le projet de vivre ensemble avec l'impatience d'annuler dès que possible ce projet en le faisant basculer dans la *vie immédiate* vécue chaque jour comme une improvisation sans lendemain. Cela ajoutait à l'imprudence dont s'enorgueillissait notre amour et à l'incrédulité de tous ceux qui de l'extérieur nous voyaient emportés par une passion si exclusive. Dès le début nous vécûmes avec délices cette contradiction : ne rien nous promettre mais tout vouloir — et c'est bien ce que fit Danièle par un soir pluvieux lorsqu'elle s'enfuit en taxi de chez ses parents, n'emportant qu'un petit sac contenant à peine quelques affaires.

Avec leur générosité habituelle, les Arnal nous avaient laissé pour quelques semaines leur appartement (ce même appartement où nous nous étions rencontrés il y avait encore si peu de temps !) et nous avions profité de leur absence pour y commencer notre vie. Avant de prendre le train pour Cannes, François m'avait remis ses clefs ; nous étions seuls tous les deux dans son atelier vide et je me souviens de l'avoir senti un peu mal à l'aise. Lui habituellement si léger, si *dandy* dans ses façons de ne pas laisser paraître ses sentiments, sembla tout à coup sur le point de devenir grave. Il m'avait regardé bien en face de ses yeux chauds et il m'avait dit, s'efforçant visiblement de ne pas donner trop de sérieux à ses paroles, qu'il fallait que je prenne bien soin de Danièle, ajoutant qu'elle avait toujours eu une santé fragile (ce qui n'était pas vrai). Il eut un rire faussement léger et sauta à un autre sujet en disant avec une gaieté un peu forcée : « Allons, voilà que nous devenons sérieux, c'est ridicule ! » Au moment de monter en taxi avec Poupie il m'embrassa sur les deux joues à la façon d'un grand frère et me dit tout à coup en me serrant l'épaule : « Tu me promets ? Prends bien soin d'elle. » Et le taxi l'emporta avec Poupie dont le joli visage rond comme un fruit continua un moment à me sourire par la lunette arrière de la voiture.

Je remontai dans leur appartement et je restai dans le noir, le front contre la vitre à regarder tomber la pluie. Avant même qu'elle ne sonne j'avais reconnu son pas dans l'escalier. Elle s'abattit dans mes bras. Les larmes qui nous troublaient donnaient à nos rires émus cette fragilité qui vous oblige à n'oser presque rien dire pour ne pas sangloter. Nous nous embrassions sur le seuil d'une nouvelle existence sans penser, sans imaginer, entièrement pris par la force de ce que nous avions provoqué. Nous nous étions enfin rejoints !

D'un coup ma vie venait de se retourner et c'est pour ainsi dire en retenant mon souffle que je pénétrai dans l'enchantement de notre nouvelle liberté. Ce premier soir, serrés l'un contre l'autre entre des draps frais, nous avions longuement bavardé dans le noir, récapitulant, bouche contre bouche, notre courte histoire et, pour la première fois depuis que nous nous connaissions, le sommeil nous prit ensemble et mêla nos membres dans sa confiante confusion.

A partir de ce moment, le temps commença à s'étirer et à se distordre et le moindre geste dans ce temps neuf — qui maintenant nous appartenait — prit tout à coup une autre signification. Il me semble me souvenir que le lendemain nous étions allés faire des provisions au marché de Buci. A nous deux nous avions à peine cinq cents francs de l'époque (de quoi vivre un ou deux jours) et ce premier marché ensemble me fit toucher la réalité de cette sorte de rêve que je vivais. Enfin le quotidien nous réunissait ! Nous faisions *notre* marché ! Ces légumes, ces fruits, ces œufs, ce pain que nous emportions c'était *notre* nourriture, c'était de la vie pour demain et pour après-demain, c'était tout à coup entre nous de la certitude. Jusqu'à ce moment nous avions vécu pour ainsi dire au vol avec l'angoisse du *tout à l'heure il faudra nous quitter*. Et voilà que nous faisions *notre* marché, ensemble, comme jouent les enfants. C'était aussi délicieux que de se réunir dans l'amour, c'en était une des formes rassurantes. Et encore aujourd'hui, je me sens intimement apaisé de savoir qu'elle se préoccupe de notre nourriture à sa façon à elle, fantaisiste et improvisée. J'aime l'entendre tout à coup me lancer à travers la maison : « Qu'est-ce que tu as envie de manger ? » lorsqu'il est déjà une heure et qu'elle vient de poser ses pinceaux dans la véranda et moi ma plume ici sous la lampe et que le repas va surgir dans une sorte d'invention magique. Chaque repas avec elle, je le reçois comme une forme exquise d'effusion. Ce sont des bavardages joyeux qui se terminent en siestes sur l'herbe, dans la véranda ou dans la chambre. selon l'humeur des saisons.

Avant de connaître Danièle je ne savais pas plus ce qu'était manger que je ne me doutais de la volupté que pouvaient être le sommeil ensemble, le réveil ensemble, le petit déjeuner ensemble — et bien sûr l'amour ensemble lorsqu'il transcende toutes les autres voluptés, les prolonge et les enrichit.

Dès le jour où elle vint me rejoindre, Danièle cessa tout travail à l'extérieur et commença à faire des dessins de tissus. Un seul de ces dessins pouvait lui prendre une semaine, parfois plus, de délicat ouvrage. Il m'arrivait de l'aider ajoutant aux multiples plaisirs du partage de la vie celui d'être penchés sur la même feuille de papier à reporter les motifs compliqués qu'elle avait imaginés. Je touchais au *bonheur absolu.* Rien n'aurait pu me plonger dans de plus grandes délices que d'être ainsi près d'elle : bien calés par des coussins des journées entières à dessiner sur le lit en bavardant sans voir personne. Que nous importait d'être mal logés ou de ne pas avoir d'argent !

Le soir nous allions faire un tour jusqu'au *Bouquet* où nous retrouvions soit Isaïe, soit le peintre René Richetin. Nous passions rue des Ciseaux dire bonjour à Marcel Zerbid — qui à l'époque tenait une minuscule librairie où il s'arrangeait toujours pour accrocher un de mes tableaux.

Peu à peu, je reprenais confiance non seulement dans la vie mais aussi dans l'amitié — donc dans la peinture. Presque sans m'en apercevoir, je commençai à renouer des liens avec le « milieu » des peintres et des marchands de tableaux. Je fis une exposition des toiles que Maeght possédait de moi, heureux que celle que j'aimais puisse découvrir l'ensemble de mon travail de mes années avant elle. Il me semblait revenir à la surface : de nouveau la peinture signifia pour moi puisqu'elle signifiait pour elle.

C'est au vernissage de cette exposition que je vis pour la première fois la mère de Danièle. Elle m'aborda avec distance mais je lus dans son regard de la curiosité et beaucoup d'intelligence. Elle resta longtemps devant mes toiles, les détaillant une à une — comme si c'était par elles qu'elle pouvait le plus sûrement percer à jour ce sauvage qui lui avait si brutalement ravi sa fille. Elle me plut. Bien qu'elles ne se ressemblent pas, je retrouvai entre elles des coïncidences d'expression, quelque chose de familier, de doux. Lorsqu'elle s'en alla je savais que nous avions maintenant une alliée. Je ne me trompais pas. De ce jour sa compréhension fut totale. Elle me fit confiance — comme elle avait toujours fait confiance à Danièle — et me réunit étroitement dans son amour pour elle — ce qui me fit du bien. Après l'hystérie lanzmannesque, j'eus tout à coup l'impression de me trouver sur un terrain noble et sûr. La mère de Danièle (que je nommai à partir de ce moment Christiane) rejoignit en quelque sorte Mam dans la meilleure partie de mon cœur. En toutes circonstances nous avons pu compter sur elle, elle fut toujours là, attentive, sachant garder la bonne distance, ayant très vite compris mon caractère malade de liberté et le respectant. Jamais elle ne me rappela qu'elle était la *mère* de Danièle, elle réussit au contraire le tour de force de devenir une amie par le fluide de son charme. Elle entra « dans notre jeu ». Bien qu'affreusement effrayée par notre pauvreté, elle ne se mêla jamais de nous conseiller. Une fois pour toutes elle nous avait acceptés comme une sorte d'être unique, hors de ses normes et auquel, quoi qu'il arrive, elle donna toujours raison. Elle vint nous voir dans l'appartement des Arnal, puis plus tard dans les deux petites chambres de bonne que nous avions trouvées au Champs-de-Mars. Notre style de vie lui plut. Elle n'aurait jamais pu penser que l'on puisse se contenter d'une telle précarité et elle riait de la fantaisie que sa fille mettait à surmonter, comme en se jouant, toutes les difficultés.

J'aimais les voir ensemble, l'une près de l'autre sur le lit, pareilles à deux sœurs d'âges apparemment peu différents, en train de coudre une robe pour Danièle, et il m'arrivait, au spectacle de leurs deux têtes penchées, d'être tout à coup saisi d'émotion de me savoir accepté (moi !) dans ce *monde féminin* dont jusqu'à présent j'avais été si strictement tenu à l'écart. Aujourd'hui encore j'éprouve ce même sentiment d'extraordinaire privilège lorsque je pénètre dans notre chambre pendant que Danièle se coiffe ou s'habille. Il me semble que je pourrais rester toujours à la regarder devant son miroir : pas un geste ne m'échappe lorsque ses mains aux doigts arqués suivent les contours de son visage et c'est avec le même choc que je reçois ses allées et venues et les mouvements fluides de ses jambes et de ses bras au moment où elle se défait d'un vêtement et se glisse dans un autre. J'aime à la folie, chez elle, ce qui n'est pas moi. Peut-être est-ce parce que j'ai toujours vu en elle, avant tout, *de la féminité* assumée avec bonheur, intelligence. sensualité, que j'éprouve cette volupté à être admis dans les cercles de son intimité. En entrant dans sa vie je venais d'entrer dans le secret du *monde féminin* avec le sentiment délicieux de pénétrer dans le bonheur d'un univers courbe et hors d'atteinte au sein duquel j'étais protégé, régénéré. Jusqu'à présent j'étais resté à la porte du *féminin*, que ce soit avec ma mère, Nahidé ou toutes les autres femmes que j'avais approchées. Non, je ne me suis jamais habitué à être le témoin de sa vie secrète, pas plus que je ne me suis fait à ce qu'elle soit à chaque instant près de moi. Voilà pourquoi en abordant le récit de notre rencontre, puis de nos premiers temps de vie ensemble, j'ai été pris d'un *trac* presque insurmontable — au point de renoncer un moment à poursuivre. La difficulté de mon propos est là : je suis neuf devant elle, bien que chargé d'une masse de souvenirs.

Depuis que j'écris j'ai souvent essayé de *décrire* Danièle — chaque fois j'ai dû y renoncer et me résoudre à jeter des feuillets où il ne restait que des ratures. Que ce soit dans *Les Années-lumière* dans *Les Années Lula* ou dans *Mille Aujourd'hui* j'ai indiqué sa silhouette plus que je ne l'ai peinte elle-même, traçant en quelque sorte un portrait en creux de celle que cependant *je sais* jusqu'à la folie du moindre détail. Certains s'en étaient irrités, d'autres au contraire l'avaient reconnue, justement dans la buée de ce flou, pour être elle vraiment... Oui, le peintre aima d'abord, puis l'homme, puis plus tard l'écrivain. Le peintre reçut ce qu'on appelle si joliment le « coup de foudre » par la beauté de l'image, l'homme s'empara du corps et doucement à travers le corps chercha à découvrir les contours de son âme et de son intelligence : l'écrivain, lui, se voulut écrivain pour tenter par le *dire*, de restituer ce que le peintre n'avait pu (ou su) saisir et imprimer dans la boue de la matière, et ainsi capter par le fluide des mots ce que la matérialité de la peinture et sa méfiance envers cette matérialité ne lui avaient pas permis de capter...

Et voilà qu'aujourd'hui encore j'ai envie de parler du halo surpris par la périphérie de l'œil, je parle de lumière, de clarté... et je suis tenté de comparer cette jeune femme près de moi à une fleur de magnolia, à un lys entrouvert car j'aimerais transmettre une sensation, une bouffée, le je ne sais... et surtout cette tendresse d'un regard d'ombre dans lequel sans cesse on vous invite à pénétrer, profond comme un baiser...

A l'époque les dessins de tissus nous permirent de survivre tant bien que mal pendant les quelques années de très dure dèche que nous avons connues au début.

Danièle les vendait à différents soyeux de la rue de la Paix ou de l'avenue de l'Opéra et pendant qu'elle montait avec son carton, je faisais les cent pas devant les vitrines des grands bijoutiers sous l'œil soupçonneux des flics. (Je n'avais le plus souvent pas de quoi prendre un café et il n'était pas rare que, comme nous étions venus, nous repartions à pied faute d'avoir assez pour nous payer des tickets de métro.)

De mon côté il m'arrivait aussi de vendre de temps en temps une toile mais autant il me semblait naturel et sain que Danièle vende ses dessins, autant de vendre ma peinture me jetait dans des phases de profond découragement. L'intrusion d'un marchand ou d'un collectionneur dans notre intimité me paralysait et je ressentais comme une brûlante humiliation le fatal : « Combien me faites-vous ce tableau ? » Jamais je n'ai pu m'y habituer et souvent il m'est arrivé de donner une toile avant même qu'on m'en demande le prix. Il m'est difficile de dire pourquoi je trouvais si odieux ces rapports où l'argent et l'amitié se mêlent étroitement. Lorsque j'étais adolescent, combien de fois n'ai-je pas reproché à mes parents de se mettre nuit et jour à la disposition (pour ne pas dire au service) de ces gens qu'ils ne savaient eux-mêmes comment nommer : clients ? amis ? et qui littéralement les dévoraient. Un jour Nahidé avait répondu avec ironie à mes reproches : « Tu verras plus tard quand tu seras peintre. » Ces mots m'avaient marqué. Pour *survivre* ils s'étaient vendus ; et c'était cette intimité, cet amour, ces rires, cette fantaisie que leurs amis/clients venaient acheter chez eux en plus des *conseils* du mage.

Les amateurs de peinture sont d'une espèce particulière : ils achètent de la sensibilité, ce qui les rend à la fois plus sympathiques... mais combien plus redoutables que le spéculateur en Bourse. Ainsi, très vite nous nous fîmes de ces amis/clients qui, contre une toile vendue *en plusieurs versements,* commencèrent à arriver à toute heure chez nous.

Nous venions de nous installer à hauteur des pigeons

sous les toits d'un vieil immeuble près du Champ-de-Mars. Nous n'avions pas d'eau courante, pas de chauffage, pas de gaz — et bien sûr pas d'argent. Eblouis d'être ensemble nous ne nous rendions pas compte de notre extrême dénuement. Nous vivions de rien, plus ou moins à crédit, d'aumônes, de quelques dessins que Danièle réussissait à vendre et de l'argent que Mme Durand (c'était son vrai nom) la concierge de notre immeuble nous forçait parfois à accepter. Lorsque nous passions devant sa loge elle nous barrait le couloir en nous lançant avec un fort accent alsacien : « Che zuis zûre que vous êtes vochés. Tenez et ne dites bas non ! » Nous nous défendions mollement et elle nous glissait d'autorité un ou deux billets de mille en ajoutant d'un air fâché . « Fous me les rendrez quand fous zerez riches. » (Ce qu'à notre grande honte nous ne fîmes jamais.) Presque chaque jour nous trouvions aussi un bidon de soupe qu'elle déposait pour nous dans un cagibi à balais derrière sa loge, ou qu'elle confiait à ceux de nos amis qu'elle connaissait. L'immeuble était cossu, les appartements d'une grande hauteur de plafond — ce qui transformait nos sept étages facilement en dix. Nous hésitions souvent à descendre et, pour éviter à nos amis de monter pour rien, lorsque nous nous absentions ou que nous ne voulions pas être dérangés, nous avions imaginé de suspendre une pancarte dans ce placard près de la loge de la concierge : *nous sommes là — nous ne sommes pas là* — que nous retournions selon nos absences ou notre humeur.

Peu à peu dans l'émerveillement de notre nouvelle vie nous avions délaissé la plupart de nos amis. Fanette et les Arnal passèrent nous voir quelquefois mais j'eus l'impression qu'en nous découvrant si pauvrement logés ils prirent conscience tout à coup de la *folie* qu'avait commise Danièle. Fanette jeta un regard inquiet et dérouté sur l'exiguïté de nos mansardes. Effrayés par notre dénuement, François et Poupie insistèrent pour que Danièle accepte une place de mannequin qu'ils lui avaient trouvée. Devant son refus ils se refroidirent — et c'est Poupie qui entra chez Fath. Ainsi perdîmes-nous peu à peu de vue ceux qui avaient si généreusement contribué à notre réunion, préférant de notre côté l'amitié égalitaire d'un Isaïe, d'un René Richetin ou de quelques autres plongés comme nous dans les vraies difficultés de la survie au jour le jour. Avec ceux-là nous partagions tout ce que nous avions et au début de notre installation le peintre Richetin alla même jusqu'à nous donner son propre sommier, ses draps, ses couvertures sous prétexte qu'étant seul il pouvait coucher n'importe où. Mais je ne veux pas m'étendre davantage ici sur notre misère d'alors.

Un jour Isaïe amena chez nous la femme du philosophe Jean Hippolyte. Elle prétendait aimer ma peinture et sous ce prétexte commença à grimper à tout moment jusqu'à nos chambres. Parfois elle était seule, parfois Hippolyte l'accompagnait. Vêtue de son manteau de fourrure elle rôdait dans le couloir qui puait la serpillière. Souvent il nous arriva de la surprendre derrière notre porte en train de nous épier. Isaïe la trouvait excitante — bien qu'elle fût noueuse comme une chèvre — et il nous faisait pleurer de rire en nous racontant comment un de ces jours il la *sauterait*. Le vieux couple semblait séduit par notre jeunesse et par ce qui se dégageait de sensualité entre nous. Mais trop occupés l'un de l'autre nous ne comprenions pas pourquoi Hippolyte et sa femme venaient nous tenir des discours exaltés sur ma peinture ou insistaient tout à coup pour nous entraîner dans des salles de ping-pong souterraines où nous disputions d'invraisemblables parties maladroites. Bien des années plus tard, en lisant *La Pornographie* de Gombrowicz il me sembla retrouver quelque chose de cette atmosphère trouble. En vérité, comme les deux vieillards de Gombrowicz, le philosophe et sa femme *fixaient nos nuques* (je repense à ces pages admirables dans l'église).

Un jour elle nous dit qu'elle adorait *tirer les ficelles.*

Ces termes m'avaient alerté. En effet, elle nous parlait souvent d'Evelyne, de Gilles Deleuze ainsi que de Claude Lanzmann et paraissait être au courant de la vie sentimentale de chacun. Elle regrettait ouvertement que tous ces jeunes gens autour d'elle soient apparemment si peu compliqués. Elle nous avoua même que la mère de Gilles Deleuze — qui se trouvait être une de ses meilleures amies — s'alarmait de voir durer cette liaison entre Evelyne et son fils.

Une fois, sous prétexte que je souffrais d'un abcès à la gorge, elle entraîna chez nous un jeune interne des hôpitaux d'une très grande séduction. Avec un aplomb insupportable, elle lui dit en désignant Danièle : « Alors, ne la trouvez-vous pas merveilleusement belle ? » L'étudiant souriait en acquiesçant d'un air gêné. Elle l'amena à plusieurs reprises dans nos petites chambres. Puis un matin elle arriva essoufflée d'avoir escaladé trop vite nos étages et nous dit en prenant des airs mystérieux : « J'ai rêvé de Danièle et de mon petit copain médecin. Figurez-vous, Serge, que vous n'étiez pas dans mon rêve. » Elle me dévisagea avec une intense curiosité et ajouta : « Cela vous rend-il jaloux ? » Je ne sais pas ce que je lui avais répondu, je crois que je m'étais contenté de rire avec gêne. Je commençais à détester cette petite bonne femme. Une autre fois elle nous laissa entendre que si par hasard il nous arrivait un *accident* elle pourrait nous trouver immédiatement quelqu'un de confiance pour faire le nécessaire. Là-dessus elle tenta quelques questions déplaisantes et voulut même nous donner de bons conseils — nous éludâmes.

Lorsqu'elle frappait à notre porte la plupart du temps nous ne bougions pas. Elle insistait et finalement s'éloignait d'un pas hésitant par les longs couloirs où allaient et venaient les bonnes de l'immeuble. Un soir elle nous invita à une sorte de petit « lunch » mondain où elle plaça Danièle près du séduisant étudiant en médecine aux yeux de velours ; à côté de moi elle fit asseoir une jolie petite comédienne collante. Pendant tout le repas Hippolyte et sa femme semblèrent très excités par ce qui représentait pour eux une *situation*... et, pour nous, tout simplement un désagréable moment pendant lequel nous ne pouvions communiquer que par des regards agacés. Ainsi tentèrent-ils avec nous différentes expériences de chimie sentimentale : ils nous mettaient dans leurs éprouvettes, agitaient et suspendaient leur souffle espérant je ne sais quelle explosion. Bien entendu ils s'étaient arrangés pour mêler étroitement ma peinture à ces naïves intrigues, assurés de nous tenir par la promesse chaque fois renouvelée de l'achat d'un tableau. Pour finir ils risquèrent un dernier mélange détonant : à l'occasion d'un dîner froid ils convièrent Deleuze, Evelyne, Danièle et moi ainsi qu'un petit public choisi de psychanalystes et de philosophes (parmi lesquels Isaïe). Nous leur posâmes un *lapin*. Voyant que nous tardions à venir ils nous avaient délégué Isaïe qui bien sûr nous encouragea à ne pas paraître. Les Hippolyte furent malheureusement les premiers d'une longue liste de cette sorte de *chimistes* qui ne peuvent croiser des amants sans les mettre à toute force à l' « éprouvette ». Ainsi, encore aujourd'hui, nous trouvons-nous régulièrement confrontés à ceux qui pensent en lieux communs et à ceux qui au contraire croient que la vie peut être une perpétuelle invention.

Après mon expérience désastreuse avec Evelyne, il fallait être en effet inconscient pour oser entraîner une jeune femme dans cette sorte de vie sans issue à laquelle je semblais à jamais voué par ma nature négative. C'est ce que Mam eut la cruauté de me dire lorsque je vins voir mes parents pour la première fois avec Danièle. Une immédiate complicité s'établit entre Nahidé, mon père et elle. De les découvrir chez eux, dans leur cadre de Bohémiens, effaça le souvenir de ce vernissage qui leur ressemblait si peu. Mon père tendit un jeu de cartes et aussitôt Danièle fut prise à son charme. Au moment où j'allais l'entraîner chez Mam, Nahidé me dit en russe : « Serioja, tu ferais mieux de monter d'abord tout seul. Tu connais Mam. », et elle ajouta en français : « Restez avec nous. Danièle. il vaut mieux que Serioja y aille en premier. » En effet. Mam me fit un accueil glacial : « Alors comme ça, nous n'avons pas plutôt quitté une femme que nous voilà déjà avec une autre... » Lorsqu'elle était fâchée, ces sortes de tournures si typiquement russes lui venaient automatiquement — j'en fus agacé et lui répondis que Danièle n'était pas n'importe quelle femme. Elle haussa les épaules et me pria de la laisser tranquille.

Depuis la mort de mon grand-père, Mam vivait seule dans son petit appartement, parmi les appareils de précision devenus inutiles. Elle passait ses journées à aller et venir tristement dans sa cuisine où de temps en temps quelques vieilles dames russes montaient bavarder avec elle. Mam servait le thé, sortait quelques gâteaux d'une boîte en fer et, tout en aspirant son thé par petites gorgées à travers un éclat de sucre, elle expliquait à ses vieilles amies le pourquoi de la politique étrangère soviétique ou bien les mérites du plan quinquennal voté au dernier congrès. « Ce sont de véritables *nioulités*, disait-elle dès que ses amies s'en allaient. l'émigration leur a donné des âmes de petites boutiquières. » Puis il y eut la mort de Staline. Mam eut les yeux rouges pendant quelque temps et, à l'étonnement de tous, elle commença à émettre des critiques à propos de l'U.R.S.S., se refusant à admettre que le « *guénial* guide » puisse être remplacé par « cette petite Malienkov ». Avec la disparition de Staline, la Révolution était terminée pour elle. Peu à peu elle abandonna la lecture des journaux russes et commença à acheter *France-soir* « cette iguegnoble torchonne » qu'elle se mit à *interpréter*, replaçant les informations si l'on peut dire en perspective avec une finesse qui m'enchantait. La mort de mon grand-père avait précédé de peu la mort de Staline, elle avait donc perdu coup sur coup ses deux points d'appui. A part moi elle n'avait plus personne avec qui partager ses idées politiques et c'était avec joie qu'elle m'accueillait bien qu'elle s'efforçât cependant de le dissimuler sous ses habituelles brusqueries. Son impitoyable pudeur socialiste lui faisait dire exactement le contraire de ce que son cœur de grande bourgeoise décadente ressentait. Ainsi Mam était-elle terriblement curieuse de connaître Danièle mais je suis sûr que c'est la force même de son impatience qui la poussait à refuser de la recevoir. Cependant, au moment où nous traversions la cour en sortant de chez mes parents, je sentis sans avoir à lever la tête que Mam se trouvait comme par hasard à la fenêtre de sa cuisine. Sur ce seul regard Danièle lui plut et la fois suivante elle l'accueillait avec une simplicité détendue et des marques de sympathie que je ne lui avais jamais vues pour personne. Elle aima Danièle immédiatement. Et chose étonnante elle le lui dit sans faire de manières.

Ici, un aveu pénible : au moment de la mort de mon grand-père, au lieu d'accourir auprès de Mam, je disparus. Que l'on me comprenne : *je ne pouvais pas* remplir le rôle que ma famille attendait de moi, et l'enterrement eut lieu sans que je paraisse. J'ai honte ! Mais cela n'est rien encore ! Je poussai la lâcheté jusqu'à demander à Danièle (je ne la connaissais que depuis quelques jours) de téléphoner à Mam (qu'elle ne connaissait pas encore) pour lui dire que Serge ne *pouvait pas* venir à l'enterrement de son grand-père. Ce fut de sa part le premier d'une série d'actes de cette sorte qu'elle se chargea d'accomplir *pour moi* tout au long de notre vie. Jamais elle ne me dit : *tu devrais*, et en toutes circonstances elle s'est toujours efforcée de respecter ces réactions qui parfois prennent l'allure d'une véritable panique. Le *devoir* bloque en moi tout mouvement vers les autres ; je ne supporte pas que l'on attende quoi que ce soit de moi.

Mes peintures commencèrent à refléter ma nouvelle vie : les formes, les couleurs ressemblaient à un long balancement amoureux. Nous nous étions mis hors du monde *irréel* que sont les réalités politiques, peu importaient la Corée, les luttes ouvrières, le Guatemala... et lorsque Isaïe faisait irruption chez nous entre deux *manifs* et qu'il se mettait à divaguer comme un somnambule au nom des *masses,* nous lui donnions raison bien qu'au fond nous nous sentions absents de cette *vérité autre* que n'était pas notre vie quotidienne.

Un jour Isaïe nous dit : « Figurez-vous, je viens de rencontrer une femme extraordinaire, elle a été la maîtresse de Staline dans les années 20. C'est fou ce que ça m'excite ! Vous vous rendez compte, moi, Jacques Houbart, je me tape une femme que Staline a baisée. C'est tout simplement inouï, j'ai l'impression de m'envoyer l'Histoire. » Pour Isaïe la Révolution c'était du sexe en marche et je pense qu'il lui aurait été impossible de dissocier les *masses* de l'immense potentiel sexuel qu'elles représentent. La rue était sexuelle, *L'Huma* était sexuel, la cellule du Parti à laquelle il appartenait c'était du sexe, et Isaïe ne vivait que pour la Révolution qu'il imaginait comme un gigantesque tango du délire. Le premier 14-Juillet après la Libération, j'avais vu Paris pris par la folie de la danse et je comprenais pour l'avoir vécu le rêve d'Isaïe. La ville entière n'était qu'une immense étreinte ; des millions de gens dansaient confondus en un seul même corps et ce n'était qu'en entrant dans la danse que l'on pouvait se déplacer. Pour ma part j'avais trouvé ce spectacle extraordinairement exaltant... et terrifiant. Je me souviens que je m'étais réfugié dans les jardins des Tuileries où je m'endormis au milieu des plates-bandes du Carrousel, parmi des centaines de jeunes gens enlacés. Isaïe se trouvait-il à Paris en ce fameux 14 juillet 1945 ? ou s'était-il approprié mon souvenir ? mais il faisait souvent référence à ce brusque retournement de la rue qui soudain se met à danser et je suis sûr qu'en choisissant pendant un temps de faire le métier de chauffeur de taxi ce fut aussi par désir de se fondre dans le grand rythme sexuel de cette ville dont il prétendait à tout moment « sentir battre le pouls ». Isaïe était amoureux de Paris, charnellement ; le grouillement des foules (et même des voitures) le mettait en transe. Lorsqu'il lui arrivait de défiler, le poing levé, de la Bastille à la Nation, il touchait le sommet de la condition humaine. Voilà quel était notre meilleur ami, celui qui pendant des années se trouva toujours là pour nous donner raison bien que nous fussions son exact contraire ! Il arrivait dépenaillé, sentant la sueur, le lit jamais fait, et aussitôt il nous submergeait sous une avalanche de nouvelles, nous mettant au courant de ce qui s'était passé dans le monde depuis la dernière fois que nous nous étions vus. Réfugiés dans nos petites chambres sous le ciel nous vivions de plus en plus indifférents à tout ce qui n'était pas nous. Ailleurs des hommes souffraient, se battaient, mouraient mais nous nous étions rencontrés et cela seul comptait.

Dans ses moments d'abattement, Isaïe nous disait : « Au fond, c'est vous qui avez raison, mes amis. Il faut savoir saisir la vie aux cheveux et refuser d'être patients. Si je rencontrais une femme... je crois que je n'attendrais pas la Révolution pour commencer à vivre... En amour comme en politique il ne faut jamais remettre... » Cependant, avant de repartir, il s'arrangeait pour faire le bilan de la situation sur l'échiquier du monde : « Profitez-en, les enfants, d'ici peu tout va sauter. » Et il replongeait dans la rue pour ne réapparaître que quelques jours plus tard toujours aussi optimiste et tout autant accablé par les délires de l'Histoire en marche.

En plus des nouvelles de la planète Terre, Isaïe nous tenait au courant de ce que devenaient les Lanzmann, Cau, Deleuze et tous les autres. [

[

] Entre-temps Evelyne s'était fait retailler le nez et un jour que nous l'avions rencontrée devant les *Deux Magots,* c'est à peine si je l'avais reconnue dans cette jeune femme « banalisée » qui s'avançait vers nous en souriant. Elle avait pris de l'assurance et elle nous parla comme une grande personne très occupée, en claquant des doigts vers les taxis. Par la suite, d'année en année, nous la revîmes au hasard des rencontres. Vers la fin elle avait retrouvé cet air traqué que je lui connaissais trop bien et je ne fus malheureusement pas étonné d'apprendre l'insupportable nouvelle de sa mort. Plus tard, quand nous revîmes Claude, à différentes occasions, je sentis qu'il ne me pardonnait pas d'avoir écrit par bribes, dans mes différents livres, ma vérité sur elle. Maintenant tout est dit !

Et puis il y eut, pour Danièle et moi, l'aube rose sur l'étang de Berre cependant que le train fonçait entre les cyprès en direction de la Méditerranée. Nous n'avions pas dormi de la nuit, trop excités par ce premier départ ensemble. Plutôt que de subir les autres voyageurs nous nous étions isolés dans le couloir. Debout, le front contre la vitre, ou assis sur notre valise, comme des réfugiés, nous exultions d'être l'un à l'autre, hors d'atteinte dans ce train qui nous emportait vers Antibes. Les collines se gonflaient et s'effondraient contre le ciel, laissant apparaître dans leur halètement le soleil rond, d'un rose doré, que l'on voyait fuir entre les pins puis se disloquer pour réapparaître tout à coup dans l'échancrure vite refermée d'une vallée. Marseille-Bandol-Toulon : les premiers palmiers chargés de grappes de corail, les premières vignes, les premières fermes aux toits cannelés avec leurs vieilles façades couleur de pêche poudrées de sulfate autour des treilles, les premiers pins parasols en tôle découpée. Les images se superposaient, sortaient d'un pli du sol et y retournaient remuées par la houle rapide du voyage. Et encore des palmiers, des vignes, des fermes couleur de fruit et encore des pins noirs... et soudain l'émotion des premiers eucalyptus contre la mer plate d'un bleu violent, d'une densité de mercure. Chaque image restait un moment à trembler sur l'œil et nous poussions des exclamations de joie en reconnaissant dans les parcelles du paysage en fuite les images identiques de nos enfances séparées — comme si le train nous emportait non seulement vers un lieu mais aussi à rebours dans le temps...

* La vitre noire absorbait nos reflets, profils penchés et flous, et les ombres de nos bras se rejoignaient inversées sur la barre de cuivre. Par le haut de la vitre légèrement baissée, l'air ébouriffait le dessus de nos cheveux et diffusait dans le couloir l'odeur piquante et entêtante de la fumée. Lui, plié à angle droit, les reins appuyés à la cloison du wagon, les coudes sur la barre et les pieds butant contre la valise sous la fenêtre. Moi, debout, déhanchée, un coude sur l'appui de cuivre, la main enfouie dans l'épaisseur de mes cheveux, je regardais la nuit et les éclats de lumière qui nous sautaient dans les yeux. De temps en temps je reculais pour interrompre cette agression lumineuse. Assourdie par la cadence j'essaie de lui dire quelque chose par-dessus le bruit puis j'abandonne et je lui cogne la tête avec mon front comme une petite chèvre. Lui, m'attire, m'embrasse l'oreille par-dessus mes cheveux.

Je suis heureuse. Nous partons. J'avais envie de ne pas dormir pour tout sentir et me souvenir : l'été, la fraîcheur, l'odeur du train, et voir ensemble la première flaque de mer blanche sous le levant... Ce même Midi d'où je viens et sur lequel je me retourne vers les années 1941-42... Je me rapetisse : jambes trop longues, socquettes, cheveux courts, un air réfléchi dans une figure souriante, telle que m'avait vue pendant les vacances ce tout petit garçon au visage rond qui du fond de la salle du restaurant ne me quittait pas des yeux. Comme je lui demandais :

* Fragment des carnets de Danièle.

« Pourquoi tu me regardes comme ça ? », il m'avait répondu : « C'est parc'que t'as une figure souriante. » Voilà pour l'apparence de mes dix-douze ans. Mais à l'intérieur, j'ai déjà le cœur qui bat, fou, dès qu'apparaît la silhouette lente de Doudi émergeant des feuillages, au fond d'une allée, dès que me croise son regard lourd et tenace comme un parfum, dès que m'atteignent les notes de son piano par la fenêtre ouverte.

Nous venions d'emménager dans une maison carrée, au milieu d'un parc dont nous occupions le premier étage. Les propriétaires habitaient le rez-de-chaussée. Au deuxième, je me souviens de la petite Fanchon penchée à la fenêtre comme dans un décor de théâtre avec un énorme nœud de ruban dans ses cheveux paille.

Nous nous rapprochions de la campagne, au pied du mont Faron qui domine Toulon. Le parc me paraissait un domaine presque illimité, un paradis enchanté, tant il était mystérieux et varié : partout des bassins, des grottes, des escaliers conduisant à d'autres niveaux, découvrant d'autres décors pour l'imagination. Devant la maison une allée de platanes, sous les fenêtres des palmiers et, contre la chambre, un arbre de Judée dont il fallait repousser les fleurs mauves au printemps pour fermer les volets. L'appartement était inondé, baigné... ne me viennent que des mots d'eau pour parler de tant de lumière.

Tout était joie liberté insouciance, et pourtant, c'était la guerre... Mais la guerre était pour les autres : ici, en zone libre pas encore d'Allemands, juste quelques Italiens qui blaguaient avec les filles, une plume glissée dans le ruban de leurs drôles de petits chapeaux verts. Pas de menaces, ni alertes, ni bruits d'armes, pas de peur, seulement le manque de nourriture — parfois jusqu'à la faim.

Le centre de mes obsessions devint la petite maison au fond du parc où vivait la famille J... Ancienne maison de gardien enfouie sous la verdure, elle était le charme et la fantaisie à côté de la grosse maison carrée et cossue que nous habitions. Là-bas c'était la bohème. Il y avait des chèvres et des chevreaux, des lapins, de l'ombre, du désordre et de la musique. Des vieux parents calmes et doux partageaient ces lieux de désinvolture avec leurs deux fils de dix-huit et vingt ans. Le plus jeune avait été malade et en était resté un peu demeuré. Trop grand, dégingandé, il préférait nos jeux d'enfants à ceux de son âge. L'autre, c'était Doudi, celui qui avait accaparé tous les dons : ceux de l'art et de l'esprit — plus le charme et la beauté. Il était le mythe, mystérieux, distant, inaccessible, et chacun de ses regards si appuyés, chaque rencontre me troublaient parfois jusqu'aux larmes. J'errais dans le parc comme aimantée par la petite maison, hantée à la fois par le désir et par la peur de me trouver soudain en face de lui, au détour d'une allée ou d'un buisson, si petite, le visage levé devant lui tendre et ironique jubilant de mon émotion.

Il faut dire que non seulement il se trouvait là, dans le décor idéal, au moment idéal, pour polariser mes ébauches de désir d'adolescente mais il avait réellement une personnalité singulière, un ascendant que ressentaient tous ceux qui l'approchaient... toutes celles plutôt car nos mères étaient toutes folles de lui, de son regard, de son sourire... Ces mots font midinette mais comment traduire autrement ce quelque chose à la fois de sensuel et d'intérieur qui passait dans l'expression de ses yeux chauds mouchetés de paillettes d'or, ces yeux de velours roux qu'il fixait sur vous avec insistance, paisiblement jusqu'à provoquer le malaise, tout en souriant d'une façon imperceptible avec ironie et douceur ? Il y avait en lui un drôle de mélange de bonté et de pose, de sérénité, d'humour, et il savait si bien jouer de mon trouble qu'il suffisait qu'il se plante silencieusement devant moi pour que je m'enfuie à toutes jambes et me précipite en larmes sur mon lit. Je revenais ensuite rôder autour de la petite maison d'où s'échappait par les fenêtres grandes ouvertes la musique inlassablement recommencée du piano, et je restais là, pendant des heures assise par terre. cachée sous sa fenêtre. à l'écouter. Parfois il lui arrivait, à ma honte, de claquer brusquement la fenêtre pour me chasser, tandis qu'à d'autres moments il m'attirait et m'entraînait jusqu'à son piano. Il me faisait asseoir sur un tabouret haut à côté de lui et il écartait mes mains aux doigts déjà assez longs pour saisir une octave. Il me disait : « Tu sais qu'avec tes mains tu pourrais être pianiste... » et des flots de picotements se répandaient sur ma peau tout le long de mes bras.

Je ne rêvais plus que de musique et maman avait dû louer un piano et me donner de pénibles leçons qu'elle arrachait à ses rares moments de tranquillité. Mais elle n'était guère patiente et ça n'avait pas été très loin... jusqu'au menuet de Paderewski ! Encore maintenant je le regrette, ce piano, ici à *La Béate*.

Doudi, lui, se destinait sérieusement à une carrière de pianiste. Ses dons, sa précocité, sa passion pour la musique lui avaient fait une réputation de futur génie et ce fut l'étonnement lorsque quelques années plus tard il renonça à la musique pour se consacrer aux mathématiques.

Mais à l'époque de la Jouvence, la petite maison ombreuse était le temple de la musique, l'air était imprégné de sonates, et Doudi penché sur son piano. avec sa longue mèche brune que de ses doigts il rejetait sans cesse en arrière, occupait toutes mes pensées, tous mes rêves, toutes mes démarches. La moindre de ses attitudes me bouleversait. Il me faisait un peu peur et m'intimidait beaucoup. J'étais trop petite, juste une proie attendrissante et facile pour l'amuser comme je le faisais moi-même avec les grenouilles vertes dans les bassins encombrés de lentilles d'eau, en leur glissant une badine sous le ventre pour les attraper.

Je ressens encore l'atmosphère lumineuse des sous-bois d'ombre où poussaient des cyclamens sauvages, rose pâle et odorants, que je réunissais en petits bouquets serrés pour mes pieux autels-reposoirs de poupée où s'accumulaient toutes les fleurs de ce jardin délaissé : iris légers transparents comme il en pousse ici à Noël, anémones éparses sous les oliviers, et ces roses à l'ancienne dont les pétales fragiles s'effeuillent à peine cueillies.

Mais même une fois abandonné ce décor avec tout son romantisme, le souvenir de Doudi ne fit que me lanciner et me tourmenter bien au-delà de mon enfance adolescente. Je ne me consolais pas de l'avoir perdu et ne croyais jamais plus pouvoir aimer comme je l'aimais lui. Pendant des années ce fut vrai. Il fut l'obsession de tous les instants de solitude que je me plaisais à rechercher pour mieux me remplir de lui.

Je traînais partout avec moi une photo particulièrement grave et expressive : son regard y était sépia, lourd, obsédant, et je le fixais des heures dans l'ombre, le douant de vie et l'enfermant ensuite sous mes paupières dans une tension si intense que je le ressuscitais tout entier, le pliant à toutes les fantaisies de mon imagination hésitante et sensuelle. Puis je retombais dans un état de mélancolie que j'entretenais farouchement et dont je me repaissais.

La photo était arrivée dans une lettre adressée à mon frère pendant des vacances en Bourgogne. Je m'en souviens car mon père tenait cette lettre à la main en même temps qu'il brandissait le titre du journal avec une extravagante excitation : nous étions le 6 août 1944 — la première bombe atomique venait d'engloutir Hiroshima. Le destin de l'homme allait basculer. La cinquième ère de la Terre commençait à ce jour mais, pour moi, une petite photo glissée dans une lettre était le vrai, l'unique signe du destin et je ne pensai plus qu'à soutirer à mon frère ce morceau de carton que je collai à ma peau comme une amulette.

En même temps j'appris que Doudi vivait à Paris, qu'il allait au Conservatoire, qu'il habitait près des Gobelins une rue de la Glacière... enfin mes rêves trouvaient un terrain stable. Je cherchai sur un plan le nom des rues en suivant ses itinéraires. Je connaissais comme si je l'avais habité le quartier musical de l'Europe et je me projetais dans des rencontres de hasard rue de Madrid ou rue de Rome, jeune fille-papillon qu'il n'aurait pas reconnue.

Plus tard, quand nous arrivâmes à Paris, je passais mes journées à traîner le long de ces rues grises, au-dessus des rails de la gare Saint-Lazare, essayant de faire coïncider les images de mes rêves avec ce vide neutre de l'asphalte traversé à l'époque par de rares passants. Mais je ne vis jamais se détacher parmi eux la silhouette à la démarche lente tant idéalisée.

Puis d'autres présences se superposèrent, d'autres yeux épaissirent de leurs transparences sombres le regard de mes souvenirs et me firent oublier celui qui avait mis le feu à mon cœur d'enfant...

Un peu plus tard, au théâtre des Champs-Élysées, le samedi matin, aux répétitions des concerts du Conservatoire, se recomposera la fusion magique de la musique et de l'amour à travers le mythe distant et inatteignable de Charles Munch. Je tombe violemment amoureuse de ce sexagénaire à la mèche grise sans cesse en mouvement... et je suis émue de le voir perdre ses manchettes dans l'élan de son lyrisme.

Bientôt, sa photo remplacera durablement celle de Doudi dans mon petit portefeuille rouge.

Je la tenais contre moi cependant que dans un fantastique bruit de fer nous traversions les blocs rouges de l'Esterel pour ressortir dans le long silence courbe et laiteux de la baie de Cannes. Nous nous penchions à la fenêtre et le vent de la vitesse nous faisait cligner des cils dans la fumée au goût de soufre et nous murmurions : « Mon amour, mon amour », bouleversés aux larmes d'être ensemble sous ce ciel d'un bleu si bleu troué d'un soleil d'or. L'air sentait les algues pourries et les fleurs. Au moment où le train avait ralenti sous les arches en dentelles de fer de la gare de Cannes, un vieil Anglais un peu ivre nous avait « félicités » en passant dans le couloir. Et le train glissa, effaçant le vieil homme qui nous fit un signe ultime en serrant ses deux mains au-dessus de lui.

Sur le quai fleuri de la petite gare d'Antibes nous attendait un couple de la famille des géants de Picasso. Elle portait un très jeune enfant à califourchon sur sa hanche et lui la tenait par l'épaule. Ils avaient tous les deux ainsi que l'enfant de belles lèvres sensuelles et des paupières ourlées. En quelques coups de manivelle, Gérald démarra le moteur de la vieille Celta-quatre noire. Danièle et Minine s'installèrent à l'arrière et moi devant à côté du géant qui me tutoya comme si nous nous connaissions depuis toujours. En général je déteste une trop immédiate familiarité mais je ne sais pourquoi ce tutoiement me fit plaisir. Derrière, Minine et Danièle riaient de se retrouver ; elles parlaient de Toulon, de Port-Cros, des Arnal, de Fanette, cependant que la voiture grimpait une longue avenue vide qui menait vers les hauteurs d'Antibes. « Tu sais conduire ? me demanda Gérald. — Non. — Dommage... et Danièle ? — Non plus. — Dommage, vous auriez pu vous servir de la Celta, elle reste dans la propriété. » Arrivée au cimetière, la voiture longea la marbrerie Crochetti et tourna à gauche, attaquant un raidillon caillouteux entre des serres blanchies à la chaux.

Nous venions de déboucher sur un vaste plateau entièrement couvert de cultures de roses. La voiture s'arrêta devant une maison ocre-rouge peinte à l'italienne, enfouie sous les palmiers et les lauriers-roses. Des jasmins, des chèvrefeuilles, des roses de Chine, des bougainvillées s'accrochaient aux baies en demi-cercle d'une grande pièce octogonale : « Vous voilà chez vous », nous dit Minine et elle nous fit faire le tour de la maison dont le désordre intérieur ressemblait à l'agréable fouillis du jardin. Un piano, des livres, de vieilles tentures, quelques tapis dont on voyait la corde, des tableaux de petits maîtres du Midi, le tout un peu feutré par la poussière… Il me semblait retrouver une vieille maison de famille où chacun se sent libre de faire ce qu'il lui plaît. « Les fleurs nous donnent tellement de travail », soupira Minine comme pour s'excuser du laisser-aller de leur maison que je trouvais si délicieusement méditerranéenne. La chambre à coucher donnait sur une terrasse qui servait de toit à la grande pièce du bas. Les bougainvillées en liberté en avaient fait une petite jungle violette qui laissait à peine assez de place pour s'étendre dans une flaque de soleil. Je ne pouvais croire que dès le lendemain nous serions ici « chez nous », libres pour plusieurs mois…

(Mais avant de poursuivre, j'aimerais raconter en quelques mots l'histoire particulièrement romanesque de Minine. Danièle l'avait connue à Toulon, pendant la guerre, où elles avaient été en classe ensemble, avec Fanette. A la fin du siècle dernier, une femme au caractère fantasque — épouse je crois d'un pharmacien ou d'un notaire de Lyon — s'était enfuie vers le Midi avec son amant. A l'époque, la ville d'Hyères avait été mise à la mode par les Anglais et c'est là que le couple se réfugia. Un jour ils se firent conduire en barque sur l'île de Port-Cros — où seuls vivaient quelques pêcheurs dans une poignée de maisonnettes rassemblées sous un fort à la Vauban. Mme Henri et son amant décidèrent de rester et prirent en quelque sorte possession de l'île. Dans une anse à l'ouest du village ils bâtirent un manoir où Mme Henri commença *à tenir table d'hôte* avec la hauteur d'une reine celte. Elle allait par l'île vêtue de longues robes et nous l'avons connue portant encore ses cheveux en macarons roulés comme des cordages par-dessus les oreilles. Quelque temps après qu'elle se fut enfuie de Lyon, son mari était venu se joindre aux amants. Ainsi, Mme Henri vécut-elle presque un siècle, régnant non seulement sur ses deux hommes mais sur l'île entière. Bien qu'ayant dans son manoir un amant et un mari, la reine de Port-Cros n'avait pas réussi à avoir de descendance, aussi se décida-t-elle à adopter une petite fille et un petit garçon. Les deux orphelins grandirent ensemble, encerclés par la mer et, lorsqu'ils prirent conscience qu'ils étaient de sexes complémentaires, Mme Henri les maria et en fit ses héritiers. De cette union Minine était née sur l'île même ; elle y grandit à son tour, s'y maria avec Gérald — dont les parents possédaient la roseraie d'Antibes —, y fit des enfants et y mourut il y a de ça quelques années en se retirant seule dans les bois pour s'y suicider.)

Au moment où nous nous installions chez eux à Antibes, Minine et Gérald se partageaient entre Port-Cros et la roseraie, s'occupant de fleurs en hiver et de l'hôtel à partir du printemps. Danièle avait eu l'idée d'écrire à son ancienne amie un jour qu'enfermés dans notre mansarde nous évoquions avec nostalgie le Midi de nos deux enfances. Sur une subite inspiration nous avions décidé de fuir pour quelque temps Paris. Minine nous proposait sa maison pour quatre ou cinq mois et grâce à Jacques Laval, je réussis à vendre la plupart de mes toiles. Pour la première fois nous quittions ensemble Paris, inaugurant ainsi par des absences de plus en plus longuement répétées une façon de prendre la vie que la plupart de nos amis d'alors nous reprochèrent comme une désertion. « Mais qu'avez-vous tous les deux contre Paris ? » Ou bien : « Attention, Rezvani, on ne vous voit plus... Si vous continuez à disparaître comme ça, vous ne vendrez plus un seul tableau », me disaient les marchands qui me voulaient du bien.

Les années 60 se préparaient et avec elles le démarrage foudroyant de ce que l'on appellera la « jeune peinture ». Dmitrienko, Arnal, César ainsi que tous les peintres de ma génération commençaient à vendre leurs œuvres, les cotes montaient et je dois dire que malgré mes absences je bénéficiais à la longue, sans rien faire, des retombées de cette vogue. Une nouvelle espèce d'amateur que l'on nommera « collectionneur » (dans le sens d'accumulateur) émergeait de cette petite bourgeoisie avide issue de la guerre. Parallèlement à l'invention du *design* et de la cage à vivre en béton on découvrait les vertus *décoratives* de la « peinture abstraite » (terme que je ne peux manipuler qu'avec des guillemets). Le peintre deviendra en quelque sorte le complément poétique de l'architecte et du décorateur. A mesure que le style de ce que l'on nommait les *machines à vivre* se glaçait, la place se trouvait d'elle-même ménagée à une peinture informelle que l'on baptisa : *tachisme, peinture gestuelle, informelle,* etc., comme si le peintre avait pour fonction d'introduire dans cette nouvelle époque glaciaire un peu de fantaisie brouillonne et d'impondérable. Pendant ce temps quelques artistes solitaires ensevelis dans leurs catacombes mentales traquaient avec obstination *l'homme trouble :* un Bacon en Angleterre, un Giacometti en France, un Picasso, un Dali, chacun à sa manière, s'attardaient encore à parler de l'homme... Mais les jeunes peintres d'alors haussaient les épaules et prétendaient que l'homme n'avait que faire de son *reflet* angoissé puisqu'il avait inventé les tranquillisants et que sa mission était de se projeter dans l'univers (à la façon dont giclait leur peinture). En effet, le vieil homme immobile de Rembrandt contemplant sa mort au fond du miroir semblait être resté de l'autre côté du temps. La vitesse s'était saisie de la Pensée et l'homme se découvrait homme-lumière par le mouvement ; enfin il venait lui-même de gicler hors de la pesanteur, il fonçait en direction des astres et c'est de cette philosophie de la trajectoire que vous parlaient avec sérieux ces peintres des temps nouveaux.

Je dois m'empresser de souligner que je ne fus pas ce peintre-là — pas plus que je ne fus celui des catacombes ou de la métaphysique. Plus la vie en société me semblait devenir intenable, plus je souffrais du rythme urbain et de son durcissement, plus ma peinture s'organisait en une sorte d'architecture de la douceur. Naïvement, je croyais transposer ce que je vivais avec Danièle et ainsi l'offrir aux autres, ne comprenant pas alors que les plus exquis tremblements de la lumière pétrifiés dans la matière ne pouvaient au mieux que reproduire l'aile d'un papillon — et que l'aile d'un papillon, malgré sa *beauté*, ne sera jamais de l'art mais du camouflage. En peignant, disons que j'étendais des ailes mordorées sur notre amour, ma peinture devenait une sorte de cocon au sein duquel nous nous sentions moins vulnérables. Je nidifiais si l'on veut. Je me souviens dans quel état de transes inquiètes je peignais alors, espérant par le hiératisme de mes tableaux, leur *beauté* d'équilibre donner une réponse à ce mouvement assourdissant dans lequel, comme on va le voir, nous fûmes physiquement précipités.

Cette nuit j'ai fait un rêve triste, ou plutôt une série de petits rêves tristes qui s'emboîtaient les uns dans les autres et dont le dernier me mettait soudain en présence de Simone de Beauvoir. Cela se passait dans une chambre mansardée ; Simone de Beauvoir était assise à son bureau où elle écrivait sans faire attention à moi. Non loin d'elle, étendue sur un divan coincé dans la pente du plafond, une femme âgée, aux traits nets et beaux, me parla de mes livres et de mes pièces de théâtre qu'elle semblait connaître jusque dans leurs moindres détails — et apprécier. Soudain elle se leva et s'en alla. Au moment où elle franchissait la porte je lui demandai si elle était russe. Elle eut un sourire amusé et fit oui en fermant ses grandes paupières bistrées. Elle disparut et je pensai : c'est ma mère. Au bout d'un moment je voulus partir à mon tour. Alors Simone de Beauvoir quitta sa table de travail, s'avança vers moi et m'embrassa avec beaucoup de douceur sur les deux joues en signe d'au revoir. J'eus cette phrase terrible qui me réveilla : « *Depuis que j'écris, s'est ouverte en moi une petite porte sur l'enfer.* »

Il n'est pas question de noter mes rêves ici. Cependant cette phrase prononcée dans ces circonstances signifie trop pour être négligée ; elle ne peut mieux illustrer la période de doute par laquelle je passe en ce moment.

Comme la peinture, à une certaine époque de ma vie, l'écriture me cerne lentement. Le mouvement s'est retourné. Au lieu d'être libérateurs j'ai peur que les mots ne m'ensevelissent en moi-même. Et puis je crains mes nostalgies : il me suffit de repenser aujourd'hui aux Alpes-Maritimes des années 50 pour être bouleversé de tristesse. Cannes, Antibes, Nice, somnolaient au rythme de leur vie provinciale. On aurait dit que toute l'énergie de la population s'épuisait dans la fête quotidienne du marché. Pendant toute la matinée les gens criaient comme des fous en déplaçant des monceaux de fruits, de légumes, de fleurs, puis brusquement le silence se faisait cependant que dans les rues se répandait une odeur d'ail et de friture. Ensuite venaient la sieste puis un peu plus tard les parties de boule et enfin les longues discussions aux terrasses des cafés sous les platanes dans le crépuscule parfumé de fleurs d'oranger. Tout cela je l'avais vécu avec ma mère, malgré elle en quelque sorte. Trop occupée par sa souffrance et ses angoisses elle avait traversé à grands pas nerveux cet espace du plaisir et du bonheur de vivre. Au bout de son long bras elle tirait un tout petit enfant qui essayait vainement de se mettre à son pas. L'enfant avait grandi et voilà qu'il revient aujourd'hui au pays des fleurs et il n'est plus seul. Une jeune femme l'accompagne. C'est à peine s'il ose y croire.

Donc Minine et Gérald s'en allèrent et je me retrouvai enfin avec Danièle parmi les champs de roses, dans cette maison encombrée de bougainvillées. Il nous semblait avoir traversé la *réalité* — en effet, nous l'avions traversée et plusieurs mois passèrent sans qu'à aucun moment cette conscience de vivre de l'autre côté de la réalité des autres ne nous quitte. Nous avions remis nos pas dans les pas de notre enfance et tout nous donnait l'illusion d'être dans un jardin enchanté. Cette propriété horticole qui pour Minine et Gérald signifiait des chiffres, du travail, des investissements, de la rentabilité, se transformait pour nous en jardin sensuel. Ces champs plantés d'une foule de roses aussi hautes que nous nous servaient d'allée de promenade et, à la tombée du jour, il nous arrivait de cueillir des quantités de ces fleurs joufflues aux têtes trop lourdes dont nous faisions des bouquets d'une somptueuse folie.

Bien que sans argent, nous avons vécu là plusieurs mois qui nous donnèrent, je dirais, un avant-goût de la sorte de vie que nous souhaitions avoir. Sans ces moments passés dans la roseraie d'Antibes peut-être n'aurions-nous jamais eu le loisir d'en prendre conscience. Que l'on me comprenne : bien sûr nous n'avions besoin pour notre bonheur ni de roses ni même de cette maison ensevelie sous les palmes mais plus précisément (ou si l'on veut plus généralement) d'un territoire qui *parle* à nos deux sensibilités : *un lieu commun.* L'enfance de Danièle s'était passée en grande partie à la périphérie du vieux Toulon d'avant la guerre dans une propriété à la végétation en liberté où, parmi les arbres de Judée, les palmiers, les oliviers, les mimosas, les figuiers enchevêtrés, ses parents louaient une de ces maisons désinvoltes, traversée de ponant : fraîche et sombre en été, claire et dorée en hiver. A cette maison aux jardins déréglés où les glycines jettent leurs grappes d'un arbre à l'autre et dont les sous-bois se peuplaient d'anémones, d'iris nains, de cyclamens délicats comme des fleurs de sucre, répondait chez moi une autre maison à véranda sous les remparts de Saint-Paul-de-Vence, perdue elle aussi dans une même sorte de dérèglement végétal et dont le territoire se couvrait aux mêmes saisons — et en quelque sorte parallèlement au jardin d'enfance de Danièle — des mêmes fleurs, des mêmes parfums...

L'un et l'autre nous étions de la moitié Sud décadente, celle du décor décrépit de *l'italianité.* Après la foudre de notre rencontre et le retournement inouï que signifiait pour moi l'entrée de Danièle dans ma vie, après tous ces mois de furieuse tension dans la grisaille de Paris pour réussir à nous rejoindre, ce jardin d'Antibes nous permit de nous découvrir une dimension de plus, un sens de plus... Tout cela, écrit, prend quelque chose de solennel avec ce *nous* auquel je reviens sans cesse lorsqu'en vérité je nous vois comme deux *je* parallèles. Je pourrais dire comme Stendhal pour le *je* de Brulard : j'espère que mon lecteur ne sera pas lassé de ce *nous.* Je pourrais continuer à écrire : *nous* passions *nos* journées à dessiner et à peindre ; *nous* allions au marché à vélo, etc., mais en vérité pendant que je peignais je la voyais, elle, non loin de moi, penchée, à contre-jour : une jambe passée par-dessus l'accoudoir d'un vieux fauteuil de cuir griffé par des générations de chats, l'autre jambe repliée de façon à soutenir son carton à dessin, elle s'appliquait avec une patience impatiente sur les détails répétitifs d'une planche où des oiseaux mêlés en dentelles de plume s'entrecroisaient parmi des jaillissements de volubilis. Ses dessins la décrivent : vus de loin ils semblent venus d'un trait large et spontané, de près on se perd dans les infinis méandres et les caprices d'un trait de plume à la fois ferme et nonchalant...

Soudain son corps entier se détendait avec cette gaieté qui lui est si particulière : « Ouf ! J'arrête ! » et elle s'élançait au soleil en écartant les bras comme lorsqu'on s'étire. Alors je laissais mes pinceaux et je la suivais dans la lumière de l'été pour la garder en quelque sorte *dans mon œil* et ne pas manquer son passage de l'ombre fraîche et bleue de la grande pièce octogonale au brusque éclaboussement d'un jaune liquide qui coulait sur elle à travers les palmes. Nous traversions les champs de roses jusqu'à un petit bois de pins situé à l'extrême pointe de la propriété telle une proue haute avec très loin dessous les toits roses d'Antibes et le bruissement lumineux de la mer. Là, dans le boucan comique de scieurs en long des cigales, nous nous couchions sur le matelas tiède des aiguilles de pin. Elle portait la plupart du temps un short très court d'un rouge délavé et une chemise d'homme qu'elle nouait sous les seins — ce qui laissait le ventre et les reins nus ainsi que toute la longueur lisse du toboggan parfait de ses jambes — et je ne pouvais m'empêcher de lui dire à tout moment que le cœur me manquait, comme sur une balançoire, rien qu'à la regarder. Elle riait de son rire gai dont la sensualité m'affolait, disant : « C'est vrai ? » avec cette note d'accent presque chanté sur l'interrogation qui lui venait lorsqu'elle faisait semblant de s'étonner de l'extravagance de mes démonstrations d'amour. En même temps dans ce : « C'est vrai ? » passait une certitude ironique de sa beauté.

C'était si délicieux pour moi de me trouver pour la première fois sans défiance devant un être sans défiance. Nos gestes, nos rires, nos paroles étaient donc de la réalité ! Il me semblait sortir lentement d'un long voyage dans les solitudes de l'hiver : derrière moi restaient de terrifiants fantômes et à tout moment il me fallait toucher cette femme solaire qui me paraissait d'autant plus mystérieuse qu'elle ne faisait mystère de rien avec moi. Elle est de ces êtres rares qui donnent l'impression, bien qu'apparemment réservés, de vivre ouverts. Cette ouverture si troublante du regard, de la parole, de son moi entier, cet élan passionné de son âme physique qu'elle met à toute relation m'a permis de pénétrer jour après jour dans les couloirs profonds et les chambres secrètes de son esprit. Pourquoi se serait-elle inquiétée du dévoilement puisque à travers son dévoilement elle aidait au mien — me signifiant par sa confiance sans limites que nos mystères réciproques l'étaient aussi, sans limites.

Entre nous une sorte de babil proche de la dérive de la pensée s'était peu à peu improvisé — surtout lorsque je peignais et qu'elle dessinait dans la même pièce. La parole en liberté nous reliait cependant qu'elle se penchait sur son dessin et que j'allais et venais devant ma toile, torse nu dans l'air tiède bourdonnant de mouches. Dans cette quiétude peut-être unique que procure la peinture, où seul le frottement de la brosse rythme le temps, nous laissions en quelque sorte la bride à la parole qui allait doucement son train, quasiment sans nous, dépliant un à un ses méandres comme un paysage mental proche du rêve. Par moments j'allais m'asseoir sur l'accoudoir du fauteuil et je la regardais dessiner, ou c'est elle qui venait voir ce que devenait ma toile. Et le babil reprenait à propos de son dessin, cette fois, ou à propos de ma toile, et nos pensées repartaient en dérive hypnotique.

Soudain le babil se changeait en rires pendant que nous nous laissions descendre en roue libre en direction du vieux port d'Antibes. Je la dépassais à toute vitesse et elle faisait sonner furieusement le timbre de son vélo pour me dire qu'elle ne pouvait pas me suivre et, au lieu de ralentir, je filais par les avenues vides jusqu'au quai où je l'attendais pour le plaisir de la voir arriver les cheveux tirés par la vitesse et l'air fâché : « Tu es fou ! » criait-elle en me dépassant et je la rattrapais tournant court devant sa roue en frôlant au passage l'extrême bord du quai cependant que son timbre se déchaînait en de véritables colères musicales. J'aimais provoquer cette peur et cette colère comme aujourd'hui encore je prends un plaisir trouble à me risquer sur les arbres avec une tronçonneuse rien que pour le bonheur reconnaissant que me donne sa panique, et jamais je n'oublierai, vue d'en haut, cette petite silhouette au pied du grand eucalyptus, en train de marteler le sol de ses poings pendant que dans un équilibre dangereux je tronçonnais le moignon d'une grosse branche brisée par la neige — de même que je repense souvent à ses cris derrière moi dans les ronflements d'apocalypse du feu lorsque devenu fou je sautais de berge en berge à la rencontre du tourbillon de flammes pour le frapper à coups de pelle avec la volonté fixe de sauver notre vallon ou mourir.

Et puis c'est à Antibes que nous avons commencé à lire plus ou moins ensemble les mêmes livres. Un jour, je trouvai dans le bric-à-brac d'un étalage de fripier, jeté à même le sol, *Le Maître de Balentrae* de R. L. Stevenson. Sa lecture nous enthousiasma et je peux dire que, par ces pages, les roseraies d'Antibes resteront pour moi imprégnées à jamais des brouillards de la lande écossaise — de même que *Le Maître* sera toujours imprégné du parfum des soirs tièdes des roseraies sous la lune. Encore récemment, relisant ce passage où Balentrae assis en porte à faux à la proue du navire incite le narrateur à lui décocher le coup de pied fatal, des bouffées de rose et de jasmin me troublaient avant même que je comprenne pourquoi.

Maintenant qu'il m'est possible, en me retournant, de dégager le dessin général de notre existence et d'en saisir le sens et les différents mouvements, je reconnais dans ces quelques mois passés sur les hauteurs d'Antibes l'exposition du thème général de ce que deviendra notre vie. Sans le savoir nous en faisions l'esquisse et en jouions en quelque sorte les premiers accords. Ainsi je dois avouer avec un sourire de malaise que lorsque Isaïe (mon meilleur ami !), pour fuir son atroce solitude, vint nous rejoindre, nous n'avions rien trouvé de mieux que de nous en débarrasser honteusement à Saint-Tropez, chez Carteret. De même avec Fanette (la meilleure amie de Danièle !) nous n'avions pas su ou pas voulu remarquer sa détresse quand elle arriva en zigzaguant entre les champs de roses au volant de sa traction avant noire accompagnée d'un type ressemblant un peu à James Mason. Ils étaient ivres l'un et l'autre et ne dessoulaient plus depuis leur rencontre. « Il est comique, non, ce type ! nous disait-elle en écarquillant ses grands yeux aux cils lourds de Rimmel. Et pourquoi je ne me marierais pas avec lui ? » Le petit James Mason avait rapporté du coffre de la Citroën une très belle vierge polychrome en bois sculpté. Fanette riait fort : « On l'a volée dans une église du côté de Grenoble... oh, vous ne pouvez pas imaginer ce qu'on peut s'amuser ! Non, ce type est vraiment trop comique ! » Danièle ne savait que dire, ne retrouvant plus son amie dans cette jeune femme agitée de fous rires nerveux. Ses fous rires résonnaient comme des pleurs et ses mots qui partaient en salves rapides étaient autant de larmes travesties. Fallait-il la réveiller, rompre le cercle dans lequel celui qui devait devenir son mari allait l'enfermer et la dissoudre ? Ils démarrèrent avec bruit en riant aux éclats, après avoir posé la vierge entre eux, sur le siège avant.

Ils revinrent nous voir et chaque fois Fanette semblait plus vague, plus inatteignable. Enfin ils se marièrent et s'installèrent à Cannes dans un appartement donnant sur le vieux port. James Mason eut l'idée « marrante » de devenir patron-pêcheur. Il acheta une licence, un pointu, et engagea un homme du pays avec lequel il commença à sortir en mer pour caler ses filets. Fanette trouvait ça « merveilleux » et nous le disait en écarquillant ses grands beaux yeux brillants.

Quelques années plus tard, peu de temps avant sa mort, nous étions allés passer une journée aux Moullières près de Toulon. Elle nous avait entraînés dans son bureau d'où elle dirigeait maintenant avec succès l'exploitation vinicole laissée par ses parents. Elle portait des lunettes et des talons plats, ses beaux cheveux si fous naguère étaient tirés en une sorte de catogan sévère. « Eh bien voilà, nous dit-elle en faisant un petit geste désabusé des deux mains parmi les factures qui jonchaient la table, c'est marrant la vie, non ? Qui aurait pensé qu'un jour je deviendrais un chef d'entreprise ? » Nous avions dîné avec son mari chirurgien (il y avait longtemps que le petit James Mason avait disparu de sa vie) qui pendant tout le repas nous parla de son unique passion : le bateau. Peu de temps après, dans une tempête de mistral, Fanette était emportée par une lame alors qu'elle naviguait avec son mari. Son corps ne fut jamais retrouvé.

* Fanette aux yeux si chauds pailletés de soleil, aux cils étoilés comme sur cette gravure de Picasso d'une

Fragment des carnets de Danièle

jeune fille au corsage en losanges à laquelle elle ressemblait tant ! Fanette au visage large et aux joues pleines, à la chevelure généreuse, à la démarche dansante. Fanette d'une enfance gâtée jusqu'à sa vie gâchée... Fanette roulée dans les vagues, noyée, emportée à jamais par ce mistral cruel de l'été 68. Ce même mistral qui chez nous aussi durait depuis la veille dans la lumière crue d'août, retroussant les feuillages sur la terrasse et les pages de *Nice-matin* où s'étalait le titre : *Drame en mer. Au large de Toulon la femme d'un médecin enlevée par une lame sous les yeux de ses enfants...* Il y avait le nom, tout, et je ne comprenais pas, je ne lisais pas, éludant d'instinct jusqu'à ce que les signes se brouillent dans l'eau de mes yeux.

Fanette ma sœur mon amie ma chérie.

Je me souviens encore avec tant d'émotion de ce séjour à Cannes, au Palais de Provence, autour de nos dix-sept ou dix-huit ans. C'est là que m'était apparue, sur le dallage de marbre, la nouvelle Fanette élancée, lumineuse, avec ses yeux d'or et l'auréole de ses cheveux roux ébouriffés. Tout de suite ce fut l'éblouissement, la surprise réjouie de n'être pas déçues et l'illumination d'une sorte de coup d'amour plutôt que d'amitié : nos beautés jumelles prenaient plaisir à se réfléchir dans le chaud de nos regards. Nous trouvions dans l'autre la plénitude complémentaire de ce qui nous manquait dans notre propre reflet — sœurs méditerranéennes, elle d'origine arabe, moi un peu italienne — toutes les deux hautaines et farouches devant les succès que nous suscitions lorsque nous parcourions la Croisette, main dans la main, bronzées, habillées des couleurs que nous avions choisies pour les robes que nous nous cousions.

Nous dormions ensemble dans le même grand lit — mais le lit, même dans l'innocence, n'est-il pas un lieu d'amour ? Nous avions passé ainsi deux mois de soleil, de mer d'azur, dans un don total, une générosité sans cesse épanchée, la sensation de ne plus s'appartenir, d'être projetée dans l'autre comme dans l'amour, en attendant l'amour fou, celui auquel nous aspirions toutes les deux avec la même impatience passionnée.

Pour l'heure, notre sentimentalité s'éparpillait plutôt et nous tombions amoureuses comme des papillons, passant de l'un à l'autre sans jamais pourtant nous disputer le même garçon, nous le partageant parfois dans des siestes rieuses. C'est à ce moment-là qu'eut lieu à Port-Cros le mariage de Minine notre amie de classe du temps de notre enfance à Toulon. Jamais je n'oublierai ces quatre journées de fête dans cette toute petite île, l'arrivée en bateau, l'instant où, juste après avoir dépassé le fort, on découvrait d'un coup le petit port rosé par le couchant, ramassé modestement au creux de l'anse... et les guirlandes d'ampoules du bal, les longues tables blanches striées de soleil sous les canisses, et les balades en barque la nuit, grisés de vin de soleil d'amourettes. Le bateau du retour avait dû corner plusieurs fois pour que la sirène m'arrache aux bras de Pierre, nous l'avions entendue comme une corne dans la brume du haut de la petite chambre ombreuse où nous nous étions réfugiés, et j'étais arrivée essoufflée, en retard, la dernière sur l'embarcadère où le bateau m'attendait, accueillie par des sifflements espiègles. On avait levé les amarres et nous nous étions serrées à l'avant toutes les deux, Fanette et moi blotties dans des rires, des larmes et déjà des nostalgies futures...

Il y a quelques années, Serge avait rendez-vous dans un café à Sainte-Maxime avec Jean-Louis Barrault et Madeleine Renaud. C'était l'été, ils sont arrivés en voiture décapotable, tout ridés mais juvéniles et bronzés, ils revenaient de Port-Cros et voulaient nous rencontrer pour demander une pièce à Serge. Je leur disais que Port-Cros était pour moi un merveilleux souvenir d'adolescence, que j'y avais assisté au mariage de Minine et Gérald devenus depuis les propriétaires de l'hôtel et de la moitié de l'île. Barrault tout à coup s'était rembruni et, dans sa façon de parler abrupte et hachée, le mot « suicidée » claqua comme un court-circuit. Je compris qu'au printemps dernier Minine s'était enfoncée seule un soir jusqu'au cœur de l'île avec une bouteille en plastique remplie d'eau et une boîte de cachets. On l'avait retrouvée le lendemain... suicidée... morte!

J'étais atterrée. Si quelqu'un avait pu me paraître le plus éloigné de l'idée de suicide c'était bien Minine. Et je la revoyais avec sa lourde natte autour de son visage un peu lourd de madone italienne et je repensais au couple magnifique qu'ils formaient tous les deux, elle et Gérald, dans leur sensualité méditerranéenne, romaine même se ressemblant par la symétrie de leurs profils de médailles antiques.

Elle m'avait écrit plusieurs fois récemment nous demandant de passer les voir à Port-Cros et nous nous étonnions et reprochions, Serge et moi, de ne l'avoir pas fait. Nous ne les avions plus revus depuis l'époque où ils nous laissaient leur maison d'Antibes dans les roseraies, pour nos premières vacances dans les années 50, pendant qu'eux s'occupaient déjà de l'hôtellerie.

Avant-hier nous avons été à Nice voir *Bérénice* de Racine mise en scène par Vitez. Chaque fois que je retourne dans les Alpes-Maritimes j'en reviens déprimé. Nous avons dormi en quelque sorte sur le toit de Nice, dans un petit appartement construit à même la dernière terrasse de l'hôtel Lapérouse. Avant d'aller au théâtre nous sommes restés — pendant tout le temps que le soleil mettait à descendre sur la ville — accoudés l'un près de l'autre, comme suspendus au-dessus de la mer qui respirait, lourde, plate, sous le ciel griffé de traînées pourpres laissées par les avions. Quelques barques de pêcheurs (en souvenir) traversaient tranquillement la surface de l'eau avec au bout de leurs mâts un minuscule fanal cependant que de l'autre côté de la baie d'énormes avions comme des fragments d'immeubles s'arrachaient ou rejoignaient la terre tous phares allumés. Et je repensais avec amusement à notre retour d'Antibes...

Le père de Danièle nous avait fait savoir que si nous voulions rentrer à Paris gratuitement il mettait à notre disposition deux places dans un avion-radio. Je me souviens d'un grand pré herbu et d'une buvette sous des parasols à quelques mètres du bimoteur qui devait nous ramener vers Paris, vers nos chambres de la rue du Maréchal-Harispe. A l'époque, Nice n'avait pas d'aéroport mais un simple champ d'aviation (comme on disait alors). Le pilote nous offrit une bière et nous prîmes place dans le petit avion vide qui attendait devant la buvette. Il nous fallut cinq heures pour arriver au Bourget. L'avion fit pas mal de détours, passa par Montpellier, monta au-dessus des nuages, nous promena à grand bruit en faisant des essais radio. Secoués dans les trous d'air nous n'osions pas bouger : cet amas de ferraille nous semblait si fragile, si instable (surtout à Danièle) ! Ce fut l'unique vol de notre vie. Jamais depuis nous n'avons voulu reprendre l'avion.

Bérénice nous donna une grande émotion. Impression d'avoir assisté à un spectacle oriental d'une perfection abstraite. Ce qui m'a passionné dans la pièce de Racine c'est que le débat entre le pouvoir et l'amour reste suspendu pour l'éternité — comme restent tout au long de la pièce suspendus les gestes inventés par Vitez au point qu'aucun des sept acteurs jamais ne se touche (sauf dans la scène finale, cette étreinte pour mieux mettre en relief l'interdit sensuel qui semble les arrêter). A plusieurs reprises nous eûmes, Danièle et moi, de ces larmes que provoque la Beauté. A la fin du spectacle je dis à Vitez combien non seulement la pièce mais son travail m'avaient ému par leur pure intelligence. De son côté, Vitez me fit plaisir en me parlant de *La Mante polaire* qu'il avait aimée au théâtre de la Ville.

Le lendemain nous étions rentrés par Antibes. Il faisait doux et c'est avec une sensation de vertige du temps aboli que nous nous sommes promenés dans ce merveilleux marché couvert — exactement identique à celui que nous avions tant aimé dans notre jeunesse. En allant par les travées, entre les monceaux de légumes de fruits de fleurs que *chantaient* des marchandes plus italiennes que françaises, nous avons évoqué la roseraie puis tout à coup l'Italie. C'est décidé, nous irons en Toscane où je me réjouis de poursuivre l'écriture de ces pages.

Au moment où nous retournions vers le port, sous la voûte de l'ancienne douane, une petite femme myope s'approcha de nous et me demanda d'un air malicieux : « Alors, Sirius, toujours planète ? (Une lectrice de *Coma.*) — Toujours planète, lui répondis-je avec un rire de malaise. — Ça fait du bien de vous avoir aperçus tous les deux », ajouta-t-elle en s'éloignant.

En quittant Antibes, ce jour-là, nous avions eu l'imprudence de vouloir repasser par la roseraie de nos vingt ans. Cette fois nous ne reconnûmes plus rien — à part le cimetière et la marbrerie Crochetti sous les eucalyptus. Après avoir erré parmi des immeubles de verre et de métal, découragés nous avions repris la route encombrée de longues files de camions. En conduisant je repensais à ce que m'écrivait Salvat Etchart dans sa dernière lettre : « Ce que je trouve de plus remarquable, de plus mystérieux, d'inanalysable dans vos textes, c'est une sorte de " Jamais plus " qui désigne à la fois les personnages les paysages et le mode de vie... » Je n'ai jamais vu Etchart, je l'ai lu. Son livre *Le Monde tel qu'il est* a paru le même automne que *Les Années-lumière,* j'en reçus le choc avec une admiration sans réserve. Les années passèrent et, au moment de la parution de *Mille Aujourd'hui* je lui en fis parvenir un exemplaire au Canada où il vit. Il me répondit aussitôt et depuis nous nous écrivons régulièrement une ou deux fois par an de longues lettres dont le voussoiement chaleureux crée paradoxalement une intimité, une alerte envers l'autre. Il est étrange d'aimer quelqu'un que l'on n'a jamais vu et que peut-être on ne verra jamais. Je pense que notre amitié avec Etchart est riche de cette distance, nous nous *savons* et je peux dire que sa *présence* si forte, bien qu'il soit au bout du monde, remplit certains jours *La Béate.*

Il en fut de même il y a une douzaine d'années lorsque je reçus une lettre de Régis Debray, sortie en fraude du tombeau de Camiri. Ce qu'il nous disait et la distance pour ainsi dire *surhumaine* à laquelle nous nous trouvions les uns des autres... mais j'y reviendrai plus loin...

Ainsi de différents coins du monde me parviennent de ces *réponses* vertigineuses qui vous affermissent dans cette solitude nécessaire qu'impose l'écriture. Et je constate que plus mon lecteur est retiré plus ses réactions me sont proches et sensibles.

Avant de poursuivre il me faut noter cette bribe d'un rêve fait la nuit dernière. Impressionné sans doute par l'étreinte finale imaginée par Vitez entre Bérénice et Antiochus, je surprenais Danièle pressée dans les bras d'un homme sans visage — mais que je savais être mon meilleur ami. Il nous quittait pour toujours et, enhardi sans doute par le pathétique de cet adieu, il n'avait pu s'empêcher, me sembla-t-il, dans un muet aveu, de serrer très fort contre lui *ma femme.* Il s'était enfui et j'avais tout à coup vu sur elle qu'elle aussi, elle l'aimait. Je le lui avais dit. Elle n'avait rien répondu. J'avais alors ressenti un horrible coup dans la poitrine qui me jeta hors du sommeil. Au moment où, sous cette douleur physique et morale, j'émergeais à la conscience, j'avais vite murmuré : « Pars avec lui », cependant que je l'étreignais et la retenais déjà dans le réel, molle et endormie, lui racontant en quelques mots ce que je venais de vivre de l'autre côté de la conscience. Elle avait ri, exprimant par ce rire ensommeillé toute la sensualité de son plaisir d'être femme enclose dans sa sensualité et nous nous étions assoupis dans le mélange délicieux de nos corps. Est-il possible qu'aujourd'hui encore je tremble, comme je tremblais à vingt ans, de la perdre ? En nous mettant, l'un vis-à-vis de l'autre, dans une situation de totale ouverture — sachant que jamais *quoi qu'il arrive* nous ne dissimulerions — ainsi nous nous étions, dès le premier jour, préparés à nous abandonner sur-le-champ plutôt que de tricher. Disons que nous nous étions mis dans la situation inverse de celle de Marcel Proust et Albertine. Autant la jalousie avouée de Proust *autorisait* Albertine à doubler chacun de ses gestes d'un mensonge, autant notre refus du soupçon comme stimulant sensuel nous jeta dans une autre sorte de folie perverse tout aussi riche. Nous ne nous *appartenions* pas — disons, si vous préférez, que nous ne nous sommes jamais promis quoi que ce soit. Nous ne nous devions rien. A tout moment nous étions libres d'aimer le premier venu... mais au risque de tout briser. Cette situation de mise en danger, de précarité, eut l'effet de nous soulever en quelque sorte au-dessus de nous-mêmes à tout instant, et je peux dire que notre tension de séduction mutuelle ne s'est à aucun moment relâchée. Je dois avouer que cela nous pousse à d'exquises complications qui par le jeu de la séduction perpétuelle et l'alerte des sens que procure ce perpétuel désir de séduction nous entraînent aux limites extrêmes de l'art du plaisir. Tout commence là où d'ordinaire on croit que cela s'arrête. Et l'exclusivité amoureuse au lieu de lasser, comme on le prétend vulgairement, vous entraîne, au contraire, par ses débordements inouïs, sur ce territoire secret des sens (et des sentiments) que de rares élus ont de temps en temps la chance d'apercevoir.

Tout naturellement nous poursuivîmes au septième étage au-dessus du Champ-de-Mars (malgré la pluie, le froid, le brouillard) nos siestes ensoleillées dans la trouée des bougainvillées, nos bavardages parmi les palmes, nos repas indolents. Peu nous importait le reste — le reste c'était tout ce qui n'était pas nous — et c'est avec ma *sauvagerie* originelle que je commençais déjà à tracer ce cercle où seuls quelques rares amis sont admis à pénétrer.

Parmi ceux-là se trouvait Jean-Marie Drot. Je l'avais connu quelques années avant par Jacques Laval. Jean-Marie aimait ma peinture et, comme il commençait à gagner de l'argent avec ses films, il lui arrivait de m'acheter quelques tableaux. Il prenait plaisir à se faire protecteur et c'était avec une sorte de bonhomie réjouie qu'il se hissait jusqu'à nos petites chambres pour faire son choix parmi mes dernières toiles. Autant Danièle et moi nous nous refusions à basculer dans le monde des *adultes,* autant Jean-Marie se vivait — bien que légèrement plus jeune que moi — en homme responsable, arrivé, installé : il avait femme, enfants, chats, tableaux, appartement... il avait un statut social. Lorsqu'il venait chez nous, choisir une toile, je ne pouvais m'empêcher de penser qu'il prenait peut-être plus de joie à signer un chèque parmi les miettes et les ronds de vin sur la table de notre mansarde qu'à la possession du tableau lui-même. Il admirait Danièle et le lui disait avec une sorte d'emphase rieuse et un charme protecteur. Pour ce qui était de moi, une fois pour toutes j'étais « la bonté même ». Quant à mes peintures elles nous ressemblaient, disait-il, par une sorte de sensualité mystique — ce qui après tout n'était pas tout à fait faux. Il aimait trouver de beaux titres pompeux pour mes tableaux. L'un d'eux me revient en mémoire : *Le Sacre de la mer.*

Vers cette même époque je fis une exposition (chez Berggrüen, rue de l'Université) de la plupart de mes toiles peintes à Antibes. « Je vous préviens, m'avait dit Berggrüen, vous ne vendrez rien mais pour ma part c'est avec plaisir que j'expose vos œuvres. » J'aimais bien Berggrüen ; avec Marcel Zerbib et Raymond Aghion il fait partie des seuls marchands de Paris pour lesquels j'ai éprouvé de l'amitié. En effet il ne vendit rien mais un jour Jean-Marie m'annonça qu'un de ses amis comédiens — qui avait aimé mon exposition — souhaitait venir chez moi acheter un tableau.

Ce fut un coup de foudre d'amitié. Du jour au

lendemain notre vie s'en trouva, comme on va le voir, infléchie pour des années. Mais avant de poursuivre il me faut faire un aveu comique (que Jean-Marie et Jean me pardonnent ma facilité à faire du roman) : j'ai toujours pensé que la venue de Jean était la conséquence d'un pari entre eux. Jean se considérait comme un séducteur irrésistible. Et en effet, la plupart des comédiennes avec lesquelles il jouait succombaient à son charme hautain et à ses façons capricieuses. Longtemps il avait fait partie de la troupe de Louis Jouvet auquel il s'identifiait avec une certaine naïveté au point d'avoir ajouté Louis à son prénom. Sans mettre en doute son goût pour ma peinture — bien qu'avant de m'acheter un tableau il n'en possédât d'aucun autre peintre —, je le soupçonne d'avoir éprouvé le désir de *nous* rencontrer sur ce qu'on lui avait dit de Danièle. Un peu plus tard, lorsque l'amitié prit le dessus sur son goût de la conquête, il m'en fit d'ailleurs l'aveu à demi-mot. La personnalité de Danièle, disons déplacée dans une telle vie de misère, ajoutée à l'amour dont elle était comme éclairée, n'était-ce pas en soi un impératif sans réplique pour un séducteur ? Pourquoi, le connaissant, Jean-Marie ne lui aurait-il pas dit en plaisantant : « Celle-là, mon vieux, je te fais le pari que tu ne l'auras pas » ? Et pourquoi Jean n'aurait-il pas tenté le jeu ? Voilà mon petit roman.

A l'époque Jean-Louis Richard tenait tous les soirs auprès de Suzanne Flon le rôle du séduisant Warwick dans *L'Alouette* au théâtre Gaston-Baty, et c'est bien en effet une sorte de jeune officier blond, très droit, à la parole impatiente qui entra ce jour-là, avec Jean-Marie, dans nos chambres si ridiculement petites lorsqu'on y était plus de deux. Je lui montrai mes toiles et, sans hésiter, il en choisit une — la plus grande — qu'il me proposa de payer en cinq ou six versements. « Je touche mon cachet chaque semaine, me dit-il de sa voix nette qu'il savait quand il le voulait imprégner de douceur. Ça me ferait plaisir de vous payer votre travail avec ce que je gagne en faisant le mien. » Ce furent à peu près ses mots : ils ne pouvaient que me plaire. Il me mettait, je dirais, à égalité avec lui, remplaçant adroitement la relation d'argent par le troc de nos talents en quelque sorte. Le soir même il nous invitait à venir le voir au théâtre. Il nous reçut dans sa loge, sanglé dans un costume rouge à crevés qui non seulement ajoutait quelque chose de martial à sa beauté mais complétait les gestes, la tenue, la façon de parler de celui qui était venu chez nous en costume de ville, quelques heures auparavant. Il se savait beau dans cet uniforme de parade aux longues cuissardes de daim rouge, et j'eus le sentiment qu'en nous priant, avec cette impatience, de venir le voir au théâtre, il tenait à compléter l'impression qu'il savait nous avoir faite par l'élément peut-être le plus important pour lui qu'était ce costume d'une monstrueuse splendeur. En le voyant se dresser dans sa loge, cependant que les habilleuses finissaient de lui ajuster d'énormes rembourrages aux épaules, et nous tendre la main de toute la hauteur de sa taille de théâtre, je compris que là était le véritable personnage.

Après la représentation il nous fallut aller boire le fameux *pot* auquel on n'échappe pas avec les comédiens. Le lendemain je ne peignais pas, ni le surlendemain, ni les jours suivants et bien peu pendant les mois qui suivirent.

A partir de ce moment, Jean fut là, chez nous à toute heure. Ou bien il nous apportait un livre dont il nous avait incidemment parlé la veille ou alors il nous emmenait au restaurant, s'arrangeant pour faire traîner le temps jusqu'à l'heure où il devait enfiler son fameux costume rouge. Et, comme fascinés, au lieu de ne pas lui ouvrir ou de refuser de sortir, nous acceptions sa présence allant jusqu'à l'accompagner presque chaque soir au théâtre et après le théâtre au café où il nous retenait souvent jusqu'à deux ou trois heures du matin. Moi qui, il y a encore si peu de temps, à Antibes, avais jeté Isaïe hors de chez nous, voilà qu'un inconnu nous assiège sans que je me rebelle. Mais c'était ainsi, je ne pouvais pas dire non à Jean. A première vue il faut croire que le charme de notre nouvel ami avait eu raison de mon instinct de défense. C'est vrai. Mais à cela je dois cependant ajouter notre total dénuement. Je suppose qu'au début, le fait qu'il nous ait acheté une toile dont le paiement tombait de semaine en semaine lia en quelque sorte ma volonté à la sienne, me plaçant malgré moi en état de soumission. Nous dépendions de Jean, nous vivions tout à coup de son salaire. N'était-ce pas émouvant, je dirais même « touchant » (mot que Jean abhorrait) d'être entretenu au prix d'une telle générosité ? Mais en approfondissant, il me semble que la vraie raison de mon incapacité à lui tenir tête et même à le repousser venait de *mon refus du soupçon.* Je me refusais à voir que toutes ses attentions, dès les premiers jours, tendaient vers Danièle. Ou plutôt cela me parut naturel et à aucun moment je ne tentai de l'écarter. Par la suite, en découvrant peu à peu la force de complicité qui nous liait — elle et moi — il changea de point de vue et parut s'éprendre en quelque sorte de *notre amour* dont il nous parla à plusieurs reprises avec des yeux mouillés. Bien qu'il aimât séduire et ne comptât pas ses maîtresses (en vérité je le soupçonne d'en avoir tenu toute sa vie scrupuleusement la *lista*), notre nouvel ami souffrait de la brusque célébrité de sa jeune femme. Paris venait de la découvrir à l'occasion de ce que l'on appelle une « performance de comédienne ». Au cours de je ne sais quelle pièce de boulevard, la petite Jeanne Moreau avait repris, d'un instant à l'autre (on dit au pied levé), le rôle de sa partenaire tombée malade, se glissant alternativement dans la peau des deux personnages de femme avec un talent que ni *Le Prince de Hombourg* ni *Nucléa* qu'elle avait joués avec Gérard Philipe chez Vilar n'avaient révélé à ce point. Aussitôt elle fut éclairée — et du coup, Jean terriblement assombri. Lui qui pendant des années avait été en vedette chez Jouvet — où il jouait les rôles de jeunes premiers — et que la petite Jeanne venait attendre à la sortie de l'Athénée, le voilà tout à coup, par un cruel retournement, devenu le mari d'une célébrité. Sa venue chez nous coïncida avec ce nouveau statut. Dans son désarroi il trouva donc en nous les arguments dont son orgueil avait besoin pour avaler en quelque sorte son humiliation : 1) Nous nous aimions sans autre ambition que celle-là. 2) Je ne cachais pas mon peu d'admiration pour les comédiennes — ce qui lui était d'un grand réconfort. 3) Il voyait dans la certitude qu'il avait de conquérir Danièle — donc de s'emparer de l'impossible — un moyen de se revaloriser au-devant de lui-même ainsi qu'au-devant de sa femme. Tout cela je l'avais senti confusément dès les premiers jours mais plus Jean se montrait assidu, attentionné, charmeur, moins je me sentais le droit de lui interdire d'approcher Danièle. C'était à elle de le repousser — pas à moi. Avec Isaïe par exemple, à aucun moment il n'y eut d'ambiguïté. Danièle était une fois pour toutes *ma* femme — ce qui signifiait : absolument tabou. Et à Antibes il m'avait été facile de l'écarter puisque tout était clair entre nous. L'intrusion de Jean dans notre intimité posait la question de nos *libertés* réciproques. Rien ne devait retenir Danièle auprès de moi... que ses sentiments. Aurait-elle aimé Jean, ou même passagèrement aurait-elle succombé à son charme, qu'elle ne me l'aurait pas caché. L'abandon de Danièle m'aurait sans doute anéanti mais par une sorte de fascination malsaine je ne fis rien pour exclure de notre intimité le *séducteur* — tout au moins dans un premier temps car par la suite lorsqu'il renonça et même se *convertit* en quelque sorte en ami aveugle et dévoué, je me permis alors de lui faire comprendre (comme à Isaïe) que nous aimions avoir nos périodes de solitude. Mais dans les débuts il fut libre de venir chez nous à toute heure et ce n'est que lorsque Danièle commença à regretter ces moments où nous nous enfermions des journées entières dans nos chambres que je mis un doigt sur ma bouche, lorsqu'il frappait, et ne lui ouvris pas toujours. Au bout d'un certain temps, constatant qu'il ne pouvait nous diviser, il nous accepta donc comme un être unique et indivisible. Mais il se passa plusieurs mois avant qu'il n'en arrive à se vouloir *notre* ami, sans arrière-pensée.

Je me souviens qu'un jour, comme nous nous trouvions tous les deux sans Danièle dans les jardins du Champ-de-Mars — de même que Vitold l'avait fait à propos d'Evelyne — Jean m'avait naïvement avoué qu'il était un *don Juan* et que même son meilleur ami « et peut-être justement parce qu'il est mon meilleur ami », avait-il ajouté, il n'hésiterait pas à le tromper. En vérité il cherchait à me faire réagir. Il aurait souhaité que je change de comportement, que j'agisse en jaloux, ce qui l'aurait alors autorisé à jouer plus franchement son rôle de séducteur. Je dus le décevoir car au lieu de prendre ses paroles au sérieux j'éludai. Par la suite, à plusieurs reprises il chercha à se trouver seul avec Danièle mais il *n'osa pas* sortir du climat diffus qu'il avait créé, sentant instinctivement que la moindre parole, le moindre geste auraient à jamais cassé une amitié à laquelle il commençait à tenir.

Ecrit, tout cela prend un sérieux et même une clarté qui n'ont rien à voir avec les rapports de charme trouble et d'humour qui s'établirent très vite entre nous trois. J'aurais pu tout aussi bien parler de Jean comme d'un être qui nous *occupait* au moment où sa vie se fissurait. Je me souviens, lorsque j'avais brièvement connu Daniel Gélin à Saint-Tropez, avec quelle nostalgie il m'avait parlé alors de ses débuts avec Danièle Delorme, de la chambre de bonne où ils s'étaient aimés, et combien il détestait l'étourdissante gloire qui du jour au lendemain avait soulevé au-dessus de lui celle que jusque-là il avait toujours considérée comme une gentille gamine à sa dévotion. Comme Gélin devenu brusquement le mari-de-Danièle-Delorme, Jean commença par se cabrer contre son nouveau titre. D'être le mari-de-Jeanne-Moreau le plongeait dans un état de colère rentrée quasi permanent. Elle l'avait en quelque sorte dépossédé de lui-même et, partout où il allait, il se savait désigné comme le mari de sa femme. Ses rapports sociaux s'en trouvaient asphyxiés et il ne cessait de s'en plaindre auprès de nous. Nous le « comprenions » et recevions ses confidences avec l'attention passive de ceux qui ne se sentent pas concernés : la célébrité de Jeanne n'avait pas de place dans notre échelle des valeurs et de cela Jean nous en aima comme on s'accroche à du solide. Qu'elle tourne un film de reconstitution d'époque à la gloire de Margot nous était indifférent au même titre que les critères de *Cinémonde* et c'est sur un mode ironique que Jean commença à nous parler des succès pour midinette de sa femme. En vérité au fond de lui il l'admirait de sa réussite pour la *Réussite* mais en même temps cela arrangeait son orgueil de réduire cette réussite par le recours à des critères *nobles*. Parallèlement il ne cessait de hisser le talent de Jeanne au plus haut niveau de façon à mieux mettre en relief le sens de cette « chute ». Le spectacle de ses démêlés confirmait ce que je pensais déjà des comédiennes et je ne me gênais pas pour le lui dire. Ainsi Jean trouva-t-il en moi une complicité qui nous faisait regarder de haut les « vanités du monde du cinéma », et en rire avec ce qui nous semblait alors beaucoup d'esprit.

Assez rapidement celui qui était entré chez nous en conquérant se mit à nous donner en exemple à Jeanne. Dès qu'elle nous vit, elle comprit instantanément le parti qu'elle pouvait tirer de nous. Dans la période ascensionnelle qu'elle vivait avec une exaltation proche de l'ivresse, Jean par ses railleries, son esprit critique, ses continuelles colères, l'encombrait — tout en la *dérangeant* précisément par la justesse de ses critiques. Elle tenait à lui — comme à une part de sa conscience intelligente — et à la fois souhaitait élargir cette liberté de mouvement que nécessitait sa « carrière ». D'un rapide regard elle nous avait jaugés et dès ce moment elle chercha à nous assujettir aussi solidement que possible à Jean. Elle nous voulut pour amis et surtout pour meilleurs amis de son mari. Elle m'acheta un grand tableau et donna l'ordre à son imprésario de nous en verser le paiement en mensualités. Ainsi nous mettait-elle à l'abri de la *distraction* de trouver de quoi survivre — nous rendant du même coup disponibles à Jean auquel elle offrit au même moment une Hotchkiss décapotable noire dans laquelle il commença à nous balader quasiment du matin à la nuit. Nous devînmes un trio inséparable. Tout cela se fit dans une sorte de glissement amical plein de rires et de plaisanteries. Nous partions continuellement en virée sur les routes vides ; Jean conduisait assis bien droit avec entre lui et moi Danièle dont la chevelure secouée de vent nous cinglait alternativement la figure.

Souvent, le soir, Jeanne nous rejoignait ou alors nous allions la chercher au studio. Elle tournait un film dont elle parlait avec distance (pour nous plaire) tout en s'étonnant avec ce côté midinette qu'elle a toujours eu d'en être arrivée (elle, fille d'un gérant de restaurant montmartrois *monté* du fond de l'Auvergne) à ce stade de célébrité. Bien qu'elle n'eût alors que vingt-quatre ou vingt-cinq ans elle aimait sans cesse rappeler le chemin qu'elle avait déjà parcouru. Un soir que nous avions dîné tous les quatre dans un restaurant de Marnes-la-Coquette, au moment où Jean allait mettre en route la voiture, elle lui avait demandé d'attendre un peu. Elle était restée silencieuse dans le noir, la nuque appuyée au dossier de son siège à respirer bien à fond, et soudain d'une petite voix émue elle avait dit en bêtifiant un peu : « Vous vous rendez compte... je n'arrive pas à y croire... moi, la petite Jeanne, je tourne des films, j'ai une voiture, j'en suis déjà là ! » Bien sûr Jean avait aussitôt lancé une remarque désagréable et elle s'était étirée alors avec une sorte de satisfaction gourmande comme pour dire : Je me fous de ce que tu penses et je suis bien contente, moi, d'être dans ma peau à moi. La voiture démarra brutalement et dans chaque reprise du moteur je pouvais sentir monter l'exaspération de Jean. Que faisions-nous là, tous les deux, en spectateurs, enlacés sur le siège arrière de la longue Hotchkiss décapotée ? Au retour de ces soirées orageuses nous nous promettions de refuser la prochaine mais je ne sais par quel mélange de charme et d'autorité Jean s'arrangeait toujours au dernier moment pour nous faire céder. Nous n'avions pas le courage de lui dire non lorsqu'il nous laissait entendre qu'il avait *besoin* de nous, entre elle et lui — en quelque sorte en tampon.

Rien n'était dit, bien sûr, tout se passait sur un mode humoristique, dans une avalanche de jeux de mots dont nous étions les seuls, Danièle, Jean et moi, à avoir les clefs. Dès qu'il faisait irruption dans nos chambres nous passions à un niveau différent de perception, nous ne parlions plus tout à fait normalement, les mots ne signifiaient plus exactement les mêmes choses, rien n'était sérieux, tout allait dans le sens du rire et de l'ironie. Puis l'étroite et longue voiture aux chromes bleutés et à la capote de toile écrue nous emportait en laissant derrière elle comme un fin ruban de rires cependant qu'à l'avant, sur le siège de cuir fauve, s'agitaient trois petites silhouettes aux cheveux battus par le vent.

Mais aussitôt que nous avions ramassé Jeanne au studio, Jean devenait sombre ; il conduisait alors les lèvres serrées et, à mesure que la soirée avançait, les nuages noirs s'entassaient entre eux. Et nous autres, comme deux idiots, nous nous contentions de sourire et de nous taire. Jean et Jeanne faisaient traîner le temps craignant visiblement de se retrouver seuls. Je me souviens avec honte d'une nuit en particulier où nous avions échoué dans une boîte (sans autres clients que nous) qu' « animait » un petit orchestre des Andes — dont un des guitaristes était le peintre Soto que nous connaissions vaguement. Pendant des heures nous n'arrêtâmes pas de pouffer de rire face aux quatre musiciens moustachus qui jouaient agressivement sous notre nez sans que nous puissions nous lever ni même bouger. Encore aujourd'hui je ne peux entendre une de ces merveilleuses flûtes des Andes sans un frisson de malaise.

Souvent, à la fin de ces soirées, alors que nous allions enfin quitter nos amis pour regagner nos petites chambres, Jeanne nous suppliait de rester encore un peu avec eux, et nous avions la faiblesse de les raccompagner jusqu'à leur appartement de Montmartre. Nous nous attardions un moment, et c'était des : « Oh, regarde, Danièle… » cependant qu'elle essayait ses innombrables paires de chaussures ou décrochait ses robes des cintres. Nous la laissions faire puis nous nous sauvions.

S'il n'y avait eu que Jeanne nous nous serions bien sûr écartés dès les premiers jours car nous n'avions aucun point sur lequel nous entendre avec elle. Mais voilà, il y avait Jean dont la plasticité de caractère commençait à se modeler sur nous à mesure qu'il sentait nos réticences. Le conquérant s'était effacé pour faire place à un homme malheureux délaissé par sa femme. Et lorsque, dès le matin, il frappait à notre porte, je n'avais pas le cœur de lui répondre que je travaillais. D'où venait ma disponibilité ? Aujourd'hui je le sais. *Je ne voulais pas peindre.* Inconsciemment je fuyais l'acte de peindre et les conséquences sociales qu'il impliquait. En vérité j'avais perdu le fil. Les incessantes distractions que Jean introduisait dans notre vie nous avaient peu à peu coupés de nos amis ainsi que du milieu de la peinture. Nous n'allions plus aux expositions et, avec l'oisiveté *l'à-quoi-bon* avait fini chez moi par reprendre le dessus. Jean s'en réjouissait et s'en rassurait. Lui-même ne voulait plus faire de théâtre et refusait tous les rôles qu'on lui proposait. Il avait trouvé en moi le complice sur lequel s'appuyer pour ne rien faire : je lui donnais raison de ne plus jouer la comédie et en retour il me donnait raison de ne plus toucher à mes pinceaux. De son côté Danièle s'en attristait mais elle ne disait rien et attendait. Ainsi commençai-je à m'enfoncer dans un nihilisme artistique dont je ne me relèverai que quelques années plus tard lorsque je réussirai enfin à m'éloigner de Paris.

Peu à peu le vide s'était fait autour de nous. Seul de tous nos anciens amis, Isaïe ne voulut pas céder le terrain. A peine avait-il rencontré Jean chez nous qu'il s'était mis à cracher comme un chat : « Alors là, mes enfants, je ne vous comprends pas ! Ce type est en train de vous bouffer. Croyez-moi, j'ai une intuition infaillible. » Chaque fois qu'il croisait Jean dans nos étroites chambres, Isaïe baissait le front et lui jetait des regards en dessous entre ses cils embrouillés cependant que Jean devenait encore plus rigide plus arrogant si c'est possible, et lorsqu'il leur arrivait d'échanger quelques mots, ça faisait des étincelles. Comme j'ai toujours aimé mélanger mes amis, au lieu de tenir compte de leur antipathie mutuelle, je me mis en tête de les rapprocher — ce que je réussis ainsi qu'on le verra.

Du temps où Jeanne jouait chez Vilar, Jean s'était plus ou moins lié avec Gérard Philipe, Pichette, Georges Poulot (devenu depuis le poète Georges Perros) ainsi qu'avec de nombreux comédiens proches du Parti communiste. Mais pour finir il s'était écarté des milieux de gauche refusant comme il disait ce « confort intellectuel » (mot que je détestais) pour choisir dans le sillage de Jeanne le confort tout court. Isaïe représentait donc l'exact contraire de Jean : il était au Parti. Et puis il ne parlait que de Kerouac (dont il était en train de traduire *On the road*) et de Burroughs (avec lequel il travaillait à décrypter les termes argotiques du *Festin nu* en vue d'une traduction). Pour Jean qui se référait plutôt à Giraudoux ou à Alphonse Allais et dont l'esprit conservateur, intolérant, s'offusquait de toute recherche trop dérangeante, la présence barbelée d'Isaïe était une continuelle provocation. Encore Isaïe n'aurait-il été que tristement communiste ! Mais sa culture multiforme, son humour, sa sexualité d'une fantaisie délirante et si personnelle, sa misère vécue en quelque sorte en réponse aux nouvelles valeurs du capitalisme triomphant exaspéraient Jean : « Mais que fait chez vous un type pareil ? » lâchait-il avec un mépris inquiet. Puis, peu à peu, à mesure que Jean glissait doucement du côté de la *non-réussite* il commença à sourire aux remarques d'Isaïe puis à apprécier son intelligence quasi universelle jusqu'au jour où — peut-être un ou deux ans après qu'ils se furent connus chez nous — ils commencèrent ensemble une superbe traduction de *Mesure pour mesure* de Shakespeare dans le but de monter au théâtre cette pièce (dont je fis les décors et Danièle les costumes). Pour travailler plus à l'aise, Isaïe déménagea même chez Jean et ainsi, pendant tout le temps que dura leur travail, les avons-nous vus ensemble presque chaque jour.

C'est au milieu de cette vie déconcentrée et frivole qu'une nuit la concierge nous apporta l'horrible nouvelle : On lui avait téléphoné de chez mes parents : « Votre *maman* vient de mourir ! » cria-t-elle depuis le couloir avec son accent que l'émotion et l'essoufflement rendaient encore plus comique. *Ma maman ?* Je restai un instant sans comprendre. Quelle *maman ?* Mam ? Nahidé ? Danièle m'entraîna en courant par les rues vides à la recherche d'un taxi cependant que je me désespérais secrètement de ne pas me sentir concerné par cette irréalité. J'avais la sensation d'être d'un blanc cru à l'intérieur de mon corps, comme trop éclairé sous mes os, sous ma peau, par un phare trop puissant. J'étais sec, sans chagrin, sans larmes, sans salive ; mon imagination n'arrivait pas à imager ces paroles rêches crachées dans la nuit par cette bouche étrangère. Votre *maman !* Mais quelle *maman ?* La Nahidé de mon amour d'enfance était depuis longtemps morte pour moi ; je l'avais trop pleurée à quinze ans pour trouver encore des larmes pour elle dans ce taxi qui maintenant nous emmenait vers un drame dont je n'allais être que le spectateur effrayé. Près de moi Danièle gardait le silence. Plusieurs fois elle porta passionnément ma main à ses lèvres et je lui fus reconnaissant d'avoir de la peine en quelque sorte *à ma place.* La concierge de mes parents me serra violemment sur ses gros seins au moment où nous passions devant sa loge et je vis, debout en sentinelle dans la cour, Mme F... enveloppée de son manteau de lynx. Elle tenta aussi de m'embrasser mais je me raidis et pénétrai dans le désordre de la chambre. Affalé à même le sol mon père geignait d'une voix nasale et laide. Mam se tenait assise dans un coin, droite, absente. Deux filets ininterrompus de larmes suintaient de ses paupières fermées, le long des joues douces et molles à la peau résillée de très fines rides. Sur le lit, à la place de notre Nahidé souple et échevelée, une chose informe semblait avoir été déposée — comme apportée de l'extérieur. Je crus reconnaître ses larges paupières bombées aux ombres bistres, c'est tout... le reste de son visage disparaissait sous une horrible serviette blanche que l'on avait nouée hâtivement du menton au sommet de la tête. Je remarquai que des mèches de cheveux prises dans le tissu se confondaient au nœud et j'en fus désolé. Ses mains longues et maigres reposaient plus bas sur la chemise de nuit ; seules deux bagues luisaient doucement comme si un peu de vie n'en finissait plus de mourir encore en elle. En s'affalant contre le lit, mon père avait tiré le drap vers lui. Avec un atroce serrement de cœur proche de l'évanouissement je me rendis compte qu'une sorte de pulvérisation de gouttelettes roses s'était répandue sur la chemise de nuit et la partie haute du drap. Par terre une cuvette traînait à demi pleine d'une mousse sanglante dans laquelle trempait une serviette. Un cendrier débordant de cette même mousse reposait encore près de Nahidé sur une table basse. Je restai debout à hésiter ; il me semblait avoir avalé du feu liquide et mes yeux secs me brûlaient... En vérité c'est en essayant d'écrire ces phrases insoutenables que je sens couler en moi du feu liquide. Ce matin je ne peux continuer... Les images et les sensations vieilles cependant de tant d'années me font souffrir d'une souffrance étrangement neuve tout à coup... J'ai les yeux troubles et je suis sur le point de verser aujourd'hui ces larmes qui n'avaient pu sortir de moi sur le moment... Enfin j'avais réussi à faire le pas qui me séparait de Mam et je la serrai contre moi. Elle n'eut aucune réaction, seule sa respiration s'accéléra en une sorte de gémissement de petit animal perdu. Et pendant que je la berçai, je voyais avec émotion Danièle emporter la cuvette ensanglantée, revenir et emporter aussi le cendrier que je l'entendis laver dans le lavabo à côté. Silencieuse, avec des gestes doux, sûrs, efficaces, elle tentait d'effacer toutes ces traces horribles. A un moment mon père poussa un cri et émit en russe d'une voix que le chagrin rendait hennissante : « Elle riait... elle riait... et voilà qu'elle... » et il se remit à pleurer avec des râles insoutenables.

Mme F... s'occupa de toutes les formalités. Elle ne ménagea ni l'argent ni la peine pour que la femme de son amant disparaisse au plus vite, le plus profond possible sous terre. On apporta un cercueil capitonné de rose dans lequel Nahidé fut installée par des types coiffés de casquettes plates. Une messe fut dite rue Daru et la terre roulant avec un bruit de galop sur le bois mit un point final à ces pratiques barbares. Il me reste encore un souvenir dont je n'ai pas parlé dans ma hâte d'en finir. Pourtant il est important pour moi. Lorsque Nahidé fut déposée dans la longue boîte, au moment où les hommes en uniforme s'apprêtaient à ajuster le couvercle, toutes les vieilles amies russes de mes parents se récrièrent : « Pourquoi si vite ? » « Non, non, attendez, messieurs ! » « Nous avons des prières à déposer près d'elle et le pope n'est pas venu pour la bénédiction... Vous n'avez pas le droit de vous hâter comme ça ! » Comme ils hésitaient, la princesse Orloff s'avança vers eux et leur donna l'ordre de déguerpir. « Très bien, dirent-ils avec humeur, vous vous débrouillerez sans nous pour bloquer les écrous ! » Et ils s'en allèrent. Après que chacune des vieilles Russes se fut longuement penchée pour baiser une ultime fois le front de Nahidé et qu'on eut déposé sur sa poitrine des dizaines de bouts de papier sur lesquels des prières avaient été calligraphiées en cyrillique, vint le moment de fermer pour de bon le couvercle. La chambre se vida brusquement et je restai avec la princesse Orloff. « *Biédnié, Sierioja* », me dit-elle en se pliant sous la force d'une montée de sanglots. Elle posa une icône entre les mains de la morte, m'embrassa, se signa, me bénit et se glissa dehors, me laissant absolument seul dans la chambre. Je tenais une pince et c'est dans une irisation de larmes que je soulevai le couvercle à bras-le-corps et le déposai définitivement par-dessus le visage immobile aux grands yeux clos. Un à un les boulons d'acier furent vissés par mes mains cependant qu'il me semblait entendre hors de moi un autre moi-même sangloter avec bruit. Je me sauvai secoué de spasmes.

Danièle tenait maintenant Mam dans ses bras, elles pleuraient ensemble — je les rejoignis, bouleversé de constater que Mam trouvait un réconfort auprès de celle que j'aimais. Pendant toute la longue torture des cérémonies, elle resta apeurée, docile, muette comme une enfant qui ne comprendrait rien à ce qui se passe autour d'elle, à serrer la main de Danièle. A la sortie du cimetière, Mme F... nous attendait dans sa Cadillac. Mam eut un recul et murmura en russe d'une pauvre voix flanchante : « J'aimerais mieux ne pas aller avec elle... là-dedans. » Mon père eut une crise de pleurs et supplia Mam de ne pas l'abandonner cependant que Mme F..., comme si de rien n'était, l'installait à l'arrière, poussait Mam auprès de lui ainsi que Danièle et moi. Elle monta à l'avant, près du chauffeur, et la voiture silencieuse nous emporta à travers des ruissellements d'eau vers son haras de Normandie.

Au moment où nous pénétrions dans la vaste entrée du château des F... j'eus le choc de reconnaître les tapisseries des Gobelins (celles du trésor de guerre de ces Allemands que mes parents avaient cachés pendant la Libération). Au même instant mon père me jetait un bref regard dans lequel je lus de la malice et à la fois de la gêne. Eh oui, semblait-il reconnaître, je n'en ai rien dit à Nahidé mais j'ai tout gardé. Il eut un demi-sourire triste cependant que Mme F... l'entraînait vers une aile retirée du château.

Nous restâmes le moins possible chez les F... Il m'était trop pénible de voir mon père et Mam aux mains de cette femme. « Serge, me dit-elle, vous devriez aller vivre, avec Danièle, dans la chambre de vos parents, auprès de la pauvre maman ? Ainsi votre malheureux père pourrait sans remords s'installer chez moi, dans mon hôtel du Bois. » Mam ne disait rien mais je voyais dans son regard trembler un subit espoir. « Jamais de la vie ! cria mon père dans un sanglot hystérique, je veux mourir *chez nous !* » Cette proposition m'avait glacé : Danièle et moi dans la chambre de mes parents ! Rien ne pouvait me faire plus horreur ! L'idée que nous puissions *les reproduire* me révulsait.

A partir de ce moment, Mam et mon père reprirent leur vie, comme auparavant. Nahidé était toujours là, entre eux, tout aussi présente. Je dirais même que de ne plus vivre dans la crainte de sa mort leur apportait un apaisement qu'ils n'avaient pas connu depuis bien des années. Mon père s'entoura de photos agrandies du visage aimé devant lesquelles il disposa des veilleuses, la pauvre chambre devint donc ainsi une sorte de sanctuaire consacré au culte de la morte. Des jours entiers il restait accroupi dans son vieux fauteuil à battre des cartes, comme au temps où il la veillait, et lorsque Mam descendait ils s'effondraient dans les bras l'un de l'autre pour communier dans un même chagrin.

Puis peu à peu, mon père commença à changer. A tout moment la Cadillac venait se ranger devant la porte de l'immeuble et Mme F... en descendait, souriante, sûre d'elle, parfaitement en paix avec sa conscience. Elle prenait tout son temps pour s'emparer de celui qu'elle considérait comme son fétiche ; mon père lui appartenait, elle tenait à maîtriser son génie. Au début il se fit un peu prier, prétextant qu'il n'avait plus le goût aux frivolités de ce monde, qu'il n'attendait qu'une chose : la mort. Mais sans le brusquer, Mme F... le tint adroitement au courant de ses affaires si bien qu'au bout de quelque temps, pris au jeu, il mettait ses fabuleux dons entièrement au service de la fortune des F... Plus que jamais leurs chevaux gagnèrent sur les champs de courses, et les actions de leurs entreprises cotèrent en Bourse. « Ne vous pas inquiéter, Medjid il vous arrange ça. » Et en effet, par magie, toutes les difficultés s'effaçaient devant la voracité de sa *maîtresse*. Bien sûr, j'emploie ce mot dans son double sens mais en insistant, cependant, plus particulièrement sur sa formulation magique, tel qu'il fut toujours utilisé en Orient à propos du génie de la Lampe ou du génie de l'Anneau. Mme F... n'avait qu'à retourner en quelque sorte le chaton de sa bague et mon père apparaissait, doux, souriant de son air un peu triste et interrogatif : « Il n'y a pas problème, Medjid il vous arrange ça. » Et le lendemain en première page des journaux on apprenait le krach financier du principal rival des F... ou la brusque cotation d'une valeur restée jusque-là, comme on dit, timide. « Charlatane ! » lui lançait Mam, mi-rieuse mi-agacée. Il s'en amusait avec nous. Il riait dans les coulisses familiales de ces *coïncidences* qu'il prétendait comiquement avoir provoquées.

Mais avec le temps, contaminé par les flatteries de Mme F..., il commença à se prendre au sérieux. Il se fit de plus en plus servile avec elle cependant qu'avec Mam et nous il devenait acariâtre, agressif, vaniteux. A de multiples signes je compris qu'il avait renoncé à garder la *distance* avec lui-même. Il ajouta une sorte de particule à son nom, se faisant appeler Medjid *Khan* Rezvani. J'eus même une fois la secrète humiliation de tomber sur une page de mondanités (de *Vogue*, je crois) où, sous une photo de mon père riant aux éclats entre la maharani de Baroda et Mme F..., la légende le donnait pour *prince* Medjid *Khan* Rezvani.

Chaque soir maintenant il sortait dîner chez *Maxim's* en compagnie de banquiers et d'hommes d'affaires qu'il avait « mis dans mon poche », comme il disait, et qu'en effet il « roulait » copieusement au bénéfice de Mme F..., l'insatiable. Il devint coquet, se fit faire une garde-robe chez les meilleurs faiseurs et ne se déplaça plus qu'avec la Cadillac — qu'elle laissait à sa disposition du matin au soir avec le chauffeur. Malgré cette vie mondaine et ses incessants succès il refusa toujours cependant de quitter la misérable chambre où s'était écoulée sa vie, la vraie, celle avec Nahidé. Et, jusqu'à sa mort il se débattit, cruellement divisé entre ses goûts profondément modestes et l'enivrement superficiel que lui procuraient ses sorties princières.

Un jour il nous fit venir, Danièle et moi, dans l'hôtel de « style-trente » que possédait Mme F... à la périphérie du Bois. Au milieu de l'immense salon de réception dallé de marbre il nous attendait, seul, guindé dans un petit costume un peu trop *chic.* « Serioja, me dit-il, tout ça il peut plus durer comme ça pour vous. » Il s'adressait en vérité à Danièle dans son français baroque : « Je bientôt mourir et je veux que vous oubliez pas, tous les deux, qu'il y a papiers signés avec Mme F... » Il désigna sur le mur un tapis persan sous un immense sous-verre. « Cette tapis fabuleuse, mes enfants, il vaut véritable fortune... il est à Medjid... Gobelins dans château, à Medjid aussi ! » Il remarqua mon sourire et ne put s'empêcher de sourire à demi. Je retrouvai un instant cette distance moqueuse que j'aimais tant chez lui mais aussitôt il se renfrogna comme s'il craignait qu'en redevenant lui-même, ne serait-ce qu'une seconde, le rire ne reprenne le dessus entre nous. Il insistait avec son accent qui me fut tout à coup insupportable : « Mme F... et moi nous t'avoir trouvé *situation...* » Je l'interrompis en plaisantant sur ce mot si incongru chez lui. Je le sentis prodigieusement agacé par mes façons de me dérober. Soudain il chuchota en russe : « Imbécile, tu ne sais pas que je suis très riche ! » Il baissa encore la voix : « J'ai tout gardé... tu comprends ! *Tout !* » Il me fixa un moment en silence mais je ne pus supporter cette soudaine gravité entre nous : je la ressentis comme une indécence. Il se tourna alors vers Danièle et lui dit dans son français qui prit tout à coup des consonances grotesques : « Serge il est imbécile... Danouchka, écoute : il y a papiers... tu trouves chez moi après mon mort... Compris ? Medjid a tout prêté... Ils me doivent millions et millions ! » Danièle eut la même réaction que moi : elle éluda par le rire « Toi imbécile, comme lui ! » ajouta-t-il vexé — et nous nous séparâmes. Ce jour-là je sus qu'une fois pour toutes j'avais déçu mon père (et lorsqu'il mourut à Roscoff, quelques années plus tard, je laissai Mme F... absolument libre de retourner seule dans la chambre de mes parents et de faire disparaître tous les papiers qu'elle voudrait).

En vérité je sais que mon père ne se pardonna jamais d'être devenu l'acolyte de cette femme ; il se méprisait du rôle qu'elle lui faisait jouer et il m'en voulut de retrouver ce même mépris dans mes réactions. Pour être sincère je dois avouer qu'il ne se trompait pas : oui, je le méprisais de s'être laissé domestiquer. Jusqu'alors sa magie ne lui avait servi qu'à retourner en quelque sorte les valeurs, elle avait la grâce de l'inutile. Il l'avait improvisée comme dansait Zarathoustra, dans la joie et les rires, pour la joie et le rire de celle qu'il aimait. Mais du moment où Nahidé ne fut plus là pour le maintenir, il commença à nous en vouloir d'assister *du point de vue de Nahidé* au pourrissement rapide de sa personnalité. Voilà qu'il s'abaissait à mettre son génie au service de l'argent : des hommes d'affaires, de hauts fonctionnaires du gouvernement, acceptèrent avec empressement que mon père leur « ferme les yeux par télépathie » pour que *se réalisent* des spéculations frauduleuses, et combien furent ruinés par le magicien au bénéfice de celle qu'il appelait par dérision : « patronne. »

Au début Mam souffrait elle aussi de le voir glisser dans cette servitude avilissante. En même temps, n'ayant plus que lui au monde, elle s'efforçait de compenser par de l'amour le dégoût que lui inspiraient ses nouvelles activités. Plus vite il dévalait la pente, plus Mam s'obligeait à lui trouver des excuses, si bien qu'elle finit par se réfugier dans une sorte d'ironie où commença à percer quelque chose qui ressemblait à de l'admiration. Oui, elle préféra admirer ce que son sens moral réprouvait plutôt que de perdre celui que sa fille avait aimé. « Que veux-tu, me disait-elle lorsque je m'indignais, il est si seul maintenant... je suis vieille, il s'ennuie... Tant mieux, qu'il s'amuse... tout cela le distrait... » Même Mme F..., elle tenta de toutes ses forces de ne pas la détester tout à fait. « Elle aime Medjid... à sa manière mais elle l'aime. » Elle restait un moment silencieuse et elle souriait de son sourire si doux si triste si bouleversant pour moi. Elle ne pouvait cependant s'empêcher de dévoiler l'autre versant de ses sentiments. Ses joues rosissaient et elle prononçait en baissant la voix : « Cette femme est un démon. Elle me dégoûte », et ajoutait en français : « Vous ne devinerez jamais, mes enfants, de quoi cette *putaine* est capable. » Mais aussitôt elle se reprenait : « Mais après tout elle l'aime et c'est tout ce qui compte. »

Et à mesure que les mois passaient Mam devenait plus indulgente. Elle qui pendant toute sa vie s'était armée d'intransigeance et de rigueur, voilà que peu à peu elle se laissait prendre aux jeux d'escroc de mon père. « Ça, c'est pas mal joué ! » s'exclamait-elle parfois lorsque, tout excité, il lui racontait un de ses derniers coups. De sa main d'aveugle elle le cherchait en riant comme pour lui donner une tape : « Tais-toi, tais-toi, Medjid, vous me dégoûtez, tous les deux, vous êtes vraiment *iguegnobles !* » Moi-même je trouvais les astuces de mon père dignes d'admiration mais je ne pouvais supporter cet asservissement ni de voir Mam se laisser contaminer. Sans Danièle sur laquelle Mam avait reporté toute sa tendresse, je ne serais plus retourné dans ma famille naufragée.

Maintenant Mam vivait repliée dans sa cuisine avec pour toute distraction un vieux chat qui avait appartenu à Nahidé et auquel elle s'adressait en russe avec des marques d'amour qui me faisaient venir des larmes. Une femme de ménage russe aux allures de serve et au parler primitif venait tous les matins lui tenir compagnie sous prétexte de l'aider. Mam la bousculait gentiment, retrouvant dans ces *rapports de classe* — contre lesquels elle s'était si violemment rebellée en son temps — une sorte de revalorisation de sa personnalité. Il lui arrivait de parler de son enfance sur les terres familiales, des bijoux, des fourrures, des attelages, de la folle vie de « là-bas » et Lionia l'écoutait dans un ravissement désolé, les mains jointes contre la joue à la manière des paysannes russes en ponctuant de « *Bojé moy !* » ou de « *Och !* » nostalgiques ces souvenirs qui vacillaient comme les ultimes éclats d'une étoile depuis longtemps morte. Mais invariablement Mam concluait avec une petite moue supérieure : « Tout ça c'est très joli, ma *daragaïa* Lionia, mais Dieu merci, la Révolution est venue mettre bon ordre à toutes ces saletés. » Lionia lui lançait des regards scandalisés et tout à la fois soumis . « Nous ne devrions pas dire des horreurs pareilles Lidia Alexandrovna, c'est un péché. — Allons, Lionia, tu es une vieille gourde illettrée. » Et Mam se retirait en elle-même pendant que l'esclave, à quatre pattes, passait la serpillière dans la misérable cuisine.

Chaque jour Mme F... montait dire bonjour à Mam — qu'elle appelait la *Maman*. « Ah, je vois qu'aujourd'hui les enfants sont venus rendre une petite visite à leur chère grand-mère ! Alors comment va la *Maman ?* » demandait-elle de cette sorte de voix enjouée et chantante que l'on prend pour s'adresser aux enfants ou aux malades. « Ça va, répondait Mam sans bouger de sa chaise, merci. — La *Maman* ne manque de rien ? — De rien, merci. » Mme F... ouvrait le réfrigérateur et y vidait à grands gestes cliquetants de bijoux un sac de provisions qu'elle avait apporté des cuisines de son hôtel particulier. « Et voilà, chantonnait-elle, du poulet pour le minou, et voilà aussi des tas de bonnes choses pour la *Maman*. Bien, je me sauve, Medjid m'attend dans la voiture. » Elle embrassait Mam par surprise sur les deux joues et Mam se laissait faire avec une petite moue de ses lèvres pâles. Ce baiser était le résultat d'un long apprivoisement, il avait bien fallu un an pour que Mam ne se rebelle plus à ce contact. « Vous avez vu ! » nous chuchotait-elle lorsque nous nous retrouvions seuls. Et dans ce « vous avez vu » passait la somme de plus en plus lourde des sentiments contraires qui la déchiraient. Tout en la détestant dans les couches profondes de son âme, elle finissait par « aimer bien » « la maîtresse de son gendre » dont elle dépendait maintenant pour survivre. Qui d'autre en effet que Mme F... aurait pensé à lui demander si elle manquait de quoi que ce soit ? (C'était, je le reconnais, son bon côté.) Mon père, bien sûr, ne se souciait pas de ces choses matérielles.

Nous voilà maintenant arrivés à une période de notre vie dont il va m'être pénible de parler ; nous venions de déménager boulevard Brune, dans un trois-pièces, au deuxième étage, donnant directement sur ce boulevard extérieur. A l'époque le périphérique de ceinture n'existait pas encore et le trafic de camions qui contournait Paris passait forcément en son entier sous nos fenêtres. Grâce à des appuis, le père de Danièle — que par ailleurs elle n'avait plus revu depuis sa fuite — nous avait fait allouer un appartement dans un immeuble H.L.M. planté à l'exact carrefour de la porte de Châtillon — un des lieux notoirement les plus bruyants de Paris. Du jour au lendemain notre existence en fut bouleversée. Après le laisser-aller des chambres de bonne du vieil immeuble du Champ-de-Mars nous nous trouvons tout à coup plongés dans une sorte de désert humain. Les boîtes de béton superposées où il nous faudra vivre pendant les quelques années qui vont suivre sont à la fois étanches à toute relation et cependant parfaitement sonores d'un cube à l'autre. Nous ne pouvons échapper à la présence de nos voisins : en haut, en bas, de côté ; nous les entendons s'esclaffer devant leur télévision ; nous les entendons s'insulter, pleurer parfois, se réconcilier. Nous savons quand ils partent, quand ils reviennent de leur travail ; nous voilà encadrés par le rythme de ces horloges vivantes.

Au début, tout à la joie d'avoir de l'espace, nous ne nous étions pas alarmés du boucan qui montait du boulevard.

Nous trouvions même de la beauté à ce mouvement de métal, et le soir il nous arrivait de rester de longs moments le front contre le carreau à contempler le grouillement de lumières des voitures et des camions mêlés en d'immenses encombrements trépidants.

Nous étions venus nous établir sur la berge d'un fleuve barbare dont la débâcle avait pour moi l'étrangeté d'une transhumance préhistorique, et il me semblait être avec Danièle les seuls témoins humains — surtout à la tombée de la nuit — du reflux formidable qui entraînait cette multitude de coques de métal bombées comme des crânes de sauriens géants. Nous en écoutions les barrissements cependant que s'élevait doucement, au-dessus du troupeau métallique, un épais brouillard de gaz. Combien alors la ville nous paraissait stimulante, si précieusement moderne !

Aussitôt je me remis à la peinture. Je puisais de nouvelles raisons de peindre dans le choc de cette réalité — tout au moins je m'en persuadais. J'avais installé mon atelier dans la dernière chambre en proue sur le carrefour de Châtillon. Cette situation à la jonction des quatre grands courants de circulation me confirmait dans ce sentiment d'immobilité dont souffre et se réconforte le peintre. J'étais devenu tout à coup le témoin de cette vie rugissante qui irriguait la cité. Et, avant même de commencer à *savoir* que mon corps et mon esprit en souffraient, je vis mes toiles s'organiser pour ainsi dire d'elles-même *contre* ce bruit (que je n'entendais pas vraiment encore), *contre* ce mouvement perpétuel, en une protestation muette et lamentable. Comme toujours mes toiles me précédaient — elles, elles savaient ce que mon esprit refusait d'admettre. Dès les premiers jours de notre installation, alors que nous nous réjouissions encore de notre « chance » d'être enfin logés, l'espace de mes tableaux, lui, se transformait comme si par une réflexion immédiate la sensitive s'était refermée. Brusquement ma main ne sut plus tracer une ligne courbe : une grille rigide tomba sur mon inspiration. Je fus pris au piège de l'espace raisonné de la ville moderne. Je peignais traversé par les tringles d'acier du bruit des machines, et plus cette constante torture ramassait mes nerfs en douleur, plus je m'efforçais d'être calme par mes œuvres et apaisant et détaché...

Il me fallut du temps pour comprendre *où* nous étions tombés. Mais il était trop tard, la crise du logement nous enchaînait à ces trois pièces de ciment. A mesure que nous prenions conscience de cette fatalité je m'efforçais de trouver un sens à ma peinture. Oui, pour en admettre la simplification je prétendis vouloir apporter par des toiles hiératiques une réponse à la grande question du *pourquoi et pour qui je peins* que se pose chaque peintre. Sans aller jusqu'à donner une idéologie à ma production, je tâchais de m'en expliquer en avançant des arguments d'une morale naïve — qui aujourd'hui me font sourire mais qu'à l'époque un philosophe comme Jean Grenier (lorsqu'il vint un jour à l'improviste voir mes toiles) prit très au sérieux au point d'écrire un texte soulignant cet aspect qu'il trouvait original dans la démarche d'un jeune peintre des années 60. Mais ce que le vieux philosophe n'avait pas su voir c'est que le jeune peintre en question subissait tout simplement le choc stérilisant du milieu urbain dans lequel il venait d'être si violemment précipité. Que peignait ce jeune peintre ? Sans le savoir il reproduisait ce qu'il voyait par ses fenêtres : des verticales et des horizontales qu'il tentait de diluer par un sursaut de tendresse dans des douceurs de couleurs sucrées. Cette douceur c'était toi et moi. nous deux mis en cage.

Nous avions installé notre lit dans la pièce la plus reculée — bien qu'elle donnât aussi sur le boulevard. Et c'est sur ce lit que commença la lente désagrégation de notre équilibre. Nos nuits devinrent de vastes espaces vides où grondait sans fin l'acier des machines. « Ah, si ça pouvait s'arrêter ne serait-ce qu'une minute ! » murmurait près de moi Danièle. Nous qui jusqu'à présent nous étions, nuit après nuit, confondus dans la volupté de nos corps ensommeillés, étendus côte à côte, tabassés par l'immense fracas de métal, maintenant nous gémissions d'insomnie jusqu'au matin. Le monde en marche nous traversait ; nous étions à la torture sans cependant pouvoir exactement nommer cette torture : le mot *bruit* n'était pas à la mesure du phénomène. Nous étions de vivants fusillés.

Il n'était plus question de revenir dans nos chambres de bonne du Champ-de-Mars que nous regrettions d'avoir lâchées. Il était hors de question aussi, en ces temps de pénurie absolue de logement, de trouver ailleurs où aller vivre. Tout nous condamnait à subir : nous étions sans argent et survivions plus ou moins des uns et des autres. (C'est à peine si nous arrivions à payer le loyer pourtant ridiculement bas de notre nouvel appartement, et combien de fois nous avons dû faire appel à Jacques Laval ou à son frère Michel pour qu'ils nous dépannent par l'achat symbolique d'une toile !) De revenir sur cette période m'est extrêmement désagréable et, encore aujourd'hui, j'en ai des relents de cafard. J'étais persuadé que jamais nous n'en sortirions, que toute issue nous était fermée. Il me semble même me souvenir d'avoir vu plusieurs de nos voisins emportés sur des civières, victimes du bruit. Peut-être j'invente... J'étais désespéré. Danièle me consolait du bruit et je la consolais du bruit. Nous ne trouvions de réconfort qu'en nos mutuelles présences, dans l'amour et le profond partage du sexe. Malgré l'horreur de notre situation (pareils à ces couples murés par les bombardements que l'on avait retrouvés en dégageant les ruines, enlacés au fond de caves inondées) nous n'avions d'autre refuge et d'autre bonheur que nos étreintes.

Nous passâmes ainsi près de deux ans, écorchés par le bruit, refusant farouchement de nous installer dans ce bruit, campant en quelque sorte sur notre lit comme sur un radeau. L'appartement resta plus ou moins tel que nous l'avions trouvé (après qu'eut échoué une ultime tentative d'insonorisation), conservant son aspect passager. Pour nous donner l'illusion qu'il nous était à tout moment possible de fuir, nous avions réussi à nous payer un scooter avec lequel nous allions souvent, à l'aube, jusqu'au bois de Verrières trouver un peu de sommeil dans les fourrés. Nous nous enveloppions dans nos imperméables et, même sous la pluie, nous somnolions, dans le silence de ces bois remplis de brouillard — et nous rêvions d'Antibes...

De vivre en révolte contre ce milieu étranger nous resserrait encore plus sur nous-mêmes et à aucun moment nous n'avons capitulé. Nous protestions en nous interdisant les somnifères ou les calmants — complément fatal de ces sortes d'architectures. Nous voulions à tout prix rester lucides. Danièle surtout refusait farouchement tout compromis de cette sorte. Sans elle peut-être aurais-je fini par me droguer ne serait-ce que pour obtenir quelques heures de répit. Mais elle, avec son sens si aigu de son intégrité physiologique, lutta toujours contre cette tentation : « Pour rien au monde, disait-elle avec détermination, ce serait accepter ! »

En refusant d'amoindrir nos sens, pour supporter l'insupportable agression, nous nous mîmes en quelque sorte en demeure de nous en délivrer. Et, en effet, Danièle commença à aller de porte en porte dans tous les immeubles qui ne donnaient pas sur ce maudit « Terriférique » proposer notre « trois-pièces » contre plus petit. « A quoi bon, lui disais-je d'une voix angoissée, qui serait assez fou pour vouloir vivre sur un tel enfer ? » Mais elle s'obstina et réussit l'incroyable tour de force de trouver un couple avec deux enfants qui, eux, pour un peu d'espace en plus, acceptèrent de plonger dans le boucan. J'avoue avec honte m'être réjoui de cet échange — qui vouait cependant cette malheureuse petite famille à la destruction nerveuse. Il travaillait à Saclay. Qu'il soit atomiste atténua mes remords.

Ainsi grâce à l'opiniâtreté de Danièle nous nous trouvions relogés un peu moins mal. Notre nouvel appartement sur cour tournait le dos au boulevard. Nos murs tremblaient bien encore un peu de l'incessant charroi et nous vivions les fenêtres fermées mais maintenant nous pouvions écouter de la musique ainsi que lire ou dormir.

La plus grande des deux pièces fut transformée en atelier et la chambre en une sorte de refuge hermétique où nous arrivions à nous isoler tant bien que mal du ressac qui venait encore battre les murs. Doucement nous nous remettions — nous étions en convalescence.

A l'époque la guerre d'Algérie remuait profondément les consciences, et la plupart de nos proches se trouvaient à différents degrés impliqués dans ces événements. Certains comme Francesca Solleville et Louis de Grandmaison cachaient dans leur minuscule appartement de Montmartre deux responsables algériens, évadés de la prison de Fresnes, recherchés par toutes les polices ; d'autres transportaient des armes, des fonds ou des tracts... Nous seuls, je dois l'avouer, sommes restés autant que possible en dehors (bien qu'Isaïe ait entreposé dans notre cave des ballots d'uniformes destinés au F.L.N. et une malle de dossiers que lui avait confiés au pire des événements son amie Colette Janson). Mon passeport iranien me mettait à la merci d'une expulsion : il me permettait donc de me tenir à l'écart de tout engagement politique trop net. Je me demande ce que j'aurais fait si j'avais été français, si le choix s'était *imposé* à moi. Me serais-je risqué à cacher comme Francesca et Louis des *durs* armés de mitraillettes (prêts à descendre leur voisin de palier « gardien de la paix ») ? Aurais-je eu le courage du Jean Cau de cette période ? J'avoue que non ! Je n'aurais pas fait un bon résistant — Danièle non plus d'ailleurs. En vérité nous nous laissions bien trop absorber par nous-mêmes

Malgré l'intérêt que commençait à soulever la « jeune peinture » moderne, je vendais difficilement mes tableaux. Autour de nous il n'était question que de cote à tant du point, de contrats, d'expositions ; les musées s'ouvraient à la nouvelle génération, il ne se passait pas un jour que ne s'inaugure une galerie. Mais au lieu de me stimuler, paradoxalement cette atmosphère d'euphorie commerciale me démoralisait. Je ne voulus plus aller dans les vernissages, je refusais d'exposer, je me mis à l'écart. Mon orgueil me poussait à prendre de la distance, *je ne pouvais* accepter d'être mis en situation d'émulation commerciale avec d'autres peintres par la petite classe marchande qui commençait à parasiter le territoire de l'art. Je me renfermai donc, ne vendant que quelques rares tableaux à quelques rares collectionneurs. Et plus le marché de l'art s'élargissait plus je me retirais, me coupant ainsi peu à peu de la vie même de la peinture. Ce fut mon tort... et ma chance ainsi qu'on va le voir.

Comme le dormeur qui, pour échapper à un cauchemar, en se retournant d'un bloc sur sa couche se trouve plongé soudain dans un rêve merveilleux, mon refus du Paris de la peinture et du Paris des Terrifériques nous jeta tout à coup sur cette sorte d'*île bienheureuse* où devaient s'écouler les vingt et quelques années qui vont suivre. (Elles furent en effet belles comme un rêve !)

Au début de ces pages j'avais évoqué *Le Docteur Jivago* de Pasternak à propos de ma mère, et l'intensité des émotions soulevées en moi par les images du film. A la réflexion je peux dire aujourd'hui d'où précisément me venaient ces émotions. Bien sûr une sorte de nostalgie de la Russie *vue à travers ma mère* m'avait touché dès les premières images enneigées (surtout si l'on songe qu'un enfant aux grands yeux noirs tristes et sérieux assiste sans bien comprendre à l'enterrement de sa jeune mère parée comme pour ses noces) et cette nostalgie n'avait fait que s'élargir en moi à mesure que les personnages déchirés par la Révolution se perdaient et se retrouvaient. Mais cette émotion qui m'avait oppressé jusqu'à la douleur pendant les trois quarts du film se transforma soudain en larmes véritables au moment le plus irréaliste de l'histoire de Jivago et Lara : Jivago et Lara isolés dans la maison sous la neige. (Ici je constate avec un certain trouble que ces images du film recouvrent pour ainsi dire une à une d'autres images essentielles pour moi : les deux nains de ma pièce *Le Palais d'Hiver* réunis dans leur palais de glace.) Tandis que partout autour les armées blanches et les partisans s'entre-tuent, que la Russie entière est livrée au chaos, un homme et une femme habités par le désespoir de la passion se retrouvent tout à coup en sursis dans le silence de cristal d'une maison féerique (le palais élevé dans la forêt de Paul Eluard). A l'infini, autour de cet amour, la steppe gelée trace des cercles de silence. Momentanément nul ne peut atteindre les amants, tout est lisse. Debout dans une armure de glace la forêt immobile craque sur place et le ciel noir scintille d'étoiles noires. Au sein de la gangue de ce palais, l'homme et la femme se nourrissent de leur passion. Sans relâche il écrit des poèmes d'amour cependant qu'elle, entre ses cils clignés, l'observe depuis la couche de fourrure où de temps en temps il vient se jeter près d'elle en « riant à travers les larmes ». Dehors les loups hurlent vers cette pâle lumière que les épaisseurs de glace effacent doucement sur la vitre... N'est-ce pas ce que nous avons vécu... mais dans les délices d'alizé de l'île ! Notre histoire, sorte de petit satellite tournant jusqu'à présent plus ou moins hors d'atteinte de l'Histoire — cette ogresse — se présenterait comme une suite d'images d'un anti-*Palais d'Hiver* vécues avec la conscience d'une grande main de glace suspendue sur nous... Je repense à notre arrivée dans ces collines si douces si usées, à l'ombre rassurante de ces bois...

Nous avions rencontré par hasard chez Colette Garrigues (qui s'occupait des expositions de peinture dans le foyer du théâtre de Babylone) une jeune femme à l'allure brusque et tendre d'une paysanne du Midi. Elle se nommait Eugénie Luccioni (l'auteur depuis d'un livre que j'admire : *Le Partage des femmes*). Aussitôt nous avions parlé des Maures. Elle était née et avait grandi à La Garde-Freinet où sa mère était institutrice. Il lui restait de l'accent et une certaine rusticité dans ses façons de s'animer en parlant — ce qui ne faisait que souligner l'intelligence pétillante de ce qu'elle disait. Elle nous fut sympathique. Quelque temps après, sa mère acceptait de nous louer à l'écart du village un cabanon qu'elle possédait sur la bosse d'un grand champ parmi quelques mûriers. Le sol était de terre battue : le champ venait jusqu'au lit en passant sous la porte aux planches disjointes. Que l'on ne se méprenne pas : ce n'était ni un « retour à la terre » ni un retour à la pureté ni rien de tout ça ! Pas plus l'un que l'autre nous n'avons la moindre fibre paysanne. Nous étions venus nous réfugier dans ce cabanon comme, à Paris, nous allions accablés d'insomnie dormir dans les fourrés du bois de Verrières. Nous pensions trouver là quelques semaines de répit dans le silence... mais ce fut une sorte de vie *différente* que nous venions de commencer sans le savoir. Malheureusement, faute d'argent il nous fallut rentrer tout en nous promettant de revenir... j'allais écrire *pour toujours...* disons pour autant de temps que nous le permettrait l'argent que je réussirais à ramasser à Paris. Ce que nous ferons quelques mois plus tard, cette fois pour six mois... puis neuf... puis pour l'année entière... et ainsi pour des décennies, sans en avoir décidé vraiment.

Ce pays me paraît aussi étrange qu'un pays imaginaire. Ces paysages enchantés ne sont-ils pas la projection esthétique de mon désir d'enchantement ? Ces sources, ces cascades que sont-elles en vérité sinon des lieux communs poétiques comme le miroir est un lieu commun poétique, comme le poème est un lieu commun esthétique, comme l'amour, la passion, sont la sublimation artistique d'impératifs biologiques qui de bêtes nous font dieux ? En d'autres termes nous venions de désigner le *lieu* à partir duquel il nous était possible d'*interpréter* nos vies par l'improvisation. En nous mettant à côté, dans ce territoire *anormal,* cette île de la folie que sont les Maures — tels que nous les avons connus et tels que nous nous les sommes inventés — nous ne nous doutions pas du chemin que nous allions y parcourir.

Pendant plusieurs années nous vécûmes d'abord partagés entre La Garde-Freinet et Paris où, malgré nos fréquentes désertions, je réussissais néanmoins à vendre des toiles, agissant un peu comme ces joueurs de poker qui, aussitôt un coup réussi, se retirent, à l'étonnement des autres joueurs. En vérité je bénéficiais du *travail* que faisaient les peintres de ma génération et de l'engouement pour la peinture moderne. L'argent commençait à circuler et en revenant de temps en temps à Paris j'étais à peu près certain de réunir en quelques mois de quoi survivre le reste de l'année dans des fermes écartées que nous louaient les paysans. Nous étions autour des années 55-60 donc loin encore de la grande coupure de Mai 68 et d'après-Mai 68 (avec son néo-conformisme et ses *diktats*). Nul ne comprenait alors l'entêtement que nous mettions à vouloir faire coïncider notre vie avec le plaisir, avec les jouissances immédiates. Notre génération était au contraire tout entière projetée dans la conquête du *pouvoir culturel* (que la génération précédente, celle de la Résistance et de la Libération, lui avait abandonné).

Nous n'avions pas d'eau courante, pas d'électricité, mais nous avions le silence, l'espace des bois, des champs, de la mer. Nous vivions plutôt comme des décadents et je m'émerveillais de voir Danièle aller toujours vêtue de façon désinvolte et inattendue ; de même me suis-je sans cesse émerveillé de la voir transformer les ruines où nous arrivions en boudoir intime avec un divan improvisé sur lequel elle se prélassait, lisait, écrivait des journées entières. N'ayant pas de radio ni aucune source de musique (les tourne-disques à piles n'existaient pas encore), je me mis à la guitare. Par paresse, par goût du jeu, sans même m'en rendre compte je me retrouvai à écrire des chansons. Comment aurais-je pu imaginer que ces mélodies prendraient une telle importance dans notre vie !

A Paris nos amis commencèrent à les chanter. Ces chansons devinrent le prétexte à de petites fêtes chez Jean (qui vivait alors avec Carla) et auxquelles venaient Maurice Alezra, Boris Vian, Mariane Feld, Jean-Claude Vignes, Isaïe, Francesca Solleville, Louis et bien d'autres... On jouait de la guitare, on jouait aux cartes, on était insouciants...

Ces chansons et la communication qu'à travers elles je venais d'établir m'apportèrent de vraies joies. Le silence de la peinture « abstraite » m'étouffait depuis trop longtemps. Et voilà que tout à coup je me mettais à chanter pour *dire* ce que ma main ne pouvait peindre. Je venais de lancer une passerelle vers les autres. Dans ces chansons je parlais de Danièle et de moi, du bruit meurtrier de la ville, de notre vie, de la mort, de mes peurs et de mes espoirs : elles devinrent en quelque sorte mon journal chanté. Je venais de *prendre la parole*. Enfin je *disais,* j'extériorisais aussi le rire, le rire de connivence jusqu'à présent resté entre Danièle et moi et qu'il m'était impossible de faire passer dans mes toiles.

En vérité une fêlure s'opérait en moi. J'étais en train de me diviser — cette fois ouvertement, d'une manière palpable : dans l'ombre de mon atelier commençaient à bourgeonner des sortes de cancers, cependant que du côté ensoleillé je chantais la joie, l'amour, le rire. Ces deux aspects de ma personnalité ne pouvaient coïncider ; et même étrangement, plus la part du chant, de la musique, s'épanouissait et soulevait les applaudissements, plus mes toiles devenaient, dans le secret, morbides, mortelles, *irregardables.* Je ne reviendrai plus ici sur ma mère ni sur mon père mais jamais je crois ils ne s'exprimèrent à travers moi avec une telle indépendance qu'au cours de cette période, et c'est avec un égal recul que je songe aujourd'hui à mes toiles-cancer aussi bien qu'aux paillettes qui sortaient comme d'elles-mêmes de ma guitare.

C'est vers cette époque qu'eut lieu pour nous un événement assez comique mais exemplaire. Il marquera une étape déterminante de ma vie de peintre. Dans *Le Vent Paraclet* Michel Tournier évoque avec admiration un bien curieux personnage : Charles Michelson — dont il fut l'un des proches collaborateurs. En effet, Charles Michelson était ce qu'on appelle un homme hors du commun. Une sorte de bulldog des affaires. Trait pour trait il ressemblait à Edward G. Robinson, il en avait les expressions tristes, tendues, volontaires, la carrure courtaude et musclée ainsi qu'un certain charme primitif auquel il était difficile de résister tant il y entrait de bonhomie persuasive : « Allons mon vieux Rezvani, faites-moi confiance, vous au moins vous n'êtes pas comme toutes ces *cloches* qui font de la peinture... »

Tout avait commencé par un coup de téléphone. Nous nous morfondions à Paris, attendant avec notre habituelle impatience le miracle qui nous permettrait de réunir assez d'argent pour filer de nouveau vers les forêts des Maures. « Ici Charles Michelson, vous ne me connaissez pas mais peu importe... Venons-en aux faits : j'ai vu quelques tableaux de vous chez Mme Maillard. Vous pouvez m'en montrer d'autres ? Bien ! Epatant ! Ne bougez pas, j'arrive ! » Une demi-heure après il était là. « Alors où sont-ils ces tableaux ? » Et sans attendre. comme s'il était chez lui déjà, il s'était dirigé vers la pièce qui me servait d'atelier. D'un bref coup d'œil il avait fait le tour de mes toiles. « Tout ça est épatant ! Mon vieux Rezvani vous êtes un fameux bonhomme. On peut en voir d'autres ? » Malgré mon malaise et la répulsion que m'inspirait cet être aux façons trop carrées. je sortis encore quelques toiles. Michelson leur jeta un rapide regard et, s'adressant cette fois à Danièle, il dit d'une bonne grosse voix vibrante : « Savez-vous, votre type est un peintre hors classe ! » Il allait d'un tableau à l'autre, les soulevait pour leur faire prendre la lumière en clignant un peu des yeux d'un air connaisseur : « Déballez, déballez le reste, mon vieux, ne me cachez rien. » Je reproduis son langage de maquignon avec un frisson rétrospectif. L'homme était sans nuances, il avait du *punch* et une sorte de rondeur bon enfant qu'il savait irrésistible. Je sortis jusqu'à ma dernière toile — je devais en avoir une cinquantaine, d'un peu toutes les périodes. « A partir de maintenant vous ne vendez plus rien. O.K. ? Demain je reviendrai vous parler d'un projet qui me trotte par la tête. Donnez-moi la nuit pour y réfléchir. » Il avait sorti une liasse de billets qu'il lança sur le lit. « Voilà un petit acompte. Que vous acceptiez ou non ma proposition... aucune importance ! Au pire cela ira sur l'achat d'un tableau. Tenez, voilà encore ça ! » Deux autres liasses de cent mille francs (somme absolument énorme pour l'époque) tombèrent près de la première. Nous étions étonnés, bien sûr, mais moins qu'on ne pourrait le penser. Le rapport immédiat du tableau avec l'argent donne presque toujours lieu à de ces scènes baroques dans l'atelier. Le dialogue entre *l'homme d'argent* et *l'artiste* est difficilement imaginable pour celui qui ne l'a pas vécu. Il peut être sordide, il peut être au contraire d'une rare délicatesse mais quoi qu'on fasse, quelque couleur que l'on s'efforce de donner à la transaction, il traînera toujours une petite odeur faustienne dans les recoins peu clairs de cette sorte de souk-théâtre que devient l'atelier en la circonstance. Le peintre dont la peinture prend de la valeur *fait* de l'or. Bien qu'il ne peigne pas dans ce but, l'or consacrera son travail ; sans l'hommage de l'or quelle assurance concrète aurait-il de la qualité de son œuvre ? Le peintre est un alchimiste, il transmue la matière brute en valeur. C'est à peu près le sens du discours que m'avait tenu Michelson lors de cette première visite. Ses idées étaient simples et d'un cynisme ingénu : il y a ceux qui ont la puissance, et les autres : les *cloches* — mot qu'il utilisait à tout propos comme on abat un poing sans réplique. (En écrivant ces lignes je ne peux m'empêcher de voir en surimpression le rire éternellement satisfait du Michel Tournier des années 80 dont la philosophie du pouvoir et de la réussite semble en effet s'être alimentée de celle de Michelson — voir l'interview de Tournier dans un numéro des *Nouvelles littéraires* de novembre 1980.) Il me disait encore : « Vous, les peintres, vous êtes les seuls à produire une œuvre que l'on peut lire dans toutes les langues. La peinture, mon cher Rezvani, c'est *l'espéranto* de l'art... » Charles Michelson souhaitait étendre ses multiples activités à la peinture, et ce n'était pas par hasard s'il aimait à en souligner l'universalité et la matérialité. Cet homme que l'on aurait pris pour un boxeur converti à l'art moderne n'était pas seulement un financier de haut vol (directeur de la Banque des diamants de Monaco, P.-D.G. de Radio-Industrie ainsi que de plusieurs autres sociétés), ce qui le distinguait et le mettait très au-dessus des *cloches* de l'entreprise financière c'est la prescience géniale qui lui avait fait inventer en leur temps les radios périphériques. On imagine la puissance de ce Citizen Kane des ondes !

Le lendemain le revoilà : « Bien, me dit-il rondement, j'ai donné l'ordre de faire racheter tous les tableaux de vous qui traînent dans Paris. Voilà encore de l'argent, travaillez tranquille. L'argent c'est moi. L'artiste c'est vous. Mais attention ! Vous ne vendez plus. Mon avocat est en train de mijoter un accord. Je vous prends en main. Vous peignez. Moi je subviens à vos besoins. Ah ! Avant tout il vous faut un atelier. Vous ne pouvez pas rester ici, dans cette petite cage. Non, mon vieux, il vous faut de l'espace... Dès le départ voyons grand ! » Et il était reparti laissant derrière lui sur le lit trois nouvelles liasses de cent mille francs. Nous n'avions jamais vu autant d'argent à la fois. Les histoires de millionnaires s'entichant d'un artiste et le couvrant d'or ne manquaient pas dans le milieu en ces années 60 ; après tout pourquoi ne serait-ce pas notre tour ? me disais-je en rassemblant les six liasses, qu'il soit cinglé ou pas, que m'importe. Voilà en tout cas de quoi vivre et peindre tranquille un an à La Garde-Freinet — que demander de plus ? Au milieu de l'après-midi, coup de téléphone : « Rappliquez immédiatement pour visiter *votre* atelier. Je vous attends au 16, rue Saint-Simon, juste au-dessous de Sonia Delaunay, deuxième étage. Notez-le, ce sera l'adresse de votre nouvelle piaule. »

Il nous attendait en bavardant avec la propriétaire — une vieille Américaine entourée de persans roses. L'atelier était somptueux, feutré, d'un calme extraordinaire. « Vous êtes chez vous, nous dit Michelson, l'affaire est réglée. » Il déplia un papier : « Voilà le reçu d'un chèque. D'ici quinze jours la place sera libre et vous pourrez vous mettre au travail (il avait dit je crois *boulot*). L'atelier sera transféré à votre nom au moment où nous signerons l'accord dont je vous ai parlé. » Je ressentis un pincement d'angoisse. Je me trouvais dans un des plus beaux ateliers de Paris ; en même temps il me semblait tout à coup que j'allais signer un pacte fatal.

Michelson nous fit monter par un escalier intérieur donnant sur une vaste loggia qui servait en quelque sorte d'antichambre au reste du logement. Un mur coulissant pouvait isoler l'atelier, il suffisait d'appuyer sur un bouton : « Avouez, mon vieux, que vous pourrez abattre un fameux *boulot* dans un truc pareil. » Je sentais Danièle tout aussi désorientée que moi. Que cachait tant de générosité ?

Sentant notre flottement, il nous avait entraînés au quatrième étage, chez Sonia Delaunay. Cette incursion chez la vieille dame eut pour effet de nous rassurer aussitôt. Sonia était une amie de Germaine Taillefer — nous l'avions rencontrée d'ailleurs à plusieurs reprises chez elle. Elle accueillit Michelson avec de telles marques de confiance et d'amitié que notre inquiétude en fut immédiatement balayée. « Voilà, chère Sonia, vos futurs voisins. Dites-leur qu'avec l'ami Charles ils peuvent marcher la main dans la main ! » Sonia riait et Michelson la prit familièrement par l'épaule tout en s'extasiant, avec des épithètes outrées, devant les grandes toiles bariolées qui encombraient l'atelier.

En les quittant, je dois avouer que nous nous sentions parfaitement en confiance et apaisés. Pas de doute, nous étions tombés sur la chance de notre vie — comme Staël était tombé sur Teddy Schemp, comme Picasso avait rencontré un jour Kahnweiler ; le miracle que chaque peintre attend venait d'avoir lieu.

Le lendemain il était de nouveau chez nous. Cette fois il s'invitait avec sa femme pour un petit pique-nique improvisé. Il apportait du caviar, du champagne, des roses... et c'est au milieu de mes toiles que nous « fêtâmes ça ». Michelson était après tout un type plutôt sympathique, chaleureux, revitalisant, son enthousiasme me déplaisait nettement moins qu'au début. Combien il est agréable d'être admiré ! Ces superlatifs si détestables, ce ton de voix carré de commis voyageur, je dois avouer que je commençais à m'y faire. Sa femme s'était posée sur un coin du lit, douce, mondaine, effacée dans son Chanel, elle acquiesçait : c'est vrai que son Charles était un cinglé de peinture. C'est vrai qu'il avait une vocation de mécène. C'est vrai qu'à partir de maintenant nous allions être déchargés de tous soucis matériels. En partant il laissait sur le lit trois liasses de cent mille francs — ce qui faisait neuf !

Le soir même nous invitions nos deux meilleurs amis, Isaïe et Jean, à nous gaver d'huîtres au *Roi du Coquillage* à Clichy. Cette fois nous commencions à y croire et pendant tout le dîner, je l'avoue avec honte, je ne fis que parler de notre chance. Nous étions grisés. Jean et Isaïe s'en réjouissaient avec nous mais, peu à peu, à mesure que la soirée avançait nous nous rendions compte qu'Isaïe se renfrognait. Quelques jours plus tard, Jean nous laissait entendre qu'Isaïe, mon plus vieil ami, ne voulait plus me voir.

Au lieu de reconnaître qu'aveuglé par mon coup de veine je venais d'agir avec une vulgarité toute michelsonienne en écrasant Isaïe sous mes vantardises, je me fâchai moi aussi et lui en voulus de ne pas se réjouir avec nous. Mais nos ennuis ne faisaient que commencer ! Notre téléphone se mit à sonner à toute heure. La « nouvelle » s'était répandue dans le milieu et la cote de mes toiles avait instantanément doublé. Des collectionneurs, des marchands me sollicitaient mais malgré leur insistance, fidèle à ma parole, je refusais de leur vendre.

Un jour que nous passions par la galerie Diderot, Zerbib me montra quelques toiles par terre dans un coin. « Je viens de les acheter à ton copain Isaïe. » Je reconnus avec tristesse les différents tableaux que j'avais donnés depuis des années à mon ami. En les vendant à Zerbib il venait de me signifier qu'entre nous tout était fini, à jamais. (Ce qui par bonheur ne fut pas le cas.)

Là-dessus vint s'ajouter un autre événement qui me frappa tout aussi douloureusement. Un jour que Michelson me demandait quels peintres je lui conseillais de prendre, j'avais lancé quelques noms dont celui de Dmitrienko. Michelson s'était aussitôt enthousiasmé pour lui. A l'époque ses tableaux commençaient à se vendre assez cher et son nom était un des plus répandus parmi les peintres de notre génération. Il vivait aux environs de Paris avec l'ancienne femme de Michel Vitold : Christiane Lénier.

Rendez-vous est pris. Ce jour-là nous assisterons, Danièle et moi, pour la première fois, au *travail* que peut accomplir un artiste sur le *client*. Nous nous taisions stupéfiés de voir avec quelle aisance Dmitri et Christiane s'étaient immédiatement posés de plain-pied avec ce personnage qui semblait sorti d'un film de gangsters des années 30. Par un mimétisme étonnant ils se mirent à parler comme lui dans une sorte de surenchère aux superlatifs et aux expressions carrées, ce qui faisait se pâmer d'aise Michelson. Comme dans un mauvais doublage leur dialogue sonnait faux et c'est avec désespoir que je regardais les lèvres de Dmitrienko espérant les voir prononcer d'autres mots que ceux que j'entendais. Les bouchons de champagne sautaient et Christiane détaillait maintenant, en s'aidant d'une sorte de grand registre, les noms des collectionneurs-clients qui possédaient une toile de « mon bonhomme » (comme elle disait). « Voilà, s'exclamait Michelson ravi, Christiane est une femme d'artiste tout à fait épatante ! Vous devriez faire comme elle, Danièle... un beau truc cartonné avec là la colonne des collectionneurs, là la colonne du prix vendu... et ici la photo du tableau... sa date et tout le tremblement. » Est-il possible me disais-je que nous en soyons déjà là ? Et je nous revoyais, Dmitrienko, Lanzmann et moi vibrants d'enthousiasme sur le petit port de Villefranche à l'aube de nos vies de peintres. Que nous étions délicieusement ingénus alors !

Comme s'il avait lu dans mes pensées, Dmitri m'avait montré accroché dans un coin un minuscule tableau figurant un ciel troué d'un soleil jaune d'or. « Tu ne le reconnais pas ? » Comme j'hésitais il m'avait dit sur un ton de voix câlin, en me passant le bras sur les épaules : « Mais c'est de toi, mon Serge, je le garde précieusement en souvenir du temps où nous étions des sortes de mystiques de la peinture. » Puis se tournant vers Michelson il se mit à parler gentiment de moi, comme si je n'étais pas là, en grand frère protecteur désolé de voir son cher vieux Serge gâcher un si précieux talent par ses dérobades et son caractère cyclothymique. « Ah, vous avez entendu, renchérissait Michelson, à partir de maintenant nous allons vous prendre en main, mon petit Rezvani ! Fini le Midi et tout ça ! La peinture ça se passe entre Paris et New York. »

Nous étions rentrés nous enfermer sur nos Terrifériques. Mais voilà que par une répugnante coïncidence, à peine sommes-nous dans notre chambre (il devait être dix ou onze heures du soir) qu'un coup de sonnette retentit à la porte. Je vais ouvrir — c'est Léopold Pieters (ce consul de Belgique sadique, amateur de peinture, que j'avais surnommé le Diable du temps où je vivais au-dessus des Boully). Il avait appris ce qui se passait et, sans attendre, il s'était précipité chez moi dans l'espoir d'acheter à meilleur compte quelques tableaux. Ecœuré, je lui avais claqué la porte au nez.

J'étais profondément démoralisé. En quelques jours

notre situation s'était radicalement retournée ; notre vie ne nous appartenait plus, la preuve : ces neuf cent mille francs qui en principe devaient nous apporter la sécurité et que je voyais maintenant comme le symbole de notre perte d'autonomie. Je commençais à songer à l'atelier avec un frisson. Non, je ne pourrais pas tenir ce rôle, je le savais. Pas question de vivre dans la dépendance d'un tel personnage ! Demain je lui rends son fric, me disais-je, demain je l'envoie au diable ! Mais le moment d'après une angoisse me prenait à l'idée de révéler dans le « milieu » que j'étais prêt à vendre de nouveau des tableaux. Mon revirement ne pouvait que nous précipiter dans le pire. Danièle essayait de me rassurer mais très vite je la contaminai et elle-même commença à voir tout en noir.

Le lendemain Michelson téléphone : « Alors, il travaille ? » demande-t-il à Danièle. Le surlendemain et les jours suivants il pose encore cette insupportable question...

Enfin, je reçois le contrat. C'est simple : contre une rente confortable et l'atelier, je me livrais *à vie* (à Charles Michelson ainsi qu'à ses successeurs). J'apportais en dot mon stock de tableaux. Toute ma production devenait à cinquante pour cent la propriété de Michelson, et lui seul (ou ses héritiers) décidait quand et à quel prix *nos* tableaux devaient être mis en vente... Une foule de clauses secondaires me ficelaient, me réduisaient à ma fonction unique : *faire* des toiles. Aussitôt je lui répondis par pneumatique que *je ne pouvais pas,* et que les neuf cent mille francs étaient à sa disposition. L'instant d'après, me sembla-t-il, le téléphone sonnait. « C'est pas possible, mon vieux ! Un contrat ça se discute... Ne bougez pas, j'arrive ! » A l'idée qu'il pénètre encore une fois chez nous je fus pris de panique. « Non, lui répondis-je, non, je ne peux pas, je ne signerai pas. » Et je raccrochai.

Le téléphone sonne à nouveau. Michelson menace, geint, supplie. Puis c'est le tour de Dmitrienko. Sa voix habituellement si veloutée est dure, tendue : « Fais gaffe, mon vieux, il va te broyer... Allons ne nous fais pas ce coup-là ! » Mais je m'obstine dans mon refus.

Un matin, à l'aube, on frappe à la porte. Se glisse un petit homme : « Je suis l'avoué de M. Michelson. » Et il nous sort trois nouvelles liasses et un papier à signer. Je le renvoie. Il s'étonne : « C'est bien la première fois que je vois des gens refuser de l'argent ; dans ma profession ce serait plutôt le contraire. »

Je ne me souviens plus combien de temps durèrent les *persécutions* de Michelson. Nous vivions oppressés, et dans mon délire j'allais jusqu'à me persuader qu'excédé de me voir lui tenir tête, il allait s'embusquer dans un décrochement de l'escalier qu'éclairait une lumière de morgue.

Enfin, peu à peu, je me décidai à lâcher quelques toiles sur le *marché*. Elles se vendirent au prix fort. Ainsi, sortirons-nous *gagnants* malgré nous de cette aventure. De ce jour je commençai à vendre ma peinture sans problème.

Pour conclure : le soir du putsch d'Alger, l'avoué se présenta chez nous à l'improviste. Son client, nous dit-il, était d'accord pour qu'on lui restitue immédiatement les neuf cent mille francs. L'homme de loi signa le reçu, empocha l'argent et s'esquiva.

Par la suite j'appris que Sonia Delaunay avait elle aussi rompu avec Michelson et qu'elle avait dû emprunter des sommes considérables pour s'en délivrer. De leur côté les Dmitrienko achetèrent une gentilhommière aux environs de Paris. Par ce signe j'en conclus que, mieux armés que nous ou Sonia, ils avaient sans doute su tirer le meilleur parti (pour eux) de cette extravagante rencontre.

Quant à nous, nous étions repartis pour La Garde-Freinet.

Livre quatrième

Bientôt Noël. Aujourd'hui je montais dans le 83 et venais m'asseoir près de Danièle pour ce voyage d'une vie ensemble. Est-ce possible, déjà ?

Dans ce dédale de cinq cents pages dont le dessin m'apparaît aussi capricieux que les replis d'une cervelle débarrassée de sa coque protectrice, j'ai tenté de parler de cette fraction de temps qu'encerclent les lèvres de celui qui du *j* au *e* prononce *je* t'aim*e*. Quelques secondes... ou trente ans pour prononcer ce délicieux vocable. Qu'importe ! Ivres de mon âme amoureuse, les temps de ce livre oscillent autour de ce *je t'aime* éternel. Penché sur ces pages je poursuis par l'écriture une femme qui se dérobe à la grille de mes phrases. Combien il m'a été facile de parler du reste ! Mais elle, près de moi. je ne sais comment la dire. Il me faudrait l'inventer par la seule imagination romanesque, *l'oublier,* elle, en quelque sorte la laisser au seuil de cette pièce où j'écris et la recréer avec de l'encre et du papier jusqu'en ses moindres détails, pour sans cesse y revenir comme si à chaque instant de l'écriture je me trouvais sur le point de perdre la créature de mon imagination et ainsi par de constants rajouts me maintenir en haleine. En tentant d'écrire cette fois sans romancer, profitant si l'on veut du recul de la cinquantaine pour dégager le dessin général de ma vie, je m'aperçois qu'en tout ce qui touche Danièle je ne peux me mettre suffisamment en retrait pour la restituer, *l'objectiver*, la flécher de mots. Ou si l'on préfère j'ai cinquante ans pour le reste mais avec elle j'en suis encore à ma vingtaine de chair. Je suis plongé dans la réalité des sens, je la désire, je la goûte, dirais-je, à chaque instant de l'existence avec une sorte d'incrédulité angoissée. Elle est vraie, me dis-je cent fois par jour en l'entendant, en la voyant, en la sachant à portée de moi. Souvent nous nous étonnons en riant de notre préférence réciproque qui nous tient depuis des milliers de jours exclusivement l'un à l'autre. Nous venons de nous rencontrer, nous nous connaissons à peine et nous supplions la vie de nous laisser encore un peu de temps pour nous connaître... Ce sentiment de danger, cette conscience de n'avoir pas eu encore le temps, voilà une vie que nous les vivons... Cette nuit une prodigieuse bouffée de reconnaissance m'a poussé à la serrer contre moi : « Mon amour, lui ai-je dit, mon amour. » Elle a balbutié comme en écho : « Mon amour. » Et je me suis rendu compte que je la remerciais, lèvres à lèvres, d'être *elle,* elle telle qu'elle est, en phrases courtes et chuchotées cependant que dehors la soie continuellement redéchirée du mistral nous apportait le bruit impalpable et angoissant d'un groupe électrogène nouvellement installé dans un repli de la colline. Oui, du fond de mon être je l'avais remerciée d'être ma complice en folie — car je me sais fou à en mourir sans elle. Elle avait jeté ses bras autour de mon cou (de ce geste spontané, profondément juvénile, jailli d'un délicieux fond de gaieté qui jamais ne s'endort en elle) et elle s'était mise à rire en frottant ses jambes contre mes jambes. Dans le noir nous avons alors longuement bavardé et ce n'est que vers les quatre heures du matin que nous nous sommes endormis. (Pendant tout le temps de ce babillement nocturne il me semblait être encore rue de Babylone dans l'appartement des Arnal, réunis pour la première fois entre des draps dans la nudité de nos jambes mêlées.)

Depuis que j'ai abordé le cœur de ce livre je ne cesse de rêver de Danièle : elle me quitte, nous nous cherchons dans des villes incertaines, je suis déchiré du malheur de la voir s'éloigner et je cours dans des ruelles inconnues espérant par certains raccourcis — qu'il me semble cependant connaître — tomber sur elle mais déjà nous roulons à vive allure dans une voiture sans volant ou dont le pare-brise est obstrué et je me réveille avec la fondante surprise de son ventre sous ma main que je caresse comme une bête assoupie dans sa béatitude. Je vis sa vie (me dis-je). Elle respire à petits coups rapides, ses mains bougent contre ma poitrine comme des mains d'enfant, elle rêve (me dis-je) la part inconnue du rêve inachevé dont je viens... Et commence alors à tourner la roue des pages écrites et à écrire, sorte de loterie dans laquelle je tente de repêcher les images, les paroles, les moments... *Ça* s'écrit dans le noir et je m'efforce de retenir par cœur des passages entiers de mon grand livre fantôme mais le matin la vie des sens me remplit de nouveau, chassant d'un coup les lambeaux de mon écriture nocturne. Dans ses *Confessions,* Rousseau décrit très précisément ce processus de dictée mentale sur le film de l'esprit dont il semble, lui, rester miraculeusement maître jusqu'au matin (Mme Le Vasseur, la mère tant détestée de sa chère Thérèse, entrera dans sa chambre avec une écritoire et une plume d'oie pour prendre à la volée ce que dictera d'une voix pâteuse son gendre encore à demi assoupi). A en croire Rousseau, tous ses écrits importants lui auraient été *dictés* dans un premier temps pendant ses promenades ou ses nuits d'insomnie. Il raconte comment il s'efforçait de retenir par cœur les périodes du monologue intérieur qui se développait quasiment de lui-même cependant qu'il s'entendait pousser des soupirs et que coulaient les larmes. Diderot aussi parle de cette *dictée,* de ce souffle qui lui serait en quelque sorte extérieur au point qu'il se trouve débordé par la bousculade des phrases — ce qui l'oblige à sauter les mots usuels quitte à remplir les blancs dans un second temps. Stendhal affirmait ne pas prévoir ce qui allait se dire entre les personnages de ses romans lorsqu'il en écrivait les dialogues. J'ai déjà cité

Kleist aussi lorsqu'il essayait de préciser comment il se sentait *le premier lecteur* de sa parole. Nous écrivons sous la dictée de cette part inconnue de nous-mêmes et c'est pour cela qu'au moment de nous *mettre à table* (aux aveux) nous nous sentons pris de faiblesse. « Que va-t-il encore sortir de moi ? » Ainsi chaque matin, après l'effroyable sarabande de la nuit, je me pose la question. « Comment tout *ça* va-t-il s'écrire ? » Pourtant je sais dans quelle direction cette immense armée de mots avance. Je suis rempli de murmures en suspens... et soudain, comme le fameux dégel des voix du vieux Rabelais, les phrases commencent à s'articuler, à vivre une vie autonome dont je ne suis que le scribe critique et vigilant. Les heures passent, je suis cloué à ma table ; des bûches ont roulé hors de la cheminée, des serpents de fumée dérivent à travers la pièce ; j'ai froid mais il ne m'est pas possible d'aller tisonner le feu. Je suis au désespoir, ah ! je sais ce que j'aimerais écrire... Ici le rôle troublant de Danièle : elle lira ces pages — elles lui sont en premier lieu adressées — et par réflexion, à travers sa sensibilité, je devinerai quelle part *d'écriture nocturne* sera passée sur ce papier.

Lorsqu'elle était enfant, Danièle n'aimait pas particulièrement lire et ce n'est qu'avec l'adolescence qu'elle découvrit la lecture à travers Stendhal, Kafka, Camus... (Voir tout à l'heure avec elle la liste de ses premières lectures de jeune fille hypersensible que *L'Etranger* puis coup sur coup *Crime et Châtiment* clouèrent au lit avec une forte fièvre.) Quant à moi je lisais passionnément et c'est aussi à travers les livres que nous nous sommes retrouvés encore plus proches. *Les Tropiques, Le Serpent à plume, Moll Flanders, La Foire aux vanités, Mort à crédit, Nid de gentilshommes, Palmiers sauvages, Moby Dick, De grandes espérances, La Princesse de Clèves, Le Rouge et le Noir...* La liste serait longue de ces titres témoins que dès le premier jour nous commençâmes à nous *donner* (dans le sens de dédier) comme on se *donne* une étoile, un coucher de soleil, comme on se *dédie* certains silences ou des fragments de musique.

La première fois que Danièle vint dans ma chambre de la rue du Cirque elle repartit avec les *Nouvelles extraordinaires* et pendant les quelques heures qu'elle resta auprès de moi ce premier jour, je me souviens, sur mon vieux phono à manivelle, de lui avoir *donné* le 13e quatuor de Beethoven — qui de ce moment lui fut *dédié* à vie (et que hier soir encore nous avons écouté doublé pour nous par son immense charge de rappels émotionnels). Le lendemain elle m'apportait *Le cœur est un chasseur solitaire*, et ainsi jour après jour *à travers* Faulkner ou Stendhal ou D.H. Lawrence (et longtemps plus tard Malcolm Lowry...) à aucun moment nos esprits ne se perdirent de vue.

Combien de fois nous sommes-nous retrouvés bien avant dans la nuit ivres d'avoir parlé — un doigt encore passé entre les pages d'un livre à demi refermé ! Certains auteurs furent aimés jusqu'à la déraison ; d'autres aimés par l'un et moins aimés par l'autre ; certains livres furent coupés en deux — *Lumière d'août* par exemple — de sorte que nos lectures puissent se chevaucher dans une même émotion.

Avant de me mettre à écrire il m'était souvent arrivé de poser à mes amis écrivains des questions naïves à propos du temps dans l'écriture. Les contractions et les décontractions du temps à l'intérieur même des phrases m'intriguaient.

Mes questions les embarrassaient. Venant d'un peintre elles étaient cependant naturelles puisque le tableau prétend se situer hors de la durée — ou si l'on préfère il en serait un fragment devenu éternel. Raymond Queneau venait de nous envoyer *Les Fleurs bleues* où il est question d'un duc d'Auge dont on suit les réapparitions de cent soixante-quinze ans en cent soixante-quinze ans (1264-1964). Nous étions en mai ou juin 1965, Raymond et Jeanine, sa femme, venaient fréquemment nous voir lorsqu'ils séjournaient à Gigaro dans la maison des Gallimard. Nous les aimions, eux aussi nous aimaient et je pense que nous étions pour une grande part dans le choix de ces séjours dans le Midi. Raymond m'avait acheté plusieurs toiles et il fut l'un de ceux avec Alain Jouffroy et François Truffaut qui m'encouragèrent à écrire. Lorsque je lui posais ce genre de question sur l'écriture, Raymond jetait aussitôt un rapide regard par-dessus son épaule — comme pour s'assurer d'une possible retraite — et il avait ce rire flanchant, embarrassé, presque mourant d'où émergeait sa voix que l'on aurait dit de cordes de violoncelle raclées : les aigus et les graves s'y mêlaient dans des déraillements tragiques, des hoquets, des geignements, des dissonances à la Webern : « Oh le temps... le temps... » Et faute de réponse il sanglotait une sorte de gloussement de dindon. Ou alors il s'en sortait par un calembour dans le genre : « Timizmonnaye... » et nous nous mettions tous à rire, Jeanine, Danièle, lui et moi ainsi que leur petite chienne Aïda qui moulinait à toute vitesse son trognon de queue en allant des uns aux autres. Je ne sais pourquoi les dérobades à la *Vermot* de Raymond me faisaient penser à ces échelles de secours dont le dernier tronçon se télescope à deux mètres du sol, obligeant ainsi les rescapés à faire un saut ultime qui leur brisera immanquablement la cheville. Chaque fois qu'on le prenait de front sur un sujet important, Raymond filait par l'échelle de fer avec, au bout, la chute inévitable et le bruit d'os cassés du pire calembour. Qu'aimions-nous en lui si ce n'était ce malaise mortel qui le rejetait pantelant sur sa chaise, secoué d'une plainte asthmatique et hennissante comme un pleur d'agonisant ? Le monde semblait s'écrouler autour de lui, il s'y traînait vidé par le doute et tenu, maintenu, soutenu par la bouleversante Jeanine. « Quoi ? Quoi ? » s'étonnait-elle d'un air de petite fille perpétuellement hors du coup : « Quoi ? Qu'est-ce que tu dis, Serge ? — Allons, Jeanine, ne posez donc pas toujours des questions idiotes, geignait Raymond. — Quoi ? Quoi ? Qu'est-ce qu'il a dit de si drôle, Serge, hein Danièle ? » Et de nouveau nous fondions tous dans des rires de tendre malaise. En vérité

Jeanine était une des femmes les plus fines, les plus intelligentes et c'est très intelligemment qu'elle faisait l'idiote : « Quoi ? Quoi ? Je n'ai pas compris... » Elle forçait les gens à s'empêtrer dans des explications en posant l'éternelle question enfantine : « Ah ? Et pourquoi ? — Allons, Jeanine, on n'interroge pas comme ça... — Ah ? Et pourquoi ? » Rire mourant de Queneau : « Mais parce que ça ne se fait pas ! — Ah ? Ça ne se fait pas ? Et pourquoi ? » Ou alors, elle pouvait, tout à coup, dans un « dîner mondain », au moment où *l'ange passe* (un des plus beaux lieux communs), lancer de sa voix de petite fille : « Et elle baise avec qui ? », déclenchant un immédiat brouhaha cependant qu'à la droite de l'hôtesse Raymond commençait à agoniser de rire, bouche ouverte comme un gros poisson aux yeux en forme de loupes que l'on aurait tiré sur la frange de la nappe.

Ainsi je n'obtins jamais de Raymond Queneau un éclaircissement sur *le temps littéraire.* Par la suite je posais la question à tous les écrivains qui passaient par chez nous. Alain Jouffroy me répondit par une phrase qui devint l'excellent titre d'un de ses romans : *Le Temps d'un livre.*

Ces jours-ci en lisant *Les Iles,* je me ressouvenais avec amusement de la venue chez nous (en 1954) d'un petit homme à la tête ronde et à l'expression un peu effarée d'un grillon. Il m'avait dit se nommer Jean Grenier et qu'il connaissait bien ma peinture. Il souhaitait écrire quelque chose dans *L'Express* à propos de mes tableaux. Il resta une matinée entière dans l'atelier, notant scrupuleusement sur un tout petit carnet chaque mot que je disais. Il souriait avec humilité, me demandant de temps en temps d'une voix douce et hésitante quelques précisions à propos des toiles que je le lui montrais. Ensuite nous avions parlé chats et il nous fit promettre de venir chez lui (il vivait il me semble quelque part sur la ligne de Sceaux). Au moment où il allait nous quitter, mal à l'aise sans doute devant l'air humble et effacé de cet étrange petit homme, je lui avais naïvement demandé si en dehors de *L'Express* il écrivait *pour lui.* Il avait redoublé d'humilité et balbutié d'un air évasif : « Oh... un peu... parfois... » Mais quand l'article parut, tout le monde autour de nous s'empressa de nous révéler l'importance de son auteur. Jean surtout nous avait encouragés (avec humeur devant notre réticence) à aller le voir (surtout que son ami Georges Poulot — Georges Perros, depuis — avait pour Grenier une immense admiration). Bien sûr nous ne sommes jamais allés chez le vieux philosophe aux chats et je ne le remerciai pas pour son texte. Son excès d'humilité m'avait ôté toute envie de le revoir. Ce souvenir n'a rendu que plus savoureuse la lecture des *Iles* — surtout ce chapitre qui commence par : « J'ai beaucoup rêvé d'arriver seul dans une ville étrangère, seul et dénué de tout. J'aurais vécu humblement, misérablement même. Avant tout j'aurais gardé le *secret.* » (C'est Grenier qui souligne.) *Les Iles* m'a fait le même effet que son auteur. Par contre combien la préface de Camus est large, généreuse, regonflante !

Mais ce n'est pas tout. Cette visite de Jean Grenier eut une suite assez curieuse et démoralisante pour moi. Quelques années plus tard, au moment où François Truffaut tournait *Jules et Jim,* par une singulière coïncidence, je tombai sur un livre de Ribemont-Dessaigne où justement il reprenait, en le critiquant, le texte que Jean Grenier avait écrit à mon sujet. Ribemont-Dessaigne analysait très durement mes propos sur la peinture, les donnant comme l'exemple même des aberrations dans lesquelles un peintre risque de s'enfoncer lorsqu'il veut introduire une dimension *morale* dans la manière d'envisager son art et de le vivre. (Combien il avait raison !) Rien ne pouvait me frapper plus durement qu'un tel texte — surtout dans les circonstances où je me trouvais.

Le moment où ce livre arriva entre mes mains ferait croire à une intelligence humoristique et cruelle du hasard. C'était une réponse impitoyable au doute dans lequel justement je me débattais. L'expérience que nous venions de vivre avec Michelson m'avait plus que jamais dégoûté du climat *nouveau riche* des milieux de la peinture. Cependant, grâce à cette mésaventure ma cote avait fait un saut important et c'était sans mal maintenant que nous pouvions survivre huit ou neuf mois par an à La Garde-Freinet dans une maison (*La Béate*) que nous louions encore à l'époque. Je vendais facilement mes toiles mais mieux je les vendais plus je souffrais d'en faire le commerce. En vérité nous rêvions de quitter complètement Paris et ses affreux Terrifériques pour vivre tout à fait dans les Maures. Comme on s'en souvient, depuis quelques années je composais pour notre plaisir et celui de nos amis des chansons que tout le monde autour de nous avait fini par connaître par cœur. Un jour, Jean qui en était enthousiaste et qui les savait même mieux que moi, en avait chanté quelques-unes à François Truffaut. François fut séduit et me demanda si j'accepterais que Jeanne interprète *Le Tourbillon* dans le film qu'il préparait à l'époque. Nous avions revu Jeanne avec Jean de temps à autre pendant ces dernières années et bien sûr je n'avais pas hésité à me lancer dans cette sorte de pari amical sur un succès possible. Comme Truffaut aimait ma façon sauvage (pour ne pas dire maladroite) de jouer de la guitare, il souhaita me donner un rôle dans son film pour que j'accompagne Jeanne. J'acceptai amusé de participer à cette entreprise collective où même Danièle devait aussi apparaître.

Nous nous trouvions donc en Alsace, à Thann, pour tourner la scène de la chanson lorsque, entre deux plans, j'ouvre au hasard un livre qui traînait sur une table du décor. C'était les *Affinités électives* de Goethe. Je reçois un véritable choc quand tout à coup mon nom me saute aux yeux. Imaginez ma stupéfaction ! Que vient faire REZVANI dans les *Affinités électives ?* Je lis, incrédule, et constate avec de plus en plus d'étonnement qu'il est question de Jean Grenier et de son texte à propos de ma peinture. Je vais à la page de garde et découvre sous la couverture de Goethe une seconde couverture au nom de Ribemont-Dessaigne. En vérité le mystère était assez simple, bien que le hasard s'en soit mêlé d'une bien étrange façon. Voilà les faits : le matin même, dans un plan précédent, Oscar Werner ou Henri Serre devait feuilleter les *Affinités électives*. Par un oubli de l'accessoiriste le livre manquait. On envoie un assistant faire le tour des librairies de Thann pour le trouver. Bien que nous fussions en Alsace, les *Affinités électives* n'existent pas à Thann. Pressé par le temps, l'assistant achète alors le premier livre qui lui tombe sous la main et court chez un imprimeur auquel il demande de composer en vitesse une fausse couverture dont il fait relier l'ouvrage de Ribemont-Dessaigne. (Je ne me souviens plus du titre de ce livre que je n'ai pas réussi à retrouver dans mon atelier à l'abandon.) Cet incident si *bretonnien* eut sur moi un effet de démoralisation très pénible dans les circonstances où je me trouvais. Ce film m'avait momentanément dévoyé de la peinture, nous passions, Danièle et moi, nos journées à attendre que Truffaut finisse de tourner les séquences dans lesquelles je figurais avec ma guitare. Je ne m'appartenais plus, j'avais accepté d'être l'objet d'un cinéaste qui m'utilisait selon le plan de travail de l'équipe... et les trous dans le brouillard. J'en souffrais depuis le début du tournage bien que François, me sentant rétif, eût tout fait pour me rendre le moins désagréable possible cette épreuve. Mais malgré l'ambiance amicale de ce travail je ressentais une inavouable angoisse de me trouver fondu dans un groupe. Avec quelle impatience j'attendais de pouvoir me sauver vers nos solitudes ! Par malheur un épais brouillard s'était abattu sur l'Alsace, gommant pendant près de quinze jours les paysages où Truffaut devait tourner certaines séquences de son film. L'équipe entière attendait dans le chalet que la brume s'entrouvre un peu. Dès que nous le pouvions nous nous évadions, Danièle et moi, pour faire de grandes promenades dans cette sorte d'éponge où on n'y voyait pas à trois mètres. Et c'est sans enthousiasme que nous revenions, les habits trempés, nous enfermer dans le chalet enfumé. Les uns après les autres les plans d'intérieur avaient été épuisés et maintenant tout le monde guettait les éclaircies. Il y avait bien là une trentaine de personnes entassées dans l'étroite maisonnette de bois. *L'Ange exterminateur* nous avait paralysés sur un ballon d'Alsace ; les sapins émergeaient par moments entre les déchirures de brume puis, presque aussitôt, le cocon humide se refermait et il fallait se résoudre à l'interminable attente. Plusieurs fois je fus sur le point de m'enfuir en voiture mais Danièle, qui pourtant souffrait autant que moi de cette attente, m'en empêcha en se moquant de mes airs dramatiques et je restai, regrettant de m'être laissé prendre au piège de cette éphémère communauté.

De nous tous, Jeanne (que les techniciens nommaient la Moreau) semblait la mieux armée pour cette sorte de veillée funèbre. Elle jouait là son rôle le plus soigné : celui de la comédienne simple : Jeanne dans le hiatus Jeanne hors du champ de la caméra, Jeanne ayant-le-mot-gentil-pour-chacun, Jeanne si patiente, Jeanne si modeste, « la Moreau » régnant sur son petit monde avec une bienveillance suave où chacun devenait *mon petit* ou *ma petite :* Ma petite Truffe, mon petit Serge, ma petite Danièle, ma petite Flo, mon petit Werner, etc. Même les plus rétifs comme le désagréable Coutard (mon petit Coutard), se trouvaient malgré eux enrôlés dans cette sorte de *cour.* Le désœuvrement rendait tout le monde amorphe et apparemment consentant, et chacun, à la fin, avait un rôle bien défini dans ce petit royaume des brouillards. A tout moment Jeanne me demandait avec des intonations boudeuses : « Mon petit Serge, chante-moi une chanson, dis, tu veux ? » Et je prenais ma guitare avec la curieuse impression d'être asservi là où pourtant habituellement, avec mes amis, j'avais toujours eu la sensation d'une communion dans le rire et le chant partagés. Peu à peu, Jeanne avait fini par savoir la plupart de mes chansons par cœur. « Après le film, je veux toutes les enregistrer, elles sont à moi », disait-elle avec une gourmandise possessive. Et de ce moment elle commença à dire : « mes chansons ». L'équipe entière chantait *Le Tourbillon* ainsi que la plupart de mes autres airs et chacun me prédisait un immense succès dès la sortie du film — ce qui en effet se réalisa.

Au fond de moi j'étais divisé : je souhaitais que mes ritournelles marchent et en même temps je le craignais. J'avoue qu'en vérité je ne voyais là qu'un moyen facile de gagner assez d'argent pour aller vivre comme bon il nous semblait. Encore une fois je raisonnais à la façon de ces joueurs qui au premier gain important ramassent la liasse et se sauvent. Le coup fait, je tenais à disparaître et pour cela, pour m'assurer en quelque sorte l' « impunité », j'avais été jusqu'à choisir un pseudonyme éloquent : Bassiak (ce qui en russe signifie : vagabond). C'était sur un mode ironique affirmer ma vocation *marginale* (mot devenu détestable aujourd'hui mais qui dans les années 60-65 signifiait encore).

Enfin le soleil réapparut et je tournai les derniers plans qui me concernaient. Nous étions assis dans l'herbe devant le chalet, Oscar Werner, Henri Serre et moi, et je disais cette phrase d'Apollinaire : « Mon Dieu, épargnez-moi les souffrances physiques, les souffrances morales je m'en charge ! » Sur ces mots terribles (venant d'un trépané), je devais me lever et aller rejoindre Jeanne sur la terrasse du chalet — à environ cinquante mètres.

Ici se passa un petit incident qui me laissa une impression déplaisante. Au moment où j'allais faire mes derniers pas devant la caméra, François me prit à part pour me donner quelques directives. Il me montra le chemin exact qu'il me faudrait parcourir jusqu'à Jeanne — qui de son côté devait apparaître au loin sur le seuil du chalet. Soudain je compris que François voulait, en quelque sorte, un peu me faire payer (comment le définir autrement ?) pour ma façon de me tenir à part, pour le peu de plaisir que j'avais pris au tournage, pour ma hâte de repartir vers notre vie écartée, bref, il m'avait dit à la façon d'un gamin qui fait une blague : « Arrivé à Jeanne vous l'embrassez sur la bouche et ensuite vous l'entraînez dans le chalet. » Evidemment, ce baiser n'avait pas de sens à une telle distance de la caméra ; il n'en avait d'ailleurs pas été un seul instant question pendant les répétitions de ce plan. De me donner cette indication, pour ainsi dire à l'inspiration, prenait ici une signification particulière. D'appuyer mes lèvres sur la bouche de quelqu'un ou sur sa joue, dans ces circonstances, revient en soi au même ; par ailleurs je n'avais jamais ressenti le moindre attrait physique envers Jeanne — et cela ne pouvait être d'aucun trouble pour moi. Cette exigence de dernière minute m'énerva cependant contre Truffaut. En un éclair je compris que par ce baiser de cinéma, qu'il prétendait me soutirer *en fin de contrat,* il voulait me dire, à sa façon, que l'exclusivité de l'amour que je portais à Danièle — et sa réciprocité — devait s'effacer devant les réalités de la vie, et me montrer qu'ici, sur le plateau de *Jules et Jim,* il ne pouvait y avoir d'autre idéologie que celle du triangle. Peut-être je fabule mais il me sembla alors que François voulait comme nous *punir* de notre amour égoïste, à la façon de l'incorrigible gamin qu'il était. La caméra se mit à tourner et je m'en allai, ma guitare sur l'épaule, en direction du chalet. Je traversai la terrasse et, arrivé à Jeanne, je lui effleurai la joue. Jeanne parut surprise et François me lança un regard insistant de ses petits yeux noirs mais il n'osa pas me faire recommencer le plan et nous en restâmes là. En refusant d'embrasser Jeanne, je m'étais placé hors de leurs critères, je n'avais pas adhéré à la « grande famille du cinéma »... Au moment où nous montions en voiture, Truffaut m'avait donné les fausses *Affinités électives* de Ribemont-Dessaigne — en souvenir.

Ce séjour parmi la tribu des comédiens nous donnait plus que jamais le désir de poursuivre notre existence écartée loin du regard des autres dans cette île des Maures que nous nous étions inventée. Je me remis à peindre, bien décidé cette fois à ne plus me laisser accaparer par des préoccupations extérieures à la peinture. En vérité quelque chose cependant avait changé. Ceux qui ne créent pas auront peut-être du mal à comprendre ce qui va suivre. En divulguant mes chansons, en les commercialisant, j'avais introduit sans le savoir un élément de distraction dans mon travail de peintre. En d'autres mots : *Je ne comptais plus exclusivement sur la peinture pour me sauver.* Maintenant il y avait *aussi* mes chansons. La fêlure s'était agrandie en moi, je n'assumais plus en entier et sans recours l'angoisse de peindre. Je m'étais en partie détourné de cette fascination silencieuse que représente une discipline unique chaque jour remise par elle-même en question. Je m'étais *rassuré* en divulguant par le film puis par deux disques 33 tours (enregistrés un peu plus tard par Jeanne), ce qui, jusqu'à présent, n'avait représenté pour moi que la part du jeu et de l'amitié. Que l'on me comprenne. Ces chansons n'engageaient pas, comme la peinture, la part secrète et maladive de mes obsessions : elles ne transmettaient qu'un faible écho de ce que nous vivions si intensément tous les deux.

Enfin le film était sorti et tout à coup nous voilà éclairés d'une lumière de music-hall. Mon orgueil en est éclaboussé : je suis devenu celui qui a écrit les chansons de Jeanne Moreau. Le reste disparaît derrière l'ombre projetée. Je souffre de cette division. « Nul de nous ne pense assez n'estre qu'un », disait Montaigne. « O homme ! resserre ton existence au-dedans de toi », reprend Jean-Jacques Rousseau. Mais il était trop tard. Tous s'émerveillent du brusque succès de ma ritournelle. Tous me parlent de ce petit air qui est en train de faire le tour du monde. Je n'ai aucune vanité mais de l'orgueil immensément ! La vanité m'aurait fait me contenter d'une aussi séduisante réussite ; mon orgueil commence à me la rendre encombrante. On me sollicite de tous côtés. On me propose d'autres rôles au cinéma. Je reçois même des offres de Hollywood : on m'y invite pour y écrire les chansons d'un film musical — ce que bien sûr je refuse en m'en amusant. Moi qui ne sais pas une seule note de musique je me sens tout à coup dans la peau de mon père : je suis un imposteur ; la musique est une magie, elle sort malgré moi de mes doigts lorsque je les pose sur ma guitare. Partout où nous allons, la chanson de *Jules et Jim* nous poursuit. Dans la rue les gens la sifflent, des mendiants la jouent à l'accordéon, la radio passe *Le Tourbillon* vingt fois par jour, les enfants de nos amis nous la zozotent lorsque nous arrivons chez eux ; jusqu'aux possesseurs de mes tableaux, jusqu'aux marchands de tableaux eux-mêmes qui ne voient plus en moi qu'une sorte de baladin cachottier. Edouard Loeb me dira un jour au coin d'une rue : « C'est merveilleux, Serge, réussir une belle chanson est infiniment plus difficile et plus important que réussir des tableaux. » Ces paroles m'avaient stupéfié venant du marchand de Max Ernst. En vérité tous ces gens s'émerveillaient de découvrir quelles relations privilégiées nous avions parmi les dieux de l'inaccessible Olympe du cinéma. De plus, ils nous avaient aperçus, Danièle et moi, transformés en lumière dans le film qui faisait se pâmer Paris ; j'étais l'auteur de la ritournelle que chantait si joliment Jeanne Moreau, et maintenant en ouvrant leurs journaux ils apprenaient que nous sommes « les meilleurs amis de Jeanne » — car de même qu'elle faisait siennes mes chansons (jusqu'à aller prétendre les écrire avec moi), de même Jeanne nous faisait siens, se confondant tout à coup dans la profonde amitié que nous portions depuis des années à Jean — son mari déchu. Bref, au lieu de trouver cette paix dont je rêvais pour peindre, nous voilà projetés dans les malentendus et une infinité de tracasseries. Il me faut signer des contrats avec des éditeurs de musique — obligé pour cela de traîner partout avec moi des musiciens auxquels je suis contraint d'abandonner la moitié de mes droits musicaux (car par une absurde loi de la S.A.C.E.M. si vous ne savez pas *écrire* la musique vous ne pouvez être que mélodiste et il vous faut trouver alors un cosignataire membre de la S.A.C.E.M. qui empochera ainsi à vie une part égale à la vôtre sur chaque note de musique). Dans la profession chacun montre de la mauvaise humeur à laisser un dilettante s'approcher des droits qui lui reviennent. Nous étions débordés et plus d'une fois nous fûmes tentés de tout laisser tomber. Danièle, qui pourtant commençait à s'inquiéter de me voir en quelque sorte oublier la peinture, m'aidait du mieux qu'elle pouvait à m'y retrouver dans les multiples paperasseries de ce faux métier. « Quand pourrons-nous enfin partir vivre complètement à La Garde-Freinet, disais-je, et peindre cette fois sans plus me soucier de rien ? »

Je ne me doutais pas que sous peu les mots allaient remplacer, pour moi, les images.

De tous les lieux où nous avions séjourné parmi ces collines c'était sûrement le plus retiré le plus paisible et à la fois le plus *civilisé.* Depuis l'époque des Sarrasins, les générations qui s'y étaient succédé avaient fini par sculpter l'étroit vallon en jardins fortifiés d'une architecture irrégulière de murs, d'escaliers tournants sous des arches inutiles, de successifs paliers ordonnés autour d'une source qui jaillissait directement du rocher dans une vasque souterraine. Des arbres plusieurs fois centenaires enserraient ce repli où l'on pouvait deviner, à mi-hauteur, une maisonnette *à l'italienne* peinte de couleurs fruitées ocre orangé lavées par les pluies. De vieux rosiers pompons comme en plantaient jadis les paysans s'accrochaient à la façade et s'enroulaient sur le tronc velu d'un palmier plus haut que la maison. Le long du chemin trois vieux cyprès (signe de bienvenue) ajoutaient à l'*italianité* de ce lieu perdu dans la forêt. D'une terrasse à l'autre des aloès et des yuccas se mélangaient sans trop d'ordre aux romarins arborescents, aux roses trémières, aux mimosas, aux plaqueminiers, aux poiriers, aux cerisiers et aux quelques pruniers depuis longtemps délaissés dont la présence témoignait d'anciens soucis d'utilité. Des hommes s'étaient nourris sur ce pli de terre puis s'en étaient allés... et maintenant il ne restait que des signes qui selon les saisons se ravivaient ou se fanaient. Plus haut, recouvrant la colline, le cirque gradué d'une châtaigneraie aux arbres tourmentés ramassait la maison dans une courbe romantique d'une solennité hors de proportion avec sa modestie. La propriété portait un nom ridicule qui nous avait enchantés : *La Béate*. Aussitôt nous l'avions louée. Ici tout parlait à nos sens et à nos sentiments, et je dois dire que sans le désir fou que nous avions de nous y ancrer, je n'aurais sans doute pas si facilement dit oui à Truffaut lorsqu'il me demanda ma chanson. Naïvement je pensais qu'*un coup* comme celui-là nous rapporterait de quoi acheter cette terre. En vérité il nous fallut des années pour la payer et sans l'aide réunie de tous nos amis jamais nous n'aurions pu réaliser ce rêve. Je m'aperçois en écrivant cette page si importante pour moi combien les mots : lieu, source, vallon, châtaigneraie, jardin, pli de terre, rosiers pompons, etc., suffiraient jetés en vrac sur la feuille. Les assembler en phrases, les ordonner en d'involontaires préséances c'est un peu détruire ces bouffées d'émoi. Pour bien faire il me faudrait les écrire les yeux fermés comme si je posais des parfums sur une feuille de buvard en signes délayés, un peu à la façon dont Bonnard *dé-cernait* les divers éléments de la réalité pour les fondre en un tout lisible *autrement*. Souvent nous nous demandons : qu'aurions-nous vécu ailleurs ? En vérité nous le savons bien : les lieux ne sont que les réceptacles d'une transfusion et ailleurs nous aurions *nommé* avec autant de bonheur le reflet de notre paysage intérieur.

Nous louions donc depuis deux ans cette maison des bois (où il n'y avait ni eau courante ni électricité ni aucune commodité) lorsqu'un jour le vieux propriétaire vint nous voir à l'improviste : « Je veux que *La Béate* devienne *votre* maison. Ma femme et moi nous vous ferons toutes les facilités que vous voudrez. Réfléchissez, mes enfants. » Le vieil homme était sentimental et à la fois carré. Il avait été colonel en Afrique et c'est en prenant sa retraite qu'il avait acheté *La Béate* pour son passé sarrasin et pour sa solitude : « en souvenir du bled ». nous avait-il précisé. Mais sa femme, dont la vie s'était écoulée au fin fond du Sahara, refusa tout net de s'exiler à nouveau dans un lieu aussi écarté.

Ainsi, presque malgré nous, poussés par ce vieux colonel, devînmes-nous propriétaires du vallon et de quelques hectares de bois autour. Ce fut un grand moment pour moi. J'en ressentis un étrange apaisement. Je venais de franchir une étape essentielle de ma vie. Il me semblait m'être mis cette fois hors d'atteinte comme si j'avais tracé un cercle enchanté autour de Danièle et de moi. Nous n'avions pas un sou pour les premiers versements (ils se répartissaient sans intérêt d'aucune sorte sur les dix années à venir) mais aussitôt, comme pour confirmer notre chance, nous trouvâmes une aide auprès de différents amis (qui par la suite ne voulurent jamais que nous les remboursions) et je dirai ici en particulier à Michel Laval et à Raoul Tubiana combien nous leur serons toujours reconnaissants de l'extraordinaire générosité qu'ils eurent pour nous en cette circonstance.

C'est vraiment sans y croire que nous nous étions retrouvés un jour chez le notaire de Grimaud avec le vieux colonel et sa femme pour signer les documents qui nous *donnaient* ces terres (moi, l'homme de nulle part et elle qui avait tout quitté pour me suivre nulle part !).

Jusqu'au moment où *La Béate* nous appartint je m'étais toujours senti totalement exposé, il me semblait vivre à découvert, sans rien où m'adosser. A aucun moment — je pourrais dire depuis ma première lueur de conscience — à aucun moment l'angoisse d'être *sans lieu* ne m'avait quitté, à tel point qu'elle était devenue le *lieu* fixe sur lequel je me rassemblais. Cette angoisse du nulle part j'en avais fait ma demeure et lorsque Danièle vint me rejoindre c'est avant tout au sein de cette angoisse qu'elle pénétra avec cette extraordinaire force de vie qui la caractérise. Elle vint et elle se chargea de mes peurs. Elle se chargea de ce vide de mort laissé en moi par ma mère puis par Nahidé. Elle m'insuffla sa foi indestructible dans la vie et les manifestations sensuelles de la vie. Elle sut réveiller en moi l'amour de la vie, et des élans que je n'avais jamais ressentis avant elle.

* *1975.*

En ce moment le feu dans la salamandre rougeoie derrière le mica, et les arbres sans feuilles font un dessin rigide à travers les ramages des rideaux transparents. Plus tard cette même chambre s'assombrira des verts de jungle de l'été, les fenêtres s'ouvriront sur les vibrations tendues des cigales...

Ce matin enfin il pleut. Il pleut depuis hier. Il pleut comme il pleut dans le Midi, régulièrement, lourdement. Il n'avait pas plu depuis des mois et nous n'avions plus d'eau. Revenus aux temps anciens quand il fallait toujours penser à économiser. Tout à l'heure nous allons enfin pouvoir prendre un merveilleux bain tous les deux dans la salle de bains bien chaude !

Ce matin j'avais la flemme d'écrire mais je me dis que si je ne m'y mets pas un peu chaque jour je n'y croirai jamais assez pour continuer. Déjà hier je m'étais donné l'excuse de faire des gâteaux pour le thé ; la maison est encore tout embaumée de parfum de cannelle et de gingembre. Aujourd'hui je suis tentée de trouver qu'il pleut trop, que c'est sinistre... on n'y voit rien par la fenêtre... bien qu'au contraire, la chambre n'en paraisse que plus intime, plus chaude avec la lumière des petites cloches en pâte de verre orangé. La chatte dort en boule sur la couverture de fourrure, poil contre poil, petite touffe blonde sur l'immensité fauve. Le feu est rouge à travers le mica de la salamandre et les fleurs du tapis sont douces sous mes pieds.

Les merveilleux portraits que Serge a faits de moi

* Fragment des carnets de Danièle

l'été dernier me regardent, double trois fois répété. Triple reflet renvoyant trois paysages d'un même être. C'est un peu narcissique d'avoir ces tableaux réunis dans la chambre mais à part nous presque personne n'y vient, et j'aime les entrevoir en me réveillant dans la pénombre claire du matin, surtout celui sur fond vert, presque indécent et dont, étrangement, je trouve qu'il se dégage quelque chose de religieux, de mystique.

En bas, dans la grande pièce où il écrit en ce moment même, il n'y a que le grand dessin à l'huile. ocre, celui où je suis dans le hamac, avec la chatte, enroulée dans des étoffes à la Matisse : première approche de toute la série des toiles de cet été. Son double ocre et blanc est là devant moi, au-dessus du lit, « Maya nue » grandeur nature appuyée sur les graphismes des coussins dans les mailles du filet. Par le biais de mon regard, pendant que j'écris, je m'entrevois aussi de profil, peinte repliée sur les paons et les feuillages de velours roux dont le velours original se déploie sur le pouf où je viens de poser cette dernière page. Par un jeu de miroirs, je m'aperçois encore, triplée dans la glace encadrée de marbre blanc de la coiffeuse, debout, hiératique, dans ce costume qui paraît un déguisement raidi par la sublimation de la peinture, vêtement que je porte là, maintenant, légèrement décalée devant ce même miroir, dans la fragilité plus souple du quotidien de la vie : tunique de soie noire brodée de fleurs bleues et roses retombant sur un pantalon brillant noir.

Le temps de ces portraits c'était au printemps de l'année dernière. Serge venait de donner le manuscrit de *Fokouli* chez Stock et il ne savait plus que faire, il ne voulait pas se remettre à écrire aussitôt. Nous revenions de Paris et il errait dépossédé, inquiet, débarrassé de ces cinq cents pages, de deux ans de vie, mais vacant, trop vacant à *La Béate* où le temps est suspendu, où rien n'intervient sans que l'on en prenne l'initiative. Il relisait des bouts du double de son manuscrit, comptant les semaines, les mois qui le séparaient des épreuves où il retrouverait ses mots autrement : écart de typographie suffisant pour être légèrement surpris, dépaysé, avoir l'illusion d'entendre sa voix comme celle d'un autre.

Dans cette attente, il rouvrit l'atelier fermé, condamné depuis la série des toiles sur le Vietnam : ces immenses papiers noirs et blancs faits dans un même élan en l'espace d'un mois et qu'il achevait souvent le soir, tard, à la lueur blafarde des lampes à pétrole posées par terre. C'était il y a quatre ou cinq ans, nous n'avions pas encore l'électricité. Il venait de finir *La Voie de l'Amérique.* La guerre du Vietnam était dans sa phase la plus cruelle : la jeunesse américaine multipliait les manifestations, marches sur le Pentagone, refus de payer les impôts, désertions. Serge se lança sur cette série de tableaux dans un élan de fraternité entretenu par l'horreur des nouvelles que nous apportaient la radio ou les journaux... et d'admiration pour tous les actes de révolte qui enrayaient la mécanique américaine. (Ces toiles sur papier marouflé ont été par la suite exposées au musée d'Art moderne, il y en avait une vingtaine de 3,50 m sur 2 m. Serge les a offertes à Cuba. Il ne voulait pas qu'elles puissent être séparées ou commercialisées.)

Dense magma de tôles casques boulons mêlés à une jungle de chairs pendantes, vision oppressante qui au début me donnait des cauchemars, me chassait de l'atelier au bout de quelques instants comme beaucoup d'amis quand ils venaient les voir. Le contraste était à la limite du supportable lorsqu'on arrivait de la terrasse ensoleillée, ombragée des pâles premières feuilles, croulante de roses, murmurante d'abeilles et d'insectes, et que l'on plongeait dans l'antre obscur de l'atelier face à ces champs d'enfer. J'ose à peine dire qu'à la longue on s'y habituait et qu'il nous arrivait de rire parfois de ces « mascarades » de charniers. Serge compris vite qu'il ne pourrait ni continuer ni répéter de tels actes d'exorcisme et l'atelier fut bouclé.

Pendant plusieurs années la maison est restée comme coupée en deux : devant, la pièce du bas et la cuisine ; au premier, symétriques la chambre et la salle de bains ; et derrière, sur toute la longueur, à mi-niveau, l'atelier sombre et froid avec ses fenêtres envahies de lierre, refermé sur lui-même et sur les quelques toiles anciennes qui y sont entassées.

Au printemps dernier la lumière y est entrée à nouveau. On a repoussé les volets contre le lierre, allumé le merveilleux vieux Godin. En haut de l'escalier, on laissait la porte de la chambre ouverte et au bas des marches, celle qui communique avec le rez-de-chaussée. La maison était redevenue l'œuf originel, toutes portes ouvertes : l'air chaud, la musique et nos voix circulaient librement.

Puis Serge a commencé à faire quelques dessins de moi avec un bâton trempé dans de l'encre de Chine, d'un seul coup, sans repentirs. De la chambre je n'avais qu'à descendre quelques marches pour poser lorsqu'il me le demandait. Mais il s'ennuyait à ces « dessins d'écrivain », il n'est pas quelqu'un à se délasser, ni à s'amuser à dessiner. Ça n'a commencé à aller que lorsqu'il s'est lancé sur un grand format, n'ayant rien prévu, rien prémédité — il n'avait ni châssis ni toile ni couleurs. Il retrouva un vieux pot de peinture blanche qui avait servi pour la maison, me réclama un tube d'ocre-jaune que j'utilise quand je peins mes petits paysages et il sacrifia une ancienne toile — recouverte entièrement de blanc : en un instant la trace d'un moment de vie des années 60 fut gommée. Mais déjà ce geste avait suffi et c'est comme ça qu'apparut de mémoire, sans que je sois même entrée dans l'atelier, ce grand dessin à l'huile ocre, à l'expression si intérieure et intime qui avait fait dire à Claude Delay en le voyant : « C'est le regard que Danièle réserve à Serge. »

Ensuite il y a eu les portraits en couleur qui sont

dans cette chambre. Il pleuvait, dehors il faisait encore froid et c'était merveilleux d'être là, dans l'atelier, tous les deux, complices coupés du monde, enfermés dans l'*absurdité* magique de l'art — comme sur cette grande toile brune où nous figurons ensemble, tels les donateurs, de part et d'autre d'un tableau inachevé représentant les jardins de Nîmes avec, sur la partie nue de la toile, l'ironie de l'ébauche d'un trait de pinceau.

A partir de là sont venues toutes les grandes marines : immense fresque de corps nus plus ou moins immergés dans une mer apparemment tranquille mais brouillée d'une mousse d'alluvions ; portrait d'une jeunesse gracieuse à la nudité éternelle, encombrée de terribles lunettes noires contre un soleil aux halos inquiétants ; ciels de fin du monde traversés d'un oiseau blanc ; et la lente procession des Abraham (dont je retrouve l'image aujourd'hui dans *Le Canard du doute : Et il semblait que tous ces hommes balancés par la cadence de leurs pas avançaient depuis toujours, qu'ils s'étaient mis en marche depuis toujours, depuis des siècles, épaule contre épaule, et qu'ils n'allaient nulle part*).

Certains de ces tableaux ont été peints en une journée, dans une sorte d'inconscience et de facilité apparente. Les vagues, les bulles d'embruns naissaient comme par magie, vraiment, du bout d'un pinceau barbare semant d'autres embruns de couleur sur le sol éclaboussé. Les ciels étaient faits d'un même élan, sans y revenir. Cette aisance, cette rapidité concernaient surtout les toiles de plein air. Celles des tableaux dans le tableau, de l'atelier, ou les portraits de moi, lui donnaient plus de mal, lui prenaient plus de temps. Il s'acharnait alors sur la toile parfois deux ou trois jours de suite mais toujours dans un même mouvement, préférant recommencer, recouvrir plutôt que de perfectionner dans le détail.

Je m'étonnais souvent, le voyant faire, qu'il ait pu autrefois mettre un mois ou plus pour aller au bout de certaines toiles abstraites — exactement le contraire, revenant sur les repentirs, polissant, grattant la peinture fatiguée de tant de rajouts, changeant de technique, passant de la colle à l'huile puis à l'acrylique, se martyrisant dans des problèmes de technique. Et voilà que soudain, il employait l'huile simplement, directement, sans préparation, sur la toile vierge dont il lui arrivait de laisser apparente la nudité pour des visages ou des corps qui se dégageaient de la matière.

Il y a une vingtaine de ces tableaux « qu'on ne peut emporter sous le bras » — 3,50 m sur 2 m — tous égaux. Plus grands ils n'entreraient pas dans l'atelier. Ils sont entassés sur le mur du fond, cloués avec un vide entre eux afin qu'ils ne s'abîment pas les uns les autres. Pour les montrer il faut les déclouer et on les tourne comme les pages d'un livre.

Pour nous : trace, relais, mémoire d'une année de vie à travers les saisons... Souvenir si vivace de l'été avec la fenêtre grande ouverte sur la lumière verte des châtaigniers... l'atelier très sombre contrastant avec l'éclairage cru du dehors. Les plages bleues rayonnaient dans cette ombre où j'allais nue me retrouvant parfois piégée sur la toile crue comme en négatif. Je ne peux revoir ces tableaux sans que surgissent la sensation de la touffeur bourdonnante de ces mois de lumière et la vision de Serge allant et venant torse nu, bronzé, les cheveux fous, mince dans son blue-jean, pieds nus sur les gouttes de peinture bleue éclaboussée...

Il y a une quinzaine de jours nous nous trouvions à Sienne, avec Gérard Fromanger et Anna Kamp, dans un restaurant sur la place del Campo déserte et brouillée de pluie. Nous sommes allés rejoindre nos amis en Toscane. Ils quittent Paris. Ils s'installent sur les hauteurs plantées de cyprès d'une de ces collines que l'on dirait peintes à même le ciel tant elles sont identiques à l'image que les peintres siennois en ont laissée. Gérard et Anna viennent d'acheter une vieille chapelle entourée de quelques bâtiments plus ou moins en ruine. En arrivant à Sienne nous avons retrouvé dans leurs yeux cette même joie un peu effrayée qui nous avait éclairés, l'un et l'autre, lorsque nous nous étions lancés dans l'achat de *La Béate.* Comme pour nous, une série de *miracles* leur a permis de réussir sans en avoir vraiment les moyens le « pas de côté » à partir duquel la chimie d'une rencontre devient de l'alchimie. Ils se sont mis *en demeure* d'inventer leur vie.

Après avoir déjeuné dans la merveilleuse coquille inclinée qui rassemble Sienne — ainsi que toute la Toscane, semble-t-il — dans son mouvement de douceur, nous avions un peu parlé. Nous nous sentions tous les quatre assez émus de nous trouver là. Ensuite, profitant d'une éclaircie, nous étions montés jusqu'à la colline flamboyante de cyprès noirs où se dressait le mirage, le palais, la projection... C'était en effet d'une limpide perfection. Les collines se croisaient à perte de vue jusqu'à Sienne, au loin, dessinée d'un fin trait bleu. Au contraire des Maures mystérieuses et velues d'une toison violette dans laquelle les hameaux s'enfoncent absorbés par les lichens et les lierres, les lourdes vagues de la campagne siennoise soulèvent sur leurs dos ronds des bâtiments d'une architecture nette et intelligente — comme autant d'îles de la pensée humaine fortifiées par les rangées en flammes noires des cyprès. De tous côtés autour de nous voguaient ces arches immobiles. L'océan siennois semblait s'être soudain pétrifié en attente des moissons avec, au sommet de chaque houle, une de ces caravelles compliquées de ses mâts noirs desquels dépassait parfois le râteau d'une antenne de télévision. Quelques rafales de pluie passèrent sur nous mais, comme de longs doigts jaunes, des rayons de soleil continuaient à se poser sur les collines jusqu'à toucher Sienne dont quelques vitres flambèrent au loin.

Nous visitâmes la *chiesa* de Gérard et Anna ainsi que les dépendances délabrées qui se déployaient en éventail au sommet du mamelon. « Ici, ce sera votre chambre, nous dit Gérard en nous prenant par les épaules, et là, Anna sera tranquille pour écrire. » Par le trou béant de chaque fenêtre un morceau d'air pénétrait avec la clarté d'un regard bleu. Il y a des paysages que l'on regarde et il y a des paysages qui vous regardent. Les Maures sont de ceux que l'on regarde. Votre esprit s'enfonce en elles ; constamment il faut produire du fluide, animer de sa propre intelligence ces masses amorphes et pesantes, les tenir en éveil pour se tenir soi-même en éveil. Vivre dans les solitudes moisies des Maures demande un constant effort de décryptage — un peu comme à Angkor Vat où, sous les franges des racines enchevêtrées, s'entrouvrent des regards pétrifiés et sourient des lèvres de pierre. Sur les collines autour de Sienne vous vous sentez au contraire exposé au regard du ciel. Combien nous étions loin tout à coup du monstrueux et du difforme de nos forêts que le grand incendie d'août 1979 venait de figer dans une atroce grimace noire ! J'avais serré Danièle contre moi et ses longs cheveux horizontaux dans le vent s'étaient enroulés avec leur parfum sur mon visage. Et je pensais : où retrouverons-nous le secret perdu ? existe-t-elle quelque part encore intacte notre forêt ? Du haut de la colline, instinctivement mon regard cherchait les creux, les recoins boisés, quelque pli de terre oublié par le soc des charrues... plus loin toujours plus loin jusqu'à Sienne, jusqu'à l'horizon bleu que les doigts jaunes du soleil continuaient à palper. (Demain nous passerons par Rapallo, demain nous serons à Santa Margharita, nous roulerons éblouis parmi les palmiers, les maisons peintes, vers la précieuse *Béate*, vers ces pages inachevées...)

Le soir même, à San Gimignano, avant de quitter nos amis, nous avions dîné tous les quatre dans un de ces restaurants touristiques, sous la carène de vieilles poutres d'un faîtage exhumé. Attendris par le vin italien (soigneusement choisi par Gérard) et par le plaisir de nous trouver ensemble en Italie, nous étions revenus sur les délices du *nous*. Anna et Gérard parlèrent du choc que fut pour eux leur rencontre. Puis Anna nous demanda depuis combien de temps nous vivions ensem ble « C'est pas vrai ! s'écria-t-elle avec cet accent allemand des héroïnes de films troubles. Tu entends, Gérard ? C'est fou, non ? » Elle se tourna vers Danièle et lui demanda si c'était possible vraiment d'aimer si longtemps sans désirer quelqu'un d'autre. Nous avions ri et Danièle avait répondu que curieusement jusqu'à présent nous nous étions toujours préférés. Cette façon de dire m'avait enchanté. Est-ce possible, me disais-je, que mon amour pour toi, ma chérie, me frappe au cœur encore plus douloureusement qu'au premier temps ? J'observais ses traits que la vie n'avait fait que rendre plus ouverts sur le dedans, plus *parlants*, sa bouche gonflée dont j'aime mordre la jolie lèvre du bas charnue sous la lèvre supérieure à l'arc relevé en signe d'intelligence et d'humour, les pommettes hautes, le nez bien droit d'une Minerve de chair que l'on dirait sculpté mais que chaque mot prononcé fait bouger et que le rire souligne tout à coup d'un plissé en direction des yeux poudrés d'ombres nocturnes... Je pensai à Jean qui disait en riant : « Toi, Danièle, tu ne changeras jamais... tu seras toujours aussi belle, même centenaire... » Et pour rire, nous l'avions surnommée *Shee* (comme l'héroïne immortelle de Rider Haggar). Anna nous observait de son regard pénétrant et prononça avec son pathétique accent : « Non, je suis comme vous, je ne veux pas d'enfants... je veux rester un enfant... je ne veux pas être une parent... Gérard et moi on s'est posé la question... mais maintenant on ne se pose plus la question... On veut que tout il reste pareil... fragile, tu comprends, inventif, pas installé entre nous. C'est aussi comme ça pour vous ? » Danièle répondit à sa façon fluide : « Je dirais, pour moi, que c'est plutôt par désir de rester adolescents. — Mais quand même, poursuivit Anna, vous vous êtes posé la question, non ? — Non, pas vraiment. En vérité nous n'avons à aucun moment eu envie de changer quoi que ce soit entre nous... »

Bien que je me sois promis de ne parler ici qu'en mon nom, me voilà en train de reconstituer aussi exactement que possible les mots que Danièle avait prononcés ce soir-là, à San Gimignano. Et je me disais : L'aurais-je supporté ? Je n'en suis pas sûr. Je suppose que j'aurais attendu avec une secrète impatience que l'enfant marche et parle pour m'imprimer en lui — ou bien, qui sait, aurais-je agi exactement comme mon père avec moi… Je suis resté malade à vie de mon enfance. Quoi qu'on dise, l'enfant est un otage, il est la garantie en quelque sorte de votre docilité sociale. J'ai toujours renâclé à m'engager. Et *produire* un enfant c'est s'engager à être un père docile, un rouage.

Cependant nous nous sommes mariés dès que possible car nous avons toujours eu la crainte de l'arbitraire. Mon passeport iranien me mettait à la merci du premier incident venu et je vivais dans la hantise d'être à tout moment jeté hors de France. Le sceau du mariage frappé par les bureaucrates nous mettait donc par là même à l'abri de ces mêmes bureaucrates. François Arnal et Germaine Taillefer furent nos témoins et, par ce mariage à la sauvette, nous nous réfugiâmes sous un même nom…

En vérité la question des enfants ne s'est jamais posée *avec Danièle*. Ce que nous vivons a toujours été plus fort, plus prenant que n'importe quel projet. Mais elle ? Je ne peux parler pour elle. Je me souviens qu'un jour, attendris par certains accents de *Guerre et Paix* (nostalgie de ces grandes maisons de famille pleines d'enfants, etc.) nous nous étions laissés aller sur ce sujet le temps d'une promenade dans la neige mais aussitôt les délices de l'instant présent nous en avaient détournés. Puis les années avaient passé jusqu'au jour où Danièle eut la certitude accablante d'être enceinte. Notre situation matérielle venait brusquement de s'améliorer ; l'intrusion de Michelson avait fait bondir le prix de mes tableaux, nous n'avions donc pas d'excuse… ou plutôt nous n'avions d'autre excuse que cette recherche du plaisir immédiat et le désir de vivre insouciants comme nous avions vécu jusque-là. Danièle enceinte ! Nous étions, l'un et l'autre, désespérés de nous trouver pris à ce piège. Jamais nous ne fûmes aussi seuls que pendant cette période où nous nous sentîmes trois. Même nos plus proches amis (sauf Isaïe) s'éloignèrent brusquement de nous, effrayés de se trouver mêlés à une histoire d'avortement.

Dans notre affolement nous étions allés jusqu'à demander à mon père et à Mme F... de nous trouver une adresse. « Gardez-le, me supplia mon père, je prendre tout à mon charge. » L'espoir malsain, la convoitise que je lus dans les yeux du vieil homme me furent soudain odieux. Il désirait cet enfant comme jamais il ne m'avait désiré, moi ! Devant le gouffre de la mort il me suppliait de le prolonger un peu. Oui, il désirait intensément que moi, son fils, je lui livre cette vie neuve dont nous ne voulions pas — ainsi il ne mourrait pas tout à fait... Il s'était tourné vers Danièle, insistant sans trop oser, mais sentant sa détermination il avait haussé les épaules en soupirant avec des airs d'oiseau déplumé.

Quelques jours plus tard nous réussissions à entrer en contact avec un gynécologue d'origine russe dont l'allure louche nous terrifia. Pour cinquante mille francs il se chargeait de « nettoyer » Danièle (il me semble que l'horrible type employa ce terme de videur de volaille). Il ne l'endormit pas et la fit ignoblement souffrir en la curetant à deux reprises. Lorsqu'elle sortit de chez lui, exsangue, à demi morte, se traînant pas à pas en se tenant aux murs, elle emportait, dissimulé dans son sac, l'affreux caillot que ce boucher lui avait remis pour qu'elle s'en débarrasse elle-même.

Connaissant Danièle et le sens qu'elle donne à la parfaite santé de son corps, je m'étonne encore aujourd'hui qu'elle ait pu aller au-devant d'une telle épreuve. Rétrospectivement sa détermination me stupéfie. Aurait-elle eu le moindre doute, le moindre signe d'indécision, la question se serait-elle posée ne serait-ce qu'un instant je sais qu'elle aurait suivi sans plus attendre la pente la plus facile : laisser agir la nature. Et moi-même j'aurais immédiatement *fait corps* avec elle : je me serais fait elle en quelque sorte. Je l'ai déjà dit : je n'ai jamais eu de *désir d'enfant* (et je dois ajouter ici que si j'avais *désiré* un ou des enfants j'en aurais plutôt adopté en souvenir de l'enfant délaissé que j'ai été). J'ai toujours eu le sentiment que seule la femme peut éprouver le *désir* physiologique d'enfant : l'enfant c'est elle, il est un bourgeonnement de sa chair intime. Elle, elle n'aura jamais besoin de le *reconnaître*. Tandis que l'homme, quoi qu'il en dise, ne fera jamais qu'adopter l'enfant de la femme. Il l'accaparera de l'extérieur en devenant son initiateur, il en fera à toute force son double culturel. Dans le meilleur des cas sa fonction se résoudra au rôle de tuteur. En somme il tentera laborieusement de *se recopier* — pendant que la femme, elle, *se reproduit* joyeusement. Cette anxiété, cette peur de rester privé de descendance met sans doute l'homme « en mal d'enfant ». Quant à moi je n'ai jamais ressenti ce creux au ventre. La détermination de Danièle me fait penser qu'elle ne se posa pas plus que moi la question — bien que nous fussions cependant l'un et l'autre à cet âge idéal de la trentaine où les enfants se font en quelque sorte d'eux-mêmes. C'était clair et inexplicable : « Nous n'en voulons pas parce que nous n'en voulons pas », avait-elle spontanément répondu à ce médecin qui tentait paternellement de la faire fléchir.

Par une coïncidence qui rétrospectivement m'attriste et me trouble, à la date exacte où notre enfant fantôme aurait dû venir au monde, mon père en sortait (de ce monde). Il mourait brusquement sur le lit de Mme F... à Roscoff. Mam nous avait envoyé ce télégramme sans métaphore : *Papa mort Roskoff.* Nous partîmes en voiture dans la nuit, traversant la France en biais par les petites routes désertes. Au cours du voyage j'eus deux ou trois sanglots brefs, plutôt des spasmes nerveux que des pleurs. Je n'avais envie ni de voir ni de toucher le cadavre de mon père et, sans Danièle — qui prononça le nom de Mam — je dois avouer qu'à un certain moment j'aurais fait demi-tour. Qu'avais-je à voir avec la carcasse de ce vieil homme ? Mon chagrin allait à *ce tout* minable et rieur qu'ils avaient formé : lui, Nahidé, Mam et mon grand-père. Leur mort individuelle ne faisait que raviver la nostalgie d'un *climat* perdu à jamais, et si cette nuit-là j'eus quelques pleurs en conduisant ce fut pour eux tous — donc pour le moi de ces années mortes.

Mam nous attendait à Roscoff, toute petite dans la vaste maison de Mme F... « Elle l'a tué », murmura-t-elle en russe lorsque je touchai de mes lèvres ses joues douces et humides. Des domestiques allaient et venaient, hautains. Je les sentais secrètement réjouis de la mort du saltimbanque-parvenu ; et cette même impression de soulagement, je dirais de gaieté contenue sous des airs de deuil, émanait de la terrible Mme F... : « Voulez-vous embrasser une dernière fois votre pauvre père ? » me dit-elle. Je refusai. Elle me fixait sans comprendre. « Comment, vous allez le laisser s'en aller comme ça ? » Mon calme, mon détachement l'agaçaient visiblement. « Mais vous savez, Serge, il vous aimait plus que vous ne le pensez... » Et elle ajouta ceci qui me fit mal : « Vous ne pouvez imaginer quel beau cadeau vous lui avez fait avec votre si ravissant *Tourbillon.* Chaque fois qu'il l'entendait à la radio, il disait : C'est mon fils qu'il l'a composé. Il le disait avec une telle fierté, comme un enfant qui aurait reçu le plus beau cadeau du monde... »

Le convoi traversa Roscoff au petit pas et je me retrouvai avec Danièle, Mam et Mme F... en tête d'une procession que précédait un curé en dentelles encadré de deux gamins en surplis brodés. Derrière nous s'étirait une foule rougeaude et cravatée : les fournisseurs de Mme F..., je suppose, ainsi que le notaire et les diverses personnalités locales soumises à la puissance d'argent de cette femme. Ispahan-Roscoff, quel raccourci ! Le mage porté en terre par des Bretons endimanchés ! Il me semblait l'entendre ricaner sous les couronnes et les larmes d'argent. Je ne me sentais pas triste. Mam marchait à pas d'aveugle la main posée sur le bras de Danièle. Elle allait, calme, détachée, lointaine. Elle savait que maintenant il ne lui resterait plus longtemps à attendre. Quand le caveau des F... fut refermé, ses lèvres tremblèrent un peu mais elle se ressaisit et fit lentement le signe de croix orthodoxe, trois doigts sur le front... sur le milieu de la poitrine... sur l'épaule droite... puis la gauche, sans conviction, par réflexe plutôt, pour ne pas rester à ne rien faire. Il y eut les poignées de main d'usage. Un notable me dit : « Ah, votre père ! » avec un clin d'œil entendu. Je l'imaginais avec sa tête de gogo, s'esclaffant aux subtils miracles du magicien.

Brusquement Mme F... m'avait dit : « Serge, puis-je vous demander une faveur ? » Elle hésita un peu en tripotant son mouchoir. « Je souhaiterais... je souhaiterais passer un petit moment... seule... dans la chambre de notre pauvre Medjid. Comment vous dire ? » Elle hésita encore : « Votre père s'était amusé à faire quelques photos de moi... nue... Verriez-vous un inconvénient à ce que je garde les clefs pour aller les récupérer ? » Bien sûr qu'elle pouvait fouiller tant qu'il lui plairait chez mon père et récupérer tout ce qu'elle voulait ! N'était-elle pas « sa femme » après tout ? Secrètement je fus soulagé de ne pas avoir à me préoccuper de ces fameux papiers dont mon père m'avait si souvent parlé avec tant de mystère. Qu'elle emporte ce qu'elle veut et qu'on n'en parle plus !

Un an plus tard, Mam mourait à son tour, loin de nous, à Paris. Nous n'allâmes même pas à son enterrement. Lâchement, nous avions chargé la mère de Danièle de s'occuper des formalités. Ici se termine l'histoire de la poignée d'émigrés qui me tint lieu de famille.

Très souvent je rêve de Mam (jamais de mon père ni de Nahidé). Il me faut retourner rue Erlanger, je sais qu'ils sont tous morts et cependant une impression se précise : Mam m'attend là-bas depuis des années. Je marche avec Danièle à travers des rues désertes rappelant le Paris du couvre-feu. Nous suivons la rue de Passy puis nous bifurquons dans l'avenue Mozart. Nous passons sous les fenêtres du peintre Lanskoy. Je les montre à Danièle. Un peu plus bas, à droite, nous apercevons au fond d'une impasse la petite maison où vivait le prince Youssoupoff. Nous traversons la rue La Fontaine et prenons maintenant la rue Michel-Ange. Nous voilà au viaduc d'Auteuil. En quelle année sommes-nous pour que le viaduc soit encore intact ? Un vieillard à la crinière blanche se tient assis tristement sur un banc, un vieux chien ronfle à ses pieds. Il me semble reconnaître mon grand-père et le chien qu'il avait recueilli avant de mourir... mais il fait trop sombre dans mon rêve et je n'ai pas le temps de m'attarder. Mam nous attend depuis des années, me dis-je, dépêchons-nous, elle n'est pas encore morte, vite, vite, dépêchons-nous... J'étouffe et je me réveille en sueur. Avec quelques variantes c'est un de mes rêves les plus obsédants. Le remords de l'avoir laissée seule après la mort de mon père me poursuit. Je ne peux me défaire de son silence, de son effacement, de ses façons d'un orgueil doux, de ne jamais rien nous demander. Elle nous attendait dans sa nuit, assise, les mains bien posées l'une sur l'autre, elle nous attendait sans impatience. Nous venions, remplis de la vie mouvementée du dehors et Mam nous écoutait en souriant, si douce, si attentive dans sa buée d'immobilité. Nous parlions de nous, nous étions sur le départ, nous venions d'acheter *La Béate*. Et elle, qu'allait-elle devenir ? Jamais elle ne nous posa la question — car elle ne se la posait même pas à elle-même. Nous lui décrivions la maison et les travaux que nous y faisions. Elle souriait avec une telle jeunesse, tout à coup : « Vous ne pouvez savoir, mes enfants, combien je suis heureuse ! » Elle le disait avec son joli accent aux voyelles mouillées, elle le disait avec une telle simplicité — comme si déjà elle se trouvait dans la tombe et que notre départ vers une vie nouvelle n'avait aucune incidence sur la sienne. Et pourtant, nous l'abandonnions dans ce misérable appartement vide (où seule Lionia viendrait dorénavant lui rendre visite sous prétexte de faire son petit ménage), nous étions trop occupés, trop impatients. En la quittant, je me souviens de lui avoir dit une phrase pleine de légèreté et de mauvaise foi : « Quand nous serons installés. Mam, il faudra que tu viennes un jour à *La Béate*... » Elle avait souri avec un soupçon d'ironie et répondu : « Mais bien sûr qu'un jour je viendrai... » Trois mois après, elle mourait. Elle s'était esquivée en silence.

Nous ne voulûmes rien emporter, ni de chez elle ni de chez mon père. Je donnai les clefs à Lionia en l'engageant à tout prendre si elle le voulait. Elle partagea les pauvres affaires des saltimbanques avec les vieilles émigrées du quartier et vendit le reste. En vérité j'ai quand même gardé en souvenir de Mam une curieuse petite fiole russe, en verre brut qui fut jadis soufflée dans une grille de fer de telle sorte que la fiole semble avoir grossi dans une cage trop serrée pour elle. (Ce soir, trois roses rouges sont plantées dans son goulot étroit ; leur parfum et la musique de Schumann m'attristent.) De mon père et de Nahidé je n'ai conservé qu'un album de photos de danse et aussi le petit recueil inachevé de contes persans dont j'ai déjà parlé. La nostalgie me serre la gorge au moment d'abandonner cette fois définitivement ma pauvre famille à la nuit...

Nous avions quitté Paris. Enfin j'avais un atelier, un vrai, où je mettrai en chantier de grands tableaux — rien cette fois ne pourra me distraire de la peinture, me disais-je. En quelques semaines la maison fut transformée à notre goût. Une équipe de maçons retapa une grange attenante qui devint un grand atelier de dix mètres sur cinq. Quant au reste je m'en chargeai. J'abattis quelques cloisons et fis de mes mains trois cheminées : une dans l'atelier, une autre dans la chambre et une troisième dans la pièce du bas où maintenant j'écris.

A l'époque, les Maures ressemblaient à une grande île à l'abandon. A part quelques villages où se perpétuait un reste de vie paysanne, le massif entier se déployait sans limites avec ses jardins, ses hameaux désertés, ses routes anciennes effacées par la végétation. Il se dégageait une grande tristesse romantique de ces collines aux pentes encombrées d'arbres géants — la plupart mutilés par la foudre, le poids des lierres ou le grand âge. Par endroits ce délabrement prenait des proportions grandioses et c'était avec une véritable ivresse que j'entraînais Danièle dans les dédales de ce chaos. Nous étions les premiers rescapés à nous réfugier ici. Au désordre mécanique nous avions préféré le désordre végétal, au hurlement des bielles le ululement des hulottes, à l'effacement par le nombre, la solitude à deux.

Et puis au pied des Maures, il y avait la mer. les caps sauvages de la presqu'île de Saint-Tropez où nous allions plusieurs fois par semaine nous baigner, pêcher des oursins, griller du poisson dans les criques, et faire de grandes marches par ces chemins douaniers que j'avais connus au lendemain de la guerre. En quelque vingt minutes nous pouvions passer de cette sorte d'Ardèche méridionale que sont les hauteurs des Maures aux douceurs méditerranéennes, de l'âpre solitude à la décadence anarchique du petit port de Saint-Tropez. Nous aimions cette rupture si forte. Il nous arrivait de rester des semaines sans nous mêler au monde mais de savoir qu'à tout moment nous le pouvions suffisait. Nous avions choisi notre exil, il ne dépendait que de nous. D'un saut de voiture nous pouvions nous plonger dans la foule si nous le voulions... et aussi vite nous remettre à distance. Ce rapport capricieux avec le mouvement extérieur donnait une immense souplesse à notre vie

En été nous n'avions qu'à faire un tour sur le port de Saint-Tropez, à certaines heures, pour rencontrer la plupart de ceux que nous avions laissés à Saint-Germain-des-Prés. Puis l'automne nous ramenait à la solitude, et nous glissions dans l'hiver et ses longues soirées de musique, de lecture, de bavardages infinis. Parfois aussi nous allions à Cannes où une petite galerie (tenue par Christie et Lyonel Cavalero) exposait des tableaux de moi. Nous y rencontrions Poliakoff, Viseux, Brien, Istrati et Nathalia Dumitresco, Matta, César, Arnal, etc.

Sans cesse les uns et les autres passaient par *La Béate*. Ainsi en fut-il avec les Queneau ou Alain Jouffroy, plus tard avec René Ehni et Jean-Paul Juen, et combien d'autres... A partir du moment où nous nous étions établis ici, Jean commença à « descendre » fréquemment dans les parages et par la suite il acheta, avec Carla, une maison à une quinzaine de kilomètres de nous. Nous étions heureux de leurs visites. Depuis tant d'années maintenant Jean était resté notre plus proche ami, notre confident, notre complice et nous aimions Carla pour son extrême fragilité. Jean travaillait avec

François Truffaut sur des scénarios et souvent il nous arrivait de nous retrouver ensemble. C'était le prétexte à des soirées de chanson et de guitare. Combien de fois fûmes-nous à l'étroit dans la petite maison des bois pleine de musique et de rires ! Nous aimions notre vie contrastée, ces mois de silence et de tension créatrice tout à coup rompus par l'arrivée d'un ou de plusieurs de nos amis de Paris. C'était délicieux de se sentir si proches d'eux et tout à la fois à l'écart...

Maintenant il me faut parler d'un malentendu qui eut quelques répercussions sur notre vie. Nous venions tout juste d'acheter la propriété et en étions à cette période d'exaltation étonnée dont j'ai parlé, lorsqu'un jour Jeanne qui passait des vacances à Saint-Tropez, avec Pierre Cardin, monta nous voir. Nous déjeunions tous les quatre sous les ombrages du kaki sauvage dont les retombées font comme une vaste tonnelle devant la maison ; l'air était tiède ce jour-là et le ponant remuait les feuilles autour de nous faisant cloquer la lumière sur les visages et sur la nappe chargée. De sa voix nasale aux intonations de dandy ennuyé, Cardin s'étonnait de notre façon de vivre, du choix de ce lieu écarté « surtout lorsque, comme elle, on est si féminine » avait-il dit en dessinant d'un geste précieux une sorte de cercle d'air bouillonnant autour de Danièle. Il ne comprenait pas que nous ayons quitté Paris sans y avoir gardé au moins un pied-à-terre. Le silence, l'espace vide des montagnes semblaient l'oppresser. Jeanne, au début, écoutait nos réponses, puis peu à peu, elle se mit à parler à notre place comme si à chaque interrogation de Cardin elle était mieux en mesure que Danièle ou moi de trouver le mot juste pour qualifier tel ou tel aspect déroutant de notre vie. J'étais agacé. Elle portait ce jour-là un chapeau d'homme avec, dessous, étroitement noué un foulard sur ses cheveux. « Mais tu n'y comprends rien mon petit Pierre... tu ne peux pas comprendre. »

Le temps d'un repas elle *régna* sur *La Béate* ; elle y

était chez elle ; nous n'avions qu'à l'écouter pour entendre ressortir, comme enregistrés, nos propos enthousiastes sur la maison, le sens de notre vie, sur l'air, l'eau, le ciel, l'hiver, l'été... Elle nous dépossédait de la fragilité des choses nommées par nous et de la vie encore inconnue de nous que nous nous apprêtions à vivre ici... Je dois le reconnaître, j'avais eu la maladresse de donner le ton. A un moment, désarçonné sans doute par une réflexion de Cardin à propos de ma « carrière » de peintre que je risquais de « briser » en venant m'exiler dans ces montagnes, j'avais dit, avec pénétration, à peu près ceci : « Je considère que j'ai *réussi :* de posséder *La Béate* et de pouvoir y vivre avec Danièle c'est pour moi la *Réussite* ». Bien sûr, cette phrase, par sa sincérité, devenait provocatrice en ces circonstances et je me la rappelai immédiatement quand un peu plus tard Jeanne nous annonça qu'elle achetait, sur un coup de tête, à La Garde-Freinet, une immense propriété où elle avait décidé de venir s'établir « à l'année ». Cette nouvelle nous accabla. « C'est vous qui avez raison, on ne peut plus vivre à Paris... Ça sera merveilleux de voisiner... » Je tentai, en vain, de la dissuader. Moi, qui la veille encore ne cessais d'*embellir* La Garde-Freinet, ne trouvant jamais assez de mots pour en vanter les sombres beautés, voilà que j'essaie de détourner Jeanne vers les douceurs de la presqu'île ou vers les basses terres du Plan-de-la-Tour. Mais rien n'y fit — au contraire ! Elle acheta et tout fut dit.

Nous songeâmes sérieusement à remettre en vente *La Béate* et à fuir n'importe où. Que l'on me comprenne, nous n'avions rien contre Jeanne mais le fait qu'elle investisse notre territoire à cette vitesse éclair nous donnait l'impression d'être nous-mêmes investis, dépossédés. Brutalement les Champs-Elysées aboutissaient à notre porte et je voyais déjà la Rolls de Jeanne Moreau traversant les châtaigneraies comme dans le cauchemar d'un film publicitaire.

Et en effet, en quelques éclairs de magnésium ces montagnes s'étaient aplaties en décor, en pellicule de papier journal, en illustration d'interviews où, en dehors de notre volonté, nous nous trouvons liés à cette publicité que Jeanne commence à faire autour de sa « nouvelle vie au domaine de *Préverger* ». Des journalistes campent à sa porte, Reichenbach tourne un film sur Jeanne chantant les chansons de Bassiak. Je refuse de figurer dans ce film. Je refuse d'être le commensal de la vedette. Nous nous débattons pour garder la distance mais à tout moment Jeanne trouve de sympathiques prétextes pour nous attirer chez elle ou pour arriver à l'improviste chez nous.

Ainsi, peu à peu, sans nous en rendre compte, notre vie se peuple de gens qui veulent nous connaître. Ne sommes-nous pas les amis de Jeanne Moreau ? Ne suis-je pas le compositeur de ces délicieux airs et de ces paroles que tout le monde fredonne ? Je me console en pensant à Jean-Jacques Rousseau et à son *Devin du village* que le roi, dit-on, sifflait à son petit lever Comme Rousseau me voilà prisonnier d'une production annexe et affligé de protecteurs indiscrets.

Parallèlement, nos rapports avec les habitants du village se transforment ; les paysans nous arrêtent dans la rue pour nous remercier de leur avoir amené une vedette, d'avoir en quelque sorte « lancé » le pays. Ils ne se sentent plus les parents pauvres de la presqu'île : comme Saint-Tropez, Gassin, Grimaud, le nom de La Garde-Freinet sera désormais accolé à un grand nom du cinéma. Comment leur dire que nous sommes au désespoir, que nous avons au contraire tout fait pour décourager Jeanne et que leurs remerciements nous peinent ? Comment leur faire comprendre surtout que cette publicité scelle la mort de leur communauté ? (Aujourd'hui hélas ! ils ne le savent que trop : ils ne se sont pas enrichis, leurs enfants n'auront jamais droit à ces terres, les banques à vocation immobilière ont tout raflé, les collines se « mitent » chaque jour davantage... et Jeanne Moreau, pour une mauvaise histoire de chiens-loups n'a plus remis les pieds au village depuis plus de dix ans.)

La propriété de *Préverger* est toujours pleine. Entre chaque film Jeanne y invite des comédiens, des journalistes, des metteurs en scène, des producteurs. Nous voisinons comme voisinaient sur leurs terres les gens *lancés* du XVIIIe siècle : d'un coup de voiture à travers les châtaigneraies nous voilà à la pointe de Paris. Nous pensions vivre à l'écart... mais pourquoi pas, après tout, ces incursions « mondaines » de temps en temps ? (Bien qu'en tant que peintre, plus que jamais je reste solitaire.)

Les dîners à *Préverger* étaient feutrés, on s'y trouvait peu nombreux ; pourtant, par un étrange sort, il était rare qu'ils soient détendus. Jeanne se tenait au haut bout de la table, aimable, attentive, servant à chacun, de sa main, les meilleurs morceaux mais par une chimie que j'ai mis du temps à analyser, malgré le mal que l'on se donnait pour se dégeler, ces dîners restaient pincés d'un bout à l'autre et ce n'est qu'au moment où tout le monde passait enfin dans la pièce d'à côté que l'on arrivait à se détendre devant les flammes de la cheminée. Le secret de ce gel tenait dans un miroir en face duquel la « comédienne » se plaçait. Ainsi se *vérifiait-elle* constamment sans que personne ne se doute à quel point chaque mot, chaque sourire allait à cette deuxième Moreau dans le miroir de réplique. Quelque chose comme de l'air mort tombait doucement entre les dîneurs : le miroir aspirait toute vibration, toute spontanéité.

Pour notre chance, Jean était souvent de ces dîners. A tout propos maintenant il *descendait* de Paris et nous redevenions alors ce petit bloc complice d'adolescents attardés dont les mots d'esprit, toujours un peu tangents, déconcertaient et excluaient toute personne tierce Il faut bien le reconnaître, depuis l'époque de l'Hotchkiss et de nos virées, nous ne nous étions pas assagis et nous formions Jean, Danièle et moi le même trio — qui avait fait dire à François Truffaut au moment où il achevait les prises de vue de *Jules et Jim* au Plan-de-la-Tour : « Jules et Jim c'est eux. » Il se trompait en partie mais pour ce qui est de l'amitié il avait raison tout à fait. Cette complicité s'était enrichie du temps et des épreuves et lorsque Jeanne acheta *Préverger* je sais que Jean y fut pour quelque chose. Ainsi ne nous perdait-il pas et, par la présence de Jeanne, gardait-il un lien concret indissoluble (croyait-il) avec nous. Ce fut une erreur. Nous en fûmes tous les victimes.

Comme on s'en souvient, depuis le jour où il nous avait rencontrés, Jean avait poussé Jeanne à nous connaître (et nous à voir Jeanne). Mais depuis, avec le temps et la réussite *absolue* de celle qui avait été sa femme, Jean s'était considérablement transformé dans ses façons de se comporter avec elle. Il l'admirait maintenant éperdument et avait en quelque sorte pris profondément racine dans son ombre. Il était devenu son confident, sa conscience, et c'est auprès de lui seul qu'elle pouvait s'épancher ou trouver des solutions à ses fautes de manœuvre. Par certains côtés Jeanne me rappelait mon père : comme lui elle mentait beaucoup et pour rien. Elle finissait par si bien entortiller ses mensonges qu'elle se prenait à ses propres filets. C'est alors qu'elle appelait Jean qui accourait et l'aidait comme il pouvait à se sortir du mauvais pas. Le rôle d'ex-mari de l'ombre demandait à Jean tout à la fois une certaine froideur et un fond inépuisable d'affectueuse indulgence. Il était là, toujours, quand il le fallait, à sa disposition. Mais dès qu'il ne lui était plus utile elle lui donnait congé et il reprenait sa place dans le décor. Ainsi, à force de voir la carrière de Jeanne par son envers, Jean avait fini par la considérer comme une personne en perpétuel danger. Il nous en parlait avec une indulgence qui parfois me faisait bondir. Elle pouvait *tout se permettre* car être parvenue là où elle se trouvait ne rendait que plus risquée, aux yeux de Jean, la chute toujours possible. *Tout* devait donc être mis en œuvre pour la maintenir à sa hauteur et pour la protéger, que ce soit au prix du mensonge et de la mauvaise foi.

Mais il faut souligner que cette sorte de phobie du perpétuel danger ne servait en vérité qu'à rattraper de mesquines erreurs que Jeanne commettait pour le bénéfice d'un petit faux-semblant, d'un sous-entendu puéril, d'une vanité de rien qu'un esprit plus élevé aurait trouvés indignes. Nous fûmes, hélas ! les témoins muets de ces sortes d'entorses si bien qu'à notre tour lorsque nous en avons été les victimes rien ne put nous ramener sur ce terrain marécageux dont nous connaissions de trop près chaque piège, chaque faux-semblant. Je ris de mon style métaphorique ! Combien il est difficile de rendre la juste proportion des choses ! Il est des êtres nets : en parler rend la plume nette. D'autres embrouillent si bien tout que même si l'on réussit, à part soi, à démêler les nœuds de leur comportement on finit par renoncer à réentortiller tant de fils inutiles par les boucles de l'écriture. Jeanne ne serait pas venue établir sa *cour* si près de nous, je pense que nous aurions continué à la voir une fois ou deux par an, comme par le passé. Nous ne serions pas devenus ces témoins trop proches…

Notre nouvelle vie commençait à s'accélérer dans un tourbillon qu'il nous était de plus en plus difficile de maîtriser. Mais curieusement plus nos rapports devenaient superficiels avec notre entourage, plus ma peinture (dans le lieu obscur de mon atelier) devenait lourde d'un sens aveugle. Je ne m'étendrai pas sur les toiles de cette époque, aujourd'hui elles me sont devenues odieuses car encore une fois la dualité de mon caractère, plus que jamais, trouvait ici sa plus terrible illustration. D'un côté nous vivions une vie solaire, gaie, entourée d'amis de toutes sortes dont la venue remplissait à tout moment la maison de rires et de musique, de l'autre, dans le secret de mon atelier se coagulaient des toiles aussi terribles que des caillots. Ces tableaux de l'ombre étaient là, muets, fixes comme des plaies — ce qui avait fait dire à notre ami chirurgien Raoul Tubiana : « Mais

Serge, ce sont des champs opératoires que vous peignez là ! » Dans *Le Portrait ovale* j'ai parlé, à propos de ces toiles, d'une remontée (donc d'un rejet) du souvenir de mes effrois d'enfant au spectacle du corps labouré de ma mère. Peut-être... En effet, de même qu'à l'époque où Jean Grenier était venu dans mon atelier je peignais, plongé dans l'*enfer* de la ville, des toiles de surface, refermées, hiératiques et parfaitement silencieuses, pourquoi n'aurais-je pas peint maintenant, dans le *paradis* délicat de ce vallon, l'effroi, la souffrance, le *dedans* mis à nu ? Quelques-unes de ces toiles sont aujourd'hui dans des collections mais la plupart, heureusement, sont restées ici, entassées dans mon atelier, ensevelies sous un véritable tissu gluant sécrété par des générations d'araignées. Je n'ai plus le courage d'y toucher, elles sont là comme du temps momifié. Irregardables ! Cependant ces tableaux tragiques, révulsés, pareils à des entailles ouvertes demeurent derrière moi : trace en négatif de longues périodes d'un bonheur intime difficile à décrire. Ces tableaux m'ont aidé à me rétablir en moi-même. L'acte de peindre m'a sans doute permis de cerner, de circonscrire, de fixer et enfin de rejeter la maladie que ma mère avait déposée en moi. Son cancer n'était plus en moi dès lors qu'il était cloué sur le poteau bariolé de ma peinture.

Je pense en avoir assez dit pour que mon lecteur-aveugle *voie* sur parole ces irregardables images. Ici je dois ajouter — et c'est l'essentiel : par ces toiles j'ai mesuré jusqu'à quelle profondeur pouvait aller la compréhension de Danièle. Bien qu'elle les trouvât impressionnantes (et « somptueuses », ajoute-t-elle) à aucun moment elle ne s'est détournée de ces tableaux qui lui donnaient cependant des cauchemars. Au contraire, elle s'est liée à ma folie, elle m'a tenu la main, avec moi elle a voulu descendre un à un tous les degrés jusqu'à l'ultime limite pour être là au moment où je reprendrais conscience et respirerais à nouveau. Sans elle je sombrais dans ma confusion. Sans elle, ce cancer s'épanouissait pour de bon dans ma chair à moi ! Elle se voulut témoin, complice, sûre de la force vitale de l'amour. Pendant que je peignais au son du 2e quatuor de Schönberg (qu'il m'arrivait de remettre, comme un fou, sans fin durant des journées), elle dessinait ou écrivait non loin de moi dans l'atelier. Sa présence me pacifiait. En allant de ma toile à ma palette et au miroir qui me montrait ma toile à l'envers, mon œil saisissait au passage sur le petit divan le délicat glissement oblique de la lumière sur son cou, ses joues, son front, la courbe de son bras dont le poignet à l'attache gracieuse bougeait régulièrement sur la feuille blanche qu'elle tenait sur ses genoux. Ses longues jambes ramenées sous elle, un peu déhanchée, à son habitude — comme si la masse de sa chevelure de cuivre sombre pesait — elle m'envoyait un flux continuel d'ondes bénéfiques. Tendue dans la double conscience d'être présente à moi et à elle, elle *se transmettait* par l'ivoire clair de sa peau, par ses vêtements fluides sur sa peau, par toute cette souplesse charnelle immobilisée dans le balancement d'un geste suspendu... Seuls les peintres je crois, pourront comprendre ma surprise émerveillée lorsque passant de l'espace mental de la toile en travail, mon œil surprenait soudain dans l'espace réel — devenu encore plus concave, sensuel et profond par le changement du champ optique — la présence nonchalante de celle qui, dans l'œuf de l'atelier, devenait, peut-être plus que n'importe où ailleurs, le symbole clair de toute féminité. Et, comme si je venais seulement de la découvrir, le cœur battant du plaisir de la savoir là, je posais mes pinceaux et me retournais en entier vers son halo de féminité. Oui, je crois que seul un peintre pourra *reconnaître* cette émotion dont je parle et que j'ai eu la chance de ressentir avant de m'enfoncer dans les images solitaires du dedans que sont celles de l'écriture : cette émotion de la femme aimée présente dans l'œuf de l'atelier comme la jumelle idéale et complémentaire. Je l'ai dit au début de ce récit et mieux peut-être dans *Le Portrait ovale :* je suis devenu peintre avec l'éveil sexuel par besoin de la femme, par amour pour elle, par curiosité aussi (et donc par l'acte de la peindre, devenir moi-même un peu *elle*, la femme, par l'œil et la main, ne serait-ce que *le temps du tableau*).

Je dois parler maintenant de la venue à l'improviste de quelqu'un que nous ne connaissions pas vraiment et qui eut sur mon évolution et ma prise de conscience artistique une part positive. Nous nous promenions ce jour-là, Danièle et moi, avec notre chien Maki sur un chemin forestier, loin de toute habitation, lorsqu'une voiture décapotée stoppe brusquement près de nous. Je reconnais la tête beethovénienne au grand front cabossé d'Alain Jouffroy (nous ne l'avions rencontré qu'une ou deux fois à Paris). Au volant se tient avec désinvolture une grande fille blonde dont le regard gris et le nez busqué font penser à ces femmes-faucons des tableaux préraphaéliques. Cela fait des heures qu'ils nous cherchent dans le dédale des collines. Comme Alain et Laetitia passaient quelques jours de vacances à Ramatuelle ils avaient souhaité en profiter pour nous voir. Nous les ramenons chez nous, précédés par notre grand chien fauve. « Avez-vous été au Mexique ? nous avait demandé Jouffroy en nous observant par-dessus ses lunettes. Non ? C'est très dommage. J'y étais il y a de cela quelques mois. Votre maison et ses jardins m'y font penser. » Après le dîner, Alain voulut voir mes tableaux. Dans l'atelier je lui montrai une série de grands formats. « Tiens ! dit-il en m'observant d'un air perplexe par-dessus ses lunettes, pourquoi peignez-vous toutes vos toiles sur une surface identique ? » Je fus agréablement étonné de sa remarque car jusqu'à présent personne ne s'était avisé qu'en effet depuis un certain temps je peignais la plupart de mes toiles sur des supports de deux mètres sur deux. « C'est une façon d'annuler l'objet, lui dis-je, ce sont des espaces et non des choses. » Il hocha sa grosse tête au front intelligent et continua à regarder un à un mes tableaux. « Et leur taille signifie-t-elle quelque chose pour vous ? — Oui, j'y attache une grande importance. » Et j'ajoutai en riant : « On ne peut pas les emporter sous le bras — Ah, tiens ? » Alain m'observait, l'œil rond : « Tiens, tiens... parce que, pour vous, le fait qu'un tableau ne puisse pas s'emporter sous le bras vous paraît une chose importante ? — Oui, pour moi un tableau c'est de la pensée... ce serait un peu si vous voulez comme un moule de la pensée mise à nu... Et ce n'est qu'après avoir débarrassé le tableau de sa signification de chose à posséder qu'il me semble avoir quelque chance d'atteindre à une communication... — Si je comprends bien, vous cherchez à peindre l'espace mental ? » Ce mot me séduisit sur le moment. Il signifiait assez bien ma démarche. « Vous connaissez Artaud ? me demanda-t-il encore. — Oui, je l'ai rencontré plusieurs fois à Paris chez Pierre Loeb ou à Montparnasse... — Non, je parle de ses écrits. Avez-vous lu *L'Art et la Mort ?* — Je n'ai rien lu d'Artaud. J'ai assisté à une de ses conférences mais j'avoue me souvenir davantage de l'avoir *vu* plus que de l'avoir *entendu.* »

Quelques jours après je recevais d'Alain l'œuvre d'Artaud du tome I au tome V éditée par la N.R.F. Un signet à la page 149 du tome I attirait mon attention sur ces quelques lignes : « *Cette peinture comme un monde à vif, un monde nu, plein de filaments et de lanières, où la force irritante d'un feu lacère le firmament intérieur, le déchirement de l'intelligence, où l'expansion des forces originelles, où les états qu'on ne peut pas nommer apparaissent dans leur expression la plus pure, la moins suspecte d'alliages réels.* » « N'est-ce pas exactement la description de tes tableaux, Serge ? » m'avait dit Alain lorsque nous nous étions revus un peu plus tard à Ramatuelle dans la petite maison sur les remparts qu'il occupait avec Laetitia. Nous nous connaissions déjà mieux et quelque chose comme les prémices d'une grande amitié commençait à passer entre nous. Nous parlâmes de la Correspondance avec Jacques Rivière, nous en lûmes ensemble des passages, relevant tantôt des interrogations à Artaud telle celle-là de Jacques

Rivière : « *Est-ce à dire que le fonctionnement normal de l'esprit doive consister dans une servile imitation du donné et que penser ne soit rien de plus que reproduire ? Je ne le crois pas ; il faut choisir ce qu'on veut " rendre " et que ce soit toujours quelque chose non seulement de défini, non seulement de connaissable, mais encore d'inconnu ; pour que l'esprit trouve toute sa puissance, il faut que le concret fasse fonction de mystérieux.* » Et telle réponse d'Artaud : « *Et voilà, Monsieur, tout le problème : avoir en soi la réalité inséparable et la clarté matérielle d'un sentiment, l'avoir au point qu'il ne se peut pas qu'il ne s'exprime, avoir une richesse de mots, de tournures apprises et qui pourraient entrer en danse, servir au jeu ; et qu'au moment où l'âme s'apprête à organiser sa richesse, ses découvertes, cette révélation, à cette inconsciente minute où la chose est sur le point d'émaner, une volonté supérieure et méchante attaque l'âme comme un vitriol, attaque la masse mot-et-image, attaque la masse du sentiment, et me laisse, moi, pantelant comme à la porte même de la vie.* » Chaque mot de ces lettres me bouleversait. Je n'étais plus seul, avec Danièle, à m'interroger sur l'espace refermé de mes toiles : des voix venues de l'extérieur se faisaient maintenant entendre dans mon atelier. Et ces voix c'était celles d'Artaud, de Jacques Rivière, c'était la voix aussi de ce nouvel ami, Alain Jouffroy, dont l'esprit ouvert, la disponibilité aux autres, le prodigieux pouvoir de pénétration et d'assimilation des œuvres au stade le plus fragile participaient activement à l'élaboration de la peinture vivante moderne. Ce même Alain Jouffroy que nous avions croisé à Paris sans nous attarder, refroidis par son dandysme affiché et son souci trop évident des apparences, ce même Alain en cachait un très tendre, très attentif aux autres et généreux, apportant avec lui une culture globale en perpétuel mouvement qu'il aimait mettre en contact avec les œuvres difficiles qu'il savait découvrir dans les chemins de traverse.

De ce moment ma peinture se mit à évoluer dans un sens inattendu, à changer d'espace, de volume, de nature. Avec l'intervention d'Alain, c'est-à-dire de la parole et du commentaire, j'éprouvai le besoin d'allonger mon format — donc d'en imposer une *lecture*. Du même coup, le tableau se trouva soumis à des tensions diverses qui le firent passer du statique au mouvementé, de la paix morbide au combat, de l'angoisse fixe à l'enchevêtrement de divers éléments. En chiffres : de deux mètres sur deux je passai à deux mètres sur trois mètres cinquante — il fallait donc faire trois pas pour le *lire :* je transformai en quelque sorte le « regardeur » (terme cher à Alain Jouffroy) en « lecteur ». Mais je ne m'en tins pas à un ou deux de ces écrans allongés, j'en peignis au bout du compte une bonne vingtaine — ce qui à trois pas par tableau faisait soixante pas pour les « lire » tous mis bout à bout : donc déjà du *temps.* Sans le savoir je m'étais mis à écrire.

Entre-temps, Alain qui ne pensait rester à Ramatuelle qu'une ou deux semaines tout au plus se met à vomir du sang et se retrouve opéré d'urgence d'un ulcère à l'estomac dans une clinique de Saint-Tropez. Nous découvrons, gisant sur un lit de fer laqué de blanc, un être affaibli, retourné en quelque sorte à l'enfance, sans défense, dont le regard battu garde quelque chose de cette mort qu'est toute opération grave. Laetitia ne le quitte pas, blonde jusqu'aux reins comme une chimère de William Blake, bottée de longues cuissardes, elle passe ses journées étendue sur un lit jumeau à lire et à rêvasser près d'un homme-enfant sans estomac. Alain a momentanément renoncé à son personnage, il est en faiblesse et nous-mêmes nous sommes heureux de nous laisser aller à cette atmosphère de tendresse des lendemains de catastrophe. Nous bavardons tous les quatre détendus, libres, rieurs. Notre amitié se charge de ce désarmement total : les uns comme les autres nous nous abandonnons au plaisir de la douceur et de la confiance. (Hélas ! les termes avec lesquels Alain évoque cette époque dans un de ses livres récents ont quelque peu désenchanté le souvenir que nous gardions de ce moment. Il porte un jugement sur notre éloignement de Paris et appelle « soumission » le fait que Danièle se soit plue à cette sorte de vie.)

L'été suivant, Alain et Laetitia louèrent une maison dans la plaine de Pampelonne, ainsi voisinerons-nous pendant quelques mois. Nous emmenons nos nouveaux amis chez Jeanne, à *Préverger* — comme nous ils s'y ennuient un peu. Ils ne sympathisent pas davantage avec Jean. De leur côté ils nous mêlent à leurs amis peintres et écrivains. Ces contacts m'encouragent : mon atelier s'est brusquement ouvert sur le monde et le monde commence à pénétrer dans mes toiles. Alain nous a révélé un univers neuf, passionnant, qui nous renvoie à de nouvelles exigences. Jeanne s'irrite de nous voir lui échapper, elle souhaiterait nous maintenir dans son cercle mais nous nous défilons ce qui ne fait qu'exciter en elle son instinct de possession. Ici, se situera un petit événement qui nous amènera, comme on va le voir, à nous détourner à jamais de Jeanne et de son entourage.

Un matin tôt, nous venions à peine de nous lever, une voiture monte le chemin. A notre stupéfaction en sort Jean-Luc Godard accompagné de Bernard Toublan-Michel, son assistant. Nous ne connaissions pas Godard mais nous avions tous les deux aimé avec enthousiasme, quelques années auparavant, *A bout de souffle*. Godard arrivait de Paris pour commencer les repérages de *Pierrot le fou*, et c'est en passant près de La Garde-Freinet qu'il avait eu l'idée subite de faire le détour par chez nous pour me demander quelques chansons pour son film. Autant Godard m'avait été sympathique par l'ouverture généreuse d'*A bout de souffle*, autant là, chez nous, par ce doux matin de printemps, il me parut peu attirant derrière la barrière aveugle de ses lunettes aux verres fumés. Il parlait sans presque remuer les lèvres, sans regard, sans l'ombre d'un sourire sur son visage de jeune vieillard évadé d'un hospice. Même sa voix monocorde, dépourvue d'inflexions personnelles, avait quelque chose de synthétique qu'accusait l'accent du canton de Vaud si peu musical. Jamais je crois je n'avais approché quelqu'un d'aussi mal en lui-même. « Vous avez quitté Paris et vous vivez toute l'année tous les deux ici avec votre chien et votre chat ? » Ses lunettes sans regard s'étaient tournées vers Danièle qui venait de lui verser du café, puis vers moi, puis vers le chien et le chat... et enfin vers quelques tableaux accrochés aux murs. Nous ne pouvions pas nous douter alors combien cette question était importante pour lui et à quel point le film qu'il s'apprêtait à tourner devait justement poser à toute une génération la question cruciale de la fuite à deux vers un « impossible paradis » que lui, Godard, peuplera d'animaux enchaînés. La liberté et la grâce de Danièle, si peu campagnarde, surprise au saut du lit — bien que nous fussions en plein bois — l'étonnaient visiblement. Elle ne correspondait pas aux idées reçues. La manière d'*être* de cette jeune femme vivant en tête à tête avec le même homme, à longueur d'année, ne collait pas avec ce qu'il pensait de la *femme,* de l'amour, de la possibilité d'une vie intelligente entre l'homme et la femme. Et je ne peux m'empêcher de supposer que le fameux : « Qu'est'c'que j'peux faire, j'sais pas quoi faire ! » angoissé et geignard d'Anna à Pierrot (qu'elle empêche d'écrire et de se concentrer) répondait aux questions que ce jour-là nous avions soulevées en lui.

Nous nous sommes souvent revus pendant la préparation de ce film et son tournage. Chaque fois j'eus le sentiment qu'il nous observait d'un air interrogateur. De nombreuses allusions tout au long de *Pierrot le fou* me le laissent penser : en particulier l'histoire de ce couple qui cherche à se rejoindre dans l'autobus — que raconte Anna Karina. Elle nous est effectivement arrivée et c'est Truffaut qui l'avait rapportée à Godard.

Donc, le matin de son arrivée, à peine Jean-Luc eut-il entendu quelques-unes de mes dernières chansons, qu'il en réserva deux pour son film. Plus tard, nous allâmes le voir tourner à Porquerolles avec Alain et Laetitia qui désiraient très vivement le connaître. Pendant une pause, ce jour-là, son assistant vint me demander de la part de Godard si nous accepterions, Danièle et moi, de tourner sur notre terrasse une séquence avec Anna Karina. Nous avions accepté par une sorte de nostalgie anticipée, nous disant qu'un jour nous serions peut-être heureux de nous revoir en 65 à *La Béate* avec notre chien Maki et notre chat Picou. On décide d'une date mais le moment venu Godard tourne quelques plans dans une châtaigneraie près de la maison et annule son projet avec nous. Quelque temps après j'en comprendrai la raison lorsqu'il nous proposera de jouer les deux rôles principaux dans un film qu'il compte tirer du *Portrait ovale* de Poe. Mais cette fois nous refuserons. Autant une séquence tournée à la légère et en quelque sorte par jeu nous aurait amusés, autant devenir les acteurs d'un vrai film nous paraît impossible. Voyant que nous avions accepté sans difficulté pour *Pierrot le fou* Godard avait préféré se réserver pour *Le Portrait ovale*...

Ces deux thèmes sont d'ailleurs étrangement complémentaires. Ils résument l'idéologie communément acceptée de l'échec : l'amour est incompatible avec la création. Ou bien comme dans *Pierrot le fou* la femme aimée traque et stérilise l'homme jusque dans l'intimité de sa tête (qu'il finira par faire sauter en l'enveloppant de dynamite) ou comme dans *Le Portrait ovale,* ce sera l'homme obsédé par la création qui anéantira la femme aimée en puisant dans sa substance vitale. Danièle ne m'ayant ni stérilisé ni poussé au suicide, on ne pouvait interpréter notre façon d'exister ensemble qu'en la faisant entrer dans le second schéma : j'avais « soumis » Danièle et, comme le peintre du *Portrait ovale,* j'étais en train de la dévorer.

Cette interprétation simpliste nous l'avons retrouvée, hélas ! trop souvent au long de notre vie ! Ainsi, Alain et Laetitia ne manquèrent pas à la règle. Au moment où se tournait *Pierrot le fou,* eux-mêmes commençaient à subir dans la réalité de leur vie quotidienne un drame analogue, et bien souvent (comme le raconte d'ailleurs Alain) nous ne savions que faire ou que dire lorsque, pareils à des héros de Bergman, ils venaient chez nous chercher des témoins pour leurs disputes. Au contraire de ce que dit Alain dans son livre *Roman vécu*, en nous « réfugiant » dans notre vallon de La Garde-Freinet nous n'avions pas fui « la guérilla invisible mais mortelle avec Moloch : la société d'argent, la mafia de la rivalité et de la violence » (ce sont ses métaphores !) mais recherché davantage une façon plus concentrée de vivre la vie. Comme on l'a vu nous ne manquions ici ni de tentations ni de distractions ; à tout moment arrivaient chez nous les plus prestigieux de ces « maffiosi de la rivalité et de la violence » dont parle si naïvement Alain. Jamais à Paris on n'aura vu réunis sur un territoire plus étroit tant de servants de ce terrible « Moloch de la réussite et de l'argent » dont Jouffroy voudrait nous voir trembler. Nous ne pouvions être plus en « danger » (pour employer ses mots) qu'ici, dans notre maison où venaient quand ils le voulaient les plus redoutables des don Juan et des don Juanne ! Notre porte n'avait ni sonnette ni œil de verre scrutateur, elle s'ouvrait directement sur l'herbe, les fleurs, le jardin de palmes et nous ne pouvions même pas l'interdire — n'ayant pas plus de domestiques que de concierge. Jamais, je crois, deux amants ne vécurent moins cachés, plus exposés, plus en « danger » que nous ne le fûmes pendant cette période et c'est bien par saturation de trop d'indiscrets qu'un jour, comme on va le voir, nous brisâmes net avec tout le monde.

Je viens de rouvrir *Le Roman vécu* de Jouffroy pour relire son interprétation réductrice de ce qu'*il sait* entre Danièle et moi. Lui, le disciple de Breton, le poète qui toute sa vie s'acharna à vouloir faire rimer amour avec folie ! Laetitia n'est pas Danièle, elles ont chacune leur exacte intelligence, leur style de sensibilité : elles ne sont pas superposables. Qu'il fasse dire à Laetitia que Danièle était « une alliée définitive, souriante dans la soumission » ne la met pas en cause (ce qui se disait entre eux ne nous regarde pas), mais que lui, notre ami d'alors, nous restitue ces paroles dans le but qu'elles soient lues par nous à quinze ans de distance me soulève de déception. Rien ne m'étonne davantage que ce manque de tolérance chez ceux qui prétendent cependant placer si haut l'amour. A chacun d'ouvrir sa propre voie : toutes les « perversions », toutes les folies sont offertes aux amants. Que des amants se plaisent à prolonger leur préférence ne devrait regarder qu'eux. La passion, en elle-même, ne dérange personne, c'est *le temps* de cette passion qui soulèvera peu à peu la persécution.

A l'époque Jouffroy disait : « L'amour conspire contre le monde. » Je lui répondais avec une pointe d'ironie : « Le monde conspire contre l'amour. » Rien ne pouvait être plus révélateur que cette phrase mise à l'envers par chacun de nous. C'était en somme déjà montrer deux conceptions de la vie, de l'art, de la créativité, de la politique et de ses prises de pouvoir... Danièle ajoutait : « L'amour est bien trop occupé de lui pour se soucier de l'extérieur. »

Tout le monde était enfin reparti pour Paris et nous avions repris nos longues soirées délicieuses, notre rythme de vie hivernal coupé de temps en temps par les brefs séjours de Jeanne à *Préverger* avec tout son petit monde. Nous nous faisions de plus en plus prier pour aller chez elle, et Jeanne s'irritait de nous voir prendre nos distances. Jean aussi venait souvent jusqu'à La Garde-Freinet mais curieusement notre amitié pour lui semblait s'être usée comme si la rencontre d'Alain et les ferments qu'il avait déposés en nous nous avaient déconnectés de cette complicité qui depuis tant d'années nous liait. Nos plaisanteries me parurent tout à coup sans objet, nous n'avions plus rien à nous dire et, par un retour ironique, c'était la présence de Jeanne dans les parages qui prolongeait maintenant entre nous des liens de plus en plus lâches. Mais ici un incident cinématographique mit brusquement fin à nos relations avec elle et du même coup nous éloigna de Jean.

Au moment où Godard nous avait proposé d'interpréter *Le Portrait ovale*, l'esprit de possession de Jeanne s'était brusquement réveillé. Que Godard veuille nous *utiliser* au cinéma nous éclaira dans son esprit d'une lumière nouvelle. Elle nous vit tout à coup comme des objets lui appartenant dont on allait la déposséder. De ce moment elle nous voulut à elle, plus que jamais, comme si d'avoir chanté des chansons de moi et de s'être installée à notre porte lui donnait sur moi et sur nous un droit inaliénable et absolu. Que nous ayons refusé à Godard n'avait aucune importance, c'était si l'on veut l'envie de nous utiliser *par le film* dont Jeanne s'empara. Elle voulut nous lier à elle indissolublement et montrer que sans elle, sans son intervention dans notre vie par le biais des chansons et le succès qu'elle leur avait insufflé, nous serions restés hors des cercles particuliers du cinéma. Elle venait de tourner *Mademoiselle* avec Tony Richardson. Il passait souvent par *Préverger* et cherchait à acheter une propriété à La Garde-Freinet. Nous l'avions rencontré chez Jeanne : il avait même tenu à venir nous voir, comme un oiseleur curieux.

Et voilà soudain que Jeanne se met en tête de le pousser à faire un film qu'elle jouerait et au scénario duquel elle participerait en partant d'un certain nombre de mes chansons. Elle nous en parle à la légère, sans donner d'importance à ce projet et nous n'y pensons plus jusqu'au jour où nous recevons d'Angleterre un scénario dans lequel nous avons la désagréable surprise de nous reconnaître, Danièle et moi, mais *interprétés*, travestis, devenus en quelque sorte les jouets des « fantasmes » d'une Jeanne Moreau et d'un Tony Richardson. Autant dans le film que souhaitait tourner Godard, si nous l'avions voulu, nous n'aurions été que les acteurs assumés, avoués, nommés, reconnus d'une fiction que nous trouvons sublime, autant dans ce scénario bâti sur mes chansons (dont certaines sont d'ailleurs autobiographiques) les paroles, les actes, les comportements du couple inventé à partir de nous, nous furent odieux par leur fausse ressemblance, l'accumulation d'interprétations, le côté tordu des situations sorties des imaginations malades de la comédienne et du cinéaste. C'est un viol, un vol par l'image que Tony et Jeanne projettent : nous ne pouvons le supporter. Bref, pour en finir, devant ma colère, Jeanne renonça à ce film qui se transformera en un court métrage musical où Vanessa Redgrave jouera et chantera en anglais quelques-unes de mes chansons.

Cet épisode, je dirais : *du scénario révélateur* — qui par son côté dérisoire et ridicule semblait sortir directement d'un roman de Nabokov — déclencha en moi des réactions surprenantes. Je fus pris tout à coup d'une phobie de l'intrusion. Je nous sentis en état de siège. *On* avait tenté de nous accaparer. Il me sembla que de tous côtés *on* cherchait à nous renvoyer de nous une image truquée. En tout cas je voyais ça comme ça... J'eus cette sorte de réflexe primitif de panique devant l'oiseleur qui prend au filet l'éphémère et l'insaisissable pour le mettre en cage (*en boîte*).

De plus, au même moment Tony Richardson, sur le conseil de Jeanne, achetait à quelques centaines de mètres de chez nous un hameau abandonné qu'il transforma en une sorte de volière grillagée où il entassa des quantités d'oiseaux vifs et coloriés — qu'avec le temps nous avons vus mourir dans la chaux grisâtre de leurs déjections. Jeanne, et maintenant Tony ! C'en était trop ! Ils venaient comme ils le désiraient chez nous : je l'ai dit, nous n'avions ni portes ni clôtures : le creux du vallon avait jusqu'à présent suffi pour délimiter notre intimité. Avec de telles sentinelles il ne nous restait plus qu'à fuir ou à nous défendre. Je choisis en quelque sorte les deux solutions à la fois : je me mis à écrire et pour cela j'écartai tout le monde.

En vérité *je me mis à nous mettre par écrit,* à nous signifier, à rassembler dans une interprétation personnelle les diverses sensations qui nous appartenaient. Je débutai par une pièce de théâtre dont le titre à lui seul montrait contre quoi je tenais à me défendre. *Le Rémora* était une sorte de comédie autobiographique remplie de poèmes et de chansons dans laquelle je mettais en scène un couple victime d'un visiteur qui n'arrive pas à repartir. L'intrus peu à peu les *occupe*, se dégrade, devient une sorte de bête velue et informe. Nos « héros » perdent un moment la raison mais pour finir ils s'enfuiront après avoir jeté par la fenêtre tous les meubles du pauvre décor abandonnant sur le plateau nu le *rémora* — que de nouveaux venus (presque des enfants) basculeront par la fenêtre. Je venais de transformer en situation comique l'étouffement qui m'obsédait. A mesure que je les écrivais je lisais les scènes à Danièle et ces lectures nous réjouissaient. Disons qu'en plus fort, j'éprouvais le même plaisir désinvolte que m'avaient procuré en leur temps la musique et les premières paroles de mes chansons. Je me souviens avec émotion de ce cahier (que je garde précieusement) où de son écriture large Danièle avait recopié au propre la centaine de pages de ce premier manuscrit.

* *1974.*

Tout à l'heure Serge est monté me lire une scène du *Palais d'Hiver* qu'il venait d'écrire. Il était assis sur le bord du lit et parlait haut, prenant des intonations différentes selon les personnages. La chatte ne supportait pas. Elle dormait en boule sur la couverture de fourrure et tout à coup elle est venue se mettre sur ses genoux. Chaque fois qu'il élevait la voix, elle se hissait et lui cognait le nez de son petit museau. Il baissait le ton, elle se réinstallait en ronronnant.

Quand il écrit une pièce nous sommes dedans du matin au soir — et la nuit comprise — nous ne parlons que de ça, au petit déjeuner, à table, au lit, en promenade. Il est très tendu dans ces moments-là. Il me poursuit, ses feuillets à la main. Et quoi que je

* Fragment des carnets de Danièle

fasse il faut qu'il me lise, que je l'écoute. Je réagis parfois, parfois je suis distraite, ça l'énerve un peu mais ça nous fait rire aussi...

Ses pièces il les écrit d'un trait. Tout va bien s'il n'est pas dérangé. Quoique chaque intrusion, pendant ces mois d'écriture, tout élément venu de l'extérieur, il les utilise. Quand il a fini il me donne la pièce, je me boucle et je relis tout. Bien qu'il m'ait lu chaque scène, j'ai l'impression d'avoir tout oublié et que tout est neuf — ça c'est vraiment un moment ! Ce qui est frappant c'est à quel point il « voit » (me dit-il) chaque scène pendant qu'il l'écrit. Retapant la dernière version, tendu devant sa machine, appuyé sur ses coudes, ses deux mains soutenant sa tête *projectionneuse* il assiste à sa pièce. Il « voit » véritablement se dérouler chaque petite vision avec une précision impressionnante... et brusquement, moi je vois ses mains se lancer sur les touches à toute vitesse..

A quelqu'un qui lui demandait : Pourquoi écrivez-vous ? Max Jacob avait répondu : Pour mieux écrire. Aujourd'hui, après plus de quinze ans de discipline quotidienne, j'en serais presque là. Mais au début, l'écriture représenta pour moi tout autre chose. Si à l'époque on m'avait posé la question, j'aurais répondu sans hésiter : Pour me délivrer du silence (et du sérieux) de la peinture. Ceux qui comme moi sont venus assez tard à l'écriture ont parlé avec émotion de ce moment prodigieux où tout à coup vous découvrez que l'écriture coule de vous plus naturellement que la parole. Jean-Jacques Rousseau, Henry Miller en resteront les exemples les plus forts. Comme eux j'ai éprouvé le choc de la parole écrite (la parole que l'on n'entend pas disait Ibn'Joya ce vieux roi du Cameroun voyant pour la première fois un livre). Comme eux j'ai été pris d'un enthousiasme qui a étonné autour de moi. « Alors, et ce livre ? me disait Raymond Queneau en m'observant d'un air finaud à travers les hublots de ses lunettes Savez-vous que nous en sommes tout à fait impatients, Jeanine et moi ? » Et sa voix se brisait dans un gloussement embarrassé. Je lui avais donné à lire *Le Rémora* qui l'amusa beaucoup et qu'il repassa à Jacques Lemarchand, lequel m'avait écrit plusieurs lettres pour m'encourager à poursuivre. Coup sur coup j'écrivis alors deux autres pièces et tout naturellement, presque sans m'en rendre compte je passai aux premières pages de ce qui serait, pensais-je, le livre de ma vie. Nous étions au printemps et je me souviens avec une fraîcheur qui m'étonne du moment exact où j'étais sorti sur la terrasse ensoleillée, tenant à la main quelques feuillets que je tendis à Danièle. Elle les avait lus sur le hamac, une jambe pendant à effleurer l'herbe de son pied nu, tenant ces premières pages à contre-soleil dans une pose libre comme un étirement au sortir du sommeil, et j'avais vu son visage, à mesure qu'elle lisait, passer de la concentration à une joie espiègle puis à un étonnement mêlé de cette sorte de plaisir sensuel que je lui connais si bien lorsqu'elle lit un livre qui *la prend.* Et elle avait prononcé des mots qui devaient me soulever au-dessus de moi pendant toutes les années qui ont suivi... jusqu'à aujourd'hui. « C'est exactement ce que je rêve de lire », avait-elle dit en se tournant vers moi sur le hamac instable. A partir de ce jour je me suis enfermé chaque matin dans cette pièce aux lumières assourdies, d'où je constate du coin de l'œil, entre les perles bleues et jaunes du rideau de portière, la lente dérive des saisons cependant que ma main, comme coupée au poignet, laisse sur les feuilles une trace étroite et de plus en plus tendue. Pourquoi écrivez-vous ?... ou bien : Pour qui écrivez-vous ? Du coup le *mieux écrire* deviendrait : Pour celle... ou celui... ou ceux qui peuvent *le mieux me lire.* Toute écriture est séduction. J'ai le bonheur de savoir près de moi celle à qui s'adresse chaque mot de séduction tracé sur ces feuilles... A la différence de beaucoup d'écrivains je n'accumule pas, je ne garde pas pour moi, j'aurais en quelque sorte ce réflexe du peintre qui au contraire n'hésite pas à dévoiler le tableau à tous les stades de son jaillissement. Avant, Danièle venait dans l'atelier pour *voir*. Maintenant c'est moi qui vais à elle pour lui donner à *lire*. Et, quoi que j'écrive, chaque mot est chargé de connivence, chaque page est un billet griffonné pour celle que je sais proche. Ainsi, sous le déroulement de l'écriture, sous son contenu de surface, se poursuit ce quotidien travail de séduction à mots couverts : une lettre ininterrompue à celle qui sait mieux que quiconque lire entre mes lignes. Cette fusion par le texte s'ajoute aux effusions de la vie. Le manuscrit, à force de relectures confondues, devient peu à peu pareil à une humeur biologique dans laquelle nous finissons par baigner complètement...

Il me fallut un an pour achever *Les Années-lumière*. Jusque tard le soir la maison retentissait du frappement grêle de la machine à écrire. De deux doigts maladroits, Danièle s'était mise à taper, à remettre sans cesse en ordre derrière moi ce flot de mots qui avaient fini par nous tourner la tête. En découvrant tant de feuillets sur ma table nos amis écrivains s'étonnaient de cet acharnement bizarre qui m'avait poussé à fermer mon atelier pour venir m'asseoir, comme eux, chaque jour devant la feuille blanche. Je leur posais de drôles de questions sur l'écriture, les temps de verbe, sur des règles obscures de grammaire. Raymond s'en amusait. Alain ne put s'empêcher de tendre la main vers les feuillets du manuscrit... mais n'acheva pas son geste. Il m'avait ce jour-là raconté — en me poussant à l'inclure dans mes papiers — une très belle légende, thème d'un livre auquel Jean-Pierre Faye travaillait au moment même : Jadis les peuples huns vivaient dans des régions boréales que limitaient de vastes marais jamais franchis. Pour eux l'univers n'était que brouillard et s'arrêtait là, sur les rives de ces boues liquides. Ceux qui avaient eu l'audace de s'aventurer parmi ces terres instables s'y étaient engloutis. Mais un jour, un jeune cavalier lancé à la poursuite d'une biche eut la surprise de la voir emprunter, à travers les marais, des chemins à fleur d'eau, des sortes de chaussées invisibles qui le menèrent hors des brouillards éternels, vers des terres ensoleillées, solides, vallonnées, ombragées d'arbres hauts. Le cavalier resta un long moment à contempler cette vision jamais vue... et s'en retourna comme un fou par la succession de chaussées à fleur d'eau, *raconter* à son peuple ce qu'il avait entrevu. Ses mots, par la richesse de leurs images, soulevèrent les Huns qui, à la suite de ces mots et pour en serrer les images, s'élancèrent à travers les vastes marais. Par milliers ils sortirent des brouillards. Ils déferlèrent, vague après vague, envahissant et saccageant ces paysages que leurs imaginations avaient projetés devant eux...

Donc au bout d'un an, un volumineux manuscrit fut prêt, relu et corrigé. Qu'allions-nous en faire ? Avant tout je voulus qu'Isaïe le lise. Je l'avais *utilisé* sous le nom d'Abel : il me fallait en quelque sorte son *imprimatur.* La lettre que je reçus de lui en retour nous bouleversa et me rassura. Isaïe ne savait comment me dire son enthousiasme ; il me demandait la faveur de parrainer mon livre auprès d'un éditeur : il avait une amie attachée de presse chez Flammarion à laquelle il se réjouissait de passer le manuscrit.

Nous étions montés à Paris. Par la même occasion je souhaitais donner, comme promis, le double de mon livre à Raymond Queneau. Lorsqu'il entrouvrit l'épais manuscrit il sembla abasourdi par la frappe serrée, les corrections, les rafistolages, l'aspect sauvage et rebutant de ces pages. Il dit : « Cela semble bien hirsute. Je me réjouis beaucoup de vous lire... mais il vous faudra prendre patience : c'est très long chez Gallimard... des mois parfois... nous sommes nombreux à décider. Retournez chez vous, tranquille... » Rétrospectivement je suis touché de l'excès de prudence que mit Raymond à se charger de mon manuscrit. En exagérant le temps de lecture il s'assurait ainsi, en cas de refus, de ne pas trop me décevoir. De mon côté, pour le mettre à l'aise, je l'avais prévenu qu'Houbart venait de donner le deuxième exemplaire en lecture chez Flammarion.

Le lendemain, à peine rentrés chez nous dans le Midi, coup de téléphone d'Etienne Lalou. Il avait lu le manuscrit dans la nuit. Accepterais-je de lui donner immédiatement une option ? « Oui, bien sûr », répondis-je sans réfléchir — trop heureux, après les mises en garde de Queneau, d'avoir trouvé si vite un éditeur. Lalou m'attendait à Paris dès que possible pour me faire signer avec Flammarion. Malheureusement notre joie fut gâchée quelques heures plus tard par un autre coup de téléphone. Cette fois c'est Raymond. Il m'appelle du bureau de Gallimard : « Savez-vous que toute la maison est sens dessus dessous ? me dit-il d'une voix jubilante. Votre livre est accepté d'enthousiasme. » Cette nouvelle m'assomma. Je venais à l'instant de m'engager avec un Etienne Lalou — que je ne connaissais pas — et voilà que notre cher, notre vieil ami Queneau dont la lecture m'importait me téléphone, croyant me faire une heureuse surprise ! Je me souviens, j'étais encore tout trempé du bain dont l'appel de Queneau m'avait tiré et je frissonnais dans mon peignoir humide. Je ne savais comment dire... je restais hésitant... Enfin je mis Raymond au courant de mon oui à Lalou. « Voyons ! Vous ne pouvez faire ça ! » Jamais je ne lui avais entendu un timbre si net. « Vous n'avez rien signé ? — Non, bien sûr, mais je me suis engagé. — Ecoutez, Serge, nous devons nous voir. Ne faites rien sans m'avoir vu. » Je lui promis de le rencontrer dès mon arrivée à Paris et nous nous étions séparés assez tristement. J'étais désolé de m'être mis dans une telle situation. Ce coup de téléphone si chaleureux par lequel notre vieil ami croyait me faire plaisir venait de sceller un « froid » (mot affreux !) que rien par la suite ne réussira à effacer.

Nous nous retrouvâmes au bar du Pont-Royal dans cette atmosphère de chuchotement funèbre et d'engloutissement qui semble baigner tout ce qui touche à la vénérable machine Gallimard. Raymond nous attendait, enfoncé, les genoux plus hauts que le menton, dans un des fauteuils paquebot du caveau. Il semblait malheureux que mon respect de la parole donnée me fasse hésiter à dire oui à *la toute première* des maisons d'édition. Et ici, il eut cette phrase qui, je dois le dire, à l'instant m'enleva tout regret : « Gallimard m'avait chargé de vous ramener au bercail. » Ce mot de *bercail* me fit bondir comme un coup d'aiguille. Tout mais pas de *bercail !* A ce mot près, j' « entrais » chez Gallimard. *Bercail* me fit fuir. Je quittai Queneau avec tristesse et jamais plus par la suite nous n'avons retrouvé avec Raymond et Jeanine cette amitié confiante à laquelle pourtant nous tenions tant tous les quatre.

Le jour même je signais chez Flammarion. Je ne me doutais pas que je venais de refermer de terribles menottes sur mon poignet d'écrivain ! Devant le contrat, Danièle m'avait cependant dit : « Tu as vu ? Tu vas t'engager pour cinq livres. » (Ce qui faisait six avec celui que je leur donnais.) Me connaissant, d'instinct elle redoutait de me voir accepter une telle contrainte. De plus, ce contrat type concernait toute ma production littéraire : que ce soit le théâtre, la poésie, les essais. Je désignai la clause « droit de suite » en faisant remarquer à Lalou qu'elle serait inutile avec moi puisque je n'écrirais sûrement plus d'autres livres. « J'en doute, me dit-il en riant, faisons le pari. » Pour montrer sa bonne volonté il avait alors biffé les productions annexes — sans toucher, bien sûr, aux cinq romans à venir par lesquels il savait m'attacher solidement à la maison. Mal lui en prit. Comme on va le voir, ces cinq romans dus par anticipation empoisonnèrent très vite nos relations et firent de moi un enragé.

Je venais donc d'*entrer dans la maison.* Ces mots affreux me font sourire mais ce sont bien ceux que prononça le vieil homme, sorti tout droit du plus terrifiant roman de Balzac, auquel Lalou me présenta à peine l'encre de ma signature fut-elle déposée au bas du contrat. Nous nous déplacions dans un monde fait de peluche râpée, de rideaux solennels aux franges déteintes, de grands escaliers encaustiqués et de tapis rouges mités. De vieux employés courbés, à mine de rat, faisaient marcher la « maison ». Ça puait l'avarice.

Le livre sortit à l'automne. Son succès nous fit plaisir et tout à la fois nous perturba. Nous n'étions plus vraiment ici, nous vivions tendus vers Paris ; à tout moment le téléphone sonnait ; Lalou ou Claude Della Torre nous donnaient les chiffres de vente, nous lisaient les articles à peine parus, nous annonçaient la venue d'un journaliste. A chaque courrier arrivaient des lettres de lecteurs. Une animation hors des cercles de notre vie commençait à s'organiser autour de nous et cela m'inquiétait. « Nous vous mettrons une fusée dans le cul, avait dit le vieux Flammarion lors d'un déjeuner dans sa maison de Sèvres, vous allez voir, nous décrocherons le Goncourt. Cette fois on y mettra le paquet. » Ces paroles m'avaient cinglé. « Vous savez, avais-je répondu, je n'y tiens pas du tout. — Allons, allons, laissez-nous faire. Maintenant vous faites partie de notre écurie. » Il parlait comme Michelson, sauf que Michelson n'avait pas réussi à me faire signer... Flammarion oui. J'étais sorti de ce déjeuner chez « mon éditeur » avec un sentiment de malaise. « Nous vous mettrons une fusée dans le cul » : phrase michelsonienne qui dans la bouche du vieux puritain résonnait comme une insulte. Cette trivialité me soulevait le cœur — et depuis, je ne peux voir le nom de Flammarion sans lui associer cette image d'une fusée plantée dans le cul des malheureux auteurs de l'écurie. Autant avec la peinture, connaissant le terrain, je ne m'étais jamais remis entre les mains d'un « manager », autant j'étais sans défense dans le *milieu* obscur de l'édition. Je me trouvais dans la situation de mon ancêtre persan s'étonnant des mœurs de Paris : tout me surprenait et mon innocence, comme on va le voir, allait me conduire à de véritables désastres.

Dans les débuts, en lisant les articles élogieux, en me sentant de tous côtés caressé, je ne tarissais pas sur les délices d'être écrivain. Non seulement l'écriture enrichissait ma vie mais il se trouvait qu'*en plus* le monde me fêtait partout : mon livre était traduit, aimé, on y faisait constamment référence. « Attends, attends. me disait Alain Jouffroy, tu verras, tu en déchanteras. »

Une autre année d'écriture passa sur nous. Nous vivions une aventure doublement passionnée à vivre et à revivre notre vie par le filtre artistique des *Années Lula*. Les moments coulaient sur deux temps : le passé que je transposais au présent hiératique de l'écriture, et ce présent sensuel dans lequel l'écriture des *Années Lula* venait se tresser. Ce fut une expérience pleine de surprise. Quel était mon propos ? Exprimer les choses tremblées de la vie ? Vous me direz : elles sont *indicibles.* Mais cela je ne le sus qu'en posant l'*ex* final de ce deuxième livre. Là, j'eus le sentiment d'être passé à côté de cette effusion que j'aurais tant voulu transmettre par ces pages. Et lorsque le livre parut, je me souviens de m'être promis de le récrire un jour sur un mode différent. (Espérons que ce livre-ci répondra par d'autres voies à ce souhait.)

Ici un événement nous secoua au point même d'infléchir la fin des *Années Lula :* la mort de Che Guevara. Il est des images que l'on n'oublie pas. Celle du Che troué de balles se répandit en un instant par le monde. Elle eut un effet de choc sur les consciences. Par sa beauté tranquille, par la certitude de justice qui émanait de lui, ce visage supplicié *signifiait* tout à coup sans le secours d'aucun discours. Il déposa la question dans toutes les consciences : Que fais-je moi ? A ce cliché de Guevara s'ajoutaient les minutes de sa mort et les bribes de son journal de route : *Nous étions dix-sept sous une lune très petite.* Cette phrase à elle seule donnait tout à coup envie de se convertir... A quoi ? A cette idée de justice, à la générosité, à l'amour révolté que nous portons tous en nous. Nous venions de découvrir un nouveau Spartacus. Son agonie dans ce hangar perdu au fond de la forêt bolivienne où, gravement blessé à la poitrine et aux jambes, les militaires l'avaient transporté en hélicoptère, la fierté avec laquelle il tint tête à ceux qui l'interrogeaient, jusqu'à la gifle dont il frappa un officier à la bouche avant de recevoir la dernière balle, tout, en ces moindres détails, prenait un relief *artistique* pour ceux qui comme nous se laissaient vivre à l'écart des luttes. La Bolivie tout à coup devenait notre Billancourt. Comme la génération de Nizan et de Sartre avait eu ses lointaines banlieues rouges, les suivantes venaient de découvrir les leurs dans la cordillère des Andes. L'instantané de l'information rapprochait de vous ce rio pas plus large que votre tapis, au bord duquel un guérillero venait d'être abattu, bien davantage peut-être que cette usine de Rouen où une vague de licenciements se soldait par le suicide d'un vieil ouvrier. Dans le même temps nous avions découvert à la première page de *France-soir* le visage limpide et beau de ce jeune Français compagnon de Guevara jeté dans une cage de tôle au fond de la jungle bolivienne. Cette imagerie chevaleresque parlait à notre imagination : même Castro avec sa barbe et sa dégaine débraillée nous le trouvions beau. Et les visages plats et lisses des guerriers aux mains nues du Vietcong n'étaient-ils pas de cette délicate pureté d'art qui fait croire que les causes justes sont créatrices de Beauté ?

Je terminai donc les *Années Lula* quelque six mois avant mai 1968. Ce second livre sortit avec cet extrait en guise de « prière d'insérer » :

C'est ainsi qu'un jour des milliers de couples quitteront les villes, c'est ainsi qu'ils s'envoleront plus légers que des spores, plus légers que des bulles de savon vers les paradis qu'ils portaient en eux. Ils aborderont dans des vallons en forme de coquilles où les dépressions du sol seront tout à fait semblables aux lignes de leurs paumes accolées. Certains vivront dans de minuscules maisons enfouies sous les arbres et écriront des livres absurdes, d'autres peindront des tableaux inutiles, d'autres encore composeront des opéras indéchiffrables. Certains s'installeront au bord de la mer pour écrire des poèmes sur le sable humide à la frange de la première vague, poèmes aussitôt effacés et chaque jour récrits pour être effacés de nouveau. Déjà ils profèrent des phrases ardentes auxquelles ils ne com-

prennent rien encore, ils avancent à la traîne de leurs hallucinations au milieu de ce zoo où radotent les perroquets et où gesticulent les singes. Ce zoo où les flics canalisent les peuples vers les musées et les bibliothèques, les obligeant à absorber des mots morts et à contempler des visions fanées.

Je ne croyais pas si bien dire : quelques mois plus tard éclatait la révolte des enfants dont les secousses, vues de loin, nous réjouiront plus qu'elles ne nous exaltèrent. Nous vécûmes les événements cocasses du mois de mai 68, ici, dans notre vallon, à la floraison des camélias et des roses de Chine. Pour nous ils eurent sur le moment une tout autre signification que pour ceux qui les vivaient sur le tas à Paris. Nous achetâmes un transistor — alors que nous n'en avions jamais eu — et, le soir, réjouis comme des petits fous, nous restions suspendus aux *flashes* lancés des voitures radio depuis les barricades. Que signifiait pour nous Mai 68 ? La fin du gaullisme et de ses pompes politiques venues des temps révolus, sûrement ! mais surtout — en tout cas c'est ainsi que nous le percevions — la remise en question de notre génération par ses propres rejetons. Jamais, je crois, la mauvaise conscience de gauche n'avait accouché de tant de diablotins. En crachant à la figure d'un Sartre en Sorbonne, c'est à la figure de leurs propres pères qu'ils crachaient. Pas un des fameux slogans, dont l'épanouissement spontané sur l'asphalte réjouissait tant la rue, qui n'ait été une remise en question de ce chef de famille qui avait *accepté* (de ne jamais devenir un Che Guevara). Et ce n'est pas par hasard si les mères des étudiants « en fête » leur portaient des sandwiches sur les barricades. Qu'était la fameuse *imagination au pouvoir* sinon l'écho de la phrase de Che : *Être des artistes de la vie ?*

Puis le souffle s'apaisa et nous vîmes alors émerger des sortes de spectres barbus, chevelus, tutoyeurs que nous avions beaucoup de mal à remettre lorsqu'ils débarquaient à *La Béate* comme des rescapés. « Où étiez-vous en mai ? — Ici, répondions-nous en riant — Comment ! ! ! Tu n'es pas monté à Paris ? — Non. — Vous n'avez pas honte ? — Non, c'était très drôle... de loin... » Marie Cardinal et Jean-Pierre Ronfart, méconnaissables, barbes, cheveux... jeans en loques : la préhistoire ! Polac, le réalisateur de télévision, barbu tout à coup, chevelu, dépenaillé, préhistorique lui aussi... et combien d'autres ! Cette déglingade brutale de la part de ceux que nous avions connus si florissants si intégrés me laissait perplexe. Ce ne fut donc que ça Mai 68 ? me disais-je.

(A propos du tutoiement : Un jour nous avions rencontré une jeune émigrée tchèque qui nous avoua ne pas supporter d'être tutoyée — en Tchécoslovaquie le tutoiement des *camarades* est une monnaie obligatoire dont l'inflation l'avait écœurée à jamais. Il en fut de même ici, en France, après les journées de Mai 68. Une sorte de trivialité gauchiste souilla brusquement toutes les finesses de l'approche par ce viol du *tu* immédiat. En effet, je ressens le *tu* politique comme une négation de la personne, un peu comme le *tu* des flics. En imposant ce raccourci on anéantit toute la gamme des demi-teintes, on annule le temps que demande la *reconnaissance.* Le *tu* n'est pas pour rien le mot de *passe* des putains. Il réduit l'autre à la molécule sociale, il le dit interchangeable. J'aime la distance que creuse le *vous ;* il impose un chemin à trouver en direction du *tu.*)

Des bandes de gauchistes venus de Nice arrivaient chez nous à toute heure. Ils avaient lu les *Années Lula* et trouvaient notre retrait décidément trop confortable. Je reconnais qu'ils réussirent à nous donner mauvaise conscience et qu'à leur contact je commençai à sortir de ma réserve amusée. Ils étaient très jeunes, nous ne réalisions pas au juste ce que nous étions par rapport à eux. Jusque-là nous nous sentions hors du temps : *nous ne savions pas* notre âge ; et soudain nous découvrons avec stupéfaction que nous avons quarante ans et que ces petits diables pleins d'ardeur militante auraient pu être nos enfants. Leur langage est décidé, ils veulent « se lier à la lutte paysanne », d'autres font de l'alphabétisation (ils disaient alpha) dans les bidonvilles d'immigrés. « La Bolivie on n'en a rien à foutre, les mines d'étain c'est ici ! » Ils ne gardent de Guevara qu' « un Vietnam, deux Vietnam... » et refusent ses posters et ses T-shirts d'une fadeur saint-sulpicienne. Michel Franca, Frédéric Laurent me demandent de traduire des chants d'un militant de Lotta Continua : Pino Macci. Nous le rencontrons chez Frédéric, il chante d'une voix de taureau des paroles de sang et de mitraille. Un jeune et frêle ouvrier de la Fiat l'accompagne. Dans cette pièce enfumée remplie de barbus à cheveux longs, il nous semble être tombés dans une réunion de décabristes russes. Seuls les *jets* que nous voyons, dans le bleu de la fenêtre ouverte, décoller et se poser sans un pli sur l'aéroport de Nice nous rappellent que hors de cette piaule bourrée comme une grenade tout fonctionne dans l'huile, révolution ou pas.

C'était trop de violence verbale. Nous étions rentrés à *La Béate* décidés à ne plus en bouger... et je me remis à écrire. Mais un matin nous recevons deux lettres par le même courrier. Comme on va le voir elles eurent, chacune à sa façon, une incidence déterminante sur l'orientation de mon écriture — donc de notre vie. L'une de ces lettres venait de René Ehni — j'en parlerai plus loin. La seconde l'éclipsa sur le moment. Le choc restera à jamais vif en moi : j'étais au soleil devant la poste lorsque je décachetai cette seconde lettre. L'enveloppe portait tamponnés sur le coin gauche l'adresse et le nom des éditions Maspéro. Dans cette enveloppe s'en cachait une autre d'un papier léger avec mon nom d'une très fine écriture à la plume.

Camiri 12/68.

Cher Rezvani,

J'avais demandé à ma compagne de vous écrire pour vous dire toute la joie que m'avaient apportée *Les Années-lumière,* elle n'a pu le faire, cela m'est aujourd'hui possible. Votre bouquin a un effet libérateur, explosive incitation au bonheur, appel à une vie « meilleure », plus intense, toujours valable même pour ceux qui n'ont plus (ou pas encore) la possibilité d'y accéder. La vie de bohème, bien sûr, est une maladie bourgeoise. Mais le sens de la tendresse, du rire et de l'amertume qu'il y a aujourd'hui au fond du rire nous concerne tous, apprentis révolutionnaires compris. Quand je commence à tourner en rond et à manquer d'air, j'ouvre votre livre et c'est comme une fenêtre sur l'autre côté. L'angoisse s'en va tout de suite. Il est bon de savoir que *cela* existe !

L'image du bonheur est révolutionnaire, ne serait-ce que parce que seuls des gens physiquement heureux sont en état de transformer leur société et d'accepter tous les sacrifices. L'habit noir, la rancune, le faux col trop serré et le sérieux académique ne pourront jamais être du bon côté. En tournant ces vilaines bêtes, vous nous aiderez à les terrasser, d'abord en nous-mêmes. Condition évidemment pas suffisante, mais nécessaire.

Vive Lula !

Régis DEBRAY.

Imaginez la force de choc de ces lignes tombant à La Garde-Freinet ! On savait vaguement que Régis Debray venait d'être condamné à trente ans de solitude dans une cage au fond de la forêt bolivienne. Le bruit courait même qu'il avait succombé, torturé par la C.I.A. Ce brutal contact par le truchement de l'écriture me fit l'effet d'une décharge électrique. Je rejoignis Danièle dans une boutique et lui montrai la signature. Un peu plus tard nous nous étions assis au soleil pour lire cette lettre et la relire. Nous portions tous Régis Debray en nous : certains l'admiraient ; d'autres lui reprochaient d'avoir détourné l'attention sur des luttes trop lointaines. Nous, à *La Béate*, nous l'aimions romantiquement pour sa générosité, pour son regard, pour sa jeunesse, pour s'être vécu comme il s'était rêvé. Il faisait partie de cette esthétique chevaleresque dont je viens de parler.

Et puis la guerre du Vietnam ravageait l'Asie du Sud-Est ; l'Amérique par l'universalité de sa présence avait par conséquence ouvert le front vietnamien au globe entier. Régis Debray était en quelque sorte un otage de cette guerre globale et en ce sens, jusque dans le repli de notre vallon, nous nous sentions directement concernés par sa démarche. Notre vie à l'écart de la lutte, notre recherche du plaisir immédiat étaient entachés tout au fond de notre conscience par le fait justement qu'un Français soit en train de crever lentement dans un cachot bolivien. Et voilà que cet otage, celui auquel nous pouvions le mieux nous identifier pour réveiller cette mauvaise conscience, nous écrit pour nous donner en quelque sorte l'*absolution*. Nous en fûmes l'un comme l'autre très profondément bouleversés. Encore une fois, l'écriture venait de parler. Entre les innombrables signes reçus en réponse à mes deux livres cette lettre, plus que toute autre, venait m'encourager à poursuivre. J'écrivis aussitôt à Maspero pour lui demander quelle était l'adresse exacte de la prison de Debray. Réponse :

Paris le 13-2-69.

Cher Monsieur,

Régis Debray ne peut recevoir *aucun* courrier, hormis celui que peut lui passer, plus ou moins clandestinement, sa femme qui a le « droit » de le voir une demi-heure par jour, dix jours par trimestre. Vous pouvez donc lui écrire tout ce que vous désirez, en utilisant le moins de volume possible (par exemple une page ou deux maximum du format de votre lettre). Faites-moi parvenir votre lettre avant le 10 mars, Elisabeth devant partir pour ces dix jours dans le courant du mois.

Amicalement.

François MASPERO.

P.-S. — Je précise que Régis n'a pu écrire jusqu'ici qu'une dizaine de lettres. maximum, depuit le début de son incarcération. Dont la vôtre.

Cette nouvelle nous atterra. J'écrivis à Elisabeth, lui demandant s'il y avait quelque chose à faire — auquel cas nous monterions immédiatement à Paris pour la rencontrer. Ce que nous fîmes dès qu'elle nous eut répondu. Elisabeth nous impressionna. Jamais nous n'avions vu concentrées tant de détermination, tant de force, tant de tension silencieuse en un même être. Seules peut-être certaines photos volées sur les ruines d'un village vietnamien, montrant tout à coup une petite fille debout, immobile, droite, si mince parmi les gravats, avec dans le regard cette étincelle froide des pleurs gelés, pourrait restituer la violence de désespoir retenu que dégageait cette frêle et belle jeune femme. Entre ses déplacements en Amérique latine, elle vivait dans une pièce sans jour au rez-de-chaussée dans le fond d'une courette rue de la Chaise. Que pouvons-nous faire pour Régis ? Tout. C'est ce que nous comprîmes sans que l'orgueilleuse Elisabeth eût à le dire. Régis Debray était sorti de l'actualité française, on l'avait abandonné à ses trente ans de mort ; Paris allait trop vite pour faire un retour sur sa frivolité. Jusque-là, je l'avoue, j'ai toujours été de ceux qui s'amusaient plutôt de cès campagnes de signatures qui avaient fait consommer tant d'encre à gauche depuis la guerre, et je citais souvent en riant cette histoire de ces deux balayeurs dans les jardins d'un ministère auxquels un papier gras échappe emporté par un coup de vent jusqu'à l'intérieur du bureau du ministre. Les balayeurs se font la courte échelle, réussissant à grand-peine à se hisser à hauteur de la fenêtre mais il est trop tard, le ministre l'a déjà signé. Ainsi voyais-je Sartre et la plupart des éternels signataires : des anti-Régis en quelque sorte. Cependant, Elisabeth nous laissait entendre qu'il serait peut-être souhaitable de lancer à une échelle internationale une campagne de signatures. Elle ne pensait pas, bien sûr, que cela pourrait sortir Régis de prison mais tout au moins le valoriser suffisamment pour empêcher la balle *accidentelle* qui l'attendait dans un chargeur. Aussitôt nous nous mettons en chasse, secouant tous ceux que nous connaissons, courant de tous côtés, nous lançant dans cette sorte de folie frénétique de la quête aux signatures dont le détail n'est pas à faire ici tant je serais tenté de montrer le monceau de petites vanités dans lesquelles il nous faudra patauger afin d'accoucher d'une liste de célébrités assez conséquentes pour lancer le mouvement. Nous fîmes la connaissance d'Edith Perret et de Claude Bourdet. Ils prirent les choses en main et dès cet instant les signatures affluèrent et furent répercutées par milliers dans le monde entier.

Pour obtenir l'inévitable signature de Sartre et de Simone de Beauvoir, je téléphonai à Claude Lanzmann. Nous ne nous étions pas revus depuis des années. Rendez-vous est pris et c'est avec émotion que nous nous retrouvons. Je lui parle de la situation de Régis Debray à Camiri et je lui montre le brouillon d'un appel que je compte faire signer à une dizaine de personnalités de premier plan — dont Sartre évidemment. « J'ai une idée, me dit-il, revoyons-nous dans quelques jours. » Et il emporte mon brouillon avec des airs de profond mystère. Le lendemain soir il me téléphone à notre hôtel et je sens à l'excitation de sa voix qu'il y a du nouveau. Nous nous retrouvons à la *Brasserie alsacienne* place Saint-Michel pour dîner tous les trois. Il me serre les épaules et m'embrasse avec cette sorte de violence retenue qui lui est si particulière. « Ça y est, mes enfants, j'ai réussi un fameux tiercé », et il nous montre l'appel signé : Sartre-Malraux-Mauriac. « Avec ça, nous le sortons de prison. » Le dîner commence joyeusement mais peu a peu nous sentons que nous ne pourrons pas ne pas parler d'Evelyne. Tout nous y ramène. Et enfin lorsque Claude prononce son nom c'est presque avec soulagement que je l'écoutai. Nous avions tous les trois les yeux pleins de larmes. Il parla du suicide de sa sœur avec une colère tranquille, puis il dériva sur la Mère, puis sur Monny et enfin sur Jacques. Il me semblait recevoir la lumière affaiblie d'une planète depuis longtemps éteinte...

Quelques jours après, l'appel paraissait non seulement dans *Le Monde* mais aussi dans la plupart des grands journaux internationaux, affirmant sous la plume de Sartre-Malraux-Mauriac qu'un grand écrivain français était en danger de mort à Camiri. De ce jour — et grâce à Claude — Régis fut moins menacé et, à la suite de démarches précises auprès de Pompidou, nous eûmes l'assurance que le gouvernement français ne laisserait pas liquider un de ses intellectuels. Nous venions de réussir le tour de force de transformer un événement politique en événement culturel. C'est là une particularité bien française : le rêve secret de nos hommes politiques a toujours été et sera toujours d'ajouter si ce n'est de substituer à leur nom d'homme d'action la particule d'homme de lettres. Que Sartre-Malraux-Mauriac désignent d'une même voix Régis Debray comme l'un des leurs et le voilà ramené à l'histoire... de la littérature française. Le « mais qu'allait-il donc faire en Bolivie ? » devenait tout à coup le « mais qu'allait-il donc faire en Indochine ? » du jeune Malraux. « Ça y est, sa libération n'est plus qu'une question de mois », avait dit Claude à Elisabeth. (Elle était sur le départ pour la Bolivie.) « Dis-lui bien, à ton homme, qu'il faudra qu'il s'assagisse, hein ! plaisantait Claude. Quand il rentrera parmi nous, il n'aura droit qu'à écrire des romans. — C'est ça », avait répondu Elisabeth cependant que l'ombre d'un sourire ironique passait dans ses grands yeux qui semblaient toujours regarder un peu plus loin que vous.

Enfin nous étions rentrés chez nous et je me replongeai dans l'écriture. Je travaillais sur un gros roman picaresque, sorte de transposition au temps moderne du voyage en Corse que nous avions fait au lendemain de la guerre, Dmitrienko, Lanzmann et moi. Ce livre sur l'adolescence était dédié à Elisabeth et Régis. Lorsque je le crus terminé je ne pouvais me douter qu'ici commencerait pour nous l'une des plus éprouvantes aventures que nous ayons vécues à *La Béate.*

Jusque-là, j'avais donc « donné » deux romans à Flammarion sans en avoir jamais reçu ni le chiffre de tirage ni le chiffre de vente ni les comptes. Au moment d'envoyer mon nouveau manuscrit, j'écrivis à Etienne Lalou pour lui demander une somme de trente mille francs dont j'avais besoin pour finir de payer notre maison et qui selon nos calculs (cessions à l'étranger et droits me revenant — d'après les chiffres donnés imprudemment par Lalou dans l'euphorie du démarrage de mes premiers livres) devait être largement dépassée. Réponse de Lalou : pas question de m'envoyer un sou avant qu'il n'ait reçu et lu mon manuscrit suivant. Et il ajoutait bizarrement : « *D'ailleurs vous êtes notre débiteur.* » Qu'entendait-il par là ? De loin tout prend du relief : l'attitude de Lalou me parut un chantage. Se pouvait-il que mes comptes soient suspendus à la livraison d'un nouveau roman dû par contrat ? Sans réfléchir, cinglé par ces façons, j'écrivis en retour qu'ils n'auraient sous aucun prétexte mon prochain livre. Ils me *devaient* eux, des comptes et pas mal d'argent — moi de mon côté je considérais ne pas leur *devoir* une seule page d'écriture... et que cette lettre où Lalou me faisait l'affront de me déclarer « leur débiteur » me libérait dorénavant de tout engagement envers la maison dont il était le représentant. Je venais d'accomplir l'irrémédiable Comme d'habitude, au lieu d'accepter de discuter avec des gens que j'avais jugés de mauvaise foi, je me mettais dans une situation sans retour. A partir de ce moment, j'ai bien cru aller à la folie.

Mais avant de poursuivre, revenons un peu en arrière On s'en souvient, par le même courrier que la lettre de Régis Debray m'était parvenue une lettre d'un écrivain dont on parlait beaucoup à l'époque pour avoir annoncé en quelque sorte les journées de Mai 68 par une très belle pièce : *Que ferez-vous en novembre ?* Au moment de la sortie des *Années Lula* Claude Della Torre (l'attachée de presse de chez Flammarion) nous avait entraînés à la centième de cette pièce. René Ehni désirait nous rencontrer, et nous-mêmes nous étions intrigués par lui. Ce fut le coup de foudre d'amitié comme il n'en arrive en général qu'à l'adolescence. Nous avions peu parlé ce soir-là mais nous nous étions promis de nous revoir dès que possible. René vivait une passion forte, exigeante, sans repos, avec un jeune peintre d'une réelle splendeur et d'un caractère surprenant. A peine fûmes-nous tous les quatre ensemble dans le foyer du théâtre que nous sûmes qu'il passait entre nous un courant particulier. René et Jean-Paul formaient un couple sans mièvrerie, tout en largesse généreuse et de parler franc. Je suppose que Verlaine et Rimbaud devaient irradier cette même violence de sentiments exceptionnels et cette même sorte d'exigence. Ils détonnaient à Paris et étonnaient. L'un comme l'autre étaient alsaciens et, bien que « montés » de leur Sundgau natal, ils refusaient de se fondre dans le juste milieu et d'admettre les petites lâchetés qui huilent la vie parisienne. Sans la profonde secousse de Mai 68 — dont ils furent parmi les principaux détonateurs — ils n'auraient pas pu respirer longtemps l'air de Paris. Ils étaient infiniment trop *moraux* pour plier leur nature au train-train des complaisances et vibraient à tout propos d'une sorte d'impatience intolérante. En vérité c'est la réunion de deux caractères singuliers et leur mélange inattendu qui donnait, comme dans tous les couples exceptionnels, *du caractère* à ce tout unique qu'ils formaient. René Ehni avait quelque chose du Moïse des Tables : il tonnait, prêchait, il construisait sans cesse un discours (que depuis les Hallier, les Lévy, les Sollers ont repris, filtré, rendu, chacun à sa façon, comestible) ; il était par essence l'homme du Verbe et nul ne pouvait sans dommage passer par la mitraille de ce verbe devenu ivre. Un peu plus Ehni « réussissait » à Paris. Il avait en lui plus de force et de souplesse qu'il n'en faut pour retourner les courants de pensée du moment. Il n'en eut pas l'ambition. Je le répète : Mai 68 lui doit ce quelque chose d'alsacien, de naïf, de provincial, d'enfantin, de chrétien, d'anti-parisien qu'il eut *dans les premiers temps* — je ne suis pas le seul à le penser et à m'en souvenir — mais cette facilité qu'avait René de faire prendre un nouveau vent aux idées (jusqu'à la frivolité la plus exaspérante parfois) était sans cesse rabattue par la rectitude de son ange-paysan qu'était Jean-Paul. En trois mots justes Jean-Paul démolissait les tarabiscotages gothiques du discours de son ami. Alors passait dans l'œil si diabolique si pointu de René une flamme d'un amour total qui bouleversait. Il marquait un temps d'arrêt et, la tête penchée, il s'absorbait un instant dans la contemplation ravie de Jean-Paul... puis de nouveau il faisait des gerbes d'étincelles. Jean-Paul était sa conscience, sa droiture, l'étoile de son ciel obscur. C'est sur sa beauté d'âme — donc de présence — que René faisait sans cesse le point. Lorsqu'il nous rencontra, Danièle et moi, le dandy René Ehni eut la finesse de saisir immédiatement ce que notre position — à côté — avait de particulier. Il nous le dit dès les premiers mots dans le foyer du théâtre : « C'est vous deux qui avez raison. » Si je cite cette phrase exaspérante c'est que pendant les nombreuses années de notre amitié, il ne cessa, hélas ! de nous mettre en avant à Paris (bien malgré nous), nous brandissant avec une obstination de puritain, nous réduisant en quelque sorte à une image saint-sulpicienne de l'amour. Souvent je lui en fis le reproche, ne supportant pas de devenir, Danièle et moi, dans le parler frivole de René, une sorte de repoussoir qu'il s'amusait à agiter pour condamner toute autre démarche.

Donc, le jour où nous recevions la lettre de Régis, arrivait aussi une longue lettre de cet Ehni que nous n'avions qu'entr'aperçu à Paris. Cette lettre était postée de Tourette-sur-Loup. René venait de s'y installer, avec Jean-Paul, pour un an, espérant par ce voisinage (nous disait-il) transformer la forte sympathie qui nous attirait naturellement les uns vers les autres en véritable amitié.

Nous commençâmes à nous voir assez souvent et ce fut en effet une période dont nous gardons tous un souvenir heureux et réconfortant. René écrivait sa pièce *L'Amie Rose* dont il nous lisait à haute voix des scènes. De mon côté je terminais le premier jet de *La Voie de l'Amérique*. Nous allions à Tourette ou bien René et Jean-Paul venaient chez nous. Nous passions des journées passionnantes à parler à manger à boire à rire. Jean-Paul jouait de la guitare ; très vite il avait appris la plupart de mes chansons qu'il chantait avec charme et simplicité — ce qui faisait fondre René — et souvent nous jouions à deux guitares et chantions tous. Jamais peut-être — sauf du temps de Jean et Carla — nous n'avions trouvé une telle complicité avec des amis, et encore aujourd'hui, dix ans après, nous nous attristons bien souvent que la séparation de René et Jean-Paul nous les ait plus ou moins fait perdre de vue. De ces années d'amitié resteront deux livres : *Babylone vous y étiez nue parmi les bananiers* et *Mille Aujourd'hui* écrits à la même époque comme deux longs monologues/dialogues.

En vérité c'est René qui alluma l'étincelle dans mes démêlés avec Flammarion. Un jour qu'il s'étonnait que nous soyons fauchés, il nous ouvrit les yeux sur ma situation : « Comment ? Tu n'as pas reçu tes comptes depuis plus de deux ans que tu es publié ? Mais ils te doivent des millions, Serge ! Rien que *Les Années-lumière* ont dû tirer à cinquante ou soixante mille ! Avec *Les Années Lula* ils te doivent une fortune ! »

Toute ma vie j'ai fui. Jamais je n'ai trouvé en moi le courage d'affronter avec calme les problèmes — au contraire de Danièle qui aurait toujours préféré que nous tirions les choses au clair lorsque nous nous trouvons dans des malentendus avec les autres. C'est ainsi que j'avais rejeté avec intransigeance Michelson ; et combien d'autres fois me suis-je comporté en *fuyard* plutôt que de m'expliquer et donc de laisser la porte ouverte à une négociation ou à une réconciliation — selon les circonstances. Je suis sûr que sans le témoignage de Régis et l'amitié de René, je ne me serais jamais risqué à affronter Flammarion — sachant par une intuition infaillible que j'avais affaire à des gens avaricieux et forts des institutions dont ils sont les maîtres. Mais en ces circonstances et avec la conscience que toute lutte pour changer le monde devrait commencer par ce qui vous est proche, je me lançai comme un Don Quichotte à l'assaut de mes comptes de vent.

Au début, Lalou et Flammarion me prirent de haut jusqu'à ce qu'ils réalisent qu'ils avaient en face d'eux un fanatique. Je n'ai pas de mesure : au lieu d'agir *normalement,* ce qui signifierait établir des rapports souples, ouverts avec le monde, je me montre d'une faiblesse excessive jusqu'au jour où, m'étant sans doute trop laissé faire, je me ramasse soudain sur une intransigeance proprement suicidaire. Aurais-je été un auteur *normal* je me serais dès le début inquiété du tirage de mes livres, de mes comptes, des coupures de presse... bref, de la *vie* de mes romans. Mais en m'en tenant à l'écart, je laissais croire à mon éditeur que je m'en désintéressais. Et voilà qu'après m'être tu pendant près de deux ans *j'exigeais* mes comptes. On ne s'y attendait pas et il y eut du flottement ; lettre après lettre Lalou s'enferrait osant m'assurer avec cependant de moins en moins de fermeté que la maison Flammarion ne me devait rien et que s'il y avait eu la moindre malhonnêteté envers moi il donnerait, lui, Etienne Lalou, sa démission de son poste de directeur littéraire (ce qu'il fit, comme par hasard, vers la fin de cette histoire). A chacune de ses lettres je répondais avec entêtement : « Je veux mes comptes. » A chaque coup de téléphone je m'obstinais : « Je veux mes comptes. » « Mais si vous avez un tel besoin d'argent, me dit un jour Lalou, Flammarion m'a chargé de vous dire qu'il serait prêt à vous acheter un ou deux tableaux. » Cette gifle me rendit fou. « Ecoutez, Etienne, lui répondis-je, la voix tremblante de colère, comment pouvez-vous vous faire le porte-parole d'une telle proposition ? Je vous préviens, j'irai jusqu'au bout. » Je suffoquais d'exaspération et de dégoût.

Nous montâmes à Paris et partout où j'allais je répandais mon histoire — ce qui eut pour résultat de crisper Flammarion sur ses positions. « De toute façon, m'avouèrent plusieurs écrivains, tous les comptes des éditeurs sont plus ou moins truqués. Tout le monde le sait et chacun s'en arrange en demandant des avances sur les livres suivants ou en obtenant une mensualité. » Et je me souviens qu'en effet, Lalou, au moment du démarrage des *Années-lumière,* m'avait proposé de m'allouer une sorte de salaire mensuel — que j'avais refusé, lui disant que je préférais le jour venu recevoir mes droits d'auteur d'un coup. « Très bien, m'avait-il répondu en plaisantant, nous serons vos banquiers. »

Donc le lendemain de notre arrivée à Paris, j'eus un entretien avec Lalou, au pied de son lit où une sciatique le tenait. « Avant tout, lui dis-je, je veux ma liberté. Je suis même prêt à renoncer à mes comptes contre ma liberté. Déchirons le contrat et nous sommes quittes. »

Puis je fis une ultime démarche auprès d'Henri Flammarion. Il me reçut, un samedi soir dans des bureaux déserts. La grande maison morte, vidée de son personnel, avec ses rideaux, ses tapis poussiéreux, ses portraits d'ancêtres, fit venir en moi des idées de meurtre. Le vieil Henri Flammarion était venu nous ouvrir une petite porte de service ; il nous guida jusqu'à son bureau. C'est là qu'il eut cette phrase *historique* dont chaque mot s'est à jamais fixé dans ma mémoire : « Voyons, me dit-il sur un ton de complicité mielleuse, vous faites bien de venir voir *papa* (textuel !!!). Pourquoi avez-vous tant tardé ? Il ne faut pas s'adresser à ces *gens-là* (parlant de Lalou et de Claude Della Torre), c'est entre vous et moi que les choses doivent se résoudre. » Nous étions seuls, Danièle, le vieux Flammarion et moi. J'aurais pu l'attraper par le cou et l'étrangler sans que nul entende ses cris. Ses paroles allaient au-delà du supportable. Comme un cheval agacé je frémissais de tous mes nerfs, il me semblait sentir ma peau bouger par plaques entières. Je l'avoue. c'est l'unique fois de ma vie que le *désir de meurtre* m'a traversé. Le vieil homme incarnait par son allure, sa voix, ses regards, ses gestes, tout ce que le XIXe siècle avait produit de pire quant à l'avarice et l'esprit d'usure. Le mépris avec lequel il nous parla de ses subalternes, le paternalisme indécent, huileux, de ses mots, de chaque mouvement de ses mains sur son bureau, m'écœurait. Je me rendis compte que l'on ne discute pas avec un tel type humain. Cependant je tentais sans conviction de lui faire comprendre qu'au point où nous en étions c'était sans retour s'il ne cédait pas. « Alors, me dit-il. vous n'êtes pas près de publier. — Eh bien, si c'est à ce prix, j'attendrai d'avoir cassé votre contrat. — Vous n'aurez pas la patience de garder votre manuscrit dans un tiroir. Il n'existe pas un seul écrivain qui résiste au désir de publier. — Alors, je ne suis pas écrivain mais peintre. Depuis des années j'ai des centaines de tableaux retournés contre les murs de mon atelier. Comme eux, mon manuscrit attendra... J'irai au procès. — Très bien, ricana-t-il, lancez-vous dans les ennuis. » Et nous nous quittâmes.

Si j'entre dans les détails de cette histoire c'est qu'elle eut une répercussion sur le mouvement de mon écriture. Sans Flammarion, je n'écrivais pas *Mille Aujourd'hui* ni *Fokouli*, pas plus que ma pièce *Capitaine Schelle, capitaine Eçço.* Ce fossile m'avait positivement passé la rage.

René Ehni et Jean-Paul Juen nous attendaient au *Flore.* Ils suivaient avec passion cette lutte inégale que j'avais eu la folie d'engager contre une institution évidemment indestructible. « Je regrette de ne pas l'avoir séquestré dans son bureau, leur dis-je en riant. — On y va ! dit Jean-Paul. — Allons-y ! » dit René mais bien sûr nous ne bougeâmes pas et comme d'habitude René nous soûla de paroles en buvant des bières. A l'époque René ne parlait que de Révolution à la chinoise et de hauts fourneaux de poche répartis en minuscules unités de production dans les campagnes. En vérité lorsqu'il prononçait Chine c'était Alsace qu'il fallait entendre ; son discours entier tournait autour de cette nostalgie et j'ai toujours pensé qu'il restait à Paris — donc loin de son Sundgau natal — pour le bonheur de verbaliser sa *différence* dans ce Paris snob où, jusqu'à l'apparition du « paysan » Ehni, les « hommes de lettres » lorsqu'ils étaient de souche paysanne en avaient toujours plus ou moins dissimulé la honte. Sa pièce *L'Amie Rose* montrait sur un mode tchékhovien une communauté paysanne d'Alsace dont la plupart des membres ouvriers du textile se réunissent pour la remise (par le patron de la filature) d'une médaille du mérite à la vieille ouvrière Rose. Pour finir on tue le cochon (le patron) dans une sorte de fête païenne où le couteau, le hachoir, le saloir entrent en danse... J'en parle de mémoire car je ne l'ai pas relue depuis mais en réduisant la pièce de René à son schéma je crois assez bien rendre compte du climat post-soixante-huitard qui bouillonnait encore à Paris. Dans ce climat, mon conflit avec Flammarion prenait tout à coup une valeur d'exemple. La lutte était à mener *sur le terrain :* fini la fuite dans les mots. Il n'était plus question de prendre d'assaut le vague hôtel de Massat mais *sa* propre maison d'édition. Voilà comment Ehni *verbalisait* mon indignation ! J'en souris aujourd'hui. Rappelons-nous cette époque où il n'était pas un écrivain de gauche qui ne faisait sa petite révolution culturelle les yeux tournés vers la Chine. Attisé par René, le bruit courut soudain à Paris que Rezvani était « monté » pour « casser » de l'éditeur. En vérité je n'avais qu'une obsession : casser mon contrat ; me délivrer pour retrouver la force d'écrire.

J'allai voir Raymond Queneau pour lui demander conseil. Il m'écouta jusqu'au bout et me répondit prudemment : « Vous leur devez encore quatre livres ? Eh bien donnez-leur ces quatre livres et vous serez libre. — Jamais de la vie, je veux casser ce contrat ! » Nous étions chez Gallimard, dans le minuscule bureau de Raymond, pas plus grand qu'un placard. Notre vieil ami semblait horriblement gêné de ma fougue et de ces mots trop nets qui résonnaient dans le *bercail.* Enfin après avoir jeté quelques coups d'œil inquiets autour de lui il me lâcha d'une voix presque inaudible : « Alors, envoyez-leur quatre *rossignols.* » Et il eut une sorte de gémissement en souvenir de tous les rires entre nous. Je ne comprenais pas ce qu'il entendait par « rossignols ». Raymond me l'expliqua très sérieusement : c'était des manuscrits « bidons », impubliables, que les auteurs se refilent pour les envoyer à leurs éditeurs lorsqu'ils veulent s'en délivrer (par contrat deux manuscrits refusés annulent le contrat). « Ou alors, recopiez des bouts de Bottin, écrivez *roman* sur la couverture et le tour est joué », lâcha-t-il avec un bizarre sérieux.

Nous quittâmes Raymond Queneau, tristes et démoralisés. Je ne pouvais croire que des hommes ayant la possibilité de s'exprimer, de se défendre, de dénoncer, aient accepté une telle soumission. Je pensais à la généreuse signature de Jean-Paul Sartre, toujours prête à se lier aux causes fragiles et lointaines, et je ne pouvais comprendre qu'œuvre après œuvre cette même signature ait cautionné les fameux « contrats types » pareils au mien.

Un soir, j'allai avec René à l'Union des écrivains (née de Mai 68, je crois) où siégeaient Jean-Pierre Faye, Clara Malraux ainsi que de nombreux écrivains « révolutionnaires ». Dans une petite salle sombre et froide je racontai mon histoire et parlai naïvement de ce contrat auquel il fallait s'attaquer en tout premier lieu. Silence gêné. La conversation s'émietta et je me retirai sachant une fois pour toutes que j'étais seul et bien seul dans les pattes de Flammarion.

Cependant j'eus un moment d'espoir : Christian Bourgois, ayant entendu parler de mes ennuis, voulut me rencontrer. « Ne vous inquiétez pas, me dit-il, je vais vous *reprendre,* ça se pratique couramment entre éditeurs. » Christian vit Henri Flammarion qui ne voulut rien savoir. L'histoire s'était trop répandue dans Paris. Me laisser partir lui aurait fait perdre la face. « Il ne vous reste plus qu'à lui envoyer des *rossignols,* me dit

Christian avec le même sérieux que Raymond Queneau — Jamais de la vie ! »

J'étais en train de devenir fou. Je ne parlais plus que de ça, je ne pensais plus qu'à ce contrat ; à chaque mouvement il me semblait entendre cliqueter mes chaînes.

Dans l'autobus nous tombons sur Marguerite Duras (que nous connaissons depuis de nombreuses années). « Tout a été essayé, mon pauvre Serge, mais sans eux (les éditeurs) un écrivain ne peut ni distribuer ni vendre ses livres. J'ai donné en Allemagne un roman dans une coopérative d'écrivains — ç'a été un échec Ils nous tiennent, Serge... » Et elle descendit à son arrêt, nous faisant promettre de la tenir au courant. Le soir même nous quittions Paris, sans aucune solution en vue

Nous passons l'automne dans nos bois. Je tournais en rond, je ne parlais que de ça. Je regardais avec tristesse mon épais manuscrit sur la table. Nous allions faire de longues marches à travers les châtaigneraies dorées, et tout en marchant nous retournions la question en tous sens. Peu à peu je me calmai. Les journées raccourcissaient et je me souviens des longues soirées sous les lampes à pétrole où lentement, page après page, nous mettions la dernière main à ce manuscrit destiné à attendre... Puis il commença à neiger et c'est avec un réel bonheur que j'eus l'impression d'être coupé de tout, seul avec Danièle, dans la forêt de cristal... Ne pouvant plus écrire, sur une brusque impulsion je rouvris mon atelier et je commençai à peindre une série de toiles sur la guerre du Vietnam, sans autre raison que ma colère et les informations révoltantes qui chaque jour nous parvenaient. J'exorcisais en quelque sorte ma petite révolte parisienne en la liant à la lutte d'un peuple aux mains nues que le monde entier admirait pour son entêtement. Il y a de quoi sourire mais j'y retrouvai là une santé. En peignant ces toiles je déviais en quelque sorte mon emportement Mon indignation débordait mon exaspération égoïste, elle rejoignait l'indignation globale. Ce point a son importance pour ce qui va suivre. En me mélangeant, à travers la peinture, aux horreurs du Vietnam, je me mettais en demeure de rester en éveil, fort et intraitable sur mon propre terrain. Je l'écris aujourd'hui avec la distance que l'on imagine mais sur le moment, en peignant mes « horreurs de la guerre » électronique, il me semblait à ma manière contribuer au soutien de ce peuple victime de la violence *yankee*. Mes tableaux avaient l'aspect d'immenses photos *subjectives* en noir et blanc. (Un peu plus tard ils furent exposés au musée d'Art moderne — à l'A.R.C. Des délégués vietnamiens qui travaillaient aux accords de Paris auprès de Mme Binh vinrent les voir, amenés par Elisabeth Debray. Ils me firent dire par elle combien ces tableaux étaient « ressemblants ». Bouleversé qu'ils les aient appréciés, je décidai d'en faire don au Vietnam *libre*. En attendant la victoire du Vietminh ils devaient rester à Cuba en quelque sorte en pension — ils y sont encore, je crois.)

Dans mon désarroi d'écrivain je m'étais donc réfugié dans la peinture. Encore une fois elle me servait de cocon protecteur. Il m'arrivait de peindre assez tard le soir à la lueur des lampes à pétrole. Danièle s'asseyait dans l'ombre et me regardait travailler, le menton posé sur ses mains réunies. Et pendant que je peignais de quoi parlions-nous ?... de ce contrat qui me serrait à la gorge. Noël approchait et je ne voyais pas de solution à mon conflit avec Flammarion. Nous nous débattions au fond de l'impasse mais à aucun moment nous n'avons perdu la *distance* qui réduisait à sa dimension presque comique cette petite tragédie éditoriale.

Et voilà que le soir de Noël, en un éclair, la *solution* me traversa comme un éblouissement. Danièle sautait de joie en battant des mains. Bien sûr ! Comment n'y avais-je pas pensé plus tôt ? C'était *ça* que nous attendions : résoudre le conflit par des voies humoristiques. J'avais trouvé le moyen qui me convenait pour me sortir d'affaire. Et je me mis au travail. Puisque je leur *devais* quatre « romans » pour me libérer d'un tel contrat, pourquoi après tout ne les écrirais-je pas, leurs quatre romans (pas des *rossignols !*) ? D'un coup, au fil de la machine, m'amuser de cette histoire même, de Flammarion, de Lalou, de l'édition — et n'avoir pas honte de les signer ! Après tout qu'est-ce l'écriture si ce n'est en quelque sorte sauver sa peau par les mots ? Quel écrivain n'est pas un peu Shéhérazade ? Ne survivons-nous pas tous plus ou moins en jetant des mots toujours des mots pour nous évader ? Enfin j'avais trouvé la solution littéraire à ce drame de papier et c'est avec une extraordinaire jubilation que je me mis à la tâche.

Chaque *roman* faisait environ cent cinquante pages tapées au plus large. Quinze heures par *roman.* En soixante heures je comptais être libéré. Je me voyais déjà expédiant quatre paquets recommandés au vieux Flammarion. Sa tête ! Mes doigts volaient sur le clavier. J'écrivis donc ces quatre *romans,* comme prévu. Ce fut un véritable exercice d'écriture automatique sur six cents pages. Je ne pourrais raconter ce que contenaient ces livres. Disons de l'indignation rieuse, pas mal d'insolence et de désinvolture. Un peu partout, au détour des pages, j'apostrophais Flammarion ou Etienne Lalou à propos de mon contrat, je parlais à mon chien Maki, ou du printemps, ou bien je me laissais aller à une sorte d'écriture abstraite, jouant avec la frappe de la machine comme si j'abandonnais la bride à celle que je nommais mon *azertyuiop.* Ce furent les *Américanoïaques, Coma, Les Mammouths* et *L'Impayable l'ouverturien.*

Vint enfin le jour tant attendu. Je fis quatre paquets et je les envoyai recommandés à Henri Flammarion. J'étais extraordinairement fier de mon coup. Je venais tout simplement de retourner la situation. Le tampon de la postière frappa la seconde exacte de ma liberté retrouvée. Flammarion les avait eus *ses* romans ! S'il n'était pas content qu'il fasse la preuve que je m'étais moqué de lui. Il devenait le plaignant — je ne voulais rien de plus. Je reçus en retour la lettre que j'attendais : Flammarion récusait mes manuscrits. Prétexte ? Ce ne sont pas des romans. Enfin, je venais de mettre un éditeur dans la situation cocasse de définir : qu'est-ce qu'un rrrroman ? « Bravo, me dit Georges Pinet, mon avocat, c'est non seulement plaidable mais archigagnable. Mais savez-vous, ajouta-t-il, il me vient une jolie idée qui pourrait rendre votre position i-na-tta-qua-ble. Croyez-vous que Bourgois aurait le culot de sortir en même temps *La Voie de l'Amérique* et un ou deux de ces petits *romans ?* » Quel homme d'esprit aurait résisté ? Christian fut à la hauteur : l'automne suivant il lançait *La Voie de l'Amérique* et ses deux petits satellites : *Coma* et *Les Américanoïaques.* On ne pouvait être plus insolent. Hélas ! d'autres ennuis vinrent se greffer sur la sortie de ces livres.

Quelques mois avant, alors que nous étions venus à Paris discuter avec Flammarion, un matin, à l'hôtel des Marronniers, au moment où je sortais de notre chambre, Olivier Todd m'avait abordé : « Vous semblez un homme heureux, me dit-il très sérieusement, sans préambule. — Oui, c'est vrai, lui répondis-je étonné par la brusquerie de sa question. — Je suis responsable d'une émission de télévision, j'aimerais faire quelque chose avec vous... chez vous. Quand vous sortirez un nouveau livre, faites-le-moi savoir. O.K. ? » Quelque temps après Todd venait nous voir à *La Béate* pour convenir d'une date de tournage avec le réalisateur Pierre-André Boutang. Lorsqu'il vit, dans mon atelier, les vingt grandes toiles sur le Vietnam il parut agacé : « Vous y avez été ? (Lui en revenait.) — Bien sûr que non, c'est le Vietnam qui vient jusqu'ici. — Vous ne croyez pas que c'est de l'antiaméricanisme primaire ? ajouta-t-il en désignant avec colère, dans mes tableaux, les drapeaux américains étoilés de têtes de morts et de tibias croisés. Que vous a fait l'Amérique pour que vous vous acharniez contre elle ? Pourquoi *Les Américanoïaques,* pourquoi *La Voie de l'Amérique ?* » Il ne comprenait pas que vivant au fond des bois, si loin de tout, je puisse me sentir concerné par le génocide vietnamien, les bagnes de Poulo Condor... Il considéra les photos épinglées un peu partout dans l'atelier, haussa les épaules et s'en alla. Je rappelle que nous étions au pire moment de la guerre du Vietnam. Dans le monde entier grondaient l'indignation et le dégoût contre une Amérique porteuse de mort et de destruction.

A quelques jours de là, Todd démissionnait de la télévision pour protester je crois contre une censure. Boutang me proposa alors une émission de deux heures en direct : « L'invité du dimanche », réservée en général à des vedettes. « Vous pouvez y inviter qui vous voulez, me dit-il, vous avez carte blanche. — Vraiment, qui je veux ? — Oui, qui vous voulez. » Je dressai une liste de participants qui ne laissait aucun doute sur mes intentions. Boutang et ses *supérieurs* l'acceptèrent. Claude Julien venait de sortir son remarquable livre : *L'Empire américain*, je l'invitai, j'invitai Jane Fonda pour ses prises de position courageuses en faveur du Vietnam, Jean Genet pour son engagement au côté des Black Panthers, Jean-Luc Godard pour son *Procès de Chicago*, William Klein pour son film sur Cleaver, Gérard Fromanger, René Ehni ainsi que différents amis convaincus comme moi qu'il serait bon, puisque nous en avions l'occasion, de profiter de ces deux heures de liberté pour parler de la violence américaine.

Une partie de l'émission fut tournée ici, à *La Béate*, René, Jean-Paul, étaient avec nous. Nous fîmes un grand repas devant la maison ; Jean-Paul chanta mes chansons, nous étions joyeux, insouciants, la lumière si belle de l'été sur notre terrasse donnait à cette réunion d'amis un côté « jamais plus » qu'accentuait le vol des images par les caméras que l'on entendait ronronner doucement autour de la tablée. Danièle portait ce jour-là une sorte de robe blanche très courte, au ras des cuisses, faite de bandes de dentelle que serrait à la taille une ceinture large en cuir assez raide. J'étais ému par sa beauté lumineuse sous les ombres mobiles du soleil entre les branches. Elle avait l'air à la fois d'une héroïne romantique... d'une femme des îles... et lorsqu'elle se levait de table on voyait tout à coup ses longues jambes nues et on pensait alors à un jeune animal gracieux et libre à la crinière trop lourde. Je lisais dans le regard tendre qu'elle posait sur moi, pour me réconforter, un mélange d'inquiétude, de malaise et de trac. Bien qu'il ne fût jamais projeté, ce film existe dans quelques archives empoussiérées comme un fragment d'instant parfait que venait recouvrir dans un lent *enchaîné* mes tableaux terrifiants, d'autant plus insoutenables qu'ils figuraient tout à coup, ici, *l'envers du monde.* Ces séquences devaient entrecouper les moments en direct avec Claude Julien, Jean Genet, Godard, Fromanger, Klein et tous les autres invités.

Vint enfin le jour où il nous fallut monter à Paris. J'étais très angoissé par cette émission. Je ne suis pas un homme de la parole, me disais-je, comment pourrais-je me comporter, sans flancher, en direct devant des caméras ? Quelle folie m'a poussé à mettre en mouvement une telle machine ? Par une coïncidence bien inattendue, au même moment, aux Etats-Unis, Angela Davis prenait en quelque sorte le maquis. Il n'était question à Paris que des Black Panthers et d'Eldridge Cleaver. Le F.B.I., la C.I.A. étaient en ébullition, Jean Genet est tout à coup introuvable. Boutang devient de plus en plus nerveux. Chaque jour qui nous rapproche de l'émission est encombré de petits obstacles dont je n'arrive plus à me dépêtrer. La fuite d'Angela Davis donne soudain à cette émission un *ton* qui inquiète les milieux politiques. Christian Bourgois m'en prévient (lui qui est un des familiers de Pompidou). Innocemment je viens de retourner une pierre sous laquelle grouillent de drôles d'insectes.

Là-dessus Michel Polac me propose de participer à une émission qu'il vient de lancer. N'ayant pas la télévision je ne connais pas les lois du catch littéraire de ce « Post-scriptum » où pour la première fois des auteurs acceptent de s'exhiber pour se frapper au visage à coups de mots Sans savoir où je mettais les pieds. j'accepte d'y aller, espérant (puisque nous serons entre auteurs) parler de *mon/leur* contrat, de soulever la question en public, d'ouvrir le débat. Combien je connaissais peu mes « confrères » ! Combien j'étais naïf et plein de bonnes intentions ! René Ehni, mon ami notoire, avait été invité avec moi pour me « défendre ». Sur le moment je n'avais pas attaché d'importance à cette précision de Polac.

A peine suis-je sur le plateau de Cognac-Jay que je sens que je devrais fuir. Mais comme je suis accompagné par René, j'ai la faiblesse de rester. Que l'on imagine, par le décor, *où* j'étais venu me fourrer : Michel Polac avait fait reconstituer *un faux bistrot littéraire* avec ses tables de marbre, ses banquettes de moleskine, ses vitraux 1900 ! De fausses serveuses déposaient des whiskies devant chaque invité : me voilà pris au piège.

En face de moi vient de s'asseoir un certain Saporta. « Voilà le jeu, me dit Polac en se penchant à mon oreille, pendant qu'on réglait les lumières. Saporta va attaquer violemment vos livres. Vous n'avez pas le droit de l'interrompre. Ensuite Ehni prendra votre défense. Alors seulement, si vous avez quelque chose à ajouter, vous aurez droit à la parole. »

De tous côtés les auteurs s'installaient dans les différents boxes prévus pour eux. Trois caméras montées sur des sortes de catapultes évoluaient autour de nous pour les essais. Près de moi René buvait whisky sur whisky. Il était nerveux, et moi aussi. Saporta m'observait. (Plus tard j'apprendrai que ce personnage était connu à Paris pour être l'homme des Américains : il travaillait à l'ambassade des U.S.A.) On remplit le « bistrot » de lecteurs, de libraires, de critiques. Tous semblaient se connaître et se réjouir dans une même complicité. Seuls René et moi restons étrangers.

Brusquement plus de bruit. Le signal rouge s'allume. Les caméras commencent à se déplacer comme de gros robots bien huilés, elles descendent sur moi. Polac s'approche et, le micro à la main, ouvre le jeu de massacre. Mon cœur bat tellement fort que c'est à peine si je peux respirer. En quelques mots il présente mes trois livres et cède aussitôt la parole à Saporta qui démarre dans un discours furieux contre moi. Au lieu de laisser dire, je suis pris subitement de colère. J'essaie d'interrompre mon procureur. René, qui déjà a pas mal bu, commence à s'agiter. Le « café littéraire » jubile. Je vois dans un brouillard confus, tournées vers moi, les têtes de Michel Cournot, de Delfeil de Ton, de Sollers entourées d'une foule de masques tendus. J'étouffe ! Et Saporta continue de m'insulter. Enfin il dépasse les bornes à tel point que l'assemblée ricane. René se lève et veut lui jeter le contenu de son verre au visage, je le retiens et m'empare de la parole : « Si j'ai sorti ces trois romans ensemble c'est en signe de protestation contre une pratique des éditeurs que je trouve injuste et humiliante... » Brouhaha parmi les auteurs. « Je veux parler des contrats d'édition, je veux parler des comptes... » Polac, affolé, m'interrompt : « Nous ne sommes surtout pas là pour parler d'édition : c'est une émission littéraire... ! » Bref, je raconte, en m'embrouillant lamentablement, ma petite histoire avec Flammarion espérant que tous ces gens de gauche (pour ne pas dire gauchistes notoires) prendraient feu pour moi. Mais à mesure que je parle je les vois se recroqueviller et faire le dos rond, chacun à sa table. Je cherche le regard de Cournot, il est gêné et se croit obligé de dire : « En effet, pourquoi ne pas sortir trois romans ensemble ? C'est un peu comme Godard qui... heu... » le reste se perd en bredouillements. A son tour René prend la parole. Il est agressif, généreux, incohérent. Polac est franchement dépassé, son émission lui échappe.

Enfin il réussit à nous faire taire et de son box le maoïste Sollers lance alors vers les caméras : « Ouf ! Enfin un peu de *silence*. » Polac lui envoie un regard reconnaissant. Les caméras bien huilées se propulsent avec leurs cavaliers vers les différents coins du faux bistrot et l'émission reprend de la « hauteur ». Je suis écœuré, je m'en veux de m'être emporté. Maintenant on parle littérature et je ne sens que davantage combien mes remarques étaient déplacées, ici, parmi ces gens de lettres appointés par leurs éditeurs comme directeurs littéraires, lecteurs ou critiques. L'émission se termine et je m'enfuis honteux de mon comportement dont la naïveté me fait rougir encore aujourd'hui à dix ans de distance. A la sortie du plateau René insulte Philippe Sollers et, pendant qu'il y est, traite tous les auteurs présents de lâches, de fils de bourgeois, etc. Puis nous nous en allons à grands pas le long des rues vides, avec Danièle et Jean-Paul, en remâchant notre exaspération. Soudain une voiture s'arrête, une femme en descend, s'approche de moi et me dit : « Je viens de vous voir à la télévision, *ils* se sont comportés ignoblement avec vous. C'est dégoûtant ! » Elle se remet au volant et s'en va. Cette remarque nous remonte un peu le moral.

Après ce guet-apens et le peu de talent que j'avais montré à m'imposer, je m'inquiétais sérieusement pour « L'invité du dimanche ». Quelle folie de m'être lancé dans cette histoire ! J'avais vu à l'œuvre la fluidité des caméras dont le nombre permettait toujours, bien qu'en direct, de dévier du sujet, quitte en dernière extrémité à passer des bouts de films que le producteur garde en réserve prêts à être projetés à tout moment. Je n'étais pas de taille à me défendre — René non plus. Le lendemain je vois Boutang. Il me dit que je n'aurais jamais dû accepter l'émission de Polac, qu'elle allait servir en quelque sorte de test à la direction des programmes. Nous étions à trois jours du fameux dimanche.

Le soir même je rencontrais Jean Genet que j'avais réussi à joindre par Elen Wright. Je voulais le filmer à son hôtel pendant qu'il lirait un appel en faveur d'Angela Davis. Arrive l'équipe de télévision. Genet est blanc d'indignation. Il a vu l'émission de Polac et il se met à insulter les techniciens. Ils ont beau dire qu'ils n'avaient rien à voir avec ce qui s'était passé la veille, peu lui importe, c'est la profession entière qu'il accuse de complicité avec les censeurs. Il dit aussi son mépris pour les écrivains qui se taisent et m'approuve avec chaleur de m'insurger contre mon éditeur. « Moi-même, me dit-il, j'ai forcé Gallimard à m'abandonner l'intégralité de mes droits sur l'édition de mon théâtre à l'étranger. J'ai mieux à faire de cet argent que de le lui laisser. » Je suis bouleversé par la fougue, l'élan de révolte enfantine qui brille dans le beau regard de Jean Genet. Enfin, à propos d'Angela Davis, il lit une splendide déclaration de haine à Nixon face aux caméras. « Ils laisseront jamais passer un truc pareil à la télé, grogne un technicien. — On verra », dis-je bien haut.

Le lendemain Boutang m'annonçait que l'émission était interdite (sur des pressions directes de l'ambassade des Etats-Unis auprès du Quai d'Orsay). Ce qui m'est confirmé par Bourgois auquel son copain Chirac vient de téléphoner pour lui faire savoir que le gouvernement ne reviendra pas sur sa décision. Prétexte : « Ton Rezvani voulait transformer les antennes en *happening* gauchiste. » (Ce qui, je le reconnais, n'était pas si faux.) A quelques jours de là, à la Chambre des députés, Chaban-Delmas dira, de sa voix à la Zappy Max, cette phrase historique : « Mêler l'art à la politique, je trouve ça ignoble, je dis bien ignoble ! Vous m'entendez ! »

A partir du moment où je m'étais mis en contact avec Jean Genet et Elen Wright (qui représentait à Paris Eldridge Cleaver en exil à Alger), nous ne pouvions plus faire un pas hors de notre hôtel sans être suivis par de faux touristes américains qui ne se gênent pas pour nous photographier partout où nous allons. A tout moment des « journalistes » me demandent à la réception, tous m'interrogent sur Angela Davis, Cleaver, Jean Genet. La rue Jacob devient semble-t-il le lieu de rendez-vous de tous les agents secrets de l'ambassade des U.S.A. (d'autant plus qu'Elen Wright habite juste en face de notre hôtel). Même un « journaliste » noir, plus que louche, réussira à s'introduire, un matin, dans notre chambre pour essayer d'apprendre jusqu'à quel point je suis engagé auprès des Black Panthers. Impression d'être tombé à l'intérieur d'un film d'Hitchcock ou dans

Les Espions de Clouzot. Autour de nous tout est trouble, déformé.

Après quelques démarches, je comprends que l'interdiction est en effet irrévocable et, soulagés en vérité, nous rentrons à *La Béate* décidés cette fois à ne plus en bouger. Pendant ce temps à Paris, Jérôme Peignot et René Ehni s'agitent en mon nom, empêchent les deux émissions suivantes de « L'invité du dimanche ». Ils vont jusqu'à organiser un meeting à la Mutualité à propos de mon émission interdite. Nous recevons télégramme sur télégramme mais nous ne pouvons nous décider à retourner au massacre. Une fois pour toutes j'ai compris : je ne suis pas taillé pour cette sorte de lutte. Nous avons choisi les pentes de l'indolence et comptons dorénavant nous y maintenir autant que possible. L'écriture m'avait précipité plus ou moins malgré moi dans l'action, l'usage des mots m'avait tiré vers des prises de position violentes. Avec le recul tout ce bruit, toute cette agitation nous semblèrent le résultat d'un malentendu. La distance me convenait mieux. J'avais vu comment fonctionne la machine : elle est indéréglable et il fallait toute la candeur du *Persan à Paris* pour avoir cru un moment que des paroles sincères pouvaient réveiller ses serviteurs.

C'est avec un redoublement de plaisir que je me remis à écrire m'amusant cette fois à accumuler les pages d'une sorte de journal de bord tantôt ironique tantôt attendri d'un écrivain assailli par les mille tentations de l'écriture et les mille écarts qu'à tout moment lui impose la force du quotidien. *Mille Aujourd'hui* me prit plusieurs années, je nous enveloppai dans ses plis, il me semblait que ce livre ne pourrait finir qu'avec notre vie, il en était le calque, la sécrétion. Je crus tout y mettre de moi et de ce qui passait entre Danièle et moi : rires et angoisses, indignation et tendresse, la vision du peintre et de l'écrivain, du rebelle et du pacifié. Je ne me rendais pas compte combien par cette sorte d'autoportrait impressionniste j'allais me dévoiler encore plus préoccupé du *bien* et de la *justice*. Je croyais faire un livre rieur et spontané — comme je le disais à chaque page — lorsqu'en vérité je continuais à m'indigner et à lancer mes feuillets, comme des tracts, par-dessus le mur de mon jardin clos. Plus que tout autre, peut-être, ce livre rend cette dualité entre ce qui est *dans* le cercle et *hors* du cercle intime. Mais surtout il se voulait déclaration d'amour et c'est ainsi qu'en dehors des milieux littéraires il fut reçu par une quantité de lecteurs qui commencèrent à faire le « pèlerinage » jusqu'ici. Nous fûmes assaillis à toute heure, en toute saison, par de jeunes promeneurs : « On veut pas vous déranger, on veut juste vous serrer la main pour vous remercier... » et nous les laissions repartir sans rien avoir fait pour les mettre à l'aise. Comment leur dire combien leurs marques d'amitié nous bouleversaient... et à la fois nous accablaient ? J'avais l'impression honteuse d'avoir par mon écriture abusive allumé un courant d'amitié trop violent auquel j'étais bien incapable de répondre. Et même Danièle qui pourtant est très ouverte aux autres, oui même Danièle ne savait comment se comporter avec ces visiteurs si tendres si doux si attentifs. Lorsque par exemple nous entendions à la radio passer et repasser la chanson *Mille Aujourd'hui* d'Yves Simon

Dans cette ville qui s'appelle aujourd'hui
Je trimbale un bouquin de Rezvani

bien qu'émus et reconnaissants de ce clin d'œil nous nous sentions rougir d'un malaise incompréhensible. Je n'avais pas écrit pour ça. Comment mieux dire ? Je ne voulais pas devenir *père*, voilà la vérité ! En aimant ce livre et en voulant à travers lui établir un rapport avec le *nous* (Lula et Cyrus) de ce livre, ils (mes lecteurs) nous ramenaient au *temps* dont nous nous étions évadés, ils nous ramenaient à notre génération (celle de leurs parents) que depuis des années nous avions désertée, ils nous revendiquaient, nous devenions, *leurs*, ils attendaient de nous un *devoir.* On imagine ma panique. Nous qui ne voulions pas perdre notre état d'enfance, nous voilà soudain à quarante ans avec des lecteurs de vingt qui nous dévorent de leurs doux yeux inquiets chargés des orages noirs de la non-violence. De tous côtés c'est le malentendu, et il me semble que plus j'écris plus je creuse ce malentendu. Les mots m'échappent. Ils sont indépendants de moi. Mon *pèse-lettre* est déréglé. Je n'ai plus qu'une idée : écrire un livre en réponse au précédent, plus qu'une obsession couper le courant, tarir la procession des lecteurs, leur dire que je ne suis pas celui qu'ils croient ; reprendre de la distance, refermer sur nous le cercle du vallon où seuls seraient admis les amis, ceux qu'une lente, une régulière pratique a su ouvrir à l'épanchement et au plaisir de se voir *pour rien,* pour être bien ensemble. Plus que jamais nous accueillons René et Jean-Paul, nous les aimons. A tout propos ils descendent nous voir ; nous leur louons des maisons dans la région ; nous songeons même un moment faire un livre ensemble, René et moi — que nous aurions titré : *Le Rat des villes et le Rat des champs...*

(L'amitié prend souvent des voies inattendues. Celle de Monique et Manuel de Lope, plus récente, se révéla tout aussi riche par ses rebondissements « littéraires ». Ils étaient arrivés par hasard chez nous, il y a de cela quelques années. Une immédiate sympathie nous avait poussés à les revoir. Manuel venait de sortir avec succès un premier roman en Espagne et comme nous regrettions de ne pouvoir le lire, nous eûmes la merveilleuse surprise de recevoir peu après les pages d'une sorte de feuilleton *en français* que Manuel s'était mis à écrire pour être directement lu de nous. Ainsi, au cours de l'année 1979 avait pris forme un roman fort et rêche : *L'Automne du siècle,* d'un ton très neuf, dont chaque *livraison* nous a permis, par le pont de l'écriture, de resserrer une amitié que nous plaçons aujourd'hui parmi les plus belles. Monique et Manuel viennent tout à l'heure. Ils habitent Aix.)

Une nuit nous recevons un coup de téléphone. C'est Georges Pinet, l'avocat. Sa voix est presque chuchotée . « Notre ami commun est très fatigué... Il est en France... Il souhaiterait échapper aux journalistes... Il va arriver chez vous avec sa femme... Pouvez-vous leur trouver une petite maison ? » Nous savions que Régis Debray venait d'être libéré. On le disait auprès d'Allende au Chili et c'est avec une immense émotion que nous l'avions imaginé enfin libre... En apprenant la nouvelle par la radio, Danièle avait pleuré de joie, je m'en souviens...

Nous réussissons à louer la maison la plus proche de la nôtre, isolée aussi, en haut d'un champ ombragé d'un tilleul. Je suis inquiet de cette rencontre. Autant Régis m'était cher de loin, autant j'ai peur de cet inconnu, j'ai honte de *nous*, de notre vie, de notre bonheur égoïste.

Le lendemain soir nouveau coup de téléphone. Une voix adoucie d'un très léger bégaiement : « Serge, c'est moi, Régis. Je t'appelle du bistrot de La Garde-Freinet. Je suis avec un camarade. Eli n'a pas pu venir... » Pendant que Danièle improvise le repas, je monte au village pour leur indiquer la route. Régis est là, dans la nuit, debout près de la fontaine. Il m'ouvre les bras et nous nous donnons une accolade émue. Un de ses amis d'adolescence l'accompagne — il s'appelle Bernard Kouchner. Je les précède en voiture et nous revenons dîner à la maison. Toutes les lumières sont allumées, la table est mise, Danièle nous attend dans la pièce du bas. Au sortir de la nuit, et à travers ceux qui m'accompagnent, mon lieu de vie m'apparaît comme une féerie, et Danièle, bien qu'en blue-jean et en pull, comme une figure nocturne sortie d'un rêve trouble de Gustave Moreau. De quel côté est la réalité ? Est-elle *là-bas* dans les zones obscures et impensables pour nous où la violence la peur la sueur la mort jettent comme une taie sur tous les contacts humains ? Est-elle ici dans ce pli oublié de la terre où depuis tant d'années maintenant nous vivons dans la conscience aiguë de la justesse et de l'*injustice* de ce que nous partageons ? Et je repense en écrivant ces lignes à tous ceux, sortis un instant de la nuit, qui se sont assis près de nous (à cette même table où je travaille et je mange) pour *dire* l'impossible horreur des camps des prisons des exécutions... et se taire sur les tortures dont les traces marquaient cependant leurs cous leurs mains leurs avant-bras... et surtout leurs regards atteints de ce quelque chose de perdu dont vous restez à jamais honteux et hantés. Oui, la Bolivie, le Chili, l'Iran, le Liban, l'U.R.S.S., la R.F.A. et même certaines sections des prisons de France ont été évoquées ici par des rescapés de passage. Et chaque fois il a fallu, après ces visites, que nous nous *acceptions* comme une vérité tout aussi *valable* que la vérité du sang de la souffrance de la clandestinité de la claustration...

Ce soir-là, avec Régis, il me sembla à mon grand étonnement retrouver quelqu'un de proche, de familier, *de notre génération* si je peux dire. Et pendant ces jours où il resta auprès de nous je ne pouvais m'empêcher de penser à mon ami Isaïe (auquel Régis pourtant ne ressemble en rien) à cause de certaines tournures d'esprit, par des façons identiques de mettre les faits en perspective, une manière aussi de se rattacher par différents traits aux Lumières et plus près de nous à l'ironie d'un Marx ou d'un Engels. Disons que par rapport aux enfants de Mai 68 Régis était un peu comme le « voyageur sans bagage » ou l' « homme à l'oreille cassée ». Son déphasage, ce *trou* dont il sortait lui donnait quelque chose de hors mode politique que j'ai immédiatement aimé chez lui. Il raisonnait un peu comme mon grand-père ou Mam. C'était un homme d'un autre temps : c'était un homme moral. Nulle trace de frivolité chez lui. Il était évident que ses rapports avec Cuba ne s'étaient pas bornés — comme pour la plupart des intellectuels parisiens — à une place d'avion à l'œil ou à un séjour à La Havane au frais des coupeurs de canne. Il avait foi dans la Révolution et il comptait bien *la faire* quelque part de ses mains, de sa vie. Radicalement mon contraire... et cependant jumeau tout au fond par ce besoin maladif que nous avons, l'un comme l'autre de droiture.

Avant d'en venir aux mots, la peinture m'avait maintenu dans un état de relatif retrait vis-à-vis de ceux qui participent activement à la vie sociale. Tout au plus je prenais la fuite lorsqu'on tentait de « me mettre le grappin dessus » (comme disait si bien Cézanne). Notre retrait n'était pas dû à une quelconque faiblesse mais au contraire à un choix volontaire de nous mettre à part comme si le fait de produire des images refermées sur leurs propres critères — donc en quelque sorte des images morales (ainsi que l'avait naguère fait ressortir Jean Grenier) — me dispensait de réagir aux secousses du monde. La preuve en est dans ces six cents pages où il n'est question jusqu'ici ni des conflits qui ont ravagé la plupart des continents ni de la vie politique, dans laquelle cependant il nous a bien fallu baigner au cours de toutes ces années, ni des injustices qui nous avaient à part nous révoltés. De peindre lustrait mon poil et les eaux sanglantes du monde glissaient sans vraiment le pénétrer. Ainsi pendant des décennies avais-je proposé de la Beauté de compensation, du Silence de compensation, un hiératisme de compensation, jusqu'au jour où, ayant pris mes distances et m'étant plongé dans « le bruit affreux du silence » (phrase de Cocteau que Godard cita lorsqu'il pénétra dans mon atelier) par un besoin soudain de communiquer je commençai à peindre des chairs muettes et retournées, des plaies. C'était, pensais-je, de la beauté tragique, un cri (mot suspect) : de l'Art. Je viens d'employer le mot *communiquer* mais en vérité il est déplacé en ce qui concerne mes ultimes tableaux (je m'amuse à parler de moi comme d'un peintre mort), il me faudrait préciser et dire que ma peinture ne cherchait pas la communication mais à infliger une secousse. Mes tableaux violaient ; il ne pouvait y avoir de réponse à leur violence. Leur cri muet se résorbait en lui-même, s'annulait par son propre excès, et je ne crois pas qu'en les peignant j'attendais une autre réponse qu'un recul effrayé du « regardeur ». Ils disaient : voilà ce que nous sommes. Il y avait en eux comme *un rappel à l'ordre* du caché, du mortel, du putrescible. Et par l'indécence de ce rappel j'espérais renvoyer l'imagination au délicieux, à l'indicible. A la manière de Ronsard dans les sonnets à Hélène, j'agitais les crécelles de la décrépitude comme un chantage à l'immédiat. Ainsi par la crudité même de mes images interdisais-je toute fuite vers l'avenir : mes tableaux en quelque sorte rameutaient le présent. Vivre ! Ce qui me fit dire un jour à Régis, avec une pointe d'ironie, alors qu'il était revenu nous voir avec Elisabeth : « Depuis que nous nous connaissons, Danièle et moi, nous n'avons " milité " que pour notre amour. » Phrase que je reproduis ici avec un pincement de honte mais qui portait à la fois le malaise de notre égoïsme (surtout devant un homme et une femme qui venaient de *payer* pour avoir, eux, milité pour leurs idées), une provocation inconsciente et aussi une mise en garde contre tout « enrôlement ». Bien souvent depuis j'ai repensé à ces mots et aux circonstances dans lesquelles ils furent prononcés : ils m'avaient échappé par un soir limpide et tiède, nous nous trouvions sur notre terrasse, près des yuccas en fleur. Régis nous avait regardés d'un air perplexe et après une légère hésitation, de son ton un peu docte et à la fois tendre il nous avait dit : « Après tout vous n'avez peut-être pas tort. »

Un peu avant que je me mette à écrire, Alain Jouffroy avait publié dans la revue *L'Œil* un long entretien avec moi. Dans ces quelque dix pages de dialogue, je m'expliquais tant bien que mal sur ma peinture. Ce texte était accompagné de plusieurs reproductions de mes tableaux les plus marquants. Aussitôt j'avais été contacté par des émissaires de Farah Diba. *On* voulait acheter de mes tableaux pour le palais. Pourquoi ne viendriez-vous pas vivre en Iran ? *On* voulait mon bien et ma réussite, etc. Je refusai, non pour des raisons politiques — que savais-je de la situation en Iran ! — mais par réflexe d'indépendance. Cela avait suffi pour un temps mais plus tard lorsque cette fois j'avais déjà publié plusieurs livres, un émissaire de Bouchery (l'organisateur du festival de Chiraz et mari de la redoutable sœur du shah) me relança cette fois avec insistance pour me proposer un « pont d'or » vers l'Iran. « On s'en fout *royalement* (textuel !) de vos opinions politiques », m'avait-*on* dit. Le festival de Chiraz était prêt à mettre mon théâtre à son programme. Je n'avais rien d'autre à faire qu'à dire oui. Je répondis non. Je ne me doutais pas que par ce refus je venais malgré moi de *m'engager* aux côtés des opposants iraniens comme jamais je ne m'étais *engagé* et par là même me faire de terribles ennemis. L'insistance des amis du shah à me lier à leur politique culturelle eut pour effet d'éveiller ma curiosité. A l'époque on ne recevait de l'Iran qu'une image unique et invariable et cela depuis bien des années : le shah couvert d'or et de perles assis sur le trône du paon en compagnie d'une femme, puis d'une autre et enfin de ses premiers rejetons. Je me souviens du temps où Claude Lanzmann — bien que déjà directement lié à Sartre et à Beauvoir — se vantait d'avoir fait le pari, avec ses collaborateurs à la direction de *France-Dimanche,* de titrer chaque semaine sur le shah et Soraya, puis sur le shah et Farah Diba. C'était sans doute comique. Je cite cet exemple pour en avoir été le témoin direct. Et j'avoue m'être tu par ignorance.

Donc ces propositions venues de la Cour du shah *m'éveillèrent* en quelque sorte à l'Iran. Que s'y passait-il ? Des bruits sinistres circulaient. Mais dans les journaux il n'était question alors que du projet des fêtes de Persépolis. Pour ce qui était des crimes de la S.A.V.A.K, la presse restait muette. L'annonce tapageuse de ces fêtes et le peu que j'avais réussi à apprendre sur la répression qui frappait les opposants iraniens me décida. En trois mois j'écrivis une pièce de théâtre : *Le Camp du Drap d'or.* C'était en quelque sorte une pièce historique d'anticipation (comme l'avait très justement définie Jean Jourdheuil), une farce dans laquelle je m'étais amusé à mettre en scène les principaux chefs d'État de la planète dans toute leur vulgarité. J'en faisais les complices d'un tyran (mélange du shah et de Duvallier) que je nommai l'empereur du sous-sol.

Autour d'une fête de théâtre d'avant-garde, commanditée par ce tyran, des metteurs en scène « de gauche » viennent confronter leurs points de vue quant au rôle du théâtre « révolutionnaire ». En vérité, par l'écriture de cette pièce je posais un certain nombre de questions et principalement la suivante : dans quelle mesure un créateur *entretenu* est-il concerné par les agissements de ceux qui le subventionnent ? Si j'entre ici dans ces détails c'est pour remonter à la source de bien des ennuis que j'eus par la suite comme auteur dramatique.

Je ressortis de l'écriture du *Camp du Drap d'or* sérieusement secoué à propos de l'Iran. Ma pièce m'avait *montré* ce qui se passait effectivement *là-bas.* Je n'étais pas mieux *informé* qu'au moment où, quelques mois auparavant, je m'étais mis au travail mais le fait même d'en avoir vécu l'écriture venait de déchirer le voile. J'avais *vécu* l'Iran du shah par l'écriture solitaire mieux que si on m'avait laissé libre d'aller y enquêter. Intimement je *savais*. Et, lorsque quelques mois après je fis la rencontre des principaux opposants émigrés en France et qu'ils mirent entre mes mains des documents terribles montrant la situation réelle, je m'aperçus que par le raccourci de l'art, j'avais touché juste.

(Dix ans plus tard, quand la pièce sera enfin montée, Gilles Anquetil, qui connaît parfaitement l'Iran, s'étonnera qu'elle ait été prémonitoire jusque dans sa conclusion.)

Ainsi l'écriture venait-elle de me projeter dans la vie politique d'un pays (dont je ne savais strictement rien) jusqu'à y être impliqué au point d'avoir eu un moment des craintes pour nos vies.

La pièce fut lue cinq ou six fois dans la marge du festival d'Avignon par la même troupe de comédiens qui devait quelques mois plus tard monter avec tant d'éclat ma pièce *Capitaine Schelle, capitaine Eçço,* au T.N.P., à Paris. Nous étions à la veille des fêtes de Persépolis, *Le Camp du Drap d'or* fut dévoilé devant des salles bondées composées principalement de gens de théâtre très éveillés politiquement — parmi lesquels une majorité de communistes animateurs de collectivités. Après chaque représentation avait lieu cette détestable pratique des débats dont j'ai déjà dit plus haut ce que j'en pense Pour l'occasion ils me semblaient bien venus. Peut-être se trouvera-t-il, me disais-je, des gens informés sur ce qui se passe en Iran. Maintenant que la pièce était écrite je voulais *savoir* par d'autres voies que celles de l'intuition créatrice. Qu'attendais-je au juste ? Que les questions posées par mon texte en soulèvent d'autres. Je fus assez déçu. Quelques journalistes de la *Nouvelle Critique* alignés au troisième rang m'accusèrent de faire une critique gauchiste du gauchisme. On chipota sur ma façon d'utiliser et de déformer la langue française on m'interrogea sur « L'invité du dimanche »... Bref, sur l'Iran rien ! Je demandai s'il se trouvait quelqu'un pour en dire quelque chose... Silence. Comment pouvais-je me douter (moi qui à l'époque ne connaissais rien au *milieu* du théâtre) que la plupart des critiques et des professionnels de quelque renom avaient en poche leurs invitations pour Persépolis et son festival ! Un jeune homme prit ma défense. C'était Chevènement. Il fut le seul à dire qu'il se passait *des choses* en Iran et qu'il trouvait juste que la question soit posée dans le cadre même du théâtre dans la mesure où les dirigeants iraniens se servaient du théâtre « de gauche » comme caution culturelle. Le débat en resta là.

** Décembre 78.*

Hier les Vitoux sont venus passer la journée à la maison. Ils étaient à Sainte-Maxime pour quelques jours et Frédéric tenait à enregistrer Serge chantant ses chansons. Nous étions tous les quatre dans la véranda. Nicole en robe vieux rose assise en tailleur sur le divan de velours marron, Frédéric ressemblant à un aviateur avec son casque d'écoute devant le magnétophone, Serge ployé sur sa guitare vers le micro tandis que je lui tournais les pages des textes dont nous ne nous souvenons déjà plus par cœur.

J'adore entendre Serge chanter à nouveau toutes ces chansons qui ont jalonné tant de moments de notre vie. Presque toutes ont été écrites ici, dans ces bois, certaines bien avant *La Béate* dans les différents cabanons ou fermes que nous louions. Quand revivent certaines de ces mélodies et leur frémissement d'images, se superposent d'autres séquences : des sentiers où la même phrase a été chantonnée tout le long d'une promenade, la cuisine ombreuse de *La Galine* où tel couplet plusieurs jours se répétait, et même la salle de bains du boulevard Brune qui, au-dessus du

* Fragment des carnets de Danièle.

bruit infernal des Terrifériques, résonna de tant de bribes de refrains.

Serge l'a souvent expliqué : ces chansons sont nées de notre solitude privée de musique. Vers 1955-60 il n'y avait pas encore de transistors, du moins de pick-up à transistors, et nous n'avions jamais d'électricité dans les diverses campagnes où nous échouions. Je lui avais d'abord offert une mandoline puis Francesca lui donna une guitare et plus tard Jeanne une autre. Au début il mettait de la musique sur des poèmes, ensuite ses propres paroles naquirent naturellement de sa musique. Beaucoup nous faisaient rire, les graves sont venues après avec plus de science. Certaines se déroulaient d'un coup comme si on les connaissait déjà, d'autres avaient les mêmes hésitations que le chant d'un rossignol quand il invente une nouvelle période, s'arrête, innove et recommence. Il y en avait qui duraient des jours, des semaines, inachevées, et qui m'agaçaient comme un morceau de rengaine dont on ne retrouve plus la suite. Ces chansons ont été la passerelle entre la peinture et l'écriture puisque c'est d'une chanson qu'est née sa première pièce *L'Immobile.*

Bien que Jeanne en ait interprété plusieurs avec beaucoup de charme, de goût, de fraîcheur, et Anna Karina avec émotion, et d'autres autrement, avec lui c'est tout autre chose. Il ne sait pas comment les chanter, c'est-à-dire que chaque fois il les réinvente de sa voix prenante, hésitante, modulée, avec une oreille sûre : celle de l'enfant russe qui, tout petit déjà, chantait dans les chœurs d'église orthodoxe.

Donc cet après-midi d'hiver, comme si souvent dans le passé avec d'autres amis, Serge avait chanté et Frédéric avait enregistré une vingtaine, parmi les meilleures, de ses chansons. La dernière était celle sur l'Iran.

L'Iran se débattait alors dans les terribles événements qui ont précédé la chute et l'exil du shah. Un peuple entier, les mains nues, allait le pousser dehors, paralyser le pays, se faire massacrer. Nous vivions depuis quelques semaines suspendus aux nouvelles. Serge avait écrit plusieurs articles pour essayer de faire comprendre, en particulier, ce que représente en Iran le mouvement religieux. Des amis iraniens nous téléphonaient pour donner des informations ou des pronostics et, tout à coup, nous entendions à la radio, retransmise d'Iran, la voix d'Ahmad Salamatian qui n'était plus retourné dans son pays depuis quinze ans. Et nous nous souvenions de ce qu'il nous avait dit une des dernières fois où nous l'avions vu : si on lui avait proposé le marché de cinq ans de prison pour rentrer en Iran il l'aurait accepté. Et en parlant de prison iranienne il savait de quoi il parlait : il avait croupi plusieurs années déjà dans ces geôles, ces fours à pain comme il les appelait, où l'on ne pouvait pas se redresser ni se mettre debout et où les jambes et les pieds enflaient. Mais rien n'empêchait les prisonniers, d'une cellule à l'autre, de chanter pour provoquer leurs gardiens ou de hurler : Nous sommes heureux, nous sommes heureux ! Aussi avions-nous toutes les raisons ces jours derniers d'avoir les larmes aux yeux en entendant la voix d'Ahmad forte, claire, nous revenir de si loin.

Et nous étions très émus tous les quatre dans la véranda quand la voix de Serge grave et sensible, toute seule, presque sans guitare, détacha ces mots qu'il avait écrits, il y a bien des années et qui avaient été si souvent chantés dans des meetings ou pour Now Rouz :

En Iran règnent les assassins
on y fusille pour une fleur de jasmin
et les fleurs de pavot
sur les poitrines des fusillés
éclosent douze à la fois
Mille et une nuits et rossignols
gisent dans le sang et le pétrole

Il y eut un blanc. Sous l'émotion sa voix trébucha, resta dans sa gorge puis il se reprit et voulut recommencer. Aucun de nous n'osait bouger. On n'entendait que le déclic du magnétophone. Une deuxième fois, une troisième, les mêmes mots l'étranglèrent. Dans le silence impressionnant, sa voix s'évanouissait, ses yeux se mouillaient et il murmurait chaque fois comme enroué : « Non... je ne peux pas, pardon... vraiment je ne peux pas. »

La bande s'est arrêtée là.

Et voilà que maintenant, c'était enfin arrivé, alors que personne n'osait plus y croire — ou du moins pas pour si tôt : la révolution venait d'exploser à Abadan. (Un cinéma en flammes dont les portes avaient été verrouillées de l'extérieur, réduisant en cendres neuf cents femmes et enfants avait mis le feu aux poudres.)

Pendant des semaines puis des mois nous avons vécu à l'heure iranienne, suspendus aux informations, passant des larmes d'émotion aux sauts de joie et à l'étonnement sceptique que suscitaient l'obstination de Khomeiny et tout le folklore autour de Neauphle-le-Château.

Ensuite nous parvint l'écho des déceptions. Le théâtre obscur des ayatollahs, le spectre de l'Islam et de la guerre sainte bouchaient la vue. On en oubliait presque les massacres du shah... Cependant le ton était bien différent entre le scepticisme des journalistes ou de ceux qui interrogeaient Serge pour savoir ce qu'il pensait de la situation, et les conversations avec nos amis iraniens, avec Ali, avec Mandana pour lesquels peu importaient les mystères ou les interprétations de la pensée coranique — le but était le même pour tous : le shah à abattre et les Américains à chasser *.

* A l'instant, au moment où je lis les épreuves de ce texte, un coup de téléphone de Mandana nous apprend que Salamatian aurait été arrêté en Iran, tandis que Bani Sadr destitué par Khomeiny se trouve dans la clandestinité. Les massacres reprennent et l'Iran court maintenant à la guerre civile...

A l'automne les répétitions de ma pièce *Capitaine Schelle, capitaine Eçço* commencèrent à Paris où nous nous étions installés pour deux mois à l'hôtel des Marronniers. Tous les jours nous allions, Danièle et moi, suivre le travail dans la salle Gémier, sous le T.N.P. Je connais peu d'expériences aussi exaltantes que celle de voir *votre* texte prendre son souffle, sa cadence, sa vie particulière hors de vous qui l'avez écrit : le travail rigoureux de Jean-Pierre Vincent et de Jean Jourdheuil, l'intelligence de chaque comédien donnaient à ces répétitions une retenue d'une conscience rare dans le déchiffrement. Jusqu'à présent j'avais été assez peu attiré par la plupart des comédiens qu'il m'était arrivé de rencontrer, leur côté malléable, leur besoin de plaire dans l'immédiat, m'avaient toujours mis plutôt en retrait vis-à-vis d'eux. Mais cette fois je me trouvais en face d'une troupe pleine de distance et d'humour. A mesure qu'il prenait possession de mon texte, je voyais chaque personnage entrer dans sa forme, se styliser, aller et venir avec l'exactitude de ces figures de tôle qui s'avancent comme en glissant pour frapper un certain nombre de coups sur une cloche. Ce que mon texte avait de souple, de relâché, d'échevelé par endroits se corsetait peu à peu dans une forme non mienne : un rêve collectif venait se superposer au mien. J'en fus étrangement ému, surtout à partir du moment où chaque soir devant une salle pleine jusque sur les marches des escaliers, je sentis passer ces sortes de grandes décharges électriques qui semblent souder en un seul corps toutes les molécules éparses. J'avoue avoir ressenti alors une réelle allégresse d'être *un auteur joué*.

Malheureusement je ne restai pas longtemps en intimité avec cette joie : la *réalité* fondit sur nous tout à coup. Je fus arraché à l'irréalité du théâtre pour la crudité des faits. Des Iraniens qui avaient lu *Le Camp du Drap d'or* me demandaient de contribuer d'une manière plus directe à leur lutte. Les fêtes de Persépolis approchaient et il fallait à tout prix décourager les hommes de théâtre, qui y étaient invités, de s'y produire. En somme ils souhaitaient que je dise par un article ce qu'avait dit ma pièce à Avignon : *ne jouez pas.* Ils me mirent entre les mains des documents effroyables. J'en fus bouleversé et promis de faire tout mon possible. J'eus aussitôt une entrevue avec Viansson-Ponté qui me donna l'assurance que si j'écrivais un article, *Le Monde* le passerait, et il ajouta ces mots qui m'avaient intrigué : « C'est très dur d'écrire un bon article quand on est poète. »

Je rentrai m'enfermer dans notre hôtel de la rue Jacob et me mis au travail. Un jour, puis deux jours passèrent et je n'arrivais pas à mettre en forme les quelques idées que mes amis iraniens souhaitaient voir publiées. Autant écrire *Le Camp du Drap d'or* m'avait mis en verve, autant le terrain réel, immédiat, utilitaire d'un article me stérilisait. Pourtant j'avais sous les yeux assez de documents pour écrire un livre. Mais voilà, c'était justement ce trop qui me paralysait. Danièle s'y était mise avec moi et nous réussîmes ainsi à transformer en plaisir cette corvée : dans notre chambre des *Marronniers,* au lit, l'un près de l'autre, nous accumulions brouillon sur brouillon. De tous les documents mis à notre disposition, ce sont les déclarations d'un religieux exilé en Irak que nous trouvions les plus frappantes. Je m'arrangeai pour les citer le plus possible (effectivement, cet article, dix ans avant le soulèvement qui eut raison du shah, fut le premier en France à répandre le nom aujourd'hui mondialement célèbre de Khomeiny). Nous étions surpris qu'un religieux tienne un langage si indigné, si courageux, si « gauchiste » en quelque sorte. Enfin notre texte fut, tant bien que mal, rédigé. Il se terminait par un appel aux « intellectuels de gauche » qui s'apprêtaient à collaborer aux fastes de Persépolis. L'article parut dans *Le Monde.* De ce jour je fus *marqué* d'une croix noire sur les listes de la S.A.V.A.K. ainsi que sur les petits carnets de la plupart de ceux qui allaient se rendre à Persépolis.

A tout prix il fallait détruire l'image *rassurante* que les journalistes avaient réussi à créer à la longue en faisant du shah une sorte de sympathique *play-boy* frivole, riche, entouré de jolies femmes et d'artistes aux idées avancées. Rien n'est plus tenace qu'une image... surtout lorsqu'elle répond au rêve inavoué des classes moyennes : les mots, sur certains sujets, trouvent bien souvent porte close. Ce fut le cas pendant des années en ce qui concerne l'Iran. A peine l'article eut-il paru que nous fûmes littéralement emportés, tous les deux, dans le tourbillon de la lutte, non seulement contre le shah mais surtout contre la peur et le silence qui paralysaient certains milieux de gauche proches de la résistance iranienne. Nous venions de plonger en toute innocence dans un monde obscur, très compliqué, où chacun se trouvait être l'ennemi de chacun, où chacun se soupçonnait d'être un agent de la S.A.V.A.K., où la trouille et l'héroïsme se côtoyaient.

Ma pièce *Capitaine Schelle, capitaine Eçço* continuait chaque soir à faire salle comble et nous étions sur le point de repartir chez nous, rassasiés par ce succès, lorsqu'un événement dramatique nous obligea à prolonger notre séjour à Paris : en Iran, vingt opposants au shah venaient d'être condamnés à mort et devaient incessamment être fusillés. Une centaine de jeunes Iraniens venaient de se réunir à la Cité universitaire pour y entamer une grève de la faim. « Nous sommes décidés à aller jusqu'au bout pour que les journaux parlent enfin de ce qui se passe là-bas », nous avait dit Mandana. Elle prononçait : *là-bas* avec un accent si doux si sensuel que cela sonnait : *chez nous.* (Hélas ! aujourd'hui encore après plus de deux ans de révolution Mandana dit *là-bas. Là-bas* c'est un Iran dont elle est de nouveau exclue, elle qui fut l'une des plus actives opposantes au régime précédent !)

Nous nous étions rendus à la Cité universitaire au pavillon de l'Iran. Là, je fus comme foudroyé par l'émotion Jusqu'à présent l'Iran c'était pour moi mon père, les clinquants dont il s'était toujours entouré, c'était aussi son charme sans doute mais un charme tellement superficiel... Nous venions de pénétrer dans une salle immense où, allongés sur des paillasses, se tenaient côte à côte cent jeunes gens. Cent corps couchés : « Autant que de fusillés cette année, *là-bas* », nous dit Mandana. Sur les murs au-dessus des cent gisants, on avait cloué des photos agrandies de suppliciés aux yeux bandés, fixés dans l'ultime sursaut, sous l'impact des balles, à demi arrachés à leurs liens, cassés, pliés contre les poteaux éclaboussés de sang. D'autres photos imposaient, démesurés, des regards de fièvre que l'on aurait dits soulignés au khôl. Ces regards entraient en vous, à jamais (comme ces regards de l' « affiche rouge » qui encore aujourd'hui sont en moi pour toujours), ils disaient : je vais mourir, faites en sorte que ce ne soit pas pour rien. Reliant ces photographies, des slogans calligraphiés en signes souples comme des lianes donnaient à cet ensemble d'images funèbres un petit air de fête. Mandana nous retint un instant sur le seuil de la salle et prononça d'une voix forte quelques mots en persan. Le silence se fit immédiatement et de chaque paillasse je vis se tourner vers nous un regard noir sous d'épais sourcils : cent regards veloutés comme des regards de statues peintes nous observaient. Mandana me désigna, désigna Danièle, et dit encore quelque chose. D'un coup, sur les visages mal rasés et jaunis par le jeûne cent éclairs blancs jaillirent. Les grévistes de la faim nous souriaient. Mon cœur me fit mal et tout se troubla sous un brusque afflux de larmes. Mandana se tourna vers moi : « Je viens de leur dire que tu es avec nous mais que malheureusement tu ne parles pas persan. Ils seraient très heureux que tu leur dises quelques mots. Je leur traduirai. » Mandana me regardait avec un air volontaire et à la fois si tendre et vulnérable. Je murmurai affolé : « Que veux-tu que je dise ? » Mes battements de cœur m'étouffaient. J'avais peur de me mettre à pleurer. « Dis-leur quelques mots pour te solidariser avec notre lutte, j' sais pas moi... » Elle semblait étonnée de ma timidité « Bon, tu veux que je leur dise que tu es sûr que la révolution vaincra en Iran ? » Je fis oui sans pouvoir prononcer un mot.

Mandana parla sans une hésitation en haussant la voix et tout à coup il y eut une explosion d'applaudissements. Je ne savais comment être en mon corps, gêné, mal à l'aise, les yeux pleins de larmes. Tous souriaient vers nous et, ne sachant que faire, je me mis moi aussi à applaudir.

Le silence revint et, comme si nous avions passé un sas, nous pénétrâmes dans la salle sans que plus personne ne s'occupe de nous. Une rumeur de souk recouvrit la foule gisante et ce fut tout. Mandana nous entraîna dans un petit bureau à l'écart où quelques Iraniens rassemblés autour d'une machine à écrire travaillaient à un texte. Elle leur dit que j'étais Rezvani et que j'étais venu pour les aider à rédiger en français les différents appels sur lesquels ils peinaient. Nous nous mîmes au travail, Danièle et moi. Nous écrivîmes des dizaines de lettres pour expliquer au pape, à Kurt Waldheim, à des chefs d'État, à des ministres, aux multiples instances internationales pourquoi ces étudiants avaient décidé de faire la grève de la faim. Nous qui avions tant peiné sur l'article du *Monde* nous nous retrouvons de nouveau avec des monceaux de documents, des chiffres, des témoignages dont il faut dégager l'essentiel. A tout moment on nous apporte des brouillons de déclarations rédigés dans un français bouleversant de maladresse et de naïveté. Ensuite nous commençons, tous les deux, la tournée des journaux. Nous supplions au nom des grévistes de la faim qui en sont à leur dixième... puis à leur quinzième... puis au dix-huitième jour de jeûne total... Nous arrivons à arracher la promesse de quelques lignes dans de prochaines éditions mais partout dès que nous prononçons Iran, nous sentons un immédiat durcissement. Le sujet est tabou. Le shah est un client trop important pour la France, nul ne voudrait se risquer à compromettre les liens complexes que le gouvernement et ses hommes d'affaires ont réussi à nouer entre la France et l'Iran. Et puis à gauche il se trouve que la politique d'industrialisation du shah ne déplaît pas : « Nos amis algériens, me dira Hector de Galard, trouvent le shah pas si mal que ça, après tout. »

Nous n'arrêtons plus, harassés, ne sachant plus vers qui nous tourner. Enfin nous réussissons à rassembler un certain nombre de signatures — avec encore une fois l'aide de Claude Bourdet. Pour finir, nous envoyons au Premier ministre Hoveyda, à Téhéran, un télégramme réclamant de la part des signataires la grâce des condamnés. Je vais même, accompagné par l'iranologue Paul Vieille, jusqu'à remettre en main propre le double du télégramme à l'ambassadeur d'Iran à Paris (dans ce terrifiant nid d'agents de la S.A.V.A.K. qu'est l'ambassade). Pakravan, l'ambassadeur, nous reçoit et me dit d'une voix douce et mondaine : « Bien sûr que nous torturons, bien sûr que nous fusillons en Iran. Que voulez-vous, c'est le seul moyen de passer du Moyen Age à *vos* temps modernes. » (Lui-même quelque dix ans plus tard, ainsi qu'Hoveyda, sera fusillé par le moyenâgeux ayatollah Khalkhali.) Et il ajouta, pensif : « Savez-vous, monsieur Rezvani, que vous pouvez obtenir la grâce de ces condamnés. Ecrivez une lettre à notre souverain en reconnaissant le côté positif de ses grands projets et de ses actions. Alors il vous donnera la vie de ces hommes. » Je sortis très secoué par ces paroles. Je l'avoue j'étais prêt à faire n'importe quoi pour sauver ces vies. Nos amis iraniens m'en dissuadèrent fermement.

La grève des cent se prolongeait et je continuais à me démener. A plusieurs reprises je tentai d'entrer en contact avec le « Comité de soutien aux prisonniers politiques iraniens » (présidé par Jean-Paul Sartre). En vain. La grève des cent, l'imminence des exécutions en Iran semblaient ne pas concerner Sartre et son entourage. En vérité tout le monde, dans les milieux intellectuels de gauche, se méfiait de l'imbroglio des tendances de l'opposition iranienne. La S.A.V.A.K. était omniprésente, c'est vrai aussi, mais je pense surtout que les manifestations humanitaires à propos du Moyen-Orient (en particulier dans l'entourage de Sartre-Beauvoir où Claude Lanzmann plaidait sans se relâcher la cause de l'Etat d'Israël) étaient freinées par le souci de se maintenir en balance dans le conflit politique qui se radicalisait avec la lutte palestinienne. Le shah soutenait l'Etat d'Israël et les services secrets israéliens travaillaient avec la S.A.V.A.K. à écraser l'opposition iranienne qui ne se cachait pas, elle, de ses complicités palestiniennes. Nous tombions bien mal. Et puis, après tout, le shah et son programme démentiel de « modernisation » répondait mieux aux critères conventionnels occidentaux. A certains signes aussi, la gauche pressentait dans les mouvements de libération iraniens la montée d'un nationalisme religieux choquant et incompréhensible pour des esprits nourris de marxisme. Bref, de tous côtés on essayait de me calmer.

Brutalement la nouvelle tomba : les opposants venaient d'être liquidés *là-bas.* Les cent jeûneurs se levèrent en vacillant de leurs paillasses et s'en allèrent. Nous nous séparâmes, avec des larmes dans les yeux, de nos amis iraniens.

Par la suite, pendant des années, je continuai à les soutenir à distance avec les armes dérisoires de l'écriture.

Parfois, passaient par chez nous des opposants pourchassés par la S.A.V.A.K. ou par la police française. Ils reprenaient souffle à notre table le temps de laisser entre nos mains des documents impressionnants et ils s'enfuyaient dans la nuit...

Puis l'ambassade ne me renouvela plus mon passeport, et un soir je reçus un coup de téléphone des étudiants qui venaient d'occuper l'ambassade d'Iran à Genève : ils me prévenaient que mon nom avait été découvert sur la liste noire de la S.A.V.A.K. et qu'il serait bon que je me tienne sérieusement sur mes gardes...

Ainsi l'Iran prit pour nous une place considérable dans ces bois jadis occupés par les Sarrasins...

Puis il y eut la Révolution *là-bas*, et la plupart de nos amis iraniens disparurent de notre vie...

Voilà quelques exemples du choc que l'écriture apporta dans notre existence « retirée ». Il y en eut d'autres tout aussi forts. L'usage des mots nous précipita dans la réalité — au contraire de la peinture qui pendant des années nous en avait préservés...

L'écriture me fut nécessaire comme est nécessaire le miroir, comme il est indispensable de savoir qui l'on est, pourquoi on existe et pour qui. En effet, la plupart de mes livres, en ce sens, furent ce miroir où je tentai de me rassembler. Je peux dire que j'ai vécu la saisie de l'écriture comme *le vol du feu divin.* Mes livres furent mes *cent fleurs.* Ils en gardent les traces puisque avant tout j'ai voulu qu'ils soient l'histoire de leur écriture et d'une libération par l'écriture. Ils montrent le trajet d'une métamorphose, d'une naissance à la parole. Tout être humain a le pouvoir de créer, de se transformer, de vivre plusieurs vies. Nous ne sommes pas unidimensionnels mais, au contraire, multiples, créatifs...

A partir du moment où j'avais remis mes premiers feuillets à Danièle et qu'elle les avait lus à contre-soleil sur le hamac, de ce jour je ne cesserai plus d'élever, pour elle, ce palais de mots dans la forêt. Mes livres ne sont que des scories : leur chair, leur pulpe reste ici, entre nous ; ils sont devenus entre toi et moi ce second langage, cette perpétuelle déclaration d'amour dont celui-ci serait par sa dimension, son ambition de ramasser, de relier, de renouer ensemble tous mes thèmes, en quelque sorte le testament suspendu...

* *Septembre 79.*

La marée, maintenant, recouvre légèrement les galets noircis de goudron et, petit à petit, le bois de pins s'entoure d'eau comme une île. Des langues de terre subsistent encore parmi les rochers, encochant la mer, formant des sortes de fjords, ce qui nous donne l'impression pendant quelques heures d'être au Canada, dans un estuaire, ou au bord de certains lacs tels qu'on les imagine depuis l'enfance... alors que nous sommes en Bretagne, dans cette petite maison prêtée par Michel Laval, si bien située, isolée sur une presqu'île boisée, coupée de la haute mer par des chaos de rochers qui, à marée basse, nous ramènent à la Préhistoire tandis que, sous d'autres éclairages, et quand la mer commence à les enserrer, ils ressemblent à de magistrales architectures édifiées par les mêmes géants que ceux de l'île de Pâques.

Tout cela est splendide, surprenant, sans cesse inattendu. Les couchers de soleil nous soulèvent d'extase et je reste de longs moments sans rien faire, à regarder seulement les reflets changer sur la surface toujours lisse de ce lac de mer tandis que dans le ciel s'entrechoquent des tempêtes de nuages. Et pourtant... pourtant mon cœur, mon âme, mes vraies sensations sont restés là-bas, au Sud, au bord de la douce et stable Méditerranée aux colères passagères... dans le souvenir de nos montagnes molles et rondes, si réconfortantes sous leur fourrure végétale — telles qu'elles étaient du moins avant que ne passe le grand souffle de folie qui nous a fait fuir jusqu'ici.

10 août l'après-midi. Le mistral est très violent. Serge écrit dans la véranda et tout à coup nous percevons ensemble la première bouffée de senteur

* Fragment des carnets de Danièle.

de feu. Nous savons qu'elle vient de loin, cette légère odeur si souvent reconnue chaque été, et dont nous essayons de situer l'origine.

Une heure plus tard, l'odeur est partout et la fumée est là, légère encore, qui commence à voiler le ciel. Nous nous doutons que le feu a dû prendre au Cannet-des-Maures, au Luc ou aux Mayons. Serge pense que c'est aux Mayons et qu'il passera la crête dans la soirée. Nous commençons à nous alarmer du chemin qu'il va parcourir à travers ces espaces de forêt que nous adorons. Mais, selon la direction de la fumée et du vent, égoïstement nous espérons qu'encore une fois nous resterons à l'écart du désastre — comme déjà tant d'étés, frôlés de si près et miraculeusement épargnés.

On entend au loin les klaxons des pompiers — ceux de Grimaud et de Cogolin remontent la grand-route — et cette atmosphère de début d'incendie (mistral, odeur de fumée, sirène, pompiers) devenue familière pour nous, nous repousse vers d'autres étés : juillet 62, quand nous dînions avec Pierre Lecuire sur la berge contre les cyprès et que les flammes étaient brusquement apparues en face de nous, franchissant les crêtes avec la nuit. Nous étions descendus en voiture jusqu'au Nid-du-Duc alors inhabité et, avec une émotion mêlée d'exaltation et de frayeur, nous avions assisté à la tranquille progression du feu « à la retourne », sur le versant opposé. Le mistral faiblissait et les flammes s'étaient étouffées avec lui dans le creux du ruisseau, vers le milieu de la nuit.

En 69, le vent était si violent que nous n'étions même pas sortis comme nous le faisons d'habitude avant de nous coucher et nous étions montés dans la chambre en fermant les fenêtres. Pendant que je me démaquillais nous avions cru entendre deux explosions assourdies qui nous avaient un peu étonnés puis nous nous étions endormis bercés par les rafales du mistral.

Tout à coup des cris nous tirèrent de notre premier

sommeil. Sur la terrasse des voix nous appelaient : « Vite, il y a le feu ! Sauvez-vous ! Dépêchez-vous ! » Et une voiture démarre.

Nous ouvrons les fenêtres : on y voit comme en plein jour. Nos anciens voisins du Basteiron avaient aperçu notre colline en feu, la leur, celle où ils avaient vécu tant d'années. Paniqués au souvenir des incendies de 51 qui avaient menacé le village et la population, ils étaient montés nous prévenir.

Sur la terrasse, nous nous retrouvons seuls tous les deux, avec Maki-chien, illuminés de lumière rose. Le maquis à gauche est tout embrasé. Nous avons enfilé chacun un blue-jean, un pull. Je suis remontée chercher mes bracelets, une robe que j'aime, Serge a pris le manuscrit de *La Voie de l'Amérique*. Nous nous regardons et il me serre dans ses bras : « Si nous devons tout perdre, tant pis, nous recommencerons ailleurs. » Nous nous embrassons... puis il nous semble que la situation n'est peut-être pas si terrible que ça. Nous ne pouvons nous décider à fuir. Serge descend la voiture jusqu'au chêne en recouvrant la capote d'une couverture mouillée. Il met la pompe en marche, arrose les volets de l'atelier... mais déjà nous commençons à apercevoir des ombres qui montent le chemin. Paul Ristorto est le premier, il nous rassure. Une jeep arrive avec Dombry puis d'autres, de vieux paysans munis de pelles et de râteaux envahissent les berges, la terrasse, la châtaigneraie, même le curé est là, et surtout Anne-Marie qui, avec une obstination extraordinaire, réussira à préserver le flanc du maquis qui borde le chemin. Bientôt le feu s'étouffera en redescendant dans le creux, comme quelques années plus tôt dans le vallon du Nid-du-Duc. Mais la colline de Miremer en ressortira ravagée à tout jamais.

Le feu était parti d'un court-circuit sur la ligne électrique. Les deux explosions que nous avions entendues étaient celles des bonbonnes de gaz d'un petit cabanon que l'incendie avait détruit en haut de la colline. Mais par chance, chez nous le feu avait coulé doucement comme de l'eau à l'abri du vent. Un an après il n'y paraissait plus.

En 71 nous ne fûmes pas concernés par les catastrophiques incendies de juillet qui dévastèrent tout le versant est, de Vidauban au Plan-de-la-Tour. René et Jean-Paul, eux, y étaient dans une maison que nous leur avions louée au Plan. Nous étions partis les rejoindre en pleine nuit après que le plus gros du feu fut passé. Le cirque des montagnes d'un noir profond était tapissé d'une multitude de foyers lumineux qui les faisaient paraître tout à coup comme parsemées d'une infinité de maisons aux fenêtres toutes éclairées. C'est ce soir-là que nous avions ramassé sur la route une petite chouette que Jean-Paul avait adoptée, celle-là même qu'il a peinte si précise et expressive et qui est là-bas à *La Béate* au-dessous du miroir parmi les livres.

Peu de temps après, en octobre, un second souffle ravagea ce que le premier avait épargné. Le feu repartit de la plaine de Vidauban et couvrit alors les différents lieux où nous avions vécu autrefois tellement heureux. Il monta par Raspaillon, sur cette colline où justement j'avais tant redouté le feu dans ce minuscule cabanon d'un isolement inquiétant que nous avions loué en 57. Puis il descendit jusqu'à Grimaud en dévalant par *La Galine* (cette autre ferme qui avait abrité nos réveils éblouis devant l'immense champ vert remontant comme un tapis sur la colline de Miremer embuée de brouillards matinaux). En deux jours toute la végétation, sur plusieurs milliers d'hectares, fut anéantie.

Et c'est du haut de cette même colline (à laquelle nous faisions face vingt ans plus tôt) qu'agrippés cette fois, contre le vent, nous surplombions la progression du feu, fascinés par le spectacle des flammes, des embrasements soudains d'arbres, de pans de forêts, presque amusés par la petitesse dérisoire des jeeps rouges, des G.M.C. et des pompiers-fourmis bataillant dans la fumée. Les Canadair passaient *au-dessous* de nous semblables à de gros jouets jaunes et allaient expulser dans les creux leur charge d'eau ridicule comme un crachat.

Ce sont ces incendies de 71 qui ont servi de trame à *Feu :* Serge y a situé tout son paysage, les lieux où se déplaçaient ses héros, tels que nous les dominions, à pic, du haut de la colline de Miremer comme penchés sur une carte à l'ancienne avec ses bosquets, ses ombres, ses monticules, et les habitations hors d'échelle piquées dans la broussaille. L'Américain François Boulanger regardait avec nos yeux les tôles et les boulons des Canadair.

Serge avait fait déborder le feu jusqu'à nos berges, jusqu'à notre source et nous avait chassés de notre vallon (Saadi et Lucia) ainsi que tout est arrivé... ainsi que cela devait arriver.

Mais écrira-t-il un jour ce qu'il ne pouvait prévoir : le goût des cendres une fois l'ouragan passé, ce brusque désert, ce silence en quelques minutes, la touffeur, l'odeur... et que l'on puisse ne plus reconnaître son paysage le plus intime... et que l'on puisse craindre d'oublier ce qui nous rend si nostalgiques...

Et voilà, il y a à peine un mois, nous étions assis par terre sur le chemin, sous le chêne, à la tombée du soir, guettant encore une fois l'apparition des premières flammes par-dessus la ligne des crêtes. Le couchant était déjà voilé d'épaisses fumées et tout le ciel comme empaqueté d'une ouate grisâtre. Plus vite que nous ne le pensions — à peine les attendions-nous — des lueurs orange par bouffées débordèrent le dessin des montagnes et en différents endroits commencèrent à dépasser des « roches blanches ». En quelques instants, toutes les crêtes s'embrasèrent, dentelées de flammes de plus en plus hautes

A ce moment nous avons compris que le feu ne passerait pas loin et qu'il avait déjà fait pas mal de dégâts. Nous sommes rentrés dîner dans la véranda, ressortant à tout instant pour voir où *il* en était. Au milieu du repas nous abandonnions vin melon et jambon de Parme, devant l'effrayante progression du front de feu.

Avec la nuit, la vision de l'embrasement de la montagne si proche devenait impressionnante : on entendait maintenant le grondement du feu ; des arbres s'entorchaient contre le ciel, l'incendie gagnait en ampleur, contournait les crêtes et redescendait les pentes à une vitesse foudroyante.

En nous rapprochant du feu, nous n'avions croisé aucune jeep, aucun camion, pas un homme, aucun mouvement de pompiers, personne. Nous n'apercevions que la procession des phares des voitures en fuite, toutes dans le même sens, venant de La Courre puis bientôt de plus près sur le chemin de Val-d'Aubert. Les maisons alentour habitées pour les vacances avaient toutes été désertées : entièrement éclairées, avec les restes du repas interrompu, elles ressemblaient à des décors de théâtre. Au cours de la nuit, avec des tuyaux d'arrosage et aidés de deux ou trois volontaires, nous avions arrosé les bonbonnes de gaz, quelques arbres, des plates-bandes, mais très vite nous fûmes débordés. Le feu progressait un peu partout sans personne pour l'en empêcher.

Dans ce milieu de la nuit, nous pensions encore que sa force faiblirait en descendant dans les creux, qu'avec une éventuelle accalmie du vent il pourrait s'étouffer dans les vallons et que nous resterions une fois de plus miraculeusement à l'écart de son parcours... C'était compter sans le durcissement du mistral, la sécheresse de quatre mois torrides et les désordres du feu lui-même dont la chaleur crée ses propres tourbillons : des courants qui lui font contourner les collines à la rencontre du mistral.

Nous étions maintenant au cœur du brasier, les pentes du Nid-du-Duc étaient en flammes, plus au sud quelques pompiers avec un G.M.C. essayaient de sauver une propriété qui brûlait. Avec la voiture, nous sommes montés prévenir des étrangers qui dormaient. Les enfants en se réveillant hurlaient dans le fracas des arbres embrasés.

Pendant ce temps le feu gagnait toujours plus au sud vers Valdegilly et le vent forcissait. A l'ouest, plus près de nous, de nouvelles coulées de flammes commençaient à nous inquiéter, elles ruisselaient de toutes parts, elles faisaient des détours là où on ne les prévoyait pas. Et il n'y avait toujours personne pour les arrêter. Tant de monde s'affairait autrefois, hommes et femmes armés de pelles et de râteaux ; les vieux allumaient des contre-feux, évaluaient, luttaient patiemment et efficacement, aidés par les pompiers locaux. Aujourd'hui rien, personne. Nous étions complètement déconcertés par cette solitude devant l'avance d'une telle menace ; bientôt nous allions aussi être submergés et nous ne pourrions pas, à deux, y faire face.

En effet, au petit matin, Serge avait compris que nous allions bientôt *y passer*, que cette fois ce serait *la vraie*. Il était quatre heures. Nous nous sommes fait un café et nous avons décidé d'aller chercher du renfort.

Au moment où nous partions vers le village en voiture, le jour pointait à peine : tout était encore vert autour de nous, vert sombre, cerclé sur la gauche par une couronne de feu. Pour le moment nous ne risquions rien mais en passant sous *La Béate* nous nous sommes demandé ce qu'il adviendrait un peu plus tard de ces berges, de tous ces arbres, des eucalyptus et surtout de cette merveilleuse et traître petite pinède si contre la maison, accolée à la terrasse comme une réserve d'explosif.

A peine étions-nous sortis du vallon que je crus apercevoir une sorte de pastille brillante tombant dans les sous-bois. Pourtant tout était intact, le feu qui nous concernait brûlait là-bas, violent, craquant, encore assez loin, chez Rouvier, à quelque quatre ou cinq cents mètres — aussi je ne dis rien. Mais en levant les yeux vers le ciel (de la voiture découverte) tout à coup ce n'était plus une, mais des dizaines, des centaines de pastilles enflammées qui voletaient au-dessus de nous, projetées par le mistral, pour aller tomber là, partout autour, dans les fourrés, dans les sous-bois, dans ce qui bientôt allait se remplir de flammes puis de brasiers qui à leur tour projetteraient des pastilles brûlantes comme des graines, semant ailleurs la désolation.

Une sensation mortelle, une tristesse sourde commençaient à nous gagner : *La Béate,* notre *Béate* au nom absurde et doux allait brûler, la pinède s'enflammerait d'un coup en de multiples torches de pins — si contre la maison que les vitres éclateraient. Qu'allions-nous en sauver ? La reverrions-nous jamais telle que nous l'avions aimée ?

Je n'oublierai jamais ce petit matin opaque, terni par la fumée et odorant de la (pourtant) si merveilleuse odeur du feu quand il dégage ces essences piquantes du maquis, ni notre désarroi si profond, cette impression de solitude et de passivité. Serge était tendu, il voulait rester, il ne pouvait se résoudre à laisser la maison derrière nous tandis que je l'entraînais, le pressant d'aller chercher de l'aide, de fuir cette solitude terne et oppressante devant l'attente.

Nous arrivons à l'entrée du village. C'est là qu'est le monde : le carrefour est encombré de pompiers de militaires de badauds de jeeps de camions rouges. Nous réussissons à atteindre la « roulotte » qu'occupent le maire et des « gradés du feu ». Serge réclame des hommes, un G.M.C. : la maison est sur le point de brûler, le feu est déjà à Camp Vif. Certains lèvent les bras au ciel, prétendent qu'ils n'ont plus personne. D'autres restent le nez sur leurs cartes à déplacer des petites épingles. J'arrive à convaincre l'un d'eux que nous sommes en danger. Il remet ses écouteurs et branche le micro tandis qu'un hélicoptère vient d'atterrir sur le terrain de foot. Il parle dans le brouhaha, je ne distingue pas ses paroles mais tout à coup je vois la fragile machine rouge qui se redresse, s'élève, vire et se dirige vers notre colline. J'attends, le cœur battant, les jambes molles, et au moment où l'hélicoptère survole Miremer et contourne au loin notre vallon, le gradé décroche ses écouteurs et me répond : « D'accord ! » Je suis soulagée et plus terrifiée encore. C'est donc vrai, ça brûle déjà.

Serge, de son côté, a obtenu une colonne de pompiers et des camions-citernes qui arrivent des Hautes-Alpes. Mais ils ne connaissent rien au pays et hésitent à s'aventurer derrière ces collines. Notre route est maintenant coupée par le feu et il va falloir passer à travers « chez les Belges », entre leurs maudites rangées de clôtures. Nous précédons les pompiers en voiture et les entraînons en les forçant à engager leurs camions par ce sentier. Mais le chef... que sais-je ? un vieux gradé galonné renâcle, il ne veut pas risquer ses hommes dans ces chemins étroits, derrière des failles qui lui apparaissent comme des culs-de-sac. Il prétend soudain qu'il n'a plus d'essence ! Cependant Serge ne renonce pas, il est dans un tel état de transe froide qu'il réussit à convaincre un homme de l'accompagner en jeep jusqu'à la maison. Quand celui-ci revient l'ordre est donné, les camions-citernes s'ébranlent enfin. En les précédant je vois déjà une épaisse fumée s'élever du versant opposé et je pense que Serge est là-bas, seul. Mais le sourire d'un pompier me rassure : « Ça ira ! »

Les sous-bois le long du chemin sont maintenant enflammés et en débouchant en bas du grand mur j'aperçois dans cette aube livide la petite *Béate* terne et neutre... mais intacte tandis que partout autour rougeoient de multiples foyers.

Le vallon se remplit de bruit, de mouvement, de camions rouges et d'hommes. Caranta est là, lui l'homme de tous les feux, modeste et efficace avec sa pelle et son râteau; je reconnais le pharmacien et d'autres qui étaient venus déjà il y a dix ans. Des inconnus arrivent aussi ; un géant blond avec l'accent canadien a laissé sa moto au milieu de la terrasse, je la remarque tandis que j'éteins des touffes d'iris enflammés. Je m'aperçois en même temps que des flashes crépitent autour de nous. Que fait ici un photographe ? Comment s'est-il glissé là ? Il sautille comme un diablotin d'un point à un autre en appuyant sur son déclic. Frivole il saisit une prune au passage, donne un coup de main à un pompier puis disparaît comme il est arrivé.

Avec le jour, comme si soudain c'était la guerre, les Canadair commencent à déferler. Pendant cinq heures, à cinq ils ne cesseront de harceler le feu, étouffant en fumée des flammes qui reprennent ailleurs. Ils surgissaient brutalement de la colline et nous les avions tout à coup sur la tête, plongeant vers la maison. Ils expulsaient leurs charges d'eau puis frôlaient les cyprès en se cabrant dans un vacarme infernal pour amorcer leur virage de retour. A peine le premier s'était-il élevé que le deuxième arrivait sur le feu, crachait son eau et se redressait en chahutant dans le vent, un troisième le suivait et ainsi de suite... Le bruit terrible s'enfuyait avec eux, le vallon retombait quelques minutes dans un silence crépitant (le temps qu'ils aillent jusqu'à la mer faire le plein au milieu des bateaux de badauds) et à nouveau ils étaient au-dessus de nous accomplissant exactement dans le même rythme et selon leur infaillible trajectoire leurs prouesses acrobatiques. Certains prenaient des risques extrêmes et pourtant leur aide paraissait dérisoire, le feu s'étouffait quelques instants, projetait une fumée humide et continuait ailleurs sa progression.

La matinée se passa ainsi, les cinq Canadair se succédant à la même cadence folle tandis que les hommes au sol avec leurs lances éteignaient patiemment les foyers qui surgissaient de tous côtés.

Le vent avait un peu faibli, le soleil était blond, voilé de fumée. La pinède n'avait pas explosé en torches incandescentes, comme nous le craignions tant, et la maison n'avait pas été touchée, ni la terrasse, ni les bambous, ni le chêne, un peu les eucalyptus, beaucoup les pins et les chênes-lièges mais le bilan n'était pas dramatique.

On se regarde tous les deux, heureux ! Les pompiers se reposent, ils ont enlevé leurs casques, ils boivent des bières, on parle, on rit. Nous savons qu'en face le spectacle doit être terrible et nous n'osons imaginer le paysage de désolation qui s'étale au-delà de notre vallon. Mais égoïstement, nous avons eu de la chance. Et le chef des pompiers décide qu'il n'y a pas grand risque à embarquer son monde pour le casse-croûte au village.

La Béate retombe dans son silence et nous nous retrouvons enfin tous les deux, seuls, harassés, charbonneux mais soudain détendus et reconnaissants... reconnaissants encore une fois à la chance, au hasard, à tous ceux qui étaient là.

Nous décidons de prendre une douche. Par la fenêtre de la salle de bains si gaie, si ensoleillée, notre paysage familier n'est pas trop endommagé. Il a vieilli, il est comme sali, empoussiéré, mais qu'une pluie passe là-dessus et il n'y paraîtra plus.

Nous voilà tout pimpants. Je me suis changée, maquillée, Serge se lave les cheveux. Cependant en bas du vallon de la fumée s'élève encore, puis s'élève à nouveau... je l'observe inquiète... quelle énorme fumée tout de même ! Une colonne épaisse, scintillante d'étincelles et si craquante de bruits ! Je le dis à Serge : « On croirait des explosifs qui sautent là-bas, dans le creux sous le chemin... mais c'est assez loin... »

Il s'essuie les cheveux. Quand il regarde par la fenêtre la colonne de fumée est devenue une sorte de tourbillon qui jaillit très haut au-dessus du chemin. Et, tout à coup, en quelques secondes c'est la tempête. Tout le fond du vallon s'est embrasé. A droite et à gauche deux gigantesques cyclones se rejoignent en un terrifiant vélum de flammes qui s'élance vers le ciel dans un fracas inimaginable. Un vent furieux pousse le feu vers nous. Plus de fuite possible : le chemin est envahi, coupé des deux côtés. Nous allons et venons égarés sur la terrasse avec un calme qui nous surprend. « Mon amour, mon amour ! » Puis nous ne disons plus rien. L'espace de quelques secondes nous comprenons que nous allons peut-être y rester. Silencieusement nos mains se serrent. Nous ne pouvons plus que nous enfermer dans la maison. Nous n'avons que quelques instants pour mouiller les vitres de la véranda, les volets de la façade, fermer portes et fenêtres. Je remplis des bassines d'eau à l'intérieur en me dirigeant dans le noir avec une lampe de poche (bien sûr depuis la veille il n'y avait pas plus d'électricité que de téléphone). Un mur de feu d'une trentaine de mètres de haut fonce à travers le vallon droit sur nous. Les flammes atteignent maintenant le chêne... à sa hauteur. Serge va et vient dehors avec le tuyau d'arrosage quand soudain je le vois s'élancer vers le vallon. Il a noué un foulard mouillé sur son visage et il court au-devant du feu, sous le feu, sous la vague. Je crie, je le supplie de remonter mais il ne peut plus m'entendre. Comme un diable il dévale sur les berges et frappe avec sa pelle sur tout ce qui flambe, empêche le feu de gagner les bambous. Il est accroupi complètement sous la muraille, sous la muraille même des flammes et je tremble qu'il ne s'asphyxie, je l'appelle, je crie et lorsqu'il se retourne, comme une folle je lui envoie des baisers du bout des doigts. Il me paraît si dérisoire si minuscule... je parle toute seule... je maudis son courage... quand tout à coup je le vois basculer, loin, tout petit. Affolée je le crois évanoui, j'imagine qu'il est tombé, qu'il s'est écroulé et je m'élance vers lui... mais je m'aperçois qu'il a seulement sauté une berge de plus dans la fumée et qu'il est de plus en plus loin de moi, de plus en plus près du feu. Je le poursuis en le suppliant de remonter mais il me rabroue et ça me décide. Je m'y mets aussi. De tous côtés je saute étouffer ce qui repartait là où il est déjà passé tandis qu'il court sous le grand chêne éteindre les lierres qui se sont enflammés. Nous nous précipitons partout à la fois comme des bêtes harcelées... Puis soudain... le bruit faiblit. Presque en un instant le souffle du feu s'apaise, les flammes se tassent faute de combustible et c'est le silence. Silence presque aussi impressionnant que le ronflement de la tourmente. Il ne reste plus qu'à frapper à ras de terre les quelques touffes qui se consument. Enfin des Canadair arrivent et nous nous abritons sous le chêne contre la charge de leur eau tandis qu'ils arrosent les braises.

Le cyclone n'a duré que quelques minutes. C'est alors que nous nous redressons... et que nous regardons. Il n'y a plus rien autour de nous. Plus de chemin. Plus d'arbres. Rien. Plus de boîte aux lettres, juste un fil de fer rongé et tordu. Il ne reste que quelques centimètres des poteaux du téléphone au ras de la terre brûlée. Nous enfonçons jusqu'aux chevilles dans l'épaisseur des cendres. Plus un son. Plus un insecte. Pas le moindre souffle. Une touffeur lourde et un silence opaque. Nous sommes dans un désert profondément noir, hérissé de verticales calcinées où nous ne reconnaissons même plus les distances. La piste dessous nous paraît toute proche. Les bassins sont nus à découvert, parsemés de cendres. Nous parcourons tristement tous les deux, main dans la main, ce paysage de désolation : « Toi qui aimais tant descendre le chemin », me dit-il. Et je pense aux bruyères de l'automne.

Tout en bas, si près maintenant, sur la piste sans ombre, sous un soleil voilé, un pompier passe lentement, dépenaillé comme un grognard de la guerre, il lève la tête et appelle : « Ça va là-haut ? » Et nous répondons : « Ça va ! »

En regagnant la maison nous nous trouvons au centre d'une oasis de verdure dans un désert calciné. Grâce à Serge, à l'énergie désespérée qui le caractérise dans tout ce qu'il fait, grâce à cette tension acharnée, à sa folie, à sa vivacité obstinée, la terrasse n'a pas été touchée, ni la chère maison. Grâce à lui le feu s'est arrêté au chêne et aux premières berges. Les roseaux ne se sont pas enflammés — ce qui aurait été l'embrasement fatal.

De la terrasse, le paysage immédiat a presque son aspect habituel : ce fouillis d'ombre que nous aimons avec ses palmes, ses cannes et les feuillages bleutés des eucalyptus, bien que le sol partout soit noir et que des coups de feu ajoutent des ombres roussâtres aux frondaisons des arbres.

Nous nous étreignons silencieusement. Nous étions à la fois heureux et déprimés. Un sentiment de tristesse inconnue nous faisait mal, entretenu par le rappel constant de l'odeur âcre de brûlé. Le vallon était éteint, assourdi, et nous éprouvions comme un manque ; nous nous sentions amputés, amputés d'une partie de nos souvenirs et de ceux de notre avenir. Dans l'après-midi nous aperçûmes une martre grise de cendres errer dans les cendres, ton sur ton, puis une couleuvre figée dans un spasme mortel, et de nombreuses traces de tortues. Un petit loir s'était engouffré dans la cuisine et tous les oiseaux et les insectes qui avaient survécu semblaient s'être réfugiés sur la terrasse. Des cigales, autour de la maison, avaient repris leurs stridences. Les mésanges s'ébrouaient gaiement dans les vasques d'eau sur le mur.

La destruction de nos paysages a marqué pour nous la fin de quelque chose, le terme d'une période. Nous ne pouvions plus franchir la frontière de la verdure, au-delà c'était l'étreinte, le silence, la puanteur, la touffeur sans brise. Dans un deuxième cercle tous les parcours de nos promenades familières avaient brûlé. Nous étions au centre d'un cercle de verdure et ce rond vert devenait un symbole. Il nous contenait maintenant exclusivement avec ce que nous avions de plus singulier : la maison de notre vie intime et son prolongement sur la terrasse avec sa végétation exubérante. Tout ce qu'ailleurs nous pouvions transporter, vivre, recommencer, se concentrait là. Fallait-il voir dans ce feu un signe et l'interpréter ?

L'interpréter comme une occasion de renouvellement, une tentation de recréer autrement et d'accumuler ailleurs cet humus fait de ce mélange de solitude, de nature et de sophistication qui nous est si indispensable et qui se chargerait à la longue, comme *La Béate*, de souvenirs et de nostalgie ?

Ou bien trouverions-nous de nouveaux plaisirs à aider notre paysage à redevenir le jardin que nous avions modelé en presque vingt ans de vie et choisirions-nous de nous y enraciner davantage en faisant confiance à ce vallon si bénéfique en le repeuplant d'animaux familiers, en plantant des mimosas tout le long du chemin qui se transformerait bientôt en un autre chemin jaune et odorant au feuillage bleuté ?

Mais comme toujours notre réponse fut au présent — c'est-à-dire la fuite, un instinct de fuite irrépressible. Surtout ne rien décider, ne rien brusquer, profiter du moment présent et oublier. Ensuite il y aurait d'autres signes.

Bizarrement à l'inverse de tous nos penchants, contre nos natures à tous les deux si profondément méditerranéennes, si exclusivement latines, c'est vers le nord que nous nous sommes sauvés.

La Bretagne nous parut rafraîchissante. Nous sommes sur un îlot où pendant quelques heures, au moment des grandes marées, nous nous trouvons complètement entourés par la mer. Le paysage ressemble étrangement à celui de mes tableaux : des rochers, des digues de galets, des îles boisées formant des lagunes parmi lesquelles nous marchons pendant des heures à marée basse, seuls, levant devant nous les mouettes et les corbeaux. Nous mangeons du poisson tous les jours, nous allons chercher des huîtres à la Roche Jaune en passant par le val d'Enfer qui est un surprenant paradis de verdure.

Hier nous nous sommes baladés très loin à marée basse. Nous étions seuls à l'infini parmi des rochers et leurs ombres comme dans un paysage de Dali. Au retour nous avons deviné au loin la silhouette d'un cheval avec un cavalier venant au-devant de nous. Ils se rapprochaient d'une démarche irrégulière et plus ils se rapprochaient plus le cheval renâclait à avancer. Quand ils furent à quelques pas, nous le découvrîmes dans la sublime beauté d'une robe grise laquée, ondulante par plaques luisantes ; ses oreilles frémissaient tandis que son regard s'attachait sur nous, ce regard si intimidant, ce regard des chevaux qui nous rend humbles. Puis tout à coup il demeura figé à quelques mètres dans une fixité souveraine, tapotant nerveusement de ses sabots de devant dans une flaque boueuse. L'homme qui le montait était jeune, habillé entièrement de vert clair et il lui parlait avec douceur, penché sur son encolure tout en le caressant. Nous étions bouleversés par cette vision et par la sensation étrange de calme et d'inquiétude que créait la présence de ce cheval isolé et effrayé sur cette plage éternelle. Le jeune homme en vert nous expliqua que c'était la première fois qu'il le montait dans ce paysage et que la moindre pierre, un oiseau, une flaque l'impressionnaient. Il devait lui apprendre à tout reconnaître. Puis ils s'éloignèrent de leur démarche incertaine, le cheval comme un aveugle s'immobilisant devant chaque obstacle et l'homme le rassurant avec douceur. Nous demeurâmes un long moment retournés sur eux tandis qu'ils s'estompaient dans les luisances dorées du couchant.

Aujourd'hui tout est noyé. Au moment où j'écris, la mer bleue, pointillée de lumière, dérive à quelques mètres de moi, au ras de l'herbe, et comble le vide entre le rocher et la branche du grand pin sous le ciel d'un bleu presque méridional.

Cette mer instable, Serge ne s'y habitue pas. Il ne sait jamais où elle est, quand elle monte ou si elle descend. Le mouvement de la marée, pour lui, marque le temps et le déséquilibre. Quand elle se retire, le désastre de galets, d'algues, de flaques qu'elle abandonne le déprime. Il n'y voit que mort et quand enfin elle est pleine, rassurante, c'est déjà qu'elle amorce cet abandon. Je partage, bien qu'avec moins de morbidité, ces impressions, et nous voilà tous les deux déjà secrètement gagnés de nostalgie pour notre si chère mer du Sud. Nous comprenons que jamais nous ne pourrons nous détacher de son emprise ou de son souvenir.

Deux printemps ont passé sur notre terre brûlée. Déjà les mimosas du chemin sont plus hauts que nous. Doucement le vallon s'enfonce dans le mystère de sa nouvelle végétation : de loin on ne voit presque plus la maison dans laquelle je tente de retenir la trace de notre enivrante dérive à deux pendant que Danièle, de son côté, se penche sur ses carnets qu'elle m'a laissé piller pour enrichir de sa voix ce livre au *nous,* ce duo. Ainsi tressons-nous le temps...

Demain nous partons pour Venise en laissant derrière nous le premier jet de ce livre commencé dans les cendres de notre vallon dévasté par le grand incendie. Ensuite, nous reviendrons avec la perspective de ces quelque six cents pages à relire ensemble sous les palmes balancées par le ponant de l'été... Peut-être éprouverai-je alors le besoin de les poursuivre, de les remplir encore plus jusqu'à épuisement total — bien que ces pages soient destinées à ne jamais recevoir de point final

IMPRIMERIE BUSSIÈRE À SAINT-AMAND (7-87)
DÉPÔT LÉGAL NOVEMBRE 1984. N° 8507-2 (1558)

Collection Points

SÉRIE ROMAN

R1. Le Tambour, *par Günter Grass*
R2. Le Dernier des Justes, *par André Schwarz-Bart*
R3. Le Guépard, *par Giuseppe Tomasi di Lampedusa*
R4. La Côte sauvage, *par Jean-René Huguenin*
R5. Acid Test, *par Tom Wolfe*
R6. Je vivrai l'amour des autres, *par Jean Cayrol*
R7. Les Cahiers de Malte Laurids Brigge, *par Rainer Maria Rilke*
R8. Moha le fou, Moha le sage, *par Tahar Ben Jelloun*
R9. L'Horloger du Cherche-Midi, *par Luc Estang*
R10. Le Baron perché, *par Italo Calvino*
R11. Les Bienheureux de La Désolation, *par Hervé Bazin*
R12. Salut Galarneau !, *par Jacques Godbout*
R13. Cela s'appelle l'aurore, *par Emmanuel Roblès*
R14. Les Désarrois de l'élève Törless, *par Robert Musil*
R15. Pluie et Vent sur Télumée Miracle *par Simone Schwarz-Bart*
R16. La Traque, *par Herbert Lieberman*
R17. L'Imprécateur, *par René-Victor Pilhes*
R18. Cent Ans de solitude, *par Gabriel Garcia Marquez*
R19. Moi d'abord, *par Katherine Pancol*
R20. Un jour, *par Maurice Genevoix*
R21. Un pas d'homme, *par Marie Susini*
R22. La Grimace, *par Heinrich Böll*
R23. L'Age du tendre, *par Marie Chaix*
R24. Une tempête, *par Aimé Césaire*
R25. Moustiques, *par William Faulkner*
R26. La Fantaisie du voyageur *par François-Régis Bastide*
R27. Le Turbot, *par Günter Grass*
R28. Le Parc, *par Philippe Sollers*
R29. Ti Jean L'horizon, *par Simone Schwarz-Bart*
R30. Affaires étrangères, *par Jean-Marc Roberts*
R31. Nedjma, *par Kateb Yacine*
R32. Le Vertige, *par Evguénia Guinzbourg*
R33. La Motte rouge, *par Maurice Genevoix*
R34. Les Buddenbrook, *par Thomas Mann*
R35. Grand Reportage, *par Michèle Manceaux*
R36. Isaac le mystérieux (Le ver et le solitaire) *par Jerome Charyn*
R37. Le Passage, *par Jean Reverzy*
R38. Chesapeake, *par James A. Michener*
R39. Le Testament d'un poète juif assassiné *par Elie Wiesel*
R40. Candido, *par Leonardo Sciascia*
R41. Le Voyage à Paimpol, *par Dorothée Letessier*
R42. L'Honneur perdu de Katharina Blum *par Heinrich Böll*

R43. Le Pays sous l'écorce, *par Jacques Lacarrière*
R44. Le Monde selon Garp, *par John Irving*
R45. Les Trois Jours du cavalier, *par Nicole Ciravégna*
R46. Nécropolis, *par Herbert Lieberman*
R47. Fort Saganne, *par Louis Gardel*
R48. La Ligne 12, *par Raymond Jean*
R49. Les Années de chien, *par Günter Grass*
R50. La Réclusion solitaire, *par Tahar Ben Jelloun*
R51. Senilità, *par Italo Svevo*
R52. Trente Mille Jours, *par Maurice Genevoix*
R53. Cabinet Portrait, *par Jean-Luc Benoziglio*
R54. Saison violente, *par Emmanuel Roblès*
R55. Une comédie française, *par Erik Orsenna*
R56. Le Pain nu, *par Mohamed Choukri*
R57. Sarah et le Lieutenant français, *par John Fowles*
R58. Le Dernier Viking, *par Patrick Grainville*
R59. La Mort de la phalène, *par Virginia Woolf*
R60. L'Homme sans qualités, tome 1, *par Robert Musil*
R61. L'Homme sans qualités, tome 2, *par Robert Musil*
R62. L'Enfant de la mer de Chine, *par Didier Decoin*
R63. Le Professeur et la Sirène
par Giuseppe Tomasi di Lampedusa
R64. Le Grand Hiver, *par Ismaïl Kadaré*
R65. Le Cœur du voyage, *par Pierre Moustiers*
R66. Le Tunnel, *par Ernesto Sabato*
R67. Kamouraska, *par Anne Hébert*
R68. Machenka, *par Vladimir Nabokov*
R69. Le Fils du pauvre, *par Mouloud Feraoun*
R70. Cités à la dérive, *par Stratis Tsirkas*
R71. Place des Angoisses, *par Jean Reverzy*
R72. Le Dernier Chasseur, *par Charles Fox*
R73. Pourquoi pas Venise, *par Michèle Manceaux*
R74. Portrait de groupe avec dame, *par Heinrich Böll*
R75. Lunes de fiel, *par Pascal Bruckner*
R76. Le Canard de bois (Les Fils de la Liberté, I)
par Louis Caron
R77. Jubilee, *par Margaret Walker*
R78. Le Médecin de Cordoue, *par Herbert Le Porrier*
R79. Givre et Sang, *par John Cowper Powys*
R80. La Barbare, *par Katherine Pancol*
R81. Si par une nuit d'hiver un voyageur, *par Italo Calvino*
R82. Gerardo Laïn, *par Michel del Castillo*
R83. Un amour infini, *par Scott Spencer*
R84. Une enquête au pays, *par Driss Chraïbi*
R85. Le Diable sans porte (*tome 1 :* Ah, mes aïeux !)
par Claude Duneton
R86. La Prière de l'absent, *par Tahar Ben Jelloun*
R87. Venise en hiver, *par Emmanuel Roblès*
R88. La Nuit du Décret, *par Michel del Castillo*
R89. Alejandra, *par Ernesto Sabato*
R90. Plein Soleil, *par Marie Susini*
R91. Les Enfants de fortune, *par Jean-Marc Roberts*

R92. Protection encombrante, *par Heinrich Böll*
R93. Lettre d'excuse, *par Raphaële Billetdoux*
R94. Le Voyage indiscret, *par Katherine Mansfield*
R95. La Noire, *par Jean Cayrol*
R96. L'Obsédé (L'Amateur), *par John Fowles*
R97. Siloé, *par Paul Gadenne*
R98. Portrait de l'artiste en jeune chien
par Dylan Thomas
R99. L'Autre, *par Julien Green*
R100. Histoires pragoises, *par Rainer Maria Rilke*
R101. Bélibaste, *par Henri Gougaud*
R102. Le Ciel de la Kolyma (Le Vertige, II)
par Evguénia Guinzbourg
R103. La Mulâtresse Solitude, *par Simone Schwarz-Bart*
R104. L'Homme du Nil, *par Stratis Tsirkas*
R105. La Rhubarbe, *par René-Victor Pilhes*
R106. Gibier de potence, *par Kurt Vonnegut*
R107. Memory Lane, *par Patrick Modiano*
dessins de Pierre Le Tan
R108. L'Affreux Pastis de la rue des Merles
par Carlo Emilio Gadda
R109. La Fontaine obscure, *par Raymond Jean*
R110. L'Hôtel New Hampshire, *par John Irving*
R111. Les Immémoriaux, *par Victor Segalen*
R112. Cœur de lièvre, *par John Updike*
R113. Le Temps d'un royaume, *par Rose Vincent*
R114. Poisson-chat, *par Jerome Charyn*
R115. Abraham de Brooklyn, *par Didier Decoin*
R116. Trois Femmes, *suivi de* Noces, *par Robert Musil*
R117. Les Enfants du sabbat, *par Anne Hébert*
R118. La Palmeraie, *par François-Régis Bastide*
R119. Maria Republica, *par Agustin Gomez-Arcos*
R120. La Joie, *par Georges Bernanos*
R121. Incognito, *par Petru Dumitriu*
R122. Les Forteresses noires, *par Patrick Grainville*
R123. L'Ange des ténèbres, *par Ernesto Sabato*
R124. La Fiera, *par Marie Susini*
R125. La Marche de Radetzky, *par Joseph Roth*
R126. Le vent souffle où il veut
par Paul-André Lesort
R127. Si j'étais vous..., *par Julien Green*
R128. Le Mendiant de Jérusalem, *par Elie Wiesel*
R129. Mortelle, *par Christopher Frank*
R130. La France m'épuise, *par Jean-Louis Curtis*
R131. Le Chevalier inexistant, *par Italo Calvino*
R132. Dialogues des Carmélites, *par Georges Bernanos*
R133. L'Étrusque, *par Mika Waltari*
R134. La Rencontre des hommes, *par Benigno Cacérès*
R135. Le Petit Monde de Don Camillo, *par Giovanni Guareschi*
R136. Le Masque de Dimitrios, *par Eric Ambler*
R137. L'Ami de Vincent, *par Jean-Marc Roberts*
R138. Un homme au singulier, *par Christopher Isherwood*

R139. La Maison du désir, *par France Huser*
R140. Moi et ma cheminée, *par Herman Melville*
R141. Les Fous de Bassan, *par Anne Hébert*
R142. Les Stigmates, *par Luc Estang*
R143. Le Chat et la Souris, *par Günter Grass*
R144. Loïca, *par Dorothée Letessier*
R145. Paradiso, *par José Lezama Lima*
R146. Passage de Milan, *par Michel Butor*
R147. Anonymus, *par Michèle Manceaux*
R148. La Femme du dimanche
par Carlo Fruttero et Franco Lucentini
R149. L'Amour monstre, *par Louis Pauwels*
R150. L'Arbre à soleils, *par Henri Gougaud*
R151. Traité du zen et de l'entretien des motocyclettes
par Robert M. Pirsig
R152. L'Enfant du cinquième Nord, *par Pierre Billon*
R153. N'envoyez plus de roses, *par Eric Ambler*
R154. Les Trois Vies de Babe Ozouf, *par Didier Decoin*
R155. Le Vert Paradis, *par André Brincourt*
R156. Varouna, *par Julien Green*
R157. L'Incendie de Los Angeles, *par Nathanaël West*
R158. Les Belles de Tunis, *par Nine Moati*
R159. Vertes Demeures, *par William Henry Hudson*
R160. Les Grandes Vacances, *par Francis Ambrière*
R161. Ceux de 14, *par Maurice Genevoix*
R162. Les Villes invisibles, *par Italo Calvino*
R163. L'Agent secret, *par Graham Greene*
R164. La Lézarde, *par Édouard Glissant*
R165. Le Grand Escroc, *par Herman Melville*
R166. Lettre à un ami perdu, *par Patrick Besson*
R167. Evaristo Carriego, *par Jorge Luis Borges*
R168. La Guitare, *par Michel del Castillo*
R169. Épitaphe pour un espion, *par Eric Ambler*
R170. Fin de saison au Palazzo Pedrotti, *par Frédéric Vitoux*
R171. Jeunes Années. Autobiographie 1, *par Julien Green*
R172. Jeunes Années. Autobiographie 2, *par Julien Green*
R173. Les Égarés, *par Frédérick Tristan*
R174. Une affaire de famille, *par Christian Giudicelli*
R175. Le Testament amoureux, *par Rezvani*
R176. C'était cela notre amour, *par Marie Susini*
R177. Souvenirs du triangle d'or, *par Alain Robbe-Grillet*
R178. Les Lauriers du lac de Constance, *par Marie Chaix*
R179. Plan B, *par Chester Himes*
R180. Le Sommeil agité, *par Jean-Marc Roberts*
R181. Roman Roi, *par Renaud Camus*
R182. Vingt Ans et des poussières
par Didier van Cauwelaert
R183. Le Château des destins croisés
par Italo Calvino
R184. Le Vent de la nuit, *par Michel del Castillo*
R185. Une curieuse solitude, *par Philippe Sollers*
R186. Les Trafiquants d'armes, *par Eric Ambler*

R187. Un printemps froid, *par Danièle Sallenave*
R188. Mickey l'Ange, *par Geneviève Dormann*
R189. Histoire de la mer, *par Jean Cayrol*
R190. Senso, *par Camillo Boito*
R191. Sous le soleil de Satan, *par Georges Bernanos*
R192. Niembsch ou l'immobilité, *par Peter Härtling*
R193. Prends garde à la douceur des choses *par Raphaële Billetdoux*
R194. L'Agneau carnivore, *par Agustin Gomez-Arcos*
R195. L'Imposture, *par Georges Bernanos*
R196. Ararat, *par D. M. Thomas*
R197. La Croisière de l'angoisse, *par Eric Ambler*
R198. Léviathan, *par Julien Green*
R199. Sarnia, *par Gerald Basil Edwards*
R200. Le Colleur d'affiches, *par Michel del Castillo*
R201. Un mariage poids moyen, *par John Irving*
R202. John l'Enfer, *par Didier Decoin*
R203. Les Chambres de bois, *par Anne Hébert*
R204. Mémoires d'un jeune homme rangé *par Tristan Bernard*
R205. Le Sourire du Chat, *par François Maspero*
R206. L'Inquisiteur, *par Henri Gougaud*
R207. La Nuit américaine, *par Christopher Frank*
R208. Jeunesse dans une ville normande *par Jacques-Pierre Amette*
R209. Fantôme d'une puce, *par Michel Braudeau*
R210. L'Avenir radieux, *par Alexandre Zinoviev*
R211. Constance D., *par Christian Combaz*
R212. Épaves, *par Julien Green*
R213. La Leçon du maître, *par Henry James*
R214. Récit des temps perdus, *par Aris Fakinos*
R215. La Fosse aux chiens, *par John Cowper Powys*
R216. Les Portes de la forêt, *par Elie Wiesel*
R217. L'Affaire Deltchev, *par Eric Ambler*
R218. Les amandiers sont morts de leurs blessures *par Tahar Ben Jelloun*
R219. L'Admiroir, *par Anny Duperey*
R220. Les Grands Cimetières sous la lune, *par Georges Bernanos*
R221. La Créature, *par Étienne Barilier*
R222. Un Anglais sous les tropiques, *par William Boyd*
R223. La Gloire de Dina, *par Michel del Castillo*
R224. Poisson d'amour, *par Didier van Cauwelaert*
R225. Les Yeux fermés, *par Marie Susini*
R226. Cobra, *par Severo Sarduy*
R227. Cavalerie rouge, *par Isaac Babel*
R228. Tous les soleils, *par Bertrand Visage*
R229. Pétersbourg, *par Andréi Biély*
R230. Récits d'un jeune médecin, *par Mikhaïl Boulgakov*
R231. La Maison des prophètes, *par Nicolas Saudray*
R232. Trois Heures du matin à New York *par Herbert Lieberman*
R233. La Mère du printemps, *par Driss Chraïbi*

R234. Adrienne Mesurat, *par Julien Green*
R235. Jusqu'à la mort, *par Amos Oz*
R236. Les Envoûtés, *par Witold Gombrowicz*
R237. Frontière des ténèbres, *par Eric Ambler*
R238. Les Deux Sacrements, *par Heinrich Böll*
R239. Cherchant qui dévorer, *par Luc Estang*
R240. Le Tournant, *par Klaus Mann*
R241. Aurélia, *par France Huser*
R242. Le Sixième Hiver, *par Douglas Orgill et John Gribbin*
R243. Naissance d'un spectre, *par Frédérick Tristan*
R244. Lorelei, *par Maurice Genevoix*
R245. Le Bois de la nuit, *par Djuna Barnes*
R246. La Caverne céleste, *par Patrick Grainville*
R247. L'Alliance, tome 1, *par James A. Michener*
R248. L'Alliance, tome 2, *par James A. Michener*
R249. Juliette, chemin des Cerisiers, *par Marie Chaix*
R250. Le Baiser de la femme-araignée, *par Manuel Puig*
R251. Le Vésuve, *par Emmanuel Roblès*
R252. Comme neige au soleil, *par William Boyd*
R253. Palomar, *par Italo Calvino*
R254. Le Visionnaire, *par Julien Green*
R255. La Revanche, *par Henry James*
R256. Les Années-lumière, *par Rezvani*
R257. La Crypte des capucins, *par Joseph Roth*
R258. La Femme publique, *par Dominique Garnier*
R259. Maggie Cassidy, *par Jack Kerouac*
R260. Mélancolie Nord, *par Michel Rio*
R261. Énergie du désespoir, *par Eric Ambler*
R262. L'Aube, *par Elie Wiesel*
R263. Le Paradis des orages, *par Patrick Grainville*
R264. L'Ouverture des bras de l'homme, *par Raphaële Billetdoux*
R265. Méchant, *par Jean-Marc Roberts*
R266. Un policeman, *par Didier Decoin*
R267. Les Corps étrangers, *par Jean Cayrol*
R268. Naissance d'une passion, *par Michel Braudeau*
R269. Dara, *par Patrick Besson*
R270. Parias, *par Pascal Bruckner*
R271. Le Soleil et la Roue, *par Rose Vincent*
R272. Le Malfaiteur, *par Julien Green*
R273. Scarlett, si possible, *par Katherine Pancol*
R274. Journal d'une fille de Harlem, *par Julius Horwitz*
R275. Le Nez de Mazarin, *par Anny Duperey*
R276. La Chasse à la licorne, *par Emmanuel Roblès*
R277. Red Fox, *par Anthony Hyde*
R278. Minuit, *par Julien Green*
R279. L'Enfer, *par René Belletto*
R280. Et si on parlait d'amour, *par Claire Gallois*
R281. Pologne, *par James A. Michener*
R282. Notre homme, *par Louis Gardel*
R283. La Nuit du solstice, *par Herbert Lieberman*
R284. Place de Sienne, côté ombre
par Carlo Fruttero et Franco Lucentini

R285. Meurtre au comité central
par Manuel Vázquez Montálban
R286. L'Isolé soleil, *par Daniel Maximin*
R287. Samedi soir, dimanche matin, *par Alan Sillitoe*
R288. Petit Louis, dit XIV, *par Claude Duneton*
R289. Le Perchoir du perroquet, *par Michel Rio*
R290. L'Enfant pain, *par Agustin Gomez-Arcos*

Collection Points

SÉRIE POINT-VIRGULE

V1. Manuel de savoir-vivre à l'usage des rustres et des malpolis
par Pierre Desproges
V2. Petit Fictionnaire illustré
par Alain Finkielkraut
V3. Quand j'avais cinq ans, je m'ai tué
par Howard Buten
V4. Lettres à sa fille (1877-1902)
par Calamity Jane
V5. Café Panique, *par Roland Topor*
V6. Le Jardin de ciment, *par Ian McEwan*
V7. L'Age-déraison, *par Daniel Rondeau*
V8. Juliette a-t-elle un grand Cui ?
par Hélène Ray
V9. T'es pas mort ! *par Antonio Skarmeta*
V10. Petite Fille rouge avec un couteau
par Myrielle Marc
V11. Manuel à l'usage des enfants qui ont des parents difficiles
par Jeanne Van den Brouck
V12. Le A nouveau est arrivé
par Pierre Ziegelmeyer et Jean-Benoît Thirion
V13. Comment faire l'enfant (17 leçons pour ne pas grandir)
par Delia Ephron
V14. Zig-Zag, *par Alain Cahen*
V15. Plumards, de cheval
par Groucho Marx
V16. Bleu, je veux, *par Gisèle Bienne*
V17. Moi et les Autres, *par Albert Jacquard*
V18. Au vrai chic anatomique, *par Frédéric Pagès*
V19. Le Petit Pater illustré, *par Jacques Pater*
V20. Cherche souris pour garder chat, *par Hélène Ray*
V21. Un enfant dans la guerre, *par Saïd Ferdi*
V22. La Danse du coucou, *par Aidan Chambers*
V23. Mémoires d'un amant lamentable
par Groucho Marx
V24. Le Cœur sous le rouleau compresseur
par Howard Buten
V25. Le Cinéma américain. Les années cinquante
par Olivier-René Veillon
V26. Voilà un baiser, *par Anne Perry-Bouquet*
V27. Le Cycliste de San Cristobal, *par Antonio Skarmeta*
V28. Tchao l'enfance, craignos l'amour, *par Delia Ephron*
V29. Mémoires capitales, *par Groucho Marx*
V30. Dieu, Shakespeare et Moi, *par Woody Allen*
V31. Dictionnaire superflu à l'usage de l'élite et des bien nantis
par Pierre Desproges
V32. Je t'aime, je te tue, *par Morgan Sportès*
V33. Rock-Vinyl (Pour une discothèque de rock)
par Jean-Marie Leduc

V34. Le Manuel du parfait petit masochiste
par Dan Greenburg
V35. L'Oiseau Canadèche, *par Jim Dodge*
V36. Des sous et des hommes, *par Jean-Marie Albertini*
V37. De l'univers à nous, *par Robert Clarke*
V38. Pour en finir une bonne fois pour toutes avec la culture
par Woody Allen
V39. Le Gone du Chaâba, *par Azouz Begag*
V40. Le Cinéma américain. Les années trente
par Olivier-René Veillon
V41. Mistral gagnant, chansons et dessins, *par Renaud*
V42. Les Aventures d'Adrian Mole, 15 ans, *par Sue Townsend*
V43. Le Palais des claques, *par Pascal Bruckner*
V44. La Cuisine cannibale, *par Roland Topor*
V45. Le Livre d'Étoile, *par Gil Ben Aych*
V46. Les Dingues du nonsense, *par Robert Benayoun*
V47. Le Grand Cerf-volant, *par Gilles Vigneault*
V48. Comment choisir son psychanalyste, *par Oreste Saint-Drôme*
V49. Slapstick, *par Buster Keaton*
V50. Chroniques de la haine ordinaire, *par Pierre Desproges*
V51. Cinq Milliards d'Hommes dans un vaisseau, *par Albert Jacquard*
V52. Rien à voir avec une autre histoire, *par Griselda Gambaro*
V53. Comment faire son alyah en vingt leçons, *par Moshé Gaash*
V54. A rebrousse-poil, *par Roland Topor*

Collection Points

1. Histoire du surréalisme, *par Maurice Nadeau*
2. Une théorie scientifique de la culture *par Bronislaw Malinowski*
3. Malraux, Camus, Sartre, Bernanos, *par Emmanuel Mounier*
4. L'Homme unidimensionnel, *par Herbert Marcuse* (épuisé)
5. Écrits I, *par Jacques Lacan*
6. Le Phénomène humain, *par Pierre Teilhard de Chardin*
7. Les Cols blancs, *par C. Wright Mills*
8. Stendhal, Flaubert, *par Jean-Pierre Richard*
9. La Nature dé-naturée, *par Jean Dorst*
10. Mythologies, *par Roland Barthes*
11. Le Nouveau Théâtre américain, *par Franck Jotterand* (épuisé)
12. Morphologie du conte, *par Vladimir Propp*
13. L'Action sociale, *par Guy Rocher*
14. L'Organisation sociale, *par Guy Rocher*
15. Le Changement social, *par Guy Rocher*
16. Les Étapes de la croissance économique, *par W. W. Rostow*
17. Essais de linguistique générale *par Roman Jakobson* (épuisé)
18. La Philosophie critique de l'histoire, *par Raymond Aron*
19. Essais de sociologie, *par Marcel Mauss*
20. La Part maudite, *par Georges Bataille* (épuisé)
21. Écrits II, *par Jacques Lacan*
22. Éros et Civilisation, *par Herbert Marcuse* (épuisé)
23. Histoire du roman français depuis 1918 *par Claude-Edmonde Magny*
24. L'Écriture et l'Expérience des limites, *par Philippe Sollers*
25. La Charte d'Athènes, *par Le Corbusier*
26. Peau noire, Masques blancs, *par Frantz Fanon*
27. Anthropologie, *par Edward Sapir*
28. Le Phénomène bureaucratique, *par Michel Crozier*
29. Vers une civilisation du loisir ?, *par Joffre Dumazedier*
30. Pour une bibliothèque scientifique, *par François Russo* (épuisé)
31. Lecture de Brecht, *par Bernard Dort*
32. Ville et Révolution, *par Anatole Kopp*
33. Mise en scène de Phèdre, *par Jean-Louis Barrault*
34. Les Stars, *par Edgar Morin*
35. Le Degré zéro de l'écriture, *suivi de* Nouveaux Essais critiques *par Roland Barthes*
36. Libérer l'avenir, *par Ivan Illich*
37. Structure et Fonction dans la société primitive *par A. R. Radcliffe-Brown*
38. Les Droits de l'écrivain, *par Alexandre Soljénitsyne*
39. Le Retour du tragique, *par Jean-Marie Domenach*
41. La Concurrence capitaliste *par Jean Cartell et Pierre-Yves Cossé* (épuisé)
42. Mise en scène d'Othello, *par Constantin Stanislavski*
43. Le Hasard et la Nécessité, *par Jacques Monod*
44. Le Structuralisme en linguistique, *par Oswald Ducrot*
45. Le Structuralisme : Poétique, *par Tzvetan Todorov*

46. Le Structuralisme en anthropologie, *par Dan Sperber*
47. Le Structuralisme en psychanalyse, *par Moustafa Safouan*
48. Le Structuralisme : Philosophie, *par François Wahl*
49. Le Cas Dominique, *par Françoise Dolto*
51. Trois Essais sur le comportement animal et humain *par Konrad Lorenz*
52. Le Droit à la ville, *suivi de* Espace et Politique *par Henri Lefebvre*
53. Poèmes, *par Léopold Sédar Senghor*
54. Les Élégies de Duino, *suivi de* les Sonnets à Orphée *par Rainer Maria Rilke* (édition bilingue)
55. Pour la sociologie, *par Alain Touraine*
56. Traité du caractère, *par Emmanuel Mounier*
57. L'Enfant, sa « maladie » et les autres, *par Maud Mannoni*
58. Langage et Connaissance, *par Adam Schaff*
59. Une saison au Congo, *par Aimé Césaire*
61. Psychanalyser, *par Serge Leclaire*
63. Mort de la famille, *par David Cooper*
64. A quoi sert la Bourse ?, *par Jean-Claude Leconte* (épuisé)
65. La Convivialité, *par Ivan Illich*
66. L'Idéologie structuraliste, *par Henri Lefebvre*
67. La Vérité des prix, *par Hubert Lévy-Lambert* (épuisé)
68. Pour Gramsci, *par Maria-Antonietta Macciocchi*
69. Psychanalyse et Pédiatrie, *par Françoise Dolto*
70. S/Z, *par Roland Barthes*
71. Poésie et Profondeur, *par Jean-Pierre Richard*
72. Le Sauvage et l'Ordinateur, *par Jean-Marie Domenach*
73. Introduction à la littérature fantastique *par Tzvetan Todorov*
74. Figures I, *par Gérard Genette*
75. Dix Grandes Notions de la sociologie, *par Jean Cazeneuve*
76. Mary Barnes, un voyage à travers la folie *par Mary Barnes et Joseph Berke*
77. L'Homme et la Mort, *par Edgar Morin*
78. Poétique du récit, *par Roland Barthes, Wayne Booth Wolfgang Kayser et Philippe Hamon*
79. Les Libérateurs de l'amour, *par Alexandrian*
80. Le Macroscope, *par Joël de Rosnay*
81. Délivrance, *par Maurice Clavel et Philippe Sollers*
82. Système de la peinture, *par Marcelin Pleynet*
83. Pour comprendre les média, *par M. McLuhan*
84. L'Invasion pharmaceutique *par Jean-Pierre Dupuy et Serge Karsenty*
85. Huit Questions de poétique, *par Roman Jakobson*
86. Lectures du désir, *par Raymond Jean*
87. Le Traître, *par André Gorz*
88. Psychiatrie et Anti-Psychiatrie, *par David Cooper*
89. La Dimension cachée, *par Edward T. Hall*
90. Les Vivants et la Mort, *par Jean Ziegler*
91. L'Unité de l'homme, *par le Centre Royaumont*
    1. Le primate et l'homme
    par E. Morin et M. Piattelli-Palmarini

92. L'Unité de l'homme, *par le Centre Royaumont*
2. Le cerveau humain, *par E. Morin et M. Piattelli-Palmarini*
93. L'Unité de l'homme, *par le Centre Royaumont*
3. Pour une anthropologie fondamentale
par E. Morin et M. Piattelli-Palmarini
94. Pensées, *par Blaise Pascal*
95. L'Exil intérieur, *par Roland Jaccard*
96. Semeiotiké, recherches pour une sémanalyse
par Julia Kristeva
97. Sur Racine, *par Roland Barthes*
98. Structures syntaxiques, *par Noam Chomsky*
99. Le Psychiatre, son « fou » et la psychanalyse
par Maud Mannoni
100. L'Écriture et la Différence, *par Jacques Derrida*
101. Le Pouvoir africain, *par Jean Ziegler*
102. Une logique de la communication
par P. Watzlawick, J. Helmick Beavin, Don D. Jackson
103. Sémantique de la poésie, *par T. Todorov, W. Empson*
J. Cohen, G. Hartman et F. Rigolot
104. De la France, *par Maria-Antonietta Macciocchi*
105. Small is beautiful, *par E. F. Schumacher*
106. Figures II, *par Gérard Genette*
107. L'Œuvre ouverte, *par Umberto Eco*
108. L'Urbanisme, *par Françoise Choay*
109. Le Paradigme perdu, *par Edgar Morin*
110. Dictionnaire encyclopédique des sciences du langage
par Oswald Ducrot et Tzvetan Todorov
111. L'Évangile au risque de la psychanalyse (tome 1)
par Françoise Dolto
112. Un enfant dans l'asile, *par Jean Sandretto*
113. Recherche de Proust, *ouvrage collectif*
114. La Question homosexuelle, *par Marc Oraison*
115. De la psychose paranoïaque dans ses rapports
avec la personnalité, *par Jacques Lacan*
116. Sade, Fourier, Loyola, *par Roland Barthes*
117. Une société sans école, *par Ivan Illich*
118. Mauvaises Pensées d'un travailleur social
par Jean Marie Geng
119. Albert Camus, *par Herbert R. Lottman*
120. Poétique de la prose, *par Tzvetan Todorov*
121. Théorie d'ensemble, *par Tel Quel*
122. Némésis médicale, *par Ivan Illich*
123. La Méthode
1. La Nature de la Nature, *par Edgar Morin*
124. Le Désir et la Perversion, *ouvrage collectif*
125. Le Langage, cet inconnu, *par Julia Kristeva*
126. On tue un enfant, *par Serge Leclaire*
127. Essais critiques, *par Roland Barthes*
128. Le Je-ne-sais-quoi et le Presque-rien
1. La manière et l'occasion, *par Vladimir Jankélévitch*
129. L'Analyse structurale du récit, Communications 8
ouvrage collectif

130. Changements, Paradoxes et Psychothérapie
par P. Watzlawick, J. Weakland et R. Fisch
131. Onze Études sur la poésie moderne
par Jean-Pierre Richard
132. L'Enfant arriéré et sa mère, *par Maud Mannoni*
133. La Prairie perdue (Le Roman américain)
par Jacques Cabau
134. Le Je-ne-sais-quoi et le Presque-rien
2. La méconnaissance, *par Vladimir Jankélévitch*
135. Le Plaisir du texte, *par Roland Barthes*
136. La Nouvelle Communication, *ouvrage collectif*
137. Le Vif du sujet, *par Edgar Morin*
138. Théories du langage, théories de l'apprentissage
par le Centre Royaumont
139. Baudelaire, la Femme et Dieu, *par Pierre Emmanuel*
140. Autisme et Psychose de l'enfant, *par Frances Tustin*
141. Le Harem et les Cousins, *par Germaine Tillion*
142. Littérature et Réalité, *ouvrage collectif*
143. La Rumeur d'Orléans, *par Edgar Morin*
144. Partage des femmes, *par Eugénie Lemoine-Luccioni*
145. L'Évangile au risque de la psychanalyse (tome 2)
par Françoise Dolto
146. Rhétorique générale, *par le Groupe μ*
147. Système de la Mode, *par Roland Barthes*
148. Démasquer le réel, *par Serge Leclaire*
149. Le Juif imaginaire, *par Alain Finkielkraut*
150. Travail de Flaubert, *ouvrage collectif*
151. Journal de Californie, *par Edgar Morin*
152. Pouvoirs de l'horreur, *par Julia Kristeva*
153. Introduction à la philosophie de l'histoire de Hegel
par Jean Hyppolite
154. La Foi au risque de la psychanalyse
par Françoise Dolto et Gérard Sévérin
155. Un lieu pour vivre, *par Maud Mannoni*
156. Scandale de la vérité, *suivi de*
Nous autres Français, *par Georges Bernanos*
157. Enquête sur les idées contemporaines
par Jean-Marie Domenach
158. L'Affaire Jésus, *par Henri Guillemin*
159. Paroles d'étranger, *par Elie Wiesel*
160. Le Langage silencieux, *par Edward T. Hall*
161. La Rive gauche, *par Herbert R. Lottman*
162. La Réalité de la réalité, *par Paul Watzlawick*
163. Les Chemins de la vie, *par Joël de Rosnay*
164. Dandies, *par Roger Kempf*
165. Histoire personnelle de la France, *par François George*
166. La Puissance et la Fragilité, *par Jean Hamburger*
167. Le Traité du sablier, *par Ernst Jünger*
168. Pensée de Rousseau, *ouvrage collectif*
169. La Violence du calme, *par Viviane Forrester*
170. Pour sortir du XXe siècle, *par Edgar Morin*
171. La Communication, Hermès I, *par Michel Serres*

172. Sexualités occidentales, Communications 35
ouvrage collectif
173. Lettre aux Anglais, *par Georges Bernanos*
174. La Révolution du langage poétique
par Julia Kristeva
175. La Méthode
2. La Vie de la Vie, *par Edgar Morin*
176. Théories du symbole, *par Tzvetan Todorov*
177. Mémoires d'un névropathe, *par Daniel Paul Schreber*
178. Les Indes, *par Édouard Glissant*
179. Clefs pour l'Imaginaire ou l'Autre Scène
par Octave Mannoni
180. La Sociologie des organisations, *par Philippe Bernoux*
181. Théorie des genres, *ouvrage collectif*
182. Le Je-ne-sais-quoi et le Presque-rien
3. La volonté de vouloir, *par Vladimir Jankélévitch*
183. Le Traité du rebelle, *par Ernst Jünger*
184. Un homme en trop, *par Claude Lefort*
185. Théâtres, *par Bernard Dort*
186. Le Langage du changement, *par Paul Watzlawick*
187. Lettre ouverte à Freud, *par Lou Andreas-Salomé*
188. La Notion de littérature, *par Tzvetan Todorov*
189. Choix de poèmes, *par Jean-Claude Renard*
190. Le Langage et son double, *par Julien Green*

Collection Points

SÉRIE ACTUELS

A1. Lettres de prison, *par Gabrielle Russier*
A2. J'étais un drogué, *par Guy Champagne*
A3. Les Dossiers noirs de la police française, *par Denis Langlois*
A4. Do It, *par Jerry Rubin*
A5. Les Industriels de la fraude fiscale, *par Jean Cosson*
A6. Entretiens avec Allende, *par Régis Debray* (épuisé)
A7. De la Chine, *par Maria-Antonietta Macciocchi*
A8. Après la drogue, *par Guy Champagne*
A9. Les Grandes Manœuvres de l'opium *par Catherine Lamour et Michel Lamberti*
A10. Les Dossiers noirs de la justice française, *par Denis Langlois*
A11. Le Dossier confidentiel de l'euthanasie *par Igor Barrère et Étienne Lalou*
A12. Discours américains, *par Alexandre Soljénitsyne*
A13. Les Exclus, *par René Lenoir* (épuisé)
A14. Souvenirs obscurs d'un Juif polonais né en France *par Pierre Goldman*
A15. Le Mandarin aux pieds nus, *par Alexandre Minkowski*
A16. Une Suisse au-dessus de tout soupçon, *par Jean Ziegler*
A17. La Fabrication des mâles *par Georges Falconnet et Nadine Lefaucheur*
A18. Rock babies, *par Raoul Hoffmann et Jean-Marie Leduc*
A19. La nostalgie n'est plus ce qu'elle était *par Simone Signoret*
A20. L'Allergie au travail, *par Jean Rousselet*
A21. Deuxième Retour de Chine *par Claudie et Jacques Broyelle et Évelyne Tschirhart*
A22. Je suis comme une truie qui doute, *par Claude Duneton*
A23. Travailler deux heures par jour, *par Adret*
A24. Le rugby, c'est un monde, *par Jean Lacouture*
A25. La Plus Haute des solitudes, *par Tahar Ben Jelloun*
A26. Le Nouveau Désordre amoureux *par Pascal Bruckner et Alain Finkielkraut*
A27. Voyage inachevé, *par Yehudi Menuhin*
A28. Le communisme est-il soluble dans l'alcool? *par Antoine et Philippe Meyer*
A29. Sciences de la vie et Société *par François Gros, François Jacob et Pierre Royer*
A30. Anti-manuel de français *par Claude Duneton et Jean-Pierre Pagliano*
A31. Cet enfant qui se drogue, c'est le mien *par Jacques Guillon*
A32. Les Femmes, la Pornographie, l'Érotisme *par Marie-Françoise Hans et Gilles Lapouge*
A33. Parole d'homme, *par Roger Garaudy*
A34. Nouveau Guide des médicaments, *par le Dr Henri Pradal*
A35. Rue du Prolétaire rouge, *par Nina et Jean Kéhayan*

A36. Main basse sur l'Afrique, *par Jean Ziegler*
A37. Un voyage vers l'Asie, *par Jean-Claude Guillebaud*
A38. Appel aux vivants, *par Roger Garaudy*
A39. Quand vient le souvenir, *par Saul Friedländer*
A40. La Marijuana, *par Solomon H. Snyder*
A41. Un lit à soi, *par Évelyne Le Garrec*
A42. Le lendemain, elle était souriante... *par Simone Signoret*
A43. La Volonté de guérir, *par Norman Cousins*
A44. Les Nouvelles Sectes, *par Alain Woodrow*
A45. Cent Ans de chanson française *par Chantal Brunschwig, Louis-Jean Calvet et Jean-Claude Klein*
A46. La Malbouffe, *par Stella et Joël de Rosnay*
A47. Médecin de la liberté, *par Paul Milliez*
A48. Un Juif pas très catholique, *par Alexandre Minkowski*
A49. Un voyage en Océanie, *par Jean-Claude Guillebaud*
A50. Au coin de la rue, l'aventure *par Pascal Bruckner et Alain Finkielkraut*
A51. John Reed, *par Robert Rosenstone*
A52. Le Tabouret de Piotr, *par Jean Kéhayan*
A53. Le temps qui tue, le temps qui guérit *par le Dr Fernand Attali*
A54. La Lumière médicale, *par Norbert Bensaïd*
A55. Californie (Le Nouvel Age) *par Sylvie Crossman et Edouard Fenwick*
A56. La Politique du mâle, *par Kate Millett*
A57. Contraception, Grossesse, IVG *par Pierrette Bello, Catherine Dolto, Aline Schiffmann*
A58. Marthe, *anonyme*
A59. Pour un nouveau-né sans risque *par Alexandre Minkowski*
A60. La vie, tu parles, *par Libération*
A61. Les Bons Vins et les Autres, *par Pierre-Marie Doutrelant*
A62. Comment peut-on être breton? *par Morvan Lebesque*
A63. Les Français, *par Theodore Zeldin*
A64. La Naissance d'une famille, *par T. Berry Brazelton*
A65. Hospitalité française, *par Tahar Ben Jelloun*
A66. L'Enfant à tout prix *par Geneviève Delaisi de Parseval et Alain Janaud*
A67. La Rouge Différence, *par F. Edmonde Morin*
A68. Regard sur les Françaises, *par Michèle Sarde*
A69. A hurler le soir au fond des collèges *par Claude Duneton avec la collaboration de Frédéric Pagès*
A70. L'Avenir en face, *par Alain Minc*
A71. Je t'aime d'amitié, *par la revue « Autrement »*
A72. Couples!, *par la revue « Autrement »*
A73. Le Sanglot de l'homme blanc, *par Pascal Bruckner*
A74. BCBG, le guide du bon chic bon genre *par Thierry Mantoux*
A75. Ils partiront dans l'ivresse, *par Lucie Aubrac*

A76. Tant qu'il y aura des profs
par Hervé Hamon et Patrick Rotman
A77. Femmes à 50 ans, *par Michèle Thiriet et Suzanne Képès*
A78. Sky my husband ! Ciel mon mari !, *par Jean-Loup Chiflet*
A79. Tous ensemble, *par François de Closets*
A80. Les Instits. Enquête sur l'école primaire
par Nicole Gauthier, Catherine Guigon et Maurice A. Guillot
A81. Objectif bébé, *par la revue « Autrement »*

Collection Points

SÉRIE HISTOIRE

H1. Histoire d'une démocratie : Athènes
des origines à la conquête macédonienne, *par Claude Mossé*
H2. Histoire de la pensée européenne
1. L'éveil intellectuel de l'Europe du IXe au XIIe siècle
par Philippe Wolff
H3. Histoire des populations françaises et de leurs attitudes devant la vie depuis le XVIIIe siècle, *par Philippe Ariès*
H4. Venise, portrait historique d'une cité
par Philippe Braunstein et Robert Delort
H5. Les Troubadours, *par Henri-Irénée Marrou*
H6. La Révolution industrielle (1780-1880), *par Jean-Pierre Rioux*
H7. Histoire de la pensée européenne
4. Le Siècle des Lumières, *par Norman Hampson*
H8. Histoire de la pensée européenne
3. Des humanistes aux hommes de science, *par Robert Mandrou*
H9. Histoire du Japon et des Japonais
1. Des origines à 1945, *par Edwin O. Reischauer*
H10. Histoire du Japon et des Japonais
2. De 1945 à 1970, *par Edwin O. Reischauer*
H11. Les Causes de la Première Guerre mondiale, *par Jacques Droz*
H12. Introduction à l'histoire de notre temps. L'Ancien Régime et la Révolution, *par René Rémond*
H13. Introduction à l'histoire de notre temps. Le XIXe siècle
par René Rémond
H14. Introduction à l'histoire de notre temps. Le XXe siècle
par René Rémond
H15. Photographie et Société, *par Gisèle Freund*
H16. La France de Vichy (1940-1944), *par Robert O. Paxton*
H17. Société et Civilisation russes au XIXe siècle
par Constantin de Grunwald
H18. La Tragédie de Cronstadt (1921), *par Paul Avrich*
H19. La Révolution industrielle du Moyen Age, *par Jean Gimpel*
H20. L'Enfant et la Vie familiale sous l'Ancien Régime
par Philippe Ariès
H21. De la connaissance historique, *par Henri-Irénée Marrou*
H22. Malraux, une vie dans le siècle, *par Jean Lacouture*
H23. Le Rapport Khrouchtchev et son histoire, *par Branko Lazitch*
H24. Le Mouvement paysan chinois (1840-1949), *par Jean Chesneaux*
H25. Les Misérables dans l'Occident médiéval
par Jean-Louis Goglin
H26. La Gauche en France depuis 1900, *par Jean Touchard*
H27. Histoire de l'Italie du Risorgimento à nos jours
par Sergio Romano
H28. Genèse médiévale de la France moderne, XIVe-XVe siècle
par Michel Mollat
H29. Décadence romaine ou Antiquité tardive ? IIIe-VIe siècle
par Henri-Irénée Marrou
H30. Carthage ou l'Empire de la mer, *par François Decret*

H31. Essais sur l'histoire de la mort en Occident du Moyen Age
à nos jours, *par Philippe Ariès*
H32. Le Gaullisme (1940-1969), *par Jean Touchard*
H33. Grenadou, paysan français
par Ephraïm Grenadou et Alain Prévost
H34. Piété baroque et Déchristianisation en Provence
au XVIIIe siècle, *par Michel Vovelle*
H35. Histoire générale de l'Empire romain
1. Le Haut-Empire, *par Paul Petit*
H36. Histoire générale de l'Empire romain
2. La crise de l'Empire, *par Paul Petit*
H37. Histoire générale de l'Empire romain
3. Le Bas-Empire, *par Paul Petit*
H38. Pour en finir avec le Moyen Age, *par Régine Pernoud*
H39. La Question nazie, *par Pierre Ayçoberry*
H40. Comment on écrit l'histoire, *par Paul Veyne*
H41. Les Sans-culottes, *par Albert Soboul*
H42. Léon Blum, *par Jean Lacouture*
H43. Les Collaborateurs (1940-1945), *par Pascal Ory*
H44. Le Fascisme italien (1919-1945)
par Pierre Milza et Serge Berstein
H45. Comprendre la Révolution russe, *par Martin Malia*
H46. Histoire de la pensée européenne
6. L'ère des masses, *par Michael D. Biddiss*
H47. Naissance de la famille moderne, *par Edward Shorter*
H48. Mythe de la procréation à l'âge baroque
par Pierre Darmon
H49. Histoire de la bourgeoisie en France
1. Des origines aux Temps modernes, *par Régine Pernoud*
H50. Histoire de la bourgeoisie en France
2. Les Temps modernes, *par Régine Pernoud*
H51. Histoire des passions françaises (1848-1945)
1. Ambition et amour, *par Theodore Zeldin*
H52. Histoire des passions françaises (1848-1945)
2. Orgueil et intelligence, *par Theodore Zeldin*
H53. Histoire des passions françaises (1848-1945)
3. Goût et corruption, *par Theodore Zeldin*
H54. Histoire des passions françaises (1848-1945)
4. Colère et politique, *par Theodore Zeldin*
H55. Histoire des passions françaises (1848-1945)
5. Anxiété et hypocrisie, *par Theodore Zeldin*
H56. Histoire de l'éducation dans l'Antiquité
1. Le monde grec, *par Henri-Irénée Marrou*
H57. Histoire de l'éducation dans l'Antiquité
2. Le monde romain, *par Henri-Irénée Marrou*
H58. La Faillite du Cartel, 1924-1926
(Leçon d'histoire pour une gauche au pouvoir)
par Jean-Noël Jeanneney
H59. Les Porteurs de valises
par Hervé Hamon et Patrick Rotman
H60. Histoire de la guerre d'Algérie (1954-1962)
par Bernard Droz et Evelyne Lever

H61. Les Occidentaux, *par Alfred Grosser*
H62. La Vie au Moyen Age, *par Robert Delort*
H63. Politique étrangère de la France (La Décadence 1932-1939) *par Jean-Baptiste Duroselle*
H64. Histoire de la guerre froide
1. De la révolution d'Octobre à la guerre de Corée, 1917-1950 *par André Fontaine*
H65. Histoire de la guerre froide
2. De la guerre de Corée à la crise des alliances, 1950-1963 *par André Fontaine*
H66. Les Incas, *par Alfred Métraux*
H67. Les Écoles historiques, *par Guy Bourdé et Hervé Martin*
H68. Le Nationalisme français, 1871-1914, *par Raoul Girardet*
H69. La Droite révolutionnaire, 1885-1914 *par Zeev Sternhell*
H70. L'Argent caché, *par Jean-Noël Jeanneney*
H71. Histoire économique de la France du XVIIIe siècle à nos jours
1. De l'Ancien Régime à la Première Guerre mondiale *par Jean-Charles Asselain*
H72. Histoire économique de la France du XVIIIe siècle à nos jours
2. De 1919 à la fin des années 1970 *par Jean-Charles Asselain*
H73. La Vie politique sous la IIIe République *par Jean-Marie Mayeur*
H74. La Grèce archaïque d'Homère à Eschyle *par Claude Mossé*
H75. Histoire de la « détente » 1962-1981 *par André Fontaine*
H76. Études sur la France de 1939 à nos jours *par la revue « L'Histoire »*
H77. L'Afrique au XXe siècle, *par Elikia M'Bokolo*
H78. Les Intellectuels au Moyen Age *par Jacques Le Goff*
H79. Fernand Pelloutier, *par Jacques Julliard*
H80. L'Église des premiers temps, *par Jean Daniélou*
H81. L'Église de l'Antiquité tardive *par Henri-Irénée Marrou*
H82. L'Homme devant la mort
1. Le temps des gisants, *par Philippe Ariès*
H83. L'Homme devant la mort
2. La mort ensauvagée, *par Philippe Ariès*
H84. Le Tribunal de l'impuissance, *par Pierre Darmon*
H85. Histoire générale du XXe siècle
1. Jusqu'en 1949. Déclins européens *par Bernard Droz et Anthony Rowley*
H86. Histoire générale du XXe siècle
2. Jusqu'en 1949. La naissance du monde contemporain *par Bernard Droz et Anthony Rowley*
H87. La Grèce ancienne, *par la revue « L'Histoire »*
H88. Les Ouvriers dans la société française *par Gérard Noiriel*

H89. Les Américains de 1607 à nos jours
1. Naissance et essor des États-Unis, 1607-1945
par André Kaspi

H90. Les Américains de 1607 à nos jours
2. Les États-Unis de 1945 à nos jours
par André Kaspi

H91. Le Sexe et l'Occident, *par Jean-Louis Flandrin*

H92. Le propre et le Sale, *par Georges Vigarello*

H93. La Guerre d'Indochine, *par Jacques Dalloz*

H94. L'Édit de Nantes et sa révocation
par Janine Garrisson

H95. Les Chambres à gaz
par Eugen Kogon, Hermann Langbein et Adalbert Rückerl

Nouvelle histoire de la France contemporaine

H101. La Chute de la monarchie (1787-1792), *par Michel Vovelle*
H102. La République jacobine (1792-1794), *par Marc Bouloiseau*
H103. La République bourgeoise de Thermidor à Brumaire (1794-1799) *par Denis Woronoff*
H104. L'Épisode napoléonien (1799-1815). Aspects intérieurs *par Louis Bergeron*
H105. L'Épisode napoléonien (1799-1815). Aspects extérieurs *par J. Lovie et A. Palluel-Guillard*
H106. La France des notables (1815-1848). L'évolution générale *par André Jardin et André-Jean Tudesq*
H107. La France des notables (1815-1848). La vie de la Nation *par André Jardin et André-Jean Tudesq*
H108. 1848 ou l'Apprentissage de la République (1848-1852) *par Maurice Agulhon*
H109. De la fête impériale au mur des fédérés (1852-1871) *par Alain Plessis*
H110. Les Débuts de la Troisième République (1871-1898) *par Jean-Marie Mayeur*
H111. La République radicale ? (1898-1914) *par Madeleine Rebérioux*
H112. La Fin d'un monde (1914-1929), *par Philippe Bernard*
H113. Le Déclin de la Troisième République (1929-1938) *par Henri Dubief*
H114. De Munich à la Libération (1938-1944) *par Jean-Pierre Azéma*
H115. La France de la Quatrième République (1944-1958) 1. L'ardeur et la nécessité (1944-1952) *par Jean-Pierre Rioux*
H116. La France de la Quatrième République (1944-1958) 2. L'expansion et l'impuissance *par Jean-Pierre Rioux*

Collection Points

SÉRIE SCIENCES

dirigée par Jean-Marc Lévy-Leblond

S1. La Recherche en biologie moléculaire, *ouvrage collectif*
S2. Des astres, de la vie et des hommes, *par Robert Jastrow*
S3. Autocritique de la science
par Alain Jaubert et Jean-Marc Lévy-Leblond
S4. Le Dossier électronucléaire
par le syndicat CFDT de l'Énergie atomique
S5. Une révolution dans les sciences de la Terre
par Anthony Hallam
S6. Jeux avec l'infini, *par Rózsa Péter*
S7. La Recherche en astrophysique, *ouvrage collectif*
S8. La Recherche en neurobiologie, *ouvrage collectif*
S9. La Science chinoise et l'Occident, *par Joseph Needham*
S10. Les Origines de la vie, *par Joël de Rosnay*
S11. Échec et Maths, *par Stella Baruk*
S12. L'Oreille et le Langage, *par Alexandre Tomatis*
S13. Les Énergies du Soleil, *par Pierre Audibert*
en collaboration avec Danielle Rouard
S14. Cosmic Connection ou l'appel des étoiles, *par Carl Sagan*
S15. Les Ingénieurs de la Renaissance, *par Bertrand Gille*
S16. La Vie de la cellule à l'homme, *par Max de Ceccatty*
S17. La Recherche en éthologie, *ouvrage collectif*
S18. Le Darwinisme aujourd'hui, *ouvrage collectif*
S19. Einstein, créateur et rebelle, *par Banesh Hoffmann*
S20. Les Trois Premières Minutes de l'Univers
par Steven Weinberg
S21. Les Nombres et leurs mystères, *par André Warusfel*
S22. La Recherche sur les énergies nouvelles, *ouvrage collectif*
S23. La Nature de la physique, *par Richard Feynman*
S24. La Matière aujourd'hui, *par Émile Noël et al.*
S25. La Recherche sur les grandes maladies, *ouvrage collectif*
S26. L'Étrange Histoire des Quanta
par Banesh Hoffmann, Michel Paty
S27. Éloge de la différence, *par Albert Jacquard*
S28. Lumière, *par Bernard Maitte*
S29. Penser les mathématiques, *ouvrage collectif*
S30. La Recherche sur le cancer, *ouvrage collectif*
S31. L'Énergie verte, *par Laurent Piermont*
S32. La Naissance de l'Homme, *par Robert Clarke*
S33. Recherche et Technologie, *Actes du Colloque national*
S34. La Recherche en physique nucléaire, *ouvrage collectif*
S35. Marie Curie, *par Robert Reid*
S36. L'Espace et le Temps aujourd'hui, *ouvrage collectif*
S37. La Recherche en histoire des sciences, *ouvrage collectif*
S38. Petite Logique des forces, *par Paul Sandori*
S39. L'Esprit de sel, *par Jean-Marc Lévy-Leblond*

S40. Le Dossier de l'Énergie
par le Groupe confédéral Énergie (CFDT)
S41. Comprendre notre cerveau, *par Jacques-Michel Robert*
S42. La Radioactivité artificielle
par Monique Bordry et Pierre Radvanyi
S43. Darvin et les Grandes Énigmes de la vie
par Stephen Jay Gould
S44. Au péril de la science ?, *par Albert Jacquard*
S45. La Recherche sur la génétique et l'hérédité
ouvrage collectif
S46. Le Monde quantique, *ouvrage collectif*
S47. De Thalès à Einstein, *par Jean Rosmorduc*
S48. Le Fil du temps, *par André Leroi-Gourhan*
S49. Une histoire des mathématiques
par Amy Dahan-Dalmedico et Jeanne Peiffer
S50. Les Structures du hasard, *par Jean-Louis Boursin*
S51. Entre le cristal et la fumée, *par Henri Atlan*
S52. La Recherche en intelligence artificielle, *ouvrage collectif*
S53. Le Calcul, l'Imprévu, *par Ivar Ekeland*